Der Ruf der Löwen

Frank Coates wurde in Melbourne geboren und arbeitete lange Jahre im Bereich Telekommunikation in Australien und anderen Ländern. 1989 wurde er von den Vereinten Nationen nach Nairobi berufen. Vier Jahre lang reiste er durch Afrika und lernte dabei in Tansania eine Frau vom Nyamwezi-Stamm kennen, die er heiratete. *Der Ruf der Löwen* ist nach *Jenseits von Mombasa*, *Die Tränen der Massai* und *Damals in Afrika* sein vierter Roman.

FRANK COATES

Der Ruf der Löwen

Roman

Aus dem Englischen von Katharina Volk

Weltbild

Die australische Originalausgabe erschien 2007 unter dem Titel
The Roar of the Lion bei HarperCollins, Sydney.

Besuchen Sie uns im Internet:
www.weltbild.de

Genehmigte Lizenzausgabe für Verlagsgruppe Weltbild GmbH,
Steinerne Furt, 86167 Augsburg

Ein Unternehmen der Droemerschen Verlagsanstalt
Th. Knaur Nachf. GmbH & Co. KG, München.
Übersetzung: Katharina Volk
Umschlaggestaltung: Zero Werbeagentur, München
Umschlagmotiv: Getty Images, München (© Stockbyte) und (© Jeffrey Conley)
Gesamtherstellung: CPI Moravia Books s.r.o., Pohorelice
Printed in the EU
ISBN 978-3-86800-612-4

2015 2014 2013 2012
Die letzte Jahreszahl gibt die aktuelle Lizenzausgabe an.

Für Max (Bruv).
Und für Martin und Paul.
Brüder.

SUDAN
ÄTHIOPIEN
Rudolfsee
nicht festgelegte Grenzlinie
Juba
Großer Afrikanischer Grabenbruch
UGANDA
BRITISCH–OSTAFRIKA
1902
Uasin
Gishu
Sixty-Four
Kisumu
Mau Summit
Nakuru
Mount
Kenia
Londiani
Viktoriasee
Tana
Thika
Mara
Nairobi
Athi
Serengeti
Kilimandscharo
Taveta
DEUTSCH–
OSTAFRIKA
Mombasa
N
W
O
S
Sansibar
0
100 km
Daressalam
AFRIKA
Atlantischer
Ozean
Indischer
Ozean

Teil 1

Kapitel 1

1898

Es war nicht zu übersehen, dass die deutsche Marschkapelle hoffnungslos, schreiend, unsagbar, rettungslos sturzbetrunken war. Die Männer hatten Mühe, auf dem schwankenden Deck der *Neptune* ihre schweren Blechinstrumente festzuhalten, und jeglichen Anschein einer förmlichen Aufstellung und Haltung hatten sie längst aufgegeben. Doch mit wahrer teutonischer Charakterstärke hielten sie sich auf den Beinen und schmetterten militärische Kompositionen, wobei sie nur gelegentlich kurz aus dem Takt gerieten.

Ewart Grogan lehnte an der Reling und wandte sich von der Kapelle ab, um die Linie der weiß gekrönten Wellen zu betrachten, die sich an einer Sandbank vor der Flussmündung des Pungwe brachen. Der Strand, wo der Indische Ozean sein unglaubliches Tiefblau aufgab und in blassgrünem Flachwasser endete, war noch eine Meile entfernt. Kleine Fischerboote säumten das Ufer, und dahinter breitete sich der vertraute Umriss des wackelig-provisorischen Handelshafens Beira aus.

Zwei Jahre waren vergangen, seit er von eben diesem Hafen in Portugiesisch-Ostafrika aus in See gestochen war, im Alter von zweiundzwanzig Jahren; damals hatte er geschworen, niemals hierher zurückzukehren. Dass er zu Cecil Rhodes' berüchtigter Truppe gehört hatte, war hier in Beira beinahe sein Tod gewesen, denn er hatte vermutlich tagelang herumgelegen, ehe ein Eisenbahner in einem seiner leeren Wagen etwas fand, das er zunächst für einen Leichnam hielt. Doch es waren nicht die Wunden aus dem Kampf gegen die Matabele, die den jungen Mann an die Schwelle des Todes gebracht hatten; es war der Stich eines Moskitos.

Nachdem er von seinem Vertrag mit Rhodes' Britisch-Südafrikanischer Kompanie entbunden worden war, hatte Grogan sich einer kleinen Jagdexpedition entlang der Grenze von Maschonaland angeschlossen. Das hatte eine Zerstreuung sein sollen, ehe er nach England zurückkehrte und sich überlegte, was er mit seinem Leben anfangen wollte. Der südafrikanische Jäger und Führer ihrer kleinen Gesellschaft brachte Grogan und seine drei holländischen Gefährten in verseuchtes Gebiet, wo der Engländer und einer der Holländer an heftigem Fieber erkrankten. Der Holländer starb, und die Übrigen brachten Grogan zur Bahnstation bei Fontesvilla, wo sie ihm in einen Zug nach Beira halfen.

Er konnte sich an die Reise kaum erinnern und hatte keine Ahnung, wie lange er schon in Beira gewesen war, als der Bahnarbeiter ihn fand und ins Krankenhaus brachte. Der Mann gestand Grogan später, dass er ihn einfach hätte liegen lassen, wenn er nicht die Medaille – Grogans Auszeichnung für den Kampf im Matabele-Aufstand – in dessen Tasche gefunden hätte. Beira, so hatte er gesagt, wimmelte von betrunkenen Seeleuten, die sich nach einer durchzechten Nacht gern in einem seiner Waggons ausruhten.

Der Wind drehte. Über seinem Kopf begann das kleine Segel, das der Kapitän gesetzt hatte, um das Schiff weit genug vor der Sandbank an Ort und Stelle zu halten, gegen die Takelage zu schlagen, bis der Steuermann das Ruder korrigierte. Mit dem neuen Wind kam der unverkennbare, immer exotische Geruch Afrikas herübergeweht. Grogan sog tief den feuchten, scharf-süßlichen Duft überreifer Früchte, Gewürze und üppiger, rasch verrottender Vegetation ein. Der Geruch verbreitete eine Atmosphäre freudiger Erregung und versprach Geheimnisse, die es zu enthüllen galt.

Archie Battersby trat zu ihm an die Reling. »Weißt du, Ewart«, bemerkte er und hob die Stimme, um die schmetternden Trompeten und das »Humpa« der Tuben zu übertönen, »die gesamte Kapelle war ständig betrunken, seit wir Kapstadt verlassen haben. Man sollte doch meinen, dass sie mal ein Päuschen machen, ehe wir anlegen.«

Grogan nickte. »Ich wäre auch froh, wenn sie mit den Militärmärschen eine Pause einlegen würden.«

»Ja, das auch. Aber gute Trinker sind sie, die Deutschen.« Archie klopfte sich auf den Bauch, als tätschelte er ein volles Bierfass. »Ein Glück, dass auch ein Schotte an Bord war, der ihnen einen ordentlichen Wettstreit geliefert hat.«

Mit fast vierzig Jahren war Archie sechzehn Jahre älter als Grogan, und obwohl seine Leibesfülle den großzügigen Genuss von gutem Essen und reichlich Alkohol bewies, war er keineswegs körperlich untüchtig. Aber im Vergleich mit Ewarts schlaksigen ein Meter achtzig und den kräftigen Schultern, die er in seiner Jugend bei Klettertouren in den Alpen erworben hatte, wirkte Archie recht klein und gedrungen.

Trotz des Altersunterschieds kam niemals der leiseste Zweifel daran auf, dass es Grogans Expedition war, zu der sie bald aufbrechen würden. Ewart hatte schon als Kind davon geträumt, die fernen Tiefen der afrikanischen Wildnis zu erkunden, doch erst die jüngsten Ereignisse hatten den letzten Anstoß zu seiner Entscheidung gegeben, die Reise jetzt zu wagen. Mit Archie war er seit Jahren bekannt, wenn auch nicht sehr gut befreundet, und der ältere Mann war begierig darauf gewesen, sich ihm anzuschließen. Dass Archies Tante, mit der Ewart ebenfalls bekannt war, gern bereit war, etwas von ihrem beträchtlichen Reichtum abzugeben und die Expedition zu finanzieren, hatte auch sehr für Archie gesprochen.

Die Kapelle machte eine Pause, und wie ein Mann legten alle ihre Instrumente weg und griffen nach ihren Bierkrügen.

In der plötzlichen Stille brüllte der Erste Offizier eine Reihe kehlig klingender Befehle.

»Anscheinend ist der Kapitän endlich zu der Ansicht gelangt, dass die Flut einsetzt«, bemerkte Grogan, während Matrosen eilig die Masten erklommen, um die Segel herabzulassen.

»Ein kniffliges Manöver, nach allem, was ich gehört habe«, fügte Archie hinzu.

Grogans Blick huschte zur Deckfracht, bei der auch ihr gesamtes Gepäck vertäut war. Das einzige Stück, das nicht unter dem schweren grünen Segeltuch lag, war sein Instrumentenkasten. Er hatte ihn eigens von der übrigen Ladung getrennt lagern lassen, damit er den Kasten im Blick behalten und ihn unter seiner persönlichen Aufsicht von Bord bringen lassen konnte. Er wagte es nicht, den prächtigen Rosenholzkasten unwissenden Hafenarbeitern in die Hand zu geben. Es war ein sehr schönes Ding, und eines seiner kostbarsten Besitztümer. Ebenso kostbar war der Inhalt, denn der Kasten enthielt seinen künstlichen Horizont, den Sextanten und sein Chronometer.

In der steifen anlandigen Brise kam die *Neptune* bald flott voran. Sie krängte, schnitt forsch durch die Dünung und flog auf die Sandbank zu.

»Kennst du den Tiefgang der *Neptune*, Ewart?«, fragte Archie.

»Nein«, antwortete Grogan und spähte ebenso gespannt wie Archie auf die Brecher, die ihnen voraneilten. »Aber gewiss hat der Kapitän …«

Die Kapelle begann mit einer ohrenbetäubenden Darbietung der deutschen Nationalhymne. Unter ihren Füßen war ein leichtes Beben zu spüren – als hätte sich unter Deck etwas Schweres verschoben. Gleich darauf gab es einen Ruck, und dann lief ihr Schiff in kühnem Winkel auf die Sandbank auf.

Die deutsche Blaskapelle kippte um wie ein Grüppchen Kegel. Blechinstrumente rutschten über das Deck, ebenso die meisten Passagiere.

Grogan klammerte sich an der Reling fest und beobachtete entsetzt, wie sich das vertäute Bierfass der Kapelle losriss und schlingernd über das Deck auf die Ladung zurollte.

Über das grauenhafte Knirschen des Kiels auf der Sandbank, über die Schreie und das Stöhnen der Passagiere hinweg hörte Grogan das unverkennbare, herzzerreißende Geräusch von splitterndem Rosenholz.

Archie packte den Hummer und brach den krustigen Bauch auf, mit einem Laut, den Grogan in ihrer beider derzeitiger Stimmung als befriedigendes Knacken bezeichnet hätte.

»Ich habe Beira wahrhaftig satt«, bemerkte Archie und ließ umstandslos einen Teil des geknackten Hummers auf Grogans Teller fallen. »Ganz besonders satt habe ich die Hitze und den Schweiß, der mir ständig auf der Haut zu stehen scheint.« Er trank einen Schluck Bier und verzog das Gesicht. »Ebenso satt habe ich diese Plörre, die man in Südafrika Bier nennt.«

Die endlosen Verzögerungen, die Grogan und Archie hatten ertragen müssen, während sie auf die Ankunft ihrer Ausrüstung warteten, hatten sie länger in Beira festgehalten, als ihre Geduld reichte, und manchmal konnte Grogan Archies Klagen kaum mehr hören. Doch er war sich der langen Reise bewusst, die noch vor ihnen lag und während der Archie Battersby seine einzige Gesellschaft bei einer nachdenklichen Pfeife oder einem guten Schluck Whisky sein würde; also lächelte er nur und zog mit der Gabel ein Stück Hummerfleisch aus der Schale. »Zumindest die Hummer sind gut, das musst du zugeben. Und billig.«

Sie speisten auf dem Balkon ihres Hotels, mit Blick über den Indischen Ozean und die verstreuten, ärmlichen Buden am Strand, die nichts zu bieten hatten als einen Kessel kochenden Wassers und ein Becken voll tanzender Hummer. Wenn Grogan sich über irgendetwas hätte beklagen wollen, dann wäre das die Unfähigkeit der Schiffsagenten gewesen, die offenbar keine Ahnung hatte, warum seine Instrumente nach der Reparatur in Durban noch nicht hierher zurückgebracht worden waren.

»Ich habe nachgedacht«, fuhr er fort. »Warum gehen wir nicht auf die Jagd, solange wir hier warten müssen? Ich bin sicher, dass es weiter landeinwärts reichlich Wild gibt. Wir könnten ein paar Träger anheuern, den Pungwe hinaufziehen und uns das mal ansehen.«

»Eine Jagd?« Archie grinste und trank einen weiteren Schluck von dem schalen Bier. »Das höre ich gern. War das nicht der Grund, weshalb wir überhaupt hergekommen sind?«

Grogan zuckte mit den Schultern. Er hatte festgestellt, dass Archie ihre Mission oft zu einer ausgedehnten Jagdpartie herunterspielte; die Jagd würde bei ihrer Expedition eine geringe Rolle spielen, doch er ließ die Bemerkung so stehen. In Wahrheit wollte er diesen Ausflug flussaufwärts vor allem deshalb unternehmen, um seine Gesundheit und Ausdauer in dem Klima und Terrain auf die Probe zu stellen, mit dem sie es auf ihrem Treck zu tun bekommen würden. Er machte sich Sorgen, die Krankheit, die ihn nach seinem militärischen Einsatz unter Rhodes in die Knie gezwungen hatte, könnte erneut ausbrechen und seinen großen Plan gefährden. Ein Jagdausflug würde außerdem dazu dienen, die Franzosen, die in Beira zahlreich vertreten waren, vom eigentlichen Ziel ihrer Expedition abzulenken. Es wäre nicht gut, wenn der französische Geheimdienst von ihrer wahren Absicht erfuhr, viel tiefer ins Landesinnere vorzudringen, als die Franzosen wissen mussten.

»Zumindest«, sagte Grogan, »hätten wir dann Gelegenheit, uns gründlich mit unseren neuen Waffen vertraut zu machen. Ich muss vor allem das Visier auf der Elefantenbüchse testen.«

»Verdammt gute Idee, Ewart. Je eher, desto lieber, wenn es nach mir ginge.« Archie riss ein weiteres Stück Hummerfleisch ab und schob es sich in den Mund. Mit einem Nicken wies er auf das Buch in Grogans Schoß. »Wozu ist das?«, fragte er mit vom vollen Mund gedämpfter Stimme.

»Ich habe beschlossen, ein Expeditionsjournal zu führen. Nichts, was für eine Veröffentlichung gedacht wäre, natürlich – eher so etwas wie ein Tagebuch.« Grogan tätschelte das große Notizbuch. »Ich habe sogar schon angefangen.«

14. März 1898. Beira

Beira ist eine Blechwüste von überragender Hässlichkeit, umgeben von hart gebackenem Sand, geprägt von starken Getränken und bevölkert von portugiesischen Rüpeln. Archie und ich hatten bereits das Vergnügen mit dreien der Letzteren, die uns beim Dinner unterbrachen und darauf bestanden, uns die Unterlegenheit der britischen Rasse und die

Überlegenheit ihrer eigenen darzulegen. Es ist uns gelungen, binnen weniger Minuten zu demonstrieren, wie die Briten ein Weltreich erobert haben. Seither wurden wir beim Essen nicht mehr gestört.

Beira ist zweifellos größer, hässlicher und moralisch verkommener, als ich es vom Ende meines Einsatzes unter Rhodes in Erinnerung hatte. Ich bezweifle nicht, dass es obendrein gefährlicher ist, da sich nun der Abschaum eines ganzen Dutzends von Ländern in den Hafenspelunken herumtreibt, während die charmanten alten portugiesischen Villen bedauerlicherweise verfallen.

Wir brennen darauf, unsere Reise anzutreten, sind jedoch gezwungen, auf die Rücksendung meiner Instrumente zu warten; sie wurden durch die unrühmliche Ankunft der Neptune *in Beira beschädigt und mussten zur Reparatur nach Durban geschickt werden.*

Ich hatte vergessen, dass Afrika seine ganz eigene Zeitmessung hat. Die Zeitrechnung läuft hier etwa ein Viertel so schnell, wie es notwendig wäre, um irgendetwas in einem vernünftigen Zeitrahmen erledigen zu können. Dies scheint mir in Beira sogar noch schlimmer zu sein als anderswo, denn dieser Ort ist von wahrem Wohlleben geprägt. Ich habe die größten Schwierigkeiten, Träger für unseren Marsch durch Afrika zu rekrutieren. Den Leuten geht es recht gut, so dass die Eingeborenen kaum einen Anreiz haben, eine Last von sechzig Pfund zu schultern und sie weit fort von ihrer Heimat zu tragen, an Orte, die sie sich nicht einmal vorzustellen vermögen.

Die Portugiesen haben offenbar ihren Sinn fürs Abenteuer verloren und auch die trägen und arbeitsscheuen Eingeborenen mit diesem betrüblichen Zustand angesteckt.

Kapitel 2

Momposhe Ole Matipe reckte die Brust heraus und zog die rote *shuka* zurecht, so dass sie ein wenig höher an seinem mageren Körper hing. Sie blieb so, bis er ausatmete, dann rutschte sie wieder hinunter und blieb an seiner knochigen Schulter hängen. Seine Mutter hatte ihm das neue Gewand geschenkt, als sie ihm zur Vorbereitung auf seine Beschneidung den Kopf geschoren hatte. Bald würde er gemeinsam mit den *il barnot* – den Geschorenen – viele Tage lang ihren Aufstieg im Stamm feiern. Das Kleidungsstück war größer, als er es brauchte, doch er beklagte sich nicht. Sein schlaksiger Körper setzte allmählich Muskeln an, und Manneshaar spross an seinen Mannesteilen, denn er begann die Reise, auf der er in einigen Jahren zum Krieger werden würde – einer der gefürchteten *morani* der Massai. Er war sich seines neuen Status sehr wohl bewusst, während er langsam und aufrecht hinter der Herde seines Vaters einherschritt; sein kahler Kopf glänzte wie ein polierter schwarzer Stein. Er patrouillierte an der Flanke der Herde entlang, achtete auf Signale seines Vaters und behielt die Rinder gut im Auge, falls eines von ihnen im letzten Augenblick vor dem Viehbad des Buren zurückschrecken sollte.

Die Herde zu baden, das war Momposhe neu. Der Bure erlaubte auch nur seinem Vater, den Teich zu benutzen. Momposhe nahm an, dass sein Vater dem Buren irgendwann eine Gefälligkeit erwiesen haben musste. So war er, sein Vater – er half den Leuten gern mit seinen Kenntnissen in Medizin und Wahrsagerei. Vielleicht hatte er dem Buren bei einer schlimmen Viehkrankheit geholfen, und um den Gefallen zu erwidern, erlaubte der Bure nun dem Vieh seines Vaters, in dem heilsamen Wasser zu baden.

Der Bure und seine Kinder – ein Mädchen und vier starke Jungen – waren schon mit dem Baden fertig und trieben ihr Vieh in eine Umzäunung neben dem Haus.

Die Buren auf dieser Farm gehörten zu mehreren Familien, die in den letzten Jahren aus dem Süden gekommen waren. Woher sie kamen, wusste in Momposhes Stamm niemand. Dass sie viele Monate lang über Land gezogen waren, sah man ihren hartnäckigen Gesichtern an, und ihre schweren Ochsenkarren hatten eine ganze Regenzeit gebraucht, um bis ins Uasin-Gishu-Weideland der Purko Massai vorzudringen. Buren erlaubten keinem Hindernis, sich ihnen in den Weg zu stellen; die kleinen Flüsse überquerten sie an Furten, für die größeren zur Flutzeit bauten sie plumpe Flöße, auf denen sie ihr Vieh und ihren Besitz übersetzten.

Die Massai hatten zugesehen, wie die Buren kamen und wie sie ihre seltsamen Häuser mit den hohen Dächern auf der Laikipia und dem Uasin-Gishu-Plateau errichteten. Sie sahen zu, wie die Männer die langen Schnüre der *kiboko*-Peitsche über die Rücken der Ochsen tanzen ließen, wie die Kinder hinterherliefen, Erdklumpen mit ihren großen, nackten Füßen zertraten oder mit Stöcken die Paviane aus dem Mais verjagten. Bald wurde deutlich, dass die Buren nicht die Absicht hatten, weiterzuziehen.

Die jungen Männer der Massai waren empört und sprachen von Krieg, doch die Älteren, darunter auch Momposhes Vater, warnten die *morani* vor unbedachtem Handeln. Sie erinnerten die hitzköpfigen jungen Krieger daran, dass sie nicht mehr so zahlreich waren, seit die Pocken des weißen Mannes die Massai dahingerafft hatten. Sie waren nur noch wenige – zu wenige, um einen Krieg mit den Weißen zu riskieren, die bereits bewiesen hatten, dass sie rasch eine starke Armee von Kriegern aufstellen konnten, und deren Waffen eine Angriffsreihe kreischender *morani* niedermähen konnten wie ein Steppenbrand das Gras der Trockenzeit.

Momposhe verstand ihren Zorn. Dies war das Land der Massai, und die Herden der Massai waren immer frei über das Laikipia-Plateau gezogen, wie es die Jahreszeit gebot, und das schon länger, als irgendjemand zurückdenken konnte. Doch Momposhe hörte auf seinen Vater, der zur Geduld riet. Er sagte, es sei möglich, dass der weiße Mann auch Vorteile brachte, nicht nur Krankheiten. Es stand außer Zweifel, dass die schlauen Kikuyu von der Anwesenheit der Weißen profitiert hatten; sie tauschten bei der immer größer werdenden Zahl der Reisenden und Siedler Nahrungsmittel gegen *mericani*-Stoffe, Eisendraht, Äxte und viele andere seltsame Gegengaben ein. Die Massai besaßen nur ihr Vieh, und das würde ein Massai nicht mal gegen sein eigenes Leben eintauschen.

Momposhe rannte zu einer störrischen Kuh und drohte ihr mit seinem Hirtenstock. Sie schüttelte den Kopf, schnalzte mit dem Schwanz und schloss sich wieder der Herde an, die sich am Kopf der Rinne drängte, wo es ins Wasser hinunterging.

Obwohl jeder – sogar Momposhe – wusste, dass Zecken Krankheiten übertrugen, waren die Heilkräfte dieser Badestelle keinem anderen Massai bekannt. Und selbst dann, so vermutete Momposhe, würde keiner eine derart bizarre neue Methode an seinem kostbaren Vieh ausprobieren. Doch sein Vater, Marefu Ole Matipe, war mit Medizinen vertraut und wusste sehr viel über Vieh. Er fürchtete sich nicht davor, etwas Neues zu versuchen, wenn es seiner Herde nützen konnte.

Momposhes Mutter lief hinter der Herde her und trieb die Rinder mit sanften, aufmunternden Worten voran. Vor vielen Jahren hatte Marefu sie nach einem Überfall auf die unglückseligen Kikuyu-Nachbarn ihres Stammes als Kriegsbeute heimgebracht. Jetzt stand es ihr frei, ihre Familie jederzeit zu besuchen, doch sie kehrte stets lächelnd zu seinem Vater zurück. Obwohl sie als geborene Kikuyu nichts über Vieh wusste, sprach sie dessen Sprache und verstand dessen Launen wie keine andere Frau. Sein Vater hatte ihr ein großes Lob ausgesprochen und gesagt, sie sei fast so gut wie eine Massai. Das war der Grund dafür, weshalb es seiner Mutter erlaubt war, beim Treiben der Rinder zu helfen.

Normalerweise würden das nur Marefus Kinder tun, doch Momposhe war das einzige Kind seiner Mutter. Als Momposhe gefragt hatte, warum, hatte sie ihm gesagt, dass seine Geburt schwierig gewesen sei, und danach sei etwas in ihr zu schwach geworden.

Momposhe musste manchmal daran denken, wenn er draußen in der Savanne die Ziegen seines Vaters hütete. Er fragte sich, ob es irgendwie seine Schuld sein könnte und ob seine Mutter ihn für diese *Schwäche* verantwortlich machte. Dann fühlte er sich schlecht, denn kürzlich, sehr spät für einen Mann, hatte sein Vater sich eine zweite und dann eine dritte Ehefrau genommen.

Marefu besuchte regelmäßig seine neuen Frauen, die mit ihren kleinen Kindern in ihren Heimatdörfern blieben. Oft war er tagelang fort, und Momposhes Mutter war sehr beunruhigt, bis er zurückkehrte. Viele Tage danach konnte sein Vater nichts für sich selbst tun, ehe Momposhes Mutter es schon für ihn getan hatte, genau so, wie er es wünschte. Seine Frauen in verschiedenen *enkangs* zu haben, war auch eine dieser seltsamen Gewohnheiten seines Vaters; manche davon, wie das Viehbad, hatte er von der Burenfamilie übernommen.

Momposhe wusste, dass sein Vater sehr klug und weise war, und wie ein leerer Tümpel saugte er die Tropfen der Weisheit auf, die wie Regen von seines Vaters Lippen fielen. Damit bereitete er sich auf jenen Tag vor, an dem er eine bedeutende Stellung erhalten würde – wenn er seinen Platz als Anführer des Stammes im Ältestenrat einnehmen würde, wie sein Vater. Doch vorher kam seine Zeit als *moran*, als Beschützer des Stammes. Sobald er beschnitten war, würde die richtige Ausbildung beginnen.

Momposhe hob seinen Hirtenstock und richtete ihn auf die bewaldeten Hügel. Er übte den richtigen Winkel und stellte sich vor, wie sein Speer eines Tages durch die Luft fliegen und das Herz eines Feindes durchbohren würde.

Die Nandi-Krieger, die sich oberhalb des Burenhauses versammelten, wussten nicht, dass Marefu Ole Matipe von den Purko Massai auch auf der Farm war, die sie angreifen wollten. Es hätte auch keinen Unterschied gemacht. Sie hatten die Geduld mit den weißen Männern verloren, die ihr Land durchquerten, ihr Vieh darauf weideten und den Boden aufrissen, um ihre Pflanzen anzubauen. Andere waren von Osten gekommen und hatten Kupferdraht zwischen hohen hölzernen Pfählen aufgespannt, von einem Horizont zum anderen, ohne ein einziges Wort der Erklärung oder Entschuldigung. Die Nandi hatten genug. Es war an der Zeit, zu kämpfen und Kriegsbeute zu machen.

In einem dichten Wäldchen verborgen, überprüften die Krieger die Klingen ihrer Pfeilspitzen und Langdolche. Perlenketten schmückten ihre Hälse, und ihr Haar und der glänzend schwarze, befederte Kopfschmuck waren mit Perlenschnüren befestigt. Schwarze Haut schimmerte vor Schweiß nach ihrem langen, ausgreifenden Trab hierher.

Unter ihnen breitete sich die Farm des Buren aus, mit fetten Schafen und Rindern, wie eine reife Beere, die gepflückt werden wollte.

Ihr Anführer schnalzte mit der Zunge. Aller Augen wandten sich ihm zu. Er zeigte ihnen die glänzende Klinge seines Dolches, und geduckt folgten sie ihm den Hügel hinab zur Farm.

Momposhes Vater sprach mit seinen Rindern und nannte sie beim Namen. Seine sanfte, tiefe Stimme klang wie ein Loblied. »Du, Schiefhorn, komm weiter, meine Schöne. Ah, da bist du ja, Wildauge, nur zu. So ist es gut. Komm weiter, weiter, Flickendecke. Braves Mädchen.«

Als der Singsang seines Vaters abrupt abbrach, blickte Momposhe zu ihm hinüber. Marefu starrte auf die Hügel hinter dem Haus. Plötzlich rannte er zum Tor im Zaun und riss im Laufen seinen Speer hoch.

Momposhe stand da wie angewurzelt, vom seltsamen Verhalten seines Vaters schockiert. Dann sah er die Nandi.

Sie kamen den Hügel herunter wie ein tödlicher Sturm – lautlos, bis auf das Zischen nackter Beine im hohen Gras, gedämpfte Schritte und unterdrücktes Keuchen. Tödlich. Kriegsschilde blinkten in der Sonne. Speere, dunkel und scharf, waren drohend gereckt.

Der Schrei seines Vaters durchbrach die Stille und ließ den Buren, der sein Vieh zum Haus trieb, hastig aufblicken.

Die weiße Familie wurde von diesem Notfall augenblicklich in eine militärische Maschine verwandelt. Sofort sammelten sie sich an der Tür des Hauses, wo die Frau, stämmig und normalerweise sehr gelassen, mit schnellen, sicheren Bewegungen uralte Feuerwaffen an den Buren und ihre älteren Söhne austeilte. Die kleineren Jungen und das Mädchen bewaffneten sich mit einem Spaten, einer Mistgabel und einem Pflock und bauten sich vor der Tür auf.

Plötzlich begriff Momposhe, setzte seine langen Beine in Bewegung, rannte durch den Matsch und den Kuhdung auf seinen Vater zu und fuchtelte mit seinem Hirtenstock in der Luft herum. Marefu parierte den Stoß eines Nandi-Speers mit seinem und tanzte um Zaunpfosten herum, um weiteren Speerstößen auszuweichen.

Der Bure und seine Söhne stürmten los. Eine Schrotflinte knallte, ein Gewehr donnerte. Die Angreifer rannten zwischen die Rinder, kreischten, brüllten und wedelten wild mit den Armen. Die erschrockenen Tiere stoben in Panik auseinander. Ein Nandi-Krieger drang zum Haus vor, und das Mädchen stieß ihm den spitzen Pflock in den Unterleib. Mit erstauntem, schmerzverzerrtem Gesicht kippte er um. Einer der Burenjungen wurde von einem Langdolch durchbohrt. Der Bure und sein ältester Sohn schlugen mit den Nasen ihrer leeren Waffen nach den Angreifern.

Marefu riss seinen Speer aus einem Nandi heraus, als Momposhe ihn erreichte, und benutzte ihn wie einen Dolch zum Nahkampf. Momposhe schlug, drosch, hieb um sich. Und brüllte vor Zorn.

Im Hintergrund schrien Frauen.

Ein Nandi ragte plötzlich hinter seinem Vater auf und schwang eine Keule. Marefu fiel wie der größte Baum im Wald, der sich den Schlägen einer Axt ergeben muss.

Blendender Schmerz flammte auf. Dunkelheit kroch vor Momposhes Augen, als ginge die Sonne unter, und auch er sank langsam in den Matsch.

Kapitel 3

Archie ließ sich müde auf seinem Klappstuhl nieder. Der Pungwe River, nur fünfzig Schritt und ein sandiges Ufer entfernt, fing die schrägen Strahlen der Nachmittagssonne auf und strömte geruhsam seiner Vereinigung mit dem Ozean entgegen, hundert Meilen weiter in Beira.

Es war ein harter und frustrierender Tag gewesen: Er und Ewart waren endlos weit durch hüfthohes Gras getrampelt, auf der Jagd nach ein paar scheuen Gazellen, die jedoch immer außer Reichweite blieben. Zuvor hatten sie eine kleine Herde Büffel gesichtet, aber auch daraus war nichts geworden, denn sie waren im Sumpf am Flussufer verschwunden. Den ganzen Tag lang hatten sie keinen einzigen Schuss abgefeuert.

»Verflixte Moskitos«, brummte er vor sich hin und schlug sich klatschend aufs Knie. »Die Sonne ist noch kaum untergegangen, da fallen die Mistviecher schon über einen her.« Er wandte sich halb auf dem Klappstuhl um und drehte den Kopf zum Lager. »Rodriguez! Wo bleibt mein verdammter Whisky?«

Aus dem Vorratszelt drang eine gedämpfte Antwort.

Archie erwiderte sie mit einem Brummen, blieb dann still sitzen und betrachtete das Farbenspiel auf dem Wasser.

Grogan kam vom Fluss herauf. »Darf ich mich zu dir setzen?«, fragte er. »Oder möchtest du lieber allein weiter vor dich hin brummen und fluchen?«

»Nur zu.« Archie wies mit der Hand auf einen Stuhl. »Geteiltes Leid ist halbes Leid. Oder wie ging das noch?«

»Klingt schon richtig«, sagte Grogan und ließ sich auf dem Segeltuchstuhl nieder.

»Sei du bloß still. Du hättest dein Gesicht sehen sollen, als dieses Fass deinen kostbaren Kasten zertrümmert hat …«

Grogan nickte traurig. »Ich mochte diesen Kasten. Habe ihn in einem kleinen Hafen namens Singapur in Asien gekauft.«

»Auf deiner Erholungsreise«, erwiderte Archie. Er hatte zu den zahlreichen Freunden gehört, die Grogan zu dieser Weltreise geraten hatten, weil die Seeluft ihm guttun würde. Er hatte ausgesehen, als käme er schnurstracks aus der Hölle, als er mit der Malaria aus dem Krieg gegen die Matabele zurückgekehrt war, und der Leberabszess, der sich infolge dieser Erkrankung entwickelt hatte, hatte seinen Zustand wesentlich verschlimmert.

»Es war nicht nur der Kasten«, sagte Grogan. »Diese Instrumente sind unentbehrlich für unsere Arbeit in Zentralafrika und darüber hinaus.«

Archie nahm Grogans ständige Anspielungen auf ihren ursprünglichen Plan, bis nach Kairo weiterzumarschieren, grimmig zur Kenntnis. Archie musste sich eingestehen, dass man in diesem Stadium ihrer Reise noch nichts anderes erwarten konnte. Obwohl die Märsche während dieser Jagdexpedition teils recht hart gewesen waren, würden sie zweifellos noch wesentlich Schlimmeres durchmachen, wenn sie endlich ihre eigentliche Reise antraten. Archie glaubte, dass ihre Vereinbarung, den wahren Plan für ihre Reise nur ihren Familien und engsten Freunden anzuvertrauen und ihn ansonsten geheim zu halten, ihnen auch die Möglichkeit offenhalten sollte, ihre Pläne zu ändern.

Archie musste allerdings zugeben, dass Grogan keinerlei Zweifel an seinem Ziel gelassen hatte, die Reise von Beira nach Kairo durchzuziehen. Dann würde er von sich behaupten können, der erste Mann zu sein, der zu Fuß von Kapstadt nach Kairo gelaufen war, weil er den ersten Abschnitt bereits mit Rhodes marschiert war. Archie fand die ganze Idee interessant, aber undurchführbar und nahm diesen Plan deshalb nicht ganz ernst. Diese Gedanken behielt er jedoch für sich.

Archies persönliche Motivation für diese Reise war die Jagd. Er war ein leidenschaftlicher Jäger, seit seine Tante ihn in jungen Jahren auf ihr Anwesen in Schottland mitgenommen hatte, zur Jagd auf Rehe und Fasanen. Er wusste, dass auch Grogan gern ein paar Trophäen sammeln wollte, doch Archie hatte den Eindruck, dass sein junger Freund einen ganz anderen und wesentlich wichtigeren Grund dafür hatte, bis Kairo reisen zu wollen. Seine Motivation bestand gewiss nicht nur darin, der Königin und dem Heimatland einen Dienst zu erweisen. Archie hatte eine Ahnung, was das sein könnte, seit sie darüber gesprochen hatten, wer von ihren Angehörigen und Freunden die Einzelheiten der geplanten Expedition kannte. In einer seltenen Anwandlung von Offenheit hatte Grogan durchblicken lassen, dass er den Vater einer gewissen jungen Dame aus Kalifornien ins Vertrauen gezogen hatte. Archie hatte ihm nicht mehr entlocken können, und da er Ewarts Entschlossenheit kannte, war er ziemlich sicher, dass es dabei bleiben würde, bis Grogan selbst entschied, es ihm anzuvertrauen.

Ein einziger Punkt unterminierte Archies Überzeugung, Grogan werde bald erkennen, dass diese Reise unmöglich zu bewältigen war, und wieder zur Vernunft kommen. Es war diese eiserne Entschlossenheit im Blick des jungen Mannes. Wenn er diesem Herrn in Kalifornien irgendetwas beweisen wollte, indem er quer durch Afrika marschierte, dann würde er es tun. Archie und alle anderen, die Ewart Scott Grogan kannten, wussten nur zu gut: Wenn dieser entschlossene junge Mann sich etwas in den Kopf gesetzt hatte, gab es nichts, außer vielleicht den Tod selbst, das ihn davon abhalten könnte.

Grogan und Archie kämpften sich eine weitere Woche lang den Pungwe hinauf, obwohl sie nur hin und wieder einen flüchtigen Blick auf Wild erhaschten. Der Tierbestand schien in der ganzen Gegend stark dezimiert zu sein. Sie vermuteten, dass das an der intensiven Bejagung lag.

Ein Führer, den sie unterwegs angeheuert hatten, führte sie zu Mtambaras *kraal*. Mtambara war einst ein bedeutender Häuptling gewesen, doch unter dem Einfluss der Portugiesen war er nur noch eine Art Repräsentationsfigur. Er war ein winziger alter Mann, mit einem schmutzigen Stück Stoff und einem Bandolier mit Leder und weißen Holzperlen bekleidet. Grogan drückte ihm zur Begrüßung die Hand. Sie war mager, der Griff schwach.

Mtambara schien süchtig nach Schnupftabak zu sein. Während ihres Besuchs saßen Grogan und Archie auf den angebotenen Stühlen, der Häuptling hockte auf dem Boden, die knochigen Arme auf die knochigen Knie gestützt. Alle paar Sekunden sank sein langer, dünner Arm herab, die Hand tauchte in die Schnupftabaksdose zu seinen Füßen wie ein Reiher, der im Gras nach Grillen pickt. Dann hob er die zusammengepressten Finger zu einem Nasenloch, unterbrach das Gespräch und schnupfte energisch.

Mtambaras ältester Sohn, der Thronfolger, war eine noch unbedeutendere Gestalt, anscheinend dauerhaft im Stumpfsinn des Drogenrauschs erstarrt. Doch der zweitälteste

Sohn des Häuptlings, Jim, war ein sehr lebhafter Kerl, der in einem khakifarbenen Hemd und einer ordentlichen Hose recht schnittig aussah. Er erzählte ihnen, dass die Jagd am Sabi besser sei, dem Fluss auf der anderen Seite von Umtali an der Grenze zwischen Portugiesisch-Ostafrika und Südafrika.

»Wir sind vor allem hinter Löwen her«, sagte Archie, dessen Interesse sofort geweckt war.

»Ja, Sir, da sind Löwen. Viele Löwen. Und ich freue mich, Ihr Führer zu sein. Ich zeige Ihnen, wo sie sind.«

Grogan war sicher, dass Jims Antwort genauso ausgefallen wäre, wenn sie Interesse an Eisbären bekundet hätten, doch sie kamen überein, ihm eine Chance zu geben. Denn auf sich allein gestellt, waren sie offenbar dazu verdammt, auf der fruchtlosen Suche nach Wild ewig umherzuziehen.

Jim entpuppte sich als unerschöpfliche Quelle von Informationen über das Land, das sie durchquerten. Er hatte eine Missionsschule in Südafrika besucht, und sein Englisch war passabel, mit der typisch abgehackten Aussprache der englischen Siedler in Südafrika. Sie verließen den *kraal*, und nachdem sie zwei Tage lang marschiert waren, bot sich ihnen von einem Hochplateau der Savanne aus der Blick auf einen grünen Grasteppich, der sich bis zur Grenze erstreckte, durchzogen vom silbrig schimmernden Wasser des Udzi. Sie schlugen das Lager auf der letzten Anhöhe auf, ehe sie in das Flusstal hinabstiegen. Grogan saß da und starrte auf die ungebrochene Weite der violetten Hügel, die im Norden am nebligen fernen Horizont verschwanden. Er war weit fort von da, wo er sein wollte. Der nördliche Horizont verbarg sein eigentliches Ziel, das Land dahinter.

»Diese Richtung Njassaland, Sir«, bemerkte Jim an seiner Seite.

»Ich weiß, Jim. Dorthin werden wir bald ziehen.«

»Ah, sehr gut, Sir. Sie werden mögen, glaube ich. Es ist sehr schön. Noch schöner als hier.«

Während der folgenden Tage fanden sie keine Spuren von Löwen. Sie entdeckten Antilopen und konnten ein paar erlegen.

Diese jagdliche Abwechslung frustrierte Grogan nur umso mehr. Die vergebliche, langsame Suche nach Wild bot ihm keine Gelegenheit, seine Ausdauer mit Gewaltmärschen auf die Probe zu stellen, wie er geplant hatte, doch er wusste, dass er seine Ungeduld zügeln musste. Ohne seine Instrumente konnte er die wichtige Erkundung und Vermessung, die er sich zur Aufgabe gemacht hatte, nicht leisten.

Zwei Tage später wurde Archie von einer mysteriösen Krankheit so geschwächt, dass er nicht weiterlaufen konnte.

»Vielleicht sollten wir nach Beira zurückkehren«, schlug Grogan vor.

»Und wochenlang herumhocken und uns mit Hummer vollstopfen, während wir auf unsere Ausrüstung warten?« Archie schüttelte den Kopf. »Ich riskiere es lieber, hier oben zu bleiben. In ein, zwei Tagen bin ich sicher wieder auf den Beinen.«

»Wie wäre es dann, wenn du mit dem Großteil des Proviants hierbleibst und dich ausruhst? Ich marschiere weiter bis zum Sabi und sehe mir an, ob die Gegend der Mühe wert ist. Dann komme ich zurück, und wir treffen uns in Umtali.«

Archie war einverstanden, und Grogan bekam endlich seine Chance, seine Kräfte im Kampf gegen den afrikanischen Busch zu messen.

Er ließ seine Männer zwanzig Meilen weit am Udzi entlangmarschieren. Am folgenden Morgen schlug er den Weg nach Umtali ein – ein Gewaltmarsch von sechzig Meilen in neunzehn Stunden. Das war die Kraftprobe, die er gewollt hatte.

In dieser Nacht gönnte er sich einen Brandy mit Soda in Umtali und schlief mit dem seligen Gefühl ein, dass er zwar müde war, die grausame Herausforderung seiner Kraft und allgemeinen Gesundheit jedoch keine Nachwirkungen zu haben schien.

23. April. Umtali

Die vergangenen vierundzwanzig Stunden in fiebriger Umnachtung verbracht.

Ich kann gar nicht beschreiben, welche Trostlosigkeit mir das verursacht. Anscheinend werden das Fieber und ich stete Weggefährten sein.

Kapitel 4

Das Gras breitete sich aus, so weit das Auge blicken konnte, und es bewegte sich in dem breiten Tal wie eine weiche alte Decke im Wind. Ein Hügel, gesprenkelt mit glatten, runden Steinen, erhob sich sacht aus dem Gras hin zu einem Haufen Felsen, von denen es hieß, sie seien vom Himmel gefallen, als *Ngai* seine Lederpeitsche herabsausen ließ, um den Massai alle Rinder auf Erden zu schenken.

Momposhe stand auf der Anhöhe unterhalb der Felsen und sog an einem Grashalm; die Ziegen grasten um ihn herum. Seine Kenntnisse reichten immer noch nicht aus, um die Feinheiten süßen Grases wahrhaft zu verstehen, doch er wusste genug, um zu erkennen, dass dem Vieh das Futter in ihrem neuen Tal schmeckte.

Dies war ihr Tal, seit Momposhes Sektion, die Purko Massai, hierher gezogen war, um den Stammeskriegen auszuweichen, die durch das Land der Massai gefegt waren. Die meisten *morani* waren in den Krieg gegen die Ildamat-Sektion gezogen, denn die Ildamat Massai hatten ihre Freunde, die Keekonyokie, angegriffen. Das hatte die Krieger der Purko Massai dazu veranlasst, zu tanzen, von den Ildamat Respekt zu fordern und Kriegslieder anzustimmen. Die Purko versammelten sich in so großer Zahl, dass sich die Savanne schwarz färbte, und dann trotteten sie in einer Gewitterwolke aus Staub davon. Nur die Frauen, die alten Männer und Jungen blieben zurück und kümmerten sich um die Herden.

Irgendwo jenseits der weiten Savanne fanden in Momposhes Vorstellung gewaltige Schlachten statt, denn die anderen Sektionen waren ebenfalls in den Krieg gezogen, und er wusste, dass die *morani* seines *enkangs* große Ehre erlangen würden, indem sie die große Savanne mit dem Blut vieler Feinde rot färbten. Momposhe wusste nicht, warum es Krieg zwischen den Brüdersektionen gab. Er wusste nur, dass diese Feindseligkeiten schon so lange bestanden, wie er zurückdenken konnte, bis sie schließlich zu diesem Blutvergießen geführt hatten.

Er wünschte sich so sehr, er könnte mit seinen *morani* gehen, doch er war noch nicht beschnitten worden. Er betrachtete seine jämmerlich kleine Bohnenhülse, die erst wachsen würde wie der große Flaschenkürbis der *morani,* wenn sie beschnitten war. Sie war glatt und weich wie eine dicke Raupe. Ohne seinen Vater war niemand da, der die Älteren bitten konnte, den Beschneider zu rufen, und ohne die Beschneidung konnte er sich nicht darauf vorbereiten, ein Krieger zu werden.

Der Junge hob einen Stein auf und warf ihn zornig nach einem Sekretär, der Insekten und anderes Getier aufpickte, das die weidenden Ziegen aufgescheucht hatten.

Eine ganze Graszeit war vergangen, seit sie in ihrem Tal angekommen waren. Er erinnerte sich an die lange Regenzeit vor dem Zug hierher. Der Regen war auf ihn herabgeprasselt, als er und sein Vater von der Farm des Buren weggebracht wurden, wo sie ihr Vieh gebadet hatten, als die Buren – alle sieben – von den Nandi abgeschlachtet worden waren. Das war ein schrecklicher Tag, dieser Regentag, als er und sein Vater den Leichnam seiner Mutter, ebenfalls ein Opfer der Nandi, in die Erde gebettet hatten. Als sie zu den qualmenden Überresten der Farm zurückkehrten, waren dort weiße

Männer. Sie waren sehr zornig und brachten Momposhe und seinen Vater in einen Käfig, in dem sie drei Tage ohne Essen ausharren mussten und nur den Regen trinken konnten, der durch ein Loch in der Decke tropfte. Am vierten Tag banden die Männer seinen Vater hinter ein Maultier und brachten ihn fort. Als Momposhe versuchte, ihnen zu folgen, jagten sie ihn davon.

Jetzt stand die nächste Regenzeit bevor, und wieder würde Momposhe den Bruder seines Vaters anflehen, die Beschneidung zu veranlassen, aber er wusste, dass die Antwort erneut nein lauten würde. Sein Onkel sagte, es sei die Pflicht eines Vaters, eine Beschneidung zu veranlassen. Momposhe wusste, dass es auch die Pflicht eines Vaters war, den Beschneider für seine Dienste zu bezahlen, und es war vermutlich eher die Färse als die Tradition, die seinem Onkel Kummer machte.

Die Sonne sank dem fernen Gebirge entgegen, das die Massai Mau nannten, und Momposhe dachte, es sei an der Zeit, in den *enkang* zurückzukehren und das Vieh vor den Räubern der Nacht in Sicherheit zu bringen. Als er sich der Ansammlung von Hütten in ihrer schützenden *boma* aus Dornbüschen näherte, sah er einen Mann den Hügel hinaufsteigen. Das blaue Gewand, der rasierte Kopf und der Wanderstab, die langgezogenen Ohren, beschwert mit hölzernem Schmuck, sagten Momposhe, dass der Mann ein Ältester war, doch er erkannte ihn nicht. Vielleicht ein Besucher.

Als der Mann noch fünfzig Schritt entfernt war, tobte und hüpfte es in Momposhes Brust, als sei sie zum Käfig eines kleinen Affen geworden. Er ließ seinen Hirtenstock fallen und hob ihn sofort wieder auf, ohne den Blick von dem Mann abzuwenden. Er traute seinen Augen kaum. Es war Marefu Ole Matipe – sein Vater –, der da auf ihn zukam.

Doch sein Vater hatte einen bekümmerten Gesichtsausdruck, und er ging wie ein Mann, dem ein Dämon auf den Fersen ist. Aber vielleicht hatte Momposhe ein so schlimmes Verbrechen begangen, dass sein Vater davon erfahren hatte und aus dem Gefängnis des weißen Mannes hierher geeilt war, um ihn zu bestrafen. Momposhe war es gleichgültig. Sein Vater war zurück, und selbst wenn er nur gekommen war, um ihn zur Strafe zu schlagen, würde Momposhe sich darüber freuen.

Jetzt war sein Vater schon ganz nah. Jetzt begegnete er Momposhes Blick mit traurigen schwarzen Augen und starrte ihn an, als erkenne er ihn nicht. Momposhe erstarrte unter diesem gehetzten, gequälten Blick. Dann wurden die harten Falten um die Mundwinkel seines Vaters weicher, als er die Arme nach Momposhe ausstreckte. Er drückte Momposhes rasierten Kopf an seinen warmen, flachen Bauch und hielt ihn fest.

Jene im *enkang*, die von solchen Dingen wussten, sagten, dass ein Massai das Gefängnis des weißen Mannes nicht überstehen konnte; ein Massai konnte das Fehlen der Sonne nicht ertragen, die Enge eines Käfigs, den Verlust der Würde. Deshalb hatte Momposhe geglaubt, sein Vater werde sterben, und hatte sich darauf vorbereitet, ihn niemals wiederzusehen. Er hatte keine Tränen vergossen, denn das schickte sich nicht für einen Jungen, der einmal zum Krieger aufsteigen wollte.

Doch hier stand er, hielt seinen Vater umschlungen und hörte, wie dessen Herz Blut durch seinen Körper strömen ließ. Stark und lebendig.

Eine Träne löste sich aus Momposhes Auge und tropfte in einer kleinen Staubwolke auf den Boden. Aber er war glücklich.

Die sechs Ältesten saßen um das Feuer und hielten Rat. Momposhe, der in der Hütte seines Onkels hatte bleiben müssen, spähte aus der Dunkelheit hinüber und musterte durch Lücken zwischen jenen, die ebenfalls die Versammlung beobachteten, den Halbkreis alter Gesichter. Der flackernde Feuerschein fügte noch mehr Falten hinzu, und ihre Augen lagen in tiefen Schatten, was sie seltsam fremdartig und ausdruckslos wirken ließ.

Sein Vater Marefu stand steif vor den Alten, mit dem Rücken zu Momposhe, doch der Junge konnte jedes empörte Wort verstehen, das sein Vater sprach. Er begann damit, die Ältesten daran zu erinnern, dass sie ihn im Stich gelassen hatten, dass sie einen Bruder ihrer Altersklasse den Weißen überlassen hatten. Er fragte sie, ob sie dasselbe getan hätten, wenn ihn ein Löwe angegriffen hätte, statt Männern in Uniform.

»Nein«, beantwortete er seine eigene Frage. »Ihr wäret eher mit mir gestorben, als mich im Stich zu lassen. Es sind noch nicht zu viele Jahre vergangen, als dass ich mich nicht an den Tag erinnern könnte, an dem ich meinen ersten Löwen erlegt habe. Erinnerst du dich daran, Leponyo?« Er wandte sich dem alten Mann auf der rechten Seite des Halbkreises zu. »Das war zur Zeit des roten Mondes, nicht wahr? Eine große Dürre folgte auf die Graszeit, in der die Hyänen sechzehn Schafe gerissen haben. Ja, ich sehe es in deinem Gesicht. Du bist wieder dort, mit mir. Das Gras der Savanne um uns war platt gedrückt. Du warst an meiner Seite. Wir haben den Löwen mit unserem Gesang und Tanz erzürnt. Weißt du das noch? Ja. Du und ich. Schulter an Schulter. Schild an Schild.«

Momposhe schlich näher heran, so nahe, dass er sehen konnte, wie der Blick seines Vaters zum nächsten Mann weiterrückte.

»*Ai,* Sekento«, sagte er. »Wir sind den ganzen Tag lang gerannt, du und ich, um dieses Kikuyu-Dorf unterhalb des Kinangop zu überfallen. Du hast dir einen prächtigen roten Bullen geholt und ich mir eine prächtige junge Frau – die später meine Ehefrau werden sollte. Du kanntest sie auch, Sekento. Sie war eine Schwester. Weißt du, dass ich sie an jenem Tag auf der Farm des Buren begraben habe? Ja, ich habe sie in der Erde begraben, wie die Weißen es von uns verlangt haben, statt den Jägern der Nacht zu erlauben, dass sie sich holen, wie es Sitte ist. Aber währenddessen haben die Soldaten mich gefunden. Ich war nicht besorgt. Ich hatte nichts Böses getan, doch sie brachten mich zu ihrem Gericht und in ihr Gefängnis. Erst viele Monde später begriff ich, dass sie glaubten, die Buren wären von Massai bei einem Raubzug getötet worden. Diese Weißen sind ungeheuer dumm, nicht? Wie konnten sie den Nandi-Speer nicht erkennen, der im Rücken des Buren steckte?« Er lächelte verächtlich, dann nahm sein Gesicht wieder diesen zornigen Ausdruck an. »Aber du wusstest, dass es ein Nandi-Speer war, nicht wahr, Sekento? Natürlich wusstest du das. Du auch, Leponyo, und du, mein Bruder Ilampala. Ihr alle wusstet, dass die Nandi gemordet haben.« Er schaute von einem Mann zum nächsten und sah den anderen Männern so lange in die Augen, bis jeder von ihnen den Blick abwenden musste.

»Ihr alle«, wiederholte Marefu voller Abscheu. »Aber keiner von euch ist gekommen, um bei den Weißen für mich zu sprechen.« Seine Stimme war wie ein rasiermesserscharfes *simi,* das ihnen das Fleisch in Scheiben abschnitt. »Ein Raubtier soll euch verschlingen!«, rief er, und die Versammelten schnappten nach Luft. Das war der schlimmste Fluch, den ein Massai gegen den anderen aussprechen konnte, doch niemand wagte es, Marefu zu tadeln.

»Ich erwarte auch nichts Besseres von euch, wenn die Weißen kommen, um mich wieder einzufangen. Das werden sie tun, denn ich habe einen *askari* getötet, um zu entkommen. Was hätte ich sonst tun können? Ich konnte nicht einen Tag länger an diesem dunklen, kalten Ort ausharren. Wie kann ein Mann eine so barbarische Behandlung ertragen, ganz gleich, was er verbrochen haben mag?«

Marefu entdeckte Momposhe am Rand des Feuerscheins, und der Junge sah, dass sein Vater traurig war, unendlich traurig, und nicht mehr wütend wie zuvor.

»Ich gehe fort«, verkündete Marefu. »Ihr habt mich beschämt, und ich verachte euch. Ihr werdet mich niemals wiedersehen, denn ich bin fortan kein Massai mehr. Ich verleugne euch. Ich meide euch. Euch gibt es nicht mehr.«

Momposhe folgte seinem Vater die ganze Nacht lang. Sogar als der Löwe sich anschlich, gingen sie weiter. Als der Himmel im Osten sich violett und rosig erwärmte, hielten sie noch immer nicht an, sondern liefen weiter, bis die Sonne aufging. Dann machte Marefu endlich halt.

Der Junge blieb stehen, während sein Vater sich in den Schatten eines Affenbrotbaumes hockte. Sie hatten die ganze Nacht über kein Wort gewechselt. Nun wies Marefu mit einem Nicken auf die schattige Stelle vor sich. Momposhe setzte sich.

»Ich weiß, was du im Herzen trägst, Momposhe«, sagte sein Vater. »Wir werden jetzt über das sprechen, was ausgesprochen werden muss, und wenn wir fertig sind, muss alles abgeschlossen sein, denn ich werde von heute an nie wieder über die Massai sprechen.« Er sah Momposhe an. »Verstehst du, mein Sohn?«

»Ja.«

»Dann sag mir, was du im Herzen trägst.«

Momposhe konnte die Worte nicht finden. Er blickte in die gequälten Äste des Affenbrotbaums auf. Sie streckten krumme Klauen nach dem erwachenden Himmel aus, als griffen sie nach den goldenen Sonnenstrahlen. Wie konnte er erklären, dass er die Hoffnung, ein Mitglied der *morani* zu werden, schon fast verloren hatte, als sein Vater zurückgekehrt war, um dann zu erleben, wie sie erneut zunichtegemacht wurde, weil sein Vater den ganzen Stamm unwiderruflich verdammt hatte? Eine Seite von ihm wollte schreien vor Zorn über diese Ungerechtigkeit, dass man ihn seines Rechtes beraubt hatte, ein echter Mann zu werden. Ein anderer Teil von ihm verstand seinen Vater. Er wusste, wie sehr das Verhalten seiner Altersgenossen ihn verletzt hatte. Altersgenossen standen sich näher als Brüder. Ihr Band war das Herz der Massai-Gesellschaft, es sicherte ihr Überleben, bildete die Grundlage für ihre überragende Streitmacht, denn Altersgenossen würden einander auf dem Schlachtfeld niemals im Stich lassen. Seite an Seite, in einer dichten Phalanx aus Schilden und Speeren, waren sie unbesiegbar, denn niemand konnte dieses unsichtbare Band durchtrennen. Doch jetzt war Momposhes Chance, selbst solche Beziehungen zu erleben, in großer Gefahr. Und es war zu schwierig für seinen Geist, all diese widersprüchlichen Gefühle zusammenzufassen.

»Du bist mir gefolgt, und doch bist du nicht ganz sicher, ob du das hättest tun sollen.« Wie üblich hatte sein Vater einen Haufen verstreute Gedanken eingesammelt und zu ein paar einfachen Worten zusammengepresst.

»Ja, Vater. Es tut mir leid.«

»Du brauchst dich nicht zu entschuldigen. Mir tut es leid. Ich habe alle meine Brüder verdammt, und nun laufe ich Gefahr, meinen Sohn zu verlieren.«

»Ich will dich nicht verlieren, mein Vater.« Der Affenbrotbaum blickte stirnrunzelnd auf ihn herab und warnte ihn, sich nicht mit Tränen selbst zu beschämen. Momposhe verknotete die Hände und biss sich auf den Zeigefinger. »Was soll ich tun?«

»Du bist ein *olaiyoni*, ein großer Junge. Bald wird man dir die Chance bieten, zu den *morani* zu gehören. Auf all das wirst du verzichten müssen, wenn du mit mir kommst. Du allein kannst wählen. Fürchte nicht, ich könnte zornig auf dich sein, denn ich weiß, dass sich das Herz eines jeden jungen Massai danach sehnt, sich seinen Brüdern anzuschließen. Ich werde dich vermissen, aber ich werde dich nicht weniger lieben, wenn du mich verlässt.«

Der Affenbrotbaum bot ihm keinerlei Hilfe an. Er ragte über ihm auf, die blattlosen Arme gleichgültig ausgebreitet, obwohl er einen Augenblick zuvor noch so ausgesehen hatte, als wollte er Momposhe schelten.

»Was kann ich denn sein, wenn ich kein Massai bin?«, fragte er.

»Ich sehe voraus, dass die Weißen bald der stärkste Stamm sein werden. Sie besitzen fürchterliche Waffen, und ihre Zahl wächst stetig, während die Kriege der Massai untereinander uns bald zu Nichts zerfallen lassen werden; dann können wir nur noch zusehen, wie andere unser Land unter sich aufteilen.«

»Meinst du damit, ich sollte mich den Weißen anschließen?«

»Ich kenne ihre Gebräuche nicht. Du musst sie erst studieren und dann für dich selbst entscheiden.«

Ein Sonnenstrahl brach hinter einem dicken Ast des Affenbrotbaums hervor und stach Momposhe in die Augen. »Ich will mit dir gehen, mein Vater.«

Momposhe und Marefu liefen tagelang ohne Essen und mit nur einer Kalebasse Wasser, das nie reichte.

Das Land war trocken, das wenige Wild flink, und Wasser, mit dem sie die Kürbisflasche auffüllen konnten, war schwer zu finden. Wenn sie sie füllen konnten, dann mit der sandigen, übelriechenden Brühe fast leerer Wasserlöcher. Ihr Weg war sehr lang, und soweit Momposhe sagen konnte, führte er nirgendwohin.

Am fünften Tag stürzte Momposhe und konnte eine ganze Weile nicht mehr aufstehen. Bald danach folgte sein Vater der Spur zweier Räder zu einem Farmhaus. Marefu zögerte am Torpfosten und stieß dann seinen Speer in den Boden.

Zu zweit gingen sie auf das Haus zu und blieben in der Sonne davor stehen, bis Momposhes Knie wieder nachgaben. Endlich ging die Tür auf, und eine Pistole schob sich hervor, gehalten von einer alten weißen Frau, die durch den schmalen Türspalt nach ihnen spähte. Sie sprach tapfer, doch das atemlose Beben am Ende ihrer Worte verriet ihre Angst.

Marefu antwortete – so respektvoll, wie Momposhe seinen Vater noch nie hatte sprechen hören – auf Maa, der melodiösen Sprache der Massai. Das machte keinen Eindruck auf die Frau, die inzwischen beide Hände brauchte, um ihre Pistole zu halten. So blieb sie eine Weile stehen, dann schloss sich die Tür.

Momposhe blickte zu seinem Vater auf, der den Blick unbeirrt auf die Tür gerichtet hielt und resolut stehen blieb. Wieder warteten sie, und wieder wurden Momposhes Knie schwach.

Die Frau tauchte erneut auf, den Revolver nun in der Schürzentasche und ein Bündel Stoff in der Hand. Sie näherte sich misstrauisch, und Marefu schubste Momposhe vor, damit er das Bündel entgegennahm. Als er es von ihr nahm, lächelte die Frau ihn an. Momposhe wäre beinahe in Ohnmacht gefallen, als ihm der Geruch frischen Brotes in die Nase drang und ihm das Wasser im Munde zusammenlief.

Er und sein Vater zogen sich hinter den Torpfosten zurück, und Momposhes Bauch wurde dick von dem heißen Brot, das die weiße Frau zu kleinen runden Küchlein gebacken hatte.

An den darauffolgenden Tagen hatten sie nicht so viel Glück. Sie streiften nun über die Hochebene, wo die Nächte kalt waren, und von vielen Farmhäusern wurden sie davongejagt, ohne dass man ihnen etwas zu essen anbot. Momposhe vermutete, dass die Farmer die Massai fürchteten, denn überall waren Spuren eines Krieges zu sehen. Unterwegs waren sie auf ein Schlachtfeld gestoßen, das mit den Leichen gefallener *morani* übersät war; Aasfresser hatten ihr Fleisch zerfetzt und schon teilweise verschlungen.

Am dritten Tag, nachdem sie die weiße Frau mit den Brotküchlein gefunden hatten, trafen sie auf einen weißen Mann, der sich mit einer Kuh abmühte; sie war im Matsch an einem Wasserloch stecken geblieben. Das Gesicht des Buren war sehr rot. Momposhe konnte sehen, dass die Färse nicht krank war und es eigentlich hätte schaffen müssen, sich selbst aus dem Schlamm zu befreien, doch sie weigerte sich, wie junge Kühe es so oft taten, aus Gründen, die nur dem Vieh bekannt waren.

Marefu und Momposhe näherten sich und sahen eine Weile zu, wie der Mann die Kuh schob und zerrte und schubste. Schließlich stemmte der weiße Mann die Hände in die Hüften und brummte den beiden Massai etwas zu. Ein verlegenes Schweigen entstand, da weder Marefu noch Momposhe ihn verstehen konnten, doch es war offensichtlich, dass der Mann Hilfe brauchte. Marefu reichte Momposhe seinen Speer und seinen Wanderstab und ging zu der Kuh, die im Schlamm lag und ab und zu kläglich muhte. Er beugte sich vor, den Mund an ihrem Ohr, und flüsterte ihr liebevoll zu, wie Momposhe es bei den Männern seines *enkangs* gesehen hatte, wenn ein Rind krank war.

Er streichelte und tätschelte sie, und die Färse beruhigte sich. Dann gab er ihr einen Klatsch auf den Schwanz, und die Kuh trat energisch aus und rappelte sich schwankend hoch.

Der weiße Mann starrte der davoneilenden Kuh einen Moment lang nach, brach dann in Lachen aus, schlug sich auf die Schenkel und klopfte Marefu auf die Schulter.

An diesem Abend aß Momposhe gut, und der weiße Mann ließ sie in der Hütte für seine Kälber schlafen.

Kapitel 5

Nachdem sie Umtali verlassen hatten, folgten sie tagelang dem Sabi, doch Jims Versprechen, hier gebe es viele Löwen, entpuppte sich als genau die prahlerische Übertreibung, die Grogan von Anfang an vermutet hatte. Er und Archie beschlossen, sich zurückzuziehen und über die nächsten Schritte nachzudenken. Jim verabschiedete sich fröhlich von ihnen und kehrte zum Dorf seines Vaters zurück, als sei das alles ein lustiges Spiel gewesen.

Sie saßen im Speisesaal ihres Hotels in Umtali, die Knochen eines äußerst zähen Hühnchens vor sich auf den Tellern, als Grogan sagte: »Ich habe lange darüber nachgedacht, Archie, und jetzt ist mir klar, was wir falsch gemacht haben. Statt unsere Zeit mit Eingeborenen oder Amateuren zu vergeuden, sollten wir uns einen professionellen Führer suchen. Jemanden, der garantiert Löwen für uns aufspüren kann. Ich nehme an, in Beira müsste sich jemand finden lassen.«

»Gute Idee. Wir sind kreuz und quer durch die Gegend gelaufen und hatten kein Glück, bis auf die Antilopen, die du vor meiner Ankunft gesehen hast.«

»Auch das waren leider nicht viele. Ein paar Gazellen. Das Fieber hat mir zu schaffen gemacht. Ich war zu krank, um ihnen nachzujagen.«

»Du hast übel ausgesehen, als ich endlich hier ankam. Was ist nur mit dir geschehen? Für mich hat das nicht nach dem Fieber ausgesehen.«

Eine lebhafte Erinnerung an lautes Lachen und nackte Oberschenkel stand Grogan plötzlich vor Augen. »War wohl irgendetwas im Essen, nehme ich an«, nuschelte er.

So entschlossen er es auch versuchte, er konnte diese Nacht nicht vergessen: die Hotelbar war mit knallbunten Bannern geschmückt, dazu laute Musik und Tanzmädchen, die eigens aus Goldgräbersiedlungen in ganz Südafrika hierher geholt worden waren, und Drinks, in einer Runde mit mehreren Fremden. Whisky. Zu viel. Und diese Tänzerin.

Während er die folgenden Tage weiterhin auf Archie wartete, spürte er seinen Penis so deutlich wie noch nie. Er überwachte jede noch so kleine Empfindung, als hätte er ein Raubtier in der Hose. Wann immer er Gelegenheit dazu hatte, zog er sich unter einem Vorwand zurück, um ihn gründlich zu untersuchen. Im Lauf der Zeit hatte er jedoch erkannt, dass dieses Jucken und die anderen seltsamen Empfindungen nur seiner Einbildung entsprungen waren, oder vielleicht seinem schlechten Gewissen.

»Dann meinst du also, wir sollten uns das näher ansehen?«, fragte Archie.

»*Was!*«

»Die Sache mit dem professionellen Führer.«

»Ach, ja … Ich denke schon. Sobald wir wieder in Beira sind.«

26. Mai. Am Urema

Unsere Aussichten auf eine erfolgreiche Jagd stiegen gewaltig, als wir Mr. Dan Mahony begegneten; er war der bekannteste Führer in ganz Portugiesisch-Ostafrika und ein alter Bekannter von mir aus dem Matabele-Feldzug. Er erklärte sich bereit, uns in das Gebiet nördlich des Urema River zu führen, wo es, wie er sagte, reichlich Wild gebe.

Das Land, durch das wir nun marschierten, war extrem fruchtbar, die Hirse wuchs gut zwölf Fuß hoch und bog sich unter gewaltigen Rispen. Die Menschen, denen es offensichtlich sehr gut ging, bauten ordentliche Strohhütten und hielten sie sehr sauber. – Archie erbeutete einen guten Löwen, nur wenige Stunden, nachdem wir am zweiten Tag das Lager aufgeschlagen hatten. Archie! War denn die Medaille, die ich in Cambridge als Schütze gewonnen hatte, gar nichts wert? Ich befinde mich in einem Zustand ungeduldiger Erregung und bin fest entschlossen, diesen Stand auszugleichen.

Grogan brach im Morgengrauen auf, mit Mahony als Führer und Mahonys bestem Mann als Gewehrträger.

Eine Stunde vom Lager entfernt trafen sie an einem Wasserloch auf frische Losung und folgten der Spur, begleitet nur vom Summen der Fliegen und dem Zwitschern früher Vögel. Einige Male verloren sie die Fährte und mussten umkehren, um sie wieder aufzunehmen.

Als die Sonne den unendlichen afrikanischen Himmel erklomm, verschwand die Spur – Prankenabdrücke so groß wie Speiseteller – in hochgewachsenem Gras. Mahony warf Grogan einen Blick zu und schüttelte den Kopf.

Grogan starrte ins hohe Gras. Der Weg des Löwen war offensichtlich, denn er hatte mit seinem breiten Kopf eine kleine Schneise durchs Gras gezogen. Dennoch konnte Grogan kaum ein paar Schritt weit nach vorn sehen. Der Löwe wusste offensichtlich, dass er verfolgt wurde, und hatte sich eine Stelle ausgesucht, an der er im Vorteil wäre, falls er angreifen wollte.

»Dan«, sagte er, »lass mich allein hineingehen.«

»Sei kein Narr, Ewart«, erwiderte Mahony. »Es wird andere Löwen geben, an einem anderen Tag.«

»Mag sein. Aber das hier ist mein erster. Wie viele Jäger erlegen den ersten Löwen, den sie sehen, Dan?«

»Kaum einer.«

»Eben.«

Grogan nahm dem Träger, der sich so heftig auf die Unterlippe biss, dass sie weiß geworden war, sein Gewehr ab und drang ins hohe Gras vor.

»Ewart!«, zischte Mahony. »Das kann ich nicht zulassen!«

Grogan wandte sich grinsend zu ihm um und sagte: »Ich spreche dich von jeglicher Verantwortung frei, Dan.«

Mahony schüttelte drohend die Faust, als Grogan sich abwandte und im Gras verschwand. »Warst schon immer ein verflucht sturköpfiger Eiferer, Grogan«, brummte er.

Das mannshohe Gras verschluckte alle Geräusche außer dem Knistern trockener Halme, und bald nahm Grogan nichts anderes mehr wahr. Der Löwe hielt an seinem Weg fest und wich kaum einmal einen Fuß weit davon ab, so dass Grogan hin und wieder einen Blick nach vorn werfen konnte. Deshalb war er sicher, dass er den Löwen noch vor sich hatte.

Die Hitze wurde drückend. Schweiß rann ihm übers Gesicht und tropfte auf sein ohnehin schon durchnässtes Hemd. Er blieb stehen. Augenblicklich war er von vollkommener Stille umgeben. Die schmale Spur durch das Gras lief weiter, wie von Anfang an, doch plötzlich erkannte Grogan, dass der Löwe umgekehrt sein könnte, um nun irgendwo im hohen Gras zu lauern, die mächtigen Muskeln angespannt, geduckt zum Sprung.

Nun begriff er die tatsächliche Gefahr dieser Pirsch durchs hohe Gras und starrte angestrengt in die Graswand zu beiden Seiten des Pfads. Die Stille dröhnte ihm in den Ohren. Dann war irgendwo dort draußen schwach ein tiefes Seufzen zu hören, mehrmals, wie leises Husten. Einen Augenblick später hatte Grogan sich davon überzeugt, dass die Laute von vorn kamen und sich vermutlich von ihm wegbewegten.

Er ging weiter und blieb alle paar Minuten stehen, um seinen Atem zu beruhigen und zu lauschen. Einmal zeigte ihm das Schwanken von Grasähren am sichtbaren Ende des Pfades, wie nahe er dem Löwen war. Das beruhigte ihn, denn er war sicher, dass er mit seinen scharfen Augen und den schnellen Reflexen den Löwen bei einem Frontalangriff würde erlegen können. Manchmal war der seufzende Laut nicht mehr zu hören, nur eine nervenaufreibende Stille. Dann musste Grogan sich unter Aufbietung seiner gesamten Willenskraft zwingen, weiterzugehen. Mit feuchten Händen umklammerte er die Büchse.

Nach zehn Minuten dieses Katz-und-Maus-Spiels stieg das Land sacht an, zunächst unmerklich, doch bald konnte er die Felsen auf einer *kopje* etwa hundert Schritt vor sich sehen. Unglaublich – da war sein Löwe. Das große Männchen mit einer prächtigen rotgoldenen Mähne ließ Grogan einen Augenblick Zeit, seine goldene Brust aufs Korn zu nehmen und die .303er Bleipatrone abzufeuern. Der Löwe fiel mit einem letzten, trotzigen Knurren um und blieb liegen.

4. Juni. Am Pungwe

Wir haben die ganze Fülle Afrikas erfahren. Mahony führte uns zu einem Paradies in der Nähe des Pungwe River. Es ist ein wahr gewordener Traum. Als wir aus dem hügeligen Waldland hervortraten, erblickten wir eine Landschaft, die von einer gewaltigen Herde Tiere förmlich bedeckt war. An der weitesten Stelle der Ebene – in Richtung des Urema und der NW-Ausläufer der Gorongosa-Savanne – war die Ebene schwarz vor Wild. Es müssen mindestens vierzigtausend

Gnus gewesen sein, die wir da sahen. Die Herde teilte sich vor uns, als wir durch sie hindurchschritten, und verschluckte dann unsere Spuren. Zahlreiche weitere Antilopenarten, Zebras und andere Huftiere waren ebenfalls in beträchtlicher Anzahl zu sehen.

Archie und ich verfolgten drei Elenantilopen acht Meilen weit, jedoch ohne Erfolg. Schließlich schlugen wir das Lager auf, wo wir uns gerade befanden, und Archie hatte einmal mehr unverschämtes Glück – am frühen Abend entdeckte er Büffel, die aus einem donga, *einem Erosionsgraben, kamen, und erlegte vier mit seiner doppelläufigen Enfield.*

Archie versteht noch nichts von Büffeln und behandelt sie mit unachtsamer Gleichgültigkeit. Meinen Respekt hingegen haben sie sich durch die zahlreichen Berichte erworben, die ich über ihren gewaltigen Mut und ihr listiges Wesen gehört habe. Sie töten viel mehr Menschen in Afrika als seine Hoheit, der Löwe.

Archie und ich schossen heute Morgen einen Büffel aus einer großen Herde heraus. Als wir uns dem »toten Tier« näherten, rappelte es sich plötzlich hoch und griff uns aus einer Entfernung von dreißig Schritt an. Ich feuerte beide Läufe der Elefantenbüchse auf seine Brust ab, was nicht die geringste Wirkung zeitigte. Da mir keine Zeit zum Nachladen blieb, nahm ich schmählich die Beine in die Hand. Archie blieb verwegen stehen, als verteidigte er von den Barrikaden aus ein Fort. Er gab einen einzigen Schuss ab und brachte das Vieh drei Schritt vor seinen Füßen zu Fall. Sofort danach wurden ihm die Knie schwach, und er verlangte laut nach einem Cognac. Ich wage zu vermuten, dass er zum letzten Mal so leichtsinnig einem Büffel gegenübergetreten ist.

Insgesamt jedoch waren die vergangenen Tage für Archie sehr unangenehm. Ich gemahne in ständig daran, dass seine

Korpulenz in den kommenden Monaten eine große Last für ihn sein wird, und heute Morgen, kurz nach dem Aufbruch, wurde ihm seine Leibesfülle zum Verhängnis. Wir überquerten eine Brücke aus verfilzter Vegetation, als er plötzlich in dem Fluss darunter verschwand. Zweifellos waren die allgegenwärtigen Krokodile hocherfreut über die unerwartete Beute, doch wir zogen ihn heraus, ehe Schlimmeres geschehen konnte.

Archie beschloss, den Tag mit der Jagd nach seinem und Grogans schwerem Gepäck zu verbringen, das noch immer nicht eingetroffen war. Sein erster Schritt bestand darin, den portugiesischen Schiffsagenten aufzutreiben – an sich schon nicht einfach – und ihm die Meinung zu sagen. Archie erklärte, er werde zunächst die Bars am Hafen absuchen. Grogan fragte sich, wie weit Archie wohl kommen würde, ehe ein Bier in jeder Bar der Sache ein Ende bereitete. Dennoch wünschte er ihm viel Glück und erklärte, er wolle erneut versuchen, Träger zu rekrutieren.

Grogan hatte auf einem ihrer Jagdausflüge entlang des Pungwe ein Watonga-Dorf entdeckt und suchte nun nach einem Boot, um flussaufwärts zu fahren und es wiederzufinden. Er war bereits anderen Watonga am Sambesi begegnet, als er die Gegend für Rhodes ausgekundschaftet hatte. In Statur und Temperament erinnerten sie ihn an die überschwenglichen Zulu und an die Matabele, die nicht davor zurückschreckten, einem weißen Mann auf dem Schlachtfeld gegenüberzustehen, und ehrenhaft kämpften. Er wusste, dass die Watonga ein stolzes Volk waren und einen Anführer respektierten. Er würde reichlich Männer mit diesen Qualitäten finden müssen, damit sie die Strapazen im wilden Innersten des Kontinents überlebten. Bisher hatte er keinen Erfolg gehabt, also entschloss er sich dazu, seine Taktik bei den Watonga zu ändern.

Zwei Stunden später marschierte Grogan in das Dorf ein, bekleidet mit seiner frisch gebügelten Paradeuniform, in vollem Ornat mit all seinen Medaillen behängt. Bei näherem Hinsehen hatte er seine selbst erworbene Dekoration als zu wenig eindrucksvoll befunden und deshalb weitere Stücke hinzugefügt. An seine Kappe hatte er zwei Messingknöpfe von einem alten Militärmantel genäht, und zwei Silberdollar mit Löchern, die er auf einem Markt in Südkalifornien erstanden hatte. Seine Ärmel waren mit aufgenähten roten, weißen und blauen Stoffstücken besetzt, und von seinen Schultern und an der Brust baumelten goldene Kordeln mit Fransen, die von den protzigen Vorhängen im Speisesaal des Hotels stammten.

Mitten im Dorf blieb er stehen und schlug klatschend mit seinem »Offiziersstock«, bei dem es sich in Wahrheit um den Putzstock seiner alten Snider-Enfield handelte, auf seinen Oberschenkel.

»Meine Freunde«, sagte er so laut, dass alle ihn hören konnten, obwohl er sich gezwungenermaßen eines Dolmetschers bediente – ein Mann aus dem Dorf, der als Kind von einer Missionsschule adoptiert worden war. »Ich bin heute hier, um euch zu einem großartigen Abenteuer einzuladen. Dieses Abenteuer ist eine Reise von vielen, vielen Monden in weit entfernte Länder. Wer von euch zu den Auserwählten gehört, die mich auf dieser Reise begleiten dürfen, der wird die tiefen Wasser des Tanganjikasees sehen – ein unvergleichlicher Anblick. Dann marschieren wir weiter nach Norden zu einem anderen See, noch größer als der Tanganjika, und wir werden Berge mit feurigen Flüssen überqueren, und danach noch höhere Berge, so hoch, dass das Wasser hart wie Stein gefriert.«

Während der Pausen für die Übersetzung beobachtete er den Gesichtsausdruck der Watonga. Sie lauschten in völliger Stille.

»Aus dem vierten See fließt ein gewaltiger Fluss«, fuhr er fort, »der uns nach vielen Monden zur Heimat des weißen Mannes führen wird, dessen Zahl größer ist als die Sandkörner am Ufer des Meeres an der Mündung des Pungwe und dessen *kraal* höher reicht als die Hügel.« Noch immer lauschten die Watonga wie gebannt, und Grogan war sich seines Erfolgs beinahe sicher. »Dort, an der berühmten Stadt des weißen Mannes, beginnt ein großer Salzwassersee – das unendliche Wasser –, wo eure Reise nach Norden ihr Ende finden wird. Doch euer Abenteuer wird sich fortsetzen, denn ich werde euch auf einem Boot nach Hause schicken, das größer ist als dieses Dorf, und bei eurer Rückkehr wird euer Volk euch als Helden feiern. Eure Brüder werden niemals müde werden, eure Geschichten zu hören, und eure Kinder und Kindeskinder werden euer Andenken in Liedern besingen.«

Lange herrschte Schweigen, während die Leute all das bedachten.

Dann erhob sich eine Stimme aus den vorderen Reihen. Der Dolmetscher sagte: »Sie fragen, woher ihr das alles wissen könnt, wenn ihr es nicht schon gesehen habt.«

»Sag ihnen, dass weiße Männer sehr viel wissen, und was wir nicht wissen, das lernen wir aus Büchern.« Er zog ein Buch aus seinem Bündel und hielt es hoch, so dass alle es sehen konnten, während der Dolmetscher seine Antwort weitergab.

Eine weitere Stimme erhob sich aus der Menge, und den Worten folgte lautes Gelächter.

»Was hat er gesagt?«, fragte Grogan, als die Menge sich zerstreute.

Der Dolmetscher versuchte vergeblich, sich das Lächeln zu verbeißen. »Er hat gesagt, dass die Watonga berühmt sind als Geschichtenerzähler und Lügner, aber dieser weiße Mann sie in ihrem eigenen Spiel geschlagen hat.«

Grogan sah zu, wie sein Rekrutierungsversuch vor seinen Augen auseinanderfiel. Ein Mann jedoch blieb stehen, und ein paar andere trieben sich zögerlich am Rand des Dorfplatzes herum.

»Du da«, sagte Grogan und winkte den Mann herbei. »Tritt vor. Hast du Lust, mich bei meinem Abenteuer zu begleiten?«

Der Mann war groß und muskulös, der Ausdruck seiner Augen war intelligent, und er hielt Grogans Blick ein paar Sekunden lang stand, ehe er in stockendem Englisch sagte: »Ich komme mit dir.«

»Großartig! Und wer bist du?«

»Ich bin Makanjira.«

Der Dolmetscher erklärte, Makanjira sei ein Unterhäuptling – ein junger Mann, der am Ende einer Reihe älterer Männer auf seine Chance wartete, ein Anführer zu werden. Grogan hielt sich für einen guten Menschenkenner, und er meinte in Makanjira einen geborenen Anführer zu erkennen, der einen guten Trägerführer oder Gewehrträger abgeben würde.

Von den anderen, die sich in der Nähe herumdrückten, konnte er vier anwerben, darunter einen Jungen, den er zum Lager-Faktotum bestimmte.

Auf der Bootsfahrt zurück nach Beira gratulierte er sich zu der Entscheidung, Tagebuch zu führen, denn er hätte sich ohne diese Aufzeichnungen unmöglich an all die unerwarteten Komplikationen der Expedition erinnern können.

Kapitel 6

Bruce Dalton packte fast alles, was er tat, sehr nüchtern und sachlich an. Er musste sich seinen Lebensunterhalt im rauhen Klima der Hügel außerhalb von Londiani verdienen.

Er war nach dem Tod seiner Frau ins Hochland gekommen, um das ihm zugewiesene Land zu bestellen. Die Landwirtschaft lag seiner Familie seit Generationen im Blut, sei es der Kartoffelanbau in Irland oder, im Falle seines Vaters, Kautschukplantagen in Indien. Er hatte die Feinheiten mit der Muttermilch aufgesogen und sogar anständige Bananen hervorgebracht, als er noch an der Küste gelebt hatte.

Er begann mit Getreide und Gemüse, während seine Nachbarn gutes Geld mit ihrem Vieh verdienten. Irgendwie bekam er den Eindruck, dass sie den Weg zu leicht verdientem Geld gefunden hätten – geringes Risiko und hoher Profit –, also steckte er fast sein gesamtes, nicht eben beträchtliches Kapital in Rinder.

Nun stand er auf seinem Hof, wo er die schlimmsten Fälle aus seiner Herde zusammengetrieben hatte, und begriff, dass er rein gar nichts von Vieh verstand. Sie waren krank. Viele seiner Rinder waren schon gestorben, und er sah sich dem finanziellen Ruin gegenüber.

Marefu und der Junge standen hinter ihm – vielleicht warteten sie auf seine Befehle, wie diese bevorstehende Katastrophe zu bekämpfen sei. Dalton hatte sogar seine Kikuyu-

Dienstmagd als Dolmetscherin für den Fall, dass er seinen neuen Massai-Arbeitern Anweisungen erteilen wollte, doch er konnte nichts weiter tun, als die großen Hände tief in die Taschen zu schieben und sich selbst zu bemitleiden.

Der Junge, Momposhe, rückte vorsichtig näher heran. Dalton konnte ihn aus dem Augenwinkel sehen. Er schien ein guter Kerl zu sein, intelligent, obwohl er kein Wort Englisch sprach, und ein williger Arbeiter unter der Führung seines Vaters.

»Was gibt es, Junge?«, fragte er, ohne den Blick von seinen kranken Rindern abzuwenden.

Der Junge stammelte ein paar Worte, und Bernase, die Kikuyu-Magd, hörte zu und wandte sich dann an Dalton. »*Bwana*, der Junge sagt, mein Vater möchte wissen, was Sie tun.«

»Was ich tue? Wonach sieht es denn aus? Ich schaue zu, wie mein Vieh krepiert, das tue ich.«

Die Übersetzung lief bis zu Marefu hinüber und löste zwischen ihm und seinem Sohn einen langen Wortwechsel aus. Dalton fragte sich müßig, wie sein Zynismus wohl auf der anderen Seite der Sprachbarriere angekommen sein mochte.

»Mein Vater fragt, was Sie für Ihr Vieh tun«, kam schließlich die Erwiderung.

Dalton seufzte und schüttelte den Kopf. »Ich habe keine Ahnung.« Diese Worte waren eher ein Ausdruck seiner Verzweiflung denn eine echte Antwort auf die Frage des Jungen.

Wieder übersetzte der Junge dem Mann seine Worte.

Über Bernase erklärte der Junge dann: »Mein Vater kennt diese Krankheit, *bwana*. Wir nennen sie *olodoa* – das Leiden –, und sie ist sehr schlecht für Rinder. Sie leiden, und dann sterben sie.«

Dalton drehte sich zu dem Jungen um. Am liebsten hätte er ihn für diese Frechheit gescholten oder ihn mit einer Ohrfeige fortgejagt. Es war nicht nötig, ihm das Offensichtliche unter die Nase zu reiben. Dann erinnerte er sich daran, dass es der Vater des Jungen gewesen war, der die Krankheit angesprochen hatte. Er warf dem älteren Massai einen Blick zu, in der Hoffnung, einen Gesichtsausdruck vorzufinden, der seinen Ärger rechtfertigte. Marefu begegnete Daltons Blick mit einem Ausdruck der Besorgnis. In diesem Blick lag keine gefühllose Gleichgültigkeit gegenüber seiner Notlage, wie er erwartet hatte, sondern ein Mitgefühl, das alle Schranken der Sprache überwand. Dalton erkannte, dass er Marefu bisher als zu schlicht eingeschätzt hatte, um die Feinheiten der Viehzucht zu verstehen. Die Sprachbarriere war gewaltig und hatte seinen Eindruck von dem Massai stark verzerrt. Er schätzte, dass Marefu etwa so alt sein musste wie er selbst, doch im Gegensatz zu Dalton war er groß und schlank mit leichten, sehnigen Muskeln – eine Bohnenstange mit Sprungfedern in den Fersen. Seine Brust war mit Perlenschnüren behangen, die beinahe zwei lange Narben verdeckten; sie mussten schon Jahre alt sein und zogen sich von seiner Schulter bis zum Bauchnabel.

»Kannst du dieses Leiden heilen?«, fragte er, an Marefu gewandt.

Prompt kam die Antwort: »Ja.«

Wieder entspann sich eine Unterhaltung zwischen Marefu und dem Jungen, der herbeilief und sagte: »Mein Vater sagt, er kann nicht alle heilen, aber bei den Rindern, die noch nicht zu krank sind, kann er es versuchen.«

Dalton nickte. »Sag ihm, er soll es versuchen.«

Marefu reichte seinem Sohn den Wanderstab und trat zur nächsten Kuh. Ausfluss rann ihr aus den Nüstern und den eingesunkenen Augen. Er beugte sich vor, um ihren Atem zu riechen, der mühsam und keuchend aus ihrem Mund drang.

Sie hatte Pusteln am Zahnfleisch. Marefu tätschelte die Kuh, legte ihr einen Arm über den Rücken und den anderen unter den Bauch, um zu ertasten, wie heftig das Zittern war, das ihren Körper krampfhaft durchlief.

Marefu richtete seine Worte an Momposhe, hielt den Blick aber auf Dalton gerichtet.

Der Junge sagte: »Dieser Kuh geht es sehr schlecht. Wenn wir sie retten, können wir viele retten.«

Dalton nickte. »Sag ihm *danke*. Und jetzt an die Arbeit. Wir werden tun, was wir können. Aber sag ihm auch das: Ich will an seiner Seite arbeiten. Ich will lernen.«

Momposhe versuchte, sich zu konzentrieren, doch es ging nicht. Während er die Arbeit seines Vaters an Mr. Daltons kranker Kuh hätte genau beobachten sollen, wurde er von der *enkiti* abgelenkt, die er aus den Augenwinkeln sehen konnte. Sie starrte ihn schon wieder an.

Er wusste, dass sie nicht hier draußen in der Savanne sein durfte, denn ihr Vater und die Kikuyu-Dienerin hatten bei Gelegenheiten wie dieser schon oft nach ihr gesucht und sie zum Farmhaus zurückgerufen. Das war schon viele Male geschehen, und Momposhe wünschte, Dalton, der heute Vormittag nach Londiani gefahren war, möge bald zurückkommen, denn sie war ihm lästig. Einem kleinen Mädchen – *enkiti* – sollte es nicht erlaubt sein, einen *olaiyoni* – großer Junge – von ernsthafter Arbeit abzulenken.

Unter dieser selbstgerechten Empörung verbarg sich ein schlechtes Gewissen, denn hatte nicht auch er, Momposhe, die *enkiti* angestarrt, als er mit seinem Vater auf Daltons Farm angekommen war? Aber das war nur verständlich, denn das Mädchen – das Darling hieß – war sehr seltsam. Klein, mit langem, honigfarbenem Haar und Augen wie der Himmel bei Sonnenuntergang, ehe der kurze Regen beginnt – eine Mischung aus Grüntönen und ein wenig Grau.

Darling hockte auf den Knien da und malte Handabdrücke in den Staub. Sie stand auf, als sie Momposhes verächtlichen Gesichtsausdruck bemerkte, klopfte sich die Hände ab, wandte sich dann ab und marschierte mit hocherhobenem Kopf und energischen Schritten zurück zu ihrem Haus.

Als Marefu und Momposhe auf Bruce Daltons Farm bei Londiani ankamen, litten dessen Kühe an Rinderpest – eine hochansteckende, fiebrige Infektionskrankheit, wie er später erfahren sollte. Niemand im Distrikt hatte eine Ahnung davon. Manche sagten, die Krankheit sei durch infizierte indische Rinder nach Britisch-Ostafrika gelangt. Dalton wusste nichts darüber, doch er wusste, dass er und seine Nachbarn vor dem Ruin standen. Als Marefu sagte, er könne seine Herde kurieren, hatte Dalton also wenig zu verlieren, wenn er ihm erlaubte, es zu versuchen.

Er glaubte, der alte Massai müsse irgendwelchen Hokuspokus beherrschen, denn während der folgenden Wochen rettete Marefu fast Daltons gesamte Herde, während seine Nachbarn so gut wie alle ihre Tiere an die Krankheit verloren.

Überwältigt vor Dankbarkeit, fragte Dalton den Massai, was er als Bezahlung akzeptieren würde. Momposhe erklärte, sein Vater wäre dankbar, hierbleiben und sich weiterhin um das Vieh kümmern zu dürfen. Das waren noch mehr gute Neuigkeiten, denn Dalton hatte erkannt, dass die Rinderzucht doch größere Kenntnisse erforderte, als er gedacht hatte. In seiner ungeheuren Erleichterung bestand er darauf, noch mehr für den Massai zu tun.

Bernase übersetzte das Angebot, und der Massai dachte eine Weile darüber nach. Schließlich erklärte er, er selbst brauche nichts als ein Dach über dem Kopf und genug Essen in seinem Bauch, aber wenn der *bwana* etwas für die Ausbildung seines Sohnes tun könne, würde das seine einfache Hilfe für das Vieh mehr als reichlich entlohnen.

Dalton erklärte sich gern dazu bereit. Ja, er war überrascht und erfreut, die Gelegenheit zu bekommen. Er hatte stets eine tiefempfundene Achtung für das gehegt, was er als »Gelehrsamkeit« bezeichnete. Seine eigene Schulbildung war sehr begrenzt, doch während seines ganzen Lebens hatte er jedes Stückchen Wissen gierig aufgelesen wie ein Geizhals gefundene Pennys.

Also sah Dalton während der kommenden Wochen befriedigt zu, wie Momposhe und seine Tochter den Pfad zum Schulhaus in Londiani entlangmarschierten.

Er war sehr zufrieden mit sich. Sein Vieh hatte die Rinderpest überlebt, er war dem finanziellen Ruin entgangen, und er hatte einen wahren Vieh-Experten in seinen Diensten. All das kostete ihn nichts weiter, als den Jungen zur Schule zu schicken. Und selbst das war ein Vorteil, denn Momposhe würde nun Englisch lernen und für ihn übersetzen können.

Bruce Dalton konnte befriedigt lächeln, in dem Wissen, dass sich endlich alles zum Guten wandte.

Kapitel 7

20. Juli 1898. Chinde am Sambesi

Nach vier langen Monaten ist es unserem Agenten endlich gelungen, unsere restliche Ausrüstung zu finden. Aus irgendeinem unerfindlichen Grund war sie nach Durban geschickt, dort verlegt, wieder gefunden und von dort hastig versandt worden, jedoch nicht, wie wir gehofft hatten, nach Beira, sondern nach Chinde, einem Hafen am Sambesi.

In diesen vier Monaten habe ich die Tierwelt bezwungen, alle möglichen landwirtschaftlichen Techniken studiert (obgleich ich Schwierigkeiten habe, zu erklären, weshalb ich diese Studien für nötig hielt), eine Sammlung Schmetterlinge an das naturhistorische Museum in Oxford geschickt (von denen einige, meinen Unterlagen zufolge, der Wissenschaft bisher unbekannt sein könnten) und ausgiebige ethnologische Aufzeichnungen über die Wakonde angefertigt, welche die Metallbearbeitung beherrschen und aus Holz seltsame, wunderbar klingende Musikinstrumente schnitzen.

Mit anderen Worten, ich habe alles getan, außer meine Reise zu beginnen. Doch nun liegt das Warten endlich hinter uns. Wir sind nach Chinde gesegelt und befinden uns auf dem Sambesi, einem Fluss ohne Ufer, soweit ich das erkennen kann, denn das Dampfschiff fährt bereits einen ganzen Tag lang flussaufwärts, ohne dass ich Land gesichtet hätte.

Welch eine triste, monotone Reise. Die einzige Aufregung gibt es dann, wenn wir auf eine der zahlreichen Sandbänke auflaufen, was regelmäßig geschieht. Die Mannschaft stakt dann nach Leibeskräften, während Dutzende weitere Männer im Wasser an dem Schiff herumzerren und -schieben, wobei sie obendrein darauf achten müssen, nicht von einem der gewaltigen Sambesi-Krokodile gefressen zu werden.

28. Juli. Chiromo

Am 24sten gingen wir an der Mündung des Shire von Bord und stiegen für den Rest der Fahrt bis Chiromo auf die Peters *um.*

Essen war hier praktisch nicht vorhanden, so dass Archie und ich von der Reling dieses schwimmenden Teekessels aus, den man großzügig als Dampfschiff bezeichnete, ein wenig angelten. Nachdem wir einige prächtige Exemplare an Bord gezogen hatten, bestand das nächste Problem darin, sie zuzubereiten. Es gab weder Brot noch Butter, Milch oder Worcestersauce, ohne die das Leben, oder zumindest die Küche der Eingeborenen, nicht zu ertragen ist. Glücklicherweise konnten wir unterwegs in den Dörfern am Ufer Geflügel, Eier und Tomaten kaufen.

Chiromo liegt am Zusammenfluss des Shire mit dem Ruo. Die meisten Menschen, die eine gewisse Zeit hier verbringen, liegen bald ebenfalls, wenn auch in einem anderen Sinne. Nach Nordwesten hin wird der Ort von einem gewaltigen Sumpfgebiet, dem Elephant Marsh, begrenzt, der heutzutage ein geschlossenes Wildgehege ist, da diese Tiere in der Vergangenheit allzu bedenkenlos abgeschlachtet wurden. Wenn der Wind vom Sumpf her weht, bläst er Millionen von Moskitos über die hilflosen Bewohner des Ortes.

Wenige Tage vor unserer Ankunft erschien am helllichten Tage ein Löwe im Ort und schleppte einen Eingeborenen davon.

Grogan führte Archie den Weg zu Chiromos prächtigem Haus hinauf. Es war ein quadratisches Gebäude auf Stelzen mit Veranden nach allen Seiten. Der Blick unter die Veranden wurde von blühenden Ranken verborgen, die an weiß gestrichenen Spalieren emporwuchsen. Töpfe mit wunderschönen Orchideen hingen an langen Kupferketten von den Stützbalken der Veranden.

Als sie die Treppe erklommen hatten, trafen sie auf einen Gärtner, der gerade eine große Topfpflanze neben der Eingangstür goss. Er war eine sehr ungepflegte Gestalt in lumpigen Khaki-Shorts und einem Unterhemd, das einmal weiß gewesen sein mochte. Er hielt in seiner Arbeit inne und betrachtete die beiden Männer neugierig.

»Wir würden gern den Vizekonsul sprechen«, erklärte Grogan in geschäftsmäßigem Tonfall. »Ich habe Empfehlungsschreiben von Lord Battersby.«

Der Gärtner ließ langsam seinen Wassereimer sinken und starrte erst Grogan, dann Archie an.

»Nun ...?«, forderte Grogan ihn ungeduldig auf.

Der Mann blinzelte nur mit den wässrig blauen Augen, die im Kontrast zu seiner wettergegerbten, sonnengebräunten Haut umso blasser wirkten.

»Hast du nicht gehört ...«

»Ich bin MacDonald«, sagte der Mann und räusperte sich. »Der Vizekonsul.«

Grogan warf Archie einen Blick zu, dem tatsächlich der Mund offen stand.

»Ich bitte um Verzeihung«, sagte der Vizekonsul und wischte sich die Hände an den Shorts ab. »Bin keine Besucher gewöhnt. Außer am zweiten Dienstag im Monat, wenn der Stabsveterinär vorbeikommt. MacDonald, James.« Er streckte die Hand aus.

Grogan schüttelte sie. »Ewart Grogan«, sagte er und stellte dann Archie als Lord Battersbys jüngsten Sohn vor.

»Archie«, sagte MacDonald und schüttelte ihm eifrig die Hand. »Freut mich, Sie kennenzulernen.«

Er bat sie in den Salon, der düster beschattet und nach der sengenden Hitze draußen herrlich kühl war.

»Die richtige Bauweise für die Tropen«, erwiderte er, als Grogan eine entsprechende Bemerkung machte. »Ich hatte genau so ein Haus, als ich in Port Darwin beim Zoll gearbeitet habe, damals in den Achtzigern.« Dann beschrieb er die architektonischen Besonderheiten bis ins Detail.

Bei eisgekühlten Drinks tauschten sie Neuigkeiten aus, lokale wie internationale, und schließlich lud MacDonald sie ein, zum Abendessen zu bleiben. »Ach, warum bringen Sie nicht Ihre persönliche Habe herüber und wohnen gleich hier? Ich lebe allein und habe mehr als genug Platz, wie Sie ja sehen.«

Beim Abendessen – Fisch, betäubt von einer Patrone Kaliber .303, welche MacDonald aus nächster Nähe in den Shire abfeuerte – wurde die Konversation vom hustenden Ruf eines Löwen unterbrochen. Einen Augenblick später antwortete ein zweiter aus einer anderen Richtung. MacDonald schüttelte den Kopf. »Das ist unser allabendliches Wiegenlied, muss ich zu meinem Bedauern sagen.«

Grogan erkundigte sich nach der Geschichte von dem Eingeborenen, der im hellen Tageslicht von einem Löwen gerissen worden war.

»Vollkommen richtig, Mr. Grogan. Die Geschichte ist wahr. Bedauerlicherweise nichts Ungewöhnliches. Erst gestern Morgen habe ich die Spur eines Leoparden auf der Straße gefunden, und im Ruo führen die Krokodile ein leichtes Leben, dank der Badeplätze der Eingeborenen.«

»In der Umgebung von Chiromo scheint sich das Wild außerordentlich zahlreich zu vermehren, Mr. MacDonald«, sagte Archie. »Ich verstehe nur nicht, warum.«

»Chiromo bedeutet Verbindung der Flüsse. Lag der Garten Eden nicht an solch einem Ort?«

»Da haben Sie wohl recht, aber soweit ich weiß, hat der Allmächtige Adam und Eva von den Raubtieren verschont, unter denen die Bewohner hier zu leiden haben. Diese Menschenfresser laufen ja Amok, wo es ihnen gefällt.«

»Ach, das ist nur allzu richtig, Mr. Battersby«, entgegnete MacDonald seufzend. »Aber was soll ich tun? Es sind zu viele. Wissen Sie, neulich hat sich fast die gesamte weiße Bevölkerung des Ortes zusammengetan, um den Löwen zu erlegen, doch er entkam völlig unversehrt. Mit allen möglichen Waffen wurde auf ihn geschossen, aus fünf bis fünfhundert Schritt Entfernung. Dennoch streifte er weiter umher, von allen Lebewesen in der Stadt am wenigsten von der Aufregung ergriffen. Ich fürchte, im Umkreis eines Marsches von einer Woche um Chiromo gibt es keinen Jäger, der bereit ist, uns zu helfen.«

Ewart und Archie wechselten einen Blick.

Archie sprach als Erster. »Mr. MacDonald, dürfen wir uns erlauben, Ihnen in dieser Angelegenheit unsere Hilfe anzubieten?«

Ewart reckte sich vom Baum nach unten und nahm die beiden Gewehre von Archie entgegen. »Hab sie«, sagte er leise. »Jetzt sieh zu, ob du hier heraufklettern kannst.«

Aus der Dunkelheit unter ihm war gedämpftes Fluchen zu hören.

»Ein paar Fuß hoch am Stamm ist ein Loch. Setz deinen Fuß da hinein«, riet Grogan.

Nach mehreren Minuten, während derer er Archie mindestens zwei Mal herunterfallen hörte, schob sich sein Gefährte japsend vor Anstrengung auf den Ast neben ihm.

»Vielleicht doch keine so gute Idee, noch eine Flasche aufzumachen«, bemerkte Archie und rülpste vernehmlich.

»Das habe ich dir nach der dritten bereits gesagt«, erwiderte Grogan.

MacDonald hatte ihnen auch an diesem Abend ein köstliches Mahl serviert, und dazu feinen Wein. Gegen elf Uhr, nachdem Archie den Wein ausgetrunken und mit dem Cognac angefangen hatte, brachen sie auf, um dem Löwen aufzulauern, der Chiromo terrorisiert hatte.

Ihr *machan*, ihr Ansitz, lag in einem Baum außerhalb der Stadt in der Nähe der Stelle, wo der Löwe zuletzt gesehen worden war. Unter ihnen meckerte eine nervöse alte Ziege in die Dunkelheit; nur hin und wieder lugte der drei Viertel volle Mond zwischen faul dahinziehenden Wölkchen hervor.

»Das ist kein Cricket-Spiel, weißt du«, bemerkte Archie. »Sollten wirklich nicht so einen Köder benutzen.«

»Normalerweise würde ich dir zustimmen«, flüsterte Grogan. »Aber hier geht es nicht um Trophäen. Wir müssen einen Menschenfresser ausschalten. Und wenn du so dasitzt, wirst du noch herunterfallen. Warum setzt du dich nicht im Reitersitz auf den Ast, so wie ich?«

»Geht nicht. Da tun mir die Eier weh.«

»Dann sitz eben nicht auf ihnen! Herrgott, Archie … der Rückstoß dieser Donnerbüchse, die du da bei dir hast, würde einen Mann glatt vom Pferd holen.« Er bezog sich auf die Elefantenbüchse, die auf Archies Schoß lag. Grogan hatte seine zuverlässige Lee-Enfield .303 dabei.

»Hm.« Archie rülpste erneut. »Vor Jahren habe ich mal bei der Jagd auf einen menschenfressenden Tiger in Kaschmir geholfen. Genau so. Mit einem Köder. Hat nichts genützt. Der König des Dschungels verdient was Besseres.«

»Über solche Feinheiten können wir uns morgen früh unterhalten. Jetzt sei still; wenn er in der Nähe ist, verschreckst du ihn noch.«

»Da hast du recht.« Nach kurzem Schweigen sagte Archie mit rauher Stimme, die ein Flüstern sein sollte: »Ein Glück für seinesgleichen, dass er nicht der einzige König des Dschungels ist. Sind noch genug da, die das Erbe weitergeben können.« Er hielt eine Weile den Mund und dachte nach, um dann hinzuzufügen: »Ein bisschen wie das britische System des Erbadels, nicht? Man hat gleich eine ganze Reihe von denen, falls der Älteste mal wegfällt.«

Grogan ignorierte ihn.

Ein Löwe brüllte irgendwo in der Ferne – ein langer Ruf, gefolgt von einer Reihe kurzer, schluchzend-hustender Laute. Der Löwe verkündete, dass dies sein Territorium war.

Beide lauschten wortlos. Wieder erklang der Ruf.

»Er ist weit weg«, sagte Grogan. »Wenn es still wird, wissen wir, dass er es ernst meint.«

Eine Stunde verging, nur begleitet vom Summen zahlreicher Moskitos.

Archie begann zu schnarchen. Grogan schüttelte ihn vorsichtig wach.

»Ist er da?«, fragte Archie laut, als er hochschrak.

»*Psst!*«, zischte Grogan. »Noch nicht. Hab Geduld.«

Der Löwe hatte nun seit einer vollen Stunde geschwiegen. Einige Male meinte Grogan, verräterische Laute zu hören, doch es ereignete sich nichts. Die Ziege war nicht nur ein Köder; sie würde die Männer auch warnen, wenn sie den nahenden Löwen witterte.

Einige Zeit später hörte er ein tiefes Grunzen aus der Dunkelheit jenseits der angebundenen Ziege. Er hielt den Atem an und versuchte, einen weiteren Laut aufzufangen, um den Löwen genau orten zu können, doch alles blieb ruhig. Die Stille war so vollkommen, dass ihm die Ohren klingelten. Unerklärlicherweise verhielt sich auch die Ziege ruhig. Vielleicht war das Grunzen von einem Pinselohrschwein gekommen.

Archie rutschte schläfrig auf dem Ast herum, und seine Elefantenbüchse glitt ihm vom Schoß. Grogan schnappte danach, verfehlte sie aber. Beinahe im selben Augenblick kippte Archie rücklings vom Ast und schlug mit einem dumpfen Schlag und einem gedämpften »Uff!« auf dem Boden auf.

»Archie?«

Ein leises Stöhnen drang von unten herauf.

Grogan suchte sich eine Stelle im Geäst, wo er sein Gewehr ablegen konnte, und rutschte auf seinem Ast entlang.

Ein seltsames Geräusch war in der Dunkelheit unter ihm zu hören – ein Schwirren wie von einer Bogensehne. Es war die Schnur der Ziege, die plötzlich straff gespannt wurde.

Dann begann die Ziege panisch zu blöken.

Grogan war am Fuß des Baumes angekommen, als ihm auffiel, dass er sein Gewehr in den Zweigen gelassen hatte.

»Archie, bist du verletzt?«

»Mein Arm. Verflucht noch eins!«

»Komm, steh auf.« Grogan starrte angestrengt in den umgebenden Busch, der nur eine Ansammlung undeutlicher Formen war, gesprenkelt vom Mondlicht.

Ein stöhnendes Grunzen ertöne aus den Schatten, gefolgt vom leisen Knacken eines trockenen Zweiges.

Archie hörte es auch.

Grogan konnte ganz schwach das Ausatmen des Löwen hören – ein erwartungsvolles Seufzen.

Die Ziege zerrte weiterhin an ihrer Schnur und gab hin und wieder ein klägliches, angstvolles Meckern von sich.

Grogan starrte so angestrengt ins Dunkel, dass ihm Tränen in die Augen traten. Er wagte nicht, sie fortzublinzeln, weil er dann den Angriff aus der Finsternis verpassen könnte. Er fiel auf die Knie und suchte den Boden um sich herum nach Archies Elefantenbüchse ab.

Schatten bewegten sich – ob das am Mond lag oder an dem Löwen, konnte er nicht sagen.

Er spürte den kalten Stahl des mächtigen Gewehrs unter den Fingerspitzen.

Der Löwe griff an – eine lautlose, gewaltige Explosion schierer Kraft.

Als er hastig die Büchse an die Schulter hob, schossen Grogan einzelne Bilder durch den Kopf: die fast perfekte Tarnung, die der Löwe mit der schwarzen Mähne und dem braunen Fell vor den gesprenkelten Grautönen des Buschs im Mondlicht erreichte; die vollkommene Stille – selbst der angreifende Löwe schien lautlos aus der Nacht hervorzuspringen; und schließlich das irisierende Grün seiner leuchtenden Augen.

Eine ohrenbetäubende Explosion donnerte aus Archies Elefantenbüchse.

Kapitel 8

James Coleman hatte dem Feuer im gewaltigen offenen Kamin den Rücken zugewandt, schaukelte auf den Fersen vor und zurück und hielt den drei jungen Männern mit seinem schneidigen Ostküsten-Akzent einen seiner Vorträge, in denen er seine Ansichten praktisch zum Gesetz erklärte. Hin und wieder paffte er an seiner Zigarre oder benutzte sie dazu, sie zur Unterstreichung seiner Worte in Richtung seines Publikums zu stoßen.

»Ich sage euch«, erklärte Coleman, »die Philippinen sind erst der Anfang. Wir werden auch Kuba befreien, und dann kann McKinley sich in aller Ruhe zurücklehnen und darauf warten, dass Spanien um Frieden nachsucht.«

Coleman wäre nicht damit einverstanden gewesen, wenn jemand behauptet hätte, dass er »seine Ansichten zum Gesetz erklärte«. Er hätte darauf beharrt, dass er lediglich die Erkenntnisse, die er in seinen sechzig Lebensjahren erworben hatte, an seine beiden Schwiegersöhne weitergab, und an den jungen Mann, der sich Hoffnungen auf die Hand seiner jüngsten Stieftochter Gertrude machte. Es war seine Gewohnheit, auf diese Weise Hof zu halten, bei einem früh gelesenen Sémillon in seinem Studierzimmer, unmittelbar vor dem Dinner, während die Damen sich im Salon versammelten. Er hatte sich außerdem daran gewöhnt, Beachtung zu finden – ganz gleich, bei welchem Publikum –, seit er sein Vermögen gemacht hatte; nicht mit Gold, wie so viele in Kalifornien vergeblich versucht hatten, sondern in der Land- und Forstwirtschaft.

Das Napa Valley war in jenen frühen Tagen dicht bewaldet, und seine Forstkonzession lieferte das Startkapital, das er für den Weinanbau brauchte. Die rasch wachsende Bevölkerung von San Francisco mit Wein zu beliefern, war der Anfang eines Wirtschaftsimperiums, dessen Zentrum noch immer sein Herrenhaus im Tal bildete. Als er Elizabeth Watt, die er später heiraten sollte, in London begegnete, war sie eine Witwe mit drei jungen Töchtern. Coleman war in England gewesen, um die Auslieferung seiner Weine und Zitrusfrüchte zu arrangieren, und obwohl sie zwanzig Jahre jünger war als er, hatte er Elizabeth im Sturm erobert.

»Die Versenkung der *Maine* in Havanna hat uns den Vorwand für eine Invasion geliefert«, sagte er. »Danach blieb dem Präsidenten gar keine andere Wahl.«

Ein leichtes Klopfen erklang an der Tür, und Gertrude trat ein, wobei sie den langen Rock ein wenig zur Seite schob. »Papa, wir sterben alle vor Hunger! Was habt ihr denn nur so lange zu besprechen?« Ihr glänzendes, langes braunes Haar war mit einer vergoldeten Spange hochgesteckt.

»Ah! Meine liebe Gertrude«, sagte Coleman, und sein breites Lächeln teilte den dicken weißen Bart. »Wir sind beinahe fertig.« Er bedeutete ihr mit einem Wink, sich zu den Herren zu gesellen. »Komm doch herein, mein Liebling.«

»Aber nur einen Augenblick. Mama hat mich geschickt, damit ich euch zum Essen hole.«

»Guten Abend, Gertrude«, sagte der junge Mann, Morris, und grinste sie an.

»Oh, hallo, Morris«, entgegnete sie mit einem Ausdruck, den Coleman als schlecht geheuchelte Begeisterung durchschaute.

»Sie sehen in diesem Kleid umwerfend aus. Ist es neu?«

Gertrude blickte an ihrem langen Kleid mit den frischen dunkelblauen und weißen Streifen hinab, das sich an ihre schmale Taille schmiegte, und nickte. »Ja. Ich war letzte Woche in San Francisco. Im Golden Rule Emporium. Aber jetzt bin ich nicht mehr sicher, ob es mir wirklich gefällt.«

»Morris hat recht, mein Liebling«, sagte ihr Stiefvater. »Du siehst ganz reizend aus. Nun, Gentlemen, wenn Sie bitte schon ins Speisezimmer vorangehen würden, ich möchte noch kurz mit Gertrude sprechen.«

Die drei Männer verließen gehorsam den Raum.

»Du brauchst es nicht auszusprechen, Papa«, sagte sie von sich aus.

»Du könntest zumindest ein wenig mehr Freude zeigen, wenn er zu Besuch kommt.«

»Morris ist nett und durchaus ein Gentleman, aber du weißt, dass ich mich nicht für ihn interessiere.«

»Er ist ein prächtiger junger Mann. Gute Familie dort oben in Calistoga.«

»Ich habe bereits einen prächtigen jungen Mann kennengelernt, danke sehr.«

Coleman schüttelte den Kopf. »Schätzchen, ich glaube nicht, dass wir ihn je wiedersehen werden. Trotz seines großspurigen Geredes rechne ich nicht damit, dass er sich wieder bei uns blicken lassen wird, nachdem er eine so ungeheuerliche Behauptung aufgestellt hat.«

»Du glaubst nicht, dass er es tatsächlich tun wird, nicht wahr? Nun, ich kenne ihn besser als du, und ich weiß, er wird es tun.«

Coleman ergriff ihre Hand und tätschelte sie. »Ich möchte nur nicht, dass du deine Zeit vergeudest oder Brücken hinter dir abreißt, um die es dir eines Tages leidtun könnte.« Er lächelte sie an. »Wirst du um meinetwillen zumindest entgegenkommend zu ihm sein?«

»Ich werde freundlich und höflich sein. Mehr kann ich nicht versprechen.«

Er schüttelte den Kopf und musste wider Willen lächeln. »Warum gelingt es mir, jedermann einzuschüchtern außer dir – der jüngsten Person im ganzen Haus?«

»Weil ich weiß, dass du so ein großes, weiches Herz hast.« Sie zauste ihm den weißen Bart und gab ihm einen Kuss auf die Wange. »Jetzt komm, das Abendessen wartet.«

Gertrude stieg lächelnd die Treppe hinauf. Es war ein angenehmer Abend gewesen, und Morris war so charmant gewesen wie immer. Seine Aufmerksamkeit schmeichelte ihr, und unter normalen Umständen hätte sie ihn durchaus ermuntert, doch der junge Mann mit dem großspurigen Gerede und den ungeheuerlichen Behauptungen, wie ihr Stiefvater sich ausdrückte, war der Mann, den sie wollte.

Sie öffnete ihre Schlafzimmertür. Der Raum war hell, sämtliche Lampen brannten. Ihr Dienstmädchen war von den neuen elektrischen Spielereien völlig fasziniert. Gertrude knipste sie alle aus, bis auf ihre große Nachttischlampe und die Leuchte an ihrem Schreibtisch. Sie setzte sich vor den Spiegel und löste ihren Haarknoten. Das Haar fiel ihr weich über die Schultern. Sie nahm ihre Bürste mit dem Elfenbeingriff und bürstete es gemächlich. Normalerweise sollte Molly jetzt hier sein, sie umsorgen und bettfertig machen, doch heute Abend wollte sie allein sein. Der Brief war heute angekommen, und obwohl sie ihn sofort gelesen hatte, wollte sie das noch einmal in aller Ruhe tun, damit ihr nicht ein einziges Wort entging. Sie legte die Bürste weg und zog den Brief aus dem etwas schmuddeligen Umschlag.

19. August 1898

Meine liebste Gertrude,

Deinen hochwillkommenen Brief erhielt ich, sobald wir Blantyre erreichten. Er erfreut mich umso mehr, oder sollte ich sagen, er erscheint mir noch kostbarer, weil er um die halbe Welt gereist ist, um mich zu finden. Und nun hat er mich endlich gefunden. Ich bin erfreut und erstaunt zugleich.

Wie erhebend es war, Deine liebevollen Worte zu lesen. Ich kann Dir nur aus tiefstem Herzen versichern, dass ich ebenso empfinde. Manchmal, wenn es am Abend ruhig wird und die Arbeit im Lager getan ist, sitze ich still da und denke an Dein wunderschönes Gesicht, Deine zarte Hand in meiner, Dein melodiöses Lachen. Ich erinnere mich an die vielen freudvollen Augenblicke, die wir miteinander teilten – und umso mehr schätzten, weil uns nur so wenig Zeit blieb. Ich wünschte, der Treck läge bereits hinter mir, damit ich wieder in Deinen Armen liegen könnte.

Du solltest Dich wegen meiner Gesundheit nicht beunruhigen, denn es ging mir sehr gut, bis auf ein leichtes Fieber, das natürlich zu einem Aufenthalt in Afrika dazugehört.

Ich kann mich lebhaft an einen Abend am Lagerfeuer während des Matabele-Krieges erinnern, als Rhodes besonders nachdenklich gestimmt war. Er sagte, Afrika brauche mutige Visionäre, die es aus dem Schlaf rütteln; Männer, die seine Idee einer britischen Achse begreifen, die sich von Süd nach Nord durch den gesamten Kontinent ziehen sollte. Er deutete direkt auf mich und sagte: »Ihr jüngeren Männer müsst dieser großen Aufgabe euer Leben widmen.«

Er ahnte gewiss nicht, dass er damit einen Funken in meinem Geist entzündete, der nun im Begriff ist, ein lebhaftes Feuer zu entfachen. Meine erste Erkundung für die Bahnlinie durch das Gebiet der großen Seen in Zentralafrika wird

mein bescheidener Beitrag zu Rhodes' großartiger Vision sein.
Derzeit befinde ich mich in Njassaland – etwa sechzig Meilen SSW von Blantyre unterhalb des in Terrassen ansteigenden Kegels des Mount Chiperoni, der sich aus einem Kreis geringerer Gipfel erhebt. Ausgedehntes Waldland mit wilden Akazien, mahobahoba *genannt, bedecken die tiefer gelegenen Hänge, und kristallklare Flüsse stürzen als Wasserfälle in bambusbewachsene Täler hinab und strömen zwischen Farnen und Orchideen hindurch; sie sind wie Narben im Antlitz der Berge.*
Wenn man auf einer Anhöhe steht, sieht man die endlose, baumbestandene Ebene, die sich gen Osten bis Portugiesisch-Ostafrika und zum Indischen Ozean erstreckt. Der umgebende mahobahoba-*Wald ist prächtig, viele blühende Bäume sind an den Hängen zu entdecken, Gold-, Rot-, Rost- und Brauntöne (wie wir sie aus unserem nördlichen Herbst kennen) stellen sich leuchtend zur Schau. An jenen Stellen, wo sich unerklärlicherweise Lücken zwischen den Bäumen auftun, versucht ein Teppich violetter Blumen das Grün zu verdrängen. Hier und da sieht man auf der Blantyre-Seite wohlgeordnete Kaffee-Plantagen, welche die überbordende natürliche Schönheit durch eine gewisse Disziplin ergänzen. Einen flüchtigen Augenblick lang glaubte ich mich beinahe zu Hause in West Sussex, so mild war die kühle Luft, so sanft die grüne Landschaft, so bezaubernd die blühenden Kaffeestauden.*
Es tut mir im Herzen weh, solche Schönheit ohne meine Liebste an meiner Seite zu betrachten. Vielleicht, eines Tages …
Mein Versprechen und unsere Träume sind unser Geheimnis. Archie weiß nichts davon oder von dem Versprechen, das ich

Deinem Stiefvater gegeben habe. Archie glaubt, bei unserer Expedition ginge es nur darum, ein paar Trophäen zu erjagen und Rhodes' Eisenbahnstrecke zu erkunden.
Ich werde meine Tage in leidvoller Ungeduld zubringen, bis ich wieder von Dir höre, doch die liebevollen Worte in Deinem letzten Brief werden mir eine stete Ermunterung sein. Bis ich erneut von Dir höre (Gott weiß, wann oder wo das sein mag), verbleibe ich Dein Dich anbetender Diener

E.S.G.

Kapitel 9

4. Dezember 1898. ZombPa

Fast neun Monate sind vergangen, seit wir in Afrika angekommen sind. Wir, das heißt, Archie und ich und die Mannschaft aus Trägern, die ich als Ergänzung zu meinen fünf geschätzten Watonga angeheuert habe, fahren seit heute mit dem Dampfer den Shire aufwärts dem Njassasee entgegen. Unser sämtliches Gepäck befindet sich an Bord, bis auf unsere Plattenkamera, unser Ersatz-Chronometer, das Aneroid, meine Seidenhemden und die zusätzlichen Baumwollhemden, die anscheinend irgendwo auf der umständlichen Route verlorengingen, die unsere Habseligkeiten zurücklegen mussten. Ah, die Freuden des Reisens in Afrika.

Die Großwildjagd ist immer aufregend, doch ich muss gestehen, dass mein Interesse erlahmte, als Tage zu Wochen wurden und Wochen zu Monaten, während derer wir in Chiromo warten mussten – erst darauf, dass Archies Schulterverletzung von unserem Löwenabenteuer verheilte, und dann, bis sich ein weiterer meiner verhassten Fieberschübe wieder legte.

Während der Wartezeit stellte ich eine umfassende Studie der landwirtschaftlichen Aktivitäten in dieser Gegend zusammen. Meine ausführlichen Notizen bezüglich Zucker, Kaffee und der hiesigen Ziegelherstellung habe ich in getrennten Abhandlungen zusammengefasst, so dass ich sie bei meiner Heimkehr den maßgeblichen Persönlichkeiten zur Verfügung stellen kann. Wo man auch hinsieht, bieten sich Gelegenheiten zu allen möglichen wirtschaftlichen Unternehmungen, doch ohne den magischen Ruf »Gold!« bleibt Afrika vollkommen unbeachtet. Njassaland hat grenzenloses Potenzial. Es erinnert mich an Neuseeland, wo die zähen britischen Siedler die sich bietenden Gelegenheiten prächtig genutzt haben, dank ihres starken Willens, ihrer Standhaftigkeit und harter Arbeit.

Endlich also setzten wir unsere Reise gen Norden fort, doch in eher krabbenartiger Gangart, will sagen, langsam und manchmal seitwärts, was zumindest teilweise an meinem Fieber liegt, das nicht weichen will, obwohl ich so verhätschelt werde.

Ich habe Archies Drängen nachgegeben und mich bereit erklärt, einen Aufenthalt in Zomba einzulegen, wo die kühlere Luft meine Gesundung beschleunigen wird. Währenddessen wird Archie an die nördliche Grenze von Njassa reisen und damit beginnen, die weitaus größere Truppe von Trägern zu rekrutieren, die wir für die Überquerung des Tanganjika-Plateaus benötigen werden.

Ehe er aufbricht, werden Archie und ich jedoch den Gouverneur aufsuchen, um ihm unseren Respekt zu erweisen.

Der Sitz des Regierungsvertreters in Zomba war ein großes, pittoreskes Gebäude aus Holz und Stein mit einem zauberhaften Tropengarten. Es hatte einen Tennisplatz und einen Krocketrasen – sofern man in den Tropen eben von Rasen sprechen kann – und eine große Terrasse, wohin der Gouverneur, Sir Landers Caldwell, Archie und Grogan zum Nachmittagstee geleitete. Sie nahmen in einer der Sitzgruppen Platz, die unter den Bäumen um den Tennisplatz herum verteilt waren.

»Der Tee wird gleich gebracht«, sagte der Gouverneur. »Bis dahin würde ich gern mehr über Ihre Expedition erfahren, Mr. Grogan. Sie sagen, Sie wollen bis nach Kairo reisen? Ganz außergewöhnlich.«

Grogan lächelte. »Nicht besonders, Sir Landers. Es ist lediglich eine Frage des Engagements. Worauf es ankommt, ist der Wille, sich ganz und gar für eine Aufgabe einzusetzen, die, wie so viele andere auch, einen Anfang, eine Mitte und einen Schluss hat.«

»Zugegeben, doch es ist trotzdem eine ganz außergewöhnliche Aufgabe. Meines Wissens hat das noch nie zuvor jemand getan.«

»So ist es, Sir Landers. Wir werden die Ersten sein.«

»Falls es uns gelingt«, fügte Archie hinzu.

»Verzeihen Sie die Frage«, begann der Gouverneur. »Aber warum? Ich meine, weshalb tun Sie das?«

»Weshalb versuchen sich Männer an schwierigen Unternehmungen?«, entgegnete Grogan. »Es liegt in der Natur des Menschen, sich Herausforderungen zu suchen, um seine Fähigkeiten an ihnen zu messen. Aber falls Sie mich nach den genauen Zielen dieser Expedition fragen, so würde ich sagen: Ich will das Gebiet erkunden und feststellen, ob es möglich wäre, eine Eisenbahnlinie von Süden nach Norden durch den ganzen Kontinent zu bauen.«

Der Gouverneur blinzelte. »Tatsächlich?« Grogan war nicht sicher, ob er von der Idee verblüfft oder völlig desinteressiert war, oder ob er schlicht nicht zugeben wollte, dass er ebenfalls schon von Rhodes' kühnem Plan gehört hatte. Diese Eisenbahnlinie gehörte nicht zur offiziellen britischen Afrika-Politik, und viele vertraten die Ansicht, dass sie eine Provokation wäre, weil sie die französischen und belgischen Interessen in der Region gefährden würde.

»Und um unterwegs ein paar Prachtexemplare zu sammeln«, fügte Archie hinzu.

»Ah, ein wenig jagen wollen Sie also auch«, sagte der Gouverneur und nickte begeistert. »Diese Motivation kann ich gut verstehen, Mr. Battersby.«

»Zusammen haben wir bisher sechs Löwen und zwei Nilpferde erlegt, und jeder von uns darüber hinaus mehr als ein Dutzend Gnus, Impalas und Zebras – die genauen Zahlen habe ich nicht im Kopf. Ach, und drei Elenantilopen. Und ein paar Böcke – Wasserböcke, Riedböcke und so weiter.«

»Vortrefflich!«

»Und sechs Büffel«, beendete Archie seine Aufzählung und war zufrieden, dass er nichts Wichtiges ausgelassen hatte.

»Würden Sie vielleicht gern ein wenig jagen, während Sie hier sind? Ich kenne einige …«

»Nicht unbedingt«, unterbrach Grogan ihn. »Wir machen nur kurz Rast in Zomba und wollen bald weiterziehen.«

»Ah! Dann müssen Sie uns morgen unbedingt die Freude machen. Samstags spielen wir Tennis, hauptsächlich um der Gesellschaft willen. Es hilft, wenn wir ab und an alle zusammenkommen. Sie wissen schon – es macht die Langeweile erträglicher.«

»Genau genommen bin es nur ich, der ein paar Tage bleiben wird. Ein kleiner Anflug von Malaria. Ich sollte mich also wirklich ausruhen. Archie will zu Karongas *kraal*, um ein paar Träger für unsere weitere Reise anzuwerben. Es war verflucht schwierig, genug Leute zu finden, seit wir Beira verlassen haben.«

»Sehr klug von Ihnen. Die Jahreszeit ist günstig, denn die meisten Eingeborenen wollen zur Erntezeit zu Hause sein. Karonga ist kein übler Ort, um es zu versuchen.« Der Gouverneur warf einen Blick über Grogans Schulter. »Oh, sehen Sie! Da ist Emily. Welch eine Überraschung«, sagte er.

Eine junge Frau kam über den Tennisplatz auf sie zu. Sie trug eine frisch gestärkte, weiße Schwesterntracht, und ihr Schritt wirkte selbstbewusst und athletisch.

»Ich bedauere, dass ich Sie unterbrechen muss, Landers, aber Sophia sagte, ich könne Sie kurz stören.«

»Gewiss doch. Darf ich Ihnen Mr. Grogan und Mr. Battersby vorstellen?«

Ihre Hand war weich und warm. Grogan hatte beinahe vergessen, wie sich eine Frauenhand anfühlte.

»Meine Herren, das ist Miss Emily Hitchen, die Oberschwester des Distrikt-Hospitals.«

Sie begrüßten sich höflich.

»Ich habe die beiden Herren eben zu unserem kleinen Tennisturnier morgen eingeladen, doch ohne Erfolg, fürchte ich.«

»Tatsächlich?« Sie runzelte leicht die Stirn. »Welch ein Jammer. Wir sehen hier nicht viele Besucher. Es ist zu schade, dass Sie so bald wieder abreisen müssen.«

»Nur ich reise weiter, Miss Hitchen«, sagte Archie. »Ewart hier wird noch ein paar Tage bleiben.«

»Dann müssen Sie uns unbedingt Gesellschaft leisten, Mr. Grogan. Spielen Sie?«

»Gelegentlich«, sagte er. »Aber ich bin etwas eingerostet. Darf ich denn auch als Zuschauer kommen?«

»Aber natürlich dürfen Sie das, nicht wahr, Landers?«

»Unbedingt, alter Knabe. Unbedingt.«

»Dann ist es ausgemacht«, sagte sie und lächelte freundlich, wobei sie kleine, weiße, makellose Zähne enthüllte. »Bis morgen also.«

Grogan begleitete Archie auf der ersten Meile in Richtung Njassasee. Es war früh am Morgen, und die kühle Luft war erfrischend. Er hatte das Gefühl, dass ein wenig Bewegung ihm guttun würde.

Der Gouverneur hatte ein paar Träger für die Etappe bis zum See arrangiert – etwa eine gute Tagesreise entfernt. Das bedeutete, dass Grogan Makanjira und dessen Gefolgsmann Zowanji im Lager zurücklassen konnte, damit sie Ausrüstung und Proviant bewachten. So konnte Grogan sich ein Zimmer in Mrs. McPhees kleinem Gästehaus nehmen – dem einzigen in ganz Zomba.

Archies Karawane bestand aus vierzehn Männern und dem Gehilfen des Lagerkochs. Das war ausreichend für die relativ gut besiedelten Regionen, doch wenn sie später bei ihrer Expedition den Tanganjikasee hinter sich ließen, würden sie eine wesentlich größere Karawane brauchen für sehr viel mehr Proviant und die Geschenke, die nötig waren, um sicher durch möglicherweise feindliche Gebiete zu gelangen.

Nach der ersten Meile fühlte Grogan sich stark genug, noch eine Meile mitzuhalten. Das würde ihm außerdem Gelegenheit geben, noch ein paar Einzelheiten mit Archie zu besprechen.

»Ganz gleich, wie viele Träger du rekrutieren kannst, Archie, du wirst doch in Karonga auf mich warten, nicht wahr?«

»Ich warte, Ewart. Keine Sorge.«

»Ich will nur nicht, dass wir allzu weit voneinander getrennt werden.«

»Ich weiß.«

»Ich komme ja bald nach, weißt du? Und diese Träger … versuch, ein paar Watonga aufzutreiben, wenn es geht. Scheinen sehr brauchbar zu sein. Ich komme in ein, zwei Tagen nach. Sobald ich wieder ein bisschen zu Kräften gekommen bin.«

»Ja.«

»Warum lächelst du?«

»Ich frage mich, wie ein fiebriges Tennismatch deiner Malaria bekommen wird.«

»Tennis? Sei nicht albern – ich gehe nur auf einen Tee dorthin.«

»Nicht, wenn Schwester Hitchen ein Wörtchen mitzureden hat. Sie wirkt sehr überzeugend. Ich wette, dass du spätestens eine Stunde nach deiner Ankunft auf dem Platz stehst. Vielleicht sogar nach einer halben.«

»Unsinn.«

Grogan lag zitternd unter einer Decke in seinem feucht-warmen Zimmer in Mrs. McPhees Pension und dachte reumütig an das Tennisspiel vor drei Tagen, das zu diesem Rückfall geführt hatte.

Ein Doppel, Miss Hitchen? Warum nicht?

Sie wurden erst im dritten Satz geschlagen, doch es war Wahnsinn. Schon als er Emilys sehr überzeugende Einladung annahm, wusste er, dass er es bereuen würde. Sie sollte aber nichts von dem leichten Schmerz erfahren, den er an jenem Morgen im unteren Rücken empfand. Gewiss war ihr auch nicht bewusst gewesen, welche Wirkung ihr eng anliegender Tennisdress aus Baumwolle hatte, der sich während ihres Einzelspiels gegen Mrs. Carmichael eng an ihre Beine schmiegte.

Während der Teeparty nach dem Turnier glaubte er sich beinahe ins zivilisierte England zurückversetzt, ohne dass er es bemerkt hätte. Er verbannte den Schmerz aus seinen Gedanken und genoss die lebhafte Konversation und das melodische Lachen von Emily Hitchen in vollen Zügen.

Während der folgenden Tage gab es Phasen, da er meinte,

das Schlimmste sei vorbei, doch dann überfiel ihn das Fieber von neuem, und sein Kopf dröhnte, als schepperte ein vier Pfund schwerer Hammer darin herum. An diesem Morgen nun war der Schmerz eisiger Kälte gewichen. Jetzt war ihm heiß. Er warf sein Nachtgewand von sich und schob mit den Füßen die Bettdecken zur Seite.

Es klopfte an der Tür, und eine gedämpfte Stimme sagte: »Mr. Grogan, ich bin es, Mrs. McPhee.«

Grogan stöhnte innerlich. »Ich kann leider nicht zu Tür kommen, Mrs. McPhee«, sagte er so höflich, wie es ihm möglich war, während er vorsichtshalber die Bettdecke vom Boden aufhob.

»Darf ich eintreten, Mr. Grogan?«

Er unterdrückte einen Fluch. »Bitte«, sagte er und zog sich die Decke bis ans Kinn.

»Mr. Grogan?«

»Emily! Ich meine, Miss Hitchen.« Sie stand in der Tür zu seinem Zimmer – ein Engel der Krankenpflege in ihrer gestärkten weißen Tracht –, während Mrs. McPhee, die vollbusige Wirtin, hinter ihr wohlwollend lächelte.

»Ich hoffe, mein Besuch macht Ihnen nichts aus. Ich habe gehört, Sie seien krank.«

»Ach, es ist nichts, wirklich. Nur ein wenig Fieber.« Schweiß rann ihm ins Auge. Hastig wischte er sich die Stirn.

»*Pah!*«, sagte Mrs. McPhee. »Sehen Sie ihn sich nur an! Der arme Mann braucht dringend medizinische Hilfe. Ich lasse Sie dann jetzt allein, Emily. Rufen Sie mich, falls Sie irgendetwas brauchen.« Im Gehen zog sie die Tür hinter sich zu.

»Ich habe Ihnen Medikamente mitgebracht«, sagte Emily und trat ans Bett. »Haben Sie Chinin?«

»Nein. Ich meine, ja. Ein bisschen.«

Sie stellte ihr Medizinkästchen auf den Nachttisch, klappte es auf und entnahm ihm ein Fläschchen Chininpulver.

»Haben Sie ein Glas? Ah, da steht ja eines.«

Sie füllte das Glas zu einem Viertel mit Wasser aus seiner Karaffe und stellte es neben das Medizinkästchen auf den Tisch. Dann holte sie einen Messlöffel hervor, tippte vorsichtig das Fläschchen an, so dass das weiße Pulver in den Löffel rann, wobei sie darauf achtete, nichts zu verschütten.

Grogan beobachtete, wie sie konzentriert die Stirn runzelte.

Sie rührte das Chinin ins Wasser und setzte sich auf die Bettkante. »So, hier«, sagte sie und hielt ihm das Glas hin. »Trinken Sie das.«

Er setzte sich auf und war sich bewusst, dass ihm dabei die Decke von der Brust glitt.

Emily legte eine Hand an seinen Hinterkopf, als er sich nach hinten beugte, um das Chinin-Wasser hinunterzukippen.

»Igitt!«, sagte er und schauderte unwillkürlich.

»Trinken Sie mehr Wasser«, sagte sie, nahm ihm das Glas ab und gab es ihm frisch gefüllt zurück.

Grogan trank es gierig aus und verschüttete dabei etwas Wasser auf seine Brust. Dann hustete er, weil er sich verschluckt hatte. Emily klopfte ihm auf den Rücken, und als der Hustenanfall vorbei war, nahm sie ein kleines Handtuch und wischte ihm sanft die Brust ab. Er war sich ihrer Berührung nur allzu bewusst. Ihre Hand lag noch immer in seinem Nacken, und das Handtuch in der anderen Hand liebkoste seinen Hals und Oberkörper.

»Du meine Güte, Sie haben wirklich hohes Fieber, nicht?«, sagte sie, als sie den Schweißtropfen bemerkte, der von seinem Kiefer über den Hals auf seine Brust hinabrann.

»Fieber und Schüttelfrost«, sagte er heiser.

Emily goss ein wenig Wasser auf das Handtuch und wischte ihm die Stirn und den Nacken ab, dann strich sie damit über seine nackte Brust hinab zu seinem Bauch.

Seine Erektion war nicht mehr zu beherrschen.

»Nicht doch«, sagte Schwester Hitchen. »Das braucht Ihnen nicht peinlich zu sein. Ich weiß, dass ein Mann eben seine Bedürfnisse hat.«

Sie nahm den Saum der dünnen Bettdecke zwischen ihre zarten Fingerspitzen und zog sie sacht nach unten.

Kapitel 10

Der feine weiße Sand am Strand des Tanganjikasees sog an Grogans Stiefeln, während er mühevoll zum Wasser stapfte. Er war seit sechs Wochen unterwegs. Weihnachten hatte er in Karongas *kraal* verbracht, bei einer Tasse Tee in Gesellschaft von Dr. Castellote – dem Arzt der Telegraphengesellschaft –, der ihn gesund gepflegt hatte, nachdem er ins Malaria-Koma gefallen war.

Der Arzt reiste ebenfalls nach Norden und war Grogan zu Hilfe gekommen, weil Makanjira zu seinem Schiff hinausgepaddelt war, um Hilfe zu suchen. Castellote erklärte Grogan, durch die Malaria habe sich seine Leber entzündet, was einen weiteren Leberabszess hervorrufen könnte, der vermutlich sein Tod sein würde. Er hatte Grogan dringend geraten, an die Küste zu reisen, sobald er wieder bei Kräften war, und mit dem ersten Schiff in die Heimat zurückzukehren. Grogan hatte ihm für seinen Rat gedankt und behauptet, er werde darüber nachdenken.

Archie hatte nicht in Karongas *kraal* an der Nordspitze des Njassasees gewartet, wie sie vereinbart hatten. Er hatte eine Nachricht hinterlassen, dass er zum Tanganjikasee weitergezogen sei und dort auf Grogan warten werde. Grogan war furchtbar wütend geworden. Archie musste doch wissen, dass er hier nicht genug Träger hatte, um es bis zum Tanganjikasee zu schaffen. Und während Grogan versucht hatte, weitere Träger aufzutreiben, war er krank geworden.

Nun ließ Grogan, schwankend vor Erschöpfung, all das hinter sich und dachte an nichts anderes als an seine unmittelbare Aufgabe – die Überquerung des breiten Streifens aus schimmerndem, sengend heißem Sand bis zum Wasser des Sees. Hinter ihm drängten seine Träger heran, begierig, das erfrischende Wasser endlich zu erreichen, doch sie hielten respektvoll Abstand wie eine Gemeinde vor dem Abendmahl. Es war den Männern nicht erlaubt, ihm zu helfen, wenn er strauchelte – das hatte Grogan unmissverständlich klargemacht, als seine vom Fieber geschwächten Knie zu Beginn der hundert Schritt weiten Reise im weichen Sand nachgegeben hatten. Jeder Schritt war eine Leistung, zehn Schritte ein Monument seines Durchhaltewillens.

Dreißig Schritt vom Wasser entfernt klärte sich die vor Hitze flimmernde Luft so weit, dass er hohe, runde Brecher sehen konnte, die sich unter dem Einfluss irgendeiner Kraft in den unermesslichen blauen Tiefen aufbäumten, gegen das Ufer schlugen und ihm schäumende kleine Wellen über den Sand entgegeneilen ließen.

Er fiel auf die Knie, und seine Hände sanken in den feuchten Sand. Er konnte das Zischen hören, mit dem die kleinen Wellen jedes einzelne Sandkorn begrüßten, ehe sie sich wieder in die unerschöpflichen Tiefen des Sees zurückzogen. Beim Anblick und dem Duft lief ihm das Wasser im Mund zusammen.

Endlich war er da. Er schöpfte sich mit beiden Händen das süße, frische Wasser in den Mund. Dann spritzte er es sich ins Gesicht und verspürte den beinahe unwiderstehlichen Drang, sich in diese besänftigende, kühle Tiefe sinken zu lassen und zu schlafen.

Belebt watete er durch die Brandung, freute sich daran, von den Wellen herumgeschubst zu werden, und blickte über das aufgewühlte Wasser am Ufer hinaus in die blaue Weite. In einem Tal zwischen zwei Wellen blitzte das Ohr eines Nilpferds auf, und dahinter drängte sich kein Land, kein Hügel, kein Berg zwischen ihn und den fernen blauen Horizont aus Wasser.

Das Dampfschiff *Good News* der African Lakes Corporation stöhnte, als die Brandung des Tanganjikasees es an den hölzernen Kai von Kituta drückte. Grogan lehnte an einem Poller und stopfte seine Pfeife. Makanjira beaufsichtigte die Verladung ihrer restlichen Ausrüstung. Bald würden sie gen Norden aufbrechen, hinter Archie her. Dieser hatte auch hier wieder eine Nachricht hinterlassen, er sei gezwungen gewesen, weiterzuziehen. Grogans Fieber war abgeklungen, und er hatte dreißig Pfund Gewicht verloren, kochte aber immer noch vor Wut über Archies eigensinniges Verhalten.

Er kramte mit der freien Hand in der Brusttasche herum und fand ein Streichholz. Paffend erweckte er seine Pfeife zum Leben, bemühte sich, seinen Ärger zu vergessen, und blickte hinaus auf die blaue Weite des Tanganjikasees.

Ungebeten stieg Gertrudes Bild vor seinem inneren Auge auf, wie so oft in solchen nachdenklichen Augenblicken, doch diesmal plagte ihn beim Gedanken an sie das schlechte Gewissen. Er war ein junger Mann, der Herausforderungen liebte und sich gern an ihnen maß, doch nun war seine Willenskraft schon zwei Mal auf die Probe gestellt worden, und beide Male hatte er versagt. Das schöne Geschlecht hatte schon immer eine starke Anziehungskraft auf ihn ausgeübt, doch bis zu jenem Vorfall in Umtali hatte er keine Gelegenheit gehabt, ihr nachzugeben. Er versuchte, den unangenehmen Gedanken zu verdrängen. Die Affären in Umtali und Zomba würden sich nicht wiederholen, und sie hatten mit

Gertrude nichts zu tun, noch beeinträchtigten sie seine Liebe zu ihr in irgendeiner Weise.

Die Dampfpfeife der *Good News* ertönte und rief Grogan zur nächsten Etappe seines Abenteuers.

4. April 1899. Am Tanganjikasee

Endlich. Wir verließen Kituta an Bord der Good News, *die so voll ist, dass sie beinahe überquillt. Dennoch sind die Kakerlaken gegenüber den Passagieren hundertfach in der Überzahl. Sie bewohnen jeden Winkel des Schiffes, und manche sind so groß wie Mäuse. Mein Moskitonetz hängt unter ihrem Gewicht gefährlich durch. Ich hatte schon Sorge, ob es die Nacht überstehen würde, doch ich hätte mich nicht zu beunruhigen brauchen. Makanjira, der sich selbst zu meinem Hüter und Beschützer ernannt hat, solange ich noch immer geschwächt bin, hat sich um das Problem gekümmert. Heute Morgen fand ich den Boden um meine Hängematte herum mit Kakerlaken-Kadavern übersät vor.*

Der unangenehme Morgen wurde zu einem beinahe unerträglichen Nachmittag, denn die Temperatur erreichte kurz nach dem Mittag 38 Grad, und das Thermometer steigt weiter.

Ein starker Sturm brach von Norden über unser Schiff herein und warf uns auf so schwerer See herum, wie ich sie seit dem oft von Stürmen heimgesuchten Atlantik nicht mehr gesehen habe. Solche Unwetter sind hier wohl nicht selten und können schwere Folgen haben. Sie entstehen durch die tropische Hitze in den tiefen Schluchten zwischen den umgebenden Bergen und brechen ganz unvorhersehbar aus dem Gebirge hervor. Ich rechnete bereits fest damit, dass dieser rostige kleine Kahn jeden Augenblick kentern würde, und dann gnade uns Gott.

Die Männer stöhnten und beteten zu Allah, er möge sie retten, doch ich sah ihren Mienen deutlich an, dass sie nicht fest daran glaubten, Er würde das wirklich tun.
Fast alle an Bord wurden seekrank und litten fürchterlich, während der Sturm bis in den späten Nachmittag hinein anhielt. Als der Abend hereinbrach, ließ der Wind plötzlich nach, und das Wasser beruhigte sich beinahe augenblicklich.

6. April 1899. Am Tanganjikasee

Der Kapitän hat sich bereit erklärt, in M'towa anzulegen, wo ich hoffe, Archie endlich zu finden, da mir zufällig zwei belgische Priester vom Orden der Pères Blancs begegnet sind. Sie erzählten mir, sie hätten einen Engländer, bei dem es sich ihrer Beschreibung nach um Archie handeln müsste, vor etwa einem Monat gesehen, und er sei auf dem Weg nach Norden gewesen.
Ich hätte höflicher zu den beiden Missionaren sein sollen, aber ich hatte Mühe, mich zu beherrschen. Das Problem ist, dass ich schon so viele wohlmeinende Versuche diverser religiöser Institutionen beobachtet habe, diesem Kontinent ihre sogenannte Erleuchtung zu bringen; inzwischen empfinde ich ihre Einmischung in das Leben der afrikanischen Bevölkerung als dreist und unverschämt. Zufällig teilte ich den Weißen Vätern meine Ansichten mit, ehe sie mir von Archie erzählten.
Dennoch würde ich diese Worte nicht zurücknehmen. Mit welchem Recht zwingen sie diesen einfachen Leuten ihr frömmelndes Geschwätz auf? In vielen Fällen gelingt es ihnen damit nur, das oft bewundernswerte soziale Gleichgewicht der afrikanischen Gesellschaft auszuhebeln. Wenn man sich die erbärmlichen Zustände zu Hause ansieht, müsste es doch in

Europa genug Arbeit für sämtliche Priester geben? Ich sehe nichts als Ärger und Elend voraus, wenn diese selbstsüchtigen Seelen weiterhin die Traditionen, Bräuche und Rituale zerstören – viele davon sind Grundfesten einer wohlgeordneten Gesellschaft, die schon seit Jahrhunderten, nein, Jahrtausenden existiert. Ich will damit nichts zu schaffen haben.

Kapitel 11

Momposhe beäugte die *enkiti* in stillem Misstrauen. Er, die *enkiti* und ihr hässlicher gelber Hund waren auf dem Weg zur Schule in Londiani, aber die Kleine trödelte schon wieder. Sie schien Spaß daran zu haben, ihn zu reizen. Er verstand nicht, warum, und bisher hatte er für diese tägliche Konfrontation keine Lösung finden können, wenn er nicht tatsächlich Gewalt anwenden wollte.

Wenn hier irgendjemand trödeln sollte, dann war das Momposhe, dessen Aufgabe es war, die *enkiti* zu begleiten, den staubigen Weg entlang, der von der Farm wegführte, dann den Hang hinauf und nach Londiani hinein.

Nach vielen Monaten stiller Verwirrung verstand er nun genug Englisch, um zu wissen, dass die *enkiti* Jessie hieß und nicht Darling, wie er zunächst geglaubt hatte. Sie war die Tochter von Mr. Dalton, dem Farmer, dem Marefu mit dem Vieh half. Momposhe und sein Vater wohnten immer noch in Daltons Scheune, denn man hatte sie noch nicht dazu aufgefordert, wieder zu gehen. Anscheinend passte diese Ordnung der Dinge allen gut. Marefu kümmerte sich um die Rinder, Momposhe half hier und da, wo er gebraucht wurde, und Dalton gab ihnen zu essen und ein Dach über dem Kopf.

Eine von Momposhes kleinen Arbeiten bestand darin, Jessie zur Schule zu bringen. Das war ein erträglicher Auftrag gewesen, bis sein Vater und Mr. Dalton beschlossen hatten,

Momposhe sollte eine Schulausbildung bekommen. Die Lehrerin erlaubte ihm, an ihrem Unterricht teilzunehmen, und damit begann für Momposhe eine wahre Schinderei.

Nach seinem ersten Tag in der Schule beklagte Momposhe sich bei seinem Vater. Man hatte ihn gezwungen, einer Klasse beizutreten, zu der Mädchen gehörten, und einige von ihnen waren sogar noch jünger als Jessie. Marefu zuckte mit den Schultern und ließ sich nicht erweichen. Er machte deutlich, dass Momposhe die Gepflogenheiten der Weißen lernen müsse, wenn er sich dem weißen Stamm anschließen wolle, genau wie er die Gebräuche der Massai hätte erlernen müssen, wenn sie bei ihrem Stamm geblieben wären.

Momposhe vermutete, dass es seinem Vater um andere Dinge ging. Lange war es für Marefu und Bruce Dalton sehr schwierig gewesen, sich zu verständigen. Eine einfache Anweisung von Bruce an Marefu, womöglich nur ein einziger Satz, bedurfte zweier Dolmetscher. Wenn Dalton Marefu etwas sagen wollte, bat er Bernase, seine englischen Worte ins Kikuyu zu übersetzen – ihre Muttersprache. Momposhe, der ein wenig Kikuyu von seiner Mutter gelernt hatte, gab dann eine grobe Übersetzung ins Maa an Marefu weiter, der zu stolz oder zu faul gewesen war, die Sprache seiner Frau zu lernen. Das Ergebnis war selten besser als ein paar unzusammenhängende Wörter, deren Bedeutung unterwegs verlorengegangen war. An Feinheiten war nicht zu denken.

Fragen waren am schwierigsten, denn zwei Runden über die beiden Dolmetscher ergaben mindestens vier Gelegenheiten, bei denen sich Fehler und Irrtümer einschleichen konnten. Daher hatte die Antwort oft keinen erkennbaren Bezug mehr zur Frage. Dalton fragte beispielsweise: »Hast du die rote Färse gesehen, die mit dem weißen Fleck auf dem Hinterteil, der aussieht wie ein Stern?« Als Antwort kam dann etwa zurück: »In dieser Nacht schien überhaupt kein Mond. Regen lag in der Luft.«

Momposhe fand, dass es schon immer viel spannender gewesen sei, die Gepflogenheiten der Massai zu lernen, als in die Schule zu gehen. Die Schule war ein seltsamer Ort mit geheimnisvollen Regeln und fremdartigen Gebräuchen, und das stickige, manchmal heiße Klassenzimmer mochte er anfangs nicht leiden. Doch während die Monate vergingen, wurde Momposhe immer weniger ein Massai und immer mehr ein Schuljunge aus Londiani.

Die Aufgabe, sich an ihr neues Leben anzupassen, war für seinen Vater auch nicht leicht, der die Gebräuche der Weißen und die ebenso seltsamen Regeln ihrer Landwirtschaft ebenfalls erst lernen musste. Nicht, dass er sich an den Haushalt der Daltons angeschlossen hätte. Er sprach kaum ein Wort, auch nicht mit Momposhe. Irgendetwas war mit Marefu geschehen, als die weißen Männer ihn damals in ihr Gefängnis geworfen hatten, und selbst die relative Sicherheit auf Daltons Farm konnte es nicht bessern. Vielleicht war es auch der glühende Hass auf die Nandi, die nicht nur seine Frau getötet und sein Vieh gestohlen hatten, sondern auch noch schuld daran waren, dass man ihn in dieses stinkende Loch geworfen hatte und dass er von zu Hause hatte fliehen müssen, damit man ihn nicht wieder in diesen Käfig sperrte.

Jessie trödelte schon wieder – jetzt beugte sie sich über einen blühenden Busch am Wegrand. Sie pflückte eine Blüte, schnupperte daran und steckte sie sich umständlich ins Haar. »Findest du das nicht hübsch, Momposhe?«, fragte sie.

Er ignorierte die Frage. Sie würden schon wieder zu spät kommen, und die Lehrerin würde ihn dafür schlagen, nicht sie. Er ging zurück, auf die Kleine zu. Ihr hässlicher Hund mit der rosa und schwarz gesprenkelten Zunge starrte ihn böse an. Momposhe starrte zurück. Er würde sich nicht vom Hund eines Mädchens einschüchtern lassen. Er stellte sich neben Jessie und wartete, bis sie von selbst auf ihn aufmerksam wurde.

Der gelbe Hund knurrte warnend.

Die *enkiti* spähte mit diesen seltsamen, grünlichen Augen zu ihm auf. Eine stumme Frage stand darin, als hätte sie keine Ahnung, warum Momposhe so gereizt dreinschaute.

Er streckte ihr die Hand hin.

Sie betrachtete die Hand eine Weile und ergriff sie dann.

Fröhlich lief sie den ganzen Weg zur Schule neben ihm her, ihre weiche kleine Hand in seiner.

»Wo warst du denn, Momposhe?«, fragte Jessie ein wenig schmollend. »Ich habe überall nach dir gesucht.« Sie ließ sich auf einen Stamm unter dem Baum am Hof fallen.

Der Massai-Junge blickte auf sie hinab, ein überlegenes Lächeln auf dem Gesicht. »Ich habe meinem Vater geholfen. Wir verrichten Männerarbeit«, erklärte er hochmütig.

»Was macht ihr denn genau?«

»Nichts, wovon eine *enkiti* wissen müsste.«

»Habt ihr die Widder kastriert?«

Momposhe, ein wenig enttäuscht, weil sie richtig geraten hatte, wechselte das Thema. »Weshalb hast du mich gesucht?«

»Du hast versprochen, mir etwas von den Massai beizubringen.«

»Ich habe zu tun. Siehst du das denn nicht?«

»Wenn du es nicht tust, helfe ich dir nicht bei den Hausaufgaben. Und wenn du sie nicht richtig machst, wird Mrs. Mitchell sehr böse sein.«

Momposhe seufzte und ließ sich neben ihr auf den Baumstamm sinken. »Wenn es denn sein muss.« Es gefiel ihm, wie sich dieser Ausdruck anhörte. Er konnte sich vorstellen, wie Bruce Dalton oder seine Lehrerin so etwas sagte. »Was möchtest du also wissen?«

»Das weiß ich doch nicht, du Dummkopf. Wenn ich über die Massai Bescheid wüsste, bräuchte ich dich ja nicht danach zu fragen.«

Das war auch eines der Dinge, mit denen sie ihn neckte – sie spielte mit englischen Wörtern. Aber Wortspiele beherrschte er auch. »*Oiyote*«, sagte er.

»Was?«, entgegnete sie.

Mit diesem Wort leiteten die Massai ein Rätsel ein, und er stellte ihr nun eines, genau wie er es von seiner Mutter gelernt hatte.

»Momposhe, sei nicht so gemein – du weißt genau, dass ich deine Sprache nicht verstehe.«

»Ach, tatsächlich? Dann solltest du vielleicht auf die Massai-Schule gehen, bis du so klug bist wie ich.«

»Bi-i-i-tte«, bettelte sie.

Er gab nach und wiederholte auf Englisch: »Ich habe zwei Häute, eine unter mir, und eine über mir. Was sind sie?«

Jessie war sofort Feuer und Flamme. »Hm … Ein Regenschirm«, sagte sie. »Nein … ich gebe auf. Was sind sie?«

»Der Boden und der Himmel.«

Er ratterte ein weiteres Rätsel auf Maa herunter und übersetzte es dann für sie. »Was bin ich? Ich bin lang, und doch kann ich das Euter einer Ziege nicht erreichen.«

»Ein Baum! Nein! Eine Schlange. Oh, ich weiß nicht, was ist es denn?«

»Die Straße nach Londiani.«

Sie lachten. Jessie klatschte in die Hände. »Ach, ich würde zu gern auch ein paar Rätsel kennen.«

»Hat dich deine Mutter denn keine gelehrt?«

»Nein«, sagte sie, schüttelte den Kopf und lächelte ihn an. »Ich habe meine Mutter nie kennengelernt. Sie ist gestorben, als ich noch ein Baby war.«

»Oh«, sagte er, und sie tat ihm leid. »Ich habe meine Mutter auch verloren. Aber nicht so früh wie du. Das muss sehr schlimm sein.«

»So schlimm ist es nicht. Papa sagt, wenn man nicht weiß, wie etwas ist, kann man es auch nicht vermissen. Ich glaube, das stimmt. Ich finde es nur schlimm, dass ich keine Geschwister habe. Ich bin die Einzige in Londiani, die nicht wenigstens zwei, drei Brüder und Schwestern hat.«

Momposhe fühlte sich schuldig, weil er ein lustiges Spiel zu einer traurigen Unterhaltung gemacht hatte. »Dann werde ich dein Bruder sein«, sagte er, »und wenn du mich brauchst, kannst du mich rufen.«

Jessie rümpfte die Nase. »Aber wie soll ich dich denn rufen, wenn du so weit weg bist? Du bist immer irgendwo draußen unterwegs, mit deinem Vater und dem Vieh.«

»Das geht so.« Er fügte die hohlen Hände zusammen und bildete einen Spalt zwischen seinen Daumen. Er blies über diese Öffnung, und ein tiefer Ton erklang. »Dann flüsterst du deine Botschaft in die Hände, und ich werde sie hören.«

Hocherfreut legte Jessie die hohlen Hände aneinander und brachte ein wackeliges Pfeifen hervor.

»Wie nennt man das?«, fragte sie ihn.

»Ich weiß nicht. Es hat keinen Namen.«

»Es muss einen Namen haben. Alles hat doch einen Namen.«

»Nein. Nicht alles.«

»Aber natürlich. Wie sprecht ihr denn darüber, wenn es keinen Namen hat?«

Sie regte ihn schon wieder auf. »Also schön. Das heißt Wenn-man-die-Hände-zusammenbringt-und-in-die-Daumen-flüstert.«

»Dummkopf«, sagte sie. »Ich werde es ›Jessies Telegraph‹ nennen. Wie den Telegraph, den sie an der neuen Bahnlinie entlang bauen. Nein, besser, ich nenne es ›Jessies und Momposhes Buschtelegraph‹.«

Momposhe lächelte. »Ich finde Wenn-man-die-Hände-zusammenbringt-und-in-die-Daumen-flüstert einfacher.«

»Hinter den *Spiegeln*, Momposhe. S-p-i-e-g-e-l-n ... Spiegeln.«

»Spiegeln«, sagte er durch zusammengebissene Zähne.

»So ist es besser«, sagte das junge Mädchen. »Also, fangen wir an.«

Momposhe fand, dass Jessie die Seiten mit einer überlegenen Geste umblätterte, als hätte sie die Geschichte selbst geschrieben. Hausaufgaben mit Jessie mochte er gar nicht. Sie war viel zu rechthaberisch. Sie lernten immer in der Küche, die stets um ihn herum zu schrumpfen schien, wenn Jessie so herrisch wurde. Zu allem Überfluss drückte Bernase sich meist irgendwo im Hintergrund herum, jederzeit bereit, sich über ihn lustig zu machen, wenn ihm ein Fehler unterlief.

»Das ist aber ein dummes Wort«, sagte er trotzig. Die *enkiti* musste endlich lernen, dass ein Mädchen kein Mann war. Solche Einschüchterungsversuche standen ihr nicht zu. Das war das Vorrecht eines Mannes.

»Du redest Mist«, sagte sie.

Bernase schlug sich die Hand vor den Mund und hielt sich mit der anderen den dicken Bauch, um ihr Lachen zu unterdrücken.

»Was ist Mist?«

»Kuhscheiße …«

»*Ai*, und jetzt sprichst du so schlecht mit mich.«

»Mit mir«, verbesserte sie ihn.

»Was?«

Er konnte Bernase aus den Augenwinkeln sehen und wusste, dass sie sich vor Lachen kaum mehr beherrschen konnte.

»Das heißt, du sprichst schlecht mit mir.«

»Nein. Es ist schlecht. Du sprichst schlecht.«

»Momposhe, also wirklich.« Jessie schlug seufzend das Buch zu und sah ihn stirnrunzelnd an. »Mrs. Mitchell hat gesagt, dass ich dir helfen soll, damit du zu uns anderen aufholen kannst. Jetzt komm schon.« Sie schlug das Buch wieder auf. »Wir waren auf Seite zehn.« Sie legte den Finger an die erste Zeile.

Momposhe las: »*›Seltsamer und seltsamer!‹, rief Alice.*« Er hielt inne. »Was heißen diese Wörter, ›seltsamer und seltsamer‹?«

»Das sagt man eigentlich gar nicht richtig so.«

»Warum muss ich es dann lernen?«

»Weil.«

Er wartete darauf, dass sie fortfuhr, bis ihm klar wurde, dass er außer »weil« keine weitere Erklärung dafür bekommen würde. Sie wollte ihn doch nur wieder ärgern. Sein Zorn wuchs, doch er zügelte ihn. Solch belanglose Kleinigkeiten stellten seine neue Selbstbeherrschung nicht ernsthaft auf die Probe. Er stand auf, warf Bernase einen finsteren Blick zu, legte das Buch auf den Tisch und verließ die Küche so souverän, wie er nur konnte. »Ich habe für heute genug lernen.«

Die Hitze draußen fühlte sich gut an auf der Haut.

»*Gelernt*«, kam Jessies Stimme von drinnen.

Momposhe stürmte davon.

An der Ecke der Scheune blieb er stehen und blickte auf

seine nackten Füße hinab. Sie waren blass vom pudrigen Staub der harten Erde. Plötzlich überkam ihn das überwältigende Verlangen nach Schuhen. Schuhe zu besitzen – feste, solide Lederschuhe, die den Staub von seinen Füßen fernhalten würden. Ein weißer Mann definierte sich über seine Schuhe. Wenn Momposhe ein Mitglied des weißen Stammes werden wollte, musste er Schuhe haben.

Die Purko Massai waren weit fort – sowohl ihr Land wie auch die Bindungen an sie. In Londiani befand Momposhe sich im Land des weißen Mannes.

Er erinnerte sich an die Mahnung seines Vaters, der gesagt hatte, wenn er sich dem weißen Stamm anschließen wolle, müsse er die Sitten und Gebräuche der Weißen lernen. Schuhe zu haben, das bedeutete, Geld zu haben, und Geld zu haben, das bedeutete, dass man genug über die Welt des weißen Mannes wusste, um eine Möglichkeit zu finden, Geld zu bekommen.

Er bückte sich, rieb sich den Staub von den Füßen und wandte sich dann wieder dem Haus zu, fest entschlossen, herauszufinden, was es mit »seltsamer und seltsamer« auf sich hatte.

Kapitel 12

Ehe Grogan vorsichtig in den Einbaum schlüpfte, der ihn in M'towa ans Ufer bringen würde, erteilte er seinem Vorarbeiter Makanjira letzte Anweisungen. Er sollte Ausrüstung und Vorräte nach Ujiji bringen, dort das Lager aufschlagen und warten, bis Grogan mit Archie nachkam.

Später, während Grogan den steilen Hügel zum Dorf M'towa emporstieg, fiel ihm auf, dass er alles, was für sein Überleben dort draußen in der Wildnis von größter Bedeutung war, einem afrikanischen Eingeborenen anvertraut hatte, den er bis vor einem Jahr nicht einmal gekannt hatte. Er beruhigte sich mit dem Argument, dass Makanjira und sein zweiter Mann, Zowanji, ihn schon viele Male hätten berauben können, während er krank gewesen war, es aber nicht getan hatten. Es fühlte sich seltsam an, dass er ein so starkes Band zu einem Mann geknüpft hatte, der hinsichtlich seiner Kultur und Bildung, ach, eigentlich in allem, so völlig anders war als er selbst.

Sein nagender Ärger auf Archie drängte sich in seine Gedanken. Archie war immer weiter gen Norden gereist, trotz Grogans gegenteiliger Anweisung und der Gefahr, die darin lag, die Karawane zu trennen. Grogan versuchte, sich alle möglichen Erklärungen dafür einfallen zu lassen, fand aber keinen vernünftigen Grund. Archie war nicht der Typ dafür, die Kontrolle über die Karawane an sich zu reißen und die Lorbeeren für die Expedition selbst einzuheimsen – weshalb also handelte er ständig Grogans Anweisungen zuwider? Grogan wusste nicht, wie er Archie gegenüber auftreten sollte. Drei Monate waren vergangen, seit sie sich zuletzt gesehen hatten, und er war zwar sehr erleichtert bei dem Gedanken, dass er die Wildnis, die vor ihm lag, nicht ganz allein durchqueren und so lange jegliche zivilisierte Konversation würde entbehren müssen. Andererseits war Grogan sicher, dass ihnen dieses Vorhaben nur gelingen konnte, wenn seine eigene Position als Anführer absolut unumstritten war.

Er beschloss, sich vorerst noch kein Urteil zu bilden, sondern Archie Gelegenheit zu einer Erklärung zu geben, ehe er seinem Ärger Luft machte.

Als er Archie in seinem Zelt auf dem Hügel oberhalb des Sees sah, war er entsetzt. Battersby war nicht mehr der robuste Mann, den er in England kennengelernt und von dem er sich vor Monaten verabschiedet hatte. Seine Haut war grau, und seine eingesunkenen, gelblichen Augen spähten ihn aus tiefen, dunklen Höhlen an. Sein bisher korpulenter Leib erinnerte jetzt eher an ein Skelett, und seine Finger – die unablässig krabbelnde Bewegungen machten – waren spindeldürr und zitterten.

»Archie!«

»Ewart, schön, dich zu sehen.« Archie lächelte schwach und stand mühsam auf.

»Archie … ich hatte ja keine Ahnung …«

Archie konnte sich nicht auf den Beinen halten und sank auf seine Pritsche zurück. »Tut mir leid, bin noch etwas geschwächt.«

»Was ist dir widerfahren?« Archies Zustand entsetzte Grogan dermaßen, dass er seinen Zorn völlig vergessen hatte.

»Malaria.« Archie versuchte zu lächeln, doch seine Stimme brach, und Tränen stiegen ihm in die Augen, als er fortfuhr: »Ewart, ich wäre fast krepiert!«

Grogan legte seinem Freund eine Hand auf die Schulter und setzte sich neben ihn. »Herrgott, Mann … wie geht es dir jetzt?«

Archie nickte, ebenso sehr, um sich selbst Mut zu machen, wie um Grogan zu beruhigen. »Ich werde schon wieder, denke ich.«

Archie erzählte ihm, dass er zwei Monate lang an Fieber und grässlichen Schmerzen gelitten hatte, die jeden Muskel in seinem Körper angriffen. Er hatte sich immer weiter nach Norden vorangeschleppt in der Hoffnung, gesünderes Klima zu finden, in dem er das Fieber kurieren konnte. Schließlich hatte er M'towa erreicht und war hier auf Dr. Castellote – den Arzt der Telegraphengesellschaft – getroffen, der ihm über das Schlimmste hinweggeholfen hatte.

»Er ist gestorben«, antwortete er, als Ewart sich nach dem Arzt erkundigte. »Dr. Castellote. Er ist vergangene Woche verstorben, nachdem er mir das Leben gerettet hatte. Sie haben ihn dort oben begraben.« Mit weit aufgerissenen Augen deutete er auf die Hügelkuppe oberhalb des Lagers. »Stell dir nur vor, in Afrika begraben zu sein, Ewart. Im Busch, so weit fort von zu Hause. So weit weg von deiner Familie und allem, was dir vertraut ist. Das wäre entsetzlich.«

Einen Augenblick lang fühlte Grogan Archies Angst, als wäre es seine eigene; er sah das Grauen, das ein so einsamer Tod in der Fremde der Vorstellung seines geselligen Freundes für immer eingeprägt hatte. Archie fürchtete nicht den Tod, sondern einen *einsamen* Tod. Allein zu sterben, bedeutete, dass das eigene Leben jeden Wert verlor. Wenn niemand da war, um dessen Ende mitzuerleben, war es so, als hätte es dieses Leben nie gegeben. Für Archie war dies das Schlimmste, das er sich vorstellen konnte.

Grogan blieb bei ihm sitzen, tätschelte tröstend seine

Schulter, und sie unterhielten sich. Ihre Unterhaltung spazierte durch den üppig belaubten Green Park, die Park Lane entlang und durch den Regent's Park, Queen Mary's Gardens und den Tierpark. Archie erlaubte dem Gespräch auch, bis nach Grogans Sussex zu schweifen, aber nur, weil er es kannte. Er ging gern überallhin, außer nach Afrika, wo gewaltige Entfernungen, fremde Menschen und seltsame Umstände herrschten.

Grogan brachte zwei Stunden damit zu, gemeinsam mit seinem Freund vertraute Orte zu besuchen, denn er wusste, dass Archie den Trost brauchte, den nur die Heimat ihm geben konnte. Doch Archies Erkenntnis, dass sie es womöglich nicht lebend nach Kairo schaffen würden, hatte ihm eine Angst eingepflanzt, von der Grogan fürchtete, es könnte lange dauern, sie zu überwinden.

21. April 1899. Ujiji

Auf Ujiji war ich schon immer besonders neugierig. Es ist der historisch bedeutsamste Ort in ganz Zentralafrika. In Wirklichkeit war es jedoch, wie Kindheitsträume das so an sich haben, ein wenig enttäuschend. Ein paar weiße Gebäude hier und da, ein Mangobaum, eine Palme, und das Ufer des Tanganjikasees. Nicht eben viel.

Wie oft hatte ich mich im Schein einer flackernden Kerze tief über dieses Buch gebeugt und die Worte verschlungen, die jenen ungeheuer aufregenden historischen Augenblick beschrieben, da Stanley in Ujiji auf Livingstone traf?

Wie oft hatte ich mir vorgestellt, selbst der rachedurstige Krieger zu sein, der vom Ufer des Tanganjikasees nach Ujiji hineinstürmt, ins Herz des Sklavenhandel-Geschwürs, um eigenhändig Hunderte hilfloser Sklaven zu retten?

Ja, wie leicht kommt mir der Name Tanganjikasee über die

Lippen, obgleich er vor nicht einmal einem Jahr nichts weiter war als Teil eines Jugendtraums.

Archie und ich mieteten Esel an und gönnten uns einen Ritt in den Ort. Wir kamen an Reihen grinsender Schädel vorüber – eine Erinnerung an die letzten Tage des arabischen Sklavenhandels. Wir besorgten uns eine Unterkunft in einem beeindruckenden alten Missionsgebäude, das nun abwesenden griechischen Händlern gehörte. Bald darauf erreichte uns eine Einladung zum Lunch beim Gouverneur, einem Deutschen, Hauptmann Bethe. Ein wenig widerstrebend sagten wir zu. Die Deutschen haben sich recht aggressiv auf Britisch-Uganda zubewegt, deshalb rechneten wir nicht unbedingt mit einer herzlichen Aufnahme. Gouverneur Bethe und seine drei Offiziere jedoch bereiteten uns einen königlichen Empfang. Bethe hat ein großes, rundes Gesicht, einen Schnauzbart und abstehende Ohren, aber seine Manieren und Gastfreundschaft waren untadelig.

Ehe noch das Essen aufgetragen wurde, umringte uns der Gouverneur mit einer verblüffenden Auswahl verschiedenster alkoholischer Getränke. Zu unserer Überraschung bot man uns zuerst einen Portwein an. Es folgten Wermut, Champagner, Rotwein und Bier. Das Mittagessen wurde schließlich gegen vier Uhr serviert, und wir wandten uns wieder dem Portwein zu. Ich konnte mich beherrschen und sprach dem Alkohol maßvoll zu, doch Archie, der unverbesserliche Opportunist, ließ sich alles schmecken.

Das Gespräch kam auf unsere Reise in den Norden. Ich wollte keine Einzelheiten preisgeben und musste Archie mehr als einmal davon abbringen, alles auszuplaudern. Stattdessen versuchte ich, Bethe Informationen zu entlocken, und fragte ihn, welche Route er empfehlen würde. Der Gouverneur erklärte, er würde auf jeden Fall über Tabora reisen, da die nördliche Route so gut wie unbenutzt und sehr gefährlich sei. Er erklärte, sie müssten ständig Raubzüge aus dem Kongo abwehren, weshalb die meisten Orte am Seeufer auf der Kongo-Seite wahre Festungen seien. Auch die Regierungsvertreter Kongos hätten sich zu ihrer Sicherheit dort versammelt, denn in den abgelegeneren Gebieten herrsche die Anarchie. Bewaffnete Banden aus Eingeborenen und Deserteuren der belgischen Armee durchstreiften das Gebiet und zerstörten alles, was ihnen dabei im Weg war. Er sagte, verzweifelte Männer, die Leopolds grausame Herrschaft nicht mehr ertragen konnten, würden uns für eine Handvoll Maismehl die Kehlen aufschlitzen. Archie bedrängte den Gouverneur um weitere Einzelheiten und saß da wie gebannt, während dieser erzählte. Ich sah ganz deutlich, dass es nicht schwierig wäre, Archie zu überreden, den Weg nach Tabora einzuschlagen und weiter gen Osten zu reisen, bis er auf den Indischen Ozean stieß.

Als das Mittagessen am späten Nachmittag vorbei war, drängten uns die Deutschen noch mehr Drinks auf. Ich erklärte, ich wisse nicht recht, ob es klug sei, so viele alkoholische Getränke miteinander zu mischen, vor allem, da draußen vierzig Grad herrschten.

Bethe erwiderte, es sei sogar sehr klug, aus gesundheitlichen Gründen.

Diese Antwort machte mich neugierig, und ich fragte, was er damit meinte.

Der Gouverneur beugte sich auf seinem Stuhl vor, um seinen Worten mehr Nachdruck zu verleihen, und sagte, es sei eine wohlbekannte Tatsache, dass kein Abstinenzler Ujiji jemals lebendig verlassen habe.

Tembi, der kleine Watonga-Junge, den Grogan während ihres Aufenthalts in Ujiji zum Gehilfen des Kochs bestimmt hatte, brachte zwei Becher dampfenden Tees.

Der Abschnitt des Missionsgebäudes, den man ihnen zur Verfügung gestellt hatte, bestand aus drei großen Räumen. Den größten Raum benutzten sie als Wohnzimmer. Er war recht großzügig, mit Läden vor den Fenstern und einer hohen Decke. Ihre Räumlichkeiten hatten einen separaten Eingang, geschützt von einem Vordach, das die grausame Sonne von Westen abhielt, aber die Brise, so es denn eine gab, ins Innere ließ. Das Mobiliar war schlicht, aber gut gearbeitet. Ein solider Holztisch mit sechs hochlehnigen Stühlen nahm den Bereich der hinteren Wand ein. Einige Polstersessel mit Beistelltischen füllten den restlichen Raum aus. Aufdringlich-bunte griechische Seestücke hingen an den Wänden – die einzigen Farbkleckse der ansonsten sehr eintönigen Einrichtung.

Tembi stellte den Tee auf den Tischchen neben Grogans und Archies Sesseln ab und ging wortlos wieder hinaus.

Archie trank einen Schluck und stöhnte.

Grogan warf ihm einen Blick zu und lächelte. »Sei tapfer, Archie. Denk daran, noch nie hat ein Abstinenzler Ujiji lebendig verlassen.«

»Ich weiß nicht recht, ob man meinen Zustand als *lebendig* bezeichnen kann«, erwiderte Archie und hielt sich die Stirn, während er an seinem Tee nippte. »Der Gouverneur hat eine seltsame Vorstellung davon, Gäste zu bewirten. Es muss doch schon Zeit fürs Dinner gewesen sein, als das Mittagessen serviert wurde.«

»Er hat auch eine seltsame Vorstellung von der Region, die er verwaltet. Ich kann kaum glauben, was er über König Leopold gesagt hat. Ich bin gewiss kein Freund der Belgier, aber Leopold ist auch im Kongo als Philanthrop bekannt. Bethes Gerede von Folter und Sklaverei – das ist gewiss nur die Ansicht eines Deutschen über einen unliebsamen Nachbarn. Hast du denn von derartigen Dingen gehört, während du in M'towa warst?«

»Zu krank, fürchte ich. Meistens wusste ich nicht einmal, wo ich war oder welchen Tag wir hatten.«

»Seine Äußerungen über die Gefahren der nördlichen Route verdanken sich meiner Meinung nach einer völlig anderen Perspektive.«

»Du meinst, du glaubst ihm nicht?«

»Ganz und gar nicht. Der Gouverneur stellt uns nur mit ein paar kleinen Spielchen auf die Probe, um uns womöglich von der Reise abzuschrecken.«

»Du meinst also, wir gehen nicht nach Tabora, wie er uns geraten hat?«

»Natürlich nicht. Dieser ach so gut gemeinte Rat, eine kleine Armee mitzunehmen – was uns, wie er sehr wohl weiß, nicht möglich wäre –, entsprang nicht seiner allzu lebhaften Phantasie, sondern einem gewissen Kalkül. Er will nicht, dass wir nach Norden gehen, er will uns von dem vulkanischen Gebiet weglenken, wo unsere Erkundung beginnen soll.«

»Aber warum sollte er das tun?«

»Weil die Deutschen daran interessiert sind, eine Bahnlinie von Daressalam an der Küste über den Viktoriasee nach Uganda zu bauen.«

»Ja, aber was können wir denn gegen die gesetzlosen Zustände oben im Norden tun, die er uns geschildert hat?«

»Wir werden es nehmen, wie es kommt, lieber Freund. Wie all die anderen Hindernisse, denen wir uns bisher gegenübersahen.«

Archie verstummte, doch Grogan entdeckte in seinem

Gesichtsausdruck einen Anklang des Grauens, mit dem Archie seine Angst geschildert hatte, allein in der afrikanischen Wildnis zu sterben.

2. Mai 1899. Ujiji

Im Morgengrauen verließ unsere Karawane, nun einhundertfünfzig Mann stark, endlich Ujiji.

Es erscheint uns seltsam, wie diese Männer, von der Not getrieben, die Aufgabe von Lasttieren zu übernehmen, ihre sichere Heimat verlassen und in eine Wildnis ziehen können, nicht ahnend, welche Gefahren sie erwarten – und das in so festlicher, ausgelassener Stimmung. Eine hohe Stimme schlägt ein Lied an, und ein Chor von Bassstimmen antwortet ihr. Füße stampfen auf die Erde, ein Kudu-Horn schmettert in die Morgenluft, und der klagende Ruf einer großen Muschel erwidert seinen Gruß. Die sechzig Pfund schweren Lastkisten mit Nahrungsmitteln, Klappstühlen, Feldbetten, Zelten und Säcken voller Alaun und Salz zur Behandlung von Fellen und Häuten werden den Männern auf die Köpfe gehoben, und die lange Schlange kriecht langsam voran. Jeder der pagazi, *der Träger, hat außerdem eine flache Wasserflasche aus Zinn in einer bestickten Filzhülle und seine Tagesration* posho *in einem Drei-Pfund-Sack bei sich, um die Taille geschlungen.*

Es war ein langsamer Start in Richtung Usambara an der Spitze des Tanganjikasees, was, soweit ich weiß, typisch ist für den ersten Reisetag einer großen Karawane. Erst um vier Uhr nachmittags verließ der letzte unserer Männer das Randgebiet von Ujiji. Und bald danach schlugen wir das Lager auf. Unsere Methoden werden sich mit der Übung im Lauf der kommenden Tage verbessern, und ich bin sicher, dass wir dann eine annehmbarere Tagesstrecke als zwölf Meilen bewältigen werden.

Die Deutschen haben uns eine bewaffnete Eskorte zur Verfügung gestellt, um frühe Desertationen zu verhindern. So etwas kann vorkommen, wenn ein Träger einen Teil seines Lohns im Voraus erhalten hat und bevor die Karawane zu weit in feindliches Gebiet vorgedrungen ist.
Unsere Ausrüstung ist nicht allzu umfangreich, wenn man bedenkt, dass wir in ein Niemandsland reisen: Nahrungsmittel; zehn Milchkühe und fünfundzwanzig Ziegen; Zelte, Betten, faltbare Badewannen, Klapptische und -stühle; Medikamente, darunter ein großer Vorrat Chinin, Kaliumpermanganat (mit dem man meiner festen Überzeugung nach so gut wie jedes dem Menschen bekannte Leiden kurieren kann, wenn es unverzüglich und in ausreichender Konzentration verabreicht wird) und Elliman's Einreibemittel (erwiesenermaßen sehr hilfreich gegen Muskelschmerzen); meine Bibliothek mit Nachschlagewerken der Veterinärmedizin, Flora und Fauna sowie der Klassiker; Tabak; zwei zusätzliche Union Jacks (eine der Flaggen werde ich am Ende unseres Marsches Ihrer Majestät überreichen); Munition; Vermessungsgeräte und Geschenke für die Häuptlinge, deren Gebiete wir durchqueren müssen.
Makanjira ist besorgt. Der Großteil unseres neuen Träger-Kontingents besteht aus Manjema; die Männer dieses Stammes sind für ihre Kraft und Ausdauer bekannt, aber auch als übellaunige, undisziplinierte Diebe. Außerdem behauptet er, die Manjema hätten ihre kannibalistischen Neigungen noch nicht aufgegeben.

Bald nach dem Aufbruch von Ujiji folgte die Karawane einem hohen, baumlosen Hügelkamm. Siebentausend Fuß unter ihnen verlor sich der Tanganjikasee in dem schweren Nebel, der sich bis in den frühen Nachmittag hinein an den Bergen hielt. Am Spätnachmittag ließ Grogan haltmachen, damit das Lager aufgeschlagen werden konnte, ehe die Dunkelheit und die kalte Abendluft sie in dieser exponierten Lage überfielen. In dieser Nacht beklagten die Träger sich bitterlich über die Kälte.

Archie und Grogan litten ebenfalls darunter. Die Kälte löste bei beiden einen fiebrigen Rückfall aus. Zudem hatte Archie geschwollene, entzündete Hände von zahlreichen Moskitostichen nach ihrer ersten Nacht im Freien. Er fügte sie nahtlos der Litanei seiner Beschwerden an, die er lautstark und häufig äußerte.

Archies Hände machten Grogan Sorgen – nicht wegen der Infektion, denn das Kaliumpermanganat, das er großzügig aufgetragen hatte, würde sie bald heilen; nein, es war die Tatsache, dass Archie eine fundamentale Vorsichtsmaßnahme missachtet hatte. Sogar die Träger hatten unter Moskitonetzen geschlafen, solange sie sich am feuchten, tief gelegenen Seeufer aufgehalten hatten. Archies Fehler war ein Anzeichen dafür, dass der Mann gefährlich leichtsinnig geworden war. Und obwohl Archie ganz allein für seinen elenden Zustand verantwortlich war, fluchte und klagte er in einem fort.

Wenn er sich gerade nicht beklagte, erinnerte er Grogan an die Freuden der Zivilisation und jammerte, wie sehr er sie vermisse. Grogan versuchte, ihn zu ignorieren, musste aber oft daran denken, dass er sich Archie nicht wegen seiner Fähigkeiten als Navigator, Landvermesser, Kartenzeichner oder wegen seines Wissens über Afrika im Allgemeinen ausgesucht hatte, sondern wegen seiner umgänglichen, stoischen Art. Nun sah es ganz so aus, als würde er während ihres Trecks doch nicht in den Genuss dieser angenehmen Charakterzüge kommen.

Archie hatte sich verändert.

Kapitel 13

22. Mai. Usambara

Körperliche Schwäche und seelische Lethargie haben meine Tagebucheinträge einige Tage stark beschnitten. Mein Fieber ist zurückgekehrt, doch noch mehr beunruhigte mich der Leberabszess, der wieder aufgeflammt ist. Ehe ich in tiefen Schlaf fiel, gegen den ich nicht ankämpfen konnte, hörte ich, wie Archie dem deutschen Verwalter vor Ort, einem Leutnant von Gravert, berichtete, ich hätte einundvierzig Grad Fieber.

Glücklicherweise haben die Deutschen diese florierende Siedlung mit teutonischer Gründlichkeit organisiert. Wir genießen Unterstützung und Annehmlichkeiten, die Leutnant von Gravert uns zur Verfügung stellt, und mein Zustand bessert sich allmählich.

Die Verantwortung für das Lager lastet schwer auf Archie. Wenn ich wach bin, sehe ich ihn als Glucke, die hektisch herumläuft und überall nach der nächsten Katastrophe sucht. In Phasen geistiger Klarheit erkundige ich mich nach den Vorbereitungen für die Weiterreise. Archie macht Ausflüchte.

Bei Usambara wurde der Sand, der im Lauf der Jahrtausende durch die donnernden Wellen des Tanganjikasees geschaffen wurde, unablässig vom Ufer her verweht und bildete Dünen, die teils fünfzig Fuß hoch waren. Hinter einer solchen Düne organisierte Archie den Aufbau und Unterhalt des Lagers, während Grogan raste und tobte, verloren in seinen Fieberphantasien. Archie meinte, das Fieber könnte im Grunde sogar ein Segen für Grogan sein. Ehe er ins Koma gefallen war, hatte er so entsetzliche Leibschmerzen gehabt, dass er jedes Mal aufgeschrien hatte, wenn man ihn auch nur ein wenig bewegte. Sein Leberabszess hatte sich erneut entzündet.

Während Grogan sich in unruhigem Schlaf herumwälzte, verbrachte Archie einige Zeit mit Leutnant von Gravert, der ihm unmissverständlich seine Einschätzung klarmachte, dass ein Mann, der nicht vollkommen gesund und kräftig war, keine Chance hatte, den Marsch bis zum Kiwusee zu überstehen – dem nächsten der großen Seen an ihrem Weg. Und nach Ansicht des Leutnants stellte das Bergland nördlich von Kiwu das Ende des bekannten Universums dar. Die vulkanische Barriere mit ihrem scharfkantigen Boden aus erstarrter Lava, mit ihrem Nebel von Schwefeldämpfen glich dem Tor zur Hölle – ein absolutes Niemandsland. Archie erwähnte daher nicht, dass Grogan nicht nur vorhatte, diese Barriere nach Uganda zu überschreiten, sondern danach weiter zum Nil und bis nach Kairo zu reisen – fast tausend Meilen entfernt.

Archie hatte immer geglaubt, diese Reise sei für Ewart eine Art romantischer Phantasie und er werde schon zur Vernunft kommen, wenn die Lage ernst wurde, wie es jetzt der Fall war. Er beschloss, Ewart die Situation mit Hilfe von Gravert gründlich darzulegen. Sobald Ewart ein paar Tage lang bei klarem Bewusstsein gewesen war und seine Leibschmerzen offenbar abgeklungen waren, lud Archie also Leutnant von Gravert in ihr Lager ein. Er vergewisserte sich, dass sein Freund es auf dem Feldbett bequem hatte, und schob ihm noch ein Kissen in den Rücken – eine Segeltuchtasche, vollgestopft mit Kleidung.

Der Leutnant beschrieb in anschaulichen Einzelheiten, wie schwierig es sein würde, ausreichend Vorräte durch praktisch menschenleeres Land zu schleppen, den Mangel an Wasser oder auch nur ansatzweise festen Routen, und die gefährlichen Wilden, die angeblich hin und wieder das Gebiet durchstreiften. Zum Schluss sagte er zusammenfassend: »Nach allem, was ich von Mr. Battersby gehört habe, war Ihre Jagdexpedition sehr erfolgreich. Sie haben Ihre Trophäen und die abenteuerlichen Geschichten, die Sie Ihrer Familie und Ihren Freunden erzählen können. Mein Rat, Mr. Grogan, lautet also, hierzubleiben, bis Sie wieder bei Kräften sind, und dann an die Küste zurückzukehren und die Heimreise anzutreten. Solange Sie dazu noch in der Lage sind.«

Grogan hörte sich von Graverts direkte Worte in leicht abgehacktem Englisch geduldig an. Als der Leutnant fertig war, dankte Grogan ihm, wandte sich dann seinem Freund zu, der während des Monologs stumm geblieben war, und fragte: »Was meinst *du*, Archie?«

Archie seufzte und schüttelte den Kopf. Damit hatte er gerechnet. »Ewart, ich habe gesagt, ich würde dich bei dieser Expedition begleiten, und ich werde mein Wort nicht brechen. Aber von dem, was wir uns vorgenommen hatten, haben wir das meiste bereits erreicht. Es macht mir große Sorgen, dass deine Gesundheit so angegriffen ist. Leutnant von Gravert glaubt, die Weiterreise könnte dich das Leben kosten.« Er zuckte mit den Schultern. »Vielleicht verstehe ich dich auch einfach nicht. Was treibt dich so an? Warum ist es dir so wichtig, gegen alle Vernunft weiterzugehen?«

Grogan richtete sich auf, wobei er vor Schmerz das Gesicht verzog. »Kannst du durch diese Zeltklappe sehen, Archie? Da hinüber nach Norden? Das ist das Rusisi-Tal – das Tor zu Zentralafrika. Ich habe während der vergangenen Tage in jedem wachen Augenblick in dieses Tal geschaut. Der Rusisi entspringt dem Kiwusee – einem See, den noch nie ein Engländer gesehen hat. Burton, Speke, Grant – keiner von ihnen. Nicht einmal Livingstone und Stanley haben je einen Blick auf den Kiwusee erhascht. Aber wir, wir werden ihn sehen, Archie, du und ich.« Er sank in sein Kissen zurück. »Manche Dinge sind es wert, sein Leben dafür aufs Spiel zu setzen. Für einen unbekannten See in Afrika würde ich das jedenfalls in Erwägung ziehen.«

Der Rusisi River fließt fünfzig Meilen weit hastig sein Tal entlang und sammelt dabei einige ebenso eilige Nebenflüsse ein, bis seine schäumende Reise zwanzig Meilen vor dem Tanganjikasee endet, in einem von Moskitos heimgesuchten, labyrinthartigen Sumpf. Die Füße fest in den schlammigen Boden des Sumpfes gestemmt, während Blutegel und andere Parasiten sich unter ihre Kleidung arbeiteten, konnten Grogan und Battersby vor sich den gesamten, zweitausend Fuß hohen Anstieg sehen, den sie bewältigen mussten, um zu den Bergen zu gelangen, die den nächsten der großen Seen umschlossen – den Kiwusee.

Ein Anstieg von zweitausend Fuß über fünfzig Meilen war keine allzu anstrengende Aufgabe für eine Karawane wie die ihre, doch die beiden weißen Männer hatten so gut wie immer mit dem Malaria-Fieber zu kämpfen. Archie schlug sich besser als Grogan, der sich von seinem Fieberschub noch nicht ganz erholt hatte. Am dritten Tag war Grogan so erschöpft, nachdem er seinen schmerzenden Körper über das rauhe Terrain am Rusisi gezwungen hatte, dass Archie den Männern befahl, eine *machila* oder Trage für seinen Freund zu bauen.

»Eher sterbe ich, als dass ich mich in eine verfluchte *ma-*

chila lege«, krächzte Grogan atemlos, als Archie ihm die Trage bringen ließ.

»Sterben wirst du, mein lieber Junge, wenn du sie nicht benutzt. Und wenn dein Stolz das nicht zulässt, dann frag deinen gesunden Menschenverstand um Erlaubnis. Wir schaffen im Moment keine fünf Meilen pro Tag. Wenn wir so weitermachen, sind wir nicht vor Weihnachten in Uganda.«

Grogan grummelte, er werde diese Trage auf der Stelle wegwerfen, sobald sein Fieber zurückging, doch während der folgenden Tage verschlimmerte sich sein Zustand.

Während Grogan zwischen Leben und Tod schwebte, quälte Archie sich mit schweren Entscheidungen. Er konnte ins sumpfige, ungesunde Tiefland zurückkehren oder zum Kiwusee vorstoßen, ins Unbekannte.

Leutnant von Gravert hatte Archie kurz vor dem Aufbruch in Usambara unverblümt seine Meinung mitgeteilt: Wenn die Reise zum Kiwusee Grogan nicht umbrachte, würde die kühlere Luft der höheren Lagen ihn vermutlich neu beleben.

Grogan schlug die Augen auf, blinzelte und rieb sie. Er sah nichts als eine erdrückende, erstickende Schwärze. Er war blind, vermutlich geblendet bei einer gewaltsamen Auseinandersetzung, an die er sich nicht erinnern konnte. Der einzige andere Sinneseindruck waren Kopfschmerzen, die wie eine Pauke in seinen Ohren dröhnten.

Was ihm erst als vollkommene Dunkelheit erschienen war, entpuppte sich bald als mondloser Himmel, an dem tiefe, blutrote Wolken hingen. Er schwebte offenbar in einiger Entfernung über der Hölle, denn die erstickende Luft stank nach Fäulnis und Verwesung. Er stellte sich vor, dass er nach Walhall getragen wurde, in den unendlichen Frieden. Die

Torwächter des Teufels trieben sich um ihn herum; sie trugen Laternen, von denen geschmolzenes Silber auf pechschwarze Erde tropfte. Einen Augenblick später waren sie Fischer, die über den See glitten, die Speere über ihren phosphoreszierenden Bugwellen erhoben, so dass sie sich vor dem dumpfen roten Glühen der Vulkane am Horizont abhoben.

Makanjiras starke Hand hielt Grogan auf seiner Trage fest, bis sein rasender Wahn nachließ.

Plötzlich verstummte das Dröhnen in seinen Ohren, und ein unheimlicher, klagender Laut nahm dessen Platz ein. Es war die Stimme eines gefallenen Engels, der um sein verlorenes Paradies weinte. Grogan versuchte, sich von den Dämonen zu befreien, die ihn festhielten, gegen die Ungeheuer anzukämpfen, die ihn mit ihrem Höllenodem zu ersticken versuchten, doch er konnte sich nicht rühren.

In einiger Entfernung hörte er Makanjira sprechen, und Archie antwortete. Sie sprachen über ihn, aber er konnte nicht verstehen, was sie sagten. Unglaubliche Traurigkeit erfüllte ihn. Nicht nur, dass er, Grogan, in dieser unirdischen Welt verloren war – nein, auch die Menschen, die sich darauf verlassen hatten, dass er sie sicher hinausführen würde, waren nun hier gefangen.

12. Juni. Kiwusee

Nachdem ich tagelang im wilden Wahn der Malaria umhergeirrt war, erwachte ich heute Morgen mit nur leicht erhöhter Temperatur. Der Wind hatte die vulkanische Schwefelwolke fortgeweht, und ich konnte nur staunen über die Schönheit des Kiwusees und der tanzenden Nebel über verschwimmenden Hügeln, die so geheimnisvoll wirkten. Meine Fieberträume erscheinen mir als passende Einleitung zu diesem unbekannten Land.

Der Untergrund aus geborstenem, bröckeligem Schiefer erschwert das Gehen – ein wenig so, als wate man durch Haferbrei. Manchmal waren wir gezwungen, ins kalte Wasser hinabzusteigen, um unpassierbare Klippen zu umgehen. Dann wiederum wichen wir in die Hügel aus, wo schnell fließende Bergbäche ein Problem für unsere Kühe (die wir der frischen Milch wegen mitführten) und Ziegen darstellten; die Tiere mussten über das Wasser gehievt und hindurchgezerrt werden. Mehr als eine Ziege wurde weggeschwemmt, doch unsere Manjema können schwimmen wie die Kaulquappen und machten einen Wettbewerb daraus, wer das Tier als Erster erreichen konnte, um es zu retten.
Bald werden wir uns im Königreich der mächtigen Watussi befinden. Dort lasse ich mich auf keinen Fall tragen, also habe ich meine machila *weggepackt und dem Dutzend Träger andere Lasten zugewiesen.*

Am Kopf der Karawane brach ein Tumult aus. Grogan, der ganz am Ende mit einigen *askari* das Vieh bewacht hatte, eilte durch den Busch und traf auf Archie, der ernst mit Zowanji diskutierte.

»Es sind die Watussi«, beantwortete Archie Grogans Frage. »Eine große Gruppe von ihnen kommt auf uns zu.« Noch während er sprach, begannen Trommeln einen flotten, sich ständig wiederholenden Rhythmus zu schlagen.

»Sind sie bewaffnet?«, fragte Grogan Zowanji.

»Es sind viele Krieger. Viele Speere«, sagte er.

Die Watussi waren berüchtigt für die aggressiven Forderungen nach *hongo* von Karawanen. Es hieß, was sie nicht als Geschenke erhielten, nähmen sie sich mit Gewalt.

Grogan überprüfte sein Gewehr und die Munition. »Also schön. Zowanji, du bleibst hier. Ich brauche dich als Übersetzer. Archie, du gehst mit der Hälfte unserer *askari* nach hinten, falls unsere Freunde versuchen sollten, das Vieh zu stehlen. Aber schärfe den *askari* ein, dass sie nicht schießen dürfen, außer auf meinen Befehl.«

Die Träger hatten ihre Lasten abgestellt und schwatzten nervös miteinander.

»Und, Archie«, fügte Grogan hinzu, ehe er sich abwandte, »alle sollen ruhig bleiben. Suche Makanjira und sage ihm, er soll mit den Leuten reden. Ruhig bleiben. Keine Panik. Und die Träger sollen nicht so verdammt nervös dreinschauen.«

Archie nickte und machte sich zum Ende der Karawane auf.

Grogan hängte sich das Gewehr über die Schulter und blieb vor der Karawane stehen, dem Pfad und dem Wall aus dichtem Unterholz zugewandt, der diesen begrenzte. Die Trommeln wurden immer lauter, je näher sie kamen. Grogan fand sie seltsam beruhigend. Zumindest wusste er, wo die Watussi waren und dass sie sich nicht zu einem Überfall heranschlichen. Dann fragte er sich, ob sie mit der Trommelei womöglich genau das bezweckten.

Er brauchte nicht lange darüber nachzudenken. Zwei Reihen mit Speeren bewaffneter Krieger marschierten auf ihn zu, traten dann beiseite und drückten sich ins Gebüsch zu beiden Seiten des Pfades. Als Nächstes kamen Tänzer mit farbigen Rasseln und Glocken. Sie drehten sich im Kreis und warfen sich von einer Seite zur anderen. Schließlich erschien ein beeindruckend geschmückter Mann, über einen Meter achtzig groß, begleitet von einer Schar Diener. Sie trugen mit Federn besetzte Fächer, einen kunstvoll geschnitzten Stuhl und eine mit Blumen geschmückte Kalebasse *pombe* – das starke Bier der Eingeborenen. Ein Diener trug nur den vizeköniglichen Trinkhalm.

Der Häuptling trat mit anmutigen Bewegungen vor und blieb sehr aufrecht stehen, den Blick auf Grogan gerichtet, während Zowanji seine Vorstellung übersetzte. Er war Häuptling Ngenzi, der oberste Vasall des Königs von Ruanda. Grogan nickte und stellte sich selbst als Grogan, Meisterredner der Grafschaft West Sussex und Mitglied der Königlichen Geographischen Gesellschaft, vor. Die Behauptung, er gehöre der Royal Geographical Society an, war anmaßend, doch so spontan das Beste, was ihm einfiel, um seine Referenzen künstlich aufzublähen.

Der Häuptling nickte und schickte mehrere junge Frauen vor. Sie boten Bananen, frisches Gemüse und Beutel voll Hirse an. Grogans Männer holten fünf Ballen *mericani*-Baumwolltuch hervor, zwei Rollen Kupferdraht und eine Sammlung verschiedener Holzperlen.

Als der höfliche *hongo*-Austausch unter zahlreichen Verbeugungen und breitem Lächeln beendet war, erklärte der Häuptling, er werde sie jetzt in sein Dorf geleiten. Bald wurde deutlich, dass das nicht nur eine höfliche Einladung war, denn er ließ sich nicht davon abbringen, ganz gleich, wie sehr Grogan darauf beharrte, dass er keine Zeit für solche Besuche hatte. Es wurde außerdem deutlich, dass Häuptling Ngenzi gewohnt war, seinen Willen durchzusetzen.

Grogan rief die Karawane zur Ordnung und folgte dem Häuptling, unsicher, ob sie nun Ngenzis Gäste oder seine Gefangenen waren.

Kapitel 14

25. Juni. Ishangi

Häuptling Ngenzi führte uns zu seinem Dorf und hieß uns äußerst gastfreundlich willkommen. Außerdem präsentierte er uns weitere Geschenke – vier Ziegen, jeweils geführt von einer jungen Frau des Stammes. Darauf folgte ein verwirrter Wortwechsel zwischen unserem Dolmetscher Zowanji und dem Häuptling. Zowanji teilte uns mit, dass die jungen Damen ebenfalls Teil des Gastgeschenkes seien – das sagte er mit nicht geringem Entzücken. Archie und ich wiesen den Häuptling taktvoll darauf hin, dass dies nicht der Gewohnheit des weißen Mannes entspräche und dass wir die Ziegen gerne annehmen würden, nicht aber die Frauen. Der Häuptling gab mit einem Nicken zu erkennen, dass er verstanden hatte, doch ich fürchte, bei der Übersetzung muss irgendetwas verlorengegangen sein, denn während die übrigen Formalitäten ausgetauscht wurden, beäugte er uns mit sehr neugierigem Blick – vielleicht wunderte er sich darüber, dass der weiße Mann Ziegen bevorzugte.

Doch all das wurde uns offenbar verziehen, denn der Häuptling ließ uns zu Ehren eine Abschiedsfeier ausrichten (nachdem ich ihn endlich davon überzeugt hatte, dass wir dringend weiterziehen mussten). Ein gewaltiges Festmahl wurde aufgetragen, und Flaschenkürbisse mit dem bitteren pombe-Bier, *das man hierzulande so schätzt.*

Die jungen Krieger erhoben sich als Erste, als die Trommeln erklangen; sie stampften um das Feuer herum und schüttelten drohend ihre Speere, als stellten sie zum Spaß ihre kriegerische Wildheit zur Schau. Ihre Haut, von der reichlich zu sehen war, war mit Schweiß oder einer Art Öl bedeckt, so dass ihre straffen, muskulösen Körper im Feuerschein wie poliertes Ebenholz glänzten. Es war klar, dass sie reichlich pombe *getrunken hatten, denn sie tanzten sich mit weit aufgerissenen Augen und Schaum vor dem Mund in tiefste Erregung.*

Der leicht näselnde Klang von Flöten stimmte ein, und einige junge Frauen des Stammes gesellten sich zu den tanzenden Kriegern. Die Frauen waren sehr leicht bekleidet – nur ein paar Federn bedeckten ihre Blöße. Meine Befürchtungen, die ich seit Beginn dieser Feier hegte, bestätigten sich, während die Vorstellung der Tänzer voranschritt. Bald hatte ich das Gefühl, dem Karneval des Teufels beizuwohnen.

Archie und ich entschuldigten uns, sobald es möglich war, ohne unseren Gastgeber zu beleidigen; allerdings vermute ich, dass er sich kaum an unseren Aufbruch erinnern wird, denn auch er hatte dem pombe *reichlich zugesprochen. Als wir das Lager erreichten, warteten Makanjira und Zowanji bereits auf uns. Sie nahmen mich vertraulich beiseite und warnten mich – ich solle den Watussi nicht erlauben, uns zu folgen, wenn wir am nächsten Tag aufbrachen. Sie sagten, es sei wohlbekannt, dass die Watussi Diebe seien, in deren Nähe nichts sicher war.*

Grogan regte sich, als er die gedämpften Laute der Männer hörte, die um ihn herum erwachten. Er hatte unruhig geschlafen, geplagt von der verlockenden Vision nackter junger Frauen, die für ihn tanzten. Er konnte beinahe das feste, dunkle Fleisch ihrer Schenkel spüren, und der leicht scharfe

Geschmack ihrer vollen Brüste schien ihm auf der Zunge zu liegen. Über ihm ging der samtene Nachthimmel in pastellfarbenes Morgengrauen über. Sein schläfriger Kopf brauchte eine Weile, bis er das begriff, doch plötzlich erkannte Grogan, dass sein Zelt verschwunden war.

Makanjira stand ganz in der Nähe und beobachtete Grogans wachsende Erkenntnis mit weihevoller Miene. »Es ist weg, *Uyaba.*« Sein Hauptträger gebrauchte den Namen *Uyaba* immer dann, wenn die Lage ernst war. Grogan hatte noch keine Gelegenheit gehabt, nach der Bedeutung dieses Wortes zu fragen.

»Das sehe ich, verdammt noch mal, Makanjira! Die Frage lautet, wohin ist es verschwunden?«

»Die Watussi, *Uyaba.*«

»Natürlich! Komm mit.«

Grogan stürmte hinüber zu Archies Zelt, wo sein Freund gerade mit schläfrig verschwollenen Augen durch die Zeltklappe stolperte. »Ewart! Was gibt's?«

»Was es gibt? Unser Freund, Häuptling Ngenzi, hat mein verfluchtes Zelt gestohlen!«

Archie blickte dorthin, wo Grogans Zelt gestanden hatte, und fragte: »Was fehlt sonst noch?«

Eine halbe Stunde später hatten sie festgestellt, dass ihnen zwei sechzig Pfund schwere Lastkisten und zwei große Segeltuchtaschen mit Ausrüstung fehlten. Zu den vermissten Gegenständen gehörten der Sextant, die Thermometer, der künstliche Horizont, ein Beutel mit einhundert Sovereigns, der Großteil von Grogans Kleidung, etwa seine sämtlichen Hosen, die Notizbücher und viele Fotografien vom Anfang ihres Trecks.

Grogan erklärte, er werde in Ngenzis Dorf gehen und sich die Sachen zurückholen.

»Du willst *was* tun?«, fragte Archie ungläubig.

»Wir dürfen ihnen das nicht durchgehen lassen, Archie. Sonst halten wir uns während der nächsten hundert Meilen nur in der Nachhut auf, um sie abzuwehren. Ich nehme ein, zwei Männer mit und sehe, was ich ausrichten kann.«

»Ein, zwei Männer!«

»Wir müssen ihnen zeigen, dass wir keine Angst vor ihnen haben, aber auch keinen Krieg mit ihnen wollen. Zwei Männer und ein wenig britischer Pomp dürften genügen.«

Während Grogan sich fertigmachte, schloss Archie die Waffentruhe auf und stattete zehn der Männer mit Snider-Gewehren aus. Hastig wies er sie in den Gebrauch der Waffen ein und demonstrierte ihnen, wie sie das Lager mit aufgesteckten Bajonetten verteidigen sollten.

Als Grogan wieder erschien, hatte er seinen Revolver und seinen alten französischen Säbel umgeschnallt, und bewaffnete Makanjira und Zowanji ebenfalls mit Sniders. »Was meinst du?«, fragte er Archie und ließ den Säbel in der Paradescheide rasseln.

»Ewart, ich halte dich für vollkommen wahnsinnig.«

Häuptling Ngenzis Dorf lag an einem kleinen Bach auf einer Lichtung unterhalb einiger niedriger Hügel. Grogan bot sich eine friedvolle Szene dar, mit Frauen, die gemeinsam am Bach Wäsche wuschen, und Kindern, die im flachen Wasser herumtobten, einander bespritzten und lachten, wie Kinder es eben tun. Von seinem Versteck auf einem der Hügel aus spähte er durch sein Fernrohr auf das Dorf hinab. Etwa fünfzig bewaffnete Krieger schlenderten in der Nähe der beiden Eingänge auf und ab, die zu einem inneren Kreis von Hütten führten. Die größte dieser Hütten in der Mitte gehörte vermutlich Ngenzi.

Grogan beriet sich mit Makanjira und Zowanji. Sie bestätigten ihm, dass diese geringe Anzahl von Kriegern wahrscheinlich bedeutete, dass Ngenzi nicht mit Vergeltung für seinen Raubzug rechnete. Die Krieger waren nur eine alltägliche Vorsichtsmaßnahme.

Grogan erteilte seinen Männern die Anweisung, nicht zu schießen, solange er nicht den ersten Schuss abgab, und führte sie dann den Hügel hinab.

Sie hatten schon beinahe den inneren Kreis erreicht, als die Krieger sie endlich bemerkten. Wie Grogan gehofft hatte, waren sie verunsichert und wussten nicht, was sie tun sollten. Einer der mutigeren Männer unter ihnen stürmte auf ihn los, doch Grogan zog seinen Säbel, wirbelte ihn über dem Kopf herum und machte drohende Ausfallschritte. Der Krieger hielt inne und zog sich dann zu seinen Kameraden zurück, die verwirrt zusahen, wie Grogan auf Ngenzis Hütte zumarschierte.

Zehn Minuten später, als er, Häuptling Ngenzi vor der Spitze seines blanken Säbels, die Hütte verließ, hatte sich das gesamte Dorf versammelt. Ngenzis vollzählige Streitmacht stand hinter den Dorfbewohnern, und die Menge der Krieger reichte bis über den Bach und auf die umgebenden Hügel. Grogan warf seinen beiden Watonga einen Blick zu. Sie starrten wie gebannt auf die gewaltige Menschenansammlung, die sie umringte.

Archie patrouillierte um das Lager, überprüfte die Positionen seiner zehn Bewaffneten und vergewisserte sich, dass alle Träger innerhalb des hohen Kreises aus Packkisten blieben, die er als eine Art Schutzwall hatte aufstapeln lassen. Das Vieh hatte er unter Bewachung in einiger Entfernung versteckt.

Er ließ die Fingerknöchel knacken und sah auf seine Taschenuhr. Ewart war schon mehr als fünf Stunden fort. Er schätzte, dass der Weg zu Ngenzis Dorf und zurück insgesamt etwa zwei Stunden dauern müsste. Allmählich befürchtete er das Schlimmste. Er rechnete damit, dass Tausende von Ngenzis furchterregenden Kriegern jeden Augenblick über sie herfallen würden. Archie war bewusst, dass sein jüngerer Freund oft ungestüm handelte, doch in diesem Fall erwies sich das als äußerst gefährlich – die Sicherheit der gesamten Karawane stand auf dem Spiel.

Er fragte sich, ob er Grogan energischer hätte widersprechen sollen, gestand sich dann aber ein, dass das vermutlich nichts genützt hätte. Wenn Ewart Grogan sich etwas in den Kopf gesetzt hatte, konnte Gott allein ihn davon abbringen. Archie bezweifelte manchmal, ob selbst Gott diesen eisernen Willen brechen könnte.

Er kehrte auf seine Position zurück, an die Seite der Barrikade, die dem Watussi-Dorf zugewandt war, setzte sich und starrte auf die grüne Blätterwand. Gerade, als sein Hintern auf dem harten Holz einer Packkiste taub zu werden begann, hörte er brechende Zweige und gedämpfte Stimmen.

Er stand auf und zischte dem nächsten Wächter ein *psst* zu. Die Warnung lief einmal um das Lager herum. Er hatte keine Zeit, mehr zu unternehmen, denn die Stimmen näherten sich, und alle Geräusche schienen in der vollkommenen Stille, die sich über das Lager gesenkt hatte, vielfach verstärkt.

»Hallo, Archie«, rief jemand.

»Ewart, du bist wieder da.«

»Offensichtlich«, erwiderte Grogan grinsend.

»Und dir fehlt nichts.«

»Du klingst überrascht, mein Freund.«

»Nein! Nun ja, ich denke, doch.«

Ewart schnallte seinen Säbel ab und wandte sich an Makanjira. »Nimm ein paar Männer mit den Hügel hinunter, und bringt das Vieh herauf«, sagte er.

»Vieh? Ihr habt Vieh mitgebracht?«

»Ja, das sind meine Geiseln. Damit wir unsere Sachen zurückbekommen.«

»Gütiger Gott! Was genau ist da unten geschehen? Hat er dich mit seinen Kriegern erwartet?«

»Allerdings. Man könnte sie auch als gewaltige Streitmacht bezeichnen. Ich schätze, es sind mindestens fünftausend Mann.«

»Nein!«

»Über die gesamten umliegenden Hügel verteilt. In voller Kriegsmontur.«

»Aber wie bist … warum haben sie euch nicht …«

»Ich dachte mir, das Vieh wäre ein gerechter Tausch für freies Geleit aus dem Tal, mit ihrem Häuptling. Aber alles in allem sind die Rinder vermutlich bessere Geiseln als Ngenzi.«

»Aber … wo ist Ngenzi?«

»Sitzt gefesselt in einem der kleinen Täler.«

»Du …?«

»Ich habe ihn aus dem Bett gerissen. Der faule Kerl steht offenbar nicht vor zehn Uhr auf. Also habe ich die Initiative übernommen. Ich habe die Herausgabe unserer Ausrüstung und Habseligkeiten verlangt und erklärt, ich verstehe ja, dass daran nur ein paar Übeltäter aus ihren Reihen schuld seien und zur Verantwortung gezogen werden müssten; trotzdem würde ich ihr Vieh konfiszieren und behalten, bis die Sachen zurückgegeben würden.«

»Und wie haben sie das aufgenommen?«

»Nicht besonders gut. Ein oder zwei haben einen kleinen

Aufstand versucht, aber ich habe mit dem Säbel herumgefuchtelt, da haben sie es gelassen.«

»Sie haben es ... Und dann?«

»Dann habe ich mir etwa zweihundert ihrer Rinder geholt.« Er lächelte, als wäre das eine spaßige Kinder-Schatzsuche gewesen. Er blickte sich im Lager um und bemerkte: »Du hast ein wenig umarrangiert. Ich hätte jetzt sehr gern eine Tasse Tee.«

Archie starrte ihn noch immer mit offenem Mund an.

Grogan zuckte mit den Schultern. »So viel zu den angeblich schreckenerregenden Watussi-Kriegern, hm? Zwei Gewehre, ein Revolver, ein alter Säbel und guter, altmodischer englischer Schneid haben fünftausend davon im Zaum gehalten.«

30. Juni. Bugoie

Ich halte unsere Karawane tagsüber in enger Formation beisammen und habe die Nachtwachen verdoppelt, obwohl wir Ngenzis Tal schon vor einigen Tagen verlassen haben. Bedauerlicherweise musste ich mich in unserem Spielchen letztendlich geschlagen geben, denn es ist mir nicht gelungen, auch die letzten gestohlenen Gegenstände zurückzubekommen. Eine gründliche Durchsuchung der Umgebung förderte noch ein paar Gegenstände zutage, doch unsere wichtige wissenschaftliche Ausrüstung wurde nicht gefunden. Jetzt bin ich nicht in der Lage, vorläufige Vermessungen für die Eisenbahnlinie so präzise durchzuführen, wie ich geplant hatte. Ich werde mir mit Triangulation behelfen, so gut es eben geht, und ausführlichere Notizen machen.

Obwohl ich vor Frustration schäumte, schickte ich das Vieh der Watussi zurück ins Dorf. Der diebische Ngenzi war gründlich gedemütigt worden, aber letztendlich doch straffrei aus-

gegangen. Der Verlust meiner Kleidung, vor allem meiner Hosen, ist eine ganz andere Angelegenheit. Im Augenblick stellt er kein Problem dar, doch das könnte sich binnen weniger Wochen ändern.

Bugoie ist ein Land wie kein anderes, das wir bisher auf unserer Reise gesehen haben. Im Nordwesten habe ich die gewaltigen Vulkane entdeckt, die ich studieren möchte, und heute Abend bin ich auf einen einsamen Hügel geklettert, um besser sehen zu können, was uns bevorsteht.

Im Süden liegt der Kiwusee wie ein Trugbild, das sich mit jedem leichten Spiel des Lichts verändert. In einem Augenblick ist der See tiefblau, und die Inseln tragen Perlenketten aus weißem Sand. Dann wieder, wenn Donner in der Luft liegt, ist er nur ein mysteriöses Loch mit dunklen Felsvorsprüngen und halb im Schatten verschwindenden Landzungen. Eine weite Ebene, hier und da von Wäldern unterbrochen, erstreckt sich unter mir gen Westen und trifft schließlich auf den Kwijwi-Vulkan und eine Wand hoher Berge. Der Mount Götzen, dessen Wolke erstickender Schwefeldämpfe in den Himmel steigt, liegt nördlich von uns. Gemeinsam mit seinen ebenso lebensfeindlichen Nachbarn scheint er eine unüberwindliche Barriere zu bilden.

Von hier an, so glaube ich, werden unsere Fußspuren die ersten europäischen Spuren sein, die dieses seltsame Land durchziehen.

Die Landschaft ist von großer Schönheit, doch vielleicht habe ich mich dummerweise von den Geschichten beeinflussen lassen, die wir in den kleinen Dörfern auf unserem Weg erzählt bekamen. Trotz all seiner Schönheit scheint das vor uns liegende Land eine Art düsterer Ausstrahlung zu haben.

Kapitel 15

Dalton lehnte sich fluchend mit seinem ganzen Gewicht auf den Arm des Schraubenschlüssels, doch die verrostete Schraube an der Pflugschar rührte sich nicht. Er richtete sich auf und zog ein ölfleckiges Tuch aus der Hosentasche. Er wischte sich die Hände ab und sagte: »Wir müssen zurück und einen Meißel holen.«

Das war Daltons Art, mit hartnäckigen Problemen umzugehen. Er hatte das Gefühl, dass sie leichter zu lösen waren, wenn er sie aussprach. Dass Marefu, der hinter ihm stand, ihn nicht verstehen konnte, spielte dabei keine Rolle. Es waren die Worte, nicht das Verständnis, das die Situation entspannte.

»Komm, Marefu, wir müssen wohl …«

Sein Massai-Hirte war nirgends zu sehen. Es schien nicht einmal ein Versteck für ihn zu geben – das Feld war erst teilweise gepflügt, doch das Gras, das noch stand, war gewiss nicht hoch genug, um einen Mann zu verbergen. »Seltsam … gerade eben war er noch da«, sagte er zu sich selbst.

Eine Bewegung vor dem Horizont zog seinen Blick auf sich. Eine Gruppe Reiter tauchte auf der Anhöhe auf, hinter der Londiani lag. Er sah zu, wie sie näher kamen. Ein paar Minuten später konnte er die Uniformen von fünf *askari* erkennen – vier Eingeborene und ein weißer Offizier.

»Morgen«, sagte der Sergeant und hob die Hand an die Mütze.

»Morgen, Sergeant«, entgegnete Dalton. »Was kann ich für Sie tun?«

»Schöner Tag«, bemerkte der Sergeant, lehnte sich im Sattel zurück und schob sich die Mütze höher auf die Stirn.

Dalton fühlte sich in Gegenwart der Gendarmerie nie ganz wohl. Natürlich war er kein notorischer Verbrecher, aber wie alle anderen hatte er schon Zeiten erlebt, da die Umstände eine eher pragmatische Auslegung des Gesetzes erforderten. »Ich nehme an, das wäre er, wenn man Zeit hätte, ihn zu bewundern.«

Die Miene des Sergeanten wurde hart. Dalton hatte nicht so barsch klingen wollen, doch er hatte auch keine Lust, seinen Tag damit zu vergeuden, sich mit Polizisten über irgendwelche kleinen Vergehen zu unterhalten.

»Tja, nun, wir suchen die Umgebung von Londiani nach einem Mörder ab.« Offensichtlich wollte er Dalton damit zu verstehen geben, dass auch er ein vielbeschäftigter Mann und in bedeutenden Angelegenheiten unterwegs war. Er wartete offenbar darauf, dass Dalton etwas entgegnete, doch der schwieg.

»Ja, einen Mörder«, fuhr der Sergeant fort. »Ein Massai. Von drüben bei Sixty-Four.«

Dalton nickte.

»Hat eine Burenfamilie ermordet und verstümmelt. Frau und Kinder – die gesamte Familie.«

»Wann war das?«, fragte Dalton.

»Vor ein paar Monaten.«

»Dann haben Sie ja ganz schön lange gebraucht, um bis hierher zu kommen«, bemerkte Dalton.

»Ähem, nicht meine verdammte Idee. Der Unterkommissar hat wohl Hummeln im Hintern, nicht? Vermutlich vom Distriktskommissar persönlich darauf angesetzt.« Er rückte seine Mütze zurecht. »Jedenfalls befrage ich alle Einheimischen in dieser Gegend. Haben Sie eingeborene Arbeiter oder nicht?«

Dalton blickte sich auf seinem ungepflügten Feld um. »Wenn ich welche hätte, würde ich meine Felder wohl kaum selbst umpflügen, oder?«

Der Sergeant erwiderte gereizt: »Werden Sie nicht gleich dreist, Mister. Ich erledige hier nur meine Arbeit.«

»Ich ebenfalls«, sagte Dalton und schickte ein Lächeln hinterher.

»Dann wünsche ich einen guten Tag«, sagte der Sergeant steif und bedeutete seinen Männern, ihm zu folgen.

Dalton sah ihnen nach, bis sie außer Sicht galoppiert waren. Dann hob er den Schraubenschlüssel auf, wog das schwere Stück in der Hand und machte sich auf den Weg zum Haus.

Das alte Gebäude, das Dalton als Scheune diente, war trüb erleuchtet. Eine Laterne hing über den Verschlägen, in denen er die jungen Kälber unterbrachte, um sie gegen die Klauen und Zähne der Nacht zu schützen. Im Augenblick waren sie leer. Die andere Laterne stand zu seinen Füßen neben seinem Stuhl und warf seltsame Schatten an die Wände und auf die beiden schwarzen Gesichter ihm gegenüber.

Marefu hockte auf einem niedrigen Dreibein, sein Sohn auf dem strohbedeckten Boden neben ihm, ein wenig zur Seite gewandt, so dass er sowohl Marefu als auch Dalton sehen konnte, während er für die beiden übersetzte.

Dalton hatte den ganzen Tag lang darauf gewartet, dass Marefu von dort zurückkehrte, wohin er geflohen war, als die *askari* gekommen waren. So hatte er reichlich Zeit gehabt, darüber nachzudenken, ob er womöglich eine große Dummheit begangen hatte, indem er der Polizei nicht gesagt hatte, dass er den Gesuchten kannte. Dass er den Mann nicht nur kannte, sondern ihn sogar beschäftigte, ihn bei sich aufgenommen hatte, kurz nachdem er die Morde begangen hatte.

Er verstand selbst nicht recht, warum er Marefu nicht angezeigt hatte. Aber er hatte die Polizei noch nie sonderlich gemocht, was vermutlich zu seinen irischen Wurzeln zurückreichte. Vor allem dieser Sergeant mit seiner selbstherrlichen, hochmütigen Art und den Schweinsäuglein erinnerte ihn an die Hafenpolizei, die junge Seeleute wie ihn verprügelt hatte, wenn sie mal nicht ganz auf der Höhe waren und sich ein wenig ausruhen mussten, ehe sie es zurück auf ihr Schiff schafften. Vielleicht war es auch sein Vertrauen in seine eigene Menschenkenntnis – zu wissen, wie das Herz eines Mannes aussah, obwohl keine Worte gewechselt wurden, statt sich auf das Geschnatter eines flinken Schnabels zu verlassen.

Dennoch war ihm klar, dass er sich möglicherweise einen Mörder ins Haus geholt hatte, und er musste auch an die kleine Jessie denken, und an Bernase. Sein Gewehr, das nun über seinen Knien lag, war seine Versicherung, nur für den Fall, dass er sich in dem Mann getäuscht haben sollte.

Er beobachtete Marefus Gesicht, während Momposhe seinem Vater sagte, was die *askari* von Dalton gewollt hatten. Marefu wirkte sehr gelassen und antwortete seinem Sohn in ruhigem Tonfall.

»Mein Vater sagt, ja, sie haben nach ihm gesucht.«

»Und warum sind sie hinter ihm her?«

Der Junge brauchte die Frage nicht an seinen Vater weiterzugeben. »Weil er aus dem Gefängnis des weißen Mannes in Sixty-Four entkommen ist.«

»Weiter nichts? Warum war er denn im Gefängnis?«

Momposhe gab die Worte weiter. »Er weiß es nicht, Sir.«

Dalton bedachte Marefu mit seinem allerstrengsten Blick. »Irgendetwas ist auf dieser verdammten Burenfarm geschehen, und wenn ich nicht sofort erfahre, was das war, dann werfe ich dich und deinen Vater raus, und zwar auf der Stelle.«

Der Junge sah seinen Vater an, überlegte es sich dann aber anders. »Ich kann Ihnen sagen, was auf der Burenfarm passiert ist, Sir. Ich war dabei. Sie brauchen meinen Vater damit nicht zu quälen.«

Dalton zögerte, als er das hörte, und gab dann nach. »Also schön, dann lass hören.«

Die Stimme des Jungen war kaum zu verstehen. Der Ruf der Eule in der Scheune und das leise Scharren der Rinder im Pferch am Haus untermalten eine Geschichte, die Dalton kaum glauben konnte. Wenn Momposhes Gesichtsausdruck nicht gewesen wäre – eine Mischung aus grauenhafter Erinnerung und unendlicher Traurigkeit –, hätte er sie für reine Einbildung eines wirren Verstandes gehalten.

Als der Junge fertig war, saß er aschfahl und zitternd da. Dalton stand auf und legte dem Jungen kurz eine Hand auf die Schulter, ehe er ihn und seinen Vater in der dunklen Scheune zurückließ. Als er wieder in die Nacht hinaustrat und über die trockenen Grasstoppeln zum Haus hinüberging, fragte er sich, wie lange der Junge brauchen würde, um die Erinnerungen an jenen Tag absoluten Grauens wieder wegzuschließen, nachdem Dalton ihn gezwungen hatte, daran zurückzudenken.

Kapitel 16

12. Juli 1899. Gwamu

Es ist offensichtlich, dass diese Region den Kesselraum Afrikas darstellt; von hier erhalten die gewaltigen Maschinen, die den gesamten östlichen Teil des Kontinents antreiben, ihre Energie. Nicht nur, dass die Landmasse ständig ihre Form und Dimension ändert, durch die Lava, die tief aus dem Bauch der Erde hervorgeschleudert wird, nein, irgendwo in diesen luftigen Höhen muss die bisher unentdeckte Quelle des Nils liegen.

Ich habe den Berg westlich von uns Mount Battersby getauft. Tagsüber ist dort eine gekräuselte Rauchfahne zu sehen, und nachts färbt ein zorniger Schein die Wolken rot. Diese Ähnlichkeiten mit Archie, an dritter Stelle in der Erbfolge des Earl of Garnsworth, waren unwiderstehlich.

Ein Häuptling aus dieser Gegend, der zu uns kam, um Salz einzutauschen, warnte mich, dass der Gebirgszug namens Mfumbiro, »Ort des Feuers«, völlig wasserlos sei und jeder, der versuche, diese Bergkette zu überqueren, in den sicheren Tod gehe. Der alte Knabe hatte wohl einen Hang zum Theatralischen, denn er fügte noch hinzu, es lebten Dämonen in den Vulkanen, und die seien bekannt dafür, dass sie hin und wieder auch Menschen fräßen.

Zowanji beäugte nervös die Gipfel, während er die phantastischen Erzählungen des Alten übersetzte. Ich schärfte ihm ein, diese Geschichten für sich zu behalten. Die Träger finden ohnehin schon genug Ausreden dafür, ihre Lasten abzustellen und sich zu weigern, weiterzugehen, auch ohne das wirre Geplapper eines alten Mannes.

Grogan musste die Gegend um die Vulkane genau erkunden, denn dieses Gebiet stellte die größte Gefahr für die Machbarkeit der Bahnlinie dar. Doch die Warnung des alten Häuptlings vor Wassermangel und dem schwierigen Terrain rieten zur Vorsicht.

Grogan und Archie diskutierten über die beste Taktik und kamen schließlich überein, dass der Hauptteil der Karawane unter Archies Führung den Vulkan südlich umgehen würde, während Grogan mit nur siebzehn Mann, darunter drei Führern, die er sich von dem alten Häuptling erbeten hatte, die Region nördlich des Gipfels erkunden würde.

Die beiden Männer hatten ihre Karawanen aufgestellt und waren bereit zum Aufbruch.

»Sieht aus, als hättest du einen Höllenmarsch vor dir, Ewart«, bemerkte Archie und spähte zu dem rauchenden Vulkan hinauf.

Grogan folgte Archies Blick. Der Berg war eine monströse Masse aus schwarzem Basalt. Aus der Entfernung sah es so aus, als klammerte sich hier und da ein Fleckchen Vegetation an Inseln von Erde, die sich den Lavaströmen noch nicht hatten ergeben müssen. »So sieht es aus, aber wir reisen mit leichtem Gepäck, also müssten wir da oben zurechtkommen.«

»Was meinst du, wie lange du brauchen wirst?«

»Ach, nicht mehr als eine Woche, denke ich.«

»Dann wollen wir hoffen, dass wir uns auf der anderen Seite wiederfinden können.«

»Es gibt immer irgendjemanden, den du fragen kannst.

Man kann doch hier nirgendwo hingehen, ohne dass sich ein kleines Gefolge von Eingeborenen dranhängt und die Nase in alles hineinsteckt, was man tut.«

»Hm, wenn ich so darüber nachdenke, fällt mir auf, dass ich seit ein paar Tagen keine Menschenseele mehr gesehen habe«, sagte Archie. »Höchst ungewöhnlich.«

»So oder so, ich werde dich schon finden. Halte dich in der Nähe des Sees, ich folge einfach dem Ufer, bis ich auf euch stoße.«

»Ja. Gut ... wir wären so weit. Ich setze dann mal meine Leute in Bewegung.«

»Nur zu, Archie.«

Sie schüttelten sich die Hände, und Archie hielt Grogans Hand ein wenig länger fest. Dann rief Grogan Makanjira zu, er solle seine kleine Mannschaft zusammentrommeln.

»Ewart«, sagte Archie, als Grogan sich abwandte.

Er drehte sich wieder um, doch als Archie stumm blieb, fragte er: »Was ist denn, Archie?«

»Äh, nichts. Außer ... du wirst doch da draußen vorsichtig sein, nicht wahr, alter Freund?«

Grogan lächelte. »Natürlich. Du auch.«

Grogan stürmte in das Dorf des alten Häuptlings, den keuchenden Zowanji an seiner Seite. Sie hatten einen Gewaltmarsch hingelegt, um sich bei dem Alten über die drei Führer zu beschweren, die in der Nacht zuvor verschwunden waren.

»Sag es ihm«, forderte er Zowanji auf, als sie den Alten gefunden hatten.

Der Häuptling hörte zu und wechselte dann ein paar Worte mit Zowanji.

Zowanji wandte sich an Grogan. »Er sagt, sie sind nicht hier. Er sagt, keiner der drei ist ins Dorf zurückgekehrt.«

Grogan funkelte den Häuptling finster an – ein Blick, der die Leute normalerweise dazu brachte, noch einmal gründlich über die Angelegenheit nachzudenken. »Sag ihm, ich bestehe darauf, dass die Männer aufgespürt werden. Sag ihm, ich will, dass sie für ihre Feigheit bestraft werden«, sagte er schmallippig.

Zowanji tat, wie ihm geheißen. Der alte Mann blieb ungerührt und antwortete in festem, aber maßvollem Tonfall. Grogan beobachtete dabei sorgfältig seine Augen.

»Er sagt, er kann sie nicht bestrafen, denn sie sind nicht hier, *Uyaba.*« Zowanjis Stimme zitterte leicht.

Grogan warf ihm einen Blick zu, doch Zowanji schlug die Augen nieder. Er erkannte, dass er schon den gesamten Tag – so lange hatten sie gebraucht, um das Dorf zu erreichen – kochte vor Wut. Zowanji fühlte sich so nah am schäumenden Kessel offensichtlich unwohl.

Dieser Fehlschlag war eine bittere Pille. Sie hatten ihren Marsch auf den Vulkan kaum begonnen, als die ersten drei Führer im Unterholz verschwanden, noch ehe sie die Lavafelder erreicht hatten. Die nächsten drei, die sie anheuerten, zeigten auch keinerlei Begeisterung für ihre Aufgabe und wiederholten ständig die Warnungen ihres Häuptlings bezüglich des Wassermangels und der scharfkantigen Lava, die den Trägern die Füße in Fetzen reißen würde.

Grogan ließ die Männer Sandalen anfertigen und befahl ihnen, reichlich Wasser mitzunehmen, doch die beiden Führer am Kopf der kleinen Karawane verschwanden schon bald, und der dritte Mann versuchte, ebenfalls davonzulaufen, aber Grogan fing ihn wieder ein. Um weitere Fluchtversuche zu verhindern, band er den letzten Führer für den Rest des Tages mit einem Strick an sich. Doch am nächsten Morgen war auch er verschwunden. Grogan fand das äußerst seltsam.

Er hatte durchaus schon erlebt, wie Träger und Führer desertierten, aber nur selten waren sie bereit gewesen, nach Anbruch der Dunkelheit und ohne bewaffnete Eskorte das Lager zu verlassen.

Obwohl er so zornig und frustriert war, brachte Grogan es nicht über sich, dem Häuptling nicht zu glauben, denn der Mann wirkte aufrichtig. Die Deserteure hielten sich womöglich irgendwo im Busch versteckt, bis sie sicher waren, unbehelligt heimkommen zu können.

»Na schön«, sagte er resigniert. »Frag den Häuptling, wo sie sich seiner Meinung nach aufhalten, wenn sie nicht hier sind.«

Grogan sah Zowanjis Miene an, dass ihm die Antwort nicht gefallen würde. »Er sagt, er hat dir diese Antwort schon gegeben, *Uyaba.*«

Grogan nickte und lächelte zynisch. »Dämonen. Er behauptet, die Dämonen hätten sie geraubt?«

Zowanji nickte verlegen.

21. Juli 1899. Auf den Lavafeldern des Mount Battersby Heute Nachmittag kam eine Gruppe Eingeborene über die Lavafelder auf uns zu. Anfangs waren wir hocherfreut, endlich jemanden zu finden, bei dem wir Nahrungsmittel eintauschen konnten, doch die Leute waren in erbärmlichem Zustand, halb verhungert und arg zerzaust. Unter größten Schwierigkeiten bekamen wir ihre Geschichte heraus. Sie hatten sich eine Weile verzweifelt am Waldrand versteckt und es nicht gewagt, zu ihren Gärten zurückzukehren, wegen der Baleka, einem Stamm von Kannibalen. Die Flüchtlinge behaupteten, die Baleka seien vom Kongo her in dieses Gebiet vorgedrungen und zögen nun plündernd und mordend durch das Land.

Ich schrieb die Sache mit dem Kannibalismus ab als einen Versuch, mein Herz zu erweichen, denn sie bettelten um Essen. Ich gab ihnen so viel, wie ich erübrigen konnte, denn sie brauchten offensichtlich dringend Hilfe.

Die Worte des alten Häuptlings über den Wassermangel erwiesen sich als wahr. Grogan hatte keine Nahrungsmittel mehr, und die Karawane marschierte seit zwei Tagen mit knappen Wasserrationen in der grausamen Sonne über die Lavahänge. Das Gehen wurde noch durch den rauhen, scharfkantigen Untergrund und die vielen Buckel und Risse in der erstarrten Lava erschwert.

In einem besonders tiefen Riss hörten sie weit unten Wasser gurgeln, doch die Spalte war so tief, dass niemand hinunterklettern konnte. Der Spalte zu folgen, entweder den Hang hinauf zur Quelle oder den Berg hinab zum Dschungel, wo das Wasser vielleicht hervortreten würde, hätte eine Wette auf Wasser und Zeit bedeutet. Grogan beschloss, lieber ein Risiko einzugehen und weiterzuziehen.

Die Karawane machte schließlich in der Mittagshitze Rast. Drei Träger erschienen nicht im Lager. Nachdem Grogan eine Stunde lang gewartet hatte, feuerte er ein paar Schüsse ab, damit sie den Weg fanden. Der Vulkan grummelte eine Antwort.

Grogan hatte die drei Männer für vertrauenswürdig gehalten, denn sie hatten nie den Eindruck erweckt, als dächten sie darüber nach, zu desertieren. Die Warnungen, die er über diesen Berg gehört hatte, ließen ihn nun nicht mehr los. Er bereute es, dass er Zowanji nicht bewaffnet hatte. Falls die Baleka sie angreifen sollten, ob sie nun Kannibalen waren oder nicht, hätte er nur die Enfield .303 und seinen Revolver, um sie zu vertreiben.

Die fehlenden Träger hatten zwei kostbare Kalebassen voll Wasser bei sich gehabt. Grogan hatte jegliche Hoffnung, auf den Lavafeldern Eingeborene zu finden, bei denen er Essen und Wasser eintauschen könnte, längst aufgegeben. Mit Ausnahme einiger zu Tode erschrockener Pygmäen, die bei ihrem Anblick die Flucht ergriffen hatten, hatte er hier oben niemanden gesehen. Er beschloss, abzusteigen.

Sie rückten näher an den Waldrand heran, wo sie ein unheimlicher, wirbelnder Nebel erwartete. Grogan vermutete, dass er von der feuchten Luft des Dschungels herrührte, die hier auf die heiße, trockene Luft der Lavafelder traf. Hier war das Gehen sogar noch mühsamer, dank verschlungener Lianen und abgeknickter und zerrissener Vegetation, die der jüngste Ausbruch des Vulkans hinterlassen hatte. Die Szenerie schien einer anderen Welt zu entstammen – einer Welt brutaler Zerstörung. Die Träger wurden nun entschieden nervös und flüsterten und murrten leise miteinander.

Grogan befürchtete weitere Desertationen und stieg wieder höher hinauf. Die Hänge waren nun von einer leichten Wolkendecke verhüllt. Für ihren Aufstieg wurden sie durch leichten, aber beständigen Regen belohnt, den sie von den Lavaflächen in ihre Kalebassen schöpften.

Am folgenden Morgen kam endlich der Rand des Lavafeldes in Sicht. Die jammernden Manjema-Träger, die alle Tricks und Kniffe versucht hatten, um Grogan zum Umkehren zu bewegen, bis er ihnen sein Gewehr zeigte und sie an ihren Vertrag erinnerte, humpelten nun ein wenig zielstrebiger voran. Die kleinen Fleckchen Vegetation wurden häufiger, und bald befanden sie sich auf windgepeitschten, grasbewachsenen Hängen. Einzig die Inseln aus scharfkantigem Gestein, hierher geschleudert von der explosiven Kraft der Magma, erinnerten noch an die jüngsten Vulkanausbrüche.

Unter der brütenden, finsteren Stirn des Vulkans kamen sie an einem verlassenen Dorf nach dem anderen vorbei. Diese Eindrücke zerrten allen an den Nerven, und Grogan dachte kurz daran, umzukehren. Doch die wasserlose Ödnis der Lavafelder war keineswegs verlockend, und falls es die Baleka und ihre grausigen Ernährungsgewohnheiten tatsächlich geben sollte … auch Archie und der Hauptteil der Karawane würden bald von der Südseite des Vulkans her in deren Reich vordringen. Die anderen mussten gewarnt werden. Grogan überprüfte seine Enfield und befahl den Männern, weiterzugehen.

Mittags ließ er anhalten, damit die Träger rasten konnten. Sie sanken zu Boden, wo sie gerade standen, denn es gab wenig höher gewachsene Vegetation, die Schutz vor Sonne und Wind geboten hätte; nichts unterbrach die Eintönigkeit des sanft gewellten Graslands an den unteren Berghängen. Grogan legte seinen Wasserkanister ab und ging voraus, um den Vorteil einer leichten Anhöhe als Ausblick zu nutzen. Der Wind ließ die Büschel faseriger Hochland-Gräser erzittern und rauschte zwischen den vulkanischen Gesteinsblöcken, die wie groteske Wächter auf diesem Hang standen.

Hundert Schritt entfernt entdeckte er ein Dorf aus strohgedeckten Hütten, vermutlich leer wie die anderen, auf die sie an diesem Tag gestoßen waren. Dann hörte er etwas, das wie das Weinen eines Babys klang. Er hob die Hand ans Ohr und schirmte es gegen den flüsternden Wind ab. Gleich darauf hörte er es wieder – ein schwaches Weinen, das in diesem Meer aus vom Wind gepeitschten Gras beinahe unterging. Er warf einen Blick zurück zu den Männern und beschloss, ihnen Zeit zu geben, sich auszuruhen und sich um ihre blutenden Füße zu kümmern, während er sich die Sache näher ansah.

Das leere Dorf, schweigend, reglos, erinnerte ihn an einen Leichnam. Die äußerlichen Anzeichen dessen, was einst ein lebendiges Gebilde gewesen war, waren noch hier: die Hütten, ein Gestell zum Dreschen von Getreide. Die niedrige Holzplattform, auf der die Frauen sitzen und nähen oder flicken sollten. Halbierte Kokosnuss-Schalen – Kinderspielzeug. Eine Reihe Wasserbehälter. Aber das, was fehlte, wies auf eine gewaltsame Störung hin, die sich vor kurzem ereignet haben musste. Kein Chor von Stimmen – Männer und Frauen, Alte und Kinder – folgte dem Auf und Ab dörflichen Lebens. Kein Duft von Fleisch, das über einem offenen Feuer briet. Keine Kinder waren zu sehen, keine fröhlichen, schrillen Stimmen zu hören.

Er blieb neben dem leeren Ziegenpferch stehen. Darin lag frischer Dung, doch das Vieh war fort. Auf einem benachbarten Hügel war ein Hirsefeld nur halb abgeerntet.

Das schwache Weinen erklang erneut. Vorsichtig betrat Grogan den Kreis der Hütten. Der Wind hob eine Schicht Stroh am Dach einer Hütte an, und ebenso lautlos fielen die Bündel wieder an ihren Platz. Die meisten der eng gewobenen Türmatten an den Hütten waren herausgerissen worden, doch die eine Hütte, aus der er meinte, das Weinen gehört zu haben, war noch fest verschlossen. Er griff nach der Tür, wappnete sich gegen das, was er womöglich vorfinden würde, und riss sie auf.

Eine junge Ziege lief kläglich meckernd an ihm vorbei. Sie blieb bei der letzten Hütte stehen, um Wasser aus einem umgekippten, zerbrochenen Topf zu trinken, und trottete dann davon.

Die verspannten Muskeln in Grogans Schultern lockerten sich ein wenig. Er nahm den Hut ab, fuhr sich mit dem Taschentuch über die Stirn und wischte dann die innere Hutkrempe ab. Er holte tief Luft. Ein Hauch der Schwefeldämpfe des Vulkans trieb mit dem Wind herüber.

Vor ihm, über der restlichen Bergflanke, breitete sich tiefblauer Himmel aus, nur von ein paar eiligen Zirruswolken und einer kreisenden Schwadron kleiner, schwarzer Schemen unterbrochen.

Er brauchte kein Fernglas, um zu wissen, dass es sich um Aasgeier handelte.

Kapitel 17

Gertrudes Stute schritt fröhlich aus. Sie lenkte sie am Rand des Weinbergs entlang, von dem das fruchtbare Aroma der satten kalifornischen Erde aufstieg. Sie liebte die Zeit der Weinlese, wenn die Reben, schwer von Beeren, bis zum Boden herabhingen und die Wanderarbeiter wie Amseln von einer Rebe zur nächsten flatterten und sangen, während sie die Beeren pflückten und in Körbe legten, die sie auf dem Rücken trugen.

Die Pflücker sammelten sich wie ein Schwarm Bienen um Nektar, genau dann, wenn sie und ihr Stiefvater sich darin einig waren, dass die Trauben zur Lese bereit seien, als wären auch sie mit den Feinheiten der Weinreife vertraut. Früher hatte Gertrude die Möglichkeit verworfen, diese umherziehenden, ungebildeten Arbeiter könnten selbst eine Meinung zu den kurzfristigen Aussichten auf Regen haben, zu dem undefinierbaren Zusammenspiel von Feuchtigkeit, Temperatur und Säure des Bodens, doch in jüngster Zeit waren ihr Zweifel gekommen.

Wie sie durch Ewarts Briefe viel über die afrikanischen Schwarzen lernte, weil er ihr von seiner Reise berichtete und auch von den medizinischen Kenntnissen und prächtigen Kunstwerken der Eingeborenen erzählte, so begann Gertrude, auch die Pflücker als Individuen zu betrachten, statt als Kollektiv. Sie fragte sich, ob einige von ihnen besondere Talente von ihren Vorfahren geerbt haben mochten –

Menschen, die die Welt bisher für unwissend und unfähig gehalten hatte, höhere Dinge wie Wissenschaft und Kunst zu begreifen.

Ewarts Briefe erzählten ihr von den Stämmen in einem Land namens Njassa, wo die Leute Körbe mit komplizierten Mustern aus den einheimischen faserigen Pflanzen flechten konnten, und von anderen, die Metall zu wundersamen Formen verarbeiteten, die Tiere und Vögel und sogar Menschen darstellten. Wieder andere fertigten erstaunliche Musikinstrumente an, und ihr König ließ sein Reich nach Stimmen absuchen, um seinen königlichen Chor zu ergänzen. Die Sänger wurden von ihm verpflegt und wohnten sehr komfortabel, was außerhalb des königlichen Haushalts unvorstellbar war. Es stimmte, dass er einige seiner liebsten Chorsänger blenden ließ, um dafür zu sorgen, dass sie stets in seinen Diensten blieben, aber immerhin bewies er mit dieser Liebe zur Sangeskunst wenigstens einen zivilisierten Aspekt seiner Person, die viele Leute nur als heidnischen Wilden bezeichnen würden.

Wie verhielt es sich mit den Frauen? Ewart hatte ihr auch von deren Leben geschrieben: ihrem Gehorsam gegenüber den Männern; ihrem stoischen Fleiß bei oft sogar mannhaften Arbeiten. Sie trugen die Kinder auf dem Rücken herum, während sie sich um die Felder kümmerten, und konnten binnen eines Tages einen umgestürzten Baum zu einem Haufen Feuerholz verarbeiten. Doch obwohl man dieses Leben als elend bezeichnen könnte, glaubte Ewart, dass diese Frauen zufrieden waren, ja sogar glücklich. Er schrieb allerdings nicht, woher er das wissen wollte, und Gertrudes Neugier war geweckt. Waren sie glücklich in ihrer Unwissenheit? Oder waren sie durchaus informierte Mitglieder einer Gesellschaft, welche Rollen entwickelt hatte, die für jeden Teil der Gemeinschaft ideal waren – Männer und Frauen, Alte und Junge?

Ewarts forschender Verstand hatte diese Rollen sehr wohl bemerkt, während er das alltägliche Leben der Frauen beobachtet hatte. Es waren die Frauen, die die Hütten bauten und in ihrem geschmeidigen, katzenhaften Gang meilenweit zu einem anderen Dorf liefen, um etwa einen Sack Hirse gegen ein Bündel Bananen einzutauschen. Bei manchen Stämmen, so berichtete er ihr, liefen die Frauen beinahe nackt umher und dachten sich nichts dabei, ihm ganz unverhohlen beim Baden zuzuschauen. Er sagte, sie schienen seine Anwesenheit höchstens belustigend zu finden. Sie hatten ein melodiöses Lachen.

Würde er all das auch so gelassen hinnehmen, wenn die Frauen weiß wären?, fragte sich Gertrude. Hegte er noch andere Gefühle für diese Frauen? Waren sie nur des Kontrastes wegen interessant, oder fand er sie verlockend?

Sie bemerkte, dass sie ihr Pferd angehalten hatte und gedankenverloren die muskulösen, schweißnassen Schultern eines schwarzen Pflückers anstarrte, der in der Rebzeile vor ihr arbeitete. Der Mann war jung und auf seine Art durchaus gutaussehend, und nun warf er ihr während der Arbeit verlegene Blicke zu.

Gertrude versuchte sich vorzustellen, welch enge Verbindung dieser junge Mann zu der kulturellen Vielfalt hatte, die Ewart ihr beschrieb. Sie stellte ihn sich in Afrika vor, wie er Kunstwerke aus Metall schuf, seiner jungen Frau Liebeslieder vorsang, sie unter einem warmen, gelben Mond liebte …

Plötzlich war ihr heiß und wirr im Kopf, und als der Mann sich wieder nach ihr umsah, trieb sie ihr Pferd an und galoppierte davon.

Grogans Karawane näherte sich der Westflanke des Mount Battersby, wo die Hänge sanfter abfielen und das Grasland hin und wieder Büschen oder verkrüppelten Akazien wich. Die Geier, die er aus der Entfernung gesehen hatte, fraßen Aas, das um ein weiteres menschenleeres Dorf verstreut war. Es waren Dutzende von Vögeln, die sich lautstark um die fleischigsten Stücke stritten. Die bedrückten, gemurmelten Unterhaltungen der Träger verstummten, und Schweigen breitete sich aus.

Einer der riesigen schwarzen Vögel versuchte, sich mit etwas Großem in den Krallen in die Luft zu erheben. Er schlug heftig mit den Flügeln, um Höhe zu gewinnen, war aber schließlich gezwungen, seine Beute loszulassen, als er in Richtung der Karawane flatterte. Der Gegenstand fiel zu Boden und kullerte Grogan vor die Füße. Es war ein menschlicher Kopf. Glasige Augen starrten wie entsetzt zu ihm empor.

Grogan gab einen Schuss ab, und die Schar erhob sich in die Luft und ließ ihr grausiges Festmahl zurück, das sich nun offenbarte. Leichenteile lagen über eine weite Fläche verstreut wie Fleischreste, die in einem Schlachthof achtlos zu Boden geworfen worden waren.

Nur die Manjema schienen von dieser grauenhaften Szene relativ unbeeindruckt zu sein, was darauf hinwies, dass sie tatsächlich latente Kannibalen waren, wie die Watonga behaupteten. Doch alle gemeinsam ließen angstvoll den Blick über die umgebenden Hügel schweifen, als ihnen klar wurde, dass hinter jedem Felsbrocken Mörder versteckt sein könnten. Der letzte einheimische Führer der Karawane war auf die Knie gefallen, barg das Gesicht in den Händen und wimmerte wie ein verängstigtes Kind. Die Watonga drängten sich zusammen, als könnte die Nähe ihrer Gefährten ihnen den grausigen Anblick vor sich ersparen. Sogar Makanjira und Zowanji schienen kurz davor, in hellem Entsetzen davonzulaufen; Grogan ging es nicht anders, doch er wagte es nicht, sich seine Furcht anmerken zu lassen.

Vom Hügel oberhalb des Dorfes drang ein Schrei zu ihnen. Ein Haufen schwarzer Gestalten zeichnete sich vor dem klaren Himmel ab. Weitere kamen hinzu, während Grogan und seine Leute hinaufstarrten, und dann stürmte der gesamte Mob von etwa hundert Mann unter donnerndem Gebrüll den Hügel herab auf sie zu.

Grogan war wie gelähmt. Ein solch wüstes, aggressives Verhalten hatte er noch nie erlebt, und einen Augenblick lang fragte er sich, ob das vielleicht nur irgendein seltsames Willkommensritual sei. Er blickte sich nach seinen Männern um, in der Hoffnung, diese Vermutung bestätigt zu sehen, fand in ihren Gesichtern aber nur starre Fassungslosigkeit und Angst. Die eindrücklichste Reaktion zeigte der einheimische Führer, der die Kontrolle über seine Blase verloren hatte.

Grogan brüllte ihn an, was da vor sich ginge. Wimmernd antwortete er: »Das sind die Baleka, Herr, und sie kommen, uns zu verschlingen.«

Grogan entriss Zowanji sein Gewehr, eilte zu einem verkrüppelten Busch und zielte sorgfältig. Auf zweihundert Schritt Entfernung schoss er den Baleka nieder, der den Sturm anführte. Die übrigen Gestalten der führenden Gruppe zögerten nicht, sondern rannten weiter, und ihr wildes, tierisches Geheul hallte nun von der Bergflanke wider.

Auf hundertfünfzig Schritt brachte er drei zu Fall, und bis sie auf hundert Schritt herangekommen waren, schoss er vier weitere nieder. Die führende Gruppe war nun vollständig ausgeschaltet, und die folgenden Krieger, die die Wirkung der Teilmantelgeschosse gesehen hatten, beschlossen, sich vorübergehend in ein Hirsefeld zu schlagen.

Lange herrschte Stille. Grogan ließ den Blick über seine Männer schweifen. Sie standen da wie versteinert, den Blick starr auf das Hirsefeld gerichtet, und wagten kaum zu atmen, aus Angst, mit der geringsten Bewegung einen weiteren Angriff der Baleka zu provozieren.

Ein Heulen zerriss die Luft. Es kam von einem Felsen mitten im Feld, auf dem zwei Baleka, den Himmel im Rücken, trotzig die Speere hochreckten. Sie begannen zu brüllen und zu kreischen und peitschten ihre Gefährten offenbar zu neuer Blutlust auf.

Grogan justierte das Visier auf achthundert Schritt und gab rasch hintereinander zwei Schüsse ab. Die beiden Aufrührer stürzten von ihrem Felsen.

»Kommt schon!«, schrie Grogan seine Männer an, und sie rannten zum Dorf, wo sie sich besser würden verteidigen können, falls es zu einem weiteren Angriff kam.

Sie drängten sich in einem engen Kreis zusammen und starrten ungläubig und entsetzt um sich. Zwischen den Hütten waren die Überreste der bedauernswerten Dorfbewohner verteilt. Stränge menschlicher Gedärme waren auf einem Gestell zum Trocknen aufgehängt; ein bis auf die Knochen abgefressener menschlicher Leichnam lag vor dem Eingang einer Hütte, umgeben von kleineren Geiern und Ungeziefer. An einer anderen Stelle lag ein zerfetzter Unterarm, an dem noch Streifen halbrohen Fleisches hingen. Grogan sah einen gespaltenen Kopf mit offenem Gehirn, teilweise verzehrt.

Er war entsetzt und angewidert, doch eine morbide Faszination trieb ihn dazu, sich weiter umzusehen. Er fand noch einen Kopf; eine Wange war angenagt, die andere abgefressen und verkohlt. Er lag auf dem Boden neben einem Schemel, als hätte jemand rasch sein Abendessen beiseitegelegt, um sich noch einen Drink zu holen. Die Kopfhaut war abgeschält wie von einer Orange. Innereien und Exkremente lagen überall herum. Der Gestank war unbeschreiblich.

Grogan spürte, wie ihm die Galle hochstieg, musste sich heftig übergeben und entleerte gründlich seinen Magen. Er würgte immer noch, als er die Karawane hastig aus dem Dorf wegführte; er hatte es so eilig, von hier fortzukommen, dass er die unmittelbare Bedrohung durch die Baleka ganz vergaß.

Es war schon dunkel, als Grogan die Karawane für die Nacht haltmachen ließ. Sie waren den ganzen Tag lang doppelt so schnell marschiert wie sonst und hatten keine Kraft mehr, das Lager aufzubauen oder etwas zu kochen. Grogan fand es ohnehin klüger, sich mit dem Dörrfleisch zufriedenzugeben, als Feuer zu machen und damit womöglich den Baleka ihre Position zu verraten.

Die Sorge um Archie ließ ihn nicht mehr los. Zum ersten Mal auf diesem Treck spürte Grogan schmerzhafte Gewissensbisse. Archie und all die anderen Männer dieser Expedition hatten ihm ihr Leben anvertraut. Das war eine beängstigend große Verantwortung, und wofür das alles? Für eine Laune, eine Phantasie, die er, Grogan, sich aus seinen eigenen, egoistischen Gründen erfüllen wollte. Was wog schon seine noble Mission, die Hand der Frau zu erringen, die er liebte, gegen das Leben der einhundertfünfzig Männer, die sich für ihn in Gefahr gebracht hatten?

Ein Schauer überlief ihn. Er schlug die Hände vors Gesicht und betete, dass er Archie erreichen würde, ehe die Baleka ihn fanden.

Am nächsten Tag marschierte Grogans Karawane flott durch die Savanne am Fuß des Berges, ohne Zwischenfälle. Er war bereits zuversichtlich, dass sie den Baleka entkommen waren, doch später am Tage, als sie sich durch ein sumpfiges Gebiet schoben, wo das Gras ihnen bis über die Köpfe reichte, kam ihr Führer plötzlich zurückgerannt und plapperte hektisch auf Zowanji ein. Es dauerte eine Weile, doch endlich stellte sich heraus, dass er gesehen hatte, wie ein Haufen Baleka sich an ihrer Flanke zum Angriff aufstellte.

Glücklicherweise hatte Grogan seine Waffe schon bereitgemacht, denn ihm war klar gewesen, dass der Grassumpf die ideale Stelle für einen Hinterhalt bot. Als er eine kleine Lichtung erreichte, die ihm einen Kreis von etwa dreißig Schritt zur Verteidigung gab, reichte er Zowanji seinen Revolver und bereitete sich auf den Angriff vor.

Nur Minuten später kamen die Baleka. Grogan schoss den Anführer und seine unmittelbaren Nebenmänner nieder, verlor aber zwei seiner Männer, ehe sie die Baleka zurückschlagen konnten.

Während des restlichen Tages kam es immer wieder zu solchen Scharmützeln, doch endlich, gegen Sonnenuntergang, hatten sie den Feind abgeschüttelt. Das Abendessen verlief in völliger Stille, denn jedes Rascheln im Gras, jeder Ruf eines Nachtvogels ließ alle Herzen schneller schlagen.

Während der folgenden zwei Tage trieb Grogan die Träger zu einem vernichtenden Gewaltmarsch an. Die übliche Mittagsrast entfiel. Sie marschierten bis zum Abend und fielen dann nieder, völlig ausgelaugt und zu müde, um selbst die kläglichen Rationen zu essen, die ihnen noch geblieben waren. Noch vor dem Morgengrauen hatte er sie wieder auf den Beinen und beladen, und sie zogen in den schimmernden Morgen hinein. Wenn ein bemitleidenswerter Träger zusammenbrach und sich weigerte, aufzustehen, weil er zu erschöpft war, ließ Grogan die *kiboko* über ihm durch die Luft sausen und drohte dem Mann Schläge an, falls er sich nicht sofort wieder in Bewegung setzte.

Am zweiten Abend standen sie alle kurz vor dem Kollaps. Er hatte sich nicht die Zeit genommen, nach Dörfern zu suchen und Essbares einzutauschen, und womöglich wären sie dort nur wieder auf die Baleka gestoßen. Ihre Vorräte reichten nicht aus, um genug Kraft für solche Gewaltmärsche zu spenden. Wenn sie den See nicht am kommenden Tag fanden, das wusste Grogan, würde er seine Männer nicht mehr weiter vorantreiben können. Sie waren in einem Zustand, der ihn befürchten ließ, dass sie vielleicht lieber sterben würden, als dieses mörderische Tempo weiter durchzuhalten.

Die Wasser des Kiwusees hatten für Grogan noch nie so herrlich ausgesehen wie in dem Augenblick, als er, den Mount Battersby im Rücken, den Hügelkamm erreichte. Eine Rauchsäule am Ufer aufsteigen zu sehen, die mit einiger Sicherheit versprach, dass Archie dort das Lager aufgeschlagen hatte, machte diesen Anblick sogar noch schöner. Er und seine Karawane hatten in den vergangenen drei Tagen keine zehn Stunden geschlafen.

Der Union Jack wehte stolz an einem Bambusmast, als sie das Lager erreichten. Alles war in bester Ordnung, wie er gehofft hatte. Zwei Zelte – Archies und sein eigenes – waren in der Mitte aufgebaut, neben dem Zelt mit den kostbarsten Vorräten. Die anderen Lastkisten waren ordentlich aufgestapelt, und die kleinen Zelte der Träger bildeten einen Kreis um das gesamte Lager herum.

Archie kam aus seinem Zelt, sobald die Lagerwachen die Neuankömmlinge entdeckt hatten und sie mit lautem Gebrüll willkommen hießen. Er umarmte Grogan, und Freudentränen standen ihm in den Augen, als er seinen Freund auf Armeslänge von sich abrückte, um ihn sich genauer anzusehen. »Du lieber Himmel, Ewart!«, rief er. »Du siehst entsetzlich aus!«

»Danke, Archie. Ich wollte eben anmerken, dass du ein wenig blass zu sein scheinst, aber ich denke, das kann ich mir sparen.« Sein schwaches, schiefes Lächeln zeigte deutlich seine Erleichterung darüber, dass dieser Alptraum vorüber war.

Grogan entließ seine Männer, die sofort davontaumelten, um sich einen Schlafplatz zu suchen, und er und Archie setzten sich auf Segeltuch-Klappstühle vor ihren Zelten. Eine starke Tasse Kaffee machte Grogan zunächst leicht schwindelig, doch sie belebte ihn zumindest so lange, dass er sich Archies Neuigkeiten anhören konnte.

Er hatte unter einem Fieberschub gelitten, bald nachdem er begonnen hatte, die Bergflanken nach Grogan abzusuchen. Das Fieber hatte ihn gezwungen, die Suche abzubrechen und sich an den See zurückzuziehen, doch inzwischen hatte er sich fast vollständig davon erholt. Er erklärte, er habe morgen früh wieder aufbrechen wollen. Grogan sagte, das Fieber habe ihm vermutlich das Leben gerettet, und berichtete von seinem Zusammenstoß mit den Baleka.

»Hier haben wir nichts von ihnen gesehen«, sagte Archie. »Gott sei Dank. Aber wir haben die üblichen Gerüchte gehört, die ich natürlich ignoriert habe. Meinst du, wir sollten die Wachen verstärken?«

»Eine gute Idee. Allerdings vermute ich, dass sie sich zurückgezogen haben, denn anderswo können sie leichtere Beute machen.« Grogan zerrte an seinem Stiefel, war aber zu schwach, ihn sich vom Fuß zu ziehen. Makanjira, der in der Nähe stand, kam ihm zu Hilfe.

Er fuhr fort, seine Geschichte zu erzählen, während Makanjira sich abmühte, ihm den Stiefel auszuziehen. »Die Baleka fallen nicht nur über die anderen Stämme her, sie zerstören auch noch rachsüchtig die Gemüsegärten und Felder und schlachten das Vieh ab. Ah, so ist es besser«, sagte er, als der Stiefel endlich von seinem Fuß glitt.

»Verflucht, Ewart, deine Füße sehen ja widerlich aus!«

Grogan wackelte vorsichtig mit den Zehen. Sein Fuß roch faulig und war verschrumpelt, nachdem er tagelang in einem nassen Wollstrumpf in dem Stiefel gesteckt hatte. Der Gestank war überwältigend.

Er stupste den Fuß vorsichtig an. »Au!«, rief er. »Da ist irgendetwas in meinem Zeh. Er tut seit Tagen furchtbar weh, aber mit den Baleka im Rücken habe ich es nicht gewagt, die Stiefel auszuziehen.«

Es stellte sich heraus, dass Grogans Qualen von einem Sandfloh verursacht wurden – einem etwa stecknadelkopfgroßen Parasiten, der sich unter die Haut bohrte, um seine Eier abzulegen. Grogans kleiner Zeh war eine widerliche Masse verwesenden Fleisches.

Archie verdrehte die Augen gen Himmel. »Abscheulich«, sagte er.

Makanjira stand da, blickte auf den Zeh hinab und schüttelte mitfühlend den Kopf.

»Weißt du, was man da macht, Makanjira?«, fragte Grogan.

»Ja, *Uyaba.*«

Grogan nickte und untersuchte erneut seinen Zeh. »Und ich nehme an, das Kaliumpermanganat wird diesmal nicht genügen?«

»Nein, *Uyaba.*«

Grogan seufzte. »Archie? Haben wir noch etwas von dem medizinischen Branntwein übrig?«

Am Abend, nachdem Grogan eine halbe Flasche Cognac getrunken hatte, zog Makanjira geschickt einen gewaltigen Sandfloh aus der Unterseite von Grogans kleinem Zeh, mitsamt einem Eiersack so groß wie eine Erbse. Nur der Knochen und der obere Teil des Zehs blieben intakt, doch Grogan hatte mittlerweile das Bewusstsein verloren, und so blieb ihm dieser Anblick erspart.

Kapitel 18

Fort Portal war kaum mehr als eine Ansammlung von Hütten und Schuppen um einen Palisadenzaun. Aber es war ein britischer Posten, und Grogan trieb die Karawane flott voran. Er konnte es kaum erwarten, das Fort zu erreichen, denn er hoffte, dass dort Post auf ihn wartete.

Der Verwalter, Bagge, ein rotgesichtiger Mann, der die letzten vierzehn Monate auf diesem Posten verbracht hatte, hieß die beiden Männer herzlich willkommen. Er arrangierte eine Unterkunft für sie und war begierig darauf, sich weiter mit ihnen zu unterhalten, doch Grogan unterbrach ihn so höflich wie möglich und erkundigte sich, ob er Post für sie habe.

»Aber ja! Natürlich!«, sagte der Verwalter. »Wie dumm von mir. Sie können es sicher kaum erwarten, die Neuigkeiten aus aller Welt zu erfahren, was? Kommen Sie, ich hole Ihnen Ihre Post und Ihre Zeitungen, und wir können unsere Unterhaltung beim Abendessen fortführen, nicht?«

Jeder von ihnen bekam ein ganzes Bündel Post und einen Stapel Zeitungen übergeben. Grogan verabschiedete sich abrupt. Er eilte zurück zu ihrer Hütte wie ein Geizhals mit einem Beutel voll Pennys, suchte ein stilles Plätzchen im Schatten und löste die Schnur, mit der seine Post gebündelt war. Er sah hastig die Umschläge durch und fand etwa ein Dutzend Briefe von Gertrude und viele weitere von Freunden und Angehörigen. Er verbrachte einige Zeit damit, sie zu sortieren, und genoss die köstliche Vorfreude, ehe er begann, sie zu lesen.

Gertrudes Briefe beleuchteten all die vielen Facetten ihrer Persönlichkeit. Von einem Brief zum nächsten sprang sie zwischen verspielt und ernst hin und her, intellektuell und albern, geheimnisvoll und freimütig. Sie legte ihm ihr bisheriges Leben dar und, wie er es für sie getan hatte, enthüllte ihm ihre geheimen Träume. Sie wollte ein großes, prächtiges Haus mit vielen Kindern – ob ihm Söhne oder Töchter lieber wären? Einen ausgedehnten Garten, in dem sie mit ihren Kindern herumtollen konnten, ohne irgendjemanden um Erlaubnis bitten zu müssen. Sie fand Kalifornien angenehm, aber wäre ihm England vielleicht lieber? Oder sonst irgendein Land?

Er erfuhr viel über ihre Familie und deren kleine Eigenheiten, etwa, dass der Mann ihrer älteren Schwester ein Toupet trug und sich die Koteletten färbte, damit sie dazu passten. Das Ergebnis war eine katastrophale Montage verschiedener Farbtöne und Texturen, was die Familie taktvoll ignorierte.

Sie schickte ihm einen sehr ausführlichen Brief aus den verschneiten Bergen Colorados, wohin ihre ganze Familie über die Thanksgiving-Feiertage gereist war. Sie hatte sich noch während ihrer ersten Stunde auf den Pisten den Knöchel verrenkt und die restlichen Ferien auf dem Sofa verbracht, den Fuß auf einem Kissen. Rasch überflog er alle ihre Briefe; während der kommenden Wochen würde er sie wieder und wieder lesen, bis er den nächsten britischen Außenposten erreichte. In ihrem letzten Brief schrieb sie:

Mein geliebter Ewart,
welche Seligkeit! Ein ganzes Päckchen Briefe von Dir kam heute hier an. Eine Flut wunderbarer Worte von Deiner Hand. Ich konnte keine Sekunde warten, sondern eilte sofort in mein Zimmer, um sie zu verschlingen und augenblicklich

zu beantworten. Augenblicklich, sage ich, und vergesse dabei die endlose Verzögerung, bis unsere Worte von einem Ende der Welt zum anderen gereist sind.
Und all Deine Abenteuer! Mir stockt der Atem, wenn ich sie lese. Liebster Ewart, ich weiß nicht, was ich täte, falls Dir etwas zustoßen sollte. Bitte versprich mir, dass Du vorsichtig sein wirst.
Es tut mir leid, lesen zu müssen, dass es mit Deiner Gesundheit noch immer nicht zum Besten steht. Du schreibst, es sei nichts weiter, aber ich sage Dir noch einmal, gib auf Dich acht.
Seit ich Dir zuletzt geschrieben habe, hat Papa sich Mutter und mir in London angeschlossen und es sich zur Aufgabe gemacht, mich »in die Gesellschaft einzuführen«. Ich bemühte mich, es ihm recht zu machen, denn er ist ein solcher Schatz. Mutter weiß von unseren Plänen, obwohl ich sie natürlich zur Verschwiegenheit verpflichtet hatte. Die ganze Angelegenheit wurde mir bald so langweilig, dass ich ihm sagen musste, ich hätte kein Interesse mehr daran, zu Markte getragen zu werden wie eine seiner Orangen! Doch er ließ sich nicht davon abbringen, also erzählte ich ihm schließlich von uns.
Seine genauen Worte werde ich Dir nicht wiedergeben, das lassen meine guten Manieren nicht zu. Es sei nur gesagt, dass er seine Ansichten dazu äußerst lebhaft geäußert hat. Ich habe Dich eisern verteidigt und auf all die großartigen Leistungen hingewiesen, die Du bereits vollbracht hast. Er wird sich bald anders besinnen und Dich ebenfalls bewundern, wie überhaupt meine gesamte Familie, da bin ich mir sicher.
Nach einigen Tagen beruhigte er sich wieder. Er schnaubt und stöhnt noch ein wenig, aber ich glaube, er hat sich nun mit meinem Plan abgefunden, hier in London Deine Ankunft zu erwarten.

London ist eine wunderbare Stadt, aber nicht so wundervoll, wie sie sein wird, wenn Du erst hier bist und mir die interessanten Orte zeigen kannst, die Du so gut kennst.
Ich habe Deinen Vorschlag, uns mit Deiner Familie bekannt zu machen, solange wir hier sind, an Mutter weitergegeben, und sie hat Papa förmlich dazu gezwungen, das zu arrangieren. Es war ein bescheidener Tee, nichts weiter, und wir hatten alle Deine Geschwister zu Gast, bis auf die junge Hilda, die natürlich im Internat war, und Dorothy, die mit Deiner Tante Abigail ins Ausland gereist ist. Ich nehme an, wir werden auch sie bald kennenlernen. Wir haben einen sehr angenehmen Nachmittag miteinander verbracht. Die Köchin hat sich mit ihrer Auswahl an Torten und anderen Köstlichkeiten selbst übertroffen.
Bitte halte mich nicht für unverschämt, wenn ich Dir hier meine Eindrücke von ihnen schildere – ich fand sie alle ganz entzückend und höchst angenehm.
Der Bruder, der Dir vom Alter her am Nächsten steht, Philip, ist Dir überhaupt nicht ähnlich, nicht war? Ich kann ihn mir mit diesem zarten keltischen Teint so gar nicht unter der tropischen Sonne vorstellen. Er hat meinen Stiefvater mit seinen Kenntnissen in Buchführung sehr beeindruckt.
Dann, dem Alter nach, kommt Norman. Oder Margaret? Nun, Norman jedenfalls scheint mir ein sehr ernster junger Mann zu sein. Oh, ich weiß, dass Du dem widersprechen wirst, aber ich finde, dass er Dir äußerlich recht ähnlich sieht. Margaret hingegen ist außergewöhnlich, obgleich ich in ihrem feurig roten Haar durchaus die Verbindung zu anderen in Deiner Familie erkenne. Du hast nur einen Hauch von Rot in Deinem wunderbaren blonden Haar. Ich sollte es wohl als »golden« bezeichnen, das hört sich dramatischer an.

Archibald wurde dazu überredet, uns eine kleine Komposition auf dem Klavier vorzuspielen. Ich glaube, er ist in diesem Alter (neunzehn, meine ich, sagte er?), in dem er gerade erst die entsetzliche Verlegenheit der Adoleszenz überwindet, unter der wir alle so gelitten haben. Ah, aber da ich gerade davon spreche – von einem solchen Leiden war Deinem jüngsten Bruder, Quentin, nichts anzumerken. Er war auf Heimatbesuch von der Marineakademie, und, soweit ich gewissen Bemerkungen entnehmen konnte, von dort nicht nur mit Lob heimgeschickt worden. Das schien ihn jedoch überhaupt nicht zu bekümmern. Er war äußerst lebhaft und sich des Stigmas, siebzehn Jahre alt zu sein, anscheinend gar nicht bewusst. Er ist der kleine Bruder, den ich immer haben wollte.
Nun weißt Du, dass ich meinen Stiefvater überreden konnte, mich in London bleiben zu lassen, dass ich Deine Geschwister kennengelernt habe und es mir einigermaßen gelungen ist, mich vor ihnen nicht völlig zum Narren zu machen. Also bleibt für mich nur noch eines zu tun: Dich in die Arme zu schließen, Dir zu sagen, wie sehr ich Dich liebe, und Dich zu Hause willkommen zu heißen, wie es einem heldenhaften Eroberer wie Dir gebührt.

Gib auf Dich acht, mein Liebster
Deine Gertrude

PS: Das hätte ich beinahe vergessen. In Deinem Brief aus der Stadt mit dem seltsamen Namen – war das Zomba? – schreibst Du, Du hättest Tennis gespielt. Tennis, nein so etwas! Kaum vorstellbar, dass Du in Afrika Tennis spielst. Soweit ich mich erinnern kann, hast Du mir gegenüber noch nie erwähnt, dass Du überhaupt spielst. Wir haben noch so viel übereinander zu lernen, nicht wahr? Die Leute, die Du

mir schilderst, scheinen ja sehr angenehme Gesellschaft zu sein. Teepartys und Tennis ... Was für Überraschungen wirst Du wohl noch für mich haben?
Ich bin in Gedanken immer bei Dir.
Ich spiele jeden Augenblick, den wir zusammen verbracht haben, von dem Tag, da wir uns begegnet sind, bis zu dem Tag, da Du Deine Reise angetreten hast, immer wieder durch und genieße jede Erinnerung.
Ich kann dieses unendliche Warten kaum mehr ertragen.
Komm bald und wohlbehalten nach Hause, mein Liebster.
Ich liebe Dich.
Gertie

Grogan schloss die Augen und versuchte, Gertrudes Gesicht aus der Erinnerung heraufzubeschwören, doch es war Schwester Emily Hitchen mit ihren weichen Händen und der gestärkten weißen Uniform, die sich vor dieses Bild drängte. Heftige Reue überkam ihn, und er rieb sich die Augen, als könnte er damit die Erinnerung an sie und seine daraus erwachsenden Schuldgefühle tilgen.

Doch Emily ließ ihn einfach nicht los. Der feine Duft von Talkumpuder und Desinfektionslösung, das trübe Licht in seinem Zimmer an jenem heißen Nachmittag in Zomba, ein kühler Schwamm auf seiner glühenden Haut.

Er sprang auf und stürmte schweißgebadet aus dem Lager.

Kapitel 19

30. August. Fort Portal

Meine Manjema-Träger haben wieder einmal Ärger gemacht. Sie haben nicht viel zu tun und genießen das hiesige pombe *im Übermaß, mit katastrophalen Folgen. Vergangene Nacht haben sie die Milchvorräte des Forts geplündert und dabei einige der sudanesischen Wächter angegriffen und sie verletzt und blutend liegen lassen.*

Bagge hat angeordnet, dass die Übeltäter ausgepeitscht werden. Das war offenbar der letzte Tropfen, der für die Manjema das Fass zum Überlaufen brachte. Sie forderten, aus ihren Verträgen entlassen zu werden, damit sie nach Ujiji heimkehren können. Ich hatte gehofft, dass sie bis zum Ende der Reise in Kairo bei uns bleiben würden, fürchtete aber, nur immer mehr Ärger zu provozieren, wenn ich sie zum Bleiben zwang. Also habe ich sie widerstrebend ausbezahlt und mich persönlich von jedem Einzelnen verabschiedet, ehe sie gen Süden aufbrachen. Die Manjema sind schon ein Haufen Spitzbuben – leicht erregbar, aber ebenso rasch bereit, wieder zu lachen, wenn die Situation geregelt ist. Ich glaube, sie haben ihren Ausflug mit mir sehr genossen.

Dann kam Archie Battersby zu mir, mit der Neuigkeit, dass er sich sofort auf den Weg heim nach England machen müsse. Es bereitete ihm großen Kummer, mir das sagen zu müssen, und er gestand, dass er alles versucht habe, um eine andere Lösung zu finden, als mich mitten in Afrika sitzenzulassen.

Ich war wie vor den Kopf gestoßen. Archie war achtzehn Monate lang mein ständiger Begleiter gewesen, und oft der einzige Mensch im Umkreis von hundert Meilen, mit dem ich mich vernünftig unterhalten konnte. Er erklärte seinen familiären Notfall nicht näher, und natürlich durfte ich nicht aufdringlich sein, was seine Privatangelegenheiten anging, aber ich wunderte mich doch sehr. Ich fragte mich, was so dringend sein konnte, nachdem die telegraphische Nachricht Wochen gebraucht hatte, um ihn zu erreichen; was so dringend bleiben könnte während der langen Zeit, die er benötigen würde, um an die Küste zurückzukehren und bis nach England zu segeln. Es sind über achthundert Meilen nach Mombasa, wo er sich nach Hause einschiffen kann. Was für ein Ereignis könnte derart lange »dringlich« bleiben?
Nach einigem Nachdenken wurde mir klar, dass eine ganze Reihe von Situationen diese Kriterien erfüllen würden, und ich versuchte, nicht weiter über den Inhalt der Nachricht nachzudenken, aber irgendein perverser Dämon gab mir weiterhin solch unwürdige Gedanken ein.
Ich komme nicht umhin, mich zu fragen, ob die vielen gesundheitlichen Schwierigkeiten Archie schließlich ausgezehrt haben, geistig wie körperlich. Wie ich, so hat auch Archie in den vergangenen sechs Monaten fast ständig unter Fieberschüben gelitten, dazu unter den Heimsuchungen von Sandflöhen und anderen widerlichen Parasiten. Dann ist da noch die ständige Sehnsucht nach den einfachsten Annehmlichkeiten des Lebens. Nach Essen. In letzter Zeit haben wir nur selten eine nahrhafte Mahlzeit genossen. Einmal waren wir so weit, dass wir uns gezwungen sahen, einen Elefantenrüssel zu essen – oder es zumindest zu versuchen. Nach zehn Stunden Kochen war er immer noch nicht kaubar.
Wie unvernünftig ist es schon, sich ein bequemes Bett zu

wünschen, eine ruhige Nacht, in der man nicht von blutsaugenden Moskitos überfallen wird, oder einen Morgen, an dem man seine Stiefel nicht sorgfältig absuchen muss, für den Fall, dass ein Skorpion oder eine große Spinne es sich während der Nacht darin gemütlich gemacht hat?

Ich könnte ihm kaum Vorwürfe machen, falls er tatsächlich zu dem Schluss gekommen sein sollte, dass seine Ausdauer für den restlichen Weg nicht ausreicht. Er war von Anfang an nicht so gut in Form wie ich, und immerhin ist er sechzehn Jahre älter. Als wir unsere Reise begannen, trug er gut ein Dutzend überflüssige Kilos mit sich herum, doch das Problem hat sich bald von selbst erledigt.

Vielleicht habe ich zu vorschnell erklärt, ich würde weitergehen. Die Vorstellung, bis Kairo weiterzumarschieren, eine Reise von über zweitausend Meilen, ohne die Gesellschaft eines verwandten Geistes, lässt mir den Mut sinken; ich gebe zu, dass ich während des restlichen Tages ernsthaft überlegte, ob es klug sei, das allein zu versuchen.

Heute Abend unternahm ich einen Spaziergang auf den bewaldeten Hügel in der Nähe des Forts und setzte mich hin, allein mit den Geräuschen der Nacht und den Sternen über mir, um meine Situation gründlich zu überdenken. Ich musste mir eingestehen, dass es sehr gefährlich sein wird, allein weiterzugehen. Wem kann ich meine Vorräte anvertrauen, falls ich einmal gezwungen sein sollte, das Lager zu verlassen? Wer wird mir den Rücken decken, falls die Karawane erneut angegriffen wird? Kann ich mich darauf verlassen, dass meine Watonga das Lager bewachen, während ich schlafe?

Ich habe mir den Kindheitstraum erfüllt, einen Löwen, ein Nashorn und einen Elefanten zu erlegen. Ich habe den Tanganjikasee gesehen und die unbekannten Gebiete Zentralafrikas erkundet, damit das Reich Ihrer Majestät weiter aus-

gedehnt werden kann, zu Ihrem immerwährenden Ruhm. Doch mein wichtigstes Ziel – mich der Frau, die ich liebe, würdig zu erweisen – habe ich nicht erreicht. Könnte ich ihrem Vater gegenübertreten und sagen, ich hätte vorgehabt, von Kapstadt nach Kairo zu marschieren, aber nur einen Teil des Weges geschafft? Würde er diese Leistung wohlwollend betrachten und mir zu meinem tapferen Versuch gratulieren? Nein. Das wäre für ihn nur der Beweis dafür, dass ich eher ein Mann großer Worte bin als großer Taten.

Ich werde weitergehen. Allein, wenn es denn sein muss.

»Bist du sicher, dass du nicht mehr Tabak brauchst?«, fragte Archie und deutete auf die Holzkiste, die den Großteil von Grogans Luxusgütern enthielt, wie Worcestersauce und Kerzen.

»Nein, für die nächsten paar Wochen habe ich reichlich«, sagte Grogan und klopfte Archie auf die Schultern. »Mach dir deswegen keine Gedanken. Sorge nur dafür, dass meine Vorräte pünktlich in Wadelai ankommen.«

»Das werde ich. Sobald ich Kampala erreiche, schicke ich sie ab.« Archie wirkte sehr niedergeschlagen. Grogan hatte sich mit seiner Situation abgefunden, doch Archie war immer noch bekümmert über seine Entscheidung, Grogan zu verlassen.

Grogans Karawane war schon in einer Reihe aufgestellt, bereit, Fort Portal zu verlassen. Archie hatte die üblichen letzten Schwierigkeiten mit seinem größeren Kontingent von Trägern und würde wohl erst am nächsten Tag aufbrechen können.

»Was ist mit der faltbaren Kautschuk-Badewanne?«, fügte Archie noch hinzu.

»Weißt du nicht mehr? Die hat sich doch schon in Mukinyaga eine Hyäne geholt.«

»Tatsächlich? Ach ja, jetzt erinnere ich mich. Du warst fuchsteufelswild.« Ein Grinsen brach sich durch Archies Niedergeschlagenheit und hellte seine Miene auf. »Bist dem Vieh nachgerannt, schnurstracks in den *bundu*.« Jetzt lachte er, schallend, wie er in Grogans Erinnerung auch damals gelacht hatte. »Ich sehe dich noch vor mir, dir pfiff praktisch der Dampf aus den Ohren. Du hast dich im Busch in deinen Patronengürtel und dem Trageriemen deines Gewehrs verheddert.«

Grogan konnte ein Lächeln nicht unterdrücken, das teils der Erinnerung an den Zwischenfall entsprang und teils der Erleichterung darüber, dass Archies Laune sich endlich gebessert hatte.

Archie wischte sich die Augen und ließ die letzten schnaubenden Lacher mit der Erinnerung ausklingen. »Trotz all der beschissenen Zeiten hatten wir doch auch etwas zu lachen, nicht?«, bemerkte er.

»Allerdings, Archie. Genug zu lachen, dass es die Moskitos, Kannibalen und gefährlichen Biester wettmacht.«

»Nun ja …« Archie neigte den Kopf zur Seite und zog eine Augenbraue hoch. »Beinahe«, fügte er lächelnd hinzu.

Er streckte Grogan die Hand hin. »Gute Reise, alter Freund«, sagte er und zog ihn dann kurz und kräftig an sich. »Gute Reise, und viel Glück.«

»Dir ebenfalls«, sagte Grogan. »Wir sehen uns dann in ein paar Monaten in London.«

»Ja. So ist es.«

Grogan nickte Makanjira zu, der den Befehl gab, sich in Marsch zu setzen. Als die Karawane loszog, winkte Grogan Archie noch ein letztes Mal zu; Archie erwiderte den Gruß und rief dann seinen eigenen Männern den Befehl zu, sich wieder an die Arbeit zu machen.

Doch auf dem Hügel oberhalb des Forts, als die Stimme seines Trägerführers mit einem schrillen Ruf das erste Marschlied einleitete und seine Männer ihm mit kehligen Lauten antworteten, wandte Grogan sich noch einmal um und sah Archies ferne Gestalt, die ein letztes Mal die Hand zum Abschied hob.

Kapitel 20

Bruce Dalton band seine müde alte Stute am Torpfosten vor der Schule an und zog sich die Hose hoch. Nachdem er die drei Stufen zu der Veranda hinaufgestiegen war, die das ganze Gebäude, ein einziger großer Raum, umgab, blickte er auf seine Schuhe hinab. Sie waren staubig, und er musste sich energisch davon abhalten, sie an der Rückseite seiner Hose abzuwischen.

Er war zur Schule gekommen, weil Jessies Lehrerin darum gebeten hatte. Ihn herbestellt hatte, hätte man wohl eher sagen sollen, denn Alice Mitchell war eine äußerst entschlossene Person und Londianis einzige Lehrerin, und das schon länger, als irgendjemand zurückdenken konnte. Dalton hatte keine Ahnung, worüber sie mit ihm sprechen wollte, aber sie vermutete, dass es mit Jessies stark nachlassendem Interesse an ihren Büchern zu tun hatte. Sogar die Bücher voller Geschichten, aus denen sie ihm abends immer laut vorgelesen hatte, ließ sie liegen und interessierte sich immer mehr für die Farm und die Jagd.

Mrs. Mitchell hatte ein kantiges Gesicht, faltig, mit tiefen Furchen, die ihre dünnen, schmalen Lippen wie in Klammern setzten. Dies war ein Gesicht, glaubte Dalton, mit dem sie eine Uhr hätte anhalten können, falls ihr der Sinn danach stand. Doch trotz all ihrer distanzierten, nüchternen Strenge zweifelte niemand daran, dass sie eine engagierte, ja sogar sehr begabte Lehrerin war. Das Unangenehme war, dass Dalton sich, wie so viele andere eher ungebildete Männer, in Gegenwart einer gelehrten Person unfähig vorkam. Dass Alice Mitchell eine gelehrte Frau war, machte es nur noch schlimmer.

Sie saß ganz vorn in ihrem Klassenzimmer und schrieb eine Notiz auf das oberste Blatt eines Stapels eselsohriger Schülerarbeiten. Als sie ihn näher kommen sah, legte sie sorgfältig den Stift auf ihren Tisch und schob die Ärmel ihrer dünnen Strickjacke auf den dürren, sommersprossigen Unterarmen hoch.

»Ah, Mr. Dalton«, sagte sie und machte den Gesichtsausdruck, der bei ihr als Lächeln gelten musste. »Bitte.« Sie wies auf einen Stuhl.

»Hallo, Mrs. Mitchell«, sagte er und bemühte sich, nicht barsch zu klingen, was ihm oft passierte, wenn er nervös war.

»Danke, dass Sie gekommen sind.«

»Nichts zu danken. Gibt es ein Problem?«

»Das kann man wohl sagen«, entgegnete sie, und das Lächeln, sofern man es als ein solches bezeichnen wollte, erlosch augenblicklich. »Ich fürchte, unsere Jessie bleibt wieder einmal hinter den anderen zurück.«

Es war immer »unsere Jessie«, genau wie es »unser Freddie« oder »unsere Edith« hieß. Mrs. Mitchell nahm sich ihren Beruf wirklich zu Herzen.

»Ach?«, fragte Dalton in gespieltem Erstaunen.

»Ja. Es fehlt ihr an Disziplin.«

Er zögerte, um sich seine Antwort sorgfältig zurechtzulegen.

»Disziplin, Mr. Dalton«, wiederholte sie. »Gewissenhaftigkeit. Fleiß, wenn Sie so wollen.«

Dalton errötete.

»Ihre schulischen Arbeiten leiden darunter. Sie fällt hinter den anderen ihrer Altersklasse zurück.«

»Ich verstehe.« Er verknotete nervös die Finger. »Was …«

»Ich habe wieder einmal Fördermaßnahmen angeordnet. Und ich habe Sie heute hierher gebeten, um Sie davon in Kenntnis zu setzen und Sie zu bitten, dafür zu sorgen, dass sie die besonderen Aufgaben auch erledigt, die ich ihr dafür gebe.«

Dalton nickte.

»Wenn Sie ihr nicht helfen können – ich meine, wenn Sie nicht die Zeit dazu haben –, könnte Momposhe sie vielleicht dabei unterstützen.«

»Momposhe?«

»Ja. Er macht sich ausnehmend gut. Wenn Jessie nur einen Bruchteil von Momposhes Motivation zeigte, gäbe es gar kein Problem.«

Dalton konnte es kaum begreifen. Er starrte sie an.

»Motivation, Mr. Dalton. Das bedeutet …«

»Ich weiß, was *Motivation* bedeutet, Mrs. Mitchell«, platzte Dalton heraus und bereute die scharfen Worte sofort. »Verzeihung. Das, äh, überrascht mich nur sehr.«

»Ich stelle des Öfteren fest, dass Eltern über die schulischen Fortschritte ihrer Kinder schlecht informiert und daher auch kaum in der Position sind, etwaigen Mängeln abzuhelfen. Deshalb sind Besprechungen wie diese hier eine Notwendigkeit.«

Aber es waren nicht Jessies schlechte Leistungen, die Dalton so überraschten; es war die Neuigkeit, dass der kleine Massai, der zuvor nicht einmal hatte lesen und schreiben können, von Schulbildung ganz zu schweigen, sich zu einem Musterschüler entwickelt hatte.

Die Lehrerin saß da und wartete auf seine Antwort.

»Ja! Natürlich. Ich bin sicher, alle wissen Ihr Engagement sehr zu schätzen«, sagte er. »So wie ich«, fügte er hastig hinzu.

Auf dem Heimweg, umgeben von den langen Schatten des Sonnenuntergangs, nahm Dalton seine Eindrücke von Momposhe genau unter die Lupe und erkannte, dass er bei ihm denselben Fehler gemacht hatte wie bei dessen Vater.

Da die Massai kein Englisch sprachen, war er einfach davon ausgegangen, dass sie nicht intelligent waren, doch im Fall von Marefu hatte sich das ganz klar als Irrtum erwiesen. Der ältere Massai verfügte über umfangreiche veterinärmedizinische Kenntnisse und wusste eine Unzahl von Heilmitteln zu nutzen. Die Tatsache, dass er diese Fähigkeiten in unkonventionellem Rahmen erlernt hatte, schmälerte keineswegs die Intelligenz, die nötig war, um dieses Wissen anzuwenden.

Er erkannte, dass er wohl auch Momposhe in einem anderen Licht betrachten musste.

Momposhe betrat vorsichtig das Zimmer des Farmhauses, das als Küche und Wohnzimmer der Daltons diente. Es war nicht so, dass er sich vor Bruce Dalton fürchtete; er war nur unsicher, wie er sich in dessen Haus verhalten sollte. Es gab Konventionen, die bestimmten, wann man sich setzte und wann man stehen blieb. Er war außerdem unsicher, wie er Dalton ansprechen sollte. Der Farmer hatte erklärt, Momposhe sollte Bruce zu ihm sagen, aber Momposhe hatte die korrekte Anrede für Erwachsene in der Schule gelernt und fühlte sich unwohl dabei, ihn beim Vornamen zu nennen.

Bernase, das Dienstmädchen, ließ ihn ein.

»Hallo, Momposhe«, sagte Dalton.

»Guten Abend, Mr. Bruce«, sagte er.

»Setz dich, setz dich.« Dalton wies auf einen Stuhl. »Tee, mein Junge?«

»Nein danke, Mr. Bruce.«

»Du hast doch nichts dagegen, wenn ich meinen Tee trinke?«

Das war Daltons Art von Humor. Momposhe lächelte und schüttelte den Kopf.

»Nun, würdest du dich dann wenigstens zu mir setzen, während ich meinen Tee trinke?« Er deutete wieder auf den Stuhl.

Momposhe setzte sich.

»Ich habe mit deinem Vater gesprochen«, fuhr Dalton fort.

Momposhes Herz machte einen Satz. Sein Vater hatte ihm nichts davon gesagt. Dieses Gespräch konnte nicht gut werden.

»Wir sind uns einig, dass du nach diesem Schuljahr fortfahren solltest.«

Momposhe runzelte verständnislos die Stirn.

»In einer anderen Schule.« Dalton nippte an seinem Tee. »Nakuru, zunächst einmal.« Momposhes anhaltendes, stummes Staunen bewog ihn zu weiteren Erklärungen. »Danach werden wir sehen, aber nach allem, was ich höre, bist du ein sehr guter Schüler. Mrs. Mitchell hat mir gesagt, du hättest die … die Motivation, weiterzulernen. Sie sagt, du machst dich sehr gut. In Englisch – das weiß ich. Aber auch im Rechnen und in Geschichte und … Na ja, du bist in fast allem der Klassenbeste.«

Momposhe nickte, und allmählich ging ihm auf, dass Dalton ihm seine Zukunft darlegte.

»Was sagst du dazu?« Dalton richtete sich auf, zufrieden mit sich selbst. Er faltete seine Hände wie zu einem Hut zusammen, legte sie sich auf den Kopf, lehnte sich auf seinem Stuhl weit zurück und schlug ein Bein über das andere.

Momposhe wurde es plötzlich sehr warm. Unangenehm warm. Der schwarze Eisenherd schien eine unglaubliche Hitze auszustrahlen. Es fiel ihm schwer, seine Gefühle zu beherrschen. Dalton hatte eben einen Traum beschrieben, an den Momposhe kaum zu denken gewagt hatte. Er hatte dem Ende des Schuljahrs sehr bedrückt entgegengesehen, denn er wusste, dass ihm die wunderbare Welt, von der Mrs. Mitchell ihm während des vergangenen Jahres ein kleines Stück gezeigt hatte, dann wieder weggenommen würde. Das machte ihn traurig und verzweifelt. In einer Ecke seines Geistes war ein Licht entzündet worden, und er fürchtete sich vor der Dunkelheit, die sich darin ausbreiten würde, wenn er nicht weiterlernen konnte.

Doch obwohl Daltons Vorschlag für ihn einen Traum wahr werden ließ, ängstigte ihn die Vorstellung, die Farm zu verlassen. Das war ein weiterer Schritt – und diesmal ein gewaltiger Schritt – fort von seinen Massai-Wurzeln. Seit jenem ersten Sprung, da er beschlossen hatte, mit seinem Vater den *enkang* und das einzige Leben, das er bis dahin kannte, zu verlassen, hatte er noch viele kleine Schritte getan. Seither hatte er jeden Tag ein wenig mehr über die Gebräuche der Weißen gelernt und ein wenig mehr von seinen Erinnerungen an sein altes Zuhause verloren. Nahm er denn je eine Kalebasse voll Milch, goss das frische, warme Blut eines Ochsen hinein, rührte mit einem Zweig darin, um alles flüssig zu halten und die geronnen Fäden zu entfernen, um dann genüsslich zu trinken? Er konnte sich kaum daran erinnern, so etwas je getan zu haben, aber das Wissen, dass es in jener fernen Zeit an jenem fernen Ort fast täglich geschehen war, erstaunte ihn. War er denn sicher, dass er das Ziel seiner gesamten Kindheit, ein Krieger, ein *moran* zu werden, aufgeben wollte?

Ein besorgter Ausdruck huschte über Daltons Gesicht, als Momposhe keine Reaktion auf seinen Vorschlag zeigte. »Was ist, Junge? Hast du gar nichts dazu zu sagen?«

Momposhe beeilte sich, seine Gedanken zu ordnen. »Was kann ich in Nakuru lernen, Mr. Bruce?«

Dalton beugte sich vor und kratzte sich am Kopf. »In Nakuru? Also …« Er nippte an seinem Tee. »Ich nehme an, dass es dort, äh … fortgeschrittenen Unterricht gibt. Ja, das ist es – Stunden so ähnlich wie Mrs. Mitchells Unterricht, aber eben … äh, fortgeschritten.«

»Werde ich etwas über England und Schottland und andere Teile der Welt lernen?«

»Sicherlich. Das ist Geographie. Das wird dort ganz bestimmt unterrichtet.«

»Und wie die Engländer ihre Gesetze machen und ihr Volk zusammenhalten?«

»Gesetze und Regierung und so etwas … Also, da bin ich nicht ganz sicher. Greifen wir den Dingen nicht so weit voraus, Momposhe. Das klingt eher nach einer Universität als nach der Nakuru General School.«

»Ist eine Universität der Ort, wo Leute all die wichtigen Dinge lernen?« Nun wurde ihm klar, dass es ein höheres Zentrum der Gelehrsamkeit geben musste, denn auch die Ältesten der Massai versammelten sich an einem Ort, um wichtige Angelegenheiten zu besprechen.

»Das stimmt, aber ehe du es so eilig hast, an die Universität in Mombasa oder wo auch immer zu kommen – du hast meine Frage zu Nakuru noch nicht beantwortet. Möchtest du nach diesem Schuljahr weitermachen oder nicht?«

Momposhe strahlte über das ganze Gesicht. »Oh, Mr. Bruce. Mehr als alles andere.«

Jessie war bereits müde gewesen, doch als sie die Stimme ihres Vaters durch ihre Schlafzimmertür gehört und gemerkt hatte, dass er mit Momposhe sprach, war sie leise aus dem Bett gestiegen und hatte sich an die Tür gesetzt, um zu lauschen.

Momposhe würde also die Farm verlassen und jeden Schultag in Nakuru sein. Bis zu diesem Augenblick war ihr gar nicht klar gewesen, wie schön sie es fand, dass der Massai-Junge da war. Reumütig gestand sie sich ein, wie gemein, selbstsüchtig und grausam sie zu ihm gewesen war. Er hingegen war sehr, sehr duldsam gewesen und hatte einfach über ihre Wutausbrüche und ihr unschönes Benehmen hinweggesehen.

Sie kroch wieder ins Bett und rollte sich zu einer Kugel zusammen. Sie ermahnte sich, nicht zu weinen. Schließlich würde sie nicht schlechter dran sein als vor zwei Jahren, ehe Momposhe und sein Vater hier erschienen waren. Sie würde immer noch Wonder haben, ihren großen, treuen Hund, und an den Schultagen sah sie ja die anderen Kinder in Londiani. Außerdem nahm sie an, dass Momposhe am Wochenende nach Hause kommen würde – weshalb hatte sie dann solche Angst, ihn zu verlieren?

Jessie war sich nur vage bewusst, dass ihre Beziehung zu Momposhe sich während der vergangenen zwei Jahre sehr verändert hatte. Als er in ihr Leben getreten war, hatte er die Rolle eines kleinen Bruders übernommen – jemand, dem sie fast alles über das Leben auf der Farm und das Benehmen in der Schule beibrachte. Aber in den letzten Monaten war er zu Jessies Schutzengel geworden, der stets irgendwo in der Nähe war, zu einem großen Bruder, der sich über ihre Erfolge freute und eher traurig war als zornig, wenn sie sich ihm gegenüber schlecht benahm. Dass Jessie diese Umkehrung nicht bewusst geworden war, bewies einmal mehr Momposhes große Persönlichkeit. Er bewegte sich mit Leichtigkeit zwischen den Rollen des großen Bruders und Tutors, des Freundes und des Autokraten hin und her, ohne dass Jessie es überhaupt merkte.

Sie schlief ein und träumte von einem Schulzimmer – nicht von dem in Londiani, sondern von einem sehr wichtigen Schulzimmer mit vielen Reihen großer Bücher und einem riesigen Globus, der auf dem Podest neben dem Lehrertisch um seine Achse kreiste. Als sie genauer hinsah, saß an der Stelle des Lehrers ihr Hund Wonder. Er sah sie sabbernd und mit seinem üblichen breiten Grinsen an und deutete auf den Globus, der nun stehen geblieben war und Momposhes lächelndes Gesicht zeigte.

Dalton sah zu, wie Jessie mit wehendem honigblondem Haar auf ihrer Stute über den Hof galoppierte, ihr riesiger gelber Hund war ihr dicht auf den Fersen. Verwundert schüttelte er den Kopf. Seit drei Wochen ging Momposhe nun auf die neue Schule – und seine Tochter war seitdem nur trübselig herumgesessen und hatte sich kaum zum Essen aufgerafft. Jetzt plötzlich war sie wieder ihr altes, lebhaftes Selbst und dachte offenbar kaum noch an ihren verlorenen Gefährten zurück.

Sie glitt vom Pferd, rannte zum Tor, öffnete es und kraulte kurz ihren Hund hinter den Ohren. Dann sprang sie wieder aufs Pferd, und mit einem Klaps auf dessen Kruppe jagte sie über das sacht schwankende Gras.

Dalton öffnete den Mund, um ihr nachzurufen, sie solle das Tor schließen, erkannte aber dann, dass er sich den Atem sparen konnte. Er hatte seine Tochter so oft ermahnt, das Hoftor zu schließen, aber das hatte nie etwas genützt. Wenn es um Regeln ging, hatte Jessie ihre eigene Einstellung: Sie akzeptierte diese nur, wenn sie einen guten Grund für die Regel sah. In diesem Fall dachte sie sich wohl, dass sie selten Vieh im Pferch beim Haus hatten, das Tor also ebenso gut offen bleiben konnte, und so tat sie, was ihr gefiel.

Er ging über den Hof, schloss das Tor und legte den Riegel wieder vor. Jessie war nur noch eine ferne, kleine Gestalt auf einem grasbewachsenen Hügel. Noch ein Augenblick, dann würde sie ganz verschwunden sein. Sie hatte sich ihre .22er Enfield über die Schulter gehängt, also war sie vermutlich zu einer ihrer Jagdexpeditionen aufgebrochen. Er lächelte. Im Umkreis von Meilen war kein Ducker oder Dikdik mehr sicher.

Wieder einmal zweifelte er an seiner Entscheidung, Jessie das Jagen zu erlauben. Wenn sie ein Junge gewesen wäre, hätte er gar nicht darüber nachzudenken brauchen, aber ein Mädchen … Er fragte sich, was Marie davon halten würde, dass ihre achtjährige Tochter stundenlang in den Hügeln umherstreifte. Er konnte beinahe ihre liebliche Stimme hören, die ihn beruhigte.

Du bist ein liebevoller Vater, Bruce.

Ich tue mein Bestes, aber ich mache mir Gedanken, ob sie wirklich jagen sollte.

Ich weiß, mein Liebling.

Sie war schon immer ein eigensinniges Mädchen, Marie.

Ich weiß.

Sehr eigensinnig, sogar stur. Wenn ich ihr das Jagen verbieten würde, würde sie es vermutlich trotzdem tun.

Schon möglich. Vielleicht sollte sie bei Bernase in der Küche sein und lernen, einfache Gerichte zu kochen.

Aber Dalton wusste, dass seine Tochter sich nicht fürs Kochen interessierte oder für sonst irgendetwas, das Mädchen in ihrem Alter so taten. Er glaubte, wenn Jessie eine Schwester gehabt hätte, wäre sie vielleicht eher zu passenderen Beschäftigungen zu überreden.

Wieder spürte er den scharfen Schmerz, als er an seine törichte Entscheidung dachte, seine geliebte, zarte Frau an einen so gefährlichen, verseuchten Ort wie die Küste von Britisch-Ostafrika zu bringen. Wenn sie in Goa geblieben wären, hätte Jessie jetzt sicher viele Geschwister, und Marie wäre noch bei ihnen. Aus langer Erfahrung wusste er, dass solche Gedanken ihn bald in die Depression treiben würden, deshalb richtete er sie mit einiger Mühe wieder auf seine Tochter.

Jessie war wie ein halb gezähmtes Äffchen. Sie benahm sich anständig – wie er es ihr beigebracht hatte –, bis ihre Laune umschlug, und dann, aus irgendeinem unerklärlichen Grund, tat sie die ungeheuerlichsten Dinge.

Ach, Marie. Ich bin so unsicher, was ich mit ihr machen soll. Soll ich sie zwingen, fleißiger zu lernen? Soll ich sie in Kleider stecken, obwohl sie sie hasst? Soll ich darauf bestehen, dass sie Kochen und Nähen lernt? Manchmal wächst mir alles über den Kopf, Liebste. Ich mache mir Sorgen.

Natürlich, mein Liebling. Aber du kannst nur dein Bestes tun. Du brauchst kein perfekter Vater zu sein. Nur ein guter Vater. Und das bist du. Letzten Endes ist es Jessie selbst, die ihr Glück finden muss. Wir können nur beten, dass es ihr gelingt.

Kapitel 21

Die zwei Wochen nach Archies Abreise waren für Grogan besonders schwierig. Er vermutete, dass es ihm umso schlechter ging, weil er allein litt. Und dass Archie den Großteil seiner achthundert Meilen weiten Reise relativ bequem per Bahn und Schiff zurücklegen würde, heiterte ihn auch nicht auf.

Grogan reiste nun mit einer stark verkleinerten Karawane: zwanzig seiner ursprünglichen Watonga, darunter Makanjira und Zowanji, zwei bewaffnete Waruanda, ein Dutzend Manjema, die im Gefängnis von Fort Portal gesessen hatten, als seine Manjema-Träger sich verabschiedet hatten, und der Küchenjunge aus Ujiji. Er hatte vor, in Wadelai mehr Leute anzuheuern, sobald die Vorräte eintrafen, die Archie ihm von Kampala aus schicken würde.

Sie durchquerten das Semliki-Marschland, wo das Gras über zehn Fuß hoch wuchs und eine verwobene Wand bildete, so zäh wie Peitschenschnüre, mit kleinen Stacheln, die sich leicht lösten und die Haut fürchterlich reizten. Dieses Marschland war die Heimat von gewaltigen Elefantenherden, die sie in der Nähe trompeten hörten; aber während der vielen Tage, die sie im klaustrophobischen Griff des hohen Grases verbrachten, blieben die Tiere für sie unsichtbar. Die zwei Fuß tiefen Abdrücke der Elefantenfüße unterhalb der Wasseroberfläche wirkten wie Fallen, denn es kostete ungeheure Anstrengung, die Füße wieder herauszuziehen. Ebenso verborgen lauerten

Krokodile und reizbare Nilpferde. Grogan war gezwungen, mehrere Exemplare aus nächster Nähe zu erschießen.

Wesentlich mehr machten ihm die Wolken von Moskitos zu schaffen, die sie Tag und Nacht belästigten. Grogans Gesicht schwoll an von ihren zahllosen Stichen. Er lief beim Essen auf und ab, um nicht so viele von ihnen zu verschlucken. Nachts beschwerte er den Saum seines Moskitonetzes mit schweren Gegenständen und erschlug alle, die mit ihm darunter gefangen waren, bevor er sich zur Ruhe legte. Doch noch ehe er eingeschlafen war, hörte er unweigerlich das Schwirren von Flügeln, und wenn er dann eine Kerze anzündete, fand er Hunderte von Moskitos mit ihm im Netz. Wenn es noch Tausende mehr gewesen wären, hätte das auch keinen Unterschied gemacht, denn es gab kein Fleckchen auf seiner Haut mehr, das nicht von der bösartigsten Sorte besetzt war – die kleine, schwarze Art, die offenbar auch durch das feine Netz schlüpfen konnte.

Ihre Vorräte gingen zur Neige, während das schwierige Terrain die Tage auffraß. Grogan stellte zu seinem Entsetzen fest, dass er seine letzte Kerze aufgebraucht hatte, und die Abende wurden sogar noch ungemütlicher ohne den Trost eines guten Buches. Das Sumpfwasser hatte seine Füße zu grauem Mulch werden lassen, und seine Stiefel waren kurz davor, auseinanderzufallen; er musste sie jeden Morgen reparieren und sie mit einer Schnur zusammenbinden.

Nach sieben Tagen entkamen sie den Marschen und fanden ein von Dürre gebleichtes Land vor. Die Mais- und Hirsefelder der ansässigen Wanyoro waren verdorrt und die Menschen am Verhungern. Grogan erlegte drei Nilpferde, um ihnen Fleisch zu beschaffen.

Die Wanyoro kamen von überall her zusammengelaufen, um sich ihren Anteil Fleisch zu holen und zu erfahren, wie es dem weißen Mann möglich war, so viel Essen herbeizuschaffen. Makanjira wurde zu einer lokalen Berühmtheit, indem er die Enfield .303 hochhielt und erklärte, wie das Gewehr funktionierte. Die Leute drängten Grogan zu einer Demonstration, und er erlegte zwei Gazellen auf etwa vierhundert Schritt. Augenblicklich breitete sich eine unheimliche Stille über sein Publikum. Ein besonders mutiger Wanyoro trat vor und deutete auf ein paar Pünktchen auf einem Hügel in drei Meilen Entfernung. Er erklärte Grogan, das seien Gnus, und bat ihn, eines zu schießen, um zu zeigen, wie weit die tödliche Kraft des Gewehrs reichte.

Grogan sagte, das sei unmöglich, und die Menge zerstreute sich niedergeschlagen. Später erfuhr er, dass Makanjira geprahlt hatte, die Waffe sei in der Lage, aus fünf Meilen Entfernung einen Elefanten zu erlegen.

Fort Wadelai erhob sich aus dem weiten, flachen, dampfenden Wasser des Flussufers wie ein Phönix aus der Asche. Grogan, der schon zu oft falschen Alarm erlebt hatte, wenn ein Ort erschien und das Trugbild sich ebenso rasch in der flimmernden Hitze wieder auflöste, zügelte seine Erregung, bis die Karawane schon fast den Rand der Siedlung erreicht hatte.

Als er überzeugt war, dass die Stadt wirklich da war, wurde er sich seines zerlumpten Äußeren peinlich bewusst. Häuptling Ngenzi und seine diebischen Watussi hatten seine Garderobe erbärmlich dezimiert. Seine Hosenbeine waren zerfetzt. Von dem Paar Gamaschen, das den Diebstahl überstanden hatte, war nur noch eine übrig; die andere steckte irgendwo in einem Elefantenfuß-Loch im Semliki-Marschland. Mit Ausnahme seines besonders breitkrempigen *terai*, den er für unerlässlich hielt, um sich vor der schlimmsten Einwirkung der Sonne zu schützen, war er völlig zerlumpt und schmutzig.

Er versuchte, sein zerfetztes Hemd halbwegs ordentlich zurechtzurücken, aber es nützte nichts. Die Hemdzipfel ließen sich unter den Hosenbund klemmen, aber die Ärmel flatterten wie schmuddelige Bootsflaggen. Seine Hose war von hundert Ästen und tausend Dornbüschen und Ranken zerfetzt worden. Das galt auch für seine Haut, denn als sie ein Stück des Wegs in Kanus auf dem Albertsee zurückgelegt hatten, hatte er versucht, seine arg mitgenommene Garderobe zu schonen, indem er alles bis auf die Hose ablegte. Der daraus resultierende Sonnenbrand mit anschließender Häutung hatte bei seinen Trägern für großes Erstaunen gesorgt.

15. Oktober 1899. Fort Wadelai

Welch eine Freude, wieder einen Weißen zu sehen! Wenn ich so darüber nachdenke, fürchte ich, dass ich Lieutenant Cape, Regular Army, mit meiner enthusiastischen Begrüßung etwas erschreckt haben könnte. Aber es ist sehr lange her, seit ich Gelegenheit hatte, mich mit einem Europäer zu unterhalten, von einem Engländer ganz zu schweigen, und so war ich ein wenig überwältigt. Meine Freude wurde rasch von der Neuigkeit getrübt, dass die Vorräte, die Archie mir geschickt hatte, noch nicht eingetroffen waren. Nur ein Brief von ihm war da, mit der Bestätigung, dass er die Lieferung in Auftrag gegeben habe, und den Einzelheiten, wie dem Datum, an dem die Lieferung hinausgehen sollte.

Lieutenant Cape erklärte, sie hätten seit Monaten keinen Nachschub mehr bekommen, weil die schwere Dürre das ganze Land betroffen habe; er selbst habe kaum noch Nahrungsvorräte. Er merkte an, dass meine Ausrüstung womöglich gestohlen worden sei. An eine solche Katastrophe darf ich gar nicht denken, und ich habe beschlossen, hier auf die Lieferung zu warten.

Statt einem dicken Bündel Post erhielt ich nur ein paar Briefe. Zum Glück waren drei von Gertrude dabei, und wie sie hierhergekommen sein mochten, versetzte mich wieder einmal in Erstaunen.
Cape und ich beschlossen, im Acholiland etwas Essbares zu erjagen. Hier war reichlich Wild vorhanden, und gleich den ersten Tag beendeten wir mit mehreren Seiten Fleisch, die wir salzten und zum Fort zurückbringen ließen. Wir jagten nicht nur für den Topf, sondern erlegten auch vier Nashörner und einen guten Elefanten mit Stoßzähnen von 71 und 61 Pfund.
Die Warterei auf Archies Lieferung ist sehr ärgerlich. Ich bin hin- und hergerissen zwischen dem dringenden Bedarf an Vorräten und meinem ebenso dringenden Wunsch, von hier fortzukommen und meine Reise so schnell wie möglich zu beenden. Ich muss mich in Geduld üben, denn ohne richtige Ausrüstung wäre es tödlich, einfach weiterzumarschieren.
Die vergangenen Tage waren eine wahre Prüfung. Das Fieber kommt und geht. Es tobt stundenlang in meinem Körper wie ein Lauffeuer in der trockenen Savanne, so dass ich jegliches Gefühl für Zeit und Raum verliere. Dann habe ich wieder geistig klare Phasen, aber überhaupt keine Energie, und ich sitze stundenlang da und starre auf den Albert-Nil, der unerbittlich gen Norden strömt.
Gondokoro ist der nächste (und letzte) Posten, an dem ich Post erhalten könnte, doch von dort kann ich möglicherweise einen Dampfer nehmen, vielleicht sogar bis nach Kairo.
Ein Dampfer von Gondokoro aus würde bedeuten, dass das Ziel beinahe schon in Sicht ist.

Nachdem Grogan vier Wochen lang auf seine Vorräte gewartet hatte, beschloss er, weiterzureisen, mit noch weniger Gepäck und daher schneller. Die lange und schließlich doch sinnlose Verzögerung hatte in ihm den irrationalen, manchmal gar verzweifelten Drang ausgelöst, nach Hause zu kommen.

Er entließ seine restlichen Majema-Träger mit der ausdrücklichen Anweisung, über Kampala nach Hause zu reisen, denn die direkte Route konnte sie das Leben kosten.

Seine Mannschaft, bestehend aus acht Leuten – seinen fünf getreuen Watonga, dem Jungen aus Ujiji und zwei Waruanda-*askari* –, ruderte in fünf Kanus auf den Albert-Nil hinaus. Dank der flotten Strömung kamen sie gut voran, obwohl ihnen gleich zu Anfang mehrmals riesige schwimmende Inseln aus Papyrus-Gras den Weg versperrten und sie zwangen, auf die Inseln zu klettern und ihre Kanus darüberzuschleifen, um ihre Reise auf der anderen Seite fortzusetzen.

Nilpferde waren ein ständiges Problem, denn sie drohten ihre Boote umzukippen. Ein besonders beharrlicher, streitlustiger Bulle verfolgte sie über eine halbe Meile weit, bis ein Schuss aus Grogans Revolver ihn davon überzeugte, diese Beute besser ziehen zu lassen.

Abgesehen davon, dass er auf Nilpferde achten musste, begann Grogan sich zu entspannen und zu glauben, dass nun eine ruhige Phase in seinem gewaltigen Treck angebrochen war, wie es sich für die Schlussetappe auf dem Albert-Nil geziemte, der breit, stetig und würdevoll gen Norden strömte. Er würde ihn und seine kleine Karawane achtzig Meilen weit bis Dufilé bringen. Jenseits von Dufilé lag der Bahr al-Dschabal, der Weiße Nil, der sich mit seinem Bruder, dem Blauen Nil, vereinigen würde, um dann die letzten zweitausend Meilen bis zum Mittelmeer zurückzulegen. Er konnte den starken, bitteren Kaffee in Kairo schon beinahe riechen.

Grogan wagte nun endlich, von Gertrude zu träumen, von London und einem kalten Christfest zu Hause.

Kapitel 22

Gondokoro stand auf einer Anhöhe oberhalb des Flusses. Grogan konnte das Fort schon sehen, mit einer weißen Befestigungsmauer und dem Union Jack, der schlaff an einem Fahnenmast über dem Tor hing. Er versuchte, seinen Schritt zu beschleunigen, doch seine schmerzende Leber ließ das nicht zu. Er versuchte, den Schmerz zu lindern, indem er eine Hand auf die Stelle drückte, doch das half nichts. Schließlich erreichte er das Fort und fand den Kommandeur in dessen kleiner, heißer Amtsstube vor. Der große, hagere Captain mittleren Alters war begierig darauf, die letzten Neuigkeiten mit Grogan auszutauschen.

»Wirklich, Captain Dugmore, Sie sind über den Stand der Dinge in der Welt gewiss besser informiert als ich«, wehrte Grogan ab. »Meine letzten Neuigkeiten sind aus Wadelai. Und dort waren sie schon drei Wochen alt.«

»Drei Wochen! Die erhalten ihre Nachrichten aus Uganda, nehme ich an. Wir müssen auf den verfluchten Dampfer aus Bohr warten. Bisher hatten wir kein Glück.«

»Der Dampfer? Wo ist der Dampfer?«

»Das wüsste ich auch gern. Hab' den alten Kahn schon seit Wochen nicht mehr gesehen, seit Monaten, um genau zu sein.«

»Was ist denn damit passiert?«

»Wer weiß? Vermutlich steckt er im Sudd fest.« Grogans Gesichtsausdruck sagte dem Captain, dass der Neuankömmling noch nichts vom Sudd wusste. »Das ist ein Sumpf, Mr. Grogan. Der größte Sumpf, den Sie sich vorstellen können. Hunderte, nein, Tausende Quadratmeilen groß. Ich glaube, niemand weiß genau, wie groß er tatsächlich ist. Der Nil umschließt ihn oder fließt durch den Sudd hindurch, meistens scheint er eher darin zu verschwinden. Eine schwimmende Wand aus Papyrus, so dick, dass ein Elefant darauf tanzen kann, und so stark, dass große Flussdampfer darin stecken bleiben.«

Grogan sank auf den Stuhl, den er eben noch höflich abgelehnt hatte. Der Captain nahm hinter seinem Schreibtisch Platz. »Stimmt etwas nicht, Mr. Grogan?«

Grogan starrte ihn an. *Stimmt etwas nicht?* Wie konnte der Mann eine derart dumme Frage stellen? Das gerötete Gesicht des Captains war der Inbegriff der Unschuld. Obwohl er nicht älter als vierzig Jahre sein konnte, zeigte seine Haut bereits den Schaden, den das Leben unter der erbarmungslosen Sonne hier anrichten konnte. Seine Lippen waren rissig, die Haut an der Stirn schälte sich leicht. Von seinen Ohren fehlten ganze Stückchen. Er hatte einen Sonnenbrand, der in jüngster Zeit entstanden sein musste, vielleicht bei einer langen Expedition an den äußersten Rand der bekannten Welt. Dugmore war ein Mann, der an unregelmäßige Postzustellung gewöhnt war, aber Grogan, der inzwischen so davon besessen war, endlich sein Ziel zu erreichen, empfand jede Neuigkeit aus der Heimat als Rettungsleine, die ihn durch die restlichen weiten Wasser zog.

»Die Post«, krächzte er. »Es ist keine Post da?«

Captain Dugmore schüttelte den Kopf. »Habe schon seit Monaten keine mehr bekommen.«

»Und es gibt kein anderes Schiff, das uns flussabwärts bringen kann?«

»Ich fürchte, nein. Nicht, bis die *Kenia* zurückkommt. Könnte Wochen dauern.«

Grogan erhob sich, und der Schmerz stach wieder zu. Er schob eine Hand unter den Gürtel und presste sie auf seine Leber, um den Schmerz zu lindern. Er brauchte Luft – die klaustrophobische Atmosphäre in Dugmores kleinem Büro schien ihn auf einmal zu ersticken.

Draußen war es kaum besser. Er atmete tief durch, füllte seine Lunge mit dem Duft des Flusses – dem kompakten Matsch, der verrottenden Vegetation, dem ekelhaft süßlichen Gestank trocknender Fische auf den Gestellen am Ufer. Grogan war ein Mann, der in jeder schlechten Neuigkeit etwas Positives suchte und es meist auch fand; aber angesichts einer so niederschmetternden Enttäuschung gab es nichts, was ihm ein wenig Hoffnung versprochen hätte.

Der Fluss zog unerbittlich gen Norden nach Kairo, doch flussabwärts von hier wartete ein gewaltiges Papyrus-Labyrinth darauf, ihn wie eine Fliege im Spinnennetz zu fangen.

29. November. Redjaf

Schwierige Zeiten fordern schwierige Entscheidungen. Gestern Abend hat Captain Dugmore mir Captain Henri vorgestellt, den belgischen Kommandanten, der ein Stück flussabwärts von Gondokoro stationiert war.

Henri und ich verbrachten einen geselligen Abend miteinander, geprägt durch eine wahrhaft bemerkenswerte Auswahl von Wein und Spirituosen. Im Lauf des Abends bot der belgische Captain mir eine Passage gen Norden nach Bohr an, wo sein Dampfschiff sich an der Suche nach dem britischen Dampfer beteiligen sollte, der in Gondokoro seit vier Monaten vermisst wurde, ebenso wie der belgische Raddampfer, der ihn begleitet hatte. Er versprach mir außerdem, mir bei der Suche nach einer weiteren Verbindung gen Norden zu helfen, denn falls der Fluss schiffbar ist, kann ich von Bohr aus weiter dem Weißen Nil – oder Bahr al-Dschabal, wie man ihn hierzulande nennt – zum Nil und letztlich bis nach Kairo folgen.

Diese Großzügigkeit stellte mich vor eine sehr schwierige Entscheidung. Wie konnte ich Unterstützung von ebenjenem Land annehmen, das Großbritannien vor wenigen Jahren beinahe Teile des Sudans entrissen hätte? Andererseits hätte eine Ablehnung bedeutet, monatelang in dieser Hölle warten oder gar versuchen zu müssen, ihr zu Fuß zu entkommen. Mein Stolz rang mit der Notwendigkeit.

Was auch immer daraus werden mag, ich habe beschlossen, dass wir Redjaf in wenigen Tagen verlassen werden. Gezwungenermaßen an Bord eines belgischen Schiffes.

Mein Leberabszess ist schlimmer geworden. Ich kann nicht gehen, ohne entsetzliche Schmerzen zu leiden. Meine Hast, das Mittelmeer zu erreichen, entspringt nicht mehr nur meiner Ungeduld, bald nach Hause zu kommen – es könnte dabei um Leben und Tod gehen.

Grogan und seine acht Männer saßen an Bord eines belgischen Raddampfers, der sich durch ein endloses Meer aus Papyrus stromabwärts schob. Er hatte Papyrus schon einmal gesehen, bei einem Besuch in Kew Gardens an einem kühlen Herbsttag. Es war ein ansehnliches Exemplar mit mehreren imposanten, hohen Stengeln und einem kleinen Schirm zarter, grüner Wedel darauf. Im blassen Licht, das es durch das Dach des Glashauses nach drinnen schaffte, wirkte der Papyrus so zart, als könnte er sich kaum aufrecht halten. Doch in unzähligen Millionen Stengeln am Ufer des Weißen Nils und in den riesigen schwimmenden Inseln, die ihnen den Weg versperrten, bildete der Papyrus eine beklemmende, lebende Masse, die das Boot und alle Mann darauf einzukreisen und zu verschlingen drohte. Selten einmal fuhren sie auf eine Lichtung hinaus – eine kleine Lücke im endlosen Grün –, und auch dann war der Papyrus noch da; er stand am Horizont wie ein wachsamer Feind, der seine Reihen formiert, um zum Angriff überzugehen.

Doch trotz der erdrückenden Hitze, der blutsaugenden Moskitos und des Papyrus-Meers konnte Grogan sich endlich vollständig von den Strapazen seines Marschs erholen. Der Zustand seiner Leber besserte sich während der Wochen an Bord, und abgesehen von ein wenig Fieber fühlte er sich so gut wie seit Monaten nicht mehr.

Makanjira wich ihm während der Fieberschübe kaum von der Seite. Er war ständig in der Nähe wie ein Schutzengel, mit frischem Wasser oder Tabak für seine Pfeife. Als sich Grogan besser fühlte, ging ihm die ständige Aufmerksamkeit seines Trägerführers allmählich auf die Nerven, doch der Mann ließ sich nicht davon abbringen, ihn zu versorgen.

»Nur wenig, wenig, *Uyaba*«, mahnte er, als Grogan sich an einem Mund voll Wasser verschluckte.

»Ja, Makanjira, ich verstehe schon.«

»Und, *Uyaba*«, sagte Makanjira und sah ihn ernst an. »Du musst aufpassen. Viel Ruhe nehmen.«

»Ja, Makanjira. Sei nicht so eine Glucke.«

Makanjira nickte stirnrunzelnd. »Was ist Glucke, *Uyaba?*«, fragte er nach kurzer Überlegung.

»Ein alberner Vogel.«

Makanjira nickte erneut und dachte über diese Information nach.

»Und was heißt *Uyaba?*«, fragte Grogan, dem überrascht klar wurde, dass er seit fast zwei Jahren so genannt wurde, aber irgendwie nie dazu gekommen war, nach dem Wort zu fragen.

Makanjira nickte, wie er es immer tat, wenn er die Frage verstand, aber nicht ohne weiteres eine englische Antwort formulieren konnte. »*Uyaba ist uyaba*«, versuchte er es. Als er merkte, dass das nicht genügte, fuhr er fort: »*Uyaba*, du bist Löwe. Der Anführer von diesem Rudel.« Er wies auf die Karawane. »Und wir folgen.«

23. Dezember. Bohr

Wir haben endlich Bohr erreicht – ein Paradies der Malaria, des Elends und der Moskitos – über Kero, eine heulende Ödnis inmitten endloser, wilder Sümpfe. Wieder einmal musste ich mir niederschmetternde Nachrichten anhören. Der Sudd ist blockiert. Alle drei Passagen sind unpassierbar, weil dieses Jahr der große Regen ausgeblieben ist, der sonst die Papyrus-Inseln und andere wuchernde Vegetation flussabwärts schwemmt.

Entmutigt von dieser Neuigkeit, bin ich dennoch entschlossen, den Nil zu Fuß herauszufordern.

Kapitel 23

Der Butler führte Archie einen breiten, mit Teppichen ausgelegten Flur entlang in einen eleganten Salon. Ein Feuer flackerte im Kamin unter einem Sims, auf dem ein großer Spiegel in einem vergoldeten Rahmen stand. Zarte Vorhänge verschleierten die Aussicht auf den St. James's Square, erlaubten aber dem blassen winterlichen Licht, die satten Farben des Raums zu beleben.

Die junge Frau, die sich erhob, als er eintrat, und ihm mit ausgestreckter Hand entgegenkam, war mindestens so elegant wie das Dekor, und ihr Lächeln überstrahlte es bei weitem.

»Mr. Battersby? Wie schön, dass Sie gekommen sind.«

»Miss Watt. Es ist mir ein Vergnügen.«

»Bitte, nennen Sie mich Gertrude. Wir leben schon so lange in Kalifornien, dass wir all diese Förmlichkeit vergessen haben. Nun, ich zumindest. Bitte, möchten Sie sich nicht setzen?«

Archie bedankte sich und ließ sich auf dem hübschen georgianischen Sessel ihr gegenüber nieder.

Gertrude Watt war nicht die hinreißende Schönheit, als die er sich Ewart Grogans Verlobte vorgestellt hatte. Sie war charmant, ja, sie hatte ein bezauberndes Lächeln und angenehme Gesichtszüge, aber man hätte sie wohl eher als hübsch bezeichnet, obwohl das wiederum zu grob für eine so elegante Frau wäre. Sie war auch keineswegs die steife alte Jungfer, wie ihr Alter von vierundzwanzig Jahren vermuten lassen könnte. Und ebenso wenig war sie von der einfältigen Sorte, »Papas kleines Mädchen«, als das sich so viele junge Frauen aus wohlhabenden Familien heutzutage gern gaben.

Während sie höfliche Konversation machten, ehe sie sich Ewarts Situation zuwandten, wurde ihm klar, was diese Frau an sich hatte, das Grogan so faszinierte. Gertrude war eine aufgeweckte Person, die sich nicht scheute, eine eigene Meinung zu allen möglichen Angelegenheiten zu äußern, doch sie tat das auf eine einnehmende, entwaffnende Art, ohne je über die Grenzen der Höflichkeit hinaus auf ihrem Standpunkt zu beharren. Er konnte sich vorstellen, dass Ewart – der sich ebenfalls bei keiner Diskussion zurückhielt – in Miss Watt eine ihm ebenbürtige Gesprächspartnerin gefunden hatte, ganz gleich, um welches Thema es ging. Archie erlaubte sich nicht, allzu ausgiebig darüber nachzudenken, doch er vermutete, dass sie auch im Bett die richtige Partnerin für Grogan sein mochte, so lebhaft war ihre Persönlichkeit.

»Und wann sind Sie in London angekommen, Mr. Battersby?«

»Erst vor zwei Wochen. Ich bin noch damit beschäftigt, mir wieder einen Haushalt aufzubauen, in der Nähe des Regents Park.«

Gertrude nickte und verfiel in Schweigen.

Archie sagte: »Ich nehme an, Sie haben mich eingeladen, um Neuigkeiten über Ewart zu erfahren, Miss Watt.«

Sie bedurfte keiner weiteren Ermunterung. »Wie ging es ihm, als Sie ihn zuletzt gesehen haben, Mr. Battersby?«, fragte sie und beugte sich auf dem Sofa vor.

»Es ging ihm recht gut.«

»Ich weiß, oder vielmehr, er hat mir geschrieben, dass er unter Fieberschüben leidet. Soweit ich weiß, erging es Ihnen ebenso.«

»Ja, wir haben hin und wieder darunter gelitten. Das ist ganz normal, fürchte ich.«

»Er hat sehr wenig über das andere Leiden geschrieben, das ihn plagte, ehe er London verließ. Ein Problem mit seiner Leber.«

Archie war unsicher, wie viel er ihr enthüllen sollte, denn Grogan selbst gehörte nicht zu dem Menschen, die aus ihren Problemen eine große Sache machten. »Ach, ich denke, das macht ihm ab und zu noch ein wenig zu schaffen. Aber ansonsten geht es ihm recht gut. Sehr gut sogar.«

»Ach, Sie ahnen ja nicht, welch eine Erleichterung es für mich ist, das zu hören, Mr. Battersby.«

»Sie sollten sich keine Sorgen machen, Madam. Er schafft das schon, und ehe Sie sich versehen, ist er wieder zu Hause.«

»Das ist meine nächste Sorge. Ich habe seit Monaten nichts mehr von ihm gehört, seit September. Wann werde ich ihn wiedersehen? Zwischen seinen Briefen ist sonst nie so viel Zeit vergangen. Manchmal bekomme ich acht oder zwölf auf einmal, und dann wochenlang keine mehr. Aber nun sind es schon drei Monate.«

»Nicht doch, nicht doch, lassen Sie sich davon nicht so bekümmern. Das ist Afrika, vergessen Sie das nicht. Meistens fand ich es höchst erstaunlich, dass uns überhaupt irgendwelche Post erreicht hat, ganz zu schweigen davon, wie lange die Briefe dann unterwegs gewesen waren.«

Gertrude tupfte sich die Nase mit einem Spitzentaschentuch. »Verzeihung, Mr. Battersby, es ist nur … Seit vier Monaten sitze ich nun hier in London und rechne tagtäglich damit, dass Ewart heimkehren könnte, und das Warten nimmt kein Ende.«

»Ich kann mir vorstellen, wie Sie sich dabei fühlen, liebe Gertrude. Aber es wäre vermutlich besser gewesen, Sie wären zu Hause in Amerika geblieben und hätten dort auf Neuigkeiten gewartet. Die Telegraphen in Kairo werden heißlaufen, sobald er dort eintrifft. Man weiß ja nichts von seinem Abenteuer, niemand weiß etwas, und wenn die Welt davon erfährt, wird es eine Sensation geben. Ihr junger Mann wird in ganz London gefeiert werden, ja, in der ganzen Welt, wenn er Kairo erreicht hat, Sie werden schon sehen.«

Gertrude nickte. »Danke für Ihre ermunternden Worte, Mr. Battersby. Aber mir wäre es lieber, meinen Ewart jetzt hier zu Hause zu haben, als völlig unbekannten Menschen, als einen weiteren Tag lang mit der Unwissenheit leben zu müssen, wo er ist und wie es ihm geht.«

25. Dezember 1899. Bohr

Weihnachten. Wie konnte ich mir nur einbilden, ich würde bis Weihnachten zu Hause sein? Ich habe noch mindestens eintausendfünfhundert Meilen vor mir.

Zum Festtag gab es Fisch, den wir dem Nil mit Hilfe einer Stange Dynamit entlockten.

Während Grogan Träger rekrutierte und Vorräte eintauschte, traf das Versorgungsschiff *Kenia* endlich in Bohr ein, nachdem es fast vier Monate lang versucht hatte, einen Weg durch den Sudd nach Khartum zu finden. Der amerikanische Kapitän, Anvil Mulders, galt als der Mann, der alles wusste, was es über den Nil zu wissen gab, da er den Fluss seit vierzehn Jahren befuhr.

Grogan fand den Kapitän auf der Brücke der *Kenia*. Er war klein und stämmig – aber eher kräftig als fett –, und aus seinem dicken grauen Bart ragte eine übelriechende Zigarre hervor. Er berichtete Grogan, dass der Nil stromabwärts seiner Meinung nach den niedrigsten Wasserstand seit hundertfünfzig Jahren erreicht hatte, aufgrund der schweren Dürre an den Oberläufen. Er sagte, es sei unmöglich, wegen des angestauten Papyrus irgendwo zehn Meilen nördlich von Bohr an Land zu gehen. Er behauptete auch, dass es weiter nördlich nur noch schlimmer würde, und falls Grogan stromabwärts weiterging, bis er auf den Sudd traf, würde er sich durch etwa fünfzig Meilen Papyrus schlagen müssen, ehe er festes Land erreichte.

»Mit anderen Worten, Captain«, sagte Grogan, »ist es vollkommen unmöglich, auf dem Fluss weiter gen Kairo zu reisen.«

»So ist es«, nuschelte Mulders um seine Zigarre herum.

Das war Grogans schlimmster Alptraum. »Was wissen Sie über den Landweg?«, fragte er.

Der Kapitän nahm seine Zigarre aus dem Mund. »Wollen Sie mir etwa sagen, Sie hätten vor, zu Fuß nach Kairo zu gehen, junger Mann?«

»Allerdings, Sir.«

»Dann sind Sie ein verdammter Narr, Sir!«, rief Mulders und steckte sich die Zigarre wieder zwischen die Lippen.

Grogan fuhr unbeeindruckt fort: »Schon möglich, aber Sie haben mir gerade gesagt, dass es keine andere Möglichkeit gibt, also muss ich eben zu Fuß gehen. Sie würden mir einen großen Dienst erweisen, wenn Sie mir sagen würden, was da vor mir liegt.«

Der Kapitän kaute einen Augenblick lang nachdenklich auf seiner Zigarre herum, seufzte dann und sagte: »Wenn Sie so fest entschlossen sind, muss ich es Ihnen wohl sagen. Ich weiß nichts über den Landweg, wie Sie das nennen – den kennt niemand. Aber ich kann Ihnen sagen, was ich über das Land im Allgemeinen weiß, falls Ihnen das weiterhilft.«

Im Lauf der folgenden Stunde beschrieb Mulders den Fluss und die Umgebung, soweit er sie kannte. Er sprach von den verschiedenen Völkern am Flusslauf, wem man trauen konnte und wem nicht. Er informierte Grogan darüber, welche Handelsgüter bei einigen Stämmen sehr gefragt waren, während andere Stämme sie für völlig nutzlos hielten. Schließlich erklärte er Grogan, worauf er achten musste, um zu erkennen, wann er den Sudd hinter sich hatte und sich wieder dem Fluss zuwenden konnte.

»Alle Zuströme des Nils sind bis zur Einmündung brackig und verlaufen in westlicher Richtung. Man nennt sie *khor*. Jenseits des Sudd führen alle *khor* Frischwasser und fließen nach Norden. Wenn Sie diesen Punkt erreicht haben, sind Sie noch vierzig Meilen von einem Ort namens Sobat entfernt, und dort können Sie anfangen, nach einem Schiff für die Weiterreise zu suchen.«

»Und wie weit ist es bis zu diesem Punkt, Captain?«

»Tja, ich kann Ihnen sagen, dass man auf dem Fluss bis dorthin etwa dreihundert Meilen zurücklegt.« Er sah Grogan mit zusammengekniffenen Augen durch eine Wolke Tabakrauch an. »Jetzt haben Sie also eine ungefähre Vorstellung, aber auf dem Fluss brauche ich mir um nichts Sorgen zu machen, außer um die Schwarzen, den Papyrus und die Krokodile. Sie erwartet all das, und noch viel mehr. Ich kann wohl sagen, mein Junge, dass das in Ihrem Fall verflucht lange dreihundert Meilen sein werden.«

Grogan dankte ihm und stand auf, um zu gehen.

Kapitän Mulders nahm seine Zigarre aus dem Mund und spuckte seitlich aufs Deck. Er streckte die Hand aus und musterte Grogan mit den leicht verkniffenen Augen eines Mannes, der Tag für Tag auf dem Fluss Ausschau nach Ärger hielt. »Viel Glück, Mr. Grogan«, sagte er und schüttelte in widerstrebender Bewunderung den Kopf. »Sie sind vielleicht ein verrückter Bastard.«

Belebt von diesen neuen Erkenntnissen, machte Grogan sich ernsthaft daran, Träger zu rekrutieren, doch er fand nur ein paar Männer, die Interesse zeigten, und von diesem erbärmlichen Haufen waren wenige auch nur halbwegs geeignet. Nachdem er bis zum letzten Moment gewartet hatte in der Hoffnung, brauchbarere Bewerber zu finden, traf er seine Auswahl und befahl Makanjira, die Karawane für den sofortigen Aufbruch am folgenden Morgen bereitzumachen.

Im kühlen Licht des Morgengrauens inspizierte er die kurze Reihe und fragte sich, was er sich nur dabei gedacht hatte, diese neuen Träger anzuheuern. Zu seinen Rekruten gehörte ein schäbiges Jüngelchen, kaum einen Meter groß, ein alter ägyptischer Derwisch mit einem lahmen Bein, der im Gefängnis gesessen hatte und unter der Bedingung frei gekommen war, dass er den Ort verlassen würde, und ein Mann, vor dem man ihn gewarnt hatte – er sei verrückt und ein Verbrecher und sollte bei Anbruch der Dunkelheit in Ketten gelegt werden, weil er dazu neige, den Mond anzuheulen und auf äußerst beunruhigende Weise umherzuschleichen.

Seine Karawane bestand also aus achtzehn Mann, darunter natürlich seine zwei Watonga-Gehilfen. Einer der Waruanda war am Fieber gestorben, so dass ihm nur ein Waruanda-*askari* geblieben war, die anderen vier Watonga-Träger, zwei halbwüchsige Jungen, der Wahnsinnige, der lahme Derwisch und der junge Mann aus Kero. Captain Henri hatte seinen Einfluss geltend gemacht und ihm fünf kongolesische *askari* beschafft, die ihm dabei helfen sollten, das Gebiet der feindlichen Dinka zu passieren.

Da er nur so wenige Träger gefunden hatte, war Grogan gezwungen, auf noch mehr der wenigen schlichten Annehmlichkeiten zu verzichten; er ließ sein geliebtes Feldbett und einen bequemen Segeltuchsessel zurück.

6. Januar 1900. Im südlichen Dinkaland

Ich habe seit einigen Tagen an der Lethargie des Fiebers gelitten, und nun, da ich mich zwinge, sie abzuschütteln, stelle ich fest, dass das Jahrhundert unbemerkt verstrichen ist.

Der Fluss ist eine riesige Fläche aus Gras und schiebt sich hin und wieder landeinwärts, wo er lange, gewundene Lagunen bildet. Wir müssen sie umgehen, was nicht einfach ist.

Zwischen den Lagunen ernährt das Land eine erstaunlich große Anzahl von Dinka, doch sie zeigen sich dem Tauschhandel ebenso wenig zugänglich wie die Stämme um Bohr herum, wegen der anhaltenden Dürre und der Dezimierung ihrer Herden.

Diese Dinka erscheinen mir primitiver als jene, die mir zuvor begegnet sind. Sie empfangen mich mit überschäumender Begeisterung, hüpfen auf ihren langen, schlaksigen Beinen umher wie die Reiher und spucken mich fleißig an, wie es die traditionelle Begrüßung verlangt. Sie tragen Speere mit langen Spitzen, Speere mit kürzerer, spitzer Klinge für den Fischfang und schwere Keulen aus einem leicht rötlichen Holz.

Um meine Beliebtheit bei den Dinka zu steigern, versprach ich, ihnen einen Fleischvorrat zu beschaffen, indem ich einen Elefanten erlegte, von denen es hier viele gibt. Der alte Knabe, den ich zur Strecke brachte, hatte prächtige Stoßzähne von mindestens achtzig Pfund. Es trieb mir beinahe die Tränen in die Augen, das Elfenbein zurücklassen zu müssen, aber ich habe nicht genug Träger, um es mitzunehmen. Als die Dinka den Grund für mein lautes Jammern erfuhren, versprachen sie mir, die Stoßzähne zu einer Bahnstation zu tragen und dafür zu sorgen, dass sie mir geschickt wurden. Ich hielt das für einen gelungenen Scherz, aber um ihnen den Spaß nicht zu verderben, schrieb ich ihnen eine Adresse in London auf. Für wie leichtgläubig die Dinka uns Weiße doch halten müssen. Dennoch verkniff ich mir höflich ein belustigtes Lächeln.

Die ständige Beobachtung durch unsere großgewachsenen Dinka-Gefährten macht meine Männer nervös. Es ist unmöglich, sie abzuschütteln, denn wir kommen im schwierigen Gelände der Sümpfe nicht mehr als zehn Meilen pro Tag voran. Die Dinka laufen in einigem Abstand parallel neben uns her – offensichtlich haben sie mehr Muße als wir.

Nachts ist es schlimmer. Hin und wieder streicht eine große, geisterhafte Gestalt durch die Schatten am Rand des Feuerscheins und ist wieder fort, ehe man sie erkennen kann. Die Stille wird von leisen Schritten unterbrochen, vielleicht auch nur vom Platschen eines Fisches, aber die nächtlichen Geräusche machen uns wahrhaftig nervös.

Makanjira und ich teilen uns die Nachtwache. Wenn ich Wacht halte, umgebe ich mich mit einer Rauchwolke des hiesigen Tabaks, der einen besonders beißenden Rauch erzeugt, und bete darum, dass der Morgen schnell kommen möge, doch gegen die blutsaugenden Insekten nützt alles nichts. Jeden Morgen habe ich das Gefühl, von ihrem Gift halb betäubt zu sein.

Kapitel 24

Grogan taumelte aus seinem Zelt und kratzte ärgerlich an seinen frischen Moskitostichen herum. Er rieb sich die verquollenen Augen und sah Makanjira in respektvollem Abstand auf ihn warten. Der Trägerführer wusste, dass es klüger war, Grogan nicht zu stören, ehe er seiner Frustration über die geflügelten Parasiten, die ihm wieder einmal den Schlaf geraubt hatten, Luft gemacht hatte.

»Ja?«, fragte Grogan mürrisch.

»Der Waruanda-*askari* ist tot, *Uyaba*«, entgegnete Makanjira ohne Umschweife.

Das überraschte Grogan nicht. Der arme Mann hatte seit Wochen mit dem Fieber gerungen. »Wo ist er?«, fragte er.

Makanjira deutete auf den Rand des Lagers und führte Grogan zum Leichnam des *askari*. Er hatte sein Zelt verlassen, vermutlich im Fieberwahn, und war ins hohe Gras gefallen. Seine Haut war vollkommen zerstochen.

»Der arme Kerl wurde ja regelrecht ausgesaugt«, brummte Grogan in sich hinein. »Na schön, sieh zu, ob du irgendwo ein Stück trockenen Boden findest, wo wir ihn begraben können, Makanjira. Dann mach die – Was ist denn, Zowanji? Um Himmels willen, du zappelst ja wie eine Biene in einer verdammten Flasche.«

Makanjiras Gehilfe wedelte in höchster Aufregung mit den Händen, bis Grogan ihm erlaubte zu sprechen.

»*Uyaba*, dieser Träger – der, den du aus Bohr mitgenommen hast und der Lärm für den Mond macht –, er ist weg.«

»Weg?« Grogan blickte sich um. So weit das Auge reichte, war nichts zu sehen außer Gras, das in der sachten Brise des Sonnenaufgangs schwankte. »Wohin, zum Teufel, soll er denn gegangen sein?«

»Ich weiß es nicht, *Uyaba*, aber er hat deine Kleider genommen.«

Die Luft erbebte unter Grogans Zorn, bis er die Fassung wiedergewann und Zowanji befahl, mit einem weiteren Mann nach dem geistesgestörten Träger zu suchen. Falls nötig, sollte er ihn in Fesseln zurückschleifen.

Zwei Stunden später hatte sich Grogans Laune immer noch nicht gebessert. Er entschied, dass sie nun lange genug gewartet hatten, und machte sich mit Makanjira auf, um den verrückten Verbrecher zu finden, oder zumindest den ersten Suchtrupp. Sie fanden beide, etwa eine Meile vom Lager entfernt. Der Verrückte hatte beschlossen, nach Hause zu gehen, und Grogans Kleidung als *hongo* für die Dinka mitgenommen.

Grogan verbrachte den Großteil des Tages damit, bei den Dinka in der näheren Umgebung seine Kleidung, eine Decke und sein zweites Moskitonetz wieder einzusammeln. Er schaffte es, alles wiederzubekommen, außer der Hose, die Captain Henri ihm freundlicherweise geschenkt hatte. Der große Dinka, der sie nun besaß, weigerte sich standhaft, sie herzugeben. Grogan entschied, dass seine Hose keinen gewalttätigen Zwischenfall wert war, und überließ sie ihm widerstrebend.

Der entlaufene Träger kicherte während der gesamten, langwierigen Verhandlungen. Als diese vorüber waren, war Grogan übelster Laune und beäugte den Mann mit unverhohlenem Abscheu. Er war schwer versucht, den Kerl aus dem Lager zu werfen und nach Bohr zurückzuschicken, wie der Irre es sich wünschte, doch dann hätte er noch mehr Ausrüstung oder Verpflegung aufgeben müssen. Da ihm Bilder von unpassierbaren Sümpfen, endlosen Graslandschaften und der mögliche Hungertod vor Augen standen, konnte er sich diesen Luxus nicht leisten.

Grogan litt fast ständig an Malariaschüben und versank oft tagelang in ein fiebriges Delirium.

Er beschloss, seine Karawane vom sumpfigen Umland des Sudd mit seinen unablässig summenden Moskitos wegzuführen, zur hartgebackenen Erde östlich des Nils. Das Land war flach, endlos weit und mit rauhem Gras bedeckt, das über fünf Fuß hoch war. Hier und da erhoben sich ein paar dichtgedrängte Palmyrapalmen und große Ameisenhügel wie bleiche Imitationen der großen Dinka. Zahlreiche schmale *khors* verliefen in westlicher Richtung und zeigten ihm an, dass er sich noch nicht am Sobat befand, wo der Sudd endete und große Dampfer den schiffbaren Nil bis nach Kairo befuhren.

War das Wasser in den sumpfigen Einöden des Sudd zuvor sein größter Kummer gewesen, so machte ihm jetzt, in der Steppe und etwa fünfzehn Meilen vom Fluss entfernt, der Mangel daran Sorgen. Die *khors* waren eine brackige Brühe aus Schlamm und faulig riechendem Wasser, doch es gab nichts anderes.

Tagsüber folgten ihnen einige Dinka, die Abstand hielten, aber nie ganz außer Sicht verschwanden. Makanjira war der Meinung, es seien viele verschiedene Männer, die sie abwechselnd beobachteten. Grogan erklärte verächtlich, er habe wohl eine überbordende Phantasie, doch als sie gegen Mittag Rast machten, kletterte er auf einen Ameisenhügel, um den Weg vor ihnen zu erkunden, und schätzte, dass sich im Gras um sie herum etwa fünfhundert Dinka verbargen.

Er behielt die Anwesenheit der vielen Krieger für sich. Seine Männer waren ohnehin schon nervös genug. Die großen, nackten Besucher tauchten wie Schatten aus dem alles verbergenden Gras auf und verschwanden ebenso lautlos. Grogan war es unheimlich, hin und wieder einen Dinka zu sehen, der auf einem Bein wie ein schwarzer Storch auf einem Ameisenhügel stand, und zu wissen, dass zahllose weitere irgendwo im Gras steckten.

Er erklomm einen weiteren Ameisenhügel, als sie am späten Nachmittag haltmachten, um das Lager aufzuschlagen. Jetzt schätzte er, dass sich etwa tausend Dinka in der Umgebung aufhielten. Lange schwarze Schlangen von ihnen zogen sich durch das Gras wie Kolonnen von Wanderameisen, die aus allen Richtungen auf sie zuströmten.

Sobald die Zelte aufgebaut waren, umringten etwa fünfhundert Krieger das Lager und verlangten Tauschwaren. Da sie im Gegenzug nichts anzubieten hatten, lehnte Grogan ab. Die Krieger wurden angriffslustig, stolzierten durchs Lager, stießen seine Männer aus dem Weg und nahmen alles an sich, was irgendwo herumlag. Zowanji geriet außer sich, als ein Krieger ihm Teller und Löffel wegnahm.

Grogan wusste, dass die Dinka sich von den Watonga keine Gegenwehr gefallen lassen würden, also marschierte er schnurstracks auf den Krieger zu, der ihn um gut einen Kopf überragte, und versetzte ihm einen rechten Haken, so dass der Dinka hintenüberfiel.

Wie aus einer Kehle stimmten die versammelten Dinka ein lautes *h-u-u-u* an, und ein nackter junger Heißsporn sprang in einem aggressiven Kriegstanz herum und schüttelte seinen Speer – nicht gegen Grogan, sondern gegen einen der *askari*, der nervös seine Pflicht tat und mit dem Gewehr im Anschlag auf seinem Posten stand.

Grogan ging dazwischen, brach den Speer des Dinkas entzwei und ließ seine schwere Nilpferdhaut-Peitsche zwei, drei Mal warnend durch die Luft knallen, bis der Krieger sich zurückzog. Das hatte den ersten abgeschreckt, doch andere drangen drohend vor. Grogan zog seinen Revolver, feuerte eine Salve über ihre Köpfe ab und ging ihnen entgegen, wobei er weiter in die Luft schoss und die Peitsche knallen ließ.

Die Anspannung war zu viel für einen der Watonga-Träger, er rannte an Grogan vorbei und schrie: »Wir sind tot! Wir sind alle tot!«

Das war der Funke, der die Dinka endgültig entflammte. Ein Krieger schleuderte seinen Speer und traf einen der kongolesischen *askari* in die Brust. Er fiel tot neben Grogan zu Boden.

Andere Krieger stürmten nun ebenfalls los und fällten Keulen schwingend *askari* und Träger um Grogan herum. Grogan feuerte sein doppelläufiges Gewehr ab und erschoss erst den Häuptling, dann einen der Anführer kurz nacheinander. Er wich einem Speer aus, zog seinen Revolver und schoss zwei weitere Krieger nieder, um dann mit seiner letzten Patrone einen nur zu verwunden.

Das Kampfgetümmel schloss sich immer enger um Grogan, der gemeinsam mit Makanjira, Zowanji und einem der *askari*, der nicht bei der ersten Attacke davongelaufen war, einen kleinen Kreis bildete. Im Nahkampf prasselten die Keulen der Krieger nur so auf sie herab. Grogan fing einen Schlag mit dem Unterarm ab, einen weiteren mit dem leer geschossenen Gewehr. Der Krieger holte zum nächsten Schlag aus, und Grogan stieß ihm den Gewehrlauf in die Magengrube, so dass er das Gleichgewicht verlor, schob dann hastig ein Projektil in die Kammer, spannte und feuerte.

Das Dumdumgeschoss riss ein riesiges Loch in den Krieger und bespritzte seine Kameraden mit Blut, Hautfetzen und Eingeweiden. Eine derart zerstörerische Waffe war den Dinka unbekannt, und sie ergriffen massenweise die Flucht, wobei sie vor Zorn und Frustration laut heulten.

Grogan kletterte auf einen Termitenhügel und stellte fest, dass die Krieger sich auf etwa dreihundert Schritt Entfernung zurückgezogen hatten. Drei oder vier der Anführer beobachteten ihn von einer erhöhten Stelle aus und berieten sich offenbar vor dem nächsten Angriff. Grogan lud zwei weitere .303-Dumdumprojektile, zielte sorgfältig in der Abenddämmerung und gab einen Schuss ab. Einer der Anführer wurde mit solcher Wucht hintenübergeschleudert, dass er einen zweiten Mann mit sich riss.

Die Dinka zogen sich erneut zurück, diesmal etwa siebenhundert Schritt weit. Grogan konnte sie kaum noch sehen, feuerte aber blind in ihre Richtung. Ob er jemanden getroffen hatte oder nicht, konnte er nicht erkennen, doch die gesamte Schar verteilte sich im hohen Gras.

Als die Dunkelheit herabsank, waren die Krieger endgültig unsichtbar, doch ihre unheimlichen Rufe, *h-u-u-u, h-u-u-u*, setzten sich bis spät in der Nacht fort.

16. Januar 1900. Im Dinkaland

Die Dinka folgen uns weiterhin, haben aber nichts anderes getan, als uns aus der Ferne zu beobachten. Wann immer ich Gelegenheit dazu habe, feuere ich auf sie. Nachdem ich einen Mann auf sechshundert Schritt von einem Ameisenhügel geschossen habe, halten sie nun eine gute Meile Abstand zu uns.

Zwei der drei Männer, die bei dem Kampf schwer am Kopf verletzt wurden, waren offenbar wahnsinnig, als sie wieder zu sich kamen. Einer von ihnen ist vergangene Nacht ge-

storben. Die anderen habe ich zusammengeflickt, so gut es eben ging. Einer hatte eine klaffende Wunde an der Schläfe, gut fingerlang und bis auf den Schädelknochen reichend, der andere zwei große Löcher am Oberkopf.

Wir sind wieder näher an den Fluss herangerückt, doch der Sudd zieht sich endlos weiter, und die khors *verlaufen nach wie vor eindeutig in westlicher Richtung und sind brackig. Hin und wieder stolpern wir über eine Insel trockenen Bodens, doch sie sind ebenso flach wie das umgebende Marschland und bieten keinen Aussichtspunkt, von dem aus ich den besten Weg erkennen könnte, und auch keine Abwechslung im endlosen Grün.*

Gegen meinen strikten Befehl blieb einer meiner kongolesischen askari *ein Stück zurück und verschwand. Wir suchten stundenlang nach ihm, konnten ihn aber nicht finden. Ich fürchte, wir werden ihn nie wiedersehen.*

Ich öffnete meine letzte Schachtel Patronen und stellte fest, dass sie in einem rostigen Bodensatz lagen. Ich rettete etwa eine Handvoll Projektile, von denen ich dachte, es sei nicht allzu gefährlich, sie abzufeuern. Der Mangel an Munition spielt keine Rolle, was die Jagd angeht, denn es gibt hier keinerlei Wild zu erlegen. Selbst die zahllosen Wasservögel halten Abstand zu uns, oder sie sind so klein, dass meine Enfield sie zerfetzen würde und uns nichts als Federn zu essen bliebe. Meine Sorge ist, dass ein weiterer Angriff der Dinka unser Ende bedeuten würde.

Die Sümpfe laugen uns aus. Es war dumm von mir, an den Fluss zurückzukehren. Im offenen Gelände war es besser, denn dort konnten wir zumindest atmen, ohne ständig den widerlichen Geschmack verrottender Vegetation im Mund zu haben. Morgen wenden wir uns wieder höher gelegenem Gelände zu.

Mein Gesundheitszustand verschlimmert sich. Ich musste mich immer wieder erbrechen und habe sehr unter Durchfall gelitten, der vermutlich von dem fauligen Wasser stammt, das zu trinken wir gezwungen sind. Mein Fieber überkommt mich nun fast täglich, und der Leberabszess, den ich bereits abgeheilt glaubte, flammt ohne Vorwarnung immer wieder auf, so dass ich mich stundenlang vor Qual nicht rühren kann.

Anscheinend hat mein Körper die Fähigkeit verloren, sich wieder zu erholen. Vielleicht liegt das an der Melancholie, die mich ungebeten und zu den seltsamsten Zeiten überfällt. Ich frage mich, wer von meiner Situation weiß. Wen es überhaupt kümmert? Manchmal habe ich das Gefühl, dass wir in einem grünen Irrgarten gefangen sind. Isoliert und verloren. Der Gnade Tausender heidnischer Wilder ausgeliefert. Abgesehen von Gertrude, ein oder zwei engen Freunden und meinen nächsten Angehörigen weiß niemand von meiner ehrgeizigen Unternehmung. Und selbst wenn sie davon wüssten, was könnten sie schon tun? Was könnte irgendjemand tun, um uns zu retten?

Wenn ich jetzt an den einsamen Weg nach Norden denke, stets in diesem erbärmlichen Klima und durch unerträgliche Gegenden, kann ich mich gar nicht mehr mit der Möglichkeit quälen, dass ich die ganze Sache einfach abblasen könnte. Es gibt kein Zurück. Wenn wir es nicht aus dem Sudd hinausschaffen, werden wir alle sterben.

Kapitel 25

Zowanji kommt!«, rief Makanjira. Die übrigen Männer erhoben sich von ihren Ruheplätzen und versammelten sich um die Palmyrapalme, in deren Schatten Grogan zusammengesunken war.

Grogan hatte Zowanji auf die Suche nach einem Nuer-Dorf geschickt. In dieser Gegend siedelten Nuer – von ähnlicher Statur wie die Dinka, aber nicht so kriegerisch. Grogan hoffte, endlich Nahrungsmittel eintauschen zu können. Tagelang hatten sie kein Glück gehabt, vor allem deshalb, weil sich Berichte über Grogans Gewehr über das Grasland ausgebreitet hatte wie ein Lauffeuer zur Trockenzeit; sie eilten ihnen von Dorf zu Dorf voraus.

Grogan versuchte aufzustehen, doch die Beine wollten ihm nicht gehorchen. Er kippte gegen die Palme und stützte sich dann daran ab, um sich aufrecht zu halten. Dass er beinahe zusammengebrochen wäre, erschreckte ihn, und das sah man seiner überraschten Miene offenbar an. Hastig fasste er sich, doch Makanjira hatte es bereits bemerkt und eilte an seine Seite.

Grogan stieß ihn weg. »Verschwinde! Lass mich in Ruhe. Verdammter Dummkopf, Makanjira. Mir fehlt nichts. Kann man denn nicht einmal stolpern, ohne dass gleich eine Panik ausbricht?«

Makanjira hielt Grogans Ellbogen noch einen Augenblick fest, ehe er beschämt zurücktrat.

»Zowanji! Was hast du für uns gefunden?«, rief Grogan, doch er kannte die Antwort schon, ehe sie ausgesprochen war.

Zowanji ließ den Kopf hängen. »Nichts, *Uyaba*. Die Leute sind weggelaufen.«

»Weggelaufen? Sogar vor dir, obwohl du allein und unbewaffnet warst?«

»Es tut mir leid, *Uyaba*. Ich habe ein Nuer-Dorf gefunden, wie du es mir aufgetragen hast, und ich bin langsam, langsam zu ihnen gegangen, aber sie haben geschrien und sind weggelaufen. Das Dorf war leer. Ich konnte kein Essen finden.«

»Na schön«, sagte Grogan. »Wir versuchen es später wieder. Makanjira, aufladen. Wir gehen weiter.«

Makanjira erteilte den Männern den Befehl, obwohl das kaum notwendig war, denn ihre kleine Karawane war durch einen weiteren Todesfall erneut geschrumpft – der junge Mann aus Kero war von einer Kobra gebissen worden.

Grogan führte die kleine Gruppe an. Ehe er eine halbe Meile weit gekommen war, wurde ihm schwindelig. Er trank einen Schluck von dem widerlichen, schlammigen Zeug aus seiner Feldflasche und versuchte, die Benommenheit zu vertreiben. Er hatte mit Übelkeit und Durchfall zu kämpfen gehabt, seit sie die Umgebung des Sudd erreicht hatten, und obendrein litt er immer wieder an Fieber und seinem schmerzenden Leberabszess. Doch er weigerte sich, seinem Körper nachzugeben, der Ruhe verlangte. Er wusste, dass er ein Rennen gegen die Zeit lief. Der Hunger würde der geduldigste Mörder sein. Die Dinka würden entschiedener töten. Sobald sie erkannten, dass er keine Munition hatte, würden sie unverzüglich über die Karawane herfallen und sich rächen.

Er stapfte benommen weiter. Als sie eine Wand aus Gras erreichten, die zweimal mannshoch war, blieb er stehen, weil er nicht entscheiden konnte, in welche Richtung er weitergehen sollte. Es gab nur zwei Möglichkeiten: sich durch das Marschland schlagen und es mit dem Sumpf in der Nähe des Flusses aufnehmen, oder nach Osten ausweichen, um den Grassumpf zu umrunden. Das war eine Entscheidung, die er schon unzählige Male zuvor getroffen hatte. Doch je länger er dastand und auf diese Graswand starrte, desto größer wurde seine Angst. Er fühlte sich, als hinge ein Schwert über seinem Kopf und als bestimme diese Entscheidung über sein Schicksal. Er stand da und starrte erst auf das Gras, eine grüne Wand, die sich noch hundert Meilen weit nach Osten erstrecken könnte. Dann wandte er sich nach Westen, wo der Nil seine grausamen Spielchen mit Krokodilen, Schlucklöchern und erstickenden Sümpfen spielte.

Er war sich bewusst, dass die Aufmerksamkeit seiner Männer auf ihn gerichtet war, während er von Osten nach Westen blickte, unfähig, sich zu rühren. Er spürte förmlich, wie Makanjira und Zowanji besorgte Blicke wechselten. Der Küchenjunge stellte seine Last ab, setzte sich darauf und stützte das Kinn auf die Faust. All das war Grogan klar, er wusste, dass er sich für die eine oder die andere Richtung entscheiden musste, doch er war nicht fähig dazu.

Er riss den Blick von dem hypnotischen grünen Rätsel los, und das Erste, was er sah, war Makanjira. »Verdammt noch mal, Makanjira!«, brüllte er. »Wusste ich doch, dass ich nicht auf dich hätte hören sollen. Wir hätten am Fluss bleiben sollen. Das habe ich doch gesagt! Jetzt sieh dir das da an! Warum hast du …«

Der Gedanke, dass er im Begriff war, den Verstand zu verlieren, kam ihm plötzlich und lebhaft. Es war *seine* Entscheidung gewesen, den Fluss zu verlassen, genau wie in allen anderen wichtigen Angelegenheiten. Er war es, Grogan, der für diese Notlage verantwortlich war – niemand sonst. Er kämpfte gegen Gefühle des Schreckens und der Verwirrung an. Er konnte sehen, dass Makanjira selbst wünschte, es wäre wahr – dass es tatsächlich er gewesen wäre, der darauf bestanden hatte, den Fluss zu verlassen –, aber das war nicht so.

Grogan bedeutete den Leuten mit einer Handbewegung, dass sie es mit dem Sumpfgras aufnehmen würden. Er räusperte sich. »Aufladen, Makanjira«, sagte er leise. »Wir gehen weiter.«

20. Januar. Im Nuerland

Heute Morgen weckte Makanjira mich mit der wunderbaren Nachricht, dass mein von Heimweh geplagter Wahnsinniger in der Nacht verschwunden war. Das bedeutete, dass ich die Last noch weiter erleichtern musste. Da blieb nicht viel Auswahl; mein Zelt mit allem Drum und Dran musste zurückbleiben. Ich weiß, dass es Nächte geben wird, in denen ich das bitter bereuen werde. Zu allem Überfluss musste ich auch noch feststellen, dass meine beiden letzten Tabaksdosen verschimmelt waren.

Moskitos schwirren in Wolken um mich herum. Ich kann kaum atmen, ohne welche zu verschlucken. Obendrein habe ich einen steifen Arm, den ich dem Dinka verdankte, der mir den Schädel hatte einschlagen wollen.

Einer der kongolesischen askari *hat einen entzündeten Fuß, so dass er kaum gehen kann, ohne unerträgliche Schmerzen zu leiden.*

Die khors *sind brackig und verlaufen in westlicher Richtung.*

Grogan konnte nicht schlafen, obwohl er völlig erschöpft war. Jedes Mal, wenn er sich übergeben musste, glaubte er, sein fiebriger Kopf werde platzen. Er war in einem Teufelskreis gefangen – er gierte nach Wasser, doch es gab nur den Sumpf. Die brackige Brühe hatte kaum Zeit, sich in seinem Magen zu setzen, da wurde sie auch schon heftig erbrochen, und Grogan würgte trocken, bis ihm der ganze Bauch weh tat.

Einige seiner Begleiter litten beinahe ebenso sehr, doch ihr größter Feind war der Hunger. Sie waren alle sehr schwach. Grogan maß ihr Vorankommen in durchlittenen Stunden, nicht mehr in Meilen. Die Tage begannen damit, dass sie aus ihren geflochtenen Grashöhlen krochen, und endeten, wenn die späte Nachmittagssonne ihnen gnädigerweise sagte, dass der Tag fast vorüber war; dann stöberten sie im hohen Gras nach Essbarem und versuchten zu schlafen. Nur im Schlaf konnten sie ihren Schmerzen entrinnen.

Seit etwa einer Stunde lauschte Grogan zwei Löwen, die irgendwo draußen in der Savanne nacheinander riefen. Sie trafen sich schließlich etwa eine Meile vom Lager entfernt und taten sich zusammen, um mit ihren rauhen, stöhnenden Schreien zu verkünden, dass dieses Grasland ihr Reich war. Er lauschte dem näher kommenden, hustenden Grunzen, bis die Löwen verstummten. Dann kämpfte er sich auf die Beine und ging an den Rand des Lagers, wo das kühle, silbrige Mondlicht alles weicher wirken ließ.

Ein Rascheln im Gras und hin und wieder ein leises Knirschen, wenn eine Pranke auf einen trockenen Stengel gesetzt wurde, sagten ihm, wie nahe sie waren. Grogan hielt das Gewehr locker zwischen den gekrümmten Fingern.

Seine Ohren setzten die Geräuschfragmente zusammen und erkannten ein Muster da draußen im Gras. Ein Löwe war in einiger Entfernung zurückgeblieben. Nur zwei Paar großer, weicher Pranken verursachten ein leises Rascheln auf dem Boden, während das Tier vorwärtsschlich. Eine Pause –

vielleicht, um den Kopf zu heben und zu wittern. Leicht veränderte Schritte, vielleicht, um besonders spröden, raschelnden Blättern auszuweichen. Dann stand der Löwe am Rand des platt getretenen Grases. Plötzlich starrten die kalten, goldenen Augen Grogan an, als hätte der Löwe schon die ganze Nacht lang dagestanden und ihn angestarrt.

Grogan konnte die Kraft des Tiers spüren. Rohe, schiere Kraft. Hier war der Herrscher der Nacht; kein anderer konnte ihm seine Krone streitig machen. Kein Tier. Und gewiss nicht ein Mensch.

Sie standen da, der Löwe und Grogan, und keiner von ihnen rührte sich, keiner gab einen Laut von sich. Grogan fühlte sich wie entrückt, als sei er ein Zuschauer und nicht ein Teil dieser Szene, in der ein tödliches Raubtier seiner Beute gegenüberstand, wenige Augenblicke lang, ehe es zum Sprung ansetzte, um ihn zu zerreißen. Er fragte sich, wie das wohl enden würde.

Der Löwe gähnte, und das Mondlicht blitzte auf einem langen, weißen Reißzahn. Er wandte den Kopf, als suchte er nach seinem Gefährten irgendwo im Gras, und leckte sich das gewaltige Maul. Einen Augenblick später war er weg.

Grogan blickte auf das schwere, doppelläufige Gewehr in seinen Händen hinab. Es erschien ihm unzulänglich. Er betätigte die Sicherung, kippte den Lauf und spähte durch die schimmernden, leeren Kammern auf das Gras zu seinen Füßen hinab.

Ein weiterer Tag begann. Grogan stand auf, während Streifen von Gelb und Rosa noch tief am östlichen Himmel hingen, und trieb seine Männer zur Eile an. Jede Stunde, die sie vorankamen, ehe die Sonne hoch am Himmel stand, war eine Chance, den grausamen Durst zu mindern.

Sie hatten kaum fünf Meilen zurückgelegt, da zogen sie sich über die flache Savanne wie zerlumpte Wäsche auf einer langen Leine.

Während die morgendliche Hitze zunahm, musste er den drei Watonga-Trägern mit der *kiboko* drohen, wenn sie nicht sofort aufstanden und weitergingen. Sie grummelten und weinten, aber sie versuchten es. Fünfzehn Minuten später fielen sie schon wieder zurück. Der kongolesische *askari* mit dem verletzten Fuß war sogar noch weiter zurückgefallen und behalf sich bei jedem Schritt mit einer primitiven Krücke. Zowanji, der noch am stärksten war, blieb an seiner Seite. Unter einem Grüppchen Palmen ließ Grogan haltmachen.

Makanjira reichte Grogan eine Feldflasche. Er nippte daran, doch der Durst überwältigte ihn, und er gestattete sich den Luxus eines ganzen Mundes voll Wasser, an dem er sich beinahe verschluckte; dann wischte er sich den Mund ab, um den bitteren Nachgeschmack von den Lippen zu bekommen. Die anderen schleppten sich einer nach dem anderen heran und ließen sich in den willkommenen Schatten der Palmen fallen.

Grogan drängte es bald wieder zum Aufbruch. Sein Verstand, besessen von der Gier nach Essen und frischem Wasser, ignorierte noch immer das Bedürfnis seines Körpers, sich auszuruhen. Ehe er bewusst die Entscheidung gefällt hatte, aufzustehen, hatte er sich schon hochgerappelt, indem er sich am Stamm der Palme abstützte.

Die Männer lagen um ihn herum verstreut wie kaputte Spielzeugfiguren. Keiner fand mehr die Energie, sich zu bewegen. Sie mussten sich ausruhen. Selbst Zowanji, der kräftig war und sonst so voller Energie steckte, lehnte wie eine schlaffe Stoffpuppe an einem Palmenstamm. Die drei Watonga saßen zusammen unter einer eigenen Palme. Der Küchenjunge aus Ujiji lag ein paar Schritte weiter und schlief schon fast. Die anderen waren erschöpft und still. Nur Makanjira begegnete seinem Blick, bereit, aufzustehen und auf Grogans Wort hin den Befehl zum Aufladen zu geben.

Grogan winkte schwach ab, um anzudeuten, dass die Männer sich noch ein wenig ausruhen sollten, fühlte sich aber selbst dazu gedrängt, den weiteren Weg auszukundschaften. Er ließ die Männer, wo sie waren, und kämpfte sich durch das verfilzte Gras, das an seinen Beinen zerrte; die untere Hälfte seiner Hose war längst abgerissen. Einige Augenblicke später traf er auf einen der vielen *khors*, die ihnen fast jede Meile des Weges sehr erschwert hatten. Er war nur zwanzig Schritt breit, doch die Erfahrung sagte Grogan, dass der schlammige Grund an ihren müden Beinen zerren würde, als wollte er sie verschlucken.

Irgendetwas an diesem *khor* erschien ihm ein wenig anders. Er watete weiter ins flache Wasser hinein und versuchte, seine Gedanken zu ordnen. Er konnte seine Stiefel sehen. Das war es – das war anders. Seine Schritte hatten keinen brackigen Schlamm vom Grund aufgewirbelt. Der Boden war sandig.

Er schöpfte mit der hohlen Hand Wasser und hob sie an die Lippen. Das Wasser schmeckte süß. Er kostete noch einmal. Es war frisch. Und es strömte gen Norden!

Kapitel 26

Grogans erste Euphorie über den Frischwasser-*khor* verflog rasch, als ihm klar wurde, dass sie dem Fluss noch mindestens fünf Tage lang folgen mussten, um eine Siedlung zu erreichen. Wenn er sich seine Männer so ansah, war nichts mehr von der Energie übrig, mit der sie in den *khor* getaumelt waren, um endlich ihren Durst zu stillen. Ihnen allen ging es dank des frischen Wassers und einer kurzen Pause erstaunlich viel besser, doch der Hunger blieb, und der fünfzig Meilen lange Marsch nach Sobat lag noch vor ihnen.

Da nun ein heftiges Verlangen gestillt war, schien das andere sich zu verdoppeln. Grogan fragte sich, wie ihre Chancen stehen mochten, einen Fisch zu angeln oder einen Wasservogel zu fangen. Sie saßen am Ufer des Flusses Sobat und dachten an die Aufgabe, die vor ihnen lag.

Grogans Blick schweifte stromaufwärts über die am Ufer verstreuten Palmen. Das helle, sandige Ufer blendete ihn ein wenig, doch er entdeckte etwas, das er für eine dahintreibende Palme hielt. Das Ding bewegte sich nicht, als werde es von einer ohnehin nicht existierenden Brise vorangeschoben, aber es bewegte sich eindeutig auf sie zu. Er blinzelte mehrmals, denn zunächst wollte er seinen Augen und seinem Verstand nicht glauben.

Dann kam es deutlicher in Sicht. Er stand auf und lief über den Strand auf diese Vision zu, vorbei an Makanjira und Zowanji, die ihre Füße im flachen Wasser badeten.

»Seht«, flüsterte er und wagte noch immer nicht, seiner Vision einen Namen zu geben. Er blieb stehen und ließ sein Gewehr in den Sand fallen.

Makanjira blickte zu ihm auf und sprang ebenfalls auf. »Ein Boot«, sagte er, als wolle auch er seinen Augen nicht trauen.

Die dahintreibende Palme entpuppte sich als kleine Ketsch, die den Sobat abwärts segelte.

Captain William Dunn hatte die Gruppe im Fernrohr. *Ein paar Eingeborene,* dachte er. *Möglicherweise umherziehende Plünderer, so wie sie aussehen.* Er gab seinem Corporal Befehl, der einen Soldaten anwies, ein Beiboot zu Wasser zu lassen und sie ans Ufer zu rudern, um sich diese Gruppe näher anzusehen.

Einer der Männer am Ufer eilte auf die Stelle zu, die Dunn sich als Landeplatz ausgeschaut hatte. Er war unbewaffnet, doch Dunn beschloss, kein Risiko einzugehen. Diese Gegend war berüchtigt für zahlreiche Überfälle von Banden wie der da – meist waren solche Männer wegen irgendeines Vergehens von ihrem Stamm verbannt worden. Es war durchaus schon vorgekommen, dass solche Gruppen britische Patrouillen überfielen, um an deren Waffen und Uniformknöpfe zu kommen.

Sein Matrose hielt das Ruderboot ruhig, während er und der Corporal am sandigen Ufer ausstiegen. Der Eingeborene kam auf sie zu, offenbar vollkommen furchtlos.

»Warten Sie hier beim Boot, Corporal«, sagte der Captain. »Und behalten Sie diesen Kerl gut im Auge, während ich herauszufinden versuche, was er für ein Spielchen treibt. Keine übertriebene Rücksicht auf ihn und seine Kumpanen. Wenn dieser Mob eine falsche Bewegung in unsere Richtung macht, erschießen Sie sie.«

»Ja, Sir«, entgegnete der Corporal mit einem strammen Salut.

Dunn marschierte flott ein paar Meter voran, fest entschlossen, den Eingeborenen zu demonstrieren, dass er sich von der forschen Annäherung dieses Kerls nicht beeindrucken ließ; dieser kam weiterhin auf ihn zu und watete nun durchs flache Wasser, ohne einen Blick zurück zu seinen Leuten. Dunn lud sein Gewehr, nur für alle Fälle, und ließ den Mann kommen.

Als er in Rufweite war, hob der Eingeborene die Hände und sagte zu Gunns völliger Verblüffung in erstaunlich gutem Englisch: »Gott sei Dank, guter Mann. Sie sind ein höchst willkommener Anblick.«

»W-was tun Sie hier?«, stammelte Dunn.

»Wir sind unterwegs nach Kairo, mein Bester. Ich kann Ihnen gar nicht sagen, wie froh ich bin, Sie zu sehen.« Die Anstrengung schien ihm den Atem zu rauben, denn der Mann hielt sich den Bauch und schnappte nach Luft. »Ich dachte schon, ich würde den ganzen verfluchten Weg zu Fuß zurücklegen müssen.«

»Ah«, sagte Dunn, der sich noch immer nicht von seiner Überraschung erholt hatte, einem Weißen zu begegnen, fernab der Zivilisation und auch noch zu Fuß. Seine Haut war beinahe schwarz, aber er war Engländer – daran konnte es keinen Zweifel geben.

Auf einmal fielen Dunn seine Manieren wieder ein. »Oh, Verzeihung. Ich bin Captain William Dunn, Oberbefehlshaber von Fort Sobat.« Er streckte die Hand aus.

»Grogan. Ewart Grogan.«

»Wie geht es Ihnen?«, fragte der Captain.

»Ach, nicht übel, danke«, entgegnete Grogan. »Und Ihnen? Was macht die Jagd hier in der Gegend?«

»Oh, wir hatten durchaus unseren Spaß, aber hier gibt es nicht viel zu erlegen. Hören Sie, wie wäre es mit einem Drink?«

»Vortreffliche Idee, in der Tat.«

»Dann kommen Sie doch an Bord. Und bringen Sie ruhig Ihre Schwarzen mit. Ich sage dem Koch, dass er sich mit dem Mittagessen beeilen soll. Haben Sie etwas erlegen können? Vielleicht ein paar Elefanten gesehen?«

Grogan antwortete, in den vergangenen Wochen hätte er kaum Wild gesichtet.

»Ein Jammer«, sagte Dunn.

Grogan starrte im Spiegel an der Kabinenwand sein Gesicht an und erkannte sich selbst kaum wieder. Sogar, nachdem er sich gründlich geschrubbt hatte, war er immer noch fast schwarz von der Sonne. Er war bestürzt, hatte er doch geglaubt, er hätte alles getan, was möglich war, um sich vor der äquatorialen Sonne zu schützen. Es war bekannt, dass die starke Sonnenstrahlung auch gesunde Personen sehr schwächen konnte. Er hatte es sogar geschafft, während der ganzen Tortur seinen Genickschutz nicht zu verlieren.

Nachdem er sich gewaschen hatte, hatte die Schiffsküche ihnen ein wunderbares Mittagessen aufgetischt. Die Männer machten es sich an Deck bequem, während Dunn und Grogan in der etwas kühleren Kombüse speisten. Das Mittagsmahl war recht leicht, was ein Glück war. Grogan musste dem Drang widerstehen, sein Essen hinunterzuschlingen, um es womöglich gleich wieder von sich zu geben, also passte er sich Dunns Geschwindigkeit an. Bedauerlicherweise war der Captain ein sehr langsamer Esser, und sie brauchten fast anderthalb Stunden, um sich gemächlich von der klaren Suppe über Rindfleisch mit Gemüse – Konservengemüse, doch es schien auf Grogans Zunge zu zerschmelzen – bis zu Scones und Tee vorzuarbeiten.

Während des Essens unterhielten sie sich über den Krieg und die Weltpolitik im Allgemeinen. Schließlich kam Dunn auf die Frage zu sprechen, die ihm auf der Zunge gelegen haben musste, seit er Grogan am Ufer des Sobat gefunden hatte.

»Also, mein Bester, als ich Sie am Flussufer entdeckt habe, hielt ich Sie zunächst für einen eingeborenen Plünderer, oder schlimmer noch, einen verflixten Franzosen.«

Grogan lächelte.

»Also, woher, zum Teufel, sind Sie gekommen?« Dunn schenkte Grogan nach.

»Ich bin schon eine ganze Weile auf Exkursion. Angefangen habe ich am Kap der Guten Hoffnung.«

Der Captain brach in Gelächter aus und verschluckte sich beinahe an seinem Wein, doch als Grogan nicht darauf einging, verebbte seine Heiterkeit.

»Ich nehme doch an, Sie scherzen, Mann.« Dunn lächelte gezwungen, war aber offensichtlich beleidigt. »Denn sonst müssten Sie mich für einen gewaltigen Narren halten.«

»Ganz und gar nicht«, entgegnete Grogan. »Ich habe Beira im März 1898 verlassen. Wenn meine Berechnungen korrekt sind, war ich also fast zwei Jahre unterwegs – ein Jahr und elf Monate. Aber vorher bin ich schon von Kapstadt bis Beira marschiert, also würde ich sagen, dass ich vom Kap aus aufgebrochen bin.«

Dunn griff nach einem großen Wasserglas und leerte es fast in einem Zug. »Ich bitte um Verzeihung, Sir«, sagte er, als er erkannte, dass der Mann es ernst meinte, »ich habe Sie unterschätzt. Was sagten Sie, wie Ihr Name lautet?«

»Grogan. Ewart Scott Grogan.«

21. Februar 1900. Kairo

Ich bin allein in diesem Zimmer mit seiner hohen Decke und dem Fries aus filigranem Putz an den reinweißen Wänden. Der Raum ist schmucklos, bis auf zwei Möbelstücke: Ein Himmelbett, dessen Pfosten sich vom Boden her verjüngen – unten sind sie so dick wie mein Oberschenkel, und ganz oben halten fein geschnitzte Spitzen ein Moskitonetz, dessen durchsichtige Schleppen in der Brise flattern, die vom Fluss heraufzieht –, und der schlichte Schreibtisch, an dem ich nun sitze, um in Ruhe über alles nachzudenken, was geschehen ist. Bald werden die verführerischen Versuchungen der Zivilisation – das Essen, die Drinks, der köstliche Klang einer Frauenstimme – mich vieles vergessen lassen, also muss ich meine Tagebücher studieren und meine Erlebnisse wohlüberlegt festhalten.

Ich muss meinen Bericht jetzt verfassen, während die Leidenschaft der unmittelbaren Erinnerung noch mein Blut erhitzt; all die Emotionen, Visionen und Eindrücke, ehe sie verdorren.

Doch kann ich je die trostloseste Trostlosigkeit vergessen, die infernalische, heulende Ödnis des von Gras erstickten Flusses, die Moskitos, das Fieber, die Fliegen und anderen Insekten aller möglichen Arten, vorstellbar und unvorstellbar, die stechen, beißen oder einem Mann das Leben auszusaugen versuchen? Das Geheul der Kannibalen, bei dem einem das Blut in den Adern gefriert. Die Dornen und scharfkantigen Steine. Die versteinerten Lavaströme, die einem die Füße aufschlitzen. Ein Land, das wasserlos und zugleich von Wasser durchtränkt ist. Ich habe es durchquert, und nun fürchte ich nicht einmal die Hölle.

Jetzt sitze ich hier, mit vollem Bauch und voller Pfeife, und kann kaum glauben, dass ich diese wundersame Wandlung erfahren habe, nachdem ich beinahe verhungert und an den endlosen Entbehrungen gestorben wäre. Wie viele zivilisierte Menschen sind sich bewusst, welch unermesslichen Genuss frisches Brot bietet, kühles Bier, saubere Laken und eine knisternd frische Ausgabe der Times? *Und wie steht es mit freundschaftlicher Unterhaltung, Lachen und einer herzhaften Diskussion über die irische Home Rule? Ich gleiche einem Verurteilten, der begnadigt wurde, und ich sehe die Welt, wie ich sie noch nie gesehen habe.*

Ich kann kaum glauben, dass ich nach diesen vielen einsamen Monaten, in denen ungebildete Eingeborene, die nicht einmal lesen und schreiben können, meine einzige Gesellschaft waren, die Einsamkeit noch immer genieße. Seit meiner Ankunft hier waren meine Tage sehr ausgefüllt, daher habe ich mit nicht geringer Erleichterung das Angebot des Hochkommissars angenommen, mich in dieses Zimmer zurückzuziehen und mich auszuruhen, ehe ich an einem weiteren feierlichen Dinner teilnehme, ehe wir endlich nach Hause segeln.

Wenn ich meine arg mitgenommenen Tagebücher so betrachte, frage ich mich, wo ich anfangen soll. Von Kapstadt nach Kairo: ein unmöglich erscheinender Traum für die wenigen Menschen, die von Anfang an in meine Pläne eingeweiht waren. Weniger höfliche Menschen würden sagen – nicht zu mir, doch zu anderen, in meiner Abwesenheit –, dass es ein irrsinniges Unternehmen sei; ein Todesmarsch. Aber ich habe schon immer gewusst, dass der Wille eines entschlossenen Engländers jede bloße Widrigkeit überwinden kann, oder sei es auch eine ganze Summe solcher Widrigkeiten, die sich ihm in den Weg stellen.

Vielleicht sollte ich chronologisch vorgehen, damit meine Leser besser nachvollziehen können, wie lange es dauerte, diese

Mission zu vollenden. Ich könnte in Kapstadt beginnen, wo Rhodes zu den Waffen rief, um die aufständischen Matabele in die Knie zu zwingen; von unserem Marsch nach Norden berichten, meinem Dienst als Kundschafter, den zahlreichen Hinterhalten der Eingeborenen; der Ankunft in Bulawayo, vom Fieber ausgezehrt und dem Tode nahe. Aber nein, die eigentliche Reise beginnt auf dem Indischen Ozean und führte dann den Shire hinauf nach Chiromo. Dann mit dem Dampfer über den herrlichen Njassasee, wo kleine schwarze Kinder zwischen den Wracks arabischer Sklavenschiffe spielen, ohne zu wissen, welche Grausamkeiten unter der Bezeichnung »Handel« auf diesen schrecklichen Schiffen begangen wurden. Das dunkle Herz Afrikas. Die unerforschte Wildnis, in der meine Männer verschwanden wie weggezaubert. Rauchende Vulkanlandschaften mit scharfkantiger, versteinerter Lava, buchstäblich undurchdringlicher Dschungel, teuflischen Menschen und erduldetem Elend. Und gegen Ende der Abstieg in die Hölle – ein unvorstellbares Grauen. Die Seen, die Flüsse. Die Sümpfe. Die unberechenbaren Nilpferde, die mit ihren gewaltigen Kiefern einen Mann mittendurch brechen können. Das hinterhältige Krokodil. Die unzähligen Moskitos – all das steht mir so lebhaft vor Augen.

Ich könnte auch von der prächtigen Jagd schreiben, von den Völkern, den Häuptlingen, den Landschaften. Und von den Abenteuern, den komischen wie den tragischen.

Ich habe noch genug Zeit, meine Geschichte anzufangen, wenngleich sicher nicht, sie zu beenden, denn das Schiff läuft morgen in die Heimat aus – dorthin, wo mein Herz ist. Zu meiner liebsten Gertrude.

Teil 2

Kapitel 27

1906

Die Lokomotive ratterte und ruckelte den langen Bahnsteig von Nairobi entlang und hüllte die Verkäufer, Schwarzhändler und Kaufleute in eine dicke weiße Dampfwolke. Schließlich kam sie mit metallischem Kreischen und einem langgezogenen Seufzer stotternd zum Stehen. Eine erwartungsvolle Atmosphäre verbreitete sich neben dem Zug, der einen Augenblick still blieb bis auf das Ticken abkühlenden Stahls. Dann öffnete sich eine Waggontür, gefolgt von der nächsten, und die auf dem Bahnsteig versammelte, dichtgedrängte Menschenmenge wälzte sich wie eine übermütige Flutwelle voran.

Ein großer Mann in einem Leinenanzug schob die Tür eines Erste-Klasse-Waggons auf und hielt einen Augenblick inne, um dem geschäftigen Treiben befriedigt zuzuschauen. Es erinnerte ihn an damals in San Francisco, wo er am Ende einer langen Seereise angekommen war, auf der er seine Frau kennengelernt hatte. Sogar die Luft roch wie in Kalifornien: trocken, heiß und mit einem Hauch von orientalischen Gewürzen, fauliger Vegetation und Holzrauch.

Nun, da die Passagiere ausstiegen, wurde es auf dem Bahnsteig hektisch. Neuankömmlinge, die allein waren oder ein wenig unsicher wirkten, waren leicht zu erkennen, und rasch versammelte sich ein kleiner Klüngel bereitwilliger Helfer um sie und warben darum, allen anderen vorgezogen zu werden. Ihr Gasthaus, ihr Pferdefuhrwerk war das beste, oder sie boten die allerbesten Grundstücke in der Stadt, in den White Highlands und sämtlichen Landstrichen dazwischen. Für viele Passagiere der ersten Klasse war es eine sehr lange Reise gewesen, zunächst über See von Kapstadt aus, unterbrochen durch einen kurzen Aufenthalt in Mombasa, der weder erfrischend noch erfreulich war wegen der unerträglichen Hitze und Luftfeuchtigkeit. Der große Mann sog tief die Luft ein und stellte dankbar fest, dass die hohe Lage Nairobis die Luft dünner und kühler machte, während die starke Sonne keinen Zweifel daran aufkommen ließ, dass diese Stadt in den Tropen lag.

Er stieg aus dem Waggon, strich sich das goldblonde Haar zurück, das ihm in die Stirn fiel, und setzte seinen breitkrempigen Hut auf, den er mit leichtem Tätscheln zurechtrückte. Die Menschenmenge verschlang ihn nicht sofort, obwohl sich ein paar fliegende Händler an ihn heranschoben und ihn äußerst interessiert beäugten. Vielleicht war es sein Gesichtsausdruck, der ihnen trotz des vage freundlichen Lächelns auf seinen Lippen deutlich vermittelte, dass dies ein Mann war, der sich nicht zu einem übereilten Kauf drängen lassen würde. Nein, es waren die Augen. Die Männer, die ihm am nächsten kamen, waren wie gebannt von ihrer Leuchtkraft; irgendein undefinierbares Element machte ihre Farbe einmalig. In einem gewissen Licht waren sie eisig blau wie der Morgenhimmel, ehe die Sonne ihn wärmen konnte, doch im nächsten Moment funkelte darin ein gelblich grüner Glanz, der ihnen wahres Feuer verlieh. Dies waren die Augen eines Löwen – Augen, die die Macht besaßen, einen Mann zu lähmen, vollkommen zu durchschauen und, wenn er Glück hatte, dann gnädig wieder laufenzulassen.

Er suchte nach jemandem, der Mann mit diesen Augen, doch er wirkte keineswegs besorgt, als er die Person offenbar nicht finden konnte. Stattdessen streckte er die Hand in den Waggon, um einer Dame auf den Bahnsteig herabzuhelfen.

Sie stieg aus und klopfte sich den hartnäckigen roten Staub der Taru-Wüste von ihrem dunkelblauen, knöchellangen Kleid. Der weiße Hut mit passendem dunkelblauem Schleier saß in einem kecken Winkel auf ihrem Kopf. Sie wirkte ein wenig zu mondän, um in die Welt des Mannes mit den Feueraugen zu gehören; nicht hübsch, wie nur junge Mädchen hübsch sein können, mit Spitznäschen und lächelnden Augen und vollen Lippen, aber auch nicht unscheinbar. Sie war das, was Menschen in vornehmen Salons in England höflich als »gefällig« bezeichnen würden. Dann lächelte sie vor Freude über das bunte Treiben auf dem Bahnsteig, und sie war wie verwandelt. Ihre Augen funkelten, ihre Wangen rundeten sich und ließen die etwas scharfen Züge von Kinn und Nase weicher erscheinen, und ihre Haut erwärmte sich zu einem äußerst schmeichelhaften Zartrosa. Sogar die einzelnen Strähnen kastanienbraunen Haars, die sich unter ihrem Hut hervorkringelten, schienen nun ihr Gesicht elegant einzurahmen.

Ihr Erscheinen auf dem Bahnsteig war das Signal für die Händler, alle Vorsicht in den Wind zu schlagen und sich auf das Paar zu stürzen.

»Mr. Grogan?« Eine Stimme erhob sich kraftvoll über die Köpfe der Menge hinweg. »Mr. Grogan … sind Sie das?« Ein Mann mit einer schwarzen Melone und einem rehbraunen Jackett kämpfte gegen den Strom der Leute an, die zum Ausgang drängten.

»Hier drüben!«, rief Grogan und winkte.

Der Mann mit der Melone schob sich auf das Paar zu und

streckte die Hand aus. »Charles Ringer«, sagte er mit breitem Lächeln.

»Ewart Grogan«, entgegnete der Mann aus dem Erste-Klasse-Waggon und schüttelte energisch die dargebotene Hand. »Sehr freundlich von Ihnen, dass Sie uns selbst abholen, Major.«

»Nicht doch. Es ist mir eine große Freude, Sie kennenzulernen, Sir.«

»Darf ich Ihnen meine Frau Gertrude vorstellen? Liebling, das ist Major Ringer vom Norfolk Hotel.«

»Entzückt, Madam«, sagte der Major, neigte den Kopf und schlug obendrein die Hacken zusammen.

Gertrude bot ihm die Hand, die er vorsichtig zwischen Daumen und Fingerspitzen nahm.

»Es freut mich, Sie kennenzulernen, Major. Soweit ich weiß, ist Ihr Hotel – wie war es gleich beschrieben – die renommierteste Unterkunft nördlich von Daressalam?«

»Ich bin geschmeichelt, dass Sie unser Prospektmaterial gelesen haben, Madam, und ich kann Ihnen versichern, dass das nicht übertrieben ist. Wie Sie bald sehen werden, ist unser Hotel das einzige in der Stadt, das aus Stein erbaut ist. Achtunddreißig Zimmer, und zwei Suiten für Ehepaare – von denen eine für Sie reserviert ist. Das Dach ist eine sehr solide Ziegelkonstruktion. Wir haben fließendes heißes und kaltes Wasser und einen französischen Chefkoch. Ich bin sicher, dass Sie Ihren Aufenthalt bei uns genießen werden.«

»Daran zweifle ich nicht, Major.« Gertrude lächelte.

»Sie brauchen es mit der Reklame nicht zu übertreiben, Major«, sagte Grogan und klopfte ihm auf die Schulter. »Wir haben die Anzahlung ja bereits geleistet.«

»Das haben Sie allerdings. Nun, dann will ich Sie ohne weitere Umstände dorthin bringen, wenn Sie erlauben.« Ringer deutete auf ein kleines Tor an der Seite des Bahnsteigs. »Wir nehmen diesen Ausgang. Wie Sie sehen können, herrscht dort drüben ein fürchterliches Gedränge.« Der Haupteingang war von Passagieren, ihrem Gepäck und der Menge der fliegenden Händler verstopft. Der Major bedeutete den wartenden Trägern, das Gepäck der Grogans einzusammeln, sagte dann: »Wenn Sie mir bitte folgen wollen«, und ging voran.

Die Menschenmenge, die dem Bahnsteig bereits entkommen war, füllte den quadratischen Platz hinter dem Bahnhofsgebäude. Hier war eine bunte Mischung aller möglichen Gefährte versammelt: Rikschas, Hundekarren, Maultierwagen, Pferdekutschen, Ochsenkarren, Landauer und Einspänner. Außerdem warteten Männer auf Pferden und Eseln.

»Morgen, Ali«, sagte Ringer zu einem Mann in Reithosen und kniehohen Gamaschen. Der Mann tippte mit dem Griff einer langen Reitgerte an seinen Hut.

»Ali Khan« – Ringer wandte sich erklärend an Grogan – »besitzt die meisten Transportmittel hier in der Gegend. Hat sein Geschäft damit begonnen, dass er eine Herde Pferde den ganzen weiten Weg von der Benadirküste hierhergetrieben hat. Wenn Sie irgendetwas brauchen, vom Pferdewagen bis hin zum zwölfspännigen Ochsenfuhrwerk, ist Ali Ihr Mann. Seine Stallungen liegen in der Market Street.« Der Major deutete auf einige niedrige Holzbauten, umgeben von zahlreichen Nebengebäuden.

Die Menge der Reisenden und jener, die sie in Empfang genommen hatten, breitete sich wie ein bunter Fächer vor dem Bahnhof aus. In der Mitte, dem Bahnsteig am nächsten, waren die weißen Geschäftsleute, meist in dunklen Anzügen und Hüten. Den innersten Kreis um sie herum bildeten die asiatischen Kunsthandwerker und Kaufleute – die Schneider und jene, die Essen oder andere Güter feilboten.

Diese Gruppe bevorzugte fließende weiße *kanzus* und bunte *kikois*. Hier und da sah man auch einen Sikh mit Turban in Nadelstreifenhemd und Weste über einer weiten, weißen Kattunhose. Der äußerste Kreis bestand fast ausschließlich aus Schwarzen. Rikschaburschen, Dienstboten, die auf Anweisungen ihrer Herrschaft warteten, und neugierige Stammesangehörige, die nur deshalb in die Stadt kamen, um die zwei Mal wöchentlich stattfindende Ankunft eines Zuges zu erleben und die vielen seltsamen *wazungu* zu sehen, die er in ihr Land brachte.

»Wir sind in unserer Korrespondenz nicht auf die Einzelheiten eingegangen, Mr. Grogan«, sagte Ringer. »Was genau suchen Sie denn in Britisch-Ostafrika?«

»Alles zu seiner Zeit, Major. Meine Frau wird ein wenig kühlen Schatten und vielleicht eine Tasse Tee zu schätzen wissen, ehe wir uns mit alldem befassen.«

»Selbstverständlich. Wie gedankenlos von mir. Ich bin nur ... neugierig, nehme ich an. Ihr Ruf eilt Ihnen voraus. Ah ... da sind wir.« Er blieb vor einem Einspänner stehen; neben dem Muli wartete ein junger Schwarzer.

Ringer ließ seine Gäste Platz nehmen und erklärte dann, der Diener werde sie zum Hotel fahren, und er würde mit ihrem Gepäck in einem anderen Wagen folgen. Der Diener sprang auf den hohen Kutschbock und versetzte dem Muli einen Klaps mit den Zügeln, ohne sich auch nur nach seinen Passagieren umzublicken. Die Kutsche machte einen Satz vorwärts, und Gertrude kicherte, als sie heftig gegen ihren Sitz geschleudert wurden. Sie fuhren auf eine zerfurchte, unbefestigte Straße, die ein wenig großspurig als Government Road beschildert war. Sie war allerdings sehr breit und flankiert von Gebäuden aller Formen und Größen.

Das erste größere Haus, an dem sie vorüberkamen, war ein

frisch gestrichenes Holzhaus, über dessen Veranda mit den rostigen Eisenträgern ein Schild mit der Aufschrift »Joseph and Sons – General Merchants« hing. Zu beiden Seiten der verglasten Doppeltür lagen zwei große Schaufenster. »Damen- und Herrenschneider«, stand auf einem der Fenster geschrieben, »Stiefel, Lebensmittel, Stoffe und Kurzwaren« auf dem anderen. Der Geschäftsführer, entweder Joseph oder einer seiner Söhne, lehnte in der offenen Tür und beobachtete mit verschränkten Armen den vorbeiziehenden Verkehr.

Durch eine Lücke in der Reihe der Gebäude erhaschte Grogan einen Blick auf Stände in schreiendem Rot und Orange, die sich jenseits eines Streifens aus niedrigem Papyrus ausbreiteten – offensichtlich eine Art Markt.

Einigen ansehnlichen Geschäften an der Government Road folgte ein Haufen kleiner, schäbiger *dukas* – die allgegenwärtigen indischen Läden. Vor einem davon waren zwei kläglich maunzende Löwenbabys an einen Pfosten angebunden. Nach den *dukas* kam ein beeindruckendes, zweistöckiges Gebäude, beschildert mit »Elwood Dobie – Uhrmacher und Juwelier«. Auf einer Plakette an der Wand stand von Hand auf Augenhöhe geschrieben: »Einmalig – Löwenklauen-Hutnadeln« und darunter »Armbänder aus Elefantenhaar«.

Etwa eine Viertelmeile vom Bahnhof entfernt wurden die Gebäude an der Government Road spärlicher, und immer mehr von Unkraut überwucherte Baulücken taten sich dazwischen auf. Alle waren mit Namen und Adresse des Maklers versehen. Zwischen den vielen indischen Namen fiel Ewart der Name R. O. Preston auf einem der Schilder auf.

Die unbefestigte Straße glich immer mehr einem Feldweg, der in einer langgezogenen Kurve zu einem Gebäude mit rotem Ziegeldach am Ende der Straße führte. »The Norfolk« verkündete stolz ein Schriftzug auf dem Giebel über einer breiten Veranda. Das weiße Verandageländer bestand aus überkreuzten Holzstreben. Ein weißer Palisadenzaun vervollständigte das Bild eines gepflegten Etablissements. Hinter dem Norfolk erhoben sich leicht bewaldete Hügel, und in der Ferne war dichter Wald zu erkennen.

Der Diener brachte den Einspänner am Fuß der Treppe zum Stehen, und ein Portier in einem makellos weißen *kanzu* und rotem Fez eilte die Treppe herab, um Grogan und Gertrude aus dem Gefährt zu helfen.

»Morgen, *sahib, memsahib.*« Sein Lächeln ließ das schwarze Gesicht erstrahlen. »Willkommen im Norfolk«, sagte er und wies dann mit ausladender Geste und einer Verbeugung auf die Verandastufen. »Bitte.« Er streckte Gertrude die Hand hin, um ihr hinaufzuhelfen.

»Hm, Eau de Taru-Wüste … mein Lieblingsparfüm.«

»Ewart, hör auf«, sagte sie kichernd und schob ihn spielerisch von sich weg, als er an ihrem Nacken schnupperte. »Der Kellner wird jeden Augenblick mit unseren Drinks vor der Tür stehen.«

»Wie kannst du von mir verlangen, noch einen Augenblick länger zu warten? Jetzt sind es schon vier Tage!«

»Zwei Tage, das weißt du genau, du schlimmer Kerl.« Sie strich ihren Rock glatt, den er zerdrückt hatte. »Du wirst dich noch ein wenig gedulden müssen, ich möchte erst ein schönes, entspannendes Bad nehmen.«

»Zwei Tage? Bist du sicher?« Er nahm seinen Hut vom Bett und hängte ihn auf den Garderobenständer an der Tür.

»Ja, obwohl es mir auch länger vorkommt – ich dachte wirklich, ich würde in dieser Hitze umkommen.«

Sie waren von Kapstadt aus eine Woche mit dem Schiff gereist. In Mombasa hatte Ewart kaum warten können, bis

Gertrude sich wieder an festen Boden gewöhnt hatte, bevor er sie liebkoste und mit ihren Brustwarzen spielte. Sie konnte ihm nie lange widerstehen, selbst dann nicht, wenn sie unter den Nachwirkungen ihrer Seekrankheit litt.

»Das wird hier in Nairobi kein Problem sein, mein Liebling. Heiße Tage, belebend kühle Nächte.« Er zog die Vorhänge zur Seite und öffnete das Fenster zum Garten. »Kannst du die Frische der Luft nicht förmlich schmecken?«

»Gewiss, sobald ich mich von diesem Staub befreit habe. Hat er nicht gesagt, es gäbe hier fließend heißes Wasser?«

»Ja. Soll ich dir ein Bad einlassen?«

»Ja, bitte.« Sie hob eine der Reisetruhen aufs Bett.

»Gertie … das solltest du wirklich mich tun lassen.«

»Ewart, du vergisst, dass von mir erwartet wurde, auf dem Gut auch meinen Teil beizutragen.«

»Tja, jetzt bist du nicht mehr in Kalifornien. Und ich bin sicher, dein Stiefvater hat dich keine Orangenkisten stapeln lassen.«

»Man stapelt Heuballen, aber das spielt jetzt auch keine Rolle mehr, das ist vorbei. Ich möchte mir nur etwas Frisches anziehen.«

Er stand sofort wieder neben ihr am Bett. »Ich mag dich am liebsten ganz ohne Kleider.« Seine Hand glitt über ihre Taille und auf ihre Brust zu.

Es klopfte diskret an der Tür.

Ewart nahm dem Zimmerkellner das Tablett ab und bedankte sich. »Dein Drink, Liebling«, sagte er und reichte ihr den Gin-Tonic.

»Auf uns und unser neues Leben in Afrika«, sagte sie und hob ihr Glas.

»Auf uns und unser zukünftiges Vermögen«, sagte er und stieß mit ihr an.

Das Schild verkündete stolz: »The Exchange (Nairobi)«. *Etwas protzig,* dachte Grogan, als er sich dem Tisch näherte, an dem ein Mann von etwa vierzig Jahren mit einem bleistiftdünnen Schnauzbart und einem sehr strengen Scheitel saß und über den vor sich ausgebreiteten Papieren brütete.

Er schaute Grogan stumm entgegen. Ein Auge war leicht zusammengekniffen, als blicke er in grelles Sonnenlicht. Seinen Gesichtsausdruck hätte man bestenfalls als analytisch bezeichnen können. Er wartete, bis Grogan das Wort ergriff.

»Mr. Preston?«, erkundigte sich Grogan.

»Mr. Grogan.« Der Händedruck war fest und freundlich, ganz im Gegensatz zu Grogans erstem Eindruck von Feindseligkeit.

»Woher kennen Sie mich?«, erkundigte Grogan sich mit reserviertem Lächeln.

»Sie sind gestern mit dem Zug angekommen.«

Grogan schwieg.

Preston lächelte. »Hier ist keine Verschwörung im Gange, Mr. Grogan. Ich habe Sie auch nicht ausspioniert. Ich habe nur gehört, dass Sie in der ersten Klasse angereist sind. Wissen Sie, ich habe immer noch ein paar Freunde bei der Bahn. Und nach diesem feinen Anzug zu urteilen, dachte ich, nun ja, dies muss unser neuer vermögender Mann sein. Wenn Sie mir die offenen Worte verzeihen wollen.«

»Gut geschlussfolgert, Mr. Preston«, sagte Grogan, der den streitlustig wirkenden Humor des Mannes etwas seltsam fand – zumindest für jemanden, der Grundstücksgeschäfte machte. »Dann brauche ich Ihnen wohl gar nicht erst zu sagen, weshalb ich Sie aufsuche?«

»Ganz sicher bin ich nicht«, entgegnete Preston. »Aber ich nehme an, es geht um Land.«

»Sie enttäuschen mich. Das lässt doch bereits Ihre Reklametafel vermuten – Grundstücks- und Häusermakler steht darauf. ›Fast zehn Jahre Erfahrung in Britisch-Ostafrika.‹ Um Ihren Ruf als Gedankenleser zu retten, müssen Sie sich etwas Besseres einfallen lassen, fürchte ich.«

»Nun, es wäre ja auch möglich gewesen, dass Sie mein Geschäft betreten haben, um ein Gewehr oder Munition zu erwerben«, sagte Preston und deutete auf eine gläserne Vitrine, in der zahlreiche Waffen ausgestellt waren. »Oder einen Cricket- oder Tennisschläger.« Er zeigte auf weitere Regale auf der anderen Seite des großen Raumes. »Ein starker junger Mann wie Sie könnte sehr wohl ein Jäger oder Sportsfreund sein.«

»Der Punkt geht an Sie. Und Sie hatten ohnehin recht. Ich interessiere mich für Land, also … wollen wir zum Geschäft kommen?«

»Gewiss.« Preston wies auf zwei Sessel vor der Waffenvitrine und kam hinter seinem Tisch hervor.

Grogan holte ein schlankes Zigarrenetui hervor und bot Preston eine Zigarre an, dann zündete er sich selbst eine an und sagte: »Ehe wir ins Detail gehen, Mr. Preston, würde ich gern mehr über Ihre Erfahrung als Makler wissen, wenn es Ihnen nichts ausmacht.«

»Ich habe dieses Geschäft erst im vergangenen Jahr aufgebaut. Vorher habe ich alles Mögliche andere getan.«

»Wie kommen Sie dann zu der Behauptung – was stand gleich wieder auf der Tafel? – ›der beste Makler in Nairobi‹ zu sein?«

»Jeder Narr kann Grundstücke verkaufen, Mr. Grogan. Aber man muss das Land kennen, die Bodenbeschaffenheit, das Wetter, die Einstellung der Eingeborenen-Stämme in der Gegend, um beurteilen zu können, ob ein bestimmtes Anwesen im Landesinneren wirklich zum Käufer passt. Und in

Nairobi muss man außerdem wissen, wem was gehört und ob man demjenigen trauen kann.«

Grogan dachte ein wenig darüber nach. Er mochte Prestons direkte Art. »Wenn dem so ist, wie haben Sie dann all dieses Wissen erworben?«

»Wenn Sie wie alle anderen sind, dann suchen Sie Land irgendwo an der Eisenbahnstrecke. Vielleicht in den sogenannten White Highlands. Die Verwaltung ist begierig darauf, Land zu verkaufen. Die Regierung braucht Siedler – tausende Siedler –, damit sich die Bahnlinie auszahlt. Ich kenne jeden Zoll dieser Gegend. Im Umkreis von fünfzig Meilen an dieser Bahnstrecke gibt es kein Fleckchen, das ich nicht persönlich abgelaufen bin. Es gibt nur wenige Menschen, die Britisch-Ostafrika so gut kennen wie ich – da können Sie sicher sein.«

»Und wie kommt es, dass Sie das Land so gut kennen?«

»Ich habe die Bahnlinie gebaut – ich und siebentausend indische Kulis. Es wurde bei dieser Bahnlinie kein Stück Gleis, keine Schwelle und kein Keil verbaut, ohne dass ich das selbst überwacht hätte. Und das auf jeder einzelnen Meile, von Mombasa bis Kisumu.«

Grogan nickte beeindruckt. »Und wie viel von diesem Land können Sie verkaufen?«

»Nicht viel. Sie sehen einen Eisenbahningenieur vor sich, Mr. Grogan, keinen Großgrundbesitzer, obwohl ich ein paar Grundstücke hier in Nairobi besitze – einige mit Häusern, die ich selbst gebaut habe.« Er hielt inne, zog an seiner Zigarre und betrachtete sie. »Aber ich werde Ihnen helfen, genau die Art von Land zu finden, die Sie suchen, ob für die Landwirtschaft, die Forstwirtschaft oder zur Spekulation, und Sie mit dem Verkäufer zusammenbringen – für eine geringe Vergütung, falls Sie mit dem Arrangement zufrieden sind. Wenn

Sie es nicht sind, wird Ihnen auch nichts berechnet. Ich hoffe, Sie stimmen mir zu, dass das ein faires Angebot ist.«

»Hm, ja, fair, durchaus, Mr. Preston. Sehr fair sogar. Wollen wir also auf dieser Basis ins Geschäft kommen?«

»Ganz wie Sie wünschen.« Preston ging zu seinem Tisch und holte ein eselsohriges Notizbuch unter einem Stapel Unterlagen hervor. »Also … was genau haben Sie im Sinn?«

»Ich will ein Baugrundstück hier in Nairobi. An geeigneter Stelle für meine Geschäftsräume. Und auf keinen Fall in der Nähe dieses Basars, der so stinkt, dass man ihn eine Meile weit riechen kann.«

Preston machte sich eine Notiz und nickte. »Sie haben ein gutes Auge fürs Geschäft, Mr. Grogan. Diese kleine Stadt wird wachsen. Und zwar sehr schnell.«

»Ich werde etwa vier bis acht Hektar brauchen.«

Prestons Augen weiteten sich, ehe er den Blick wieder auf seinen Notizblock senkte. »Vier bis acht Hektar«, murmelte er vor sich hin, während er schrieb.

»Außerdem interessiere ich mich für ein paar hundert Hektar Ackerland. Nahe genug an Nairobi, dass man die Dinge im Auge behalten kann.«

»Ein paar Leute haben es Richtung Fort Hall mit der Landwirtschaft versucht. Gummi, Baumwolle, Reis. Für Charlie Bonser lief es eine Weile ganz gut, aber vor ein paar Jahren hat es ihm alles weggeschwemmt. Der Regen kam und hat seine sämtlichen Pflanzen einfach aus dem Boden gerissen.«

»Ich dachte, ich versuche mich mal im Kaffeeanbau.«

»Kaffee … Gibt ein paar Hektar Kaffee draußen bei Kabete. Scheint sich ganz gut zu machen.«

»Kabete, sagten Sie? Wie weit entfernt ist das?«

»Etwa zwei Stunden zu Pferde.«

»Sehen Sie, ob Sie dort was für mich finden können.«

Grogan lehnte sich im Sessel zurück und stieß langsam eine Säule Zigarrenrauch aus, während er seine Taktik neu überdachte. Er hatte vorgehabt, jemanden wie Preston mit seinen kleineren Anliegen in und um Nairobi zu beauftragen; aber er glaubte, dass er wegen der größeren Landprojekte direkt mit der Verwaltung würde sprechen müssen. Nach einer unprofessionellen, beinahe ungeschickten Einleitung hatte Preston ihn jedoch beeindruckt. Er war das genaue Gegenteil der Bürokraten, mit denen Grogan sich im Lauf der Verhandlungen um seine Forstkonzession würde befassen müssen. Er hegte eine so tief verwurzelte Abneigung gegen die typischen wichtigtuerischen Papiertiger der öffentlichen Verwaltung, dass er jetzt beschloss, ohne sie voranzukommen, so weit es möglich war.

»Mr. Preston«, sagte er.

Preston hob den Kopf von seinem Notizbuch.

»Während Ihrer Reisen haben Sie doch gewiss auch viele Wälder gesehen, nicht wahr?«

»Wälder? Als Bahningenieur habe ich mehr Bäume zu sehen bekommen, als mir lieb war, ja.«

»Dann sind Sie also mit Zedernwäldern vertraut?«

»Allerdings, Sir. Meine Männer haben Tausende von Zedern gefällt, oberhalb des Großen Grabenbruchs.«

»Ich verstehe.« Grogan drückte seine Zigarre aus. »Meinen Sie denn, Sie könnten mir diese Wälder einmal zeigen?«

»Ja. Ist es jetzt Waldland, das Sie interessiert?«

»Ja. So etwa um die vierzigtausend Hektar dürften reichen.«

Kapitel 28

Die enorme Zunge des Hundes schlappte von einer Seite seines sabbernden Mauls zur anderen – vermutlich hielt er diesen Ausdruck für ein hinreißend ironisches Grinsen. Seine mächtige Brust hob und senkte sich rasch nach der anstrengenden Jagd. Als das Mädchen in gespielter Missbilligung den Kopf schüttelte, besaß er den Anstand, ganz kurz den Blick abzuwenden und mit einem widerlichen Geräusch zu schlucken, ehe die rosa und schwarz gefleckte Zunge wieder erschien und weiße, schaumige Tropfen auf die harte Erde fallen ließ.

»Ehrlich, Wonder«, sagte Jessie resigniert, »ich verstehe nicht, warum du dir überhaupt die Mühe machst.« Jessie Dalton war eine gertenschlanke Fünfzehnjährige mit langem blondem Haar und einem feinen, olivbraun getönten Teint, der ihren Vater Bruce immer an seine verstorbene Frau erinnerte. »In solchem Gelände wirst du ein Warzenschwein nie erwischen.« Sie wies mit der Hand auf das kniehohe Gras, das sich in leichten Wellen bis zu einem fernen Hügel zog, hinter dem sich die Aberdare Ranges wie ein blaugrünes Traumgebilde erhoben. »Und das ist ein Glück für dich – dieser riesige alte Keiler ist zu groß für dich.«

Jessie trug am liebsten geflickte Overalls und karierte Hemden, genau wie ihr Vater, und das war ebenfalls ein Glück – sie hatten kein Geld für Mädchenkleider, bis auf das eine bedruckte Kattunkleid, das sie trug, wenn sie einmal mit ihrem Vater in die Stadt ging, oder zur Kirche, was selten vorkam. Doch das gefiel ihr sehr gut. Sie konnte mit Röcken nichts anfangen, darin verfing sie sich nur, wenn sie sich auf ihr rotbraunes Pony schwang.

Jessie ließ sich auf die Knie fallen und umarmte ihren Hund. »Du darfst dich nicht mit allem anlegen, was in die Nähe unserer Farm kommt. Verstehst du das, Wonder?«, fragte sie, die Wange an seinen Hals gedrückt, so dass sie seinen kräftigen Herzschlag an ihrem Ohr spürte. »Hast du denn die Hyäne schon vergessen? Die hätte dich beinahe umgebracht, du dummer Junge.«

Sie legte sacht den Zeigefinger auf die dunkelgraue Narbe an einer kahlen Stelle seiner Flanke. Wonders Haut zuckte unter ihrer Berührung.

»Du wirst zu alt, um allem nachzujagen, was sich bewegt.«

Er schleckte ihr sehr nass übers Gesicht, um ihr zu zeigen, dass er ihr die Schelte nicht übelnahm.

Jessie konnte sich nicht an eine Zeit erinnern, da Wonder nicht bei ihr gewesen wäre. Im Umkreis von einer halben Stunde zu Pferd gab es kein einziges anderes Kind, und so gehörte Wonder zu ihren frühesten Erinnerungen – als Spielgefährte, Schutzengel und Vertrauter. Ihr Bruder. Sie liebte ihn mit der Inbrunst eines Kindes, das die ersten sieben Jahre seines Lebens allein in einer Welt der Erwachsenen verbracht hatte. Erst als Momposhe nach Londiani gekommen war, hatte sie ein menschliches Wesen Freund genannt.

Jessie richtete sich auf und sah nach der Sonne. Eine Brise brachte einen Hauch der Kälte mit sich, die sich rasch über das Hochland breiten konnte, sobald die Sonne unterging. Jessie war am äußersten Rand der Ländereien ihres Vaters, in der Nähe des kleinen Hügels. Es hieß, die Steine auf der *kopje* hätten irgendeine Bedeutung für die Massai, die auf diesem Land ihr Vieh geweidet hatten, ehe ihr Vater es gepachtet hatte. Die alten Leute im Ort erzählten, dass die Massai aus der Gegend die *kopje* manchmal besuchten und ihre magischen Zeremonien dort abhielten.

Das erinnerte sie an Momposhe und daran, dass sie ihm schon seit Tagen keine Nachricht mehr gesandt hatte. Sie lehnte ihr Gewehr an einen Felsen, legte die hohlen Hände aneinander, öffnete einen Spalt zwischen den Daumen und blies darüber, so dass ein hübscher Ton erklang. Das wiederholte sie mehrmals, und dann flüsterte sie dem Wind ihre Botschaft zu: »Momposhe, komm nach Hause. Komm nach Hause.«

Der Buschtelegraph, so nannte sie das, und es war ihrer beider Geheimnis – eine geheime Methode, einander über große Entfernungen Nachrichten zu schicken, die er ihr vor vielen Jahren gezeigt hatte. Jetzt wollte er nichts mehr davon wissen und tat das als Kinderkram ab, aber Jessie schwor immer noch darauf.

»Dann wollen wir mal nachsehen, ob es diesmal geklappt hat, Wonder«, sagte sie.

Der Hund stellte die Ohren auf und hielt sich erwartungsvoll bereit, während sie sich das Gewehr über die Schulter schlang.

Jessie lachte über ihn. »Komm, mein Junge. Es wird spät«, sagte sie und bückte sich, um Wonders ausgefranste Ohren zu kraulen. »Gehen wir nach Hause, ehe Bernase wieder glaubt, ich hätte mich verlaufen.« Sie stellte den Fuß in den Steigbügel und schwang sich leicht in den Sattel hinauf.

Jessie hatte für den Kochtopf gejagt, seit sie ein Gewehr tragen konnte. Anfangs nur in Begleitung ihres Vaters, doch als die Arbeit auf der Farm ihn immer mehr in Anspruch nahm, war er gezwungen gewesen, ihr das Jagen auch allein zu erlauben. Doch in den vergangenen Wochen hatten ihre Jagdzüge nicht viel gebracht. Die kurze Regenzeit war angebrochen, so dass die Herden sich über die Savanne verteilten, um die frischen Gräser zu fressen, weit weg von den Wasserlöchern auf der Farm, die sie während der langen Trockenzeit in der Gegend gehalten hatten. Das Warzenschwein war ihre einzige echte Chance gewesen, aber Wonders ungestümer Angriff hatte sie gezwungen, die Waffe zu senken, und sie hatte keine zweite Gelegenheit zum Schuss mehr bekommen. Der hässliche alte Keiler war vermutlich sowieso viel zu zäh, dachte sie resigniert. Und er wäre zu schwer gewesen, als dass sie ihn auf den Sattel hätte wuchten können. Sie warf einen Blick zurück zu ihrem Hund und lächelte. Wonder lief hinter ihr her, die groteske Zunge hing ihm seitlich aus dem Maul, und die beinahe tödliche Begegnung mit dem Warzenschwein war schon wieder vergessen.

Als das Farmhaus in Sicht kam, entdeckte sie eine vertraute Gestalt, die auf dem Hof stand und auf sie wartete

»Es hat funktioniert! Der Buschtelegraph hat funktioniert! Komm, Wonder, schnell!«, rief sie und trieb ihr Pony an. »Da ist Momposhe!« Das Pony galoppierte los, und Jessies langes, blondes Haar flatterte hinter ihr her.

Sie zügelte das braune Pony und schwang sich von seinem Rücken. Momposhes aufgetragener, dunkelblauer Anzug spannte an den Schultern und war an den Beinen kürzer als bei seinem Abschied – er besuchte jetzt das Mission College in Mombasa. Westliche Kleidung stand ihm eigentlich nie so gut wie die elegante, knielange *shuka* der Massai, die so schnittig aussah, wenn er sie sich über eine Schulter drapierte. Mit verschränkten Armen lehnte er an einem Zaunpfahl und wirkte irgendwie selbstsicherer, erwachsener. Aber er war immer noch Momposhe.

Sie lief ihm grinsend über den Hof entgegen. Sie zögerte einen Moment und blickte zu dem jungen Schwarzen hoch, der immer noch still an dem Pfosten lehnte; dann fiel sie ihm trotz seiner gespielten Gleichgültigkeit um den Hals und umarmte ihn.

Lachend löste er sich schließlich aus ihrer Umklammerung. »Sieh dich nur an«, sagte er und ließ den Blick von ihren zerschrammten Stiefeln über den ausgefransten Overall bis zu ihrem Filzschlapphut gleiten. »Immer noch eine *enkiti.*«

Sie zog einen Schmollmund und gab ihm einen halbherzigen Klaps auf den Arm. »Ich bin *kein* kleines Mädchen. Ich bin schon fünfzehn!«

»Schön, schön, und eine echte Dame, wie ich sehe.« Er lächelte, doch er war ein wenig reservierter, als sie ihn in Erinnerung hatte. Das schien immer so zu sein – jedes Mal, wenn er weg gewesen war, kam er ein bisschen verändert zurück.

Sie nahm seine Hand und führte ihn zu dem Baumstamm unter dem Pfefferbaum, der als Sitzplatz diente. »Hinsetzen«, befahl sie spielerisch, zog ihn neben sich auf den Stamm und musterte ihn, bis er das Gesicht abwandte, weil ihm dieser intensiv prüfende Blick offenbar unangenehm war.

»Und jetzt, Momposhe, musst du mir alles erzählen«, sagte sie. »Was hast du getrieben? Hast du eine Freundin? Wie ist es in der Schule? Was hast du jetzt vor?«

»Nun, zunächst einmal bin ich nicht mehr Momposhe.«

»Bist du nicht?«

»Nein, ich habe beschlossen, meinen Namen zu ändern.«

»Warum?«

»Weil er nicht passend ist. Wenn ich Anwalt werden will, kann ich nicht Momposhe sein. Nein. Ich muss als Marcus bekannt sein.«

»Marcus?«

»Ja. Marcus ist ein Name für Anwälte.«

»Er klingt sehr britisch.«

»Britisch ist gut«, entgegnete er voller Überzeugung.

»Dann heißt du also jetzt Marcus Ole Matipe?«

Offenbar hatte er nicht an den ganzen Namen gedacht, und nach einer kurzen Pause des Nachdenkens sagte er: »Ja, Marcus Ole Matipe.«

»Hm … Das klingt ja ganz nett, aber was ist mit deinem Vater? Was wird der alte Marefu dazu sagen?«

Er schwieg einen Moment lang. »Mein Vater wird das verstehen.«

Wonder kam keuchend herbeigetrabt und ließ sich zu Jessies Füßen in den Staub fallen. Er legte die Schnauze schwer auf die Vorderpfoten und stieß ein tiefes Seufzen aus, das ein Staubwölkchen vom Boden hochwirbelte.

»Der Hässliche ist noch immer an deiner Seite«, sagte Marcus und lächelte dem Hund zu. Er wusste es besser und würde ganz sicher nicht versuchen, den Hund zu streicheln.

»Er wird so stolz auf dich sein, Momposhe, äh, ich meine, Marcus.«

»Wer?«

»Dein Vater. Der erste Massai-Anwalt auf der ganzen Welt.«

»Sei nicht albern, *enkiti*«, erwiderte er. »Bis dahin habe ich noch einen langen Weg vor mir.«

Aber sie sah ihm an, dass er sich über ihre Worte freute.

»Was ist mit dir?«, fragte er. »Hast du schon entschieden, was du werden möchtest?«

»Ein Jäger.«

Er schüttelte missbilligend den Kopf. »Du denkst immer noch wie ein Kind.«

Seine herablassende Art ärgerte sie. »Und was ist dagegen

einzuwenden, wenn jemand Jäger werden will?«, fragte sie empört.

»Nichts, wenn der Jemand ein Mann ist.«

»Das hat doch damit nichts zu tun. Ich kann pirschen, ich kann schießen.«

»Ein paar Gazellen hier und da.«

»Vor ein paar Wochen habe ich eine Elenantilope erlegt.«

»Eine große Gazelle.«

Sie wollte sich nicht mit der Wahrheit verteidigen – dass ihr Vater ihr verboten hatte, irgendetwas außer Fleisch für den Topf zu jagen.

Wonder sprang auf und spitzte die Ohren. Sein Nackenhaar sträubte sich, und ehe Jessie etwas sagen oder tun konnte, um ihn aufzuhalten, schoss er auf den Küchengarten zu, und ein Knurren drang aus seiner Kehle. Er rannte durch eine Lücke zwischen zwei Zaunpfählen und riss dabei mit seinen breiten Schultern eine Latte heraus.

»Immer noch hässlich, und immer noch dumm«, sagte Marcus kopfschüttelnd.

Gab es denn nichts, das Marcus-der-ach-so-kluge-Anwalt gutheißen konnte? »Wahrscheinlich sind die Paviane wieder an Papas Tomaten gegangen«, sagte sie, eher wütend auf Marcus als auf den Hund.

»Eines Tages wird dieser alte Pavianmann ihm die Stirn bieten, und dann pass auf«, sagte er.

Jessie dachte lieber nicht darüber nach. »Was wirst du jetzt tun?«, fragte sie und schaute auf seine Hand hinunter, die neben ihrer auf dem Holz lag; wieder einmal fiel ihr der Kontrast ihrer Hautfarben auf. Als Kind war sie von seiner warmen braunen Haut fasziniert gewesen, die so schön glänzte, wenn er schwitzte. Und seine Augen – sie glitzerten wie schwarze Tümpel. Damals hielt sie ihn für das exotischste Wesen der

Welt und folgte ihm verstohlen überallhin – sie sah zu, wie er neben seinem Vater zwischen Spinat und Kartoffeln Unkraut jätete oder auf dem Hof Maiskolben enthülste.

»Jetzt? Jetzt muss ich meinem Vater meinen Respekt erweisen.«

»Ich meine, was willst du in den nächsten paar Wochen machen, bis du wieder zur Schule gehst?«

»Ich weiß, was du meinst, *enkiti*, aber das ist nicht meine Entscheidung. Es ist sehr gütig von deinem Vater, mich aufs College zu schicken. Ich werde das tun, worum er mich bittet.«

Er stand auf und ging zur *banda*, wo Bruce Dalton die Kälber in den Pferch brachte, ehe die Kälte der Nacht herabsank. Sie sah ihm nach, wie er groß und aufrecht davonging. Seine langen Arme schwangen locker an seiner Seite, als renne er in Zeitlupe – insgeheim nannte Jessie das seinen *morani*-Gang.

Marcus hatte sich verändert. Anscheinend hatte er seinen Platz gefunden und wusste, wo er in dieser Welt und in seinem Leben stand. Man könnte sagen, dass er gelernt hatte, stolz zu sein, doch damit würde man andeuten, dass Stolz die wunderbare Freundlichkeit und Empfindsamkeit verdrängt hätte, die er stets jedem Wesen – Mensch oder Tier – entgegenbrachte. Es war eine Art bescheidener Stolz, eher ein Bewusstsein dessen, wer Momposhe, oder Marcus Ole Matipe, wirklich war.

Jessie seufzte. Momposhe – Marcus – war nicht mehr der Massai-Junge, der vor Jahren als dürre Bohnenstange hier angekommen war und ihre Welt auf den Kopf gestellt hatte mit seinen Geschichten von tapferen Kriegern und der Magie der Massai. Da er sieben Jahre älter war als sie, hatte er ihre kindischen Spielchen nicht mitgespielt, aber er hatte sie in eine andere Welt mitgenommen, in der Massai-Legenden und Heldenfiguren ihre gemeinsamen Tage dominierten. In den vergangenen zwei Jahren, so schien es, war er zum Mann geworden – kein Massai-Mann, sondern ein Mann wie jeder andere in Londiani oder Nakuru. Sie fragte sich, wohin der Massai ihn ihm wohl gezogen sein mochte.

Bruce Dalton saß auf der Veranda, die nach Westen der untergehenden Sonne zugewandt war. Nebel stieg in der kühleren Luft des späten Nachmittags auf und leitete goldene Lichtstrahlen in die langen Schatten des Tals. Aber er saß nicht da, um zuzusehen, wie die Sonne in den prächtigsten Farben der Regenzeit unterging. Er schnitzte an einem Stück Kampfer herum – ohne irgendeinen Plan, etwas Nützliches daraus zu formen, sondern nur als Ventil für seine Frustration.

Dalton war gereizt, weil ihm zwei Dinge im Kopf herumgingen. Zwei wichtige Dinge. Beide betrafen Momposhe, und wenn er ihn auf diese Dinge ansprach – und das musste er –, würde der junge Mann sich zurückgewiesen und betrogen fühlen. Und das Schlimmste war, dass Momposhe gar nichts falsch gemacht hatte; er trug keinerlei Schuld an der Situation, in der Dalton sich befand.

Der Kampfer war bis auf ein winziges Stückchen heruntergeschnitzt. Dalton warf es weg und nahm sich ein neues Klötzchen. Nein, er musste sich eingestehen, dass beide Fehler ihm allein zuzuschreiben waren – einer Mischung aus fehlgeleiteter Großzügigkeit und Vernachlässigung seiner väterlichen Pflichten.

Zu Zeiten wie diesen fehlte ihm seine geliebte Frau Marie am meisten. Er seufzte. Ja, Marie hätte ihn moralisch darin bestärken können, aber nur er, Dalton, konnte mit Momposhe darüber sprechen, denn er hatte Momposhe die Augen dafür geöffnet, was man mit einer guten Ausbildung erreichen konnte. Aber die Farm war in einer prekären Lage. Die Bank wurde allmählich ungeduldig. Er könnte gezwungen sein, Momposhe vom College zu nehmen.

Sein zweites Problem war sogar noch schwieriger.

Jessie war sein kleiner Schatz, seine über alles geliebte Tochter, und Momposhe war ein gesunder junger Mann. Jessie kam jetzt in dieses Alter, in dem sie bald anfangen würde, sich für Jungen zu interessieren. Die beiden verband eine unschuldige, kindliche Freundschaft, seit Momposhe mit Marefu auf die Farm gekommen war. Ja, Dalton hatte keinen Grund zu der Vermutung, es könnte sich daran etwas geändert haben, aber Jessie war im vergangenen Jahr sehr schnell gewachsen und sah immer mehr aus wie eine junge Frau. Gott allein mochte wissen, was für verrückte Pläne dieses hübsche Köpfchen ausbrütete, und es war offensichtlich, dass sie vernarrt in Momposhe war. Dalton hatte sie erst am Nachmittag quer über den Hof galoppieren sehen, um sich in Momposhes Arme zu stürzen.

Ja, wenn Marie noch am Leben gewesen wäre, hätte sie ihm gewiss helfen können, derart empfindliche Themen anzusprechen. Dalton wusste, dass er in solchen Dingen überhaupt nicht gut war. Aber, wie immer, würde er eben tun, was getan werden musste.

»Setz dich, setz dich.« Bruce Dalton wies auf den besten der drei anderen Stühle in dem Teil ihres einfachen Hauses, der als Wohnzimmer gelten konnte. Marcus balancierte auf der Kante des wackeligen Stuhls, weil er dessen Lehne nicht recht traute.

»Du heißt jetzt also Marcus, hm?«, begann Dalton und probierte den Namen zum ersten Mal an dem Jungen aus. Er stopfte Tabak in seine Pfeife und zündete sie an. Es war nicht ungewöhnlich, dass die Eingeborenen christlich klingende Namen für ihre Kinder übernahmen, wohl aber, dass ein solches Kind sich selbst einen anderen Namen gab. Er beschloss, die Sache auf sich beruhen zu lassen. Es gab Wichtigeres zu besprechen – Angelegenheiten, die ihn überhaupt erst dazu bewogen hatten, Marcus ins Haus zu bitten.

Dalton paffte an seiner Pfeife, bis sie richtig brannte, und sah dann zu, wie der blaue Rauch zur Decke aufstieg. Er zögerte es hinaus und versuchte, die richtigen Worte zu finden. Ihm blieb nicht viel Zeit. Jessie würde bald von der Besorgung zurückkehren, die er erfunden hatte, um sie aus dem Haus zu schicken. Es wäre Marcus gegenüber nicht fair gewesen, sie dabei sein zu lassen, wenn Dalton so persönliche Dinge mit ihm besprach. Er beschloss, die andere Angelegenheit, die mit Jessie, zuerst anzugehen. Er richtete sich auf und legte die Pfeife vor sich auf den Tisch. »Jessie«, begann er und merkte dann, dass diese Eröffnung ihn nirgendwo hinbringen konnte.

»Ja?«, sagte Marcus und lächelte unsicher.

»Sie ist, du weißt schon, gewachsen. Findest du nicht?«

»Hm«, antwortete Marcus unverbindlich.

Diese Entgegnung machte Dalton nervös, und er griff wieder nach seiner Pfeife. »Ihr seid schon sehr lange gute Freunde, ihr beiden«, begann er und versuchte, einen anderen Weg einzuschlagen.

»Ja.« Marcus zögerte, als spürte er, dass mehr von ihm erwartet wurde. »Seit ich noch sehr jung war«, fügte er hinzu.

»So ist es.« Dalton nickte. »Und ich sehe, dass ihr beiden euch immer noch neckt und zum Spaß miteinander rauft, wenn ihr einander begegnet.«

»Ja, das ist peinlich.«

»Ist es das?« Mit dieser Reaktion hatte Dalton nicht gerechnet.

»Sie ist so kindisch«, sagte Marcus und schüttelte den Kopf. »Wissen Sie, dass …« Er verstummte abrupt und senkte den Blick auf die Hände im Schoß. »Verzeihung, Mr. Bruce, es gehört sich nicht, dass ich so von Ihrer Tochter spreche.«

»Nein, das darfst du … Ich meine nur, ich dachte, du würdest mir zustimmen, dass sie allmählich erwachsen wird?«

»Ich kann meinem Vater nicht widersprechen.« Das war eine respektvolle Bezeichnung, die er oft benutzte, wenn er von Dalton sprach. »Aber ich muss auch die Wahrheit sagen, wenn Sie mich danach fragen. Sie ist meine Schwester, und ich mache mir Sorgen um sie.«

»Und warum … genau?«

»Nun ja …« Der junge Mann zögerte.

»Ja, nur zu.«

Marcus seufzte und versuchte, seine Gedanken zu ordnen. »Sie ist so kindisch. Sie sagt, sie will ein Jäger werden, wenn sie erwachsen ist. Sie hat keine Ahnung, wie wichtig eine Ausbildung ist.«

»Hm, Marcus … eine Ausbildung … Ich meine, nicht jeder kann eine gute Schulbildung haben.«

»Aber seit ich noch ein Kind war, haben Sie mir gesagt, dass eine gute Schulbildung das Wichtigste für jeden Menschen ist, Mann oder Frau, schwarz oder weiß.«

»Nun ja … das ist auch richtig. Aber eben nicht für jeden.« Das war seine Gelegenheit. Jetzt konnte er alle seine Gründe anführen, die er konstruiert hatte, um Marcus' Enttäuschung ein wenig zu mildern. Zum Beispiel, dass es für einen schwarzen Mann nicht so wichtig war, gut ausgebildet zu sein, wie für die Weißen, weil jemand wie Marcus vieles von dem, was er für sein Leben brauchte, von seinem Vater und anderen Massai lernen konnte. »Erstrebenswert, ja, wenn es denn möglich ist. Aber nicht unbedingt notwendig.« Er dachte, ein weniger konfrontierendes Beispiel könnte ihm helfen, zur Sache zu kommen. »Eine Frau, beispielsweise. Es gibt verschiedene Möglichkeiten der Ausbildung für eine Frau. Sie muss lernen, zu kochen und zu nähen, und sich auch auf die Ehe vorbereiten.«

»Aber … so denken die Massai von ihren Frauen.« Marcus kratzte sich am Kopf. »Ich dachte, die *wazungu* wären anders.«

Dalton wurde immer nervöser. Verdammt, dachte er. Marcus vergaß doch wirklich nie etwas. Er brauchte eine andere Möglichkeit, auf den Punkt zu kommen.

»Verstehst du das denn nicht, Marcus? Für eine Frau *ist* das die Bildung, die sie braucht. Das ist es, wozu sie geboren wurde, also ist es das, was sie lernen muss.«

»Aber wird das Jessie genügen?«

»Was meinst du damit, *genügen?*«

Wieder schlug der junge Mann die Augen nieder. »Verzeihung, Mr. Bruce, ich habe Sie mit meinem dummen Gerede über Jessie verärgert. Es steht mir nicht zu, zu sagen, dass sie kindisch sei oder dass sie besser auf Ihren Rat hören sollte, was eine Ausbildung angeht.«

Dalton verfluchte sich innerlich. Er hatte Marcus immer ermuntert, seine Meinung offen auszusprechen und sich nicht einschüchtern zu lassen, weil jemand seine höhere Position ins Spiel brachte oder einfach nur weiß war.

»Nein, ich bin nicht verärgert, Marcus«, sagte er und holte tief Luft. »Worüber ich eigentlich mit dir sprechen wollte, ist *deine* Ausbildung. Du gehst schon so lange zur Schule. Ich nehme an, du hast die viele Bücherweisheit allmählich satt.«

Marcus' Augen weiteten sich überrascht. »O nein! Ganz und gar nicht, Mr. Bruce. Ich bin Ihnen sehr dankbar für das, was Sie tun. Vielleicht verstehen Sie das nicht. Ohne diese Ausbildung wäre ich gar nichts. Sie wird mein ganzes Leben verändern!« Offenbar erschrocken über seine eigene Leidenschaft, senkte Marcus die Stimme. »Ich will damit sagen, dass Sie mir die Chance gegeben haben, jemand zu sein. Jemand Besonderes.« Seine Augen wurden feucht und schimmerten im Lampenschein. »Dafür kann ich Ihnen nie genug danken.«

Dalton war verblüfft. Er hatte ja nicht geahnt, dass die Schule dem Jungen so viel bedeutete. »Ich … ich freue mich, dass du sie, äh, nützlich findest«, stammelte Dalton und fand dann einfach keine Worte mehr. Marcus wartete aufmerksam darauf, dass er fortfuhr, doch nun wusste Dalton wirklich nicht mehr weiter. »Danke, Marcus. Du kannst jetzt gehen.«

»Danke sehr, Mr. Bruce.« In der Tür sagte er: »Gute Nacht, Mr. Bruce.«

»Ja, gute Nacht, Marcus.«

Als die Tür sich hinter dem jungen Massai schloss, fuhr Dalton sich mit der Hand über die Stirn. Der Abend war doch keine vollkommene Katastrophe gewesen. Immerhin hatte sich herausgestellt, dass seine Sorge, Jessie und Marcus könnten romantische Gefühle füreinander entwickeln, unbegründet war. Aber das finanzielle Problem mit Marcus' Schulbildung hatte neue Dimensionen angenommen. Nun, da er das Feuer gesehen hatte, das er in Marcus entfacht hatte, und wie ungeheuer wichtig es dem jungen Massai war, weiterhin die Schule zu besuchen – wie konnte er ihm jetzt sagen, dass er diesen lobenswerten Ehrgeiz nicht mehr unterstützen konnte? In Marcus' Augen wäre das ein ungeheuerlicher Verrat gewesen.

Dalton rechnete einmal mehr die dringendsten finanziellen Bedürfnisse der Farm durch, die ihm ohnehin ständig im Kopf herumgingen. Er meinte, ein paar Dinge vielleicht ein bisschen nach hinten schieben zu können, in der Hoffnung, das kommende Jahr würde besser laufen. Mit ein wenig Glück glaubte er, die Schulgebühren für ein weiteres Halbjahr aufbringen zu können.

Dalton schüttelte resigniert den Kopf. Wenn nicht, würde er eben den Mut aufbringen müssen, dem jungen Mann das Herz zu brechen.

KAPITEL 29

Kerzenschein flackerte, und die Kellner liefen um die lange Tafel herum, räumten hier einen Teller ab und füllten dort ein Glas auf. Die versammelte Gesellschaft war förmlich gekleidet – die zwölf Herren trugen schwarze Fliegen an gestärkten Kragen, und die Damen, fünf weniger an der Zahl, trugen das, was als Edwardianische Mode bekannt geworden war: hohe Krägen, lange Kleider mit Bahnenröcken – manchmal an den Knien weit ausgestellt im »Meerjungfrauen-Stil« – und Korsetts, die ihre Trägerinnen zwangen, den Busen und das Hinterteil herauszustrecken, was die »S-Kurve« ergab, die von den Modejournalen als so begehrenswert propagiert wurde.

Grogan schob seinen Stuhl zurück und erhob sich, als die anderen Herren beschlossen, sich auf die Veranda zurückzuziehen. Er beugte sich zu seiner Frau hinab und küsste sie auf die Wange. »Dauert nicht lange, mein Liebling«, sagte er.

Gertrude wandte sich zu ihm um und flüsterte: »Ach, Ewart, ich dachte, hier in den Tropen könnten wir diesen langatmigen Ritualen entkommen.«

»Nicht, solange das Protektorat von Peers bevölkert ist, meine Liebe.«

»Peers? Unerwünschten jüngeren Söhnen, meinst du wohl«, erwiderte sie lächelnd, »die hierher geschickt wurden, um zu Hause irgendeinem Skandal zu entkommen.«

»Zigarren und Brandy sind obligatorisch, tut mir leid.«

»Langweilig.«

»Ganz recht, mein Liebling. Ich wüsste auch, was ich jetzt lieber täte.«

Gertrude hob den Fächer, um ihr Lächeln zu verbergen. »Ewart, bitte ...«, flüsterte sie hinter dem Fächer, doch er war schon vom Tisch zurückgetreten.

Die Männer versammelten sich in der sogenannten Sportsman's Bar voller Jagdtrophäen, und Major Ringer reichte eine Zigarrenkiste herum. Zwei Kellner folgten ihm mit einer Karaffe und Cognacschwenkern. Lord Delamere trat zu ihnen, einen absurd großen Tropenhelm auf dem Kopf, der seinen kahlen Oberkopf verbarg, während ihm das lange, rötlich-gelbe Haar offen bis auf die Schultern fiel.

»Wozu soll der denn gut sein, Delamere?«, fragte jemand. »Ist die Mitternachtssonne zu stark für Sie?«

Leises Lachen ertönte von der Versammlung.

»Gewohnheit, mein Bester. Und eine verdammt nützliche Angewohnheit. Wenn Sie je einen so schweren Sonnenstich gehabt hätten wie ich damals in Somaliland, dann würden Sie auch einen solchen Hut tragen.«

Als Grogan Hugh Cholmondeley, dem dritten Baron Delamere, vorgestellt worden war, hatte er aus der alten Strickjacke, dem ungepflegten Äußeren und dem wirren Haar geschlossen, Delamere sei ein haltloser Vagabund. Doch der Adelige, kleiner und kräftiger gebaut als Grogan, war eine beeindruckende Persönlichkeit, bis hin zu seiner Besessenheit, seinen halbkahlen Kopf vor der Sonne zu schützen. Grogan hatte gehört, Delamere trage das restliche Haar so lang, um seinen Nacken ebenfalls zu schützen.

»Ihr Burschen unterschätzt die gefährliche Wirkung der tropischen Sonne vollkommen«, fuhr Delamere fort. »Verarbeitet das Hirn zu Rührei. Nein, ich wollte vor allem meinen

Revolver holen.« Er tätschelte die Waffe, die in seinem Kummerbund steckte.

»Die Sonne hat ihm schwer zugesetzt, fürchte ich«, bemerkte Tommy Woods, der ebenso wie Grogan ein Mitglied des städtischen Verwaltungskomitees war.

Die steife Förmlichkeit, die den Abend bisher geprägt hatte, wich jetzt unbekümmerter Unterhaltung.

»Gentlemen«, rief Captain Sanderson, der Leiter der Stadtkanzlei, laut genug, um das Stimmengewirr zu übertönen. »Wenn Sie so freundlich wären.« Er ließ den letzten Unterhaltungen Zeit, auszulaufen, ehe er fortfuhr: »Ich wollte die Damen während des Essens nicht mit geschäftlichen Angelegenheiten langweilen, aber viele von Ihnen interessieren sich gewiss für die neuesten Entwicklungen im Verwaltungskomitee. Angesichts der fortgeschrittenen Stunde und der Tatsache, dass die jungen Burschen unter uns ihr nächstes Rikscha-Rennen auf der Government Road wohl kaum noch erwarten können, werde ich mich kurzfassen.«

Der Lärmpegel schwoll erneut an, doch Sanderson sorgte rasch wieder für Ruhe.

»Offenbar sind diejenigen Ingenieure und Ärzte, die beim Hochkommissar bemäkelt haben, Nairobi sei ungesund und schlecht gewählt und der Verwaltungssitz sollte deshalb verlegt werden, ignoriert worden.«

Einige jubelten, andere riefen »Hört, hört!«

»Das macht Tommy Woods Arbeitsausschuss zur Schaffung einer Stadtverordnung umso wichtiger. Bei dieser Gelegenheit sollte ich erwähnen, dass der Arbeitsausschuss ein neues Mitglied hat. Sie kennen gewiss alle Mr. Ewart Grogan, nicht wahr?« Er wies mit der Hand in Grogans Richtung. »Mr. Grogan hat kürzlich beschlossen, sich mit seiner reizenden Frau Gertrude in Nairobi niederzulassen, und er ist genau der Mann, den diese Stadt braucht, wenn sie zu dem Handelszentrum werden soll, das uns allen vorschwebt.«

Höflicher Applaus kam auf. Grogan nickte anerkennend.

»Ich bin sicher, seine Erfahrung und Fachkenntnis werden für Tommys Ausschuss sehr nützlich sein«, fuhr Sanderson fort.

»Können Sie jetzt mit dem Salbadern aufhören?«, unterbrach ihn Delameres schrille Stimme. »Ich wette diesen Fünfer darauf, dass ich Sie beim Zielschießen auch heute übertreffen werde. Betrunken oder nüchtern.«

Das frühe Morgenlicht glitzerte in den Pfützen und im nassen Gras, als Grogan und Gertrude vom Hotel Norfolk aus zu der Anhöhe oberhalb des Sumpfes spazierten. Sie hatten ein frühes Frühstück eingenommen, und Gertrude hatte vorgeschlagen, einen Spaziergang zu machen, denn die nachmittäglichen Regengüsse hatten sie während der vorigen Tage im Haus gehalten.

»Ewart«, sagte sie und zupfte an seinem Ärmel.

»Ja, Liebste?«

»Könnten wir bitte einen gemächlichen Spaziergang machen statt einen deiner Gewaltmärsche?«

»Entschuldige, wie gedankenlos von mir.«

»Gedankenverloren trifft es wohl eher«, entgegnete sie. »Wenn dich irgendetwas beschäftigt, stürmst du immer in der Gegend herum wie ein wildes Tier. Ich werde aussehen wie eine Vogelscheuche, wenn wir im Teehaus ankommen.«

»Unmöglich, du siehst bezaubernd aus.« Sie trug ein Kleid, das er noch nie an ihr gesehen hatte, und dazu einen breiten Hut mit keck aufgestellter Krempe. »Eine Straußenfarm ist eine weitere Unternehmung, die wir uns näher ansehen sollten, Gertie«, sagte er, als die Federn an ihrem Hut ihn daran erinnerten. »Unten in der Athi-Ebene gibt es ein paar Straußenfarmen, die recht erfolgreich sind.«

»Es war also das Geschäft, das dich wieder einmal von mir fortgelockt hat? Nun, wenn deine Pläne irgendetwas mit Damenmode zu tun haben, solltest du sehr vorsichtig sein, Ewart. Federn wird eines Tages ganz gewiss niemand mehr tragen wollen. Die Mode ändert sich alle paar Jahre. Nehmen wir zum Beispiel dieses Kleid: Es ist von Paul Poiret – einem der neuen Pariser Couturiers. Wer hätte je gedacht, dass wir Damen so zarte Pastelltöne und eine so hoch angesetzte Taille tragen würden?«

»Da hast du vermutlich recht, aber es dauert so verdammt lange, Land in der Stadtmitte zu finden – und das ist meine höchste Priorität. Ich habe das Gefühl, stillzustehen, während alle anderen an mir vorbeieilen.«

»Ich kann mir nicht vorstellen, dass du jemals *stillstehen* könntest. Dein Problem, mein Liebling, ist genau das Gegenteil. Du wirst etwas Passendes finden. Du brauchst nur Geduld.«

Geduld war eine Tugend, an der es ihm oft mangelte. Grogan hatte das Gefühl, dass das gesamte Protektorat sich rasend schnell entwickelte, dass andere ihm schon alle wirklich guten geschäftlichen Gelegenheiten weggeschnappt hatten und dass die besten Grundstücke in der Stadt bereits alle den Indern gehörten, von denen viele seit Generationen in Ostafrika lebten. Sie hatten die Chancen gesehen, die diese erblühende Siedlung bot, und schon sehr früh einen Großteil des Landes aufgekauft, das heute im Stadtzentrum lag.

Gertrude zupfte erneut an seinem Ärmel. »Vielleicht könnten wir hier kurz Pause machen und die wunderbare Aussicht genießen.« Sie waren an der Stelle, wo der Pfad einen Blick über den Sumpf und den fauligen Fluss bot – beide waren von der Government Road aus nicht zu sehen.

Gertrudes Sarkasmus war an Grogan verschwendet, denn während sein Blick den Papyruswäldchen am Rand des Sumpfes folgte, schweiften seine Gedanken ab. Hier und da führten Wildwechsel zum Sumpf, denn für die Tiere war er eine recht zuverlässige Wasserquelle. Von früheren Exkursionen am Flussufer entlang wusste Grogan, dass man auf diesen Trampelpfaden zahlreiche Spuren finden konnte, von Büffeln, Löwen, vielen Antilopenarten und Zebras. Von ihrem Standpunkt aus fiel ihm auf, dass diese Wildwechsel an einem bestimmten Punkt zwischen der Stadt und dem Fluss zusammenliefen.

»Ein natürlicher Knotenpunkt«, sagte er.

»Wie bitte, Liebling?«

Er war einer Idee nachgegangen und hatte das Ergebnis laut ausgesprochen, ohne es zu merken.

»Ein natürlicher Knotenpunkt«, wiederholte er. »Dieses Land, der Sumpf, ist ein natürlicher Mittelpunkt für die Tiere, ihr Knotenpunkt. Hier treffen ihre Pfade aufeinander, und von hier aus setzen sie ihre Wege in alle Richtungen fort.«

Gertrude wirkte verblüfft. »Und ... warum interessiert dich das so?«

»Ich habe diesen Sumpf schon so oft gesehen, aber nie erkannt, dass er das Zentrum der gesamten Ebene ist, auf der Nairobi liegt. Alles, was sich bewegt, vom Elefanten bis zur Feldmaus, folgt unbewusst dem Weg des geringsten Widerstands. Und der führt hierher. Die Natur leistet sich niemals Verschwendung. Dieser Sumpf ist ein natürlicher Knotenpunkt für sämtliche Tiere, schon seit Jahrhunderten – seit Tausenden, vielleicht Hunderttausenden von Jahren.«

Gertrude blickte weiterhin verständnislos drein.

»Siehst du es denn nicht, Liebste? Wir haben hier das Herz Nairobis vor uns. Der Mensch, der dieses Land besitzt, kontrolliert das kommerzielle Zentrum der Stadt.« Er zog sie in seine Arme und küsste sie. »Ich glaube, ich werde einen Sumpf kaufen.«

Kapitel 30

Der Zug kam auf der ebenen Talsohle des Ostafrikanischen Grabenbruchs gut voran; hier verlief die Strecke an einer vulkanischen Felsnase entlang, dort wich sie einem Felsvorsprung aus. Ein zerklüfteter Landstrich, doch überall sah Grogan eine kleine Herde Ziegen oder Rinder, behütet von einer einsamen, in Rot gehüllten Gestalt; die Hirten stützten sich oft auf ihre Stöcke und standen auf einem Bein wie die Kraniche.

Der Elmenteitasee kam in Sicht, in die schützenden Falten seiner vulkanischen Nachbarn geschmiegt, und dann der Nakurusee, umringt von weiten, grünen Grasflächen und durchzogen von dem rosafarbenen Band, das eine Million Flamingos bildeten.

Vor ihm erhob sich der westliche Grabenrand, von Hitzeflimmern verschleiert. Grogan hatte die Leistung von Preston und seinen Männern beim Bau dieser Bahnlinie nie allzu hoch eingeschätzt und musste diese Meinung nun ebenso überdenken wie die Kritik von Politikern in weiter Ferne, die sich über die Kosten und die komplizierten Konstruktionen beklagt hatten. Dieses Meisterstück des Ingenieurwesens konnte es mit jeder Konstruktion der Welt aufnehmen.

An jeder Station verließ Grogan sein Abteil, um sich die Beine zu vertreten und die Leute zu beobachten, die aus- oder zustiegen. Er hörte Akzente, die ihm während seiner Reisen recht vertraut geworden waren: die selbstsichere, gedehnte

Sprechweise eines Amerikaners; den barsch und rauh klingenden Dialekt eines Schotten; das kehlige Bellen eines Buren; das typische Näseln eines Australiers. Die Leute waren in Bewegung – noch nicht viele, aber es sprach sich herum, dass Land in Britisch-Ostafrika leicht zu haben war.

Vor zwei Jahren in Südafrika hatte Grogan mit Sir Charles Eliot diskutiert, als Hochkommissar der oberste Verwaltungsbeamte von Britisch-Ostafrika, der nach Südafrika gekommen war, um für sein Protektorat zu werben. In diesen Gesprächen hatte er erfahren, dass die britische Regierung »den richtigen Leuten« jede denkbare Möglichkeit bieten würde, Land entlang der Bahnlinien zu nutzen. Als Grogan Eliot also erklärt hatte, er und seine Partner aus Südafrika unter der Leitung von Fredrick Lingham, dem kanadischen »Bauholzkönig« aus Transvaal, wären daran interessiert, ein großes Waldgebiet zu pachten, um die Minen in Johannesburg mit Holz für Stützen und Pfeiler zu versorgen, war der Hochkommissar geradezu begeistert gewesen. Er hatte gesagt, dies sei genau die Art von Projekt, die das Protektorat brauchte, wenn es sich selbst tragen sollte. Er hatte Grogan ermuntert, nach Britisch-Ostafrika zu gehen und nach etwas Passendem zu suchen. Wenn Grogan etwas finden sollte, versprach Eliot, eine großzügige Forstkonzession für ihn und seine Partner ins Auge zu fassen.

Bald nach der Abfahrt von Nakuru begann der Zug mit dem quälend langsamen Aufstieg an der westlichen Grabenwand. Seiner Karte hatte Grogan entnommen, dass das Mau Escarpment noch höher und steiler war als der östliche Rand des Grabens. Bis er sein Ziel – Londiani – erreichte, würde der Zug bereits wieder abwärtsfahren, nachdem er den höchsten Punkt der Strecke, über achttausend Fuß über dem Meeresspiegel, überschritten hatte.

Als der Zug bei dem steilen Anstieg nur noch in Schrittgeschwindigkeit vorankam, bemerkte Grogan, dass sie sich in den Überresten eines Waldes befanden. Die Bäume waren offensichtlich zu Tausenden gefällt worden, weil sie für den Bau der Bahnstrecke, die nötigen Gebäude und die vielen Viadukte und Brücken gebraucht worden waren.

Der Zug seufzte erleichtert auf, als er nach über einer Stunde vielfach gewundenen Aufstiegs endlich den Mau Summit erreichte. Grogan war ebenso erleichtert, wieder ebenen Boden unter den Füßen zu haben und über eine weite Landschaft hinauszublicken, die nicht von zerklüftetem Terrain verborgen wurde. Er fühlte sich in die heimischen englischen Moore versetzt. Der Wind – eisig und stählern – schnitt durch seine Kleidung und trieb ihm das Wasser in die Augen. Das kurze Gras schien sich mit größter Mühe an der Erde festzuklammern. Es war kein Baum, kein Mensch und kein Tier zu sehen. Grogan wusste, dass er sich in der Nähe von Londiani befinden musste, und wenn es dort ebenso trübsinnig aussah, dann hatte man ihn wahrhaftig getäuscht.

Bald, nachdem der Zug vom Mau Summit aus abwärtsrollte, veränderte sich die Landschaft dramatisch. Zwischen den Stümpfen gefällter Bäume erstreckte sich meilenweit kräftiges, üppiges Gras, bis der blaue Schimmer von Wäldern die Hügel in der Ferne verschleierte. Als sie Londiani erreichten, hielt sich der Eindruck einer englischen Landschaft immer noch, doch diesmal glich die Gegend eher englischen Wäldern. Grogans Laune hob sich, und er konnte es kaum erwarten, sich an die Arbeit zu machen.

Preston hatte ihm erklärt, im Städtchen Londiani werde er genügend Zugtiere und Wagen finden, die er mieten könne, und ortskundige Leute als Führer, doch als er sich an der Bahnstation umsah, entdeckte er nur einen einzigen Weißen.

»Guten Tag«, sagte Grogan zu dem Mann, der eben einen Mehlsack aus dem Güterwaggon schleifte.

Der Mann stotterte einen verblüfften Gruß. Er war kräftig gebaut, ein wenig rundlich, und Grogan schätzte ihn auf etwa fünfzig Jahre.

»Verzeihung, dass ich Sie erschreckt habe«, sagte er höflich.

»Nicht erschreckt, bin nur überrascht. Wir sehen hier in Londiani nicht viele Besucher.«

»Ich verstehe. Mein Name ist Grogan. Ewart Grogan.«

Der Mann wischte sich die Hände an der Hose ab und ergriff die dargebotene Hand. »Sehr erfreut. Ich bin Bruce Dalton.« Er hatte dicke, sommersprossige Arme und störrisches, rötlich blondes Haar. »Hab' eine Farm da oben.« Er wies mit einem Nicken auf die bewaldeten Hügel, hier und da von gerodetem Grasland unterbrochen. »Was führt Sie nach Londiani, Mr. Grogan?«

»Ich, äh ... interessiere mich für die Gegend.« Als er merkte, dass Dalton mehr erwartete, fügte er hinzu: »Für Land, genauer gesagt.« Er hatte durch seine vielen Anfragen in Nairobi bereits unerwünschtes Interesse auf sich gezogen. Er wollte wirklich keinen Zug voll Spekulanten hinter sich herschleichen haben, wenn er sich hier nach passendem Land für seine Forstkonzession umsah.

»Gibt's hier reichlich«, sagte Dalton. »Die übernächste Parzelle neben meiner hat hundertzwanzig Hektar und ist noch zu haben.«

»Danke, aber ich möchte mir erst einmal einen allgemeinen Überblick verschaffen. Eine Vorstellung davon bekommen, was hier alles zu haben ist.«

»Aber natürlich, Sie wären ein Narr, sich nicht gründlich umzusehen. So etwas darf man nicht überstürzen.«

»Was für Landwirtschaft betreiben Sie denn, Mr. Dalton?«

»Viehhaltung hauptsächlich, Rinder, ein paar Schafe. Ein bisschen Weizen, Mais und Kartoffeln. Und natürlich noch die *shamba* für die Küche.«

»Rinder … Ich kann nicht behaupten, dass ich viel über die Viehzucht wüsste.«

»Ich auch nicht«, entgegnete Dalton.

Grogan warf ihm einen fragenden Blick zu.

»Alle anderen schienen damit gut zu verdienen. Als alle Zedern weg waren und es reichlich Gras gab, dachte ich, ich könnte es ja mal versuchen – aber anfangs hatte ich kein Glück. Dann tauchte eines Tages ein alter Mann auf der Farm auf, der vermutlich mehr über das Vieh weiß, als sonst irgendjemand auf der Welt.«

»Und jetzt betreiben Sie Viehzucht?«

Dalton lächelte. »Wäre ohne den alten Marefu undenkbar gewesen. Ich sage Ihnen, der weiß nicht nur, wie man Rinder züchtet, er weiß auch, wann sie welches Elixier brauchen. Und wenn ein Rind krank wird, braut er einen seiner Dschungelsäfte zusammen und singt ihm etwas vor.«

»Er singt dem Rind etwas vor?«

»Ja, so könnte man es wohl nennen. Sehr feierlicher Sprechgesang. Sonst spricht er kaum ein Wort. Und es dauert nie lange, dann ist die Kuh wieder gesund.«

»Wo haben Sie denn einen solchen Experten aufgetrieben?«

»Stand eines Tages einfach vor meiner Tür. Ein Massai. Das ist sein Sohn da drüben bei meinem Karren.«

Grogan blickte zu dem großgewachsenen jungen Mann

hinüber, der ein Fässchen Paraffin auf den Karren hinter einem Muli wuchtete. Er trug ein ärmelloses kariertes Hemd über einer traditionellen roten Massai-*shuka*.

»Es heißt, die Massai seien hervorragende Viehzüchter und Hirten.«

»Ja, das sind sie.« Dalton verfiel in Schweigen und musterte Grogan ein paar Augenblicke lang. Ihm ging etwas durch den Kopf. Dann sagte er: »In Londiani gibt es kaum so etwas wie Fremdenzimmer. Sie können sehr gern bei mir unterkommen, solange Sie sich hier umsehen.«

»Oh, das ist aber freundlich von Ihnen, Mr. Dalton. Danke, sehr gern.«

»Ich freue mich, einmal ein wenig Gesellschaft zu haben und das Neueste aus Nairobi zu erfahren. Aber ich muss Sie warnen, das Haus ist nichts Besonderes, aber es … na ja, es ist eben mein Zuhause.«

»Ich versichere Ihnen, dass ich zu meiner Zeit schon an ausgesprochen wilden Plätzen gelagert habe. Ich bin sicher, dass ich im Vergleich dazu auf Ihrer Farm wie auf Rosen gebettet schlafen werde.«

Dalton warf ihm ein skeptisches Lächeln zu; vielleicht zweifelte er daran, dass Grogan in seinem ganzen Leben auch nur einen einzigen Tag ohne den üblichen Komfort hatte ertragen müssen.

Daltons Farm lag in einem grünen Tal, umgeben von sanften, bewaldeten Hügeln. Auf dem kurzen Weg von der Bahnstation hierher hatten sie ein paar ähnliche, saftig grüne Täler durchquert, und Grogan wurde wieder an Preston erinnert, der ihm erzählt hatte, die Landschaft hier erinnere stark an England. Als der Mulikarren die letzte Anhöhe erreichte und in die langen Schatten des Spätnachmittags hinabtauchte, spürte Grogan eine plötzliche Kühle, die unangenehm durch sein Hemd drang. Er war froh über die leichte Jacke, die er mitgebracht hatte. Dem Massai-Jungen, der nur mit seiner *shuka* bekleidet war, schien die Kälte nichts auszumachen.

»Ehe die Eisenbahn gebaut wurde, war hier niemand«, sagte Dalton. »Nicht einmal Eingeborene. Weder die Massai auf der einen, noch die Kipsigi auf der anderen Seite haben sich je länger hier aufgehalten. Zu kalt.«

Während der halbstündigen Fahrt zu seiner Farm fuhr er mit seinen Bemerkungen fort, zeigte Grogan verschiedene Landmarken und kommentierte den Erfolg oder Misserfolg der Feldfrüchte und Herden jedes seiner Nachbarn. Der Massai-Junge, Marcus, überraschte Grogan, indem er sich am Gespräch beteiligte – er beantwortete Daltons Fragen, und als er dazu aufgefordert wurde, trug er selbst etwas zur Unterhaltung bei. Die meisten Massai, die Grogan bisher begegnet waren, konnten kein Englisch, und selbst diejenigen, die ein paar Sätze sprechen konnten, waren eher schüchtern und verschlossen.

Das Farmhaus war aus groben Materialien erbaut, aber offenbar sehr solide, und da im Küchenherd ein schönes Feuer brannte, auch behaglich warm.

Grogan lernte das dicke Kikuyu-Hausmädchen Bernase und Daltons Tochter Jessie kennen. Das junge Mädchen war seinem Vater überhaupt nicht ähnlich. Jessies Haut war leicht gebräunt, als hätte sie ihr ganzes Leben in der Sonne verbracht, was sehr wohl der Fall sein mochte, aber Grogan vermutete, dass dieser Teint eher angeboren war. Ihr Haar war honigfarben und schimmerte im goldenen Schein der Lampe. Während ihr Vater erst sorgfältig überlegte, ehe er etwas schwerfällig sprach, war seine Tochter spontan und ungeniert, und wenn sie sich ein Lachen erlaubte, klang es hell und ansteckend. So ziemlich das Einzige, was sie mit Dalton gemein hatte, waren die haselnussbraunen Augen, die in ihrem Fall die Aufregung und Erwartung der Jugend erkennen ließen. Sie schien förmlich an Grogans Lippen zu hängen.

Nach einer einfachen Mahlzeit rauchte Grogan mit Dalton eine Pfeife, während Jessie, einen Ellbogen auf dem Tisch und das Kinn in die Hand gestützt, schweigend zuhörte, wie die Männer sich über Feldfrüchte, das Wetter und das Land unterhielten.

Grogan fühlte sich in Daltons Gegenwart sehr wohl, und in der freundlichen Atmosphäre der warmen Küche beschloss er, seine Vorsicht über Bord zu werfen und dem Mann seine wirklichen Gründe für diese Reise darzulegen. Er würde Hilfe brauchen, wenn er das Land nördlich von Londiani erkunden wollte.

»Holz, ja?«, sagte Dalton, nachdem Grogan sein eigentliches Interesse gestanden hatte.

»Man hat mir gesagt, dass sich die Zedernwälder von hier aus weit nach Norden erstrecken.«

»Ja, es gibt reichlich Zedern.«

»Wie viel von dem Land befindet sich in Privatbesitz?«

»Nichts davon. Ich habe einen Nachbarn im Norden, aber der hat nur noch seine paar Rinder.«

»Keine Holzfällerei?«

»Nicht mehr seit dem Bau der Bahnlinie. Die meisten Leute meinen, es sei zu schwierig, Holz hier rauszuschaffen. Ist in der Trockenzeit schon schwer genug – hier gibt es viel zu wenig Arbeitskräfte, um Bäume zu fällen und abzutransportieren. In der Regenzeit wäre es unmöglich.«

»Was halten Sie von der Gegend noch weiter nördlich? Wie kommt man da voran?«

»Schwer, glaube ich, aber ich bin nie mehr als zwanzig

Meilen weit nach Norden gegangen. Da oben ist es gefährlich.«

»Weshalb ist es gefährlich?« Der Gouverneur in Mombasa hatte Grogan gewarnt, aber er wollte die Meinung eines Ortsansässigen hören.

»Die Nandi haben den Briten nie verziehen, dass diese eine Bahnlinie quer über ihr Land gebaut haben, ohne auch nur um Erlaubnis zu fragen.«

»Aber soweit ich weiß, hat die Armee sie vor ein paar Jahren besiegt.« Auch in diesem Fall waren Grogan die Tatsachen bereits bekannt, denn er hatte im Zug Lieutenant Meinertzhagen vom dritten Bataillon der African Rifles getroffen. Der Lieutenant war der Ansicht, dass die Nandi der gefährlichste Gegner in ganz Ostafrika seien, und erklärte, im Gegensatz zur offiziellen Ansicht seien sie alles andere als vollständig unterworfen.

»Ja, das erzählen sie einem. Ich sage Ihnen – und viele Leute hier in der Gegend werden Ihnen dasselbe sagen –, dass die Nandi das ganz anders sehen. Ist ein gottverlassener Landstrich da draußen, in Richtung Uasin Gishu. Da sind Männer einfach verschwunden und wurden nie wieder gesehen.«

»Ich lasse mich nicht von ein paar aufgebrachten Eingeborenen entmutigen, Mr. Dalton.«

Dalton nickte und musterte Grogan, während er an seiner Pfeife paffte. »Ja, das sehe ich Ihnen an, Mr. Grogan. Aber Sie haben mich nach dem Land da oben gefragt, und ich kann Ihnen nur sagen, was ich weiß.«

»Selbstverständlich, und ich weiß Ihre Offenheit sehr zu schätzen. Aber da ich nun schon einmal hier bin und entschlossen, meine Mission auszuführen, was würden Sie mir raten?«

»Sie haben keine Chance ohne einen guten Führer.«

»Und hätten Sie einen Vorschlag, wo ich einen solchen Mann finden könnte?«

»Es dürfte sehr schwierig sein, jemanden davon zu überzeugen, diese Aufgabe zu übernehmen.«

»Ich bin bereit, demjenigen volle fünf Pfund für seine Dienste zu bezahlen.«

Daltons rötlich gelbe Augenbrauen hoben sich kaum merklich. »Wie gesagt, ich war selbst noch nie da oben. Ich weiß auch nicht, ob ich dorthin wollte, wenn ich die Gelegenheit dazu bekäme.« Er zog an seiner Pfeife. »Aber fünf Pfund sind für manche Leute eine Menge Geld. Ich kenne nur einen Mann, der mit dieser Gegend vertraut ist, aber ich glaube nicht, dass er es machen würde. Sie werden selbst mit ihm sprechen müssen.«

»Sehr gern. Wenn Sie mir sagen, wo er wohnt, reite ich morgen hin und spreche persönlich mit ihm.«

»Sie brauchen nicht weit zu reiten, Mr. Grogan. Sie haben den Mann bereits kennengelernt.«

Nun war es Grogan, der verblüfft dreinblickte. »Ich habe doch nur Ihren Hirten kennengelernt …«

Dalton nickte. »Marefu.«

»Aber wenn er Ihr Arbeiter ist, wie Sie sagten, dann können Sie doch gewiss für ihn sprechen?«

»Gerade deshalb kann ich ihn nicht selbst fragen, Mr. Grogan. Marefu ist sehr loyal, und er würde gehen, wenn ich ihn darum bitte, aber ich glaube, ich sollte Ihnen erst etwas erzählen, ehe Sie mit ihm reden.« Dalton warf einen Blick zu seiner Tochter hinüber, die begierig lauschte. »Marefu kennt den Norden sehr gut. Er stammt vom Uasin-Gishu-Plateau, etwa siebzig Meilen nördlich von hier. Bis vor, lassen Sie mich überlegen, das muss jetzt neun oder zehn Jahre her sein, war er mit einem Buren befreundet, der eine Farm in der Nähe von Sixty-Four hatte.«

»Sixty-Four?«

»Parzelle Vierundsechzig. Ich nehme an, irgendwann kommen sie noch dazu, dem Dorf, das da entstanden ist, einen richtigen Namen zu geben. Also, Sixty-Four liegt zwischen den Territorien der Massai und der Nandi. Die beiden Stämme kämpfen schon seit – ich weiß nicht wie lange, vermutlich seit Jahrhunderten – um das gute Weideland da oben. Jedenfalls war ein Haufen Nandi-Krieger unterwegs, um eine Sektion der Massai zu überfallen. Dabei sind sie auf die Farm des Buren gestoßen und haben versucht, ihm ein paar Rinder zu stehlen. Dann muss die Hölle losgebrochen sein. Am Ende waren der Bure und seine sechsköpfige Familie tot. Die Nandi zogen sich in die Hügel zurück und nahmen ihre Toten und Verwundeten mit. Bei der darauf folgenden Untersuchung kam man zu dem Schluss, die Massai seien die Schuldigen, weil man etwa zur selben Zeit einen Trupp *morani* in der Gegend gesehen hatte – vermutlich haben sie die Nandi verfolgt. Marefu war als eine Art Anführer der Massai bekannt, und man stellte ihn als Komplizen vor Gericht und verurteilte ihn zu zwei Jahren Gefängnis. Das war ein mildes Urteil, weil der Richter der Ansicht war, er sei durch den Tod seiner Frau bei diesem Überfall bereits genug gestraft.«

Dalton klopfte seine Pfeife auf dem Tisch aus und wischte sich den verkohlten Tabak in die hohle Hand. »Sie können sich also vorstellen, dass Marefu die Nandi hasst und fürchtet.« Er stand auf und trat an den Herd, wo er die Asche aus seiner Hand auf die Kohlen fallen ließ. Er wandte sich wieder Grogan zu. »Wenn Marefu sich einverstanden erklärt, Sie zu führen, dann sollten Sie daran denken, dass er womöglich versuchen wird, einen neuen Nandi-Massai-Krieg anzufangen, wenn er die Chance dazu bekommt.«

Jessie konnte den Blick nicht mehr von dem Mann mit den schönen Augen losreißen. Den ganzen Abend lang, während er an ihrem Küchentisch saß und mit seiner wundervollen Stimme seine spannenden Abenteuer erzählte, zog er sie in seinen Bann.

Er war ja so interessant; er hatte schon so viel erlebt. Er war in San Francisco, Paris und London gewesen. Und in anderen Orten, von denen sie noch nie gehört hatte, wie Melbourne, Auckland oder Santiago, aber sie wagte es nicht, ihn zu unterbrechen und nachzufragen, um den Strom der fesselnden Worte ja nicht zum Versiegen zu bringen. Sie erfuhr von der neuseeländischen Sitte, zur Begrüßung die Nasen aneinanderzureiben, dass die Japaner gern rohen Fisch aßen und dass es Orte auf der Welt gab, wo Männer mit bloßen Händen Goldklumpen aus der Erde graben konnten.

Sie war wie gebannt von seiner Stimme und seinen Geschichten, aber es war sein Gesicht, seine Augen, von denen der wahre Zauber ausging. Solche Augen hatte es noch nie gegeben. Ihr Blick wirkte beinahe beängstigend intensiv, wenn er in einer seiner Geschichten über Gefahren oder Übeltaten aufging, und dann wieder unglaublich zärtlich, wenn er von Menschen und Freundschaften sprach und das eiskalte Blau zur warmen Farbe des Nachmittagshimmels zerschmolz.

Nur allzu bald wechselte er das Thema und begann, ihrem Vater viele Fragen über Londiani und Uasin Gishu und Sixty-Four zu stellen. Jessie achtete nicht auf die Einzelheiten, sondern konzentrierte sich darauf, wie sich Mr. Grogans Lippen bewegten, wenn er sprach; wie sie sich verzogen und beinahe unsichtbare Grübchen neben seinen Mundwinkeln entstehen ließen, wenn er lächelte. Sie bekam jedoch mit, dass Mr. Grogan, falls Marefu sich bereit erklärte, ihn zu führen, wieder aufbrechen würde, sobald er ein paar Träger beisammen hatte. Er sprach mit ihrem Vater darüber, wo er Träger rekrutieren könnte und wo er den Proviant kaufen sollte, den er brauchen würde. Es hörte sich an, als würde er in drei Tagen zum Aufbruch bereit sein. *Drei Tage!*

Als ihr Vater darauf bestand, dass sie zu Bett ging, lächelte Mr. Grogan über ihren Schmollmund. Er reichte ihr die Hand und wünschte ihr gute Nacht, und seine Hand war fest und warm – genau so, wie sie sich seine Berührung vorgestellt hatte.

Sie lag im Bett und konnte nicht schlafen; stattdessen versuchte sie, sich auszumalen, wie ihr Leben sein würde, wenn sie mit Mr. Ewart Grogan verheiratet war.

Kapitel 31

Gertrude zögerte an der Tür, die aus dem kühlen Foyer des Norfolk auf die offene vordere Veranda führte. Einen Moment lang war ihr schwindelig, doch das schrieb sie der morgendlichen Wärme und dem plötzlichen, grellen Sonnenlicht auf der weißen Balustrade zu.

Major Ringer stand mit einem anderen, gutgekleideten Herrn am Verandageländer. Als Ringer sie bemerkte, kam er sofort herbei, ergriff ihre ausgestreckte Hand und küsste sie galant. »Mrs. Grogan«, sagte er, »Sie sehen bezaubernd aus, wie üblich.«

»Danke, Major Ringer«, entgegnete sie mit herzlichem Lächeln.

»Kennen Sie Mr. John Ainsworth, den Unterkommissar?« Er wies auf den Mann, der nun von der Balustrade zu ihnen herüberkam.

Gertrude lächelte den Gentleman an. »Ich glaube nicht.«

Ainsworth ergriff ihre Hand mit beiden Händen. »Ich glaube, wir sind uns schon einmal begegnet, aber nur kurz, in Mombasa – Sie waren auf der Durchreise, Madam.«

»Tatsächlich? Ach, das scheint eine halbe Ewigkeit her zu sein.«

»Wir sind uns im Bureau des Hochkommissars begegnet. Es hat mich sehr gefreut, zu hören, dass Sie mich sehen möchten, denn bisher habe ich es versäumt, Sie persönlich in Nairobi willkommen zu heißen.«

»Alle hier waren ganz reizend, vor allem Major Ringer und sein Personal. Und ich danke Ihnen sehr, dass Sie meine Bitte um ein Treffen heute Vormittag erfüllen.«

»Es ist mir ein Vergnügen.«

»Wie wäre es mit einem Tee?«, schlug Ringer vor. »Mrs. Grogan, wäre Ihnen ein Tisch hier draußen oder im Speisesaal lieber?«

Gertrude ließ den Blick über die Tische schweifen und fand einen, der vor der grellen Sonne auf der Straße durch einen ausladenden Pfefferbaum geschützt war. »An dem Tisch dort hinter dem Baum dürfte es kühl genug sein«, sagte sie und wedelte sich mit ihrem bestickten Fächer Luft zu.

Ringer ließ ihr den Vortritt.

John Ainsworth rückte ihr den Stuhl zurecht, als sie Platz nahm. Gertrude hatte schon viel von Ainsworth gehört, der, genau wie Erwart, als Mann der Tat galt. Die Ortsansässigen nannten ihn Eukalyptus-Johnnie, seit er enthusiastisch große Plantagen dieser australischen Baumart rund um Nairobi angelegt hatte. In seiner Funktion als öffentlicher Landverwalter war er außerdem während Ewarts Suche nach Grundstücken in der Stadt sehr hilfreich gewesen, und deshalb hatte Gertrude ihn um dieses Treffen gebeten. Als alle am Tisch Platz genommen hatten, bestellte Ringer Tee.

»Ich schaue mir zu gerne diese alltägliche Parade an, Sie nicht?«, bemerkte Gertrude und fächelte sich erneut Luft zu, denn heute schien es viel wärmer zu sein als gewöhnlich. »So viele interessante Gestalten.«

»Interessant ist eine mögliche Bezeichnung, Mrs. Grogan«, entgegnete Ainsworth. »Völlig verrückt, das wäre ein anderes Wort dafür.«

»Ich bezeichne sie für mich gern als kurios originell«, erwiderte sie.

Er lächelte sie an.

»Mr. Ainsworth, Ewart hat mir erzählt, Sie wären ihm eine große Hilfe gewesen.«

»Es war mir ein Vergnügen, und obendrein nichts weiter als meine Pflicht, Mrs. Grogan. Wenn wir neue Siedler anziehen und halten wollen, die so wertvoll für unser Land sind wie Sie, dann müssen diese jede Unterstützung bekommen, die sie brauchen, um hier einen Anfang machen zu können.«

»Sie waren in dieser Hinsicht wirklich unersetzlich, Mr. Ainsworth. Und soweit ich weiß, ist Ewart sehr zufrieden mit den Fortschritten der Formalitäten für den Erwerb der Grundstücke in Kabete und Ngong.«

Ainsworth nahm das Kompliment mit einem Nicken entgegen.

Der Tee wurde gebracht, und Ringer entließ den Kellner sogleich und schenkte ihnen persönlich ein. »Zucker und Milch, Mrs. Grogan?«

»Oje«, sagte sie und fächelte geradezu hektisch. »Sie hatten vorhin gefragt, ob ich Tee möchte, nicht, Major? Entschuldigen Sie bitte, aber mir ist auf einmal so … nun ja, heiß. Könnte ich wohl etwas Kaltes bekommen?«

»Aber selbstverständlich.« Ringer winkte den Oberkellner herbei, der die Bestellung aufnahm und davoneilte.

»Wo waren wir gleich?«, fragte Gertrude ein wenig verwirrt. »Ach ja, bei Grundstückskäufen.« Sie überlegte einen Augenblick, bevor sie sagte: »Wir haben einen guten Anfang gemacht, Mr. Ainsworth, aber wir haben uns hier nicht angesiedelt.«

Ainsworth runzelte die Stirn und versuchte zu verstehen, wie sie das meinte.

»Sie haben uns dabei geholfen, hier einen Anfang zu machen, aber nun würde ich mich gern hier niederlassen.« Als

Ainsworth immer noch nicht begriff, fuhr sie fort: »Entschuldigen Sie, ich bin heute Vormittag wohl nicht ganz ich selbst. Ich will mich deutlicher ausdrücken. Ewart ist sehr beschäftigt damit, Ausschau nach geeigneten Investitionen und geschäftlichen Möglichkeiten zu halten. Gerade jetzt ist er wieder irgendwo im Lande unterwegs und geht einer weiteren Geschäftsidee nach – weiß der Himmel, wann ich ihn wiedersehen werde. Was ich gern unternehmen würde, ja, ich habe sogar schon damit begonnen, ist, uns ein Grundstück in der Stadt zu suchen, wo wir uns ein Haus bauen können. Einen Ort, an dem wir uns häuslich einrichten können.«

»Aha … ich verstehe. Sie möchten ein *Heim*, nicht nur einen *Anfang*. Jetzt ist mir klar, was Sie meinen.«

»So ist es. Ein Zuhause für unsere Kinder, die derzeit noch in England festsitzen.« Aus irgendeinem unerklärlichen Grund war sie auf einmal den Tränen nahe. Erschrocken blinzelte sie sie fort. »Und ich habe bereits ein sehr schönes Fleckchen gefunden. Ich glaube sogar, es liegt gleich hinter Ihrem Anwesen, Mr. Ainsworth.«

»Tatsächlich?«

»Und ich habe mich gefragt …«

»Ja?«, ermunterte Ainsworth sie.

»Ich habe mich gefragt, ob …« Auf einmal fühlte sie sich ganz schwach. Ein heißer Wind wehte von der Straße herüber und wirbelte unter der Veranda herum. Im selben Moment bekam sie ein Gefühl der Enge in der Brust, als hätte jemand ihr Mieder enger geschnürt. Sie versuchte, sich auf die Passanten auf der Government Road zu konzentrieren, starrte aber plötzlich auf einen Mann, der auf einem Zebra ritt. »O weh«, sagte sie.

»Stimmt etwas nicht, Mrs. Grogan?«, fragte Ainsworth und runzelte besorgt die Stirn.

»Kellner!«, hörte sie Ringer wie aus weiter Ferne rufen. »Bringen Sie uns kaltes Wasser.«

Der Mann auf dem Zebra hatte einen Bart. Er war stämmig und sehr gut gekleidet, in einen dreiteiligen Nadelstreifenanzug. Das Zebra trottete gemächlich dahin und starrte hinab auf den Staub der Government Road. Jemand rief dem Mann auf dem Zebra zu: »Dr. Ribeiro! Bitte kommen Sie rasch.« Das war Ringer oder Ainsworth, sie war nicht sicher. Der Mann im Nadelstreifenanzug brachte sein absurdes Reittier zum Stehen.

Gertrude kam sich vor, als sei sie in Alices Kaninchenloch gefallen. Wo war die Grenze zwischen Realität und Einbildung? Gab es in Nairobi überhaupt etwas, anhand dessen man die beiden unterscheiden konnte?

Der helle Morgen verdüsterte sich, und ihr drehte sich der Kopf. Dann kam die Dunkelheit.

Der stämmige, bärtige Mann, der sich über sie beugte, kam ihr eigenartig bekannt vor.

»Sind Sie in anderen Umständen, meine Liebe?« Seine Stimme klang freundlich und sachlich.

Gertrude blickte sich um. Sie befand sich im Schlafzimmer ihrer Suite im Norfolk – mit einem fremden Mann. »Wer … wer sind Sie?«, fragte sie erschrocken.

»Ich bin Rosendo Ribeiro, Mrs. Grogan. Zu Ihren Diensten.«

Sein ruhiger Tonfall besänftigte sie ein wenig. »Was tun Sie hier? Das ist mein Schlafzimmer.«

»Nun, ich untersuche Sie, meine Liebe.«

»Weshalb denn?« Sie wollte sich aufsetzen, und der bärtige Mann beugte sich vor, um ihr zu helfen. »Ich kann das sehr gut allein, besten Dank«, erklärte sie hochfahrend.

»Wie Sie wünschen, Madam.« Er verneigte sich steif, was zu seinem irgendwie fremdländischen Akzent und dem seltsamen Namen zu passen schien.

Sie zog sich ein Kissen vor die Brust und war sich nun keineswegs sicher, ob sie sich von ihrem Schwächeanfall schon ganz erholt hatte. »Wie, sagten Sie bitte, lautet Ihr Name?«

»Rosendo Ribeiro. *Doktor* Rosendo Ribeiro.«

»Sie sind Arzt?« Erst jetzt bemerkte sie das Stethoskop um seinen Hals.

»Unter anderem, ja.«

»Und was haben Sie mich gerade gefragt?«

»Ich glaube, ich habe mich erkundigt, ob Sie in anderen Umständen sind.«

»Und damit meinen Sie, ob ich schwanger bin?«

»Meiner Erfahrung nach scheuen sich viele englische Damen vor dieser direkteren Ausdrucksweise.«

»Nun, ich nicht. Und das bin ich nicht. Schwanger, meine ich.« Sie dachte einen Augenblick nach. »Oder doch?«

Er lächelte und enthüllte dabei ungleichmäßige weiße Zähne. »Gut möglich. Haben Sie denn schon Kinder?«

»Ja, zwei. Sie sind bei ihrem Kindermädchen in England, bis wir uns hier niedergelassen haben.« Die Erinnerung an die Veranda, an Major Ringer und Mr. Ainsworth kehrte zurück. »Gütiger Gott, ich muss ohnmächtig geworden sein, und das vor dem Kommissar.«

»Wegen der beiden Herren brauchen Sie sich keine Gedanken zu machen, obwohl sie natürlich sehr besorgt um Sie sind. Sie warten draußen auf Nachricht, wie es Ihnen geht.«

»Sie dürfen ihnen aber nichts sagen.«

»Wie Sie wünschen.«

Sein professioneller Tonfall klang vollkommen gleichmütig, doch der eulenhafte Ausdruck seiner Augen hinter den dicken Brillengläsern verriet seine Überraschung. »Ihr Ehemann ist gewiss in der Stadt?«

»Nein, mein Mann ist nicht …« Da schoss ihr ein anderer Gedanke durch den Kopf. »Das Zebra. War es wirklich … Haben Sie auf einem Zebra gesessen?«

»Ja. Das war Mr. Zoot, mein getreues Reittier.«

Erleichtert kehrte sie zu ihrem vorherigen Gedankengang zurück, zu dem auch gehörte, dass sie sich tatsächlich seltsam verhielt. »Ich möchte nur nicht, dass die Herren von meiner Schwangerschaft erfahren.«

»Sie glauben also, Sie *sind* schwanger?«

»Anscheinend. Ich meine, vermutlich. Jetzt, da ich so darüber nachdenke. Meinem Verhalten in der letzten Zeit nach würde ich sogar sagen, ziemlich sicher. Aber mein Mann weiß noch nichts davon.«

»Bitte machen Sie sich keine Gedanken, Mrs. Grogan. Ich hatte nicht die Absicht, die Herren draußen darüber zu informieren, dass sie schwanger sind, oder auch nicht. Ich wollte lediglich ihre Besorgnis um Sie ein wenig zerstreuen.«

»Oje«, sagte sie, als sie die Lage endlich ganz begriff.

»Ja?«

Sie hatte nach einem Grundstück für ihr Haus gesucht, und zum ersten Mal seit ihrer Ankunft hier hatte sie ihrer Zukunft in Afrika optimistisch entgegengesehen. Eine Träne trat ihr ins Auge, als sie daran dachte. »Wenn ich ein Baby bekomme, muss ich heim nach England.«

Kapitel 32

Vier Tage nach seiner Ankunft in Londiani führte Grogan die kleine Karawane, bestehend aus neun Trägern, Marefu und Marcus, von Daltons Hof. Neun Träger waren nicht so viele, wie Grogan sich gewünscht hätte, aber mehr hatte er nicht rekrutieren können – trotz des übermäßig großzügigen Lohns, den er für die dreiwöchige Safari zu zahlen bereit war. Die Massai wollten sich nicht dazu herablassen, als Lasttiere zu dienen, und die Tuken, die in den vergangenen Jahren genug von der wilden Grausamkeit der Nandi gesehen hatten, weigerten sich strikt, auch noch absichtlich deren Territorium zu betreten. Grogan konnte nur ein paar umherziehende Kikuyu anlocken, die entweder so verzweifelt waren vor Hunger oder so ahnungslos, was die Nandi anging, dass sie sein Angebot annahmen.

Die ganze Gegend wusste inzwischen von der Safari von »dem Mann aus Nairobi«. Es kam nicht alle Tage vor, dass eine Safari von Londiani ausging. Ja, diese war die erste, an die man sich überhaupt erinnern konnte, und viele Anwohner strömten zu Daltons Hof, um die kleine Karawane zu verabschieden. Es war beinahe so etwas wie ein kleines Volksfest. Einspänner waren eigens zu diesem Anlass geputzt und geschmückt worden, und die Damen trugen ihre besten Hüte. Dalton spazierte umher und unterhielt sich mit seinen Bekannten wie ein Zirkusdirektor, der die Ehrengäste unterhielt, solange seine Artisten sich für ihren Auftritt bereitmachten.

Jessie erschien in einem Kleid, aber sie wirkte niedergeschlagen. Grogan tadelte sie für ihre finstere Miene, konnte ihr aber den Grund dafür nicht entlocken.

Die geringe Anzahl von Trägern zwang Grogan, mit weniger Gepäck zu reisen, als er geplant hatte. Er hatte von Anfang an vorgehabt, sich Dinge zu ersparen, die viele andere zum Minimum an Komfort zählten, wie ein Zelt, eine Badewanne und einen ausreichenden Vorrat Whisky. Doch nun musste er seine Ausrüstung noch stärker reduzieren und beschränkte sich auf Proviant, die einfachsten Ausrüstungsgegenstände und zwei Gewehre.

Eine weitere Menschenmenge erwartete sie auf der Farm von Daltons Nachbarn, Major Drought. Grogan lächelte bei der Vorstellung, wie Sir Charles Eliot, der so viel Energie und Zeit darauf verwandte, Siedlern dieses Land, »wo Milch und Honig fließen«, schmackhaft zu machen, darauf reagiert haben mochte, dass der Name seines ersten Großgrundbesitzers hier »Schwere Dürre« bedeutete.

Als die Karawane endlich unterwegs war und die Karnevalsstimmung hinter sich gelassen hatte, ließ Grogan den Blick über seine Männer schweifen. Die Träger waren bester Laune; das konnten sie auch sein, denn sie hatten die Hälfte ihres Lohns im Voraus erhalten. Sie marschierten fröhlich dahin, ihre sechzig Pfund schweren Lasten auf dem Kopf, und summten eines ihrer Stammeslieder.

Marefu ging in der Mitte der kleinen Kolonne, schweigsam wie immer, und mit der hoheitsvollen Haltung, die so charakteristisch für seinen Stamm war. Zunächst hatte er Grogans Angebot abgelehnt. Sogar die gewaltige Summe von fünf Pfund – für ihn ein ganzer Jahreslohn – hatte ihn nicht umstimmen können, doch irgendetwas musste ihn im Lauf des Tages dazu bewogen haben, es sich anders zu überlegen, denn am Abend war er wiedergekommen und hatte mit einem Nicken das Angebot angenommen. Grogan hatte sich damit abgefunden, die Reise auch ohne den alten Massai anzutreten, wenn es sein musste, aber mit Marefu als Führer war er zuversichtlich, dass sie weniger leicht irgendwelchen Ärger bekommen würden. Jedenfalls war Grogan ihm dankbar, und Dalton war er ebenfalls dankbar, denn der Mann hatte anfangs erklärt, er würde Marefu nicht dazu drängen, diese Rolle zu übernehmen; doch letztlich hatte er mit seinem Schweigen genau das bewirkt.

Marcus hatte darum gebeten, sie begleiten zu dürfen, und als Marefu keine Einwände erhob, stimmte Grogan zu, vor allem, da Marcus ihm als Dolmetscher dienen konnte.

Auf dem gerodeten Hügelkamm, der die Grenze von Droughts Farm bildete, stockte Grogan der Atem. Vor ihm lag ein endlos weites, sanft gewelltes Waldland. Er sah hoch aufragende Zedern – einige mindestens hundert Fuß hoch, mit einem Umfang von zwölf Fuß auf Schulterhöhe; Steineiben – viele von ihnen uralt und mit Flechten bedeckt; und Wacholder. Es war unmöglich, zu erkennen, wie weit dieser Wald reichte, doch Grogan war klar, dass er so viel wie möglich über die nächsten fünfzig Meilen herausfinden musste – nicht nur der Forstkonzession wegen; er wollte auch nach anderen Nutzungsmöglichkeiten für dieses Land Ausschau halten, um die gewaltige Investition, die er und seine Partner planten, ein wenig bezuschussen zu können. Straßen und Sägemühlen mussten gebaut werden. Karren, Ochsen, Mulis und Pferde würden für den Transport nötig sein. Hunderte Männer mussten eingestellt werden, ehe sie auch nur ein Streichholz verkaufen konnten. Irgendwann würden sie eine Seitenlinie von der Uganda-Railway-Bahnlinie brauchen. Er hatte Lingham und dessen Investoren versichert, dass er den

Gouverneur würde überreden können, das Gleis auf Kosten der Regierung auszubauen.

Doch das war eine Aufgabe für einen anderen Tag. Zunächst einmal galt es, einen Wald zu erobern.

Von den Nandi hatten sie keine Spur gesehen, doch Grogan bemerkte, dass Marefu während der vergangenen Tage immer wachsamer geworden war und den umgebenden Wald besonders sorgfältig absuchte, ehe er Grogan signalisierte, dass es sicher sei, hier das Lager aufzuschlagen. Einige Male war Grogan mitten in der Nacht aufgewacht und hatte Marefu gesehen, der mit dem Rücken zum Feuer dastand und in die Nacht hinausstarrte, seinen Speer mit der schweren Spitze in der Hand.

Grogan fand die Tatsache, dass sie bisher keinem einzigen Eingeborenen begegnet waren, nicht weiter besorgniserregend. Das bedeutete immerhin, dass er keine Zeit darauf verschwenden musste, den lokalen Machthabern Höflichkeitsbesuche abzustatten und reichlich *hongo* zu verteilen, als Dank für die höfliche Erlaubnis, deren Land passieren zu dürfen.

Am Morgen verlief der Marsch wie an jedem anderen Tag, doch später, als Grogan schon daran dachte, die Mittagsrast auszurufen, blieb Marefu abrupt stehen. Grogan nahm sein Gewehr von Marcus entgegen, und gemeinsam traten sie zu Marefu an die Spitze der Kolonne. Grogan versuchte angestrengt, den Grund für Marefus angespannte Konzentration zu finden, konnte aber nichts entdecken. Nach einer langen Pause deutete Marefu an, dass sie zu dritt weitergehen und die Träger zurücklassen sollten.

Sie pirschten durch den Wald. Noch immer fand Grogan keinen Hinweis darauf, dass es Grund zur Beunruhigung gäbe. Er wollte Marcus gerade bitten, seinen Vater nach einer

Erklärung zu fragen, als sie den Rand einer winzigen Lichtung mit einem Kreis aus primitiven Hütten erreichten, mitten im Dschungel verborgen. Die Hütten waren leer, aber es gab zahlreiche Anzeichen dafür, dass die Siedlung noch nicht lange verlassen war. In einer Feuerstelle lag kalte Asche, aber sie war noch nicht vom Wetter und den kleinen Tieren zerstreut worden, die gern an alten Feuerstellen nach Essensresten und Kohle herumstöberten. Vor den Hütten waren Fußspuren zu sehen, in einer die Überreste einer Mahlzeit.

Als Marefu offenbar mit seiner Analyse der Situation zufrieden war, beantwortete er endlich die Fragen seines Sohnes. Ja, sagte er und nickte, das war ein Nandi-Lager. Vermutlich das Lager einer Kriegertruppe auf Raubzug, denn es gab keine Hinweise darauf, dass Frauen hier gewesen waren. Nichts wies darauf hin, dass etwas in Töpfen gekocht oder Maismehl gemahlen worden sei. Die Krieger reisten mit wenig Ausrüstung und sehr schnell. Wohin sie unterwegs waren oder wen sie womöglich verfolgten, könne sein Vater nicht erraten, erklärte Marcus.

Zum ersten Mal auf dieser Safari hielten sie nicht an, um Mittagsrast zu machen, sondern marschierten weiter, bis sie eine passende Stelle für das Nachtlager fanden, mindestens zehn Meilen vom Lager der Nandi entfernt. Die Träger wussten nicht, was Marefu im Dschungel gefunden hatte, und am Ende dieses langen, heißen, ermüdenden Marsches waren sie sehr reizbar und begannen, sich aufzulehnen. Sie murrten untereinander herum und weigerten sich, das Lager aufzubauen. Sie hörten nicht auf Marcus, dessen Aufgabe es war, den Aufbau der Zelte zu überwachen und den Platz für das Lagerfeuer auszuwählen. Stattdessen hockten sie dichtgedrängt beieinander und verlangten von ihm, dass er dem *bwana* ihre Beschwerden mitteilte.

»Sie sagen, sie brauchen Fleisch«, berichtete Marcus Grogan. »Und sie wollen nicht mehr in der Mittagshitze marschieren.«

Grogan nickte geduldig, während Marcus eine ganze Liste weiterer Forderungen aufzählte.

»Außerdem wollen sie mehr Geld«, schloss der junge Mann.

»Also schön, also schön, ich denke, ich habe verstanden«, sagte Grogan. »Komm mit, ich will die Sache klären.«

Grogan marschierte auf die Träger zu, und die gesamte Gruppe schien zu erstarren, als er sich näherte. Ein paar Minuten lang ging er nur vor ihnen auf und ab und forderte jeden einzeln heraus, seinem Blick zu begegnen. Dann baute er sich vor der Mitte der Gruppe auf.

»Sag ihnen«, bat er Marcus, »dass es nicht mehr Geld geben wird.«

Marcus übersetzte ins Kikuyu.

Die Männer hielten die Köpfe gesenkt, doch einige wechselten verstohlene Blicke.

»Und wenn wir marschieren, dann marschieren wir. Bis sie umfallen, wenn ich es für nötig halte.«

Als ihnen das übersetzt wurde, schienen die Schultern der Männer ein wenig tiefer herabzusinken.

»Aber sag ihnen, dass ich ihnen Fleisch bringen werde. Bald. Und jetzt sollen sie sich an die Arbeit machen, sonst komme ich mit der *kiboko* wieder und peitsche sie aus.«

Noch ehe Marcus zu Ende übersetzt hatte, wandte Grogan sich ab. Wie er erwartet hatte, erhoben sich die jubelnden Stimmen der Träger, als sie von dem unerwarteten Sieg hörten, was das geforderte Fleisch anging.

Und das stand ihnen auch zu. Es war allgemein üblich, dass die normalen Maismehl-Rationen, *posho*, der Träger regelmäßig durch frisches Wildbret ergänzt wurden. Das war im lichteren Gelände zu Beginn ihres Trecks noch relativ einfach gewesen, aber der dichte Wald in den Tälern, denen sie seit vier Tagen folgten, machte die Jagd sehr schwierig. Und nun, da eine Truppe Nandi-Krieger in der Nähe war, würde Grogan es nicht riskieren, ihre Position durch Schüsse zu verraten.

Er würde die Männer irgendwie im Griff behalten müssen, bis er glaubte, den Nandi sicher entkommen zu sein.

Es konnte keinen vergleichbaren Anblick auf der ganzen Welt geben. Egal, aus welchem Blickwinkel Grogan das Uasin-Gishu-Plateau beurteilte, es hielt unbegrenzte Schätze bereit.

Sie waren zehn Meilen weit marschiert, um einen guten Aussichtspunkt zu finden, und nun erstreckte sich das saftige Grasland zum goldenen Horizont, und Grogan konnte sich ein Urteil bilden. Das Plateau war eine Art höher gelegene Fortsetzung des Großen Grabenbruchs, umfangen von den Elegyo und Nandi Escarpments – eine fruchtbare Ebene, vierzig Meilen breit, die für jeden Geschmack etwas bot.

Das Grasland war ideales Weideland – die Massai hatten diese Hochebene als Alternative zur Laikipia aufgesucht, wenn das Gras dort zu spärlich war. Rinderzucht bot sich hier also geradezu an, obwohl Schafe die trockeneren Bedingungen dieses Hochlands sicher auch sehr schätzen würden.

Eine zerkrümelte Handvoll fetter Erde floss wie warmer Honig durch seine Finger. Die Erntemengen an Getreide, Gemüse und Hülsenfrüchten von dieser fruchtbaren Erde wären praktisch unbegrenzt.

Und dann das Wild – dies war ein Paradies für Jäger. Jackson's Kuhantilopen in Herden von drei- bis fünfhundert Tieren; eine Herde von mindestens zweihundert Elenantilopen – die größte und, so behaupteten manche, die wohlschmeckendste aller Antilopenarten. Tausende von Zebras. Über das Uasin-Gishu-Plateau mussten mindestens hunderttausend Tiere verstreut sein. Unvorstellbar, dass eine noch so große Anzahl eifriger Jäger diese Population jemals ernsthaft gefährden könnte.

Hier lag das Herzstück von Grogans Plänen mit den Zedernwäldern. Bauern, Hirten und Jäger würden bald auf dieses Hochplateau streben, um seine reifen Früchte zu pflücken. Mit ihnen würden die Händler kommen, die Ladenbesitzer, die Baumeister und Handwerker. Es würde eine große Nachfrage nach Transportmöglichkeiten geben, und die Bahnlinie verlief nur siebzig Meilen von hier durch Londiani. Hier fanden die Träume der Siedler von gutem Land und das Interesse der Regierung, deren gewaltige Investitionen in das Protektorat sich auszahlen mussten, auf ideale Weise zusammen. Und Grogan und seine Partner würden vorgesägte Zedernstämme auf Güterwaggons laden und sie durch ihre vierzigtausend Hektar umfassende Forstkonzession fahren.

Es war an der Zeit, nach Nairobi zurückzukehren und die Hebel in Bewegung zu setzen.

Kapitel 33

Gertrude saß allein in dem Einspänner und betrachtete lächelnd die zweiunddreißig Hektar, auf denen sie ihre Träume und ihr Haus aufbauen wollte. Das Stück Land war leicht bewaldet und lag zwischen zwei Flüssen, dem Nairobi und dem Kubwa. Zwischen den Flüssen – das erinnerte sie an einen Ort, von dem Ewart ihr im Zusammenhang mit seinen Reisen erzählt hatte. Sie konnte sich nicht daran erinnern, wo er lag, aber sie wusste noch, dass der Name in der Sprache der Eingeborenen »zwischen den Flüssen« bedeutete. Das waren so wunderbar klangvolle Worte – sie hörten sich an wie plätschernde Gewässer, die sich glucksend miteinander vermengten.

In die Freude, die sie erlebte, während sie in dem Einspänner saß, während Schmetterlinge über den Gräserähren flatterten und Webervögel laut um die besten Plätze in den Akazien stritten, mischte sich auch Nervosität. In den ganzen sechs Jahren ihrer Ehe hatte sie noch nie eine Entscheidung gefällt, die auch Ewart betreffen würde, ohne vorher mit ihm darüber zu sprechen. Das lag nicht etwa daran, dass er ein tyrannischer Ehemann gewesen wäre – ganz und gar nicht. Aber er war ein so energiegeladener, wacher Mensch, dass er ihrer beider Bedürfnisse meist im Voraus erkannte. So hatte sie selten Gelegenheit, eigene Ideen beizutragen. Er vergötterte sie, tat alles für sie, seit dem Tag ihrer Hochzeit, und sie hatte nie Grund gehabt, ihm das übelzunehmen. Aber nur sehr selten konnte sie wichtigen, für die Zukunft entscheidenden Angelegenheiten ihren Stempel aufdrücken. Ewart war der Anstifter, sie der Kollaborateur.

Also lag es vermutlich an ihrer mangelnden Übung im Treffen wichtiger Entscheidungen, dass sie jetzt so nervös war. Vielleicht lag es auch an ihrem grässlichen, schwangeren Zustand, der sie unfähig machte, irgendetwas zu entscheiden. Sogar die Wahl, was es zum Abendessen geben sollte, wurde ihr zur Qual. Sie hatte sich damit abgefunden, dass diese Schwangerschaft ihre Rückkehr nach England bedeuten würde, also durfte sie keine Zeit damit verschwenden, Trübsal zu blasen. Sie würde all ihre Energie in das Projekt ihres neuen Heims stecken, um sich von der bevorstehenden Trennung von Ewart abzulenken.

Dies war wirklich ein wunderschönes Fleckchen für ihr Haus. Sie konnte sich vorstellen, wie die Kinder im Garten herumrannten, Steine in den Fluss warfen, im Busch ihre Abenteuer erlebten. Sie griff zu den Zügeln und versetzte ihrem Muli damit einen leichten Klaps.

Ewart war nicht damit zufrieden, Reichtum nur zu erben. Als ältester Sohn unterstanden ihm die beträchtlichen Ländereien der Grogans, und jetzt, durch die Ehe mit Gertrude, würde er obendrein in den Genuss ihrer noch beträchtlicheren Erbschaft kommen. Aber das stellte Ewart nicht zufrieden. Er betrachtete seine gegenwärtige, angenehm sichere finanzielle Lage nur als Sprungbrett. Er wollte die Besitztümer der Familie so vermehren, dass sie all seinen Geschwistern zugutekamen, und ein Vermögen anhäufen, das sogar Gertrudes unerschütterlichen Stiefvater beeindrucken würde. Er hatte Jahre damit zugebracht, auf der Suche nach Chancen die Welt zu durchstreifen, und so hatte er binnen weniger Wochen nach seiner Ankunft in Britisch-Ostafrika erkannt, dass dieses Land alle Möglichkeiten bot, die er brauchte. Der erfolgreichste Geschäftsmann in ganz Britisch-Ostafrika zu sein, das würde seinen Ehrgeiz wohl befriedigen.

Und was Gertrude anging, so war dieses Fleckchen zwischen den Flüssen genau das, was sie gesucht hatte. Ewart würde immer eine sehr viel größere Welt brauchen, in der er seine gewaltige Energie austoben konnte, aber Gertrude brauchte ein Haus – ihr eigenes Zuhause, nicht den prächtigen Wohnsitz der Grogans in West Sussex oder die elegante Wohnung in London –, um den eigentlichen Anfang ihres gemeinsamen Lebens zu markieren.

Am dritten Tag des Rückwegs vom Uasin-Gishu-Plateau befand sich die Karawane wieder im dichten Urwald. Sie hatten sich von der Fülle des Hochplateaus reichlich satt gegessen, doch nun beschloss Grogan, die Vorräte aufzufüllen, in der Hoffnung, das Fleisch würde dann bis Londiani reichen.

Am späten Nachmittag, als das Lager aufgebaut war, nahm er Marcus und vier Träger mit, überließ das Lager Marefus Aufsicht und hielt auf eine Lichtung zu, auf der er zuvor vielversprechende Spuren gefunden hatte.

Er hatte Marcus bereits bei einigen Jagdausflügen als Gewehrträger und Führer mitgenommen. Eine erfolgreiche Jagdpartnerschaft gründete sich auf ein harmonisches Verhältnis; ohne diese beinahe instinktive Verbindung wäre eine Jagd erfolglos, im schlimmsten Fall sogar gefährlich. Grogan hatte erst bezweifelt, dass ein solches Verständnis zwischen ihm und dem jungen Massai entstehen könnte. Aber ihm blieb nicht viel anderes übrig – die Zusammenarbeit erforderte Verständigung auf verschiedenen Ebenen, auch der sprachlichen, und Marcus gehörte zu den wenigen Männern in seinem Lager, die auch nur halbwegs fließend Englisch sprachen. Grogan hatte zu seiner Überraschung festgestellt, dass ihre Zusammenarbeit sehr gut klappte, so dass sie bei einigen erfolgreichen Jagdausflügen Buschböcke und Gazellen erlegen konnten. Das Verständnis zwischen ihnen wuchs und entwickelte sich zu einer angenehmen Partnerschaft.

Grogan postierte vier Männer am Waldrand mit der Anweisung, dass sie ihm nur folgen sollten, wenn sie Schüsse hörten. Dann würde es ihre Aufgabe sein, das erlegte Wild auszuweiden und das Fleisch ins Lager zu tragen.

Nach fast einer Stunde hatten Marcus und er jedoch keine Fährten gefunden außer der eines Büffels – vermutlich eines Bullen –, und der frischen Losung nach zu schließen, war er nicht weit. Ein Büffel war unter diesen Bedingungen nicht die ideale Jagdbeute. Sie folgten einem Bachlauf, der eine kleine Lichtung mit hohem Gras geschaffen hatte. In dieser Umgebung war der Büffel im Vorteil, falls er beschloss, sich ihnen zu stellen und sein Territorium zu verteidigen.

Grogan sträubten sich die Haare im Nacken. Sein sechster Sinn ließ ihn selten im Stich, und er hatte gelernt, ihm zu vertrauen, ganz gleich, ob die innere Stimme der Vernunft ihn für diesen Aberglauben schalt. In der unmittelbaren Umgebung war nichts, was seine Besorgnis hätte erregen können, doch er beschloss, die Pirsch abzubrechen, und signalisierte Marcus, dass sie zum Lager zurückkehren würden.

Die Sonne tauchte hinter einen fernen Hügel, und augenblicklich ließ die sengende Hitze nach. Das Tal seufzte erleichtert auf, und ein kühles Lüftchen strich durchs Gras. Es trug ihre Witterung dem Büffel zu. Sie waren kaum ein Dutzend Schritte weit gekommen, als ein rumpelndes Grunzen aus dem hohen Gras hinter ihnen erklang.

Ohne den Blick von der Stelle abzuwenden, wo er den Büffel hatte grunzen hören, streckte Grogan Marcus die leere

Hand hin. Sein Gewehrträger drückte ihm die .404er in die Hand und hielt das Kaliber .303 in Reserve bereit.

Der Büffel war keine fünfzig Schritt von ihnen entfernt und hatte offensichtlich ihre Witterung aufgenommen. Grogan wusste, dass jetzt alles von der berüchtigten Laune des Büffels abhing – eine äußerst unsichere Angelegenheit. Wenn der Büffel sich zum Angriff entschied, würde er im hohen Gras erst im letzten Moment zu sehen sein, so dass Grogan vielleicht nur eine Chance hatte, einen tödlichen Schuss anzubringen. Er betete darum, dass der Bulle einfach weiterziehen würde

Ein weiteres Grunzen aus dem hohen Gras, dann donnernder Hufschlag und berstendes Unterholz. Grogan war jetzt ziemlich sicher, dass das Tier auf sie zugaloppiert kam, hatte aber nur eine grobe Vorstellung davon, woher genau.

Ein tiefes Brüllen erschütterte das Tal.

Grogan ging auf ein Knie nieder, um unter den dicken Grasähren hindurchschauen zu können. Er spürte, wie die harte Erde bebte, als eine Dreivierteltonne Büffel auf sie zudonnerte.

Kurz blitzte etwas Schwarzes zwischen den sich teilenden Gräsern auf, und Grogan erhaschte endlich einen ersten Blick auf das Tier. Er feuerte den linken Lauf auf die Stelle ab, wo seiner Meinung nach die Brust sein müsste. Der Kopf des Büffels tauchte zehn Schritt vor ihm aus dem hohen Gras auf; die Enden der gewaltigen Hörner verloren sich in der dichten Vegetation. Grogan zielte auf die Stelle direkt unterhalb der Wölbung, aus der die Hörner hervorragten – auf das Hirn.

Im nächsten Augenblick verschwamm alles um ihn herum. Er war auf einmal hoch über den Grasähren, und der Büffel und Marcus weit unter ihm. Er schlug hart auf den

Boden auf, und das Letzte, was er hörte, ehe er das Bewusstsein verlor, waren die donnernden Hufe des Büffels, der ihn erneut angriff.

Grogan kehrte aus einer dunklen Welt, wo das Donnern schwerer Hufe sein letzter Gedanke war, ins Bewusstsein zurück, wo diesem Donnern sein erster Gedanke galt. Er zwang sich, sich dem schmerzhaften Tageslicht zu nähern. Die Sonne hatte den Horizont blutrot gefärbt. Über ihm ragte der zitternde Marcus auf. Die .303er Enfield hing locker in seiner Hand.

Grogan rappelte sich mit wackeligen Knien auf. Nur einen Schritt von ihm entfernt lag der gewaltige, massige Büffel. Er hatte eine Schusswunde in der Stirn, unterhalb der knochigen Wölbung, aus der seine Hörner hervorragten, und eine weitere – ein riesiges Loch – zwischen den Rippen.

Grogan spürte, wie warm der Lauf der .303er war, als er sie Marcus aus den schlaffen Fingern nahm. Marcus sah ihn mit weit aufgerissenen Augen an.

»Er hat Sie im hohen Gras verloren. Ich habe geschossen, ehe er Sie finden konnte.«

»Ein Glück. Das hast du gut gemacht.«

»Er hat mich nicht gesehen, bis ich auf ihn geschossen habe. Dann ist er auf mich losgegangen.« Er hob die Hände und rieb sich die Wangen, als wären sie plötzlich kalt. »Aber er ist da gestürzt«, sagte er und wies mit dem Kinn auf das gewaltige Tier, »bevor er uns erreichen konnte.«

»Das Bleispitzgeschoss hat seine Sache auch gut gemacht«, sagte Grogan.

»Sie sind durch die Luft geflogen.« Der Gedanke schien den Massai zu amüsieren. »Wie ein Vogel«, fügte er lächelnd hinzu.

Die Anspannung war gebrochen. Grogan bewegte vorsichtig die Schultern und löste damit einen stechenden Schmerz aus. Er verzog das Gesicht und lächelte dann. »Ich bin auch wie einer gelandet – leider wie ein verdammter Strauß!«

Marcus lachte.

»Komm, setzen wir uns«, sagte Grogan. »Die Männer werden sicher bald hier sein.« Die glasigen Augen des Büffels funkelten ihm entgegen, als er sich näherte. »Zumindest wird uns dieser Prachtkerl reichlich Fleisch liefern.«

»Ich hoffe, diese ignoranten Kikuyu wissen es zu schätzen«, entgegnete Marcus mit unverhohlener Verachtung.

Grogan stützte sich mit dem unverletzten Arm ab, um sich dicht an den Büffel zu setzen. Der mächtige Hintern des Viehs war fest und warm. »Sag mal, Marcus«, begann er, »wie alt bist du?«

»Das weiß ich nicht genau. Ich glaube, etwa zweiundzwanzig.«

»Wo hast du diese Bildung erworben?«

Marcus hockte sich auf die Fersen. »Ich habe zwei Jahre lang die Dorfschule in Londiani besucht. Danach war ich drei Jahre lang im Internat in Nakuru. Dann hat Mr. Bruce mich nach Mombasa geschickt, damit ich dort am Mission College studieren kann.«

»Ist das eine Schule für Eingeborene?«

»Nein, da sind viele Inder und Swahili. Nur wenige Stammesangehörige. Ich bin der einzige Massai.«

»Wer bezahlt für deine Ausbildung?«

»Mr. Bruce. Er bezahlt für alles, sogar für den Zug nach Hause. Ich verdiene mir etwas dazu, indem ich fege und die Räume für den Schulmeister vorbereite. Mit dem Geld kaufe ich mir Bücher und etwas zu essen, denn in der Schule bekommen wir nicht genug.«

Grogan wunderte sich, wie Dalton sich solche Ausgaben leisten konnte. Er wusste, dass so kleine Farmen kaum mehr als einen bescheidenen Lebensunterhalt abwarfen.

Marcus fuhr fort: »Deshalb hat mein Vater sich bereit erklärt, Sie in die Nandi-Hügel zu führen.« Er zupfte an einem Büschel Gras herum. »Er will mit den fünf Pfund auch etwas dazu beitragen.«

»Ich verstehe …«

»Und er hofft, die Nandi zu finden.«

»Dalton hat mir vom Tod deiner Mutter erzählt. Das tut mir leid.«

»Ich war damals ein Junge, und ich habe nicht alles genau gesehen, weil ich entkommen konnte, ehe der Kampf vorbei war. Ich weiß nur, dass die Nandi die Burenfamilie getötet und meinen Vater gefesselt haben, und dann wollten sie meine Mutter mitnehmen. Sie hat sich geweigert, ihre Ahnen verflucht und fürchterliche Beleidigungen geschrien. Sie wollte einfach nicht aufhören, obwohl mein Vater ihr befahl, still zu sein. Die Nandi wurden sehr zornig. Sie schlugen meinen Vater, fesselten meine Mutter und warfen sie vor ihm auf den Boden. Ein Krieger hat einen langen Speer genommen und sich zwischen die Beine meiner Mutter gestellt. Sie anderen haben sich um ihn versammelt, weil sie sehen wollten, was er tat. Da bin ich in die Felder geflüchtet.« Er zupfte die trockene Hülle eines Grashalms auseinander und studierte sie. Er schluckte schwer, ehe er fortfuhr: »Ich bin gerannt und gerannt, bis ich die Schreie meiner Mutter nicht mehr hören konnte.«

Stille breitete sich um sie aus. Grogan konnte das leise Rascheln eines kleinen Tieres im Gras hören, vermutlich vom Blut des Büffels angelockt. Von einem Ende des Tals drang der laute Ruf eines Trompeterhornvogels zu ihnen, der sogleich von einem weiteren von der anderen Seite her beantwortet wurde, kaum eine halbe Meile entfernt. Außerdem hörte er das *huu-huu-hu* eines Waldkauzes im dämmrigen Dschungel.

Schließlich ergriff Grogan das Wort. »Das muss schwer zu vergessen gewesen sein – für dich als Jungen.«

»Ich kann ihre Schreie kaum vergessen. Aber für meinen Vater ist es viel schlimmer. Er hat seit diesem Tag kaum mehr ein Wort gesagt. Er spricht nie über seine Zeit im Gefängnis von Fort Ternan, aber sie hat ihn sehr verändert. Ich glaube, er wäre dort gestorben, wenn er nicht geflohen wäre. Und danach mussten wir unseren *enkang* verlassen.«

»Das ist schlimm. Die Familie verlassen zu müssen, und alle, die du kanntest.«

»Mein Vater wäre ohnehin nicht dort geblieben. Er hat unserer gesamten Familie den Rücken gekehrt, allen Massai.«

»Dalton hat mir erzählt, er hätte im Stamm eine bedeutende Stellung gehabt.«

»Ja. Er ist ein sehr angesehener Ältester. Die *wazungu* würden ihn als Medizinmann bezeichnen, aber mein Vater ist viel mehr. Er ist der Heiler, aber auch derjenige, der den Glauben der Massai stark erhält. Er bewahrt die Geschichte unseres Stammes in seiner Erinnerung. Sie haben geweint, als er das Uasin Gishu verlassen hat. Aber er wird niemals zurückkehren.«

»Warum?«

»Weil sie ihn im Stich gelassen haben. Als die Soldaten ihn mit fortnahmen, haben sie ihn nicht als unschuldig verteidigt. Und als er ins Gefängnis geworfen wurde, haben sie nicht gekämpft und ihn befreit. Sie haben ihn im Stich gelassen, das kann er ihnen nie verzeihen.«

»Aber sie hätten doch gar nichts tun können, um ihm zu helfen.«

»Er glaubt, dass sie es hätten versuchen müssen, wenn sie ihn als ihren Anführer und ihren Heiler geachtet hätten.« Marcus schleuderte den Grashalm von sich. »Das allein zählt für ihn.«

Kapitel 34

Jessie band das Pony an einen Baum und nahm das Gewehr von der Schulter. Dann beugte sie sich hinab und kraulte Wonder hinter den Ohren. »Sei brav, Wonder. Bleib bei mir.« Der Hund leckte ihre Hand und trottete dann auf die *kopje* zu, schnüffelte an Felsen und hob an einem davon das Bein.

Die *kopje* stieg zunächst sacht an, hier und da mit verkrüppelten Büschen gesprenkelt, und endete dann abrupt an einer kahlen Felsspitze. Jessie hatte diesen Platz schon immer unheimlich gefunden, wusste aber nicht recht, ob das ihre lebhafte Phantasie war, angeregt von den Geschichten über Massai, die sich hier versammelten, um im Schutz der Dunkelheit ihre geheimnisvollen Rituale abzuhalten. Vielleicht war es auch irgendeine Eigenart der Landschaft, die eine Brise aufwirbeln ließ, wo es gar keinen Wind gab, und sie dann zwischen die Felsen schickte, wo sie ein Geräusch erzeugte wie ein fernes Stöhnen.

Jessies Herz machte einen Satz, als ein kleines Tier an ihr vorbeiflitzte. Wonder nahm mit begeistertem Bellen die Verfolgung auf. Es war ein Klippschliefer. Das kaninchenähnliche Tier war zu schnell für Wonder und tauchte in sein Versteck ab, während der Hund frustriert winselnd davor stehen blieb.

Jessies Nerven flatterten. Sie hatte den Klippschliefer nicht gesehen, bis er an ihr vorbeigeflitzt war. Wenn das ein Leopard gewesen wäre, dann wäre sie jetzt tot. Sie schob alle Gedanken an die Magie der Massai beiseite und konzentrierte sich auf das Geröll und die Felsen in unmittelbarer Nähe. Es gab hier nicht viele Stellen, an denen sich ein Leopard verstecken konnte, doch sie näherte sich jeder davon äußerst vorsichtig.

Wonder war wieder zu ihr gestoßen und beschnupperte jeden Stein und jede kleine Spalte. »Guter Hund, Wonder. Such ihn. So ist es fein. Such den bösen alten Leoparden.«

Jessie blickte zum Hang zurück, um nach ihrem Pony zu sehen. Die Stute stand noch da und zupfte an der mageren Vegetation herum. Überrascht stellte Jessie fest, dass sie den felsigen Hügel schon halb erklommen hatten.

Wonders leises Knurren ließ sie herumfahren. Seine Nackenhaare waren gesträubt, doch sein Blick war nicht auf die Felsen vor ihnen fixiert, wie Jessie erwartet hatte; nein, er starrte zum Gipfel hinauf. Jessie folgte seinem Blick.

Eine Gruppe von etwa zehn Männern stand da oben. Ihre Gesichter waren mit weißer Asche beschmiert und von Federn umrahmt – Straußenfedern. Sie waren ganz still, und unbewaffnet; jeder von ihnen hielt einen langen Wanderstab in einer Hand, mehr nicht. Alle trugen das traditionelle rote Gewand.

Die feierliche Stille der Männer beruhigte Jessie, aber sie war verwundert. Die Massai waren seit vielen, vielen Jahren nicht mehr zu dieser *kopje* gekommen. Warum waren sie jetzt hier?

Der Wald, durch den sie wanderten, war dichter als während der vergangenen Tage. Marcus hatte seinen Vater, der die Karawane anführte, schon mehrmals aus den Augen verloren. Marefu war sehr wohl in der Lage, sich gegen alles zu verteidigen, was ihn aus dem Busch heraus angreifen mochte, aber Marcus machte sich Sorgen, weil sein Vater sich seltsam verhielt, seit sie das Nandi-Lager gefunden hatten.

Er war immer noch bekümmert, weil Marefu ihm befohlen hatte, Grogan anzulügen, was dieses Lager anging. Die Nandi gehörten zu den Niloten, wie das Volk der Massai, und sie befolgten ähnliche Altersklassen-Traditionen. Daher hatte Marcus eine sehr gute Vorstellung davon, was diese jungen Männer trieben. Das war kein Kriegerkommando, sondern ein Junggesellenlager, in dem sich die jungen Männer auf die Riten vorbereiteten, mit denen sie ins Mannesalter übergehen würden.

Außerdem war er besorgt, weil Marefu nicht mehr schlief, sondern die ganze Nacht lang um das Lager patrouillierte, den Speer halb erhoben, ständig wurfbereit. Was Marefu da draußen spürte, konnte Marcus sich nicht vorstellen. Aber es stand einem Sohn nicht an, die Handlungsweise des Vaters in einer solchen Situation in Frage zu stellen.

Das Unterholz lichtete sich ein wenig, und Marcus konnte seinen Vater fünfzig Schritt weit vor sich sehen. Er stand reglos da, mitten im Schritt erstarrt, den Speer bereit und die andere Hand an der Scheide seines *simi*, dem kurzen Schwert für den Nahkampf. Es war kein Anzeichen von Gefahr zu sehen. Marcus fühlte sich elend, weil sein Vater sich aufführte wie ein verwirrter alter Mann, der sich in seinen Phantasien längst vergangener Kriege verloren hatte.

Dann teilte sich ein Gebüsch, und drei Nandi-Krieger erschienen.

Jessie wusste nicht, was sie tun sollte. Die Massai beachteten sie gar nicht. Reglos starrten sie von ihrem Aussichtspunkt auf der *kopje* aus über das Land. Sogar Wonder war still, bis auf ein ungewohntes, leises Winseln.

»Psst, Wonder«, sagte sie und tätschelte ihn. »Ist schon gut. Sie werden uns nichts tun.«

Das leise Stöhnen des Windes war wieder zu hören, und es wurde immer durchdringender. Wonder war aufgeregt, setzte sich, legte sich dann hin und ließ den Kopf auf die Pfoten sinken, um gleich darauf wieder aufzustehen und ängstlich zu winseln. Jessie erkannte nun, dass es nicht der Wind zwischen den Felsen war, sondern die Massai, die dieses Geräusch machten, indem sie eine Art klagender Melodie sangen.

Die tieftraurigen Töne hallten in ihrem Kopf und ihrer Brust wider, bis sie das Gefühl hatte, sie seien ein Teil von ihr; als sei es ihr Lied, das die Männer sangen.

Eine neue Stimme, dunkel und voll, fiel mit ein. Und noch eine. Der Gesang erfüllte sie, bis sich ihr der Kopf drehte. Wonder begann nun ebenfalls laut zu stöhnen, hob dann den Kopf und heulte wie ein Wolf.

Das Lied war jetzt mehr, als ihr Körper aufnehmen konnte. Es erfüllte sie ganz und nahm einen Teil ihres Geistes mit sich hinaus, über die Farm hinweg, und auch über Droughts Farm, bis in die Hügel im Norden. Sie spürte, wie ihr Geist über den dichten Dschungel dahinflog, hoch über den Bäumen, mit so viel Kraft, dass sie bis zum Uasin-Gishu-Plateau und die umgebenden Wälder gelangen würde.

Wo eben noch drei Männer gewesen waren, standen nun viele. Marcus erkannte plötzlich, dass im Dschungel unmittelbar vor ihnen ein Dutzend Nandi-Krieger verteilt waren. Wenn sie die Karawane hätten angreifen wollen, hätten sie das tun können, und zwar sehr wirkungsvoll, doch sie verhielten sich passiv, beinahe freundlich. Sein Vater hingegen stand da wie ein Racheengel, den Speer wurfbereit erhoben.

»Vater«, rief er auf Maa, so ruhig er konnte, »senke deinen Speer. Sie werden uns nichts tun.«

Grogan kam vom Ende der Karawane herbei und trat neben Marcus. »Was ist los?«, flüsterte er. Er hielt das Gewehr in der linken Armbeuge, den rechten Arm noch im Tragriemen.

»Ich weiß es nicht. Die Nandi waren plötzlich da.«

Grogan schob eine Patrone in die Kammer. »Vielleicht ist das unsere Truppe Plünderer.«

»Nein.« Marcus wollte die Lüge seines Vaters nicht eingestehen, aber er hatte das Gefühl, dass die Situation friedlich gelöst werden könnte, wenn man den Nandi erlaubte zu sprechen. Er bewegte sich langsam auf seinen Vater zu, einen Schritt nach dem anderen. Zu seinem Entsetzen sah er, wie Marefu seinen *simi* zog. Es gab ein lautes, harsches Geräusch, als die Klinge aus der gehärteten Lederscheide glitt.

Die Nandi rührten sich nicht, offenbar unsicher, was der alte Massai vorhaben mochte.

Marefu stieß einen irren Schrei aus und schleuderte seinen Speer auf den nächststehenden Nandi. Er drang durch dessen Brust und trat im Rücken wieder aus. Dann stürmte Marefu in den Busch und schlug wild mit seinem *simi* um sich, so dass abgeschnittene Zweige durch die Gegend flogen, während die Nandi-Krieger ihm hastig auswichen. Nun erhoben auch sie ihre Waffen.

Marcus stürmte vorwärts, um seinen Vater zu verteidigen, der in einen Nahkampf mit den Nandi verwickelt war. Ein Geschoss zischte an ihm vorbei, und er spürte die Explosion aus Grogans Gewehr dicht hinter sich. Der Nandi, der seinem Vater am nächsten war, wurde zur Seite geschleudert.

Ein weiterer Schuss von Grogan, und der nächste Krieger fiel neben Marefu zu Boden.

Marcus war nur noch ein paar Schritte von seinem Vater entfernt, als er sah, wie das Kurzschwert des Nandi-Kriegers herabsauste und seinem Vater in die Brust fuhr.

»Ne-e-ein!«, kreischte er.

Die Kuh schien ganz gesund zu sein, aber sie lag, und nichts, was Dalton unternahm, brachte sie dazu, wieder aufzustehen. Wonder rückte vorsichtig näher und beschnupperte das Tier. Die Kuh ignorierte ihn ebenso wie Dalton.

»Zurück, Wonder«, befahl Jessie. »Braver Hund.« Der Hund gehorchte, und sein dicker Schwanz peitschte durch die Luft, während er ihr die Hand leckte.

In einem Augenblick rachsüchtiger Gehässigkeit dachte Dalton daran, die Kuh hier liegen zu lassen, für den Leoparden, der die Herde in letzter Zeit terrorisiert hatte. Aber die Vernunft gewann die Oberhand, und er versuchte erneut, das Tier auf die Beine zu schieben.

»Vielleicht ist sie trächtig«, sagte Jessie, die hilfreich sein wollte.

»Nein, Jessie, das glaube ich nicht«, erwiderte ihr Vater, der finster auf die Färse hinabstarrte. Er trat zurück, zog sich die Hose hoch und ließ den Blick über die Hügel schweifen. Dunkle Wolken ragten über den Aberdares auf. Es würde heute noch heftigen Regen geben. Die Massai standen immer noch auf der *kopje*, etwa eine halbe Meile entfernt.

»Worauf, zum Teufel, warten die bloß?«, sagte er, eher zu sich selbst als zu seiner Tochter. »Sie sind jetzt schon seit einer ganzen Woche hier.«

»Ich weiß es nicht«, antwortete Jessie. »Aber zumindest haben sie mit diesem grässlichen Gesang aufgehört.«

Daltons Aufmerksamkeit wandte sich wieder der Kuh zu. »Was soll ich nur mit dir machen, Mädchen?«

»Wenn Marefu hier wäre, wüsste er, was zu tun ist.«

»Marefu könnte im Moment sehr viel tun, mein Liebling, aber er ist nicht hier, also werden wir uns wohl selbst etwas einfallen lassen müssen, nicht wahr?«

Es war ein schwieriger Monat gewesen. Dalton hatte nicht genug Hilfsarbeiter für die Maisernte finden können. Dann war der Regen gekommen, an sich kein schwerer Schlag, aber mit dem Regen kam ein ungewöhnlich starker Nordwind, der fast alle Maisstauden, die noch auf den Feldern standen, umknickte. Wenn Marefu oder auch nur Marcus hier gewesen wäre und sich um das Vieh gekümmert hätte, dann hätte Dalton sich einem Dutzend anderer Probleme widmen können, darunter auch dem Leoparden, der sein Vieh aufscheuchte und sich ab und zu auch eines seiner Tiere holte. Dalton hatte fünf Hennen, zwei Ziegen und eine Kuh verloren, die das Raubtier zwar nicht getötet, aber so schwer verletzt hatte, dass sie von ihrem Leid erlöst werden musste. Wenn der Hund nicht gewesen wäre, der wie verrückt bellend hinaus in den Pferch gestürmt war, dann wären dem Leoparden in jener Nacht noch mehr Tiere zum Opfer gefallen. Nun würden einige Kühe bald kalben. Der Leopard musste zur Strecke gebracht werden.

Wonder bellte und knurrte tief aus der Brust heraus und blickte mit gespitzten Ohren gen Norden.

»Was ist denn, mein Junge?«, fragte Jessie.

Der Hund blieb steif stehen.

Dalton folgte seinem Blick zu den Hügeln. Er konnte nichts sehen. Der Hund bellte erneut, diesmal lauter.

»Hast du das gehört, Papa?« Jessie hielt sich die hohle Hand ans Ohr.

»Nein, was denn?«

»Ich dachte, ich hätte etwas gehört.«

»Nein, ich habe nichts gehört.« Er fuhr sich mit der Hand über die Stirn. »Wie wäre es, wenn du zu den Männern zurückreitest, die den Mais abfüllen, und Wanjiru und … wie heißt der andere gleich wieder? Thomas. Sag ihnen, sie sollen sofort hierherkommen. Vielleicht schaffen wir es zu dritt, dieses sture Vieh auf die Beine zu bringen, ehe der Regen einsetzt.«

Jessie schwang sich mit einer einzigen, fließenden Bewegung auf ihr Pony, ergriff die Zügel und lenkte das Tier der Farm zu. »Komm, Wonder«, sagte sie. Der Hund gab ein kehliges Knurren von sich.

»Da war es wieder!«, rief Jessie und wandte sich zur Drought-Farm um. »Wonder hört es auch.«

Die Massai auf der *kopje* blickten ebenfalls nach Norden.

Diesmal hörte Dalton etwas – ein Chor von Männerstimmen trieb mit der Brise schwach über die Hügel heran. Er und seine Tochter verharrten reglos, den Blick auf den letzten Hügelkamm gerichtet, hinter dem Droughts Farm lag.

»Sieh doch!« Jessie stand in den Steigbügeln und zeigte mit dem Finger auf eine Hügelkuppe. Das Lied der Kikuyu drang nun lauter zu ihnen – eine einzelne Stimme erhob sich zu einer Frage, gefolgt von der Antwort tiefer Bassstimmen.

»Das ist Mr. Grogan mit seiner Karawane«, sagte Jessie aufgeregt.

Dalton atmete erleichtert auf. »Gott sei Dank«, sagte er. »Hilfe naht.«

Kapitel 35

Dalton schenkte zwei Gläser Whisky ein und reichte eines davon Grogan, der, die Ellbogen auf die Knie gestützt, am offenen Kamin saß. Er nahm den Whisky und nickte dankend.

Dalton setzte sich auf die andere Seite des Feuers und musterte Grogan, der in die Flammen starrte. Der Mann schien von Marefus Tod aufrichtig betroffen zu sein, und Dalton kamen seine Sorgen, wie er die Farm nun weiterführen sollte wie zuvor, auf einmal kleinlich und selbstsüchtig vor. Zunächst hatte diese Nachricht ihn schockiert und zutiefst bekümmert. Er und Marefu hatten neun Jahre lang Seite an Seite gearbeitet. Während der alte Mann seine selbst gewählte Zurückhaltung der Gesellschaft anderer vorzuziehen schien, hatte die natürliche Kameradschaft, die zwischen Männern entsteht, wenn sie gemeinsam schuften, die Kluft zwischen ihnen überwunden. Bei der Erkenntnis, dass die Schwierigkeiten des vergangenen Monats nun nie ein Ende nehmen würden, war Dalton von Selbstmitleid überwältigt worden. Das war ein Gefühl, das er sich selten gestattete, und da es nun von Marefus Tod ausgelöst worden war, fand er es besonders abscheulich.

Da Dalton ein wenig über Grogans Lebensumstände Bescheid wusste, fragte er sich, ob der Mann auch nur einen Tag lang die Sorge kennengelernt hatte, sich fragen zu müssen, wovon er morgen leben sollte. Er wusste, dass Grogan eine Familie hatte; ja, er hatte selbst erzählt, dass seine Frau in

Nairobi zurückgeblieben und seine zwei Kinder noch bei ihrem Kindermädchen in West Sussex waren. Dalton versuchte, sich vorzustellen, was für ein Leben der Mann in England geführt haben mochte, und hatte große Schwierigkeiten damit. Er konnte sich kaum an die bescheidene Existenz seiner eigenen Familie in Indien erinnern, wo sein Vater als Verwalter einer Kautschukplantage nicht einmal schlecht verdient hatte. Diese Zeiten waren längst vorbei.

»Mr. Grogan«, sagte Dalton, »was haben Sie für ein Haus daheim in West Sussex?«

Die Frage schien Grogan ein wenig zu überraschen. »Für uns reicht es«, antwortete er vorsichtig.

»Ich nehme an, es ist groß und prächtig, Ihr Haus. Mit Gärten und all so was.«

Grogan nickte. »Es gehört schon lange meiner Familie. Ja, ich nehme an, man könnte es als groß und prächtig bezeichnen.«

»Gärtner und Diener«, sagte Dalton und starrte ins Feuer.

Grogan legte seine Zigarre auf dem Stapel Feuerholz ab. »Warum fragen Sie?« Er nippte an seinem Whisky.

»Es muss herrlich sein, sich nicht um Geld sorgen zu müssen. Als ich die Schule verlassen habe, reichte mein Abschluss für den untergeordneten Verwaltungsdienst. Natürlich hatte ich diese Stellung bald satt, und gegen den Wunsch meiner lieben Mutter habe ich als einfacher Matrose auf einem Schiff angeheuert, das zwischen den Häfen Afrikas und Asiens verkehrte. In diesen zwanzig Jahren habe ich viel gelernt. Auf die harte Tour.

Nach meiner Hochzeit habe ich meine Frau Marie hierher nach Afrika gebracht, um mich im Kautschukanbau zu versuchen. Aber sie ist am Schwarzwasserfieber gestorben, als Jessie gerade ein Jahr alt war.« Dalton trank einen Schluck

Whisky und hustete. »Das war eine große Dummheit, Mr. Grogan. Sehr dumm von mir. Diese dampfenden Dschungel unten an der Küste … kein Ort für eine schwangere Frau. Ich hätte sie nach Hause schicken sollen, wie die Reichen das machen. Leute wie Sie, Mr. Grogan, würde ich meinen.« Er traf diese Feststellung ohne jede Bitterkeit. »Hätte sie heim nach England schicken sollen, damit sie das Baby dort zur Welt bringt. Ach, was rede ich – dafür wäre gar kein Geld da gewesen.« Er schwieg einen Moment lang. »Ich habe Marie dort unten begraben, den Kautschuk aufgegeben und bin in die gesunde Luft des Hochlands gezogen, wie alle damals gesagt haben. Ich denke, das stimmt schon. Wie in England, sagen sie.« Er wandte sich Grogan zu. »Vermutlich sogar wie in West Sussex.«

»Mein Beileid, Mr. Dalton.«

Dalton nickte und musterte ihn. Grogan war ihm als harte Nuss erschienen, als er hier angekommen war, mit seinen kalten Augen und dem berechnenden Verstand; ständig hatte er nach dem Preis von diesem oder jenem gefragt. Aber jetzt kamen Dalton Zweifel an dieser Einschätzung.

»Verzeihung, Mr. Grogan, das sind alte Wunden, mit denen Sie sich nicht zu befassen brauchen. Marefus Tod hat meine Lage um einiges schwieriger gemacht. Ich kann hier überleben, und meiner Tochter wird es an nichts fehlen, aber ich hatte dem Alten versprochen, mich um seinen Sohn zu kümmern, und dem habe ich unklugerweise versprochen, ihn zur Schule zu schicken.«

»Und jetzt?«

»Ich hatte gehofft, das Geld noch ein, zwei Jahre aufbringen zu können, aber dieses letzte Jahr war schlecht. Sehr schlecht.«

»Ich hätte besser darauf hören sollen, was Sie mir über

Marefu gesagt haben«, entgegnete Grogan. »Sie haben mich gewarnt, dass er sich rächen wolle. Die Nandi waren völlig friedlich –«

»Wer konnte schon wissen, was in Marefus Kopf vorging? Habe ja nie ein Wort von ihm gehört. Zumindest ist diese Sache damit erledigt. Ich werde es Marcus morgen früh sagen müssen.«

Grogan warf den Stummel seiner Zigarre ins Feuer. »Nicht unbedingt.«

Dalton war verwirrt. »Was meinen Sie damit?«

»Ich meine, ich bin verantwortlich für Marefus Tod. Ich habe diese Karawane angeführt. Ich muss mich dieser Verantwortung stellen und beabsichtige, zumindest eine gewisse Kompensation zu leisten. Die Konsequenzen aus Marefus Tod, die Sie mir eben geschildert haben, liefern mir die offensichtliche Antwort. Ich werde da weitermachen, wo Sie aufhören müssen.«

Dalton starrte Grogan an und konnte erst nicht begreifen, was er damit meinte. Als ihm dämmerte, dass der Mann vorschlug, ihm seine Verpflichtung gegenüber Marcus abzunehmen, war er fassungslos. Grogan war ein Gast in seinem Haus, und nun wagte er es, ihm Almosen anzutragen und seine Probleme lösen zu wollen. Er wollte protestieren und Grogan erklären, das seien private Angelegenheiten und er solle nicht einfach davon ausgehen, dass sein Reichtum und seine Position ihm erlaubten, sich in die persönlichen Probleme anderer Leute einzumischen. Doch dann wurde ihm klar, dass Reichtum und eine einflussreiche Position genau das waren, was Marcus brauchte, wenn er seine Ausbildung vollenden wollte. Dalton sah ein, dass nur sein Stolz getroffen war und dass es selbstsüchtig von ihm wäre, Marcus diese Zukunft zu verbauen.

»Das ist ein … sehr großzügiges Angebot, Mr. Grogan«, sagte er schließlich.

»Unter diesen Umständen halte ich es nur für fair.«

Aber in Daltons Dankbarkeit und Erleichterung mischte sich auch Traurigkeit. Er hatte sich um Marcus gekümmert, seit er als kleiner Junge auf seiner Farm aufgetaucht war. Dalton hatte zugesehen, wie er unter seinem Schutz und seiner Anleitung körperlich und geistig herangewachsen war. Der Junge war ihm ans Herz gewachsen wie ein eigener Sohn. Es würde sehr schmerzlich sein, ihn zu verlieren, und das würde er wohl, wenn Grogan die Verantwortung für das Wohl des Jungen übernahm.

Er wusste, dass die finanzielle Belastung für Grogan kaum ein Problem darstellen würde, aber Dalton musste sich vergewissern, dass Marcus nicht bloß aufs College geschickt und dort vergessen wurde. »Sie müssen wissen, dass da noch eine Menge mehr dranhängt als nur die Schulgebühren. Unterkunft und Reisen. Er braucht Unterstützung. Sind Sie sicher, dass Sie das wirklich übernehmen wollen?«

»Ja, ganz sicher, aber ich habe noch eine Bedingung.«

»Ja?«

»Ich schulde auch Ihnen eine Entschädigung.«

Das war zu viel für Daltons ohnehin schon verletzten Stolz. »Danke, Mr. Grogan, aber ich kann selbst für mich und die Meinen sorgen.«

»Sind Sie sicher? Ich nehme an, Ihr Arrangement mit Marefu war sehr günstig und bedeutete für Sie keinerlei Ausgaben bis auf Marcus' Schulbildung. Aber Sie werden einen neuen Hirten brauchen, und ich bezweifle, dass Sie einen finden werden, der zu so günstigen Bedingungen für Sie arbeitet wie Marefu.«

»Ich komme schon zurecht.«

»Hören Sie, Dalton, Sie haben Ihren Stolz, das akzeptiere ich, aber dasselbe gilt auch für mich. Glauben Sie, ich könnte hier einfach verschwinden mit dieser Last auf meinem Gewissen? Ich habe schon früher Männer aus meinen Karawanen verloren, aber ich habe mich niemals um meine Verantwortung gedrückt.«

»Und ich sage Ihnen, Mr. Grogan, ich brauche Ihre Hilfe nicht. Abgesehen von Marcus' Ausbildung, und dafür bin ich Ihnen dankbar.«

»Dann sind Sie ein …« Grogan schloss abrupt den Mund. Nach kurzer Überlegung fuhr er fort: »Wenn ich für Sie nichts tun darf, wie steht es dann mit Ihrer Tochter?«

»Die Schule ist nichts für sie.«

»Wer behauptet das?«

Dalton zögerte und erinnerte sich an seine Unterhaltung mit Marcus über Jessies mangelnde Schulbildung.

Grogan ergriff die Initiative. »Sie mag nicht gern zur Schule gehen, aber was ist mit ihrem Debüt?«

»Ihrem was?«

»Ihrer Einführung in die Gesellschaft, wenn sie unter Leute kommen will. Selbst hier draußen muss ein Mädchen einen Ehemann finden. Und da sie keine Mutter hat, wie sollte sie alles lernen, was dazugehört?«

Dalton schwieg. Grogan hatte einen wunden Punkt berührt. Aus genau diesen Gründen hatte Dalton Bedenken, ob er wirklich eine Tochter allein großziehen konnte – er hatte keine Ahnung von Dingen wie »Debüts«. Und Jessie wuchs heran, veränderte sich bereits. Er fühlte sich verloren.

Grogan fuhr fort: »Sie ist ein gesund und frisch aussehendes Mädchen, aber sie könnte wirklich ein wenig kultivierter sein.«

»Wie meinen Sie das?«

»Die Overalls, die Männerhemden. Ich bitte Sie, Dalton, Sie glauben doch nicht, dass irgendein Bursche, der für sie in Frage käme, sie eines Blickes würdigen wird, wenn sie es nicht einmal versteht, sich wie eine Frau zu kleiden?«

»W-was kann man denn da unternehmen?«

»Es gibt Schulen, wo genau so etwas gelehrt wird. In Mombasa. Sogar in Nairobi.« Grogan beugte sich auf seinem Stuhl vor. »Hier ist mein Vorschlag: Ich hinterlege ein Stipendium für Ihre Tochter an einer solchen Schule in Nairobi. Wenn es so weit ist, überlasse ich Ihnen die Entscheidung, wann oder ob sie die Schule besucht.«

»Und wenn ich mich dagegen entscheide?«, fragte er argwöhnisch.

»Dann informieren Sie die Schule, und ich bekomme mein Geld zurück.«

Dalton starrte ihn an. In einer einzigen Unterhaltung hatte er die Verantwortung für Marcus verloren und war mit der Aussicht konfrontiert worden, dass seine Tochter erwachsen werden und sich ein eigenes Leben aufbauen würde.

Der Tod eines Massai-Hirten war erforderlich gewesen, damit er sich seiner eigenen Verletzlichkeit stellte.

Der Mond war im dritten Viertel, und die Sturmwolken des Abends waren fortgezogen. Marcus ging auf die *kopje* zu.

Das Lachen einer einsamen Hyäne erregte seine Aufmerksamkeit, und ein Schakal huschte aus seinem Versteck in einer Höhle unter einem alten Zedernstumpf. Im Gras raschelte es unheimlich, doch Marcus ging weiter. Er hätte sich Daltons Gewehr borgen können, aber dann hätte er eine Erklärung dafür abgeben müssen, und er wollte ihn nicht belügen.

Er hatte die Farm so hastig verlassen, dass er nicht einmal daran gedacht hatte, einen Speer mitzunehmen, aber die Ältesten hatten ihm signalisiert, dass sie ihn sprechen wollten, als er am Nachmittag an der *kopje* vorübergezogen war. Da hatte er nicht stehen bleiben können, ohne dass Mr. Grogan ihm Fragen gestellt hätte. Nun war es schon so spät, und er fürchtete, die Anführer seiner Sektion würden diese Verzögerung schrecklich unhöflich finden.

Die Männer kauerten schweigend um ein kleines Feuer, und ihre Augen glühten im flackernden Licht. Ihre Gesichter zeigten deutlich die Verheerungen der Zeit und eines harten Lebens, den Auswirkungen von Dürre, Krankheit und Mangel ausgesetzt. Aber es war genau diese Erfahrung, und ihre kollektive Weisheit, die sie als Anführer qualifizierte. Auf ihr Wort hin würde der Stamm einen Landstrich und ein Dorf verlassen, in dem die Leute vielleicht jahrelang gelebt hatten, und weit fortziehen, an einen Ort, von dem die Ältesten meinten, er sei besser für das Vieh und daher besser für ihre Sektion. Nur mit ihrem Einverständnis konnte die Sektion die Zeremonien durchführen, die so bedeutend für den Zusammenhalt der Gemeinschaft waren – Beschneidung, die Namensgebung für Kinder, Hochzeiten, all die Übergangsriten von einem sozialen Status zum nächsten.

Nicht ein Kopf wandte sich Marcus zu, als er in den Feuerschein trat und in ihrem Kreis Platz nahm.

»Du kommst aus der Hütte der *iloridaa enjekat*«, bemerkte einer nach ein paar schweigsamen Minuten.

Iloridaa enjekat war die Maa-Bezeichnung für Europäer oder überhaupt für irgendjemanden, der Hosen trug. Es bedeutete »die ihre Fürze einsperren«.

»Ja, Vater. Ich habe euren Ruf befolgt. Bitte verzeiht mein schändliches Benehmen, aber es gab viel zu sagen und viel zu tun nach dem Tod meines Vaters.«

Die Ältesten zeigten keinerlei Überraschung.

»Wir haben die vergangenen sechs Tage damit verbracht, *Enkai* zu bitten, er möge ihn sicher ins Leben nach dem Tod begleiten«, sagte der Alte. »Und wir wollen dich nach Hause holen, damit du uns mit dem heilkundigen Wissen segnest, das du von deinem Vater erlernt hast. Du wirst das Ritual der Beschneidung vollenden, damit du zum Krieger aufsteigen kannst.«

»Ich danke dir, Vater, aber ich kann diese große Ehre nicht annehmen.«

»Aber du bist der Sohn von Marefu, unserem Heiler. Es geht nicht darum, ob du eine Ehre annimmst oder nicht. Es ist deine Pflicht. Das Wohlergehen, das Leben des Stammes hängt allein von dir ab. Haben wir denn in diesen neun Jahren ohne die Unterstützung deines Vaters nicht genug gelitten?«

»Wie ihr wisst, hat mein Vater sich geweigert, länger im *enkang* zu bleiben, und ich muss das ebenfalls ablehnen.«

Die Ältesten wechselten Blicke. Gemurmelte Bemerkungen machten die Runde um das Feuer.

»Was ist wichtiger, als ein Massai zu sein?«, fragte einer.

Marcus versuchte, sich eine glaubhafte Lüge einfallen zu lassen – etwas, das die Ältesten verstehen würden –, doch ihm fiel nichts ein außer der Wahrheit. »Ich habe die Chance, Bildung zu erwerben.«

Das rief allgemeine Verwirrung hervor. Die Ältesten begannen eine lebhafte Diskussion, bis der Sprecher schließlich die Hand hob und Schweigen gebot.

»Warum musst du Bildung erwerben? Ist es denn nicht genug, dass du unsere Gebräuche und unsere Geschichte zu Füßen deines Vaters gelernt hast? Dir bleibt nur noch zu lernen, wie du dich bei deiner *eunoto*-Zeremonie als Mann und Krieger zeigen musst. Wie kannst du es wagen, unsere Gebräuche einfach so zu verwerfen?«

Marcus senkte den Kopf, um den Blick von dem zornigen alten Mann und dessen rechtschaffener Empörung abzuwenden. »Mein Vater wurde eines Verbrechens beschuldigt, das er nicht begangen hat.« Marcus hob den Kopf und begegnete dem Blick des alten Mannes. »Das Gesetz des weißen Mannes bezeichnet zwei Jahre im Gefängnis für den Gehilfen eines Mörders als milde Strafe, aber ihr wisst – ihr alle wisst es –, wie grausam es ist, einem Massai die Freiheit zu nehmen, auf seinem Land zu wandeln und sein Vieh zu hüten.« Marcus' Zorn wuchs mit der Erinnerung an die Verbitterung seines Vaters über diesen Verrat. »Und ihr, die ihr die Wahrheit kanntet, dass es die Nandi und nicht die Massai gewesen waren, die die Burenfamilie getötet hatten, habt nichts getan.«

»Das ist richtig«, entgegnete der alte Mann. »Wir haben nichts getan – wie es uns befohlen wurde. Hat nicht der Große Laibon Mbatian uns gewarnt, nicht gegen den weißen Mann zu kämpfen?«

»Ja, aber er hat euch nicht verboten, euren Altersgenossen zu verteidigen, dem schweres Unrecht geschah.«

»Du sprichst sehr laut für einen so jungen Mann.«

Marcus hätte noch hinzufügen können, dass sein Vater den Stamm sogar darum gebeten hatte, den Weißen zu zeigen, dass der Speer, der im Rücken des Buren gefunden worden war, den Nandi gehörte und nicht den Massai, aber es war nur sein Zorn, der ihn überhaupt dazu gebracht hatte, etwas zu sagen. »Bitte verzeih mir. Der Tod meines Vaters lastet schwer auf mir.« Er presste die Lippen zusammen und beschloss, nichts mehr zu sagen. Es konnte nichts Gutes daraus entstehen.

Der alte Mann nickte, als wolle er ihm verzeihen, und sagte: »Ich spüre deinen Schmerz, aber du hast sehr forsch gesprochen und dennoch meine Frage nicht beantwortet.«

Marcus sah ihn an und versuchte, sich daran zu erinnern, wovon sie gesprochen hatten, ehe er die Beherrschung verloren hatte.

»Warum willst du diese Bildung haben?«, wiederholte der alte Mann.

Wieder rang Marcus darum, Worte zu finden, die erklären könnten, warum er die Macht begehrte, die Wissen ihm verschaffen konnte. »Wenn ich die Gesetze des weißen Mannes verstehen kann, dann kann ich Ungerechtigkeiten verhindern, wie jene, die meinem Vater das Leben genommen hat.«

Kapitel 36

Gertrude lag neben ihrem Mann und lauschte seinen tiefen Atemzügen. Draußen war die Sonne hinter dem Flügel westlich des Innenhofs untergegangen, so dass nur noch ein schwaches goldenes Licht durch ihre Schlafzimmervorhänge fiel. Ihr Körper kribbelte noch ein wenig, denn Ewart hatte sie sehr heftig geliebt; sie waren so lange getrennt gewesen. Er hatte nach ihrem Körper gegiert, sie aber dennoch zärtlich liebkost und sich zurückgehalten, auf den Augenblick gewartet, da sie ihren intensiven Höhepunkt erreichte, ehe er sich selbst gehenließ.

»Hochtourig« war eine der Bezeichnungen, mit denen Ewarts Freunde ihn beschrieben, wenn er nicht in Hörweite war. Hochtourig. Das beschrieb auch Ewarts Sexualtrieb recht gut. Man könnte das Wort auch in anderem Zusammenhang gebrauchen – als Beschreibung für seine Gier auf das Leben an sich. »Viel Schub« hatte ihr Stiefvater oft anerkennend über Ewart gesagt, selbst zu Zeiten, als er noch nicht überzeugt war, ob es klug sei, Grogan seine Stieftochter heiraten zu lassen.

Ewart regte sich neben ihr, hob ihre Hand und küsste zärtlich ihre Fingerspitzen.

»Ewart?«

»Hm?«

»Ewart, bist du wach?« Sie hatte seit seiner überraschenden Ankunft auf die Gelegenheit gewartet, ihm von dem Land zu erzählen, das sie für ihr neues Heim haben wollte.

»Ja, Liebling«, sagte er schläfrig. »Willst du mehr?«

Sie kicherte. »Später, mein Lieber. Aber ich wollte dir erzählen, dass ich Mr. Ainsworth kennengelernt habe.«

»Ainsworth …«

»Ja, Major Ringer hat mich ihm vorgestellt.« Sie schüttelte ihr Kissen auf und wandte sich ihm zu. »Ich habe ihn gebeten, mir zu helfen, ein interessantes Stück Land zu kaufen, das ich oben in der Nähe von Parklands entdeckt habe.«

»Ein Stück Land?« Ewart öffnete die Augen und sah sie blinzelnd an.

»Ja, ein Stück Land.« Sie konnte ihre Aufregung kaum mehr verbergen. »Es ist ein herrliches, leicht geneigtes Gelände zwischen den zwei Flüssen. Es ist eine Straße in der Nähe – eine recht gute für die Verhältnisse hier in Nairobi –, und es ist groß genug für ein paar Pferde für die Kinder, und einen Gemüsegarten natürlich, und wir könnten vielleicht einen Hühnerstall bauen und …«

»Das klingt wunderbar, Liebling. Wie viele Hektar?«

»Zweiunddreißig.«

»Zweiunddreißig … wie ich sehe, hast du meine Angewohnheit übernommen, große Pläne zu machen.«

»Sagst du das denn nicht immer ›Unsere Enkel werden Dinge tun, die uns in Erstaunen versetzen werden‹?«.

»Da hast du völlig recht. Nun, das ist wunderbar. Aber warum hast du mir nicht gesagt, dass du so große Pläne hast? Ich hätte dir helfen können.«

»Natürlich hättest du das, Ewart, mein Liebling, aber ich wollte auch meinen Teil dazutun. Zu unserer Zukunft.«

Er beugte sich vor und küsste sie auf die Nase. »Und du hast das sehr gut gemacht. Wann können wir es uns anschauen?«

»Jetzt. Ach, wie schade! Es ist schon zu spät. Morgen früh. Gleich nach dem Frühstück.«

»Also schön, morgen früh dann.« Er lächelte, und sie war aufgeregt und erleichtert darüber, dass er ihr das Eindringen in das, was bisher seine Sphäre gewesen war, nicht übelnahm.

»Und was hat Ainsworth zu den Rechten an dem Grundstück gesagt?«, erkundigte er sich.

»Ainsworth? Ach, ich hatte keine Gelegenheit mehr, ihn zu fragen.«

»Warum nicht?«

»Ich … äh, bin in Ohnmacht gefallen.«

»Du bist was?«

Sie spürte, wie sie errötete, als sie erkannte, dass sie soeben etwas ausgeplaudert hatte, das unweigerlich auch ihr nächstes Geheimnis ans Licht bringen würde – dabei hatte sie vorgehabt, ihm das ein andermal zu enthüllen.

»Das ist dann wohl der passende Zeitpunkt, dir meine weiteren Neuigkeiten mitzuteilen …«

»Mr. Grogan!« Das war Preston, der ihm von der Veranda des Stanley Hotels aus zuwinkte.

Das Stanley war eben erst wieder neu aufgebaut worden, nach einem katastrophalen Brand, der einen Großteil der Victoria Street und damit auch das alte Hotel zerstört hatte. Das neue Hotel galt als wesentlich besser als die ältere Version, obwohl Grogan seine informellen Zusammenkünfte lieber bei ein paar Drinks im Norfolk oder Tommy Woods' Victoria Hotel ansetzte.

Grogan überquerte die Government Road und ging hinüber. »Mr. Preston, schön, Sie wiederzusehen«, sagte er.

»Gleichfalls. Möchten Sie mir auf einen Drink Gesellschaft leisten?«

Grogan zögerte. Preston war ihm ganz zu Anfang in Nairobi recht nützlich gewesen, doch jetzt machte er seine Geschäfte direkt mit der Regierung und den größeren Grundbesitzern.

Preston fügte hinzu: »Ich kenne da jemanden, der Ihnen vermutlich bei dem Land helfen kann, für das Sie sich interessieren.«

Grogan hatte in Grundstücksangelegenheiten seit Monaten nichts mehr mit Preston zu tun gehabt.

»Der Sumpf«, sagte Preston mit gesenkter Stimme.

Dass Preston von Plänen wusste, über die Grogan mit niemandem gesprochen hatte, machte ihn neugierig, und er trat ein wenig argwöhnisch an dessen Tisch und setzte sich. »Was meinen Sie damit – Land, an dem ich interessiert sei, und ein Sumpf?«

Preston zog in gespielter Überraschung die Augenbrauen hoch. »Bin ich falsch informiert worden? Ich habe aus zuverlässiger Quelle erfahren, dass Sie daran interessiert wären.« Offenbar spürte er, dass Grogan das gar nicht komisch fand, denn er fügte hinzu: »Keine Sorge, Mr. Grogan, meine Informationen stammen allein aus persönlicher Beobachtung und Schlussfolgerung. Ich habe Sie vor einigen Wochen mit Mrs. Grogan auf dem Hügel oberhalb des Sumpfes bemerkt. Meine Neugier war geweckt, als Sie plötzlich den Hügel hinabrannten und im Sumpf herumstreiften wie die Löwen, die man dort schon gesehen hat. Da habe ich eben vermutet, dass Sie irgendetwas daran interessant finden.«

»Tatsächlich? Ihre detektivischen Fähigkeiten sind erstaunlich.«

»Nicht doch. Ich habe nur zwei und zwei zusammengezählt. Was ich nicht verstehe, ist, warum Sie sich für den Sumpf interessieren sollten.«

»Es könnte daran liegen, dass alles andere entweder zu

teuer ist oder zu weit vom kommerziellen Zentrum der Stadt entfernt liegt.«

»Ja, das ist eine Tatsache und auch der Grund dafür, dass so viele Buren da draußen bei Tentfontein leben.« Er bezog sich auf die Zeltstadt, die die Südafrikaner auf der anderen Seite des Flussufers errichtet hatten. »Aber einmal angenommen, Sie wären an dem Sumpf interessiert, was würden Sie denn damit machen?«

Grogan hatte Prestons aufdringliche Fragen satt und hätte nicht übel Lust gehabt, ihm zu sagen, er solle sich um seine eigenen Angelegenheiten kümmern. Doch stattdessen sagte er: »Der Boden scheint mir für den Gemüseanbau recht gut geeignet zu sein.«

»Mr. Grogan, ich kenne den gegenwärtigen Eigentümer von sieben Hektar Sumpfland, aber … nun, offen gestanden denke ich, Sie sollten sich das noch einmal überlegen. Der Grund dafür, dass der Gentleman sein Land verkaufen will, ist der, dass dort kein Gemüse gedeihen wollte. Diese schwarze Erde hat einfach alles verschluckt. Und was sie übrig gelassen hat, das haben sich die Frösche – und ein paar andere Biester aus diesem grässlichen Sumpf – geholt.«

Grogan nickte, beeindruckt davon, dass Preston eher um den hypothetischen Gemüseanbau besorgt war als um seine Kommission. Aber wieder einmal fragte er sich, wie ein ehemaliger Ingenieur in einem Geschäft überlebte, das sehr viel mehr taktisches Verkaufsgeschick verlangte, als Preston zu besitzen schien. »Ich danke Ihnen für den Rat, Mr. Preston, aber ich habe John Cross bereits sieben Hektar abgekauft und Pa Bennet zweiunddreißig Hektar – Sie können sich also vorstellen, dass ich ein paar Ideen habe, wie die Frösche und anderen Biester zu besiegen wären.«

Preston, offensichtlich verblüfft über diese Enthüllung,

sah ihn blinzelnd an. »Sie besitzen fast vierzig Hektar Sumpf?«

»Genau genommen besitze ich etwas über achtzig Hektar des Sumpfes – neulich habe ich mich mit einem Partner zusammengetan, um weitere achtundvierzig zu kaufen.«

Grogan war erfreut darüber, dass seine geheimen Pläne für den Sumpf diesen Härtetest der Geheimhaltung bestanden hatten. Außerdem genoss er Prestons Entsetzen über den augenscheinlichen Zusammenbruch seines Informationsnetzes. Grogan hatte seit Monaten an seinen Plänen für den Sumpf gearbeitet. Erst als er einen potenziellen Partner gefunden hatte, war er sicher gewesen, dass er sie auch würde umsetzen können. Nun, da der letzte Spielstein für sein zukünftiges Imperium in Nairobi gesetzt war, konnte er es sich erlauben, großzügig zu sein und seine aufregenden Neuigkeiten mit Preston zu teilen. Bis zum Ende des Tages würde es ohnehin die ganze Stadt wissen – er war gerade unterwegs zu John Ainsworth, um die Kaufverträge zu unterschreiben.

»Es wird keinen Sumpf mehr geben, wegen dem man Bedenken haben müsste«, erklärte Grogan dem fassungslosen Preston. »Sie werden dort Gebäude, Läden und Straßen sehen. Nairobi wird wie verwandelt sein, wenn dieser Sumpf erst in den Fluss zurückgedrängt ist.«

»W-wie denn?«

»Ich werde ihn binnen weniger Monate trockenlegen.«

»Nun, das … ist erstaunlich«, stammelte Preston. »Ein gewaltiges technisches Vorhaben, Mr. Grogan. Verzeihen Sie die Frage, aber verstehen Sie denn etwas von Drainage und Pumpen?«

Grogan hatte ähnliche Projekte in Neuseeland und Ägypten studiert. Er war keineswegs ein Fachmann, war aber zuversichtlich, was die Machbarkeit anging. »Genug«, sagte er und winkte lässig ab. »Sagen Sie, Mr. Preston, ist Ihnen die Familie Jeevanjee bekannt?«

»Jeevanjee?« Preston runzelte leicht die Stirn. »Der *Mahindi?*« Preston gebrauchte das Kisuaheli-Wort für jeden, der vom indischen Subkontinent kam. »Ich habe von ihm gehört. Kommt aus Mombasa, nicht wahr? Aber natürlich hatte ich noch nie mit ihm zu tun.«

»Warum … halten Sie nichts davon, mit Indern Geschäfte zu machen, Mr. Preston?«

»Nein, ich habe nichts gegen sie. Immerhin war ich der Boss von siebentausend Indern, damals bei der Eisenbahngesellschaft. Ich kannte Dutzende von ihnen sehr gut – einige, die ich lieber nie kennengelernt hätte; andere, die ich beinahe als Freunde bezeichnen würde. Aber, wie gesagt, ich hatte noch nie geschäftlich mit ihm zu tun.«

»Die Familie Jeevanjee ist schon seit einiger Zeit an der Küste tätig. Ich habe Arrangements mit ihnen besprochen, die ihr geschäftliches Engagement hier in Nairobi ausweiten werden.« Grogan konnte sich den Seitenhieb nicht verkneifen.

»Nicht viele Leute hier, schon gar nicht die Siedler, werden Ihnen dankbar dafür sein, dass Sie *Mahindi* ermuntern, sich in Nairobi etwas aufzubauen, Mr. Grogan.«

»Solange sie ehrliche Geschäftsleute sind, ist mir das gleichgültig.« Grogan waren die Vorurteile und die Sorgen um die »indische Invasion« in Nairobi wohlbekannt, die vor allem bei einem Teil der Regierung als auch im städtischen Verwaltungskomitee verbreitet war. Doch er konnte sich den Luxus nicht leisten, solchen Ängsten nachzugeben – selbst wenn er sie geteilt hätte. Seine Bargeldreserven waren dank einiger größerer Investitionen stark geschrumpft: acht Hektar mit sechs Meilen Seeufer am Naivashasee, zwei Farmen in der Nähe von Limuru, wo er eine bestimmte Akazienart zur Tanningewinnung anbauen wollte. Und dann sein jüngstes und ehrgeizigstes Projekt – der Aufbau seiner Kilindini Harbour Company in Mombasa, die einen Handelshafen, Werften und Siedlungsprojekte umfasste.

Er erhob sich. »Nun, ich muss gehen, Mr. Preston. Es hat mich gefreut, Sie wiederzusehen.«

Preston schüttelte ihm die Hand. »Mr. Grogan«, sagte er. »Eines noch, bevor Sie gehen.«

»Ja?« Bisher hatte er sich Prestons Aufdringlichkeit geduldig gefallen lassen, aber jetzt wollte er wirklich weiter.

»Nach allem, was ich als Ingenieur über die Trockenlegung eines Sumpfes von dieser Größe weiß, werden dazu umfangreiches schweres Gerät und noch umfangreichere Ausgaben notwendig sein. Ich wünsche Ihnen viel Glück damit.«

»Mr. Preston, das ist keine Frage des Glücks. Wenn ich mir etwas in den Kopf setze, kann mich höchstens das Jüngste Gericht davon abhalten.«

Kapitel 37

Alibhai Mulla Jeevanjee konnte Englisch weder lesen noch schreiben. Er konnte auch seine eigene Muttersprache, Gujarati – die Sprache der Gegend um Karachi, aus der er stammte –, nicht lesen oder schreiben, aber ihn als Analphabeten zu bezeichnen, hätte so geklungen, als besäße er kein gutes Auge für Geschäfte und hätte keine Lust, von den großen europäischen Kaufleuten zu lernen. Aber das traf nicht zu, obwohl er damals, noch recht jung, in Britisch-Ostafrika angekommen war und nicht viel mehr vorzuweisen hatte als eine fehlgeschlagene Unternehmung in Australien.

In jenem Jahr 1890 brauchte Sir William Mackinnon, der schottische Schiffseigner, Arbeitskräfte für seine neu gegründete Imperial British East Africa Company. Jeevanjees Familie hatte gute Verbindungen zu den Werften von Karachi, und es gelang ihm, dreihundert indische Arbeiter für die IBEAC anzuheuern, während andere an den Beschränkungen des indischen Auswanderungsgesetzes gescheitert waren.

Mackinnons Traum, die afrikanischen Heiden für die Verlockungen des Kapitalismus zu gewinnen, schlug fehl, und seine Handelsgesellschaft ging 1885 bankrott. Doch Jeevanjees reger Verstand fand andere Möglichkeiten.

Der »Wettlauf um Afrika« war durch die Berliner Kongokonferenz 1884–85 geregelt worden, und damit war die Aufteilung Ostafrikas festgelegt. 1895 begann Britannien mit der gewaltigen Aufgabe, eine Bahnlinie von Mombasa am

Indischen Ozean bis zum großen Viktoriasee im Landesinneren zu bauen, um seinen Anteil an der reichen Ernte des Kontinents einzufahren. Jeevanjee war in einer idealen Position und erhielt den Auftrag, Arbeiter für die Uganda Railway zu finden. Als man ihn ersuchte, Proviant und Stiefel für die fünfundzwanzigtausend Arbeiter zu beschaffen, verlegte er sein Hauptquartier nach Nairobi – die Stadt, die durch den Eisenbahnbau *de facto* zur Hauptstadt der britischen Kolonie bestimmt wurde. Später erbaute er hier auch den Bahnhof und weitere Gebäude für die Bahngesellschaft.

Als Grogan 1906 auf die Firma A. M. Jeevanjee & Co. aufmerksam wurde, besaß diese umfangreichen Grundbesitz, darunter fast alle gewerblichen Grundstücke in Nairobi. Sie betrieben Verladedienste in den Häfen von Mombasa und Karachi und machten es damit anderen schwer, im Indienhandel mitzumischen. Jeevanjee besaß den violett und gelb gehaltenen Jeevanjee Market an der Stewart Street – das einzige Gebäude, das damals, 1904, nicht aus Wellblech erbaut worden war. Es prahlte mit einem Uhrenturm und einem Balkon, von dem aus man die schneebedeckten Gipfel des Kilimandscharo hundertvierzig Meilen weiter südlich sehen konnte, und den Mount Kenia fünfundsiebzig Meilen weit in Richtung Norden.

Jeevanjee stiftete eines seiner Stadtgrundstücke in Nairobi für einen Park, der allen Bürgern zugänglich war. Später versammelten sich sämtliche Würdenträger des Protektorats in seinen Jeevanjee Gardens, um der Enthüllung eines weiteren Geschenks beizuwohnen – einer Statue von Königin Viktoria, die für immer mitten im Herzen Nairobis stehen würde.

Der Park und die Statue waren nicht die einzigen wohltätigen Unternehmungen, die Jeevanjee auf die Beine stellte, aber Grogan wusste, dass es ihm auch damit kaum gelang, die Feindseligkeit der Europäer zu besänftigen. Die war schwer zu ignorieren, vor allem, wenn Leute wie Delamere Grogan bedrängten, sich dem erbitterten Kampf der Siedler gegen Jeevanjee und »Seinesgleichen«, wie Delamere sich ausdrückte, endlich anzuschließen. Grogan war klug genug, diesen Forderungen auszuweichen, während er seinen Vorstoß in die expandierende Geschäftswelt des Landes sorgfältig vorbereitete.

Es war nicht nur Jeevanjee, der die sonst so stillen Wasser der europäischen Einwohner des Protektorats aufgewühlt hatte. Die Siedler – zum Großteil Briten, aber auch viele Buren – konnten nicht mit den indischen Firmen konkurrieren, die das Beste aus ihrem frühen Anfang in diesem Land gemacht hatten.

Die politische Führung des Protektorats, angetrieben von ihren europäischen Gefolgsleuten und, in den meisten Fällen, ebenso von ihrer persönlichen Abneigung gegen die Inder, beschränkten den Zugang der Inder zu Märkten und Land per Gesetz.

Was das Geschäft anging, kannte Ewart Grogan keine solchen Vorurteile. Er hatte früh erkannt, dass er mit den Indern Geschäfte machen musste, wenn er seine ehrgeizigen Ziele erreichen wollte, also wartete er ab und beobachtete den Kampf aus der Ferne.

Jeevanjees Haus an der Forest Road war bescheiden, aber weitläufig. Es war ein ungewöhnliches Gebäude für Nairobi, das Dach weniger steil als üblich, mit großen Fenstern und ebenso großzügigen, schattigen Veranden. Das Haus bot einen Ausblick über den Nairobi River und schien anfangs ein bescheidener Bungalow gewesen zu sein, der sich jedoch immer weiter verzweigt und ausgedehnt hatte, als ein Raum nach dem anderen angebaut wurde, um alle möglichen Jeevanjee-Nachkommen aufzunehmen, die nach Nairobi kamen, sowie einen steten Zustrom von Daudi-Bohra-Verwandten aus Karachi.

Grogan betätigte den Messing-Türklopfer, und ein Diener öffnete ihm die Tür. Direkt hinter ihm erkannte Grogan bereits die massige Gestalt Jeevanjees. Der indische Geschäftsmann trug nicht die übliche Scheitelkappe und enthüllte Grogan damit zum ersten Mal seinen kahlen Kopf. Er trug eine graue Weste unter einer weit fallenden schwarzen Jacke, und sein hellblauer Binder spitzte unter seinem vollen, ergrauenden Bart hervor.

Die Männer begrüßten einander mit Handschlag, dann folgte Grogan Jeevanjee durch ein gemütliches Wohnzimmer hinaus auf einen gepflasterten Innenhof, wo aus einem Brunnen Wasser in einen kleinen Teich sprudelte. Der Hof und der Garten dahinter waren gut beschattet und schienen als Rückzugsort gedacht zu sein, an dem die Erwachsenen am Nachmittag in Ruhe ein paar Drinks genießen konnten; doch als Grogan und Jeevanjee ihn betraten, war er von mindestens einem halben Dutzend Kindern bevölkert. Als sein Gastgeber jedoch in die Hände klatschte, huschten die Kinder davon.

»Ein wunderbares Haus, Mr. Jeevanjee«, bemerkte Grogan und betrachtete die säuberlichen Blumenrabatten und Spaliere, an denen Kletterrosen bis zum fein gearbeiteten hölzernen Dachgesims emporwuchsen. »Es erinnert mich an Anwesen, wie ich sie in Australien gesehen habe.«

»Ja, ich habe ein paar australische Ideen übernommen. Ich finde, sie sind dem Klima besser angepasst als der englische Architekturstil, den die meisten Leute hier bevorzugen.« Jeevanjee wies auf einen Stuhl. »Bitte nehmen Sie Platz, Mr. Grogan. Der Tee wird gleich gebracht.«

»Danke sehr. Auch die Aussicht ist sehr schön, sofern man irgendeine Aussicht auf Nairobi als schön bezeichnen kann. Wann haben Sie das Grundstück erworben?«

»Nun, das ist eine interessante Geschichte«, sagte Jeevanjee lächelnd. »Ich nehme an, dass Mr. John Ainsworth ein guter Bekannter von Ihnen ist, Mr. Grogan.«

Grogan nickte.

»Nun, dann wissen Sie ja sicher, dass er … wie soll ich sagen? Ein wenig unkonventionell ist?«

Wieder nickte Grogan und lächelte bei der Erinnerung an ein paar von Ainsworths verrückten Späßen, wenn er unter Freunden war und sich selbst als außer Dienst betrachtete.

»Das war kurz, nachdem Mr. Ainsworth zum Unterkommissar ernannt worden war, glaube ich«, fuhr Jeevanjee fort. »Das muss sechs oder sieben Jahre her sein, und ich nehme an, er war der Meinung, ich könnte ihm beim Aufbau der neuen Stadt Nairobi nützlich sein. Ich stellte sämtliche Gebäude zur Verfügung, die er für seine Verwaltung brauchte, und im Gegenzug sicherte er mir alle Grundstücke in der Stadt zu, die mein Kutscher in vollem Lauf zu passieren in der Lage war, ehe er nicht mehr weiterlaufen konnte.«

»Ihr Kutscher?« Grogan war von einem ältlichen und ziemlich dicken Angestellten zu Jeevanjees Haus gefahren worden.

»Ebendieser.« Jeevanjee nickte, und sein gewaltiger Bauch begann vor unterdrücktem Lachen zu wackeln. »Nun, wie Ihnen vermutlich bekannt ist, Mr. Grogan, waren Stadtgrundstücke damals so gut wie wertlos. Niemand wollte in einer Einöde wohnen, aber unsere Abmachung sah vor, dass die Regierung die Gebäude, die ich für die Verwaltung errichtet hatte, für mindestens zehn Jahre von mir pachten würde. Also dachte ich, warum nicht?

Ich erinnere mich noch sehr genau. Es war ein heißer Tag

im Februar. Der Regen hatte noch nicht eingesetzt, und die Luftfeuchtigkeit war unerträglich. Alle Bewohner der Stadt – und das waren damals nicht allzu viele – erschienen zu diesem Spektakel. Ainsworth, ich meine, Mr. Ainsworth, gab das Startsignal. Lala Pathan sollte an der Ainsworth Bridge loslaufen. Ich wies ihn an, so schnell er konnte auf den Bahnhof zuzurennen und ihn zu erreichen, wenn es irgendwie möglich war. Danach dürfe er sich ausruhen.«

»Das müssen ja beinahe drei Meilen sein!«

»So ist es. Und mit seinem dicken Bauch …« Jeevanjees fülliger Leib bebte nun vor Lachen. »Nicht so dick wie meiner, aber wenn ich diesen Wettlauf vorher geahnt hätte, dann hätte ich ihn einen Monat lang hungern lassen.«

»Und war er erfolgreich?« Grogan versuchte, den gegenwärtigen Wert dieser Grundstücke zu schätzen.

»Nein. Natürlich nicht. Der arme Lala hat sein Bestes getan, aber an der Ecke Bazaar Street und Government Road ist er zusammengebrochen.«

»Hm, trotzdem nicht übel«, sagte Grogan, der die Geschichte amüsant fand. Dass der Kutscher tatsächlich die halbe Strecke geschafft hatte, überraschte ihn.

»Ah, unser Tee«, sagte Jeevanjee und wischte sich mit einem seidenen Taschentuch die Lachtränen von den Wangen.

Eine wunderschöne junge Frau trat mit einer Teekanne und zwei Tassen zu ihnen.

»Meine Tochter Atiya«, erklärte Jeevanjee mit unverhohlenem Stolz. »Sie ist während der Schulferien zu Hause.«

Die junge Frau nickte und deutete einen Knicks an, stellte dann die Tassen vor sie auf ein kleines Tischchen und schenkte den Tee ein. Sie trug einen makellos weißen Sari und einen gelben Schleier, der ihren Kopf bedeckte und wie ein Schal geschlungen war, aber ihr langes, fließendes schwarzes Haar nicht verhüllte. Ihr Lächeln strahlte wie die Perle, die sie an einer Kette um den schlanken Hals trug.

»Welche Schule besucht Ihre Tochter denn?«, erkundigte sich Grogan.

»Oh, ein sehr gutes College in Mombasa, Mr. Grogan. Atiya erhält Privatunterricht am Mission College – einem der besten Colleges im ganzen Land. Sie wohnt bei ihrer Tante.«

»Ach, tatsächlich? Ich kenne einen jungen Mann, der ebenfalls an diesem College studiert. Kennen Sie zufällig einen jungen Massai namens Marcus, der manchmal auch Momposhe genannt wird, meine Liebe?«

Die junge Frau schüttelte den Kopf und schenkte weiter Tee ein. »Nein, Sir.«

»Nein, nein, ganz gewiss nicht, Mr. Grogan. Atiya ist ein sehr stilles Mädchen, und wie gesagt, sie erhält Privatunterricht. Sie mischt sich nicht unter die anderen Studenten und beschäftigt sich nur mit ihrem Studium.«

»Eine reizende junge Frau«, bemerkte Grogan, als Jeevanjees Tochter mit der Teekanne wieder gegangen war.

»Danke, Mr. Grogan. Sie ist erst sechzehn Jahre alt. Das Ebenbild ihrer Mutter in diesem Alter.«

»Und ist Mrs. Jeevanjee heute auch hier?«

»Nein. Sie kommt morgen nach Hause, aber die meiste Zeit verbringt sie in Mombasa. Sie mag die Nächte in Nairobi nicht, sie sind ihr zu kalt, und der Großteil ihrer Familie wohnt in Mombasa.«

»Sie vermissen sie doch sicherlich?«

»Allerdings. Deshalb freue ich mich so, wenn Atiya ihre freien Tage hier verbringt. Sie verwöhnt ihren alten Vater und ist mein Ein und Alles. Wie ihr Name sagt – ein Geschenk. Nach vier lebhaften Jungen war es eine große Freude, eine Tochter zu bekommen. Sie besucht das Mission College, weil es zurzeit in diesem Lande noch keine eigene Schule für uns Bohras gibt. Aber zumindest ist das Mission College durchaus passend für junge Damen. Dennoch bin ich sehr froh, dass sie nur noch ein Jahr zu absolvieren hat, denn dann kann sie ganz hier bei mir sein, um mir die Unannehmlichkeiten des Alters erträglicher zu machen.«

Grogan nickte und trank einen Schluck Tee.

»Nun, Mr. Grogan, was diesen Sumpf angeht ...«

Während die beiden Männer ihr geschäftliches Arrangement ausarbeiteten, wurde Grogan klar, warum Jeevanjee als einer der scharfsinnigsten Geschäftsleute von Nairobi galt. Es überraschte ihn nicht, dass der Mann den Löwenanteil an Grund und Boden in der Stadt besaß, und er war sehr dankbar dafür, dass sein Kutscher Lala Pathan nicht leichtfüßiger gewesen war, denn sonst hätte dem Inder womöglich ganz Nairobi gehört.

Atiya stellte die große Wasserschale mit schwimmenden Orchideen, Bougainvilleen-Blüten und Wachsblumen in die Mitte der Tafel und setzte sich ihrem Bruder Amir gegenüber. Ihre drei anderen Brüder waren wegen geschäftlicher Angelegenheiten der Familie in Mombasa. Alles war für das Abendmahl bereit, und die vier anwesenden Familienmitglieder hatten ihre Waschungen und Gebete beendet. Wie die meisten Angehörigen der Daudi-Bohra-Sekte verhielten sich die Jeevanjees pragmatischer als viele andere Muslime. Die Gebetszeiten waren flexibler arrangiert. Sie besuchten selten alle zusammen die Moschee, außer am Freitag, dem islamischen Sabbat. Die großen Entfernungen und die Gefahr durch Raubtiere nach Anbruch der Dunkelheit waren in Afrika wichtiger als religiöse Dogmen.

»Dayambai, meine Liebe«, sagte Jeevanjee und reichte seiner Frau den Brotteller. Das war das Signal dafür, dass gegessen und geredet werden durfte.

Amir wollte seinem Vater von einem Amerikaner namens Ford erzählen, der ein billiges Automobil gebaut hatte. Amir schlug vor, dass sie eines dieser neuen T-Modelle kauften und einen Hebekran darauf montierten, um kleinere Lasten auf der Werft zu transportieren. Jeevanjee schenkte ihm sofort seine volle Aufmerksamkeit, bis Dayambai unruhig wurde und Jeevanjee erklärte, solche Angelegenheiten sollten sie wohl nicht bei Tisch besprechen.

»Besser machen wir uns weiter Gedanken um Atiyas Zukunft«, bemerkte Dayambai.

Atiya krümmte sich innerlich. Ihre Mutter hatte ihrem Vater gegenüber immer wieder angedeutet, er solle allmählich ein Arrangement mit einer passenden Familie treffen, um einen Ehemann für Atiya zu finden. Bisher war es ihr gelungen, ihre Eltern davon abzubringen, doch jedes Mal, wenn das Thema zur Sprache kam, wurden sie energischer.

»Du hast recht, meine Liebe. Darüber sprechen wir ja schon seit einer ganzen Weile.«

»Noch nicht, Papa. Ich bin noch nicht bereit dafür.«

»Unsinn«, erwiderte ihr Vater. »Deine Mutter und ich waren bereits verheiratet, als sie so alt war wie du. Du bist schon sechzehn. Ich habe meine Pflichten als Vater sträflich vernachlässigt.«

»Nein! Ich meine, das hast du nicht.«

»Atiya …«, sagte er warnend und sah sie mit dieser Miene an, die er aufsetzte, wenn er sich geduldig gezeigt hatte und sie im Begriff war, es zu übertreiben.

»Ich bitte dich inständig darum, keinen Ehemann für mich auszusuchen«, flehte sie. »Ich möchte selbst entscheiden, wen ich heirate.«

Jeevanjee legte die flachen Hände auf den Tisch – ein weiteres Signal, diesmal dafür, dass sie zu weit gegangen war. »Was für ein Unsinn ist das?«, knurrte er.

»Das lernt sie in dieser Mission School«, sagte Dayambai seufzend. »Je früher wir unsere eigene Daudi-Bohra-Schule gründen, umso besser, Alibhai.«

Doch Jeevanjee ließ sich nicht ablenken. Er war erzürnt. »Solches Gerede dulde ich nicht, Atiya. Du darfst selbst entscheiden, ja. Aber wir sind deine Eltern. Wir und die Eltern der in Frage kommenden jungen Männer unserer Gemeinschaft werden entscheiden, unter welchen Kandidaten du auswählen darfst.«

Atiya erkannte, dass sie womöglich alles nur noch schlimmer machen würde, wenn sie jetzt darauf beharrte. Also änderte sie ihre Taktik. »Das weiß ich, Papa. Aber was ist mit meiner Ausbildung? Ich habe noch drei Jahre vor mir. Lass mich doch zumindest mein Studium abschließen. Hast du mir nicht immer gesagt, welch großer Nachteil es ist, nicht lesen und schreiben zu können?«

»Sei nicht albern, Mädchen. Lesen und Schreiben kannst du längst.«

»Ja, aber stell dir nur vor, du hättest höhere Bildung erlangen können, Papa. Welch ein erfolgreiches Unternehmen hätten wir erst, wenn du meine Chancen auf Bildung gehabt hättest?«

Jeevanjee tätschelte sich nachdenklich den Bauch.

»Nur noch drei Jahre, Papa.«

Atiya sah, wie ihre Mutter sich auf ihrem Stuhl aufrichtete. Wenn sie jetzt sprach, ehe Atiya ihrem Vater irgendein Zugeständnis abgerungen hatte, würde ihr Argument einfach verpuffen. Niemals würde er der Entscheidung seiner Frau in Gegenwart ihrer Kinder widersprechen. Atiya suchte hastig nach einem zwingenden Argument, um ihre Worte zu untermauern.

»Und denke daran, wie viel wertvoller ich als Ehefrau sein werde – ich wäre nicht nur die Tochter des äußerst erfolgreichen A. M. Jeevanjee, sondern hätte obendrein eine vollständige Ausbildung zu bieten, die meinem zukünftigen Mann bei seinen eigenen geschäftlichen Unternehmungen sehr nützlich wäre.«

Er schwankte sichtlich.

»Und nicht nur das, die Leute werden deine Haltung ebenfalls sehr bemerkenswert finden. Welch ein fortschrittlicher Denker dieser Jeevanjee doch ist, werden sie sagen. Er ist ein frommer Bohra, fürchtet sich aber nicht davor, auch moderne Wege einzuschlagen. Und wer sonst in Ostafrika wäre so erfolgreich, dass er sich wahrlich nicht zu beeilen braucht, seine Tochter aus dem Haus zu haben?«

Jeevanjee nickte und bedachte die Argumente, die sie vorgebracht hatte. Atiya kannte ihren Vater sehr gut. Der verlockenden Aussicht auf noch höheres Ansehen in seiner geliebten Bohra-Gemeinde konnte er nicht widerstehen.

Kapitel 38

Die kurze Regenzeit war vorüber. Von morgens bis abends sandte die Sonne ihre lebenspendende Energie in den Boden, der mit üppigem Austrieb reagierte, so dass Nairobi so grün und sauber war wie noch nie in den sieben Monaten, seit Grogan und Gertrude hier lebten.

Nirgends war es grüner als auf ihrem eigenen Grundstück zwischen den Flüssen, wo Ewart nun stand, einen Arm schützend um Gertrudes Taille gelegt, während sie zusahen, wie die Männer mit der Arbeit an ihrem neuen Haus auf der Anhöhe oberhalb Nairobis begannen. Gertrude war inzwischen im fünften Monat schwanger, und ihr Zustand zeigte sich allmählich an ihrer schwindenden Taille und ihren voller werdenden Brüsten. Sie war erleichtert, dass die Schwächeanfälle und die Übelkeit recht bald wieder aufgehört hatten, wie auch bei ihren früheren Schwangerschaften mit Edmund und Nicholas.

In drei Wochen würde sie nach England abreisen, nach Venters, dem Anwesen in West Sussex, das seit drei Generationen im Besitz von Ewarts Familie war; er hatte es geerbt, als sein Vater vor fünfzehn Jahren verstorben war. Ihre Kinder und Nanny Redwood waren dort, seit sie Südafrika zu Anfang des Jahres verlassen hatten. Gertrude vermisste die Jungen schrecklich, und sie wiederzusehen war das Einzige, worauf sie sich freuen konnte, wenn sie Ewart verlassen musste.

»Wirst du mich vermissen, wenn ich fort bin, Ewart?«

Er hob ihre Hand an die Lippen, sah ihr tief in die Augen und küsste jede einzelne Fingerspitze. »Das weißt du doch.«

Sie lächelte, zog seine Hand an ihre Lippen und küsste seinen Handrücken. Sie liebte seine starken braunen Hände, strich mit den Fingerspitzen darüber und ertastete seine Haut.

Dann wandte sie ihre Aufmerksamkeit wieder der Baustelle zu. »Was heben sie da für einen Graben aus?«

»Das sind die Fundamentgräben für die Wände, Gertrude. Siehst du?« Mit dem ausgestreckten Zeigefinger zog er eine Linie um das imaginäre Haus. »Da ist der Umriss des Haupthauses, und da entstehen die Nebengebäude – die Küche, die Stallungen und der Gartenschuppen. Sie heben die Gräben aus, dann gießen sie Beton hinein und errichten darauf die Mauern.« Seine Hände bewegten sich in der Perspektive oberhalb der Gräben in der Luft, als wollten sie die Szene für sie malen. »Und oben auf das Mauerwerk kommt dann der Dachstuhl.«

»Sag mir noch einmal, wie wir unser Haus nennen werden.«

»Chiromo.«

»Ach ja, Chiromo – zwischen den Flüssen. Kann man nicht förmlich hören, wie das Wasser plätschernd und glucksend zusammenfließt? Ein wunderschöner Name. Wird es denn fertig sein, bis ich mit den Kindern wiederkomme?«, fragte sie.

»In sieben Monaten? Ich denke doch. Jedenfalls wird es so weit sein, dass du mit der Innengestaltung und Einrichtung beginnen kannst. Wie du weißt, habe ich in diesen Dingen keinerlei Geschick.«

Die Vorstellung, dass ihr Mann so weit fort von ihr sein würde, war trostlos. Wie sollte er im Alltag ohne sie zurechtkommen, während sie weit weg im kalten, nassen West Sussex saß? Nach langem Schweigen fragte sie: »Was wirst du tun, während ich fort bin?«

»Du meinst, abgesehen davon, mich nach deiner baldigen Rückkehr zu verzehren?« Er lächelte sie an.

»Ich meine es ernst, Ewart.«

»Verzeih, meine Liebste, aber du machst ein Gesicht, als würdest du dich gleich in etwas hineinsteigern.«

»Ich mache mir Sorgen, dass du nicht gut genug auf dich achten wirst, dass du dich überarbeiten könntest – wie du es meistens tust, wenn ich nicht da bin und dich dazu dränge, regelmäßig etwas zu essen. Wie willst du mit all deinen neuen geschäftlichen Interessen und nun auch noch dem Haus fertig werden?«

»Philip kommt ja in ein paar Wochen. Vermutlich trifft er hier ein, kurz nachdem du abgereist bist. Er wird sich um das Haus kümmern, unter meiner Aufsicht, natürlich.«

Philip war Ewarts jüngerer Bruder – der älteste von Ewarts sieben Geschwistern –, und er war in Johannesburg Ewarts Geschäftspartner gewesen. Er hatte sich als gewissenhafter und ehrlicher Assistent erwiesen, aber Gertrude hatte das Gefühl, dass er in Ewarts Schatten lebte. Philip würde nicht in der Lage sein, an Ewarts Stelle Entscheidungen zu treffen; er würde ständig Anweisungen und Führung brauchen und Ewart im Grunde keine große Hilfe sein.

Er tätschelte ihre Hand. »Bitte mach dich nicht verrückt, Gertrude. Ich habe schon so einiges überstanden. Harte Arbeit wird mich nicht umbringen.«

»Wie kannst du so etwas sagen, Ewart? Erst vergangenen Monat hattest du wieder einen Fieberschub.«

»Nun, der ist vorbei. Genieß du einfach die Seeluft und die Heimreise.«

Gertrude mochte Seereisen nicht und fand nur selten eine verwandte Seele an Bord, mit der sie sich unterhalten konnte, um sich von dem vagen Gefühl der Übelkeit abzulenken, das sie auf See stets begleitete. Sie hielt es für unwahrscheinlich, dass der junge Massai aus Londiani, der auf demselben Schiff reisen würde, sich als der Gesellschafter erweisen würde, den sie bräuchte.

»Ach, übrigens, hast du schon entschieden, wo du den Massai-Jungen hinschicken willst?«, fragte sie.

»Ja. Ich habe einen Studienplatz in Garethbridge für ihn arrangiert. Meine Schwester in Buckingham kann ihm helfen, irgendwo eine Unterkunft zu finden. Wenn er so intelligent ist, wie man mir versichert hat, würde ihm eine gute Note von dort den Weg nach Oxford öffnen.«

»Oxford? Das ist etwas ehrgeizig, meinst du nicht?«

»Nun, für Jura ist es nicht ideal, fürchte ich – lieber würde ich ihn zu meinen alten Jagdgründen in Cambridge schicken. Aber Oxford würde ihm einen guten Anfang verschaffen, außerdem habe ich Freunde dort, die ein Auge auf ihn haben würden.«

»Aber Jura … in einem Massai-Dorf kann es kaum einen großen Bedarf an studierten Juristen geben?«

»Ich fürchte, ich weiß nicht recht, was er im Sinn hat. Er hat irgendeine Vorstellung davon, *Menschen zu helfen*. Jung und idealistisch, na ja. Jedenfalls kann an einen jungen, wissbegierigen Verstand ein Studium niemals vergeudet sein. Und den Verstand hat er zweifellos.«

Gertrudes Gedanken schweiften wieder zu den Bauarbeiten hinüber. Etwa ein Dutzend Arbeiter waren unter der Aufsicht eines indischen Vorarbeiters zugange. Sie versuchte, sich das Gebäude vorzustellen, von dem sie nur Pläne gesehen hatte: hohe Giebel, zweiflügelige, hohe Sprossenfenster, die von Säulen gestützte Veranda, hoch aufragende Schornsteine. Es schien nicht recht in den üppigen, warmen Wald aus fremdartigen Bäumen passen zu wollen, der es umgeben würde. Sie entschied, dass es im Grunde keine Rolle spielen würde, wie das Haus aussah; es würde ihr Heim sein, in dem sie ihre Kinder großziehen würden. Sie freute sich schon darauf, es einzurichten, vor allem das Kinderzimmer für ihr Neugeborenes.

»Diesmal wird es ein Mädchen, Ewart.«

Er lächelte auf sie herab und küsste sie auf den Kopf. »Ich hätte sehr gern eine Tochter, aber vor allem will ich, dass du und unser Kind sicher hierher nach Chiromo zurückkehren.«

Marcus wies auf den alten Baumstamm unter dem Pfefferbaum auf dem Hof, um Jessie anzudeuten, sie solle sich setzen. Sie tat es, und er setzte sich neben sie.

»Also«, begann er, »was willst du so dringend wissen?«

»Na, alles«, erwiderte Jessie. »Ich kann es nicht glauben. Dein armer Vater … ermordet.«

»Du brauchst ihn nicht zu bemitleiden. Er ist so gestorben, wie er es sich immer gewünscht hat – im Kampf, um den Tod meiner Mutter zu rächen.«

»Wie ist das passiert?«

»Da war eine Gruppe Initianden der Nandi – junge Männer, die gerade erst in den Stand der Krieger aufgenommen worden waren. Ich weiß nicht, was sie wollten, aber mein Vater hat einen von ihnen getötet, und dann brach ein Kampf aus.« Er berichtete ihr keine Einzelheiten, etwa, dass die jungen Nandi vermutlich nur prahlerisch gewesen waren und Respekt für ihren neu erworbenen Status als erwachsene Männer hatten einfordern wollen und dass ihre älteren Begleiter ihnen befohlen hatten, den Kampf abzubrechen, sobald Marefu gefallen war. »Mein Vater ist als tapferer Kämpfer gestorben. Das war ein guter Tod für ihn.«

»Und wo ist das geschehen? Hast du deinen Vater im Urwald begraben?«

»Ja. Er ruht im Wald. Ich habe ihn so begraben, wie es einem bedeutenden Ältesten gebührt. Sein Geist wird weiterziehen.«

»Ein bedeutender Ältester? Was heißt das?«

»Ein Anführer. Ein Heiler. Mein Vater hatte eine hohe Position in unserem Stamm inne, ehe wir das Dorf verlassen haben.«

Jessie nickte verständnisvoll. »Hat Papa dir von den Massai erzählt, die eine Woche lang auf dem Hügel im Norden geblieben sind?«

»Ja. Ich habe sie auf dem Rückweg hierher auch gesehen.«

»Weißt du, warum sie hier waren? War es wegen deinem Vater?«

»Du hast viele Fragen, *enkiti*. Leider habe ich keine Antworten darauf.«

»Jetzt hast du noch weniger als ich.«

»Was meinst du damit?«

»Als du hierherkamst, war ich froh, dass du nur einen Vater hattest. Alle anderen in der Schule hatten einen Vater und eine Mutter. Irgendwie habe ich mich besser gefühlt, weil du da warst und auch keine Mutter hattest.«

»Und wie fühlst du dich jetzt?«

»Ängstlich.«

»Weil mein Vater gestorben ist?«

»Nein. Ich habe Angst, dass auch mein Vater sterben könnte. Dann wäre ich ganz allein, bis auf Wonder. Hast du denn keine Angst, weil du jetzt allein bist?«

»Nein.«

»Was wirst du jetzt tun, Marcus?« Ihre Stimme klang besorgt, als fürchte sie sich vor der Antwort.

»Nichts. Ich werde hierbleiben und für deinen Vater arbeiten, bis Mr. Grogan mich nach Nairobi ruft.«

»Warum musst du zu Mr. Grogan?«

»Ich bin nicht sicher, aber er und Mr. Bruce sagen, ich solle in England zur Schule gehen.«

»England!«, rief Jessie aus. »Aber das ist … so weit weg! Ich werde dich nicht mehr sehen. Wie sollen wir denn nur in Verbindung bleiben?«

Marcus lächelte. »Hast du denn das Vertrauen in den Buschtelegraphen verloren?«

»Du wirst mir doch schreiben, nicht wahr, Marcus?«, fragte Jessie und sah ihm flehentlich in die Augen.

»Aber natürlich«, sagte er.

Sie standen neben dem Zug auf dem Abstellgleis, das als Bahnstation von Londiani diente. Ihr Vater beaufsichtigte die Verladung der Kartoffeln, die er an einen Händler in Nairobi verkauft hatte. Marcus würde die Auslieferung beaufsichtigen, sobald er dort ankam.

»Ach, ich weiß gar nicht, warum ich dich darum bitte«, sagte sie. »Du schreibst ja doch nie. Dabei schreibe ich dir ein Mal im Monat. Mindestens!«

»Ich werde schreiben, aber ich weiß nicht, wie lange die Briefe brauchen werden, um dich zu erreichen. England ist sehr weit weg von Londiani.«

»Wie kannst du es ertragen, so weit fortzugehen und so viel zu lernen? Ich hasse die Schule.«

»Ob es mir gefällt oder nicht, ist nicht wichtig. Ich muss es tun – es ist meine Pflicht.«

»Musstest du deinem Vater versprechen, deine Ausbildung zu vollenden?«

»Nein, nicht meinem Vater.«

»Wem dann?«

»Mir selbst. Meine Leute, mein Clan, wollten, dass ich wieder so lebe wie früher, im *enkang*, im Dorf, aber jetzt weiß ich, dass ich nie mehr zurückgehen kann. Ich bin schon zu weit gekommen. Ich kann nicht einfach vergessen, was ich weiß. Und ich weiß, dass es im Leben so viel mehr zu tun gibt, als Rinder zu züchten und Löwen zu töten. Da ich also nicht zu ihnen zurückkehren kann, um die Pflichten meines Vaters zu übernehmen, muss ich ihnen etwas anderes dafür geben. Ich werde den Stamm durch Wissen stärken. Wissen über die Gesetze. Die Briten haben uns das Tal des Großen Grabenbruchs weggenommen, und jetzt heißt es, sie wollten auch unser Hochland haben.«

Jessie wusste nichts vom Land der Massai, aber seine Leidenschaft erkannte sie sehr deutlich. »Wann kommst du zurück?«, fragte sie mit leiser Stimme.

Marcus tätschelte ihr die Schulter. »Wenn ich genug gelernt habe.«

»Und wann wird das sein?«, heulte sie auf, aber der Bahnhofsvorsteher blies in seine Pfeife. »Alles einsteigen!«, rief er.

Bruce Dalton erschien neben ihnen. Er zögerte kurz, schlang dann die Arme um Marcus und drückte ihn an sich. Als er ihn wieder losließ, sagte er: »Du sollst wissen, dass …« Er hielt inne und runzelte konzentriert die Stirn. »Marcus, du bist … Was ich sagen wollte … na ja, viel Glück.« Er blinzelte und lächelte gezwungen.

Der Zug stieß ein pfeifendes Kreischen aus, Dampf schoss unter den riesigen Stahlrädern hervor, die ruckend anrollten.

Marcus schwang sich auf die unterste Stufe der Einstiegstreppe. »Auf Wiedersehen, mein Vater«, sagte er und winkte Dalton zu. Zu Jessie, die dem anfahrenden Zug ein paar Schritte weit gefolgt war, sagte er: »Auf Wiedersehen, *enkiti*. Wenn ich dich das nächste Mal sehe, erwarte ich, dass du ein Kleid trägst.«

Kapitel 39

Jessie trieb ihr Pony mit sanftem Druck gegen die Flanken an. Nach einigen Meilen zügelte sie die Stute zum Schritt, denn Wonder fiel allmählich zurück. Sie befanden sich in den grasbewachsenen Hügeln oberhalb der Farm ihres Vaters, von wo aus sie bis nach Londiani sehen konnte. Unter ihnen zogen die Rinder gemächlich über die fetten Weiden.

Sie wandte sich nach Wonder um, der schwer keuchte. »Komm, du Faulpelz. Erst beschaffen wir etwas zum Abendessen, und dann suchen wir noch mal nach diesem Leoparden.« Sie hoffte, ein bisschen Aufregung könnte ihre gedrückte Stimmung bessern.

Der Hund horchte auf, als er ihre Stimme hörte, und beschleunigte seine Schritte. Er war nicht mehr so enthusiastisch wie bei ihrem Aufbruch, wedelte aber mit dem Schwanz, um ihr zu zeigen, dass er zu allem bereit war.

Eine Viertelstunde später hatten sie die *kopje* erreicht, und Jessie beschloss, im Schatten einer kleinen Akazie zwischen den Felsen Rast zu machen. Sie band ihr Pony an den Baum, trug ihre *kikapu*, eine Tasche aus Sisal, in den Schatten und goss Wasser in ihre hohle Hand. Wonder schlabberte es durstig auf. Jessie trank einen Schluck aus ihrer Feldflasche, lehnte sich dann an einen Felsen und blickte über die fernen, waldigen Hügel.

Ihre Gedanken trieben von den Zedern zu Ewart Grogan, dem Mann mit der Mähne aus hellem Haar, dem charmanten

Lächeln und den erstaunlichen Augen. Er hatte ihr den Kopf getätschelt und sie auf die Stirn geküsst, als er Londiani verlassen hatte. Seine Berührung hatte sie verzaubert. Wenn er in der Nähe war, lag Spannung in der Luft. Als er fortging, fühlte sie sich, als sei die Sonne hinter den Hügeln versunken. Die Farm war wieder das, was sie vor seiner Ankunft gewesen war – ein großer Platz voll unwichtiger Dinge, aber nicht ganz und gar leer. Das war sie erst, seit auch Marcus fortgegangen war. Jetzt war niemand mehr da außer Wonder, der sie durch den Tag begleitete und dem sie ihre Aufmerksamkeit schenken konnte.

Ein tiefes Grollen stieg aus Wonders Brust auf. Er hob den Kopf von den Vorderpfoten, und seine Nasenflügel bebten; er drehte den Kopf, um den flüchtigen Geruch wiederzufinden, der ihn aus dem Halbschlaf geweckt hatte. Wieder gab er dieses tiefe Grollen von sich.

»Was ist denn, Wonder?«, fragte Jessie und suchte die *kopje* ab. Sie konnte nichts sehen, aber Wonder hatte sich langsam erhoben; er war gespannt wie eine Bogensehne, und sein Nackenfell stellte sich zu einer dicken, orangeroten Bürste auf.

»Was ist denn, mein Junge?«

Jetzt wurde das Knurren lauter und selbstsicherer, und er machte einen Schritt auf den steilen Hang der *kopje* zu. Er schnupperte und ging ein paar Schritte weiter.

»Wonder, warte. Warte, bis ich mein Gewehr habe.« Jessie eilte zu ihrem Pony und nestelte an den Schnüren herum, mit denen ihre .303er befestigt war. Als sie sich wieder umwandte, war Wonder schon zwischen den Felsen; er senkte den Kopf, um am Boden zu schnüffeln, und hob ihn dann wieder auf der Suche nach dem flüchtigen, verräterischen Geruch.

»Wonder! Komm zurück. Warte auf mich!« Doch der

Hund verschwand zwischen den Felsbrocken der Hügelflanke. Jessie rannte ihm nach, inzwischen sicher, dass es der Leopard sein musste. Als sie das letzte Mal eine frische Spur gefunden hatte, hatte Wonder sich genauso verhalten, aber damals hatte der Leopard sie ausgetrickst. Diesmal musste er auf der *kopje* sein, und es war unwahrscheinlich, dass er die Flucht über das offene Gelände außen herum riskieren würde. Nein, er würde kämpfen, und zwar da, wo das Terrain ihm einen Vorteil über den weniger beweglichen Hund verschaffte.

Als Jessie hinter Wonder her über die Felsen kroch, erhaschte sie nur hin und wieder einen Blick auf dessen rostrotes Fell. Mehrere Minuten später ließ ein wüstes Knurren sie innehalten. Wonder war etwa hundert Schritt vor ihr, an der Stelle, wo die *kopje* etwas weniger steil anstieg. Und ungefähr fünfzig Schritt weiter stand der Leopard, der seinen Verfolger trotzig anfauchte.

Der Leopard war ein prachtvolles Tier. Sein goldenes, schwarz gemustertes Fell schimmerte in der Sonne, und feste Muskeln zeichneten sich ab, als er zu einer aggressiven Haltung erstarrte. Er stand auf einem leicht erhöhten, flachen Felsen mit einem dicken Felsbrocken dahinter – eine perfekte Stelle, um sich dem Gegner zu stellen.

Jessie schrie ihrem Hund zu, er solle zurückkommen, aber Wonder war ein Bündel angespannter Wut, außer sich vor Zorn über die Unverschämtheit des Leoparden. Er arbeitete sich weiter den Abhang empor, offensichtlich erschöpft, aber keineswegs eingeschüchtert vom Anblick des Leoparden, der ihn von seiner guten Position auf dem Felsen aus anfauchte.

Jessie rannte weiter, die Sonne brannte ihr auf den Rücken, und Schweiß lief ihr über die Wangen. Sie verlor ihr Gewehr, das klappernd den felsigen Abhang hinunterrutschte, und verschwendete kostbare Augenblicke damit, es wiederzuholen. Der Leopard war jetzt keine hundert Schritt mehr entfernt, aber Wonder hatte ihn schon fast erreicht. Jessies Zunge war trocken und angeschwollen. Als sie versuchte, ihren Hund zurückzurufen, drang nur ein atemloses Schluchzen aus ihrer Kehle.

Wonder täuschte nach rechts an, als wollte er die Raubkatze von der Seite angreifen, stürzte sich dann aber frontal auf den Leoparden.

Der Leopard richtete sich auf, schlug mit der Pranke nach Wonder, ließ sich zurückfallen und duckte sich zum Sprung. Seine Reißzähne blitzten, als er drohend fauchte.

Die beiden Gegner schätzten einander ein, ehe ein Kampf auf Leben und Tod begann.

Jessie war klar, dass sie schießen musste, um ihren Hund zu retten, aber der Felsen vor den beiden Tieren versperrte ihr die Sicht. Sie kletterte auf einen Felsbrocken und konnte jetzt, aus etwa fünfzig Schritt Entfernung, gut auf den Leoparden zielen.

Sie legte an. Schweiß rann ihr ins Auge und brannte. Hastig wischte sie sich die Augen und nahm die Brust des Leoparden erneut in das V-förmige Visier. Sie betätigte den Abzug, und als der Rückstoß ihre Schulter traf, stürzte Wonder sich in den Kampf. Beide Tiere verschwanden in einer Staubwolke. Sie konnte nicht glauben, dass sie nicht getroffen hatte!

Der Kampf tobte noch ein paar Augenblicke länger, bis die Gegner erneut voneinander abrückten, um ihre nächste Strategie zu planen.

Der Staub wurde von der Brise rasch davongeweht, und Jessie hatte klare Sicht auf die Flanke des Leoparden. Sie feuerte den Schuss ab, und der Leopard bäumte sich kreischend auf und fiel tot zu Boden.

Jessie stieß einen lauten Jubelruf aus und rannte zu Wonder.

Der alte Hund, das Nackenfell immer noch gesträubt, stand über dem toten Leoparden und bleckte in einer letzten Siegesgeste die Zähne. Als Jessie das Schlachtfeld erreichte, fiel Wonder neben den Leoparden zu Boden.

»Nein! Wonder!«, schrie sie. Sie konnte nicht glauben, dass der Leopard ihren Hund in so kurzer Zeit so schwer verletzt haben sollte. Aber der Hund war tot.

Sie strich mit der Hand über seine Seite und fand ein kleines Loch. Sie wälzte den Hund auf die andere Seite und sah eine grauenhafte Wunde, so groß wie eine Faust, wo das Teilmantelgeschoss ausgetreten war.

Leere breitete sich in ihrer Brust aus, als hätte ihr jemand das Herz herausgerissen. Doch es kamen keine Tränen. Sie war wie betäubt und hielt den Atem an, denn nun würde ihr etwas Schreckliches geschehen, etwas so furchtbar Schmerzhaftes, dass es ihren unverzeihlichen Fehler auslöschen würde.

Das Geschoss, das durch Wonders Körper gedrungen war, war das erste gewesen, das sie abgefeuert hatte. Es hatte Wonders großes Herz zerrissen und hätte ihn auf der Stelle töten müssen, aber es hatte Wonders unbezwingbaren Siegeswillen nicht brechen können.

Marcus stand am Fuß der Gangway und starrte zum Schiffsdeck hoch, wo die Passagiere sich versammelt hatten und etwas verlegen ihren Angehörigen und Freunden unten auf dem Kai zuwinkten. Über ihnen ragte die Brücke auf. Ein ohrenbetäubendes Tuten des Nebelhorns ließ ihn zusammenzucken. Das war das Signal für die restlichen Passagiere, in Hektik auszubrechen, letzte Worte und eilige Küsse auszutauschen und ihr Gepäck einzusammeln.

Er betrachtete die Leute um sich herum. Es wurde geküsst, umarmt und geweint. Die Grogans, am hinteren Rand der Menge, hielten sich umschlungen. Mrs. Grogan weinte vermutlich. Er hatte bemerkt, wie sie sich immer wieder mit dem Taschentuch die Augen abgetupft hatte, seit sie Nairobi verlassen hatten.

Er hatten die beiden höflich allein gelassen, damit sie sich verabschieden konnten, und war zur Gangway gegangen, um dort zu warten. Er wusste, wie es sich anfühlte, einen geliebten Menschen zurücklassen zu müssen. Er beneidete die beiden darum, dass sie sich auf dem Kai voneinander verabschieden konnten und nicht so, wie er es hatte tun müssen – sich heimlich in einem Winkel von Nairobis schäbigem Basar zu treffen, wie ein Dieb in der Nacht im Busch von Parklands herumzuschleichen und sich in finsteren Hauseingängen verbotene Küsse zu stehlen.

Seine Hand glitt zu der Tasche, in der ihr Briefchen verborgen war. Er brauchte es noch nicht einmal zu lesen. *Leb wohl, mein Liebster. Ich werde Dich niemals vergessen, und ich werde auf Deine Rückkehr warten, ganz gleich, wie lange es dauert. Ich liebe Dich, für immer und ewig.*

Er zweifelte nicht an ihren Versprechungen, denn sie beide waren aus tiefstem Herzen ineinander verliebt. Das Gefühl erstaunte ihn. Im einen Augenblick ließ es ihn vor Glückseligkeit schweben, im nächsten verzehrte er sich in schmerzlicher Sehnsucht danach, bei ihr zu sein, obwohl er wusste, dass das unmöglich war.

Abgesehen von ihr, würde er nicht allzu viel vermissen, wenn er Afrika zurückließ. Jessie und das Leben auf der Farm würden ihm fehlen. Wenn er so darüber nachdachte, waren die Daltons, in gewisser Weise auch die Grogans und ein, zwei Freunde von der Mission School sein eigener, winzig kleiner

Stamm. Wenn es viel mehr Leute gewesen wären, vermutete er, würde ihm der Abschied gewiss schwerer fallen.

Dies war der Wendepunkt. Wenn er an seiner Entscheidung zweifelte, konnte er jetzt noch umkehren, seinen leidenschaftlichen Wissensdurst vergessen und nach Londiani zurückkehren – sein Zuhause, obwohl sein Vater nicht mehr da war. Aber abgesehen von seinem eigenen Ehrgeiz, seine Ausbildung zu vollenden, was hätte sein Vater wohl dazu gesagt, wenn er jetzt aufgab?

Auf seine Weise war Marefu ein sehr fortschrittlicher Massai gewesen. Wenn er nicht so begierig darauf gewesen wäre, neue Methoden und Wege kennenzulernen, dann wäre Marcus' Mutter jetzt noch am Leben. Es war Marefus Wagemut gewesen, die neuartige Behandlung des Buren gegen Zecken auszuprobieren, die zu ihrem Tod geführt hatte. Aber Marefu hatte seine Entscheidung, zu lernen, nie bereut.

Und das würde Marcus auch nicht tun.

Von der Reling hoch über dem Kai sah Ewart winzig aus – zu klein, um der Mann zu sein, den sie kannte. Sie waren seit sechs Jahren verheiratet, und dies würde ihre erste längere Trennung sein.

Marcus stand in ihrer Nähe an der Reling. Auch er starrte auf die Menge hinab, doch wie anders war seine Situation, dachte Gertrude. Für ihn war dies der Aufbruch zu einem aufregenden neuen Anfang, während sie sich zurückziehen und ihre neue Welt verlassen musste. Das wäre ihr vielleicht nicht so schwergefallen, wenn sie sich vor dem Aufbruch besser hätte sammeln können. Abgesehen von der Seereise – ihr war bereits jetzt ein wenig unwohl –, bedrückten sie eine ganze Reihe weiterer Sorgen.

Ewart machte mit dem Wirtschaftskonglomerat, das er

sich aufbauen wollte, großartige Fortschritte. Für Ewart zählte immer nur das Größte und Beste. Er würde sich nie damit zufriedengeben, hinter irgendjemandem die zweite Geige zu spielen. Britisch-Ostafrika belohnte die Mutigen, und Ewarts erbarmungsloser Ehrgeiz passte perfekt in diese Atmosphäre. Wenn er eine Schwäche hatte, dann die, dass er gefährlich ungestüm sein konnte. Gertrude besaß nicht den Killerinstinkt, der die eine unabdingbare Voraussetzung dafür war, im rauhen Wirtschaftsklima dieses Landes Profit zu machen, doch dass sie Ewart ständig zur Mäßigung riet, bewahrte ihn oft davor, ihren finanziellen Spielraum zu schnell auszuschöpfen. Sie machte sich keine Illusionen, weshalb sie in dieser Hinsicht überhaupt Einfluss auf ihn nehmen konnte. Es war das Kapital, das sie selbst beitrug, und die noch größere Summe, die ihr Stiefvater ihnen geliehen hatte, die ihrem Wort einiges Gewicht verliehen, aber sie hatte auch das Gefühl, dass Ewart ihre Meinung schätzte. Gemeinsam waren sie sehr erfolgreich gewesen, obwohl ihre finanzielle Lage derzeit bis zum Äußersten angespannt war. Sie hoffte, dass er Ruhe und Geduld bewahren konnte, bis auch wieder Geld hereinkam. Aber sie machte sich Sorgen deswegen. Wenn Ewart etwas sah, das er wollte, dann packte er es mit beiden Händen.

Das erinnerte sie an eine weitere, leichte Besorgnis. Sie vermutete, dass es wohl jeder Frau so erging, die einen gutaussehenden, vor Energie strotzenden, wohlhabenden Mann in gefährlicher Nähe zu anderen Frauen allein lassen musste. Ewarts unwiderstehliche Persönlichkeit zog die Menschen förmlich zu ihm hin. Er stand im Mittelpunkt jeder Gesellschaft und konnte eine Versammlung binnen weniger Minuten für sich gewinnen. Vor allem Frauen fanden seine starke Ausstrahlung sehr anziehend. Gertrude hatte in letzter Zeit ein paar Frauen bemerkt, deren Verhalten ihm gegenüber ihr mehr als nur gesellig erschien. Ewart musste das auch bemerkt haben, doch bisher hatte Gertrude sich um die Treue ihres Ehemannes keine großen Gedanken gemacht. Jetzt jedoch nagte die Sorge an ihr, diese Frauen könnten die Gelegenheit nutzen und den armen Ewart in seiner Einsamkeit zu trösten versuchen, während seine Frau im fernen London ein Kind bekam.

Sie schüttelte ihren Kummer ab, als das Baby sich in ihr regte. Es würde ein Mädchen werden. Ewart wünschte sich ein Mädchen.

Teil 3

Kapitel 40

1911

Ewart Grogan holte eine große Silbermünze hervor und zeigte sie einem Dutzend Kinder, die gebannt auf den Stufen der Veranda saßen. Ihre Augen leuchteten erwartungsvoll, als er die Münze hochhielt und hin und her drehte, so dass sie im Sonnenschein funkelte.

Seine eigenen vier Kinder saßen zusammen auf der untersten Stufe. Obwohl sie die Zauberkunststücke ihres Vaters schon oft gesehen hatten, wurden sie ihrer nie müde. Selbst die zweijährige Sarah schaute aufmerksam zu; sie folgte dem Beispiel ihrer zwei Jahre älteren Schwester Emma, wie sie es meistens tat.

Einer der beiden Jungen, Nicholas – dessen Geburtstag sie heute feierten –, hatte unzweifelhaft Grogans gutes Aussehen geerbt. Sein Haar war heller als das seines Vaters, doch nun, in seinem achten Lebensjahr, wurde es ein wenig dunkler. Seine grünen, manchmal blauen Augen waren eindeutig die seines Vaters, und er konnte ebenso heftig werden, wenn sein Temperament mit ihm durchging – doch das geschah nur selten, denn er war ein umgängliches Kind, solange er nicht über Gebühr provoziert wurde.

Mit zehn Jahren war Edmund das älteste und das stillste der Kinder. Gertrude glaubte, dass er am meisten unter den langen Phasen der Trennung von den Eltern gelitten hatte, während sie nach einem Ort gesuchten hatten, an dem sie sich niederlassen wollten. Er war schlaksig, groß und ungelenk, und sein rötlich blondes Haar wirkte stets wie ein ungemachtes Bett. Ganz gleich, was sie tat, sie konnte es nicht zähmen, obwohl sie sich bei Familienfeiern oder anderen Anlässen oft einige Umstände damit machte.

Die Silbermünze tanzte von einer Hand zur anderen und verschwand hin und wieder, um auf magische Weise aus einem Ohr oder einer Tasche wieder aufzutauchen.

Der helle Stein der hohen Giebel von Chiromo, das im Kapholländischen Baustil errichtet war, und die solide Mahagonitür bildeten einen prächtigen Hintergrund für Ewarts Vorstellung. Die Kinder saßen auf den Verandastufen zwischen zwei hohen, dornigen Pflanzen, die Gertrude als Wächter am beeindruckenden Eingang der großen Villa aufgestellt hatte; jetzt verliehen sie Ewarts Zauberei eine exotische Atmosphäre.

Obwohl Ewart sich große Mühe gegeben hatte, ihr Chiromo in allen Einzelheiten zu beschreiben, ehe die Bauarbeiten begonnen hatten, hatte Gertrude sich kein rechtes Bild davon machen können, und ganz gewiss hatte sie nicht geahnt, wie groß und prächtig es sein würde. Das Haus war eine wunderbare Überraschung für sie gewesen, als sie mit der kleinen Emma im Arm nach Nairobi zurückgekehrt war. Ewart hatte sie vor das Haus gestellt und sie voller Stolz auf das schmale Bleiglasfenster mit den Initialen ESG über der zweiflügeligen Mahagonitür hingewiesen. Durch diese Tür gelangte man in ein großzügiges Foyer mit glänzend poliertem Parkett aus kanadischer Kiefer. Links und rechts davon lagen diverse Empfangszimmer und Salons, und an den gewaltigen Deckenbalken prangte der Namenszug »Grogan«. Dieses Haus war ein Palast – ein Anwesen, das es mit dem ihres Stiefvaters im Napa Valley aufnehmen konnte. Aber die Dienstboten hatten einen besseren Namen dafür gefunden: Sie nannten es *shamba ya bwana simba* – die Höhle des Löwen.

Ewart begleitete seine Zaubertricks mit einer etwas dünn klingenden Imitation eines Varieté-Orchesters: *Ra-ta-ta-dah, ta-ra-ta-dah.* An den passenden Höhepunkten untermalte er das Ganze noch mit schrillen Beckenschlägen, die sein Publikum zum Kichern brachte. Gertrude stand an Ewarts Seite und reichte ihm die Requisiten an, wie er sie gerade brauchte; und hinter den Kulissen – am Rand des Gartens und den Enden der Veranda – hatte sich Chiromos zahlreiches Personal versammelt.

Ewart versuchte, seine Zaubernummern interessant zu gestalten, indem er immer wieder neue Tricks einfügte, aber seine Besuche in den Londoner Zaubergeschäften beschränkten sich auf die seltenen Geschäftsreisen dorthin. Von seinem letzten Besuch vor fast einem Jahr, als er zu Marcus' Abschlussfeier nach Oxford gereist war, hatte er aber noch einen bisher nicht gezeigten Trick übrig.

Er schwenkte den Zauberstab, um das Ende der Münzennummer anzukündigen, und verwandelte ihn dann mit großer Geste in einen Blumenstrauß, den er Gertrude überreichte, wobei er feierlich den Zylinder lüpfte.

Der Beifall der Kinder war laut und begeistert. Nicholas stand auf und nahm stolz die Glückwünsche seiner Freunde entgegen, als hätte er selbst gezaubert. Dann schlug er vor, sie sollten Verstecken spielen, und alle Kinder verschwanden im Garten, bis auf Edmund und die kleine Sarah.

Gertrude nahm Sarah auf den Arm und küsste sie auf die Wange. »Hat Papa das nicht großartig gemacht, Sarah?«, fragte sie.

Das Kind lächelte, Grübchen zeigten sich auf seinen Wangen, und der Zeigefinger fand den Weg zum Mund.

Gertrude hatte durchgesetzt, dass Sarah in Nairobi auf die Welt kommen konnte. Schwangerschaft und Geburt waren gut verlaufen und hatten Gertrude damit in ihrem Wunsch bestärkt, weitere Kinder zu bekommen, denn das bedeutete, dass sie nicht jedes Mal nach England würde reisen müssen.

»Nicht am Finger lutschen, Liebling«, sagte Gertrude, hatte dabei jedoch Ewart im Blick, der sich ernst mit Edmund unterhielt, eine Hand auf der Schulter seines Sohnes. Sie reichte die Kleine an Nanny Redwood weiter, die sich nie mehr als ein paar Schritte entfernte, und ging dann zu ihrem Mann und ihrem Sohn hinüber. Sie bekam gerade noch Ewarts letzte Worte mit. Edmund wandte sich ab und ging mit hängendem Kopf und zornigen Schritten, die kleine Staubwolken aufwirbelten, in den Garten.

Der Junge tat Gertrude leid. Offenbar konnte er es seinem Vater nie recht machen, ganz gleich, wie sehr er sich bemühte. Das Schlimmste war, dass Ewart vermutlich gar nicht bemerkte, wie der Junge sich anstrengte, sondern ihn ständig unter Druck setzte, auf eine Art, die den Jungen nur kränkte und noch störrischer machte.

»Eine hervorragende Darbietung, Maestro«, sagte sie.

»Danke, meine Liebe. Den Kindern scheint es gefallen zu haben.«

»Wo geht Edmund hin?«

Ewart seufzte. »In den Garten zu den anderen Kindern, will ich hoffen.«

»Wir haben doch besprochen, dass es besser wäre, ihn nicht zu Dingen zu zwingen, die er nicht gern tut, Ewart. Siehst du denn nicht, dass du damit alles nur noch schlimmer machst?«

»Gertrude, ich *zwinge* Edmund zu überhaupt nichts. Ich habe ihm nur nahegelegt, dass es doch nett wäre, wenn er zur

Abwechslung einmal mit seinem Bruder im Garten spielt, weil der heute Geburtstag hat.«

Nun war es Gertrude, die seufzte. »Er ist nicht wie Nicholas. Er hat andere Interessen. Dass er der Sohn von Kapstadt-bis-Kairo-Grogan ist, bedeutet noch lange nicht, dass er die Wildnis genauso liebt wie du und Nicholas.«

»Das reicht jetzt, Gertrude. Ich versuche nur, dafür zu sorgen, dass er eine ausgeglichene häusliche Erziehung bekommt.«

»Und was genau meinst du mit ›ausgeglichen‹?«

»Ich meine damit, wenn du ihn nicht so sehr verzärteln würdest, hätte er vielleicht eine Chance, sich ein bisschen abzuhärten.«

»Das ist keine Frage der Abhärtung. Wie du sehr wohl weißt, war er lange krank. Er muss Interessen und Beschäftigungen finden, die einer weniger robusten Konstitution angemessen sind.«

»Das haben die verfluchten Ärzte meiner Mutter auch gesagt. In seinem Alter war ich ein furchtbar schwächliches Kind, und ein paar Jahre später bin ich an den Komplikationen einer Maserninfektion fast gestorben. Aber habe ich den Quacksalbern geglaubt, die gesagt haben, ich sollte mein ganzes Leben still in West Sussex zubringen? Nein, ich habe im Alter von neunzehn Jahren das Matterhorn bestiegen, und zwei Jahre später habe ich mich auf den Weg nach Afrika gemacht.«

»Um Himmels willen, es kann nun einmal nicht jeder ein Ewart Scott Grogan sein. Lass den Jungen seine eigenen Stärken finden, und unterstütze ihn darin.«

Die Augen, die ihm den Spitznamen seines Personals eingebracht hatten – *bwana simba*, Herr Löwe –, blitzten. »Dies ist eine Männerwelt, Gertie. Sie wird auf eine ›weniger robuste Konstitution‹, wie du es ausgedrückt hast, keinerlei Rücksicht nehmen. Ich liebe alle meine Kinder. Die Mädchen kannst du so erziehen, wie du es für richtig hältst, und ich habe bisher keinen Anlass gesehen, mich zu beklagen. Aber was meine Jungen angeht – ich lasse nicht zu, dass sie dem Erwachsenenleben entgegengehen, ohne gelernt zu haben, sich wie Männer zu verhalten.«

Kapitel 41

Jeevanjee biss die Zähne zusammen, schloss das Rechnungsbuch und lehnte sich auf seinem Stuhl zurück. Sein jüngster Bruder saß ihm gegenüber; er wirkte aufgebracht und verärgert.

Der Junge Tayabali war schon seit Jahren ein schlecht eingepasstes Rädchen in der Maschinerie von A. M. Jeevanjee & Co., und Jeevanjee hatte ihn von Mombasa hierherkommen lassen, um ihn wieder einmal an seine Pflichten zu erinnern. Er nannte seinen jüngsten Bruder stets den Jungen Tayabali, weil er noch Schwierigkeiten gehabt hatte, seinen Bart wachsen zu lassen, als Jeevanjee mit seinen über zwanzig Jahren nach Australien ausgewandert war, um neue Möglichkeiten für das Geschäft der Familie zu erschließen. Jetzt, so viele Jahre später, hatte Tayabali immer noch ein Gemüt wie ein bartloser Junge, obwohl er fast vierzig Jahre alt war.

Jeevanjee benutzte seinen Spitznamen möglichst nicht in Gegenwart seines Bruders, denn der würde ihn nur als einen weiteren Tadel auffassen. Was Tayabali als Tadel bezeichnete, waren in Wirklichkeit Jeevanjees Versuche, ihm die gewissen geschäftlichen Feinheiten zu vermitteln. Bedauerlicherweise führte das aggressive Wesen seines Bruders fast immer zu einem Konflikt zwischen ihnen.

Natürlich hatte Jeevanjee ebenfalls ein hitziges Temperament, doch meist gelang es ihm, es im Zaum zu halten, sein Bruder allerdings stellte seine Geduld auf eine allzu harte Probe.

Da Tayabali wieder einmal in Nairobi war, weil ihm für sein Verhalten ordentlich der Kopf gewaschen werden musste, fragte sich Jeevanjee, ob die Aufsicht über das Verladeunternehmen der richtige Posten für seinen eigensinnigen Bruder sei. An der Mbaraki-Werft hatten sie mehrere hundert Männer in Bereitschaft, die je nach Bedarf eingesetzt wurden. Es waren viele Muslime darunter, aber nicht annähernd genug, um ihren gesamten Bedarf an Arbeitskräften zu decken. Daher hatte Tayabali andere Inder angeheuert, um die Aufträge erfüllen zu können, vor allem Hindus und Jainas. Aber die größten Schwierigkeiten hatte er mit den kriegerischen Völkern, den Paschtunen, Panjabi und Sikhs, ursprünglich bei der Uganda-Railway-Gesellschaft beschäftigt – harte Männer, die an harte Arbeit gewöhnt waren.

Als junger Mann hatte Jeevanjee in Karachi Hafenarbeiter überwacht. Er besaß die Fähigkeiten, oder hatte sie sich rasch angeeignet, die nötig waren, um Männer zu führen. Tayabali hatte keine Ahnung. Er hatte auch nicht das richtige Temperament, um mit solchen Männern umzugehen. Jeevanjee hielt viel von strenger Disziplin unter seinen Arbeitern, aber es gab auch Zeiten, da man zuhören musste. Wenn es Konflikte gab, was auf der Werft unweigerlich vorkam, reagierte Tayabali, anstatt nachzudenken; er würde einem Problem stets mit Aggression begegnen, auch dann, wenn ein versöhnliches Vorgehen klüger wäre.

Jeevanjee lehnte sich in seinem abgewetzten Sessel zurück und zupfte gereizt an den ausgefransten Rändern der ledergepolsterten Armlehne. »Du widersprichst dem Bericht des Kulis also nicht?«, fragte er.

»Nein. Er war unverschämt, dieser Belutsche. Also habe ich ihn von meinen Männern über Bord werfen lassen.«

Jeevanjee hatte Tayabalis »Männer« gesehen. Sie gehörten

der Thuggee-Sekte an, bekamen besonders leichte Arbeiten zugewiesen und traten dafür als Leibwächter seines Bruders auf. Die Thugs waren professionelle Mörder, die den Akt des Tötens als Huldigung der Göttin Kali betrachteten. Die Mitgliedschaft in der Sekte wurde vererbt, ihre Mitglieder kamen aus allen Regionen Indiens und wurden vereint durch ihre Verehrung der Göttin und den Akt der rituellen Strangulation.

»Ich verstehe«, sagte Jeevanjee und blickte auf die Armlehne hinab. Verärgert über sich selbst, schlug er mit der flachen Hand auf den ausgefransten Rand.

»Hätte ich die Sache denn auf sich beruhen lassen sollen?«, fuhr Tayabali auf. »Der Mann hatte sich meinen Befehlen widersetzt, und er war arbeitsscheu. Soll ich mich von diesen dummen Kulis zum Narren halten lassen?«

»Ich gebe in dieser Sache kein Urteil ab, Tayabali«, erwiderte Jeevanjee, aber er hatte bereits eigene Erkundigungen angestellt. Der Mann war gezwungen worden, eine Doppelschicht im brütend heißen Frachtraum eines Schiffes zu leisten, das Vieh aus Bombay geladen hatte. Er hatte sich bei seinem Vorarbeiter beklagt, als er etwas trinken wollte und den Wasserbehälter leer vorfand. Tayabali hatte das mitbekommen und beschlossen, eine große Sache daraus zu machen. Er ließ den Mann verprügeln und feuerte ihn auf der Stelle. »Ich habe mich der Sache nur angenommen, weil einer seiner Freunde – ein langjähriger Angestellter – mich darauf hingewiesen hat, als ich zuletzt in Mombasa war. Er sagte, der Mann wäre beinahe ertrunken, als du ihn über Bord geworfen hast.«

»Pah! Nenn mir den Namen dieses Denunzianten, und ich sorge dafür, dass er seine Zunge von jetzt an im Zaum hält. Die anderen Kulis haben den Mann aus dem Wasser gezogen. Er war unverletzt.«

»Mag sein, aber ich habe dich davor gewarnt, auf der Werft körperliche Gewalt anzuwenden. Das dulde ich nicht, Tayabali.«

»Du duldest es nicht?« Er prustete verächtlich. »Du würdest sie mitsamt unserem Betrieb davonlaufen lassen.«

Der Gebrauch des kollektiven »wir« im Zusammenhang mit dem Unternehmen ärgerte Jeevanjee. Tayabali behauptete schon seit einiger Zeit, A. M. Jeevanjee & Co. sei ein Familienunternehmen, eine Partnerschaft. Seine anderen Brüder erhoben keine derartigen Ansprüche, also war es offensichtlich nur Tayabali, der meinte, ihm sollte ein Teil von dem gehören, was Jeevanjee sich durch harte Arbeit über Jahre hinweg aufgebaut hatte. Doch darüber hatte Jeevanjee sich schon oft mit seinem Bruder gestritten. Er beschloss, die Sache heute auf sich beruhen zu lassen. Stattdessen sagte er: »Wenn du deine Position hier lieber gegen eine in Karachi eintauschen möchtest, so kann ich sicher einen deiner Brüder überreden, sie zu übernehmen. Dann hättest du Gelegenheit, dir zu Hause eine Frau zu suchen.«

»Ich will nicht nach Karachi, und ich will keine Frau!«, knurrte Tayabali. »Ich will meinen Anteil am Geschäft, damit ich es so führen kann, wie es mir passt, ohne dass mein großer, verweichlichter Bruder nichts anderes tut, als meine Verfehlungen zu zählen.«

Tayabali stürmte hinaus und schlug die Tür hinter sich zu.

Jeevanjee formulierte gerade eine scharfe Erwiderung, schüttelte aber nur den Kopf. *Verweichlicht?* Er hatte sich selbst nie als weichlich betrachtet. Selbst als der Gouverneur, Sir Percy Girouard, ihn neulich als Kuli der niedersten Kaste bezeichnet hatte, hatte er das ignoriert, während ein schwächerer Mann getobt und gegen Vorurteile und Rassismus gewettert hätte. Und als er von der Uganda Railway einen Pachtvertrag für zwei ungenutzte Hektar Land bekommen hatte, um ein Grandhotel darauf zu bauen, hatte es einen öffentlichen Aufschrei gegeben – nicht von Konkurrenten wie Tommy Woods oder Major Ringer vom Norfolk, sondern von den Großgrundbesitzern in den White Highlands, von den Siedlern. Einer von ihnen behauptete, da sei Korruption im Spiel und er habe das Grundstück durch Bestechung bekommen. Der damalige Gouverneur untersuchte die Vorwürfe und erklärte Jeevanjee für unschuldig – was er ganz eindeutig auch war –, und der Pachtvertrag wurde bestätigt.

Jeevanjee hatte Pläne für ein zweistöckiges Hotel erstellen lassen, das sogar einen dieser neumodischen elektrischen Aufzüge bekommen sollte. Er hatte die Lieferung sämtlicher Baumaterialien zur Baustelle in Nairobi bereits arrangiert, um dann von der Eisenbahngesellschaft zu hören, sie hätten einen bedauerlichen Fehler gemacht und bräuchten das Land nun doch für ihre eigenen Zwecke.

Weichlich? Nein, ein Mann musste im Gegenteil sogar sehr stark sein, um mit derart unverhohlenen Ungerechtigkeiten fertig zu werden.

Er blickte auf die Armlehne seines Sessel hinab. Die Lederkante war zerfranst, die Kapok-Polsterung lugte hervor.

Atiya saß Vater und Mutter an dem runden Tisch gegenüber. Alle ihre vier Brüder waren ebenfalls da – ein seltenes Ereignis. Die Familie schien sie umzingelt zu haben.

Das Abendmahl war beendet, aber Jeevanjee, der den ganzen Tag lang aufgebracht gewirkt hatte, gab keinen Hinweis, der bedeutet hätte, dass irgendjemand vom Tisch aufstehen durfte. Atiya spürte, dass es eine Familienkonferenz geben würde. Ihr graute davor, was dabei zur Sprache kommen könnte.

Ihr Vater räusperte sich. »Nun, Atiya, hast du dir Gedanken über die Einladung der Adamjees gemacht?«

Atiya stöhnte innerlich. Die Adamjees hatten eine förmliche Anfrage an ihre Eltern gerichtet, ihren Sohn Choleim als passenden Ehepartner für ihre Tochter in Betracht zu ziehen. »Papa, ich brauche nicht darüber nachzudenken. Ich will Choleim nicht heiraten.«

»Und warum nicht?«, erwiderte Jeevanjee zornig. »Ist er nicht ein prächtiger junger Bohra aus gutem Hause? Die Familie besitzt eines der besten Kaufhäuser in Nairobi, und ein weiteres in Nakuru. Was kann sich ein Mädchen mehr wünschen?«

»Ich wünsche mir das, was ich mir schon immer gewünscht habe, Papa – die Erlaubnis, mir meinen Ehemann selbst wählen zu können.«

Ihre Mutter schnalzte missbilligend mit der Zunge.

Jeevanjee machte ein strenges Gesicht. »Ich habe schon viel Geduld mit dir gehabt, Atiya.«

»Aber warum sollte ich als Erste heiraten müssen? Nicht einmal Amir ist schon verheiratet!«

Amir, ihr ältester Bruder, sagte nichts dazu, doch Jeevanjee erwiderte: »Amir ist bereits versprochen, und wenn seine Verlobte alt genug ist, werden sie heiraten. Aber ich spreche hier nicht von Amir, und du wirst mich nicht vom Thema abbringen. Wenn du nicht bereit bist, Choleim Adamjee zu heiraten, dann wirst du Asgher Gulumdar zum Mann nehmen.«

Atiya geriet in Panik. Sie hatte das Gefühl, die Wände rückten immer dichter um sie zusammen. Feindselige Mienen umringten sie. Sie wollte keinen von diesen beiden Männern. Selbst wenn sie attraktiv und erfolgreich und geistreich und klug gewesen wären, hätte sie sie nicht gewollt. Denn sie hatte den Mann, den sie heiraten wollte, bereits kennengelernt.

»Ich brauche mehr Zeit«, flehte sie.

»Du hattest genug Zeit. Habe ich nicht deine Bitte erfüllt und dir Zeit gelassen, deine Ausbildung zu beenden? Und noch mehr? Du bist jetzt einundzwanzig Jahre alt. Wer wird eine Frau nehmen, die älter als einundzwanzig ist? Unvorstellbar.«

Atiya klammerte sich an Strohhalme. Sie hatte noch einen allerletzten Trumpf auszuspielen. Sie setzte ihr lieblichstes, kindlichstes Gesicht auf und bettelte: »Ich brauche noch ein Jahr, Papa. Ich habe meinen Schulabschluss, das ist wahr, aber was nützt er mir ohne Erfahrung?«

»Erfahrung?« Jeevanjee runzelte die Brauen.

»Echte Erfahrung, nicht nur Bücherwissen. Wenn ich bereit sein will, meinem zukünftigen Ehemann in geschäftlichen Dingen zu helfen, muss ich dann nicht lernen, so wie du es getan hast, worauf es in der echten Welt da draußen bei geschäftlichen Dingen ankommt? Hast du nicht immer gesagt, es sei nicht die Schulbildung, die einen erfolgreichen Geschäftsmann ausmache, sondern Geschick und Verstand?«

»Ja … aber …«

»Und wo könnte ich das besser lernen als an deiner Seite? Stell dir nur vor, wie viel wertvoller ich für meinen Ehemann sein werde, wenn ich vom erfolgreichsten indischen Geschäftsmann in ganz Britisch-Ostafrika gelernt habe.«

Jeevanjee tätschelte seinen Bauch und zog die Mundwinkel herunter, um sein stolzes Lächeln zu verbergen.

Sie setzte sofort nach. »Ich könnte deine persönliche Assistentin werden, und nach ein oder zwei Jahren hätte ich die beste Ausbildung, die man nur haben kann – Erfahrung in der Arbeit mit dem Besten.«

»Ein oder zwei Jahre? Ausgeschlossen!«, protestierte ihr Vater. »Dann wärst du ja dreiundzwanzig! Zu alt, als dass irgendein passender Mann sich für dich interessieren könnte.«

»Dann eben nur ein Jahr.«

»Nein! Sechs Monate. Und keinen Tag länger.«

»Ja, Papa«, sagte sie und schlug demonstrativ respektvoll die Augen nieder.

Jeevanjee lächelte.

Atiya hielt den Blick gesenkt, um ihr triumphierendes Lächeln zu verbergen. Sie hätte sich auch mit drei Monaten abgefunden. Denn bis dahin würde sie ihrem Vater den Mann vorgestellt haben, den sie ganz allein gefunden hatte.

Kapitel 42

Jessie stand vor dem Spiegel ihrer Frisierkommode, nur mit ihren Unterhosen mit den kleinen Rüschen an den Fußknöcheln und der geschnürten Taille bekleidet. Sie türmte ihr langes, blondes Haar auf dem Kopf auf und enthüllte damit ihre vollen Brüste und die winzige weiße Narbe neben ihrer linken Brustwarze, die sie von einem spielerischen Speerkampf mit Marcus davongetragen hatte – lange, bevor ihre Brüste sich entwickelt hatten. Sie wandte sich nach links und rechts, betrachtete das Haar und überlegte, ob es für diesen Abend passender wäre, es offen oder hochgesteckt zu tragen. Sie ließ das Haar fallen, und der gelbliche Lampenschein betonte den Honigton ihres Haars; es glänzte und schwang federnd mit, als sie den Kopf von einer Seite zur anderen drehte. Dann fiel es wieder über ihre Brüste und ließ nur ein Guckloch für die rosigen Brustwarzen offen.

Sie griff nach ihrem Büstenhalter, oder *brassiere*, wie man das jetzt nannte, und legte ihn an. Dann hob sie ihre Brüste und schob sie ein wenig zusammen, um den Effekt zu begutachten, den die *brassiere* und ihr neues Kleid auf ihr Dekolleté haben würden. Sie nickte sich selbst im Spiegel zu. Ihr Busen war nicht so üppig, wie sie ihn gern gehabt hätte, aber für ihre Figur waren die locker fallenden Schnitte und die eher natürlich betonte Taille der Kleider nach der neuesten Mode sehr vorteilhaft. Sie war froh, dass Mrs. Hanlon ihren Mädchen die Wahl ließ zwischen Korsett und Mieder oder Büstenhalter. Die Methodist Missionary School for Girls hatte darauf bestanden, dass alle ihre Schülerinnen zu förmlichen Anlässen diese grauenhaften, vorn völlig steifen Korsetts trugen. Jessie bekam davon Rückenschmerzen.

Mrs. Hanlons vornehme School for Young Ladies gewährte mehr Freiheiten als die Methodistenschule. Die Mädchen wurden ermuntert, an gesellschaftlichen Ereignissen teilzunehmen, auch in Begleitung junger Herren, sofern auch eine passende Anstandsdame dabei war. Und da dieses Pensionat viel kleiner war, hatte jedes Mädchen sein eigenes, privates Zimmer.

Die formellen Anlässe wie der Ball, den sie an diesem Abend besuchen wollte, bezeichnete Jessie im Stillen als Ehebazar. »Bizarr« wäre treffender gewesen. Die jungen Damen wurden vorgeführt, und die Männer begafften sie. Jessie ertappte sich bei diesen Gedanken und ermahnte sich, nicht so kritisch zu sein. Sie hatte volle sechs Monate gebraucht, um die unendliche Schüchternheit zu überwinden, unter der sie gelitten hatte, als sie hier in Nairobi angekommen war, aber sie hatte noch nie einen hirnloseren Haufen von Junggesellen gesehen. Fast ausnahmslos handelte es sich um die Söhne wohlhabender Siedler – sämtlich hervorragende Partien, wenn man Mrs. Hanlon Glauben schenkte –, die aber im Großen und Ganzen schlichtweg dumm waren.

Einer oder zwei hatten ihr Interesse geweckt, aber jedes Mal, wenn sie dachte, einen auch nur halbwegs anziehenden Mann gefunden zu haben, erschien wieder einmal Ewart Grogan auf der Bildfläche, und die Mängel anderer Männer wurden überdeutlich.

Nicht, dass sie sich je mit Grogan unterhalten würde. Nein, es kam vor, dass sie einen Tag beim Pferderennen genoss und ihn plötzlich im abgetrennten Mitgliederbereich entdeckte, wo er mit einigen Freunden Champagner trank. Oder sie spazierte mit einer Freundin die Sixth Avenue hinunter und sah ihn auf der anderen Straßenseite, offenbar in eine Diskussion mit Geschäftspartnern vertieft. Einmal hatte sie ihn am Bahnhof mit seiner Frau und seinen Kindern gesehen – das mussten seine Kinder gewesen sein, denn eins oder zwei davon waren ihm wie aus dem Gesicht geschnitten –, und sie hatte plötzlich eine überwältigende Leere empfunden, weil sie kein Teil dieses Bildes war. Was auch immer er an sich hatte, seine Ausstrahlung und seine Persönlichkeit – oder die bloße Erinnerung daran – ließen alle anderen Männer in den Hintergrund treten.

Bei einer Gelegenheit, auf dem Großen Ball des Hochkommissars, tanzte Ewart mit einer umwerfend schönen jungen Frau in den Armen an ihr vorbei, und ihre Blicke trafen sich. In diesem Augenblick, in dem ihr Herz aussetze, während die beiden Paare beim Walzer aneinander vorbeirauschten, meinte Jessie, in seinen fesselnden Augen so etwas wie ein Wiedererkennen aufblitzen zu sehen. Es hätte auch ein Funken Interesse für sie als junge Frau sein können, und nicht die Erinnerung an ein fünfzehnjähriges Mädchen, denn er drehte sich erneut um und sah ihr nach, bis ihr Partner sie aus seinem Blickfeld wirbelte. Während des restlichen Abends behielt sie ihn im Auge, in der Hoffnung, er würde sie zum Tanz bitten. Sie legte sich eine Reihe geistreicher Bemerkungen zurecht, und kleine Spielchen, mit denen sie ihn necken würde, während er versuchte, sich zu erinnern, woher er sie kannte. Er würde fragen: War das im Mai, auf der Teeparty des Gouverneurs? Und sie würde antworten: Ja, da war ich ebenfalls anwesend, aber Sie waren zu sehr damit beschäftigt, eine blendend schöne Dame in einem roten Kleid mit Aufmerksamkeit zu überschütten, um mich zu bemerken. Doch der Abend ging zu Ende, ohne dass er auch nur in ihre Richtung blickte.

Sie fragte sich, ob es schlecht von ihr war, so etwas für ihn zu empfinden. Ewart Grogan war ein verheirateter Mann. Doch obwohl er allen in seinem Umkreis charmant und einnehmend begegnete, beobachtete Jessie jede noch so kleine Geste von ihm ganz genau, und diese Beobachtungen in Verbindung mit ihrer weiblichen Intuition ließen sie vermuten, dass er auch anderen Frauen durchaus nicht abgeneigt war. Ihr wurde klar, dass sie das schon gespürt hatte, als sie ihm als junges Mädchen in Londiani begegnet war. Vielleicht war das der Grund dafür, dass sie ihn immer als »zu haben« betrachtete, und dieser Umstand war es auch, der ihr hin und wieder schlaflose Nächte bescherte.

Und der Grund dafür, weshalb sie zugestimmt hatte, Mrs. Hanlon's School for Young Ladies zu besuchen, als ihr Vater ihr vor über einem Jahr von Ewart Grogans großzügigem Stipendium erzählt hatte. Denn damals war ihr klar geworden, dass sie schön genug war, um seine Aufmerksamkeit zu erregen, dass sie aber noch mehr brauchte, um sein Herz für sich gewinnen zu können.

Grogan trat aus der Haustür und blieb auf der obersten Stufe der Treppe stehen, die zu Chiromos weitläufigem Garten hinabführte. Er streckte die Arme über den Kopf und spürte die willkommene Wärme der schwachen Morgensonne auf der Brust.

Marcus schleppte sich müde den Kiesweg zum Haus entlang, in demselben dunkelblauen Anzug, den er getragen hatte, als er damals von Oxford aus in Mombasa angekommen war. Grogan hatte erst gedacht, Marcus habe sich für die Heimkehr fein machen wollen, aber später hatte er festgestellt, dass Marcus den Anzug praktischerer Kleidung vorzog. Grogan fand das seltsam. Vielleicht trug der junge Mann ihn als eine Art Ehrenzeichen – ein Massai in einem Anzug aus der Drury Lane war gewiss ein einmaliger Anblick.

»Ah! Da ist ja unser junger Marcus!«, sagte Grogan. »Wir dachten, du würdest schon mit dem gestrigen Zug kommen.«

»Ich *war* im gestrigen Zug. Leider ist er erst heute angekommen. Es tut mir leid, falls ich Ihnen Umstände bereitet haben sollte.«

»Etwas Besseres hat ein aufstrebender Anwalt zu seiner Verteidigung nicht zu sagen?«, erwiderte Grogan lächelnd und wies auf das Kaffeetischchen auf der Veranda. »Komm, setz dich zu mir. William bringt gleich den Tee. Wie stehen die Dinge in Londiani?«

»Nicht schlecht. Mr. Dalton hat mit der Maisaussaat begonnen und ist dann krank geworden, also wird er noch eine Woche warten.«

»Der alte Bruce, hm? Ich habe mich viel zu selten nach ihm und der kleinen Jessie erkundigt. Wie geht es ihnen? Das muss ja fünf Jahre her sein, seit ich die beiden zuletzt gesehen habe. Etwa um die Zeit, als du nach Oxford gegangen bist.«

»Mr. Dalton hat immer mehr Schwierigkeiten mit der Farm, und Jessie … nun ja, Jessie ist kein kleines Mädchen mehr. Sie wird nächsten Monat einundzwanzig, und Mr. Dalton kommt hierher nach Nairobi, um sie zu besuchen.«

»Einundzwanzig! Kaum zu glauben.« Grogan hatte sie von seinem Aufenthalt auf der Farm ihres Vaters als ziemlich verwildertes Kind in Erinnerung. Ihre einzigen Vorzüge waren ihr wunderbarer Teint und das lange, blonde Haar gewesen. »Sagtest du, sie ist hier in Nairobi?«

»Ja, sie ist seit einem Jahr auf Mrs. Hanlons Pensionat.«

»Mrs. Hanlons Pensionat? Diese höhere Töchterschule,

oder wie man so etwas nennt?« Er erinnerte sich daran, dass er selbst ihr Schulgeld hinterlegt hatte.

»Ja, Mrs. Hanlon's School for Young Ladies.«

»Na, warum hat sie uns dann nicht einmal besucht?«

Marcus wirkte verlegen. »Ich weiß es nicht. Vielleicht war ihr das unangenehm.«

Grogan konnte sich nicht vorstellen, warum. »Wie auch immer, ich muss unbedingt an Bruce schreiben. Vielleicht könnten wir eine kleine Gesellschaft für das Mädchen arrangieren.« Er befürchtete, dass es nicht einfach sein würde, Dalton dazu zu bewegen, dieses Angebot anzunehmen. »Wie läuft die Farm denn geschäftlich?« Er hatte ein vage schlechtes Gewissen, weil er sich so lange nicht mehr in Londiani hatte blicken lassen, aber er hatte festgestellt, dass sein Forstbetrieb von Molo aus leichter erreichbar war – der Bahnstation ein paar Meilen vor Londiani.

»Er hat ein sehr schlechtes Jahr durchgemacht, während ich in Oxford war, aber in jüngster Zeit konnte er ein paar Färsen und Kartoffeln verkaufen.«

»Und ihr betreibt die Farm nur noch zu dritt?«

»Er hat einen älteren Massai angeheuert, der ihm mit dem Vieh hilft. Ich habe ihm gesagt, ich könnte das machen, aber er hat abgelehnt. Sie wissen ja sicher noch, wie er ist. Er sagte, ich gehörte irgendwohin, wo ich meine Arbeit als Anwalt verrichten kann.«

»Und tust du das? Deine Arbeit als Anwalt verrichten?«

»Nun, in gewisser Weise. Ich bin hier, um mit einem der Ältesten der Purko-Sektion zu sprechen. Er ist besorgt über die neuesten Entwicklungen bei den Umsiedelungsplänen für die Massai.«

»Umsiedelungspläne? Du meinst diesen Plan, die zwei Teile des Massai-Stammes wieder an einem Ort zu vereinen?«

»Ja. Die Regierung will sämtliche Clans nördlich der Bahnlinie, aus der Laikipia-Gegend, in den Süden umsiedeln.«

»Aber ist das nicht das, was auch euer Häuptling Lenana will?«

»Ich weiß es nicht genau. Ich werde den Ältesten, Ole Gilisho, und Lenana in Ngong treffen.«

Grogan war Delameres Nachfolger als Vorsitzender der Colonists' Association, und in dieser Eigenschaft hatte er mit dem Gouverneur, Sir Percy Girouard, über das Land im Norden gesprochen. Viele Siedler hielten es für einen gewaltigen Fehler, dass man das Laikipia-Plateau, ein sehr gutes Weideland, 1904 an die Massai zurückgegeben hatte.

»Ich glaube, dass die Massai an einem Ort vereint sein sollten«, sagte Grogan. »Wie kann Lenana sie denn regieren, wenn sie über das ganze Land verstreut sind?«

Marcus spielte mit seiner Teetasse. »Es geht eigentlich nicht darum, zu regieren. Der *laibon* ist eher so etwas wie ein Prophet. Seine Aufgabe ist es, Entscheidungen über Zeremonien zu treffen und uns in Fragen unserer Lehre, Traditionen und Kultur zu beraten. Er heilt die Kranken und sorgt für Regen. Er regiert uns nicht in dem Sinne, wie die Häuptlinge anderer Stämme es tun.«

»Nun, nach allem, was ich gehört habe, verursacht die nördliche Gruppe da oben auf dem Laikipia-Plateau reichlich Ärger. Wenn sie alle nach Süden ziehen, wird es leichter sein, sie im Griff zu behalten.«

Marcus stellte sorgfältig seine Tasse ab. »Ich ziehe mich jetzt besser zum Frühstück um.«

Grogan klopfte Marcus auf die Schulter, als dieser an ihm vorbeiging, und sagte lächelnd: »Ja, mein Bester, du siehst völlig erschöpft aus. Wenn du dir weiterhin die Nächte um die Ohren schlagen willst, musst du dich ausruhen.«

Marcus ging wortlos ins Haus.

Er hielt sich unter den Bäumen, deren Schatten ihn vor dem Mondlicht verbargen, während er vorsichtig die unbefestigte Forest Road entlangschlich. Er erstarrte, als es im hohen Gras am Wegrand raschelte. Gleich darauf stieß er erleichtert den angehaltenen Atem aus, als ein Mungo an ihm vorbei in die Dunkelheit huschte.

Ehe er weiterging, sah er sich nach Orientierungspunkten um, um sich seiner Position zu vergewissern, denn er kannte das Haus bei Tageslicht, hatte aber noch nie zuvor versucht, es bei Nacht zu finden.

Hinter ihm lag die Ainsworth Bridge. Auf der Anhöhe am anderen Flussufer konnte er den Fahnenmast auf dem neuen Hospital als Silhouette vor dem blauschwarzen Himmel erkennen. Ein Stück die Straße entlang lag das Norfolk Hotel, ein weiterer imposanter Umriss. Da er nun sicher war, seinem Ziel schon ganz nahe zu sein, ging er besonders vorsichtig weiter.

Das Haus der Jeevanjees kam durch ein niedriges Gebüsch hindurch in Sicht. Es lag in völliger Dunkelheit, bis auf einen schwachen Lichtschein hinter den Fensterläden zwei Zimmer neben Atiyas. Er wartete geduckt in der Dunkelheit, lauschte seinem hämmernden Herzschlag und suchte jeden sichtbaren Winkel des Gebäudes nach einer Bewegung ab, die auf eine Falle hinweisen könnte.

Er versuchte, seine Nerven zu beruhigen. Seine Hände zitterten, und sein Atem ging so flach, dass er schluckte und tief durchatmete, um die Fassung wiederzugewinnen. Nicht einmal bei der Löwenjagd hatte er solche Angst empfunden, doch bei dieser Jagd stand nicht nur sein Leben auf dem Spiel, denn wenn man ihn dabei ertappte, wie er in der Dunkelheit um das Haus der Jeevanjees herumstrich, würde er die Liebe seines Lebens nie wiedersehen.

Das Licht hinter den Fensterläden erlosch.

Er wartete volle zehn Minuten, ehe er über den offenen Innenhof schlich, der im hellen Mondschein lag, und in die relative Sicherheit des Schattens, den das Haus warf. Er holte lautlos und tief Luft und ließ sie langsam wieder ausströmen.

Er hockte sich auf die Fersen und überprüfte die Instruktionen, die sie ihm gegeben hatte – *das zweite Fenster auf der linken Seite des Hauses.* Das Fenster, unter dem er hockte, war das zweite, aber mit einem Anflug von Panik wurde ihm klar, dass er nicht genau wusste, ob sie das zweite Fenster vom Eingang oder von der Rückseite her meinte. Er verfluchte sich dafür, das nicht geklärt zu haben, als sie ihre Pläne geschmiedet hatten. Jetzt hatte er keine Möglichkeit, festzustellen, ob dies Atiyas Fenster oder das eines ihrer grimmigen Brüder war.

Er kratzte leise am Fensterladen.

Einen Augenblick später hörte er ein Klicken, und der Fensterladen schwang auf. Das Herz schlug ihm bis zum Hals, doch dann streckte Atiya die Hand aus dem Fenster und strich über seine Wange. Er richtete sich auf, und sie umarmten sich durch das offene Fenster. Als ihre Lippen sich berührten, spürte er dieselbe elektrisierende Erregung, die ihn bei ihrem ersten Kuss in schwindelige Ekstase gestürzt hatte. Das waren für ihn völlig unbekannte Empfindungen. Die Massai küssen sich nicht, und obwohl er ohnehin wenig Gelegenheit gehabt hatte, Massai-Mädchen zu berühren, war dies ein Zauber, den er nie erlebt hätte, wenn er Atiya nicht kennengelernt hätte. Seit sie ihn in diesen wunderbar fremdartigen Brauch eingeführt hatte, träumte er Tag und Nacht von ihren Lippen.

Sie lösten sich aus ihrer Umarmung, und Atiya zog Marcus sacht in ihr Schlafzimmer.

Kapitel 43

Meine liebe Gertie«, sagte Quentin, als Gertrude mit dem Arm voller Blumen ins Zimmer eilte, »wenn du nicht aufhörst, dich so emsig um die Dekoration zu kümmern, werde ich gezwungen sein, etwas Albernes zu tun – etwa, dir zu helfen.«

Gertrude lachte. »Und das wäre einfach zu viel für einen Mann wie Mr. Quentin Grogan, nicht wahr?«

»In der Tat, also komm mit mir, fort von diesem hektischen Chaos« – mit einer ausholenden Geste wies er auf die Arbeiter und Diener, die im Ballsaal beschäftigt waren – »und sorge dafür, dass dieser Mann etwas zu trinken bekommt. Ich verdurste nämlich gleich.«

»Ach, du Ärmster«, sagte Gertrude mit vor Sarkasmus triefender Stimme. »Möchtest du Tee, oder dürft ihr großen weißen Jäger schon vor Sonnenuntergang etwas Stärkeres zu euch nehmen?« Doch sie reichte die Blumen einem Dienstboten, nahm Quentin beim Arm und führte ihn in den Salon.

»Irgendwo, auf einem der Schiffe Seiner Majestät, hat die Sonne bereits den Horizont erreicht«, erwiderte er.

»Lieber Schwager, darf ich dich daran erinnern, dass du nicht mehr der königlichen Marine angehörst?«

»Gott sei Dank, aber das ist irrelevant. Mit Elfenbein lässt sich mehr Geld verdienen.«

Die Nachmittagssonne fiel durch die weißen Musselinvorhänge des Salons und verlieh den terracottafarbenen Wänden Leben – diese Wände waren Gertrudes einzige Abweichung von den Vorschlägen des Architekten. Er hatte moderne Pastellfarben gewollt, doch Gertrude hatte auf einer traditionelleren Gestaltung des Salons bestanden, bis hin zu dem Blumenfries unter den kunstvollen Stuckleisten. Der Salon sollte unbedingt englische Behaglichkeit ausstrahlen, denn obwohl sie selbst durch ihre Adoption Amerikanerin war, so betrachtete sie doch, wie alle kultivierten Kolonisten, England noch immer als ihre Heimat.

Gertrude trat an die Anrichte aus Rosenholz, die eine Wandnische gegenüber dem marmornen Kamin einnahm. »Rum?«, fragte sie.

»Nun, hättest du auch einen Gin? Anscheinend habe ich auf dem Land eine Vorliebe für Gin entwickelt.«

Sie entkorkte die Flasche Gilbeys, schenkte etwas davon in einen kristallenen Schwenker, erinnerte sich dann an Quentins Gewohnheiten und schenkte noch einmal nach. »Ich habe leider keine Limonenschnitze hier. Soll ich aus der Küche welche bringen lassen?«

»Nicht nötig, meine Liebe.« Er nahm ihr das Glas ab. »Willst du dich mir nicht anschließen?«

»Nein, es ist noch ein bisschen zu früh für mich. Aber ich leiste dir mit einem Tonic Water Gesellschaft.«

Sie brachte ihr Glas zu der Queen-Anne-Sitzgarnitur; er blieb neben seinem Sessel stehen, bis sie auf dem Sofa mit der geschwungenen Rückenlehne Platz genommen hatte.

Gertrude fühlte sich in Quentins Gegenwart immer entspannt. Sie hatte in England auf Ewarts Heimkehr nach seinem Marsch von Kapstadt bis Kairo gewartet, und aus dem großen Haushalt eher biederer Familienmitglieder – viele von ihnen erwachsene Nachkommen aus der ersten Ehe ihres Vaters – hatte sich eine besondere Freundschaft mit Ewarts jüngstem Bruder entwickelt. Gertrude war nur wenig älter als Quentin, und die beiden standen sich bald recht nahe, da sie die Respektlosigkeit gegenüber den prüden viktorianischen Konventionen verband. In Gertrudes Fall rührte sie daher, dass sie weit fort vom Einfluss der britischen Oberschicht aufgewachsen war, und Quentins Missachtung strenger Sitten entsprach seiner rebellischen Natur.

»Das Leben in freier Wildbahn scheint dir gutzutun«, bemerkte sie. Mit achtundzwanzig Jahren hatte Quentin noch immer dieses frische Gesicht, das typisch für die Grogans war.

Quentin nippte an seinem Gin Tonic. »Verdammt harte Arbeit meistens.«

»Und, wirst du dorthin zurückkehren?«

»Ich glaube nicht, Gertie. Da oben gibt es inzwischen fast so viele Jäger wie Elefanten. Ich denke über Ewarts Vorschlag nach, mich ihm und Philip hier in Nairobi anzuschließen. Was hältst du davon?«

»Es gibt jedenfalls genug zu tun. Sir Percy Girouard scheint bereit zu sein, neues Land im Norden zu vergeben, und ...«

»Du weißt doch, was ich meine, Gertie. Ich bin nicht sicher, ob ich so eng mit Ewart zusammenarbeiten kann. Ich liebe meinen Bruder sehr, aber du kennst ihn ja. Alles muss auf seine Weise getan werden. Ich weiß wirklich nicht, ob ich mich damit arrangieren kann.«

»Ich verstehe, was du meinst, Quentin, aber du musst dich eben daran gewöhnen.«

Sie schenkte sich Tonic nach und bot ihm dann die Flasche an. Er hob abwehrend die Hand.

»So, nun erzähl mir von dieser jungen Dame, die heute Abend hier ihren einundzwanzigsten Geburtstag feiert.«

»Miss Jessica Dalton. Ewart hat die Familie vor Jahren auf seiner ersten Exkursion in den Nordwesten kennengelernt.«

»Und wie ist sie so?«

»Ich habe keine Ahnung. Selbst Ewart hat sie seit fünf Jahren nicht mehr gesehen. Er hat ihren Vater gestern zum Tee eingeladen, aber Jessica war bei der Anprobe für ihr Kleid, und wir werden sie erst heute Abend zu sehen bekommen.« Sie griff nach der Ginflasche, um ihm nachzuschenken, und hielt inne. »Warum fragst du?« Sie bemühte sich, ihr Lächeln zu verbergen, denn sie kannte die Antwort ganz genau.

»Ich habe feststellen müssen, dass Frauen im Alter zwischen zehn und dreißig Jahren in Britisch-Ostafrika sehr selten sind.«

»Tatsächlich?« Sie öffnete die Tonic-Flasche und füllte sein Glas auf. »Das ist mir noch gar nicht aufgefallen.«

»Manchmal kommt es mir beinahe so vor, als versuchten ihre Familien nur, sie vor mir zu verstecken.«

Quentin Grogan war berüchtigt dafür, stets ein Auge auf die Damen zu haben. Das war eine weitere Eigenschaft, die er mit seinem Bruder teilte. Ewart konnte den Blick auch nicht von schönen Frauen lassen, und in letzter Zeit schien er den Damen in ihrem Bekanntenkreis immer mehr Aufmerksamkeit zu widmen, dachte Gertrude. Sie liebte ihn, und sie wusste, dass auch er sie liebte, aber einen Mann mit so viel Energie wie Ewart von Versuchungen fernzuhalten, war nicht leicht.

Das Tonic Water lief über den Rand des Glases und bildete eine Pfütze auf der Rosenholz-Anrichte.

Grogan stand vor dem Schlafzimmerspiegel und musterte sich ein letztes Mal, ehe er mit Gertrude nach unten gehen würde, um die Daltons und ihre anderen Gäste zu empfangen.

Der Anlass war von einer Dinner-Party mit den Daltons und einigen engen Freunden zur Feier von Jessies Volljährigkeit zu einem großen Fest mit einer Gästeliste von sechzig Personen ausgeufert; nur wenige dieser Gäste hatten je zuvor von den Daltons gehört, aber alle waren gute Freunde der Grogans. Die einzige Ausnahme bildeten die Hamiltons, eine Familie, die Grogan in geschäftlichen Angelegenheiten in Thika kennengelernt hatte; Gertrude hingegen kannte sie noch nicht. Charles Hamiltons Frau Louise war ein umwerfender Rotschopf. Grogan hatte in den vergangenen Wochen ein Auge auf sie geworfen und ihre diskreten, aber koketten Aufmerksamkeiten sehr erregend gefunden. Er freute sich schon auf diesen Abend.

Gertrude trat zu ihm, rückte seine Fliege zurecht und wich einen Schritt zurück, um ihn zu mustern. »So ist es besser. Und jetzt lass die Finger davon.«

»Schon gut, schon gut.« Er schob ihre Hände von seinem Kragen. »Komm. Gehen wir hinunter und holen uns einen Drink, ehe die Herde hereinstürmt.«

Am Kopf der gewundenen Treppe reichte er ihr seinen Arm und führte sie langsam hinunter.

Philip erhob sich, als Gertrude den großen Salon betrat, und begrüßte sie mit einem Nicken. Er hatte sich mit Quentin unterhalten, der am marmornen Kaminsims lehnte, eine Zigarette in der Hand.

»Guten Abend, Gertie«, sagte Quentin.

»Wie ich sehe, habt ihr schon ohne uns angefangen«, bemerkte Ewart mit einem Blick auf Quentins Gin.

»In deiner Abwesenheit habe ich die Erlaubnis meines anderen großen Bruders eingeholt«, erklärte er mit schelmischem Lächeln.

»Das hast du nicht!«, protestierte Philip.

»Schon gut, Philip«, sagte Gertrude. »Quentin beliebt zu scherzen. Ewart hat doch nichts dagegen, wenn seine Brüder sich einen Drink genehmigen, nicht wahr, mein Lieber.« Das war eher eine Feststellung denn eine Frage.

Ewart räusperte sich brummend und ging zu der Anrichte, auf der eine Reihe kristallener Karaffen bereitstand. »Und für dich, meine Liebe – einen Sherry?«

»Nein, danke, Liebling. Die Gäste kommen sicher gleich, aber lass dich nicht abhalten.«

»Die Gäste kommen erst in einer Stunde, aber ich habe Dalton gebeten, mit der kleinen Jessica ein wenig früher zu kommen und sie uns vorzustellen.«

»Da wir gerade unter uns sind, Ewart«, sagte Philip und trat zu seinem Bruder an die Anrichte, »ich hatte mich gefragt, wie dein Gespräch mit dem Gouverneur …«

»Du willst doch nicht etwa schon wieder übers Geschäft sprechen, Philip?«, ermahnte ihn Gertrude.

Ewart schätzte Philips gewissenhaften Fleiß. »Ist schon gut, Gertrude«, sagte er. »Wir haben noch ein bisschen Zeit. Schließlich sind wir alle eine Familie.«

Philip warf Gertrude ein um Verzeihung bittendes Lächeln zu, ehe er fortfuhr: »Gibt es neue Entwicklungen, was die Uasin-Gishu-Parzellen angeht?«

Grogan hatte seine Forstkonzession um weitere vierundzwanzigtausend Hektar erweitert und sich finanziell damit stark belastet, doch ob sich seine Investition wirklich auszahlen würde, hing noch immer davon ab, ob die Regierung sich bereit erklären würde, eine Eisenbahnstrecke von Londiani aus in die Wälder zu bauen. Das war nur dann wahrscheinlich, wenn das Uasin-Gishu- und vorzugsweise auch das Laikipia-Plateau für die intensive Bewirtschaftung freigegeben wurde.

»Ich glaube, ich habe ihn überzeugen können, aber sein Problem ist das Abkommen, das er mit den Massai aushandeln muss.«

»Wurde dieser Pachtvertrag denn nicht schon vor Jahren ausgehandelt?«, fragte Gertrude, die nun doch Anteil nahm, trotz ihres Protestes gegen geschäftliche Gespräche vor dem Abendessen.

»Es wurde neunzehnhundertvier ein Abkommen erzielt, nach dem die Massai aus dem Großen Grabenbruch umgesiedelt wurden«, erklärte Ewart. »Wir – das heißt, die Regierung – mussten die Investitionen für die Eisenbahnstrecke wieder hereinholen, verstehst du? Also haben wir beschlossen, das Grabenbruch-Tal als Farm- und Weideland zu erschließen. Die Hälfte der Massai ging nach Norden in die Laikipia-Region, die andere Hälfte nach Süden in die Gegend um Narok.«

»Waren sie denn damit einverstanden?«, fragte sie.

»Das weiß ich wirklich nicht, aber ihr Häuptling hat dem Pachtvertrag, mit dem sie uns ihr Land überließen, damals zugestimmt.«

»Wenn sie sich also neunzehnhundertvier mit der heutigen Situation einverstanden erklärt haben, warum sollten sie sie jetzt wieder ändern wollen?«

»Na ja, ich weiß nicht, ob sie das wollen, meine Liebe, aber der Gouverneur meint, er könnte die Häuptlinge dazu überreden. Und ich hoffe sehr, dass ihm das gelingt, denn wenn dieses Nebengleis nicht gebaut wird, werden Lingham und die Südafrikaner mir ans Leder gehen.« Das sagte er mit einem Lächeln, aber zum Teil war es bitterer Ernst.

»Bei der Marine haben wir so etwas als Kanonenbootdiplomatie bezeichnet«, bemerkte Quentin.

Ewart funkelte ihn böse an.

»Verzeihung, Sir.« Der Luo-Butler stand in der Tür zum Salon. »Mr. und Miss Dalton sind hier.«

Grogan nickte. »Bitte sie herein, William.«

Die junge Frau, die vor Bruce Dalton den Salon betrat, war wunderschön. Grogan brauchte einen Augenblick, um zu begreifen, dass dies Jessie war.

Gertrude trat vor. »Mr. Dalton. Ich bin Gertrude Grogan. Willkommen auf Chiromo.«

Dalton nahm die dargebotene Hand und verneigte sich steif. »Mrs. Grogan. Erfreut, Sie kennenzulernen. Das ist meine Tochter Jessie.«

Ewart erholte sich so weit von seiner Verblüffung, dass er lachen und sich ein wenig stotternd für seine schlechten Manieren entschuldigen konnte. »Ich hätte nur nie damit gerechnet, dass Jessica – Jessie – eine so … zu einer so bezaubernden jungen Dame herangewachsen ist. Und, Bruce, es freut mich sehr, Sie wiederzusehen.« Sie gaben sich die Hand. »Gut sehen Sie aus.«

In Wahrheit sah Bruce Dalton alles andere als gut aus. Der kantige Kiefer und das störrische rote Haar waren eindeutig wiederzuerkennen, aber seine kräftige Gestalt und der dicke Bauch schienen dahingeschrumpft zu sein. Was übrig geblieben war, war nur das Gerippe des Mannes, den Grogan vor fünf Jahren in Londiani kennengelernt hatte.

Die junge Frau hatte sich in dieser Zeit ebenfalls verwandelt, in ihrem Fall jedoch in einen Engel. Sie war von einem kleinen, verwilderten Mädchen im Overall zu dieser klassischen Schönheit in einem hinreißenden Kleid mit schmaler Taille und spitzenbesetztem Mieder geworden, das ihre vollen Brüste zur Geltung brachte.

Jessie fing Ewarts bewundernden Blick auf und lächelte ihm zu. Er wollte gerade etwas sagen, als Gertrude – die nun in der Rolle der Gastgeberin gefangen war, weil ihr Mann vor Verblüffung den Mund nicht aufbekommen hatte – Jessie beim Arm nahm, um ihr Quentin und Philip vorzustellen.

Dalton, der in seinem Anzug unbeholfen wirkte, blieb bei Grogan. Er fühlte sich in dieser für ihn fremden Atmosphäre offensichtlich unwohl. Grogan wäre lieber den Damen gefolgt, hörte aber halbherzig Dalton zu, der versuchte, höflich Konversation zu machen. Grogan nickte, während der andere Mann sprach, und versuchte, sich einigermaßen zu konzentrieren. Dalton schwatzte nervös weiter, so langatmig wie sonst nie; er war immer eher ein Mann gewesen, der seine Gedanken für sich behielt. Dennoch ließ er Grogan keine Chance, sich den anderen anzuschließen. Er spürte, dass Jessie sich seiner Blicke bewusst war, als sie eine lebhafte Unterhaltung mit seinen Brüdern begann, ihren Fächer flattern ließ und strahlend lächelte.

Als es Ewart endlich gelang, sich Bruce Dalton zu entziehen, sah er gerade noch, wie Jessie von Quentin aus dem Raum geführt wurde. Mit einem fragenden Blick wandte Grogan sich Gertrude zu.

»Quentin zeigt Jessie den Garten, mein Liebster«, sagte sie. »Wie wäre es, wenn du Mr. Dalton die Zimmer zeigst, die wir im Südflügel für ihn und seine Tochter hergerichtet haben?«

»Ich …«, begann er, als Quentin und Jessie aus seinem Blickfeld verschwanden. »Mit größtem Vergnügen. Folgen Sie mir, mein Bester«, sagte er und ging Dalton voran, doch sein suchender Blick huschte zum Fenster, durch das er sehen konnte, wie Quentin der bezaubernden Jessie seinen Arm bot.

Gertrude nahm sich einen Augenblick Zeit, einen prüfenden Blick über die Versammlung schweifen zu lassen. Die Gäste waren inzwischen alle eingetroffen und füllten den Ballsaal von Chiromo. Das Streichquartett, eine wahrhaft seltene Entdeckung von ihr, war ein kleines Orchester von Musikliebhabern aus Nairobi – der Cellist kam der Kammermusik zuliebe sogar den ganzen weiten Weg von Channon Bridge. Ihre Musik war einfach perfekt für diesen Anlass. Die Dienstboten und das zusätzlich angeheuerte Personal huschten durch die Menge, servierten Drinks und die berühmten Hors d'œuvres des Hauses. Es herrschte lebhaftes Stimmengewirr und fröhliches Lachen. Alles war perfekt.

In der Nähe der Tür zum Ballsaal hielt Ewart Hof, umringt von mehr als einem Dutzend Gästen. Gertrude war an Ewarts magnetische Wirkung auf andere Menschen gewöhnt – sowohl auf Männer als auch auf Frauen. Alle suchten seine Nähe, und warum auch nicht? Er war charmant und geistreich, ein fesselnder Redner, und seinem Blick konnte sich niemand in seiner Nähe entziehen. Sie war auch daran gewöhnt, dass mindestens eine Frau unter den Gästen nicht nur Ewarts Schlagfertigkeit unterhaltsam fand. Diese Frauen verrieten sich rasch, indem sie seine Scherze offenbar besonders lustig und seine Geschichten faszinierender als andere fanden und indem sie die Ersten waren, die ihn wieder ins Gespräch zogen, wenn er Anstalten machte, sich anderen Gästen zuzuwenden.

Gertrude wusste, dass es diesen Frauen so ging, wie es ihr ergangen war und bis heute erging – sie waren fasziniert von der unübersehbaren Kraft und Energie dieses Mannes. Doch diese Frauen wollten seine Kraft und Potenz für sich selbst, und das konnte Gertrude nicht zulassen.

Bedauerlicherweise sonnte Ewart sich geradezu in dieser Aufmerksamkeit. Gertrude spürte, dass er begeistert mitspielte und wie bei einer Wette das Risiko, entdeckt zu werden, gegen die Erregung einer flüchtigen Affäre setzte. Denn genau das kam unweigerlich dabei heraus – kurze, bedeutungslose Techtelmechtel; sobald er die willige Beute erobert hatte, wurde er des Spielchens müde und kehrte zu seinem Leben mit Gertrude zurück.

Leider wusste Gertrude von all seinen Affären – zumindest nahm sie an, dass es alle waren, von denen sie erfuhr –, weil Nairobi zu klein war, um irgendetwas lange geheim zu halten. Freundinnen – vermutlich neidisch, weil sie selbst nicht die erfolgreiche Verführerin waren – deuteten immer wieder an, Ewart hier oder da mit einer attraktiven Begleiterin gesehen zu haben. Die Stückchen fügten sich zusammen, und bald hatte Gertrude die ganze Geschichte in Erfahrung gebracht. Manchmal fragte sie sich, wie es mit ihr und Ewart so weit hatte kommen können, dass er unbekümmert den Versuchungen verführerischer Frauen nachgab, um dann zu ihr zurückzukehren, ohne die geringsten Schuldgefühle zu zeigen.

Ewart war ein absoluter Individualist. Sie bewunderte seine unerschütterliche Selbstsicherheit und Zielstrebigkeit, doch diese hatten auch ihre Nachteile. Für Gertrude bedeuteten sie leider, dass er ihre Unterstützung grundsätzlich nicht brauchte, noch die irgendeines anderen Menschen, und dass ihr Wunsch nach Vertrautheit von ihm nicht erwidert wurde. Sie zweifelte nicht daran, dass Ewart sie noch liebte. Er konnte sehr hingebungsvoll sein, wenn sie sich liebten, zärtlich und aufmerksam, und manchmal gelang es ihnen, die wilde Leidenschaft wiederzubeleben, die noch vor ein paar Jahren ein bedeutender Teil ihres Lebens gewesen war.

Und sie fragte sich manchmal, wie sie seine Untreue ertragen konnte. Aber sie kannte die Antwort, so geschmacklos sie diese auch finden mochte. Sie war immer noch bis über beide Ohren in Ewart Scott Grogan verliebt, genau wie damals, als er ganz Afrika für sie erobert hatte.

Jessie fühlte sich in Quentins Nähe sehr wohl. Anscheinend hatte sie fast den gesamten Abend in seiner Gesellschaft verbracht, und Mrs. Hanlon hatte ihr zwar geholfen, die Schüchternheit, unter der sie so gelitten hatte, als sie – ein linkisches Landei – in die Schule gekommen war, zum Großteil zu überwinden. Doch die Kunst, sich unbefangen unter so bedeutende Leute zu mischen, wie es die Gäste der Grogans offenbar waren, beherrschte sie noch nicht. Das Haus war voller sehr reicher Männer und voller Leute mit Adelstiteln, und obwohl Quentin sie als den abgeschobenen Überschuss des House of Lords bezeichnete, war sie ihnen gegenüber trotzdem schüchtern.

Sich mit Quentin zu unterhalten, machte Spaß. Er hatte viel von dem berühmten Grogan-Charme, und manche hätten vielleicht sogar gesagt, er sehe noch besser aus als sein älterer Bruder.

Nun beobachtete Jessie Ewart, wie sie es schon den ganzen Abend lang unauffällig getan hatte, während sie versuchte, gleichzeitig Quentins Unterhaltung zu folgen. Ein oder zwei Mal hätte Ewart sie fast dabei ertappt, wie sie ihn beobachtete, aber sie hatte den Blick gerade noch rechtzeitig abgewandt. Jetzt entschuldigte er sich aus dem Kreis einiger Freunde, vermutlich, um sich irgendwo unter vier Augen mit der Rothaarigen zu unterhalten, mit der er fast den ganzen Abend lang geplaudert hatte; vielleicht wollte er auch zu seiner Frau, die bei einer anderen Gruppe stand.

Seine Bewegungen waren anmutig und perfekt ausbalanciert. Während er den Raum durchquerte, erkannte sie zu ihrem Entsetzen, dass er in ihre Richtung kam. Plötzlich überfiel sie eine unerklärliche Panik. Bisher hatte sie die anderen Frauen um seine Gesellschaft beneidet, doch nun, da er auf sie zukam, spürte sie den bizarren Drang, die Flucht zu ergreifen. Sie sprang auf, was Quentin sehr überraschte, und behauptete, ihr Bein sei eingeschlafen und sie müsse sich die Füße vertreten.

Ihr erster Gedanke war, Quentin darum zu bitten, sie irgendwohin zu entführen – ihr etwa die Waffensammlung im Billardzimmer zu zeigen, von der er vorhin gesprochen hatte; aber es war zu spät. Sie stand da, erstarrt wie eine Gazelle im Blick eines Leoparden. Ewart kam unerbittlich näher. Er lächelte sie an.

Quentin unterbrach seine Geschichte und erkundigte sich, ob etwas nicht in Ordnung sei. Sie antwortete, nein, es ginge ihr gut, aber sie müsse jetzt gehen; sie müsse für einen Moment … in ihr Zimmer gehen. Sie floh, und die beiden Brüder starrten ihr nach.

Kapitel 44

Jessie trat nach dem Mittagessen aus dem Haus und entdeckte Marcus auf der Bank unter der gewaltigen Steineibe im Garten von Chiromo.

»Wo warst du denn, Marcus?«, fragte sie und setzte sich zu ihm. »Ich habe gestern Abend überall nach dir gesucht, aber du warst nicht da.« Jessie bemühte sich, die schmollende Stimme nachzuahmen, die sie als kleines Mädchen oft eingesetzt hatte, aber wie üblich ignorierte Marcus ihre Spielchen.

»Ich habe mich eine Weile mit deinem Vater unterhalten, und dann ist er zu Bett gegangen, weil er sich nicht gut fühlte.«

»Er fühlt sich nicht gut? Das wusste ich nicht.«

»Wenn du mehr auf die Menschen achten würdest, die dir nahestehen, und weniger auf jene, die dir schmeicheln, dann hättest du es vielleicht bemerkt.«

»Ich hatte viel zu tun. Und nachdem Papa zu Bett gegangen war, wo bist du dann hingegangen?«

»Ich war da, aber du hattest so viele Bewunderer, dass du mich einfach ignoriert hast.«

»Das habe ich nicht!«, widersprach sie, ehe sie merkte, dass er sie nur neckte. »Na schön, ich hatte gestern Abend einen Bewunderer … meistens zumindest.«

»Mister Quentin Grogan, nehme ich an.«

»Ja … ich glaube, das war er«, entgegnete sie nonchalant.

»Er schien dein vornehmes und höfliches Auftreten sehr angenehm zu finden. Ich sollte ihm wohl erzählen, wie du als kleines Mädchen warst, das kreuz und quer über die Hügel um Londiani galoppierte und auf alles schoss, was sich bewegte.«

»Ich habe nichts dergleichen getan, und du wirst ihm auch nichts dergleichen erzählen.«

»Oho … es ist dir also ernst mit ihm?«

Sie überlegte einen Moment lang. »Ich weiß es nicht.«

»Warum nicht? Er hat das gute Aussehen der Grogans, und auch ihren … wie nennt ihr das? Charme.«

»Ja, er sieht recht gut aus, denke ich, aber er könnte doch etwas zu jung für mich sein.«

»Zu jung! Er ist mindestens zehn Jahre älter als du.«

»Sieben, um genau zu sein. Aber ein Mann sollte mindestens fünfzehn Jahre älter sein als die Frau, die er heiraten will.«

»Ach nein, jetzt heiratest du also schon.«

»Sei nicht albern, Marcus. Ich habe nur wiedergegeben, was alle über das Alter von Brautpaaren sagen.«

»Und *alle* wären …?« Er verschränkte die Arme und blickte streng auf sie hinab.

»Hör auf, dich wie ein Anwalt aufzuführen. Und jetzt will ich endlich wissen, wo du letzte Nacht warst.«

»Ich war hier.«

»Nein, warst du nicht. Ich habe nach dir gesucht, und die Dienstboten haben mir gesagt, dass du gegen zehn Uhr das Haus verlassen hättest.«

»Nun … ich hatte noch eine Verabredung.«

»Du hast eine heimliche Geliebte, nicht wahr?«, fragte sie aufgeregt. »Erzähl mir von ihr.«

»Was weißt du schon von der Liebe, *enkiti*? Nur, weil du

jetzt ein Kleid anstelle deiner Overalls trägst, bist du nicht über Nacht zur Frau geworden.«

Sie wedelte mit einem imaginären Fächer vor ihrem Gesicht. »Du würdest dich wundern«, sagte sie und klimperte mit den langen Wimpern. »Also, sag schon, wer ist sie?« Sie lächelte ihn kokett an. »Ich will alles wissen. Ist sie eine Massai?«

»Nein.«

»Na, was denn dann?«

Marcus stand erbost auf. »Wirklich, Jessie, du bist kindisch. Einundzwanzig Jahre alt, und immer noch spielst du deine kindischen Spielchen.«

Er marschierte, die Hände in den Hosentaschen und die Schultern bis zu den Ohren hochgezogen, durch den weitläufigen Garten davon.

»Ah! Da sind Sie ja«, sagte Ewart fröhlich und kam auf sie zu.

»Oh, Mr. Grogan!«, rief Jessie aus.

»Entschuldigen Sie, meine Liebe. Ich wollte Sie nicht erschrecken.«

»Das haben Sie nicht, ich habe nur … nur hier gesessen.« Innerlich wand sie sich vor Verlegenheit über diese dumme Bemerkung.

»Das sehe ich.«

Sein Lächeln war wohl der wunderbarste Anblick auf der Welt.

»Bitte, nennen Sie mich Ewart. Sonst komme ich mir ja vor wie Ihr Großvater. Darf ich mich zu Ihnen setzen?«

»Ja.« Das klang zu knapp. »Ich meine, bitte, kommen Sie nur.« Jetzt hörte sie sich zu kess an.

»Ich habe Sie vom Fenster aus gesehen«, bemerkte er. »Endlich allein, dachte ich.«

Sie spürte, wie ihr die Hitze in die Wangen stieg.

»Ich meine, ich dachte, es sei an der Zeit, das Eis zu brechen. Wissen Sie, Sie sind eine junge Dame, die allein anzutreffen sehr schwierig ist.«

»Tatsächlich?« Sie fragte sich, ob er sich auf ihre Unhöflichkeit von gestern Abend bezog, als sie fluchtartig den Raum verlassen hatte, kaum dass er sich ihr näherte – sowohl er als auch sein Bruder, vermutete sie, mussten fassungslos über ihre schlechten Manieren gewesen sein. Sie hatte das Gefühl, dass sie vor Scham sterben würde, wenn er sie jetzt am helllichten Tag darauf ansprach.

»Ich dachte nur, es wäre an der Zeit, dass wir uns ein bisschen unterhalten, Sie und ich. Haben Sie etwas dagegen, wenn ich rauche?«

»Aber nein, keineswegs.« Das war schon besser. Erwachsen, kultiviert, und vor allem klang es nicht so, als wäre sie völlig überwältigt, weil er auf derselben Gartenbank saß wie sie.

»Einundzwanzig«, sagte er, paffte an seiner Pfeife, bis sie brannte, und blies dann das Streichholz aus. »Was haben Sie denn vor, da Sie jetzt eine erwachsene Frau sind?«

Auf seinem Gesicht lag dieses halbe Lächeln, das sie aus Londiani so gut in Erinnerung hatte. Damals hatte sie nie recht gewusst, ob es scherzhaft oder gesellig gemeint war. In diesem Fall entschied sie, Ersteres anzunehmen.

»Ach, ich weiß nicht … vielleicht werde ich eine Große Weiße Jägerin und verdiene ein Vermögen mit Elfenbein.«

Ewart hörte auf, an seiner Pfeife zu ziehen, und starrte sie einen Moment lang an, ehe er in brüllendes Gelächter ausbrach. »Ich weiß nicht, woher Sie diesen Sinn für Humor haben.« Seine Augen blitzten belustigt. »Bei Ihrem Vater habe ich ihn noch nicht bemerkt. Aber im Ernst, was wollen Sie wirklich vom Leben?«

Jetzt hätte sie es niemals über sich gebracht, zuzugeben, dass ihr Wunsch, jagen zu gehen, nicht nur ein Scherz gewesen war. Sie und Quentin hatten sich am vergangenen Abend darüber unterhalten und festgestellt, dass sie diese Leidenschaft teilten. »Ach, das ist schwer zu sagen. Vielleicht kehre ich auch auf die Farm zurück. Papa kann immer Hilfe gebrauchen.«

»Ich habe gestern Abend kurz mit Bruce über Sie gesprochen.«

»Ach ja?«

»Ja, ich habe ihn gefragt, wie er es fände, dort oben auf der Farm zu bleiben, während Sie jetzt alt genug sind, sich Ihren eigenen Weg in der Welt zu suchen. Er hat gesagt, das wäre allein Ihre Entscheidung.«

»Papa hat das gesagt?«

»Nun, nicht wortwörtlich. Ihr Vater macht überhaupt nicht viele Worte – wie Sie ja sicher wissen. Aber er hat mir ganz deutlich den Eindruck vermittelt, er werde nicht darauf bestehen, dass Sie auf der Farm bleiben, falls sich Ihnen etwas bieten würde, das Sie lieber täten.«

»Dann ist die Sache schon entschieden. Ich werde auf der Farm bleiben, denn ich habe keine Fähigkeiten, die mir irgendeine Anstellung verschaffen könnten. Dank Mrs. Hanlon weiß ich, wie man eine Tafel für acht Personen deckt, kenne die korrekte Anrede für einen Erzbischof und beherrsche ein Dutzend verschiedener Stiche zum Besticken von Zierdeckchen, aber viel mehr kann ich nicht.«

»Sie können lesen und schreiben, nehme ich an.«

»Natürlich kann ich das.« Sie sah ihn mit gerunzelter Stirn an und ärgerte sich, weil sie ihm den Eindruck vermittelt hatte, sie sei ein Einfaltspinsel. »Rechnen und Buchführung kann ich auch.«

»Hervorragend! Dann haben Sie hiermit eine Anstellung. Sie können Philip bei der Buchführung helfen.« Er beobachtete ihre Miene, die Verblüffung ausdrückte. »Wenn Sie möchten.«

»Ich … ich bin …«

»Sie brauchen sich nicht sofort zu entscheiden. Denken Sie darüber nach, und selbstverständlich werden Sie auch noch mit Ihrem Vater sprechen wollen.«

Nairobi und all die aufregenden Dinge, die es bot, stand plötzlich in starkem Kontrast zur ermüdenden Monotonie des Lebens in Londiani. In Nairobi konnte sie sich mit interessanten Menschen umgeben wie jenen, die sie gestern auf der Party kennengelernt hatte; sie konnte neue Freundschaften schließen; sie konnte in den vielen Geschäften in Nairobi beinahe alles kaufen. Die Veränderung, die eine Stellung in Nairobi in ihrem Leben bewirken würde, machte sie beinahe schwindelig. Sie würde sogar Zeit mit den beiden aufregendsten Männern verbringen, die sie sich nur vorstellen konnte.

Ewart lächelte sie an und nickte ermunternd. »Wären Sie denn interessiert?«

»Ja! Aber, äh, wie Sie schon sagten, muss ich erst einmal darüber nachdenken.«

Atiyas Kopf ruhte auf Marcus' nackter Brust. Sonnenlicht fiel in hellen Fleckchen durch das Blätterdach über ihnen. Die durchscheinenden Stoffbahnen ihres Sari waren locker über ihren nackten Körper drapiert, nicht etwa, um Kälte abzuwehren – Atiyas und Marcus' Körper schimmerten vor Schweiß. Aber wenn der Höhepunkt ihrer Leidenschaft vorüber war, überkam sie immer das seltsame Bedürfnis, ihre Blöße zu bedecken.

Marcus schien keine solche Scham zu kennen. Er lag nackt

auf dem Rücken, sein Penis ruhte dick und schlaff auf seinem Bauch, und seine Brust hob und senkte sich in ruhigem Schlaf.

Atiya streckte die Hand nach seinem Penis aus und strich sacht mit dem Zeigefinger den weichen, runden Umriss nach. Marcus regte sich. Sie kannte ihn gut genug, um zu wissen, dass er sofort hellwach war, aber irgendeinem Instinkt folgte und erst einmal still liegen blieb, während seine Sinne die Welt um ihn her prüften. Einen Augenblick später schlang er den Arm um sie.

»Hm«, murmelte er und küsste sie auf den Kopf.

»Du bist eingeschlafen«, sagte sie.

»Das tut mir leid. Ich schlafe schon seit einiger Zeit nicht mehr gut.«

»Bedrückt dich etwas?«

Er dachte einen Augenblick nach. »Ja«, antwortete er dann.

Sie wartete darauf, dass er weitersprach, doch als er stumm blieb, hob sie den Kopf von seiner Brust und sah ihm in die Augen. »Marcus? Möchtest du es mir nicht sagen?«

»Es ist zu schwierig, um dich damit zu belasten. Ich versuche, es zu verstehen, aber manchmal ist es selbst für mich zu viel.«

»Wenn du es mir erklärst, hilft dir das vielleicht, es selbst besser zu verstehen.«

Er sah sie einen Moment lang an, richtete sich dann auf, zog sie an sich und lehnte sich mit dem Rücken an den Baum.

»Ich habe dir doch erzählt, dass ich mit einigen Leuten aus meinem Volk über das Treffen mit dem Gouverneur gesprochen habe, das ihnen bevorsteht«, begann er.

»Wegen der Umsiedelung?«

»Ja. Das macht mir Sorgen. Einige unserer Ältesten sind

mit der vorgeschlagenen Vereinbarung nicht einverstanden und wollen, dass unser Anführer stark bleibt. Sie sagen, neunzehnhundertvier wären sie dazu überlistet worden, dem Pachtvertrag zuzustimmen. Jetzt wollen die Briten uns noch mehr unter Druck setzen. Und die jungen Männer – die *morani* – wollen kämpfen.«

»Gegen die Regierung?«

»Ja. Aber viele Ältere sagen, dass wir die Briten in einem Krieg nicht besiegen können, sondern wieder mit ihnen verhandeln müssen.«

»Du sagtest, einige seien mit der ersten Vereinbarung von neunzehnhundertvier nicht einverstanden gewesen. Warum hat euer Häuptling den Vertrag dann überhaupt unterschrieben?«

Marcus holte tief Luft. »Das ist schwer zu erklären. Du wirst das vielleicht seltsam finden, aber die Massai haben kein Oberhaupt, jedenfalls keinen sogenannten Obersten Häuptling, wie Lenana bezeichnet wird. Ehe die Briten kamen, kannten die Massai einen solchen Titel gar nicht. Wir Massai folgen den Beschlüssen verschiedener Ratsversammlungen. Manche dieser Ratsgremien beschäftigen sich mit Angelegenheiten der eigenen Altersklasse. Andere funktionieren wie ein Kriegsrat. Die Massai werden vom *laibon* geleitet, wenn es um Heilung geht oder um den richtigen Zeitpunkt für die wichtigen Zeremonien in unserem Leben; zum Beispiel, wann wir beschnitten werden sollten und wann wir Krieger werden können.

Jetzt, da ich mit den Gebräuchen der Briten vertraut bin, verstehe ich, was sie sich dabei gedacht haben, Lenana zum Obersten Häuptling zu machen – das ist ein Titel, der ihnen die Verwaltung erleichtert. Verstehst du, die Briten wissen nicht, wie sie mit einem Stamm umgehen sollen, der mehr als einen Wortführer hat.«

»Warum haben sie Lenana über all die anderen Ältesten gestellt?«, fragte sie.

»Lenana ist der *laibon,* aber auch der Sohn des Großen Laibon Mbatian. Der Große Laibon, so hieß es, konnte in die Zukunft sehen, und er hat die Ankunft der Weißen und ihrer Krankheiten vorausgesagt. Ich kenne Lenana nicht, aber vielleicht dachten die Briten, sie könnten ihn leichter zu einer Vereinbarung überreden als die anderen Anführer der Massai. Vielleicht ist er ihnen gegenüber freundlich aufgetreten. Aber es gibt einige, die bezweifeln, dass Lenana fähig ist, uns in dieser Sache anzuführen.«

»Glaubst du, dass Lenana tun wird, was getan werden muss?«

Er überlegte eine Weile und kam zu dem Schluss, dass er zu lange von seinem Volk getrennt gewesen war, um zu wissen, wie Lenana reagieren würde. »Ich bin nicht sicher«, sagte er.

»Und was ist mit dir, Marcus? Was willst du da tun?«

»Diese Angelegenheit ist sehr wichtig für mich – für alle Massai. Ich muss helfen, wo ich nur kann. Diese Art Situation ist genau der Grund, aus dem ich Jura studiert habe. Die Massai können die Briten nicht in ihrem eigenen Spiel schlagen. Nicht ohne gute Beratung. Die Ältesten brauchen jemanden, dem sie vertrauen können, der die Gesetze für sie interpretiert und sie in ihren Entscheidungen berät. Ich muss mich einbringen.«

»Und wenn du verlierst?«

»Wenn ich verliere?« Er lächelte. »Wenn ich verliere, wird das nicht das erste Mal sein, dass ein gewaltiges Unrecht den Briten einen großen Vorteil verschafft.« Sein Lächeln erlosch, und seine dunkelbraunen Augen suchten ihren Blick. »Aber die Vorstellung, dass Soldaten zehntausend Angehörige meines Volkes und über eine Million ihrer Tiere durch den Großen Grabenbruch treiben … die macht mir entsetzliche Angst.«

Ein schwerer Regen ließ den *enkang* noch trübseliger wirken. Oberhalb des Massai-Dorfes lagen die Ngong-Berge, in tief hängende Wolken gehüllt, die immer wieder vom starken Wind aus dem Großen Grabenbruch durcheinandergewirbelt wurden.

Ole Gilisho kam aus seiner Hütte, um Marcus zu begrüßen, der seinen Anzug mit einem Schirm vor dem Regen zu schützen versuchte. Der alte Mann legte die Hand auf Marcus' gesenkten Kopf und segnete ihn. »*Sopa*«, sagte er.

»*Hepa*«, entgegnete Marcus und fügte die traditionelle Begrüßungsformel hinzu: »Ich hoffe, deinem Vieh geht es gut.«

»Du bist gekommen«, sagte der alte Mann auf Maa.

»Wie du es gewünscht hast«, erwiderte Marcus.

Ole Gilisho gehörte zur Purko-Sektion der Massai – derselben Sektion, der auch Marcus angehört hatte. Er hatte die bedeutende Position des *ol aiguenani*, des Sprechers einer Altersklasse, inne. Ole Gilisho gehörte zu jener Altersklasse, die als letzte noch die Tage miterlebt hatte, da die Massai groß und mächtig gewesen waren. Er stammte aus der Zeit, bevor die Rinderpest ihnen das Vieh nahm und die verhungernden Massai sich um jeden Bissen stritten und bevor die Pocken mehr als die Hälfte jener, die den Hunger überlebt hatten, dahinrafften.

»Und, mein Sohn?« Das war eine Einladung an Marcus, sich dem Ältesten förmlich vorzustellen.

»Ich bin Momposhe Ole Matipe von der Purko-Sektion, aber ich habe mich meiner Altersklasse nicht angeschlossen.«

Der Älteste verbarg seine Überraschung nicht. »Wie meinst du das? Wie konntest du dein Volk verlassen?«

»Mein Vater wurde vom Stamm im Stich gelassen, denn der Clan hat ihm nicht beigestanden, als er für ein Verbrechen, das er nicht begangen hatte, ins Gefängnis gesperrt wurde.« Marcus erklärte die näheren Umstände.

Ole Gilisho fand die Geschichte offensichtlich traurig. »Damals haben die Massai die Gebräuche des weißen Mannes nicht verstanden. Sie hätten gar nicht gewusst, wie sie die Weißen auf diese Ungerechtigkeit hätten ansprechen sollen.«

»Er war der Meinung, sie hätten ihn mit Gewalt aus der Hand der Briten befreien müssen.«

Ole Gilisho seufzte. »In jenen Tagen, als dein Vater und ich die *morani* waren, ja, da hätten wir die Briten vertreiben können. Aber jetzt sind wir schwach. Sogar die Kikuyu begegnen uns mit Verachtung.« Er spie auf den Boden. »Die *morani* in unseren Kriegerklassen sind zu wenige. Heutzutage müssen wir verhandeln, wo wir in der Vergangenheit gekämpft hätten.«

Die Gedanken des alten Mannes schienen abzuschweifen, denn er schwieg eine Weile. Schließlich sagte er: »Dies ist die Angelegenheit, die ich mit dir besprechen möchte, mein Sohn. Sie bereitet mir Sogen, und ich schäme mich, zuzugeben, dass wir wieder einmal gezwungen sind, mit den Briten über unser Land zu verhandeln.«

Ole Gilisho führte Marcus in das rauchige Innere seiner Hütte und berichtete ihm seine Sicht der Dinge zu dem, was die Briten als »Massai Land Settlement Agreement« von 1904 bezeichneten, während die Massai von damals sprachen, als die Briten ihnen ihr Land weggenommen hatten.

Als er fertig war, sagte Marcus: »Die Regierung wird Lenanas Unterschrift auf einem neuen Vertrag verlangen. Das wird er doch gewiss ablehnen?«

Der Älteste schüttelte langsam den Kopf. »Ich weiß nicht, was Lenana tun wird.«

»Dann müssen wir mit ihm sprechen, ehe wir irgendetwas unternehmen können. Ich dachte, er würde bei dir sein, mein Vater. Wo ist er?«

»Komm. Er ist in der Nähe. Du kannst ihn besuchen.«

Der Älteste führte ihn aus der verräucherten Hütte nach draußen, wo die Nachmittagssonne schien, und hinauf in die Ngong-Berge. Bald kamen sie zu einem Baum, in dessen Ästen ein kleiner Junge saß. Als sie nur noch ein paar Schritte davon entfernt waren, erkannte Marcus, dass der Baum ihr Ziel war und dass die Gestalt auf dem Ast, die er für einen kleinen Jungen gehalten hatte, in Wirklichkeit ein alter Mann war, runzlig und geschrumpft vom Alter, mit der ledernen Kopfbedeckung der Ältesten, der *enkaranda*.

Marcus wartete darauf, dass Ole Gilisho etwas sagte, doch der stand nur da und starrte zu dem alten Mann auf dem Baum empor. Marcus wurde klar, dass er den *laibon* vor sich hatte, den Obersten Häuptling – den Mann, der die Rechte der Massai gegen die ganze Macht des britischen Rechtssystems verteidigen würde.

Kapitel 45

Der Ball im Nairobi Club war der schönste Abend, den Jessie je erlebt hatte. Quentin hatte sie dorthin begleitet, und Gertrude Grogan hatte allein die Anstandsdame für sie gespielt, da Ewart geschäftlich in Mombasa war.

Am Ende des Abends, als Gertrude sich von anderen Gästen verabschiedete, riss Quentin Jessie förmlich vor Gertrudes Augen mit sich und schob sie in eine von Ali Khans wartenden Kutschen, ehe sie protestieren konnte. »Keine Sorge, Gertie, ich bringe Jessie schon nach Hause«, rief er, als die Kutsche zum Tor hinaus und auf die Ngong Road rollte.

Gertrude drohte ihm zum Spaß mit der gereckten Faust. Jessie und Quentin lachten.

Es war eine kurze Fahrt zu Mrs. Hanlons Pensionat auf der anderen Seite des Nairobi Hill, aber Quentin bat Ali Khan, langsam zu fahren und die Kutsche möglichst ruhig zu halten, weil er ein sehr anfälliges Herz habe.

»Du bist es, die meinem Herzen so zugesetzt hat, bezaubernde Jessie«, flüsterte er ihr ins Ohr.

Die leichte Berührung seiner Lippen an ihrem Hals und der Druck seines Oberschenkels an ihrem jagten ihr einen Schauer über den Rücken. »Habe ich das, ja?«, entgegnete sie und versuchte, das Zittern in ihrer Stimme zu unterdrücken. »Und wie, wenn ich fragen darf, sollte das möglich sein?«

»Mein Herz ist völlig erschöpft von meinen großen Anstrengungen, deine Zuneigung zu gewinnen.«

»Ach, unmöglich«, sagte sie und erlaubte ihm, ihre Hand in seine zu nehmen. »Du bist ein ausgewachsener, starker Mann, und nach allem, was man so hört, ein großer weißer Jäger.« Jessie begann sich zu entspannen und das Spiel zu genießen, das er mit ihr trieb. »Oder hast du der Welt diese Stärken all die Jahre lang nur vorgespielt?«, neckte sie ihn.

»Ich mag einmal ein großer Jäger gewesen sein, aber heutzutage gelingt es mir nicht, die am schwersten fassbare Beute zu fangen – die wichtigste in meinem Leben.«

»W-wie kommt das?«, fragte sie und beobachtete, wie seine Lippen sich ihren Fingerspitzen näherten und sie zärtlich küssten.

»Ich bin schon eine ganze Weile auf der Jagd nach der schönsten jungen Frau in ganz Nairobi.« Seine Küsse setzten sich bis zu ihrem Handgelenk fort.

»Tatsächlich?«

»Und jedes Mal, wenn ich ihr ein Stück näher komme, entzieht sie sich mir«, sagte er und beugte sich langsam zu ihr vor.

Sie öffnete den Mund, um etwas zu erwidern, doch er presste seine Lippen auf ihre, und sie ließ es sich gefallen, so unglaublich himmlisch fühlte sich das an.

Gertrude war im Salon, als sie hörte, wie William die Pferde vor dem Haupteingang zum Stehen brachte. Ewart hatte die Veranda erreicht, als sie ihm an der Tür entgegenkam.

»Hallo, mein Liebling«, sagte er, zog sie an sich und küsste sie auf den Mund. Er hielt sie mit einer Hand an sich gepresst. Sie spürte jeden Zoll von ihm, als er sich durch ihr locker fallendes, ohne Korsett getragenes Nachmittagskleid an sie drückte. Sie war ziemlich sicher, dass Ewart sich dieser Angewohnheit nicht bewusst war, aber er erregte Gertrude damit jedes Mal wieder. Sie genoss einen Augenblick lang die Vorstellung, nackt unter ihm zu liegen.

»Hallo, mein Liebster«, sagte sie, lehnte sich zurück und blickte in seine lächelnden Augen. »Wie war es in Mombasa?«

»Die Reise war grauenhaft, wie üblich. Und diese Hitze! Zu allem Überfluss hatte ich dort auch noch einen Anflug der alten Malaria.«

»O weh. Das ist ein Anzeichen dafür, dass du dir zu viel zumutest. Du musst es ein wenig langsamer angehen lassen, sonst wird dein Leberabszess wieder aufflammen. Du weißt doch, wie es dir dann ergeht.«

»Ja, ja, reg dich bitte nicht auf, ich …«

»Papa! Papa!« Nicholas und Emma liefen auf ihn zu, gefolgt von Miss Redwood mit der kleinen Sarah auf dem Arm. Die vierjährige Emma schlang die Arme um die Beine ihres Vaters. Ewart beugte sich hinab, schloss die beiden in die Arme, küsste und drückte sie abwechselnd. Dann richtete er sich auf, nahm Sarah von ihrem Kindermädchen entgegen, und obwohl die Kleine schüchtern versuchte, sich vor ihm zu verstecken, zog er ihr die runden kleinen Finger von den Augen und küsste sie zärtlich auf die Wange.

Edmund trat zu ihnen. »Hallo, Vater«, sagte er. »Willkommen zu Hause.«

»Danke, Edmund«, entgegnete Ewart und streckte seinem ältesten Sohn die Hand hin, ehe er auch ihn flüchtig auf die Wange küsste.

Gertrude hielt nichts von diesen betont männlichen Begrüßungen zwischen Vater und Sohn. Sie hatte das Gefühl, dass dadurch die Distanz zwischen Edmund und seinem Vater noch betont und der Unterschied zwischen dem Jungen und seinen Geschwistern besonders hervorgehoben wurde.

Er war erst zehn Jahre alt, aber Ewart hatte entschieden, dass es an der Zeit war, seinen Ältesten wie einen Mann zu behandeln. »Das wird Edmund ein wenig unabhängiger machen«, hatte er gesagt, und es würde seinem Sohn helfen, »mehr aus sich herauszukommen«. Gertrude konnte sich dieser Ansicht nicht anschließen. Ihre Einschätzung der Situation war die, dass Ewart seine eigenen, extrem hohen Maßstäbe an seine beiden Söhne anlegte, und in Edmunds Fall wurden diese Standards nicht erfüllt. Ewarts Reaktion darauf war, seinen Sohn mit seiner ganzen Willenskraft unter Druck zu setzen – um dem Jungen zu helfen, »besser zu werden«.

Ewart mochte als Vater seine Schwächen haben, doch er hatte auch große Stärken. Selten verweigerte er seinen Kindern Zeit und Aufmerksamkeit, auch, wenn er durch seine zahlreichen Unternehmen stark unter Druck stand. Und jetzt, da er von seinem Aufenthalt in Mombasa zurückkehrte, setzte er sich wieder mit ihnen zusammen und widmete jedem seine volle Aufmerksamkeit, während sie ihm all die wichtigen Dinge erzählten, die sich während seiner Abwesenheit ereignet hatten.

Als Rachel – das kleine Kamba-Dienstmädchen mit dem freundlichen Gesicht – schließlich den Tee brachte, schickte Ewart die Kinder zum Spielen hinaus, weil er sich in Ruhe mit ihrer Mutter unterhalten wolle.

Ihr Gespräch wandte sich von der Familie den Angelegenheiten des Haushalts zu, und schließlich geschäftlichen Dingen. Gertrude wollte unbedingt erfahren, wie Ewart mit seinem Projekt in Zusammenarbeit mit Jeevanjee vorankam. Ewart berichtete, alles liefe gut und die Vorbereitungen für die Anlegeplätze von Jeevanjees Schifffahrtslinie seien während seines Besuchs in Mombasa abgeschlossen worden.

»Die Verladearbeiten habe ich mit Jeevanjees Bruder besprochen.« Er kratzte sich am Kinn. »Seltsamer Bursche. Jedenfalls scheint alles ganz gut zu laufen, wenn auch ein wenig zu langsam für meinen Geschmack.«

»Ich bin sicher, Papa wird sich wegen des Darlehens geduldig zeigen.« Gertrude wusste sehr wohl, dass Ewart sich Sorgen machte, ob er die vereinbarte Rückzahlung an ihren Stiefvater würde einhalten können.

»Das mag sein, aber ich will nicht zu ihm gehen und um eine Verlängerung bitten müssen.«

»Dann lass mich das tun.«

»Das ist es nicht. Du weißt, was ich meine. Ich will ihm keinen Grund geben, an dem, was ich tue, zu zweifeln.«

»Ja, ich verstehe, was du meinst. Wie sieht es denn bei der Bank aus?«

Er schnaubte und lachte bitter. »Düster. Sie sind bereit, mir eine weitere Hypothek auf die Farm in Naivasha zu geben, aber die Konditionen sind brutal.«

Er sah abgespannt und müde aus. Die Malaria kannte kein Erbarmen mit überlasteten Menschen.

»Wechseln wir lieber das Thema, ja?«, bat er, griff nach seiner Tasse und hielt inne, kurz bevor sie seine Lippen berührte, um sich zu erkundigen: »Was ist mit unseren Gästen, den Daltons? Wie geht es ihnen?«

»Mr. Dalton ist vor etwa einer Woche nach Londiani zurückgekehrt. Ich glaube, es geht ihm nicht gut. Er ist ein paar Tage nach dir abgereist.«

»Ich verstehe. Und Jessie?«, fragte er beiläufig.

»Sie ist noch in Nairobi. Wieder oben auf dem Hügel bei Mrs. Hanlon. Erinnerst du dich, dass Mr. Hanlon vor ein paar Wochen am Schwarzwasserfieber gestorben ist? Nun, Mrs. Hanlon braucht derzeit ein wenig Gesellschaft, und Jessie wird eine Weile bei ihr bleiben.«

»Ich verstehe«, sagte er und trank endlich einen Schluck Tee. »Und wie geht es ihr, der kleinen Jessie, meine ich?«

»Offenbar sehr gut. Wir haben sie in letzter Zeit öfter gesehen – in Quentins Gesellschaft.«

»Tatsächlich?« Seine Teetasse traf mit lautem Klappern auf der Untertasse auf.

»Ja, Quentin hat sie besucht, sich ein bisschen um sie gekümmert, dafür gesorgt, dass sie nicht da oben festsitzt, wie er sich ausdrückt. Nur eine Ausrede, um sie öfter zu sehen, vermute ich. Ab und zu holt er sie zum Mittagessen ab und bringt sie mit hierher. Ich muss schon sagen, sie ist eine reizende junge Dame, findest du nicht?«

Ewart schien ihre letzten Worte gar nicht gehört zu haben. »Quentin«, sagte er verbittert. »Nun, da er es entdeckt hat, scheint er das gesellschaftliche Leben von Nairobi doch zu genießen.« Er schüttelte missbilligend den Kopf. »Es wird höchste Zeit, dass er nach Hause zurückkehrt oder sich eine sinnvolle Beschäftigung sucht.«

»Ich glaube nicht, dass Jessie sonderlich glücklich darüber wäre. Sie scheint von deinem schneidigen kleinen Bruder sehr angetan zu sein.«

»Von Quentin? Nicht doch!«

»Wenn ich mich nicht sehr täusche, würde ich sagen, dass die beiden einander recht gern haben.«

»Machst du dir denn gar keine Sorgen um das Mädchen, Gertrude?«

»Sollte ich das?«

»Na, um Himmels willen, du weißt doch, wie Quentin ist.«

»Sie sind jung. Vielleicht sind sie verliebt. Du weißt doch noch, wie das ist, verliebt zu sein, Ewart?«

Grogan schnaubte etwas Unverständliches, griff nach seiner Tasse und trank schweigend seinen Tee.

Kapitel 46

Tayabali verabscheute es, im Haus seines Bruders zu wohnen, wenn er geschäftlich nach Nairobi kam. Er hätte es für wesentlich angemessener gehalten, und auf jeden Fall für entspannter, wenn er im Stanley oder im Norfolk Hotel hätte absteigen können. Aber sein Bruder, der die Finanzen in all diesen Angelegenheiten kontrollierte, weigerte sich stur, nachzugeben.

»Wozu brauchst du denn schicke Hotels?«, erwiderte er stets. »Habe ich damals in Australien nicht auf dem Boden geschlafen, umgeben von Menschen aus aller Herren Länder! Ständig in Gefahr, dass mir die Kehle durchgeschnitten oder all meine Habe gestohlen würde. Hotels ... das kommt gar nicht in Frage.« Und dann wollte er kein Wort mehr darüber hören.

Zumindest hatte Tayabali das Haus heute ganz für sich, und freie Zeit obendrein. Jeevanjee war bei einer Besprechung in seinem Büro in der Stadt, und die restliche Familie war nicht zu Hause. Er nippte an dem doppelten Rum, den er sich selbst aus der sparsam bestückten Hausbar seines Bruders ausgeschenkt hatte. Kein Gin, kein Whisky – der Mann hatte keine Ahnung davon, wie man sich ordentlich amüsierte, dachte Tayabali. Wenn Jeevanjee & Co. ihm gehören würde, gäbe es hier reichlich zu trinken und Partys für alle besseren Leute in der Stadt.

Von seinem Platz auf der von Schlingpflanzen beschatteten Veranda blickte er in die flimmernde Hitze der Forest Road hinaus. Die war kaum mehr als ein Feldweg, der in der einen Richtung in die Stadt und in der anderen zu dem kleinen Ort Channon Bridge führte, der manchmal auch Thika genannt wurde.

Hinter Jeevanjees Haus verlief die offizielle Stadtgrenze, und dort begann der Busch, den man heutzutage als Parklands bezeichnete, in Erwartung eines neuen Stadtviertels, das dort gewiss entstehen würde. Der Wald war dafür bekannt, dass dort viele gefährliche Tiere lebten, was die vorgeschlagene Erschließung als Wohngebiet den meisten Einwohnern von Nairobi als Witz erscheinen ließ. Jeevanjee hatte seine Familie davor gewarnt, den Wald zu betreten, und hatte für Notfälle ein uraltes Gewehr in der Garderobe liegen.

Ein Geräusch von der anderen Seite der Veranda schreckte Tayabali auf. Er hatte geglaubt, er sei allein, aber da stand die verwöhnte Tochter seines Bruders im Schatten am Ende der Veranda. Sie hatte ihn nicht bemerkt, denn sie spähte aufmerksam zur Straße hinüber, als erwarte sie, dass jeden Augenblick jemand durch den Vorgarten zum Haus kommen würde. Er fragte sich, nach wem sie wohl Ausschau hielt, als sie plötzlich zum Tor rannte, sich aber nicht in Richtung Stadt wandte, sondern hinter dem Haus in den Wald verschwand.

Tayabali scherte sich keinen Deut um Atiyas Sicherheit – seinetwegen konnte sie im Wald herumlaufen, wie es ihr gefiel –, aber dass das Mädchen sich über ein ausdrückliches Verbot ihres Vaters derart schamlos hinwegsetzte, konnte nur bedeuten, dass sie etwas im Schilde führte. Er wartete ein paar Minuten und folgte ihr dann nur so zum Spaß.

Das Unterholz wurde bald sehr dicht, und er verlor sie aus den Augen. Als er sich gerade fragte, ob es wirklich klug sei, es nur so zum Spaß mit den wilden Tieren dieses Waldes aufzunehmen, hörte er einen leisen Pfiff direkt vor sich. Zur Antwort erscholl ein Ruf, der tiefer aus dem Busch kam.

Er schlich weiter und achtete darauf, stets vor Atiyas Blicken verborgen zu bleiben, die sich auf die Stelle zubewegte, von der aus der Ruf erklungen war. Manchmal verschwand sie im dichten Gebüsch, um gleich darauf wieder aufzutauchen.

Nun war ein leises Pfeifen zu hören, ganz nah, und sie blieb auf einer kleinen Lichtung stehen und wartete. Tayabali hielt ebenfalls inne.

Das Unterholz knackte, und ein Gebüsch teilte sich. Tayabali ging hastig hinter einem Busch in die Hocke. Als er meinte, es sei sicher, wieder hinter dem Busch hervorzulugen, schmiegte sich die geliebte Tochter seines Bruders in inniger Umarmung an den Fremden, der aus dem Wald gekommen war. Tayabali fühlte reine Schadenfreude in sich aufwallen – er hatte einen schweren Makel in der Welt seines perfekten Bruders entdeckt. Dieses eine Mal hatte er die Chance, sich für die vielen Kränkungen zu rächen, die er durch die Behandlung seines Bruders erlitten hatte.

Atiya und der Mann lösten sich aus ihrer leidenschaftlichen Umarmung. Tayabali wollte seinen Augen nicht trauen. War er zunächst hocherfreut gewesen, etwas in der Hand zu haben, womit er seinen Bruder ärgern konnte, so war er dermaßen schockiert, sie mit einem schwarzen Mann zu sehen, dass er alles andere vergaß.

Nur langsam wandte sich seine Phantasie den Möglichkeiten zu, die diese neue Information ihm bot. Eine derart ungeheuerliche Demütigung ging weit über ein bloßes Ärgernis hinaus; hier war das Ventil für all seinen Hass – eine Chance, seinem Bruder unschätzbares Leid zuzufügen und dessen Ruf vollkommen zu vernichten.

»Wann wirst du mit ihm sprechen?«, fragte Marcus in die friedvolle Stille hinein.

Atiya hatte schon so oft darüber nachgedacht. Ihr Vater war kein streng religiöser Mensch, und obwohl er häufig die Moschee besuchte und täglich seine fünf Gebete verrichtete, wenn er zu Hause war, hatte er viele westliche Gewohnheiten übernommen. Er hatte sogar zu besonderen Anlässen ganz offen Alkohol getrunken. Ihr Herz weigerte sich, zu akzeptieren, was ihr Kopf wusste: dass ihr Vater ihr niemals erlauben würde, einen Nicht-Muslim zu heiraten.

»Ich weiß es nicht. Oh, ich wünschte so sehr, ich könnte stark sein wie du, aber ich finde einfach keinen Weg, es ihm zu sagen. Ich bin sicher, dass er einer Hochzeit außerhalb der Bohra niemals zustimmen wird.«

»Liegt das an eurem Glauben, Atiya, oder daran, dass ich Afrikaner bin?«

Diese Frage hatte er noch nie aufgeworfen. »O nein«, erwiderte sie hastig, obwohl sie nicht sicher war, ob das der Wahrheit entsprach. »Papa verabscheut solche Vorurteile. Er spricht oft davon, wie unfair so etwas uns Indern gegenüber ist.«

»Und nimmt er denn Afrikaner gegen dieselbe Art von Vorurteilen in Schutz?«

»Aber … ist das denn dasselbe?« Sie wusste, dass die Afrikaner oft schlecht behandelt wurden, aber sie war noch nie auf den Gedanken gekommen, dass Vorurteile der Grund dafür sein könnten.

»Aber natürlich.«

»Papa sagt, wir Inder bekämen nicht mehr als zwei Sitze im Legislativrat, obwohl wir zehnmal so viele sind wie die Weißen.«

»Atiya, wir, die große Mehrheit der Bevölkerung, haben überhaupt keinen Sitz.«

»Oh.«

»Und wie würdest du es bezeichnen, dass die Regierung Afrikaner zwingt, ihr Vieh und ihre Höfe zu verlassen und sich als Arbeiter zu verdingen, damit sie genug Rupien verdienen, um die Hüttensteuer aufzubringen? Und dann die *kipende*-Papiere, die nur wir Eingeborenen bei uns tragen müssen, um uns auszuweisen.«

»Oh, Marcus!« Sie schlug sich die Hand vor den Mund, als ihr klar wurde, was ihr bisher völlig entgangen war – dass der Abscheu ihres Vaters gegenüber Vorurteilen absolut egoistisch war. Es waren nur die Inder, die seiner Ansicht nach unter der bösartigen Haltung der Regierung zu leiden hatten. Um die Afrikaner schien er sich nicht zu scheren. Schlimmer noch – ihr selbst war es nie in den Sinn gekommen, seine einseitige Betrachtungsweise in Frage zu stellen. Natürlich, Marcus hatte vollkommen recht. Wenn es ihrem Vater wirklich um Ungerechtigkeiten ginge, die von der weißen Regierung durchgesetzt wurden, dann hätte er die Afrikaner ebenso hitzig verteidigen müssen. Sie schämte sich, vor dem Mann, den sie liebte, als Kollaborateurin dazustehen, die, wenn auch unwissentlich, an einer monströsen Ungerechtigkeit gegen ihn und sein Volk beteiligt war. »Es tut mir leid, Marcus. Ich habe nie … Ich verstehe diese Dinge einfach nicht.« In diesem Moment konnte sie ihm nicht in die Augen sehen, also verbarg sie das Gesicht an seiner Brust, während sie mit ihrer Scham und Verwirrung rang. Schließlich zwang sie sich, seinem Blick zu begegnen, und strich ihm über die Wange. Sie küsste ihn. »Ich weiß nur, dass ich mit dir zusammen sein will.«

Er erwiderte ihren Kuss. »Das will ich auch, aber komm jetzt, Liebste, es wird Zeit, dass du nach Hause gehst.«

Marcus zu verlassen bedrückte sie immer sehr, doch nun

lastete auch noch das hässliche Gefühl auf ihr, ihn durch ihre Unwissenheit irgendwie im Stich gelassen zu haben. Um das wiedergutzumachen, nahm sie sich fest vor, endlich mit ihrem Vater zu sprechen, denn dieses Gespräch schob sie schon viel zu lange vor sich her. »Ich werde etwas unternehmen«, sagte sie, als wäre eine schwere Last von ihr genommen worden. »Ich sage es ihm! Diesmal gehe ich einfach zu Papa und sage ihm, dass wir verliebt sind und heiraten wollen.«

Er hob ihr Kinn an und küsste sie sacht auf den Mund.

»Ich werde es tun«, sagte sie. »Diesmal werde ich es tun.«

Alle mussten davon erfahren; seine Geschäftspartner, natürlich, und die gesamte Wirtschaftswelt von Ostafrika. Dann war da noch die Familie in Karachi und anderen Regionen Indiens. Wenn Tayabalis Geschichte sich verbreitet hatte, würde niemand mehr Alibhai Mulla Jeevanjee kennen wollen.

Eine Wolke der Unsicherheit schob sich vor diesen sonnigen Traum. Wie sollte diese Lawine der Scham über die Grenzen dieses Hauses oder der Bohra-Gemeinde hinausgelangen? Alle stellten sich schützend vor ihre Brüder, ganz gleich, worum es ging; wenn es um eine Person wie Jeevanjee ging, den die Gemeinde sehr bewunderte, war es sogar noch wahrscheinlicher, dass sie versuchen würden, alles zu verbergen. Frustration machte sich in Tayabali breit. Dies war ein Stolperstein in seinem großartigen Plan, seinen Bruder ins Verderben zu stürzen.

Er schob die Lohnabrechnung an den Rand seines Schreibtischs und rieb sich die pochenden Schläfen. Es musste eine Möglichkeit geben, Jeevanjees Schmach der ganzen Welt zu offenbaren. Er musste nachdenken.

Er stützte die Ellbogen auf den Tisch, barg das Gesicht in den Händen und suchte nach der Lösung. Er war dem Erfolg zu nahe, um ihn sich jetzt durch die Finger rinnen zu lassen.

Er fuhr sich mit den Händen übers Gesicht und starrte gedankenverloren durch das Fenster seines Büros auf die Werft hinaus. Zwei seiner Männer bedrängten einen der Verladearbeiter. Die Thuggees waren eine seiner besten Ideen gewesen. Sie machten ihm die Arbeit in Mombasa so viel leichter.

Er starrte auf die Szene, die sich da draußen abspielte, und der Ansatz zu einem wunderbaren Plan nahm in seinem Kopf Gestalt an. Was, wenn den Gerüchten über Atiyas schändliche Affäre der Mord an ihrem Geliebten folgte? Das wäre eine so ungeheuerliche Angelegenheit, dass man sie nicht mehr vor der Welt würde verbergen können.

Die Weißen waren immer fasziniert, manchmal sogar erregt von den Vorgängen in der indischen Gemeinschaft, von ihren seltsamen Gebräuchen und religiösen Zeremonien. Es würde keinen von denen überraschen, von einem aufgebrachten Vater zu hören, der einen Mann hatte ermorden lassen, weil er den Ruf seiner Tochter besudelt hatte. Das war eine Geschichte, wie sie die Zeitungen liebten. Und wenn die Person, die einen solchen Mord in Auftrag gegeben hatte, obendrein ein sehr erfolgreicher Mann war, bewundert und oft beneidet von der Leserschaft dieser Zeitungen, dann würde die Geschichte gewiss weidlich ausgeschlachtet werden.

Kapitel 47

Ich nehme an, du möchtest Gin«, sagte Grogan.

»Zu gütig«, entgegnete Quentin lächelnd und bemühte sich nicht, seinen Sarkasmus zu verbergen. Aber seine Bemerkung war – wie meistens – nicht provozierend gemeint. Sein Bruder Ewart war immer so ernst und streng, wenn sie zusammen waren, und Quentin versuchte ständig, die Stimmung aufzulockern und seinen Bruder zu necken, damit dieser für einen Augenblick seine distanzierte Rolle als Vaterfigur aufgab. Das war ein Aspekt von Ewarts Persönlichkeit, den er bei sonst niemandem in der Familie gesehen hatte, obwohl er vermutete, dass es seinem nächstjüngeren Bruder Archibald auch so ging. Es war offensichtlich, dass zwischen Ewart und Philip keine solche Förmlichkeit herrschte; im Gegenteil, die beiden gingen so miteinander um, wie es sich für Brüder gehörte. Quentin erkannte, dass er Philip und auch seinen anderen älteren Bruder Norman stets um dieses Privileg beneidet hatte.

Er verstand auch, wie es zustande gekommen war. Quentin war noch sehr jung gewesen, als sein Vater gestorben und Ewart dessen Platz als männliches Oberhaupt der Familie eingenommen hatte. Nach dem Tod ihrer Mutter vier Jahre später war er endgültig allein verantwortlich.

Die neun Jahre Altersunterschied zwischen ihm und Ewart bedeuteten, dass sie nie zusammen Kinder gewesen waren; sie hatten nie zusammen gespielt, wie kleine Jungen das eben taten. Später lernte Quentin Ewart nur als denjenigen kennen, der eiserne Disziplin verlangte, was wohl nötig war, damit er seine sieben jüngeren Geschwister im Griff behalten konnte, während er sich gleichzeitig um Geschäft und Vermögen der Familie kümmerte.

Ewart stellte den Gin auf das Tischchen zwischen ihnen. Quentin bemerkte, dass Ewart auch sich selbst einen Gin Tonic eingeschenkt hatte.

»Cheers«, sagte Quentin und hob sein Glas.

»Cheers«, erwiderte sein Bruder wenig enthusiastisch.

»Also, was gibt es?«, fragte Quentin, damit die Sache in Gang kam.

»Warum sollte es, wie du dich ausdrückst, ›etwas geben‹?«

»Nun, sagen wir einfach, dass ich selten nach Chiromo beordert werde, außer, um mir wegen irgendetwas einen Rüffel abzuholen.«

»Um Himmels willen, Quentin, ich habe dich nicht *herbeordert*. Ich habe dir eine Nachricht, die ich für recht höflich hielt, ins Hotel geschickt, um dich auf einen Drink hierher einzuladen. Und warum bestehst du eigentlich darauf, in diesem grauenhaften Stanley Hotel zu wohnen? Du weißt doch, dass Gertrude und ich uns freuen würden, dich hier auf Chiromo zu haben.«

Quentin hatte sich dafür entschieden, lieber etwas Abstand zu seinem Bruder zu wahren, damit es möglichst wenig Anlass zu irgendwelchen Spannungen zwischen ihnen gab. »Platz«, sagte er. »Raum zum Atmen, Bruder. Nichts Persönliches, versteh mich nicht falsch, ich will mich nur ungehindert entfalten können.«

»Hm«, brummte Ewart, und es sah ganz so aus, als wollte er gleich einen seiner ermüdenden Vorträge über sein Benehmen und den guten Namen der Familie halten, doch er überlegte es sich offenbar anders, denn er sagte: »Schön, der Grund dafür, dass ich dich sprechen wollte, ist folgender: Hast du dir mein Angebot, in die Geschäfte der Familie einzusteigen, noch einmal durch den Kopf gehen lassen? Wärst du daran interessiert?«

»Schon möglich. Was hattest du dir denn vorgestellt?«

»Ich habe eine Farm von zweieinhalbtausend Hektar an der Eldama-Schlucht, oben am Mau Escarpment. Zu dem Anwesen gehören das Gehöft, eine Sägemühle und eine Forstkonzession von achttausend Hektar, und ich brauche jemanden, der mir hilft, die Holzgewinnung in die Wege zu leiten. Die Regierung hat angedeutet, dass man nun doch geneigt wäre, ein Nebengleis von der Bahnlinie aus zu bauen, so dass ich an weitere vierzigtausend Hektar Wald herankäme. Das ist eine aufregende Chance für einen jungen Mann mit Erfahrung im afrikanischen Busch. Ich denke, du bist der Mann, der das zustande bringen könnte.«

Quentin kannte Ewarts zahllose Unternehmungen nur vage, aber er wusste von dem großen Grundbesitz im Hochland, und wenn er ins Geschäft seines Bruders einsteigen wollte, dann wären diese und ähnliche Positionen für ihn am interessantesten. Quentin wollte jedoch nicht zu begierig erscheinen, denn sonst würde er jeglichen Vorteil bei den anstehenden Verhandlungen über die Konditionen seines Postens verlieren. Vor allen Dingen wollte er so viel Zeit wie möglich in Nairobi verbringen dürfen. Ihm schwebte die Position eines Verwalters vor, der zwischen einer ganzen Reihe von Anwesen hin und her pendelte.

»Das ist sehr freundlich von dir, Ewart«, sagte er, »aber um ehrlich zu sein, habe ich noch nicht weiter darüber nachgedacht.«

»Tja, vielleicht solltest du das jetzt tun. Du kannst dein Leben nicht damit verplempern, nichts zu tun.«

»Ganz im Gegenteil. Ich war in den vergangenen Wochen sehr beschäftigt.«

»Das habe ich gehört«, schnaubte Ewart. »Ich finde, du solltest etwas diskreter vorgehen, wenn du minderjährigen Töchtern von Freunden der Familie den Hof machst.«

»Was soll das heißen, *minderjährig*?«, entgegnete Quentin und zog die Augenbrauen hoch. »Falls du dich auf meine Freundschaft mit Miss Dalton beziehst, so weißt du sehr genau, dass sie jetzt einundzwanzig Jahre alt ist. Und was die Sache mit den Freunden der Familie angeht … wie oft hast du die Familie Dalton in den letzten fünf, sechs Jahren eigentlich gesehen?«

»Darum geht es nicht. Du benimmst dich unmöglich, und das fällt auf die gesamte Familie zurück.«

Quentin dachte daran, die Sache einfach auf sich beruhen zu lassen, erkannte aber dann, dass sein Bruder auf einem seiner Feldzüge war und seinerseits keine Ruhe geben würde, bis er seine Dominanz in der Hackordnung der Familie als wiederhergestellt betrachtete. »Es sollte offensichtlich sein, dass meine gesellschaftlichen Aktivitäten und mein Privatleben dich nichts angehen«, erwiderte Quentin und stellte sein Glas auf das Tischchen zwischen ihnen.

Ewarts Augen funkelten vor mühsam beherrschter Wut. »Sie gehen mich etwas an, sofern die Interessen der Familie davon berührt werden, und das ist hier eindeutig der Fall.«

»Dann«, sagte Quentin und erhob sich, »ist für mich kein Platz in deinem kleinen Imperium.«

Er stand auf und stürmte aus dem Haus.

Er fluchte immer noch laut, als er am Norfolk vorbeigaloppierte; dann riss er grausam an den Zügeln und zerrte sein keuchendes Pferd zurück, um es neben dem Hotel anzubinden. Als er beim dritten Gin angekommen war, hatte er sich entschieden. Die Ladoenklave sah auf einmal viel besser aus als noch vor einer Stunde. Allerdings würde er dort Elfenbein statt Zedern ernten.

Marcus ging auf dem Pfad in die Hocke und schnürte seine schwarzen Lederschuhe auf. Er hatte sie in der Bond Street gekauft, zu einem Zeitpunkt, da er sie sich eigentlich nicht hatte leisten können, und achtete sorgfältig darauf, sie nicht nachts draußen im Busch zu tragen. Aber er hatte es eilig gehabt, zu Atiya zu gelangen, und deshalb vergessen, die Schuhe zu wechseln. Das Abendessen war besonders üppig und lang gewesen, weil sie Ewarts Berufung in den Legislativrat gefeiert hatten, vor allem aber die flammende Rede, die den gesamten Rat zu stehendem Applaus hingerissen hatte – Verbündete wie Gegner gleichermaßen.

Marcus hatte festgestellt, dass der Weg durch den Wald von Parklands der sicherste zum Haus der Jeevanjees war, vor allem in der Nacht. Es war sehr ungewöhnlich, dass man nach dem Dunkelwerden auf der Forest Road noch jemanden antraf, und obendrein zu Fuß. Die Anwohner wussten, wie gefährlich die Tierwelt war. Auf dem Friedhof von Nairobi stand auf mehr als einem Grabstein: *Den Löwen zum Opfer gefallen.* Marcus jedoch fürchtete sich weniger vor Löwen als vor der Aufmerksamkeit, die es erregen würde, wenn man ihn auf der Forest Road ertappte, vor allem, falls ihn einer der Jeevanjees hier sehen sollte.

Er nahm die Schuhe in eine Hand und schob mit der anderen tief hängende Zweige zur Seite.

Vielleicht lag es daran, dass er barfuß ging, aber unbewusst hatte er einen schleichenden Gang angenommen, er tastete den Waldboden mit den Zehen ab und setzte instinktiv die Füße so, dass er mit seinem Gewicht keine Zweige abknickte. Eigentlich war diese Verstohlenheit gar nicht nötig, denn das Haus lag noch eine gute Viertelmeile entfernt, aber er hatte von klein auf gelernt, seinen Instinkten zu trauen. Er verlangsamte den Schritt und prüfte die dunkle Stille um sich her mit seinen hochempfindlichen Sinnen.

Schatten tanzten im Unterholz. Er blickte zum Nachthimmel auf. Über dem Blätterdach glitt die silbrige Mondscheibe zwischen Wolkenfetzen über den mit Sternen gesprenkelten Himmel. Wenn sie hinter einer Wolkenbank verschwand, senkte sich fast völlige Dunkelheit über den Busch.

Plötzlich überkam ihn ein ungutes Gefühl. Er hätte nicht erklären können, woher er das wusste, aber jede Faser seines Wesens sagte ihm, dass irgendetwas ganz nah bei ihm in der Dunkelheit war.

Er spürte eine Bewegung zu seiner Rechten und wirbelte herum, kampfbereit. Ein weißes Band kam aus der Dunkelheit links von ihm geflogen und schlang sich um seinen Hals, ehe er darauf reagieren konnte. Ihm wurde die Luftröhre abgeschnürt, und er japste verzweifelt nach Luft. Er ließ seine Schuhe fallen und versuchte, die Finger unter das seidene Band zu schieben, das in seine Haut schnitt. Blutroter Nebel stieg am Rand seines Gesichtsfelds auf. Er krallte sich an die Schnur, zerfetzte sich selbst die Haut, denn er wusste, er würde bald das Bewusstsein verlieren, wenn er die strangulierende Waffe seines Angreifers nicht zu packen bekam.

Marcus schlug vergeblich um sich, und der Würger zwang ihn auf die Knie. Die Dunkelheit drohte, Marcus unter sich zu begraben; er tastete verzweifelt den Boden ab und fand einen der ausgesprochen soliden englischen Budapester. Er ergriff ihn am Absatz, nahm seine letzten Kräfte zusammen und rammte ihn über die Schulter hinweg mit der Spitze voran seinem Angreifer ins Auge.

Er hörte ein beruhigendes, schmerzerfülltes Kreischen. Die seidene Schlinge zerfiel zu einem durchscheinenden Schleier, den er sich vom Hals riss.

Der zweite Mann griff ihn aus der Dunkelheit an. Marcus schlug erneut mit seinem Schuh zu und floh dann ins Unterholz.

Jessie ließ die Zügel auf die Kruppe des Pferdes klatschen. Die Stute vor dem Wagen erschrak, legte die Ohren an und jagte in vollem Galopp den Hügel hinab die Sixth Avenue entlang. Es war Jahre her, seit sie zuletzt mit einem Einspänner so gerast war, und es fühlte sich großartig an. Die Haube wurde ihr vom Kopf gerissen, und ihr langes, goldblondes Haar flatterte im Wind. Als sie die Connaught Road erreichte, protestierten die Räder und wirbelten eine Staubwolke hinter ihr auf.

Es hatte Stunden gedauert, bis ihr Zorn übergekocht war. Als Quentin ihr erzählt hatte, er werde Nairobi verlassen und in die Ladoenklave zurückkehren, hatte sie angenommen, dass er einen kurzen Jagdausflug plante, um mehr Elfenbein zu verkaufen. Sie war traurig gewesen, ihn für ein paar Wochen zu verlieren, aber als sie die ganze Geschichte gehört hatte – dass er Nairobi endgültig verlassen würde –, war sie am Boden zerstört gewesen. Unter Tränen hatte sie ihn gefragt, warum.

Es war geradezu eine Erleichterung gewesen, zu hören, dass er nicht fortging, weil er sie nicht liebte, sondern weil sein Bruder es ihm unmöglich gemacht hatte, hierzubleiben.

Jessie versprach, zum Bahnhof zu kommen, wenn er den Abendzug nach Kisumu nahm.

Stundenlang hatte sie über der Sache gebrütet und war schließlich zu dem Schluss gekommen, dass Ewart das alles eingefädelt hatte, um sie zu trennen. Sie spürte, dass er ihre Beziehung zu Quentin von Anfang an missbilligt hatte.

Als sie die Salisbury Road erreichte, wurde ihr Pferd müde, doch sie peitschte es die letzte Viertelmeile weiter voran. Als sie vor Chiromo vom Sitz sprang, bekam sie Mitleid mit der Stute, die mit aufgerissenem Maul, keuchend und schweißnass dastand. Doch dann rannte sie die Treppe hoch, hämmerte laut an die Haustür, riss sie dann auf und stürmte nach drinnen.

Grogan kam aus dem Salon, einen verwunderten Ausdruck auf dem Gesicht. »Jessie! Was in aller …«

»Warum haben Sie das getan?«, fuhr sie ihn an.

»Warum habe ich … Jessie, Sie sind ja völlig außer sich. Kommen Sie doch erst …«

»Haben Sie das getan, weil wir glücklich miteinander waren?«

Sein versöhnliches Lächeln erlosch. »Was um … was hat Quentin Ihnen erzählt?«

»Können Sie es nicht ertragen, zwei junge Menschen zu sehen, die ineinander verliebt sind?« Tränen traten ihr in die Augen. Sie hasste es, ihn zu hassen, aber er versuchte, aus reiner Selbstsucht ihr Glück zu zerstören.

»Das hat absolut nichts mit Ihnen und Quentin zu tun.«

»Lügner!«

»Das ist eine Privatangelegenheit zwischen Quentin und mir.«

»Haben Sie das getan, weil er mich geliebt hat?«

»Liebe! Was wissen Sie denn schon von der Liebe? Und was Quentin angeht, der war schon öfter *verliebt*, als er …«

»Ist es, weil er mich geliebt hat? Und Sie es nicht konnten?«

Ewart erstarrte. »Wie bitte?«

»Ich habe gesagt ... Ach, das spielt auch keine Rolle mehr! Ich wünschte, ich hätte Sie nie im Leben gesehen.«

Sie wandte sich ab, eilte durchs Foyer, lief die Treppe hinunter, an ihrer Kutsche vorbei und die Auffahrt entlang zur Straße. Sie wusste jetzt, was sie tun musste, denn sie gehörte eben nicht zu den Menschen, die sich von einem Rückschlag niederschmettern ließen. Sie würde die Initiative ergreifen.

Grogan folgte Jessie und erreichte gerade rechtzeitig die offene Haustür, um sie die Auffahrt entlang in Richtung Haupttor verschwinden zu sehen. Einen Augenblick lang dachte er daran, ihr nachzulaufen, entschied sich aber sofort dagegen.

Sein *syce* stand neben der Kutsche, unsicher, was er mit dem schwitzenden, zitternden Pferd anfangen sollte. Grogan trat auf die Veranda und wies den Burschen an, die Stute in den Stall zu bringen und sich um sie zu kümmern.

Er setzte sich an den Bugholztisch auf der Veranda. Er war von Jessies Temperament ebenso erregt wie von ihrer prachtvollen Wut. Sie war wie ein wildes, wunderschönes Tier; ein Raubtier im Sprung, mit blitzenden Augen. Eine schlanke, vom Wind gepeitschte Schönheit der Savanne.

Sie hatte ihm vorgeworfen, er wolle ihr Glück zerstören – eine lächerliche Anschuldigung. Er hatte doch immer nur ihr Bestes im Sinn.

Und was seine Einmischung in die Affäre mit Quentin anging, nun, auch das war nur zu ihrem Besten. Quentin war unreif, unstet, nie in der Lage, eine Verpflichtung einzugehen, sei es gegenüber seinem Heimatland, seiner Familie oder jenen, die er zu lieben behauptete. Quentin war einer Frau wie Jessie nicht würdig. Er hatte nicht das Recht, sie förmlich von den Beinen zu reißen, kaum dass sie in die Gesellschaft eingeführt worden war.

Jessie brauchte Zeit, sich im wirklichen Leben zurechtzufinden – und in der Liebe. Sie erkannte nicht, wie ungeheuer wichtig es war, die Leidenschaft in einer liebevoll geteilten Erfahrung kennenzulernen statt in einer einseitigen Verliebtheit.

Er trommelte mit den Fingern auf der Tischplatte.

Das Schlimmste war, dass sie ihm vorwarf, er hätte Sabotageakte verübt, weil sie glaubte, er selbst sei in sie verliebt. Das Mädchen hatte ja keine Ahnung von solchen Dingen. Er würde sich niemals in eine andere Frau verlieben. Das wäre Gertrude gegenüber sehr unfair. Nein, das würde er nicht zulassen.

Grogan rang zwei Tage lang mit diesem Dilemma und quälte sich auch beim Mittagessen mit Philip im Norfolk damit herum. Schließlich überzeugte Philip ihn davon, dass es klug wäre, zu Mrs. Hanlon zu gehen und sich bei Jessie für sein grobes Verhalten zu entschuldigen.

Auf halbem Wege die steile Sixth Avenue hinauf schalt Grogan sich dafür, eine Rikscha genommen zu haben. Sie kamen kaum voran, also stieg er aus und ging die letzte halbe Meile zu Fuß.

Als er Mrs. Hanlons Haus erreichte, erhitzt und verschwitzt, verfluchte er sich innerlich, weil er nicht an den steilen Anstieg gedacht hatte. Eine von Alis Kutschen wäre viel besser gewesen und hätte seiner Würde auch den dringend benötigten Auftrieb gegeben, denn er rechnete damit, einige Demütigungen einstecken zu müssen, wenn er sich bei Jessie darum bemühte, die Wogen zu glätten. Vor der Haustür versuchte er, die Fassung wiederzugewinnen, und betätigte dann den Klopfer.

Er hörte leichte Schritte, die sich rasch näherten, und legte sich seine einführenden Worte zurecht, die fröhlich und eher forsch ausfallen würden; nur nicht zu förmlich oder gar unterwürfig.

Sein Lächeln erlosch, als Mrs. Hanlons Gesicht im Türspalt erschien.

»Ah, Mrs. Hanlon«, sagte er und wischte sich den Schweiß von der Stirn. »Sehr erfreut, Sie zu sehen. Ich, äh, war gerade in der Nähe und da, äh, dachte ich mir, ich schaue kurz bei Ihnen herein und sehe nach, wie es ihr – ich meine, wie es Ihnen geht.«

Mrs. Hanlon wirkte wie vom Donner gerührt. Sie sagte kein Wort.

»Also … äh, wie geht es Ihnen, Mrs. Hanlon?«

»Sie ist fort, Mr. Grogan!«, rief die Frau schließlich aus. »Gott steh mir bei, sie ist weg.«

»Jessie? Jessie ist weg?« Er versuchte, seine heitere Miene zu bewahren, aber der Gesichtsausdruck der alten Witwe erschreckte ihn. »Wohin ist sie …?«

»Nach Kisumu. Gestern, mit dem Zug«, jammerte sie. »Ach, Mr. Grogan, ich hätte Sie gleich benachrichtigen müssen, aber ich war völlig schockiert. Ich habe sie immer für eine so nette junge Dame gehalten, aber sehen Sie nur, was sie angerichtet hat – sie ist nach Kisumu davongelaufen, mit Ihrem Bruder!«

Kapitel 48

Es war gefährlich für sie, sich bei Tageslicht zu treffen, und noch gefährlicher, das auf dem indischen Bazar zu tun, aber als Marcus Atiya in der Menge entdeckte und ihre verzweifelte Miene bemerkte, musste er sie einfach trösten. Er zog sie in eine Lücke zwischen den Buden und fragte sie, was ihr solchen Kummer bereite.

»Ich habe wieder versagt«, flüsterte sie und konnte die Tränen nicht mehr zurückhalten. »Ich hatte einfach zu viel Angst, Papa von uns zu erzählen.«

»Ganz ruhig«, sagte er und blickte sich um, ob sie auch gut genug vor den Marktbesuchern versteckt waren. Das Wellblech auf der Rückseite einer *duka* verbarg sie vor neugierigen Blicken von der Straße her, aber der *dukawalla* der benachbarten Bude konnte sie durch eine Lücke zwischen seinen Kisten und Säcken voller Curry und anderen Gewürzen sehen. »Psst, ist schon gut. Wir finden einen anderen Zeitpunkt. Einen anderen Weg, es ihm zu sagen.«

»Aber ich bin ein Feigling, Marcus. Wenn ich mich meinem Vater gegenüber jemals behaupten muss, dann, wenn es um den Mann geht, den ich liebe. Und das habe ich nicht geschafft.« Eine Träne rann ihr über die Wange, an ihrem Kiefer entlang, und tropfte auf ihre Brust.

Marcus fing die nächste Träne ab, als sie ihr Kinn erreichte, und leckte sie von seiner Fingerspitze. »Weine nicht, Liebling.« Er warf dem *dukawalla* einen Blick zu, der sich vergeblich bemühte, seine Faszination darüber zu verbergen, dass er ein indisches Mädchen mit einem schwarzen Mann sah. »Wir sollten nicht hier sein, es ist zu gefährlich. Wir treffen uns später und sprechen in Ruhe darüber.«

»Ja. Ich brauche dich.«

»Aber ich kann erst morgen Nacht zu dir kommen. Ich muss noch einmal nach Ngong.«

»O nein. Du bist auch gestern Nacht nicht gekommen, wie wir ausgemacht hatten.«

»Das tut mir leid. Ich hatte gestern Nacht ein gewaltiges Problem – auf dem Weg zu deinem Haus haben mich zwei oder drei Männer überfallen.« Er erzählte ihr, wie knapp er dem Mann mit dem Seidentuch entkommen war. »Ich weiß nicht, wie viele sich noch im Busch versteckt hatten. Ich hatte das Gefühl, die beiden könnten zu einer größeren Bande gehören.«

Der *dukawalla* schob sich näher an sie heran, und Marcus warf ihm einen strengen Blick zu. »Atiya, hier können wir nicht reden.«

»Ich weiß. Ich gehe schon«, sagte sie und nahm seine Hand. »Es tut mir leid, dass ich versagt habe, Marcus.«

»Sei nicht traurig deswegen. Wenn ich zurück bin, überlegen wir uns, wie wir es gemeinsam deinem Vater sagen können.«

»Ach, Marcus.«

»Das ist sicher das Beste. Ich kann die Vorstellung nicht ertragen, wie du das allein durchmachen musst.« Er sah ihr an, dass sie neue Hoffnung schöpfte. »Wir unterhalten uns später.« Er küsste sie auf die Stirn. »Bald.«

»Auf Wiedersehen, mein Liebster«, sagte sie.

Er küsste sie flüchtig auf den Mund, schlüpfte dann aus der Nische hinter den Ständen und verschwand zwischen

Haufen halbverfaulter Früchte, von Fliegen umschwärmten Fleischbrocken und dem Unrat des Marktes.

Die Zugfahrt nach Kisumu war nicht so himmlisch aufregend wie die Reise ostwärts nach Nairobi vor wenigen Wochen, und das machte Jessie Sorgen. Sie dachte, dass sie eigentlich außer sich vor Glück und Erregung sein sollte; immerhin brannte sie gerade mit einem stürmischen jungen Mann durch und würde ihre Flitterwochen in der Ladoenklave damit verbringen, Elefanten zu jagen.

Quentin schnarchte leise, den Kopf ans Fenster gelehnt, das Glas mit einem Rest Gin noch in der Hand.

Ihre Begeisterung war verflogen, sobald der Zug den langsamen Aufstieg zum Mau Summit begonnen hatte. Jetzt, als sie sich ihrem Heimatort näherte, fand sie die Ruhe, über die jüngsten Ereignisse nachzudenken, die ihr Leben auf den Kopf gestellt hatten.

Als der Zug aus einer Schneise rollte und noch einmal Luft holte, um seine Kräfte für den letzten Anstieg nach Londiani zu sammeln, erhaschte sie einen Blick auf die ferne *kopje*, die die Grundstücksgrenze ihres Vaters markierte. Das Farmhaus selbst lag im Tal und war nicht zu sehen, aber Jessie brauchte es auch nicht zu sehen, denn sie konnte es sich genau vorstellen. Zu dieser Zeit am Nachmittag würde ein leichter Nebel über dem Haus hängen, der sich mit dem Rauchfähnchen aus dem schiefen Schornstein vermischte. Das Haus war gewiss schon gegen die heraufziehende abendliche Kühle verschlossen, die Laternen aber noch nicht entzündet, um Petroleum zu sparen. Ihr Vater müsste jetzt im Stall sein, um die kleinsten und schwächsten Tiere für die Nacht unterzubringen, während irgendwo in den Hügeln ihr alter Massai-Hirte die Herde ein letztes Mal abschritt, den Wanderstab in einer Armbeuge, den Speer locker in der anderen Hand.

Die *kopje* verschwand hinter den Hügeln, doch die Erinnerung, die sie geweckt hatte, blieb. Jessie konnte ihren alten Hund Wonder zwischen diesen verwitterten, runden Felsbrocken sehen; seine Zunge baumelte hin und her wie ein rosa und schwarz gemustertes Stück Fleisch, und seine großen, traurigen braunen Augen blickten sie an. Diese Augen waren im Tod erstarrt gewesen, als sie zum letzten Mal hineingeschaut hatte, und der alte Junge hatte ganz still dagelegen.

Jessie dachte über die Widrigkeiten nach, die ihr bevorstehen mochten, und über ihre Chance, ihr Glück zu finden. Sie warf einen Blick auf den schlafenden Quentin. Er war ein so gutaussehender Mann, mit der breiten Stirn und den intelligenten Augen der Grogans.

Der Vergleich führte sie zu Ewart Grogan – zu dem ihre Gedanken zu oft abschweiften. Ewarts Augen waren das Fesselndste an ihm und hatten als Erstes ihre Aufmerksamkeit erregt. Intelligent, strahlend vor Humor oder blitzend vor Zorn, ganz nach seiner Stimmung. Sie wusste jetzt, dass diese Stimmung binnen eines Augenblicks umschlagen konnte. Aber das war der Ewart von heute – nicht der von vor sechs Jahren. Vor sechs Jahren war er ein sehr aufregender Fremder gewesen, der das Herz eines jungen Mädchens mit neuen Träumen erfüllt hatte. Verbotenen Träumen.

Quentin erwachte, als der Zug wie üblich in Londiani hielt, um Kohlen und Wasser nachzuladen. Er blickte aus dem Fenster und sah sich dann in der Kabine um. Sein Blick blieb kurz hängen, als er dem ihren begegnete, als erinnerte er sich an die Hektik, mit der sie früher am Tag gemeinsam dem anfahrenden Zug nachgerannt waren. Er lächelte sie an, ehe er den Kopf wieder zurücksinken ließ und sein Nickerchen fortsetzte.

Der Zug würde in Londiani stehen bleiben, bis genug Kohle und Wasser für die restliche Strecke nach Kisumu geladen waren. Jessie wusste, wie lange das dauerte, denn sie hatte oft an der Bahnstation gespielt, während ihr Vater Futter und Vorräte aus dem fernen Nairobi entgegennahm.

Ihre Kindheit – die Zeit, als eine Reise nach Nairobi ein unmöglicher Traum für sie gewesen war – schien ihr jetzt so fern. Nairobi war in ihr Leben gekommen und wieder gegangen, anscheinend binnen eines Augenblicks. Aber sie war lange genug dort gewesen, um zu wissen, dass ihr Kindheitstraum richtig gewesen war. Nairobi war der Ort, an dem sie sein wollte. Der Mann, den sie so lange schon liebte – seit sechs Jahren – war dort, aber jetzt verließ sie ihn vielleicht für immer. Wie konnten all ihre Pläne sich in so kurzer Zeit völlig verändert haben?

Erschrocken bemerkte sie, dass sie vom falschen Grogan träumte. Sie warf einen Blick auf Quentin. Sein Mund stand leicht offen, und ein Tröpfchen Speichel hing an seiner Unterlippe.

Der Bahnhof wimmelte vor wenig effektiver Betriebsamkeit. Gesichter, an die sie sich vage erinnerte, waren noch da; dieselben Leute fegten, schleppten, luden ab und auf, trugen Gepäck herum. Sie konnte ihren Vater beinahe unter ihnen sehen, und Marcus, der beim Aufladen half.

Was würde Marcus davon halten, dass sie einfach durchgebrannt war? Sie konnte sich vorstellen, wie er über eine weitere alberne *enkiti*-Dummheit resigniert den Kopf schüttelte.

Und was würde ihr Vater von ihr denken? Würde er sie in ihrer trotzigen Unabhängigkeit unterstützen, wie er es meistens tat, und über Konventionen nur die Nase rümpfen? Oder würde er sagen, er hätte sich von seinem einzigen Kind mehr erhofft?

Marcus hatte gesagt, ihr Vater sei krank. Sie hatte seit dem Tag nach der Party nicht mehr daran gedacht. Sie hatte sich auch nicht am Bahnhof von ihrem Vater verabschiedet, weil sie damals zu sehr mit Quentin beschäftigt gewesen war. Sie suchte die Gesichter vor dem Fenster erneut ab, in der Hoffnung, dass sie ihn vielleicht beim ersten Mal nicht bemerkt hatte. Wenn sie ihn nur einen Augenblick lang sehen könnte, dann würde sie beruhigt nach Kisumu fahren können. Aber er war nicht da.

Sie kannte jeden Winkel der Bahnstation von Londiani und hätte ihre Kindheitserinnerungen gern mit Quentin geteilt, aber sie wollte ihn nicht wecken. Außerdem waren die Einzelheiten ohnehin längst verblasst wie die Träume des Mädchens, das vor so vielen Jahren einen anderen Grogan am Bahnhof von Londiani verabschiedet hatte.

In den vergangenen paar Tagen war das kleine Dorf Ngong von einem ordentlichen Kreis mit getrocknetem Kuhdung gedeckter Hütten und einigen kleinen indischen *dukas,* die Haushaltswaren und Kleidung feilboten, zu einer riesigen, provisorischen Siedlung angewachsen, farbenfroh und summend vor Betriebsamkeit. Hunderte von Massai in roten *shukas* waren hier zusammengekommen und füllten jeden Pfad und Winkel, so dass Marcus Mühe hatte, in der Menschenmenge die Versammlung der Ältesten zu finden.

Sir Percy Girouard und seine Beamten drängten die Massai zu einer Entscheidung, und die Gefahr, dass die Briten einfach einseitige Maßnahmen ergreifen könnten, wenn die Massai sich nicht bald äußerten, hatte die Ältesten in Ngong zu Beratungen zusammengeführt.

Unter großen Schwierigkeiten hatte Marcus eine Abschrift des Vertrages von 1904 auftreiben können; ein kurzes Dokument, doch er hatte tagelang darüber gegrübelt. Er meinte, eine juristische Spitzfindigkeit ausgemacht zu haben, die sie nutzen konnten, um die Regierung daran zu hindern, die nördlichen Massai zwangsweise umzusiedeln. Aber Ole Gilisho war nicht sicher, ob er die anderen Ältesten von dieser Vorgehensweise würde überzeugen können. Er erlaubte Marcus jedoch, zu der Versammlung zu kommen, in der Hoffnung, er werde Lenana überreden können, dass die Massai die Gesetze der Weißen nutzen mussten.

Marcus fand Ole Gilisho in der Mitte des Dorfes. Er saß im Schneidersitz im Kreis der Ältesten, von denen viele den *kaross* trugen – die langen Umhänge aus dem Fell von Klippschliefern, die ihr Alter und ihre Stellung innerhalb des Stammes bekundeten. Unter ihnen saß auch ein junger Mann – ein Jugendlicher, der noch nicht in den Kriegerstand aufgenommen worden war. Die Gruppe erklärte ihm die Umstände. Marcus fand es äußerst seltsam, dass eine so junge Person – ein Junge von etwa fünfzehn Jahren – im Kreis der Ältesten sitzen durfte und auch noch in ihre Diskussion eingebunden wurde.

Er fing Ole Gilishos Blick auf und trat auf dessen Aufforderung hin näher. Sie begrüßten einander und tauschten das traditionelle Geplauder aus, das die Konvention vor jeder ernsthaften Unterhaltung vorschrieb. Marcus wartete geduldig ab, bis der ältere Mann zur Sache kam.

»Der Gouverneur verlangt ein baldiges Treffen«, sagte Ole Gilisho schließlich, »und wir können keine Einigung über die Umsiedelung erzielen.« Er hob resigniert die Hände. »*Ai, ai.* Alle müssen Gelegenheit erhalten, in allen Angelegenheiten gehört zu werden, selbst diejenigen, die nichts dazu zu sagen haben.«

»Und wer ist der *olaiyoni*, der Junge da?«

»Das ist Seggi, Sohn des Lenana. Er spricht hier als unser *laibon.*«

»Und was ist mit Lenana? Wann wird er kommen?«

Ole Gilisho schüttelte traurig den Kopf. »Er ist in demselben Zustand, in dem du ihn gesehen hast, als du zuletzt hier warst. Manchmal ist sein Blick klar, und er kann uns raten, doch dann entgleitet er wieder zu jenem dunklen Ort. Wir haben ihn bei den Versammlungen nur selten gesehen, dabei wird er dringend gebraucht. Wir laufen im Kreis herum wie das sterbende Gnu. Bald werden die Briten eine Antwort verlangen.«

»Lenana muss mehr über die Gesetze der Briten erfahren. Kann ich ihn besuchen, Vater?«

Marcus vermutete, dass Ole Gilisho dem britischen Rechtssystem misstrauisch gegenüberstand und einem Massai, der seiner Kultur den Rücken zugewandt hatte, auch nicht viel Vertrauen entgegenbrachte. Aber er bemühte sich ebenso verzweifelt wie Marcus, die zwangsweise Umsiedelung von Menschen und Vieh zu verhindern.

»Ich finde den Geist des *laibon* selten in seinem Körper vor, nachdem die Sonne den Mittag überschritten hat, aber komm mit, wir werden es versuchen.«

Sie verließen den Kreis der Ältesten, die ihre Debatte über Feinheiten des Stammesrechts fortsetzten.

Sie gingen nicht weit durch das Gedränge im *enkang* zu Lenanas Hütte, die sich durch nichts von den anderen unterschied, bis auf das Häuflein alter Frauen, die vor dem Eingang versammelt waren.

Im dämmrigen Licht und dem Qualm des Kochfeuers in der Hütte war nicht zu erkennen, ob Lenana wach war. Der einzige Hinweis war ein leise gesummtes Lied, an das Marcus sich vage erinnerte – eines der Jagdlieder der *morani.* Er fand die bewegliche Dungkachel im Dach und schob sie beiseite.

Der Lichtstrahl fiel direkt auf das Gesicht des alten *laibon*, rief aber in den glasigen Augen nicht die geringste Reaktion hervor. Er murmelte weiterhin den Gesang der Jäger vor sich hin, doch es war offensichtlich, dass Lenana noch nicht bereit war, sich mit den Feinheiten des britischen Rechts zu befassen.

Das steinerne Götzenbild wirkte im stillen Grün des Waldes obszön und völlig fehl am Platze. Atiya starrte voller Entsetzen auf die vielarmige Statue. Sie war mit all den vielen Hindu-Göttern nicht besonders vertraut, aber Kali war unvergesslich. Ihr Abbild strahlte Bedrohung aus.

Sie war auf die Statue gestoßen, als sie allein im Wald spazieren ging. Sie konnte sich nicht weiter als fünf Minuten vom Haus entfernt haben. Tiefer wagte sie sich nicht in den Busch hinein, wegen der Löwenangriffe, die immer wieder die Aufmerksamkeit der Stadt erregten und die Bewohner in ständiger Alarmbereitschaft hielten. Sie hatte sich überhaupt nur hier herausgetraut, weil sie der bedrückenden Gegenwart ihres Onkels entkommen wollte, den ihr Vater wegen irgendeiner geschäftlichen Angelegenheit aus Mombasa hatte kommen lassen.

Was konnte das Götzenbild hier im Busch bedeuten?, fragte sie sich. Zu Füßen der Göttin waren blutrote Blüten verstreut, und gefaltete Stücke eines weißen, seidigen Stoffs lagen neben ihr.

Nun, da Atiya sich gründlicher umsah, bemerkte sie die Asche eines Lagerfeuers, ein paar Kochutensilien und die unverkennbar platt gedrückten Stellen im Gras, wo mehrere Menschen geschlafen hatten. Sie suchte den Busch nach irgendeinem Hinweis auf die Männer ab und näherte sich dann vorsichtig der Statue.

Kalis hervorquellende Augen bannten sie mit ihrem starren Blick. Die herausgestreckte Zunge schien vor Blut zu triefen. Atiya steckte vorsichtig die Hand nach dem weißen Stoff aus und hob eine Ecke davon hoch. Die Seide entfaltete sich zu einem langen Schal. Sie hörte gedämpfte Männerstimmen von der Straße her, taumelte angsterfüllt zurück und stolperte über einen dicken Ast neben dem Kochfeuer. Sie rappelte sich hoch und rannte nach Hause; erst im allerletzten Moment dachte sie daran, den Seidenschal wegzuwerfen.

Gertrude sah zu, wie Ewart die Kleidung, die sie trotz allem säuberlich gefaltet auf dem Bett bereitgelegt hatte, in seinen Koffer packte. »Du hast doch wohl nicht vor, ihnen bis nach Uganda nachzureisen?«

»Wenn es nötig sein sollte, ja. Aber ich vermute, dass sie mindestens ein oder zwei Tage in Kisumu verbringen werden, weil sie auf das Schiff nach Kampala warten müssen. Vielleicht haben sie unterwegs sogar in Londiani haltgemacht.«

»Ewart, du machst dich zum Narren«, sagte sie, hielt sich sehr aufrecht und versuchte, das Zittern in ihrer Stimme zu unterdrücken. »Ich mache mir schon lange keine Gedanken mehr darüber, dass du mich zum Narren hältst, aber diesmal machst du dich selbst zum Gespött. Und ich lasse das nicht zu. Das geht zu weit.«

Mit verschlossener Miene sagte er: »Ich weiß nicht, wovon du sprichst, Gertie.«

»Quentin ist nicht der einzige Grogan, der den Reizen einer Frau nicht widerstehen kann. Jeder beliebigen Frau. Ich weiß natürlich von den anderen Frauen. Wenn ich dich nicht selbst irgendwo mit ihnen gesehen habe, dann war es eine der anderen Damen in der Stadt, und früher oder später hat immer jemand den Mut gefunden, mich davon in Kenntnis zu setzen – ›nur zu meinem eigenen Besten‹, wie sie immer behaupten.«

Sie konnte seinen intensiven Blick nicht ertragen und drehte sich zum Fenster um, um ihn nicht ansehen zu müssen. Die Brise spielte mit den hauchdünnen Vorhängen. »Ich weiß, dass du mich liebst, Ewart. Nicht so sehr, wie ich dich liebe, natürlich. Du warst schon immer so selbstsicher, so eigenständig, und Liebe ist schließlich in gewisser Weise auch ein Schrei nach Bestätigung, nach Anerkennung. Aber ich nehme deine Liebe immer an, ganz gleich, zu welchen Bedingungen du sie mir anbietest. Erbärmlich, ich weiß …«

Ewart berührte sie sacht an der Schulter.

»Nein!«, sagte sie. »Ich muss es endlich einmal aussprechen, und das würde ich nicht zu Ende bringen, wenn du mich jetzt in den Arm nimmst.« Sie tupfte sich mit dem seidenen Taschentuch die Nase. »Wie gesagt, erbärmlich, aber so ist es eben.« Sie holte tief Luft und fuhr fort: »Diesmal bist du es, der zu schwach ist. Jessie Dalton ist kaum mehr als ein junges Mädchen. Die Tochter eines guten Bekannten, wenn nicht gar eines Freundes. Aber vor allem ist sie in deinen Bruder verliebt, und allein schon aus diesem Grund musst du ihre Entscheidung akzeptieren und sie gehen lassen. Ich lasse nicht zu, dass du deine Beziehung zu deinem Bruder zerstörst, nur um einen verdammten Narren aus dir zu machen.«

Sie hatte ihm noch mehr zu sagen, fürchtete aber, dass sie dann vollends die Fassung verlieren würde. Die Tränen brannten ihr in den Augen, und sie kämpfte darum, sie zurückzuhalten.

Ewart räusperte sich. »Gertie, hm … lass uns darüber sprechen, wenn ich zurückkomme.«

»Nein«, sagte sie nachdrücklich, wich aber noch immer seinem Blick aus.

Die Spitzenvorhänge teilten sich und enthüllten die Rabatten voll blühendem Fingerhut; die Blumen nickten sacht in der warmen Brise, die durch den Garten strich. Sie fürchtete sich davor, die nächsten Worte auszusprechen, doch ihr war klar, dass sie auf ihrem gefährlichen Weg schon zu weit vorangeschritten war, um jetzt noch umzukehren.

»Wenn du in diesen Zug nach Kisumu steigst, will ich dich in diesem Haus nicht mehr sehen.«

Kapitel 49

Atiya war in ihrem Schlafzimmer, als sie Stimmen im Garten hörte. Sie schlich sich zum Fenster und spähte durch die Vorhänge nach draußen. Drei Männer unterhielten sich mit ihrem Onkel. Einer hielt einen seidenen Schal in der Hand.

Sie schlug sich die Hand vor den Mund, als ihr die Situation klar wurde. Das Lager, über das sie im Wald gestolpert war, war nicht das einer Diebesbande, die Marcus überfallen hatte. Es gehörte einer Bande Thuggees – Meuchlern, Ritualmördern, die die Göttin Kali verehrten. Nun erkannte sie, dass ihr Onkel Tayabali irgendwie mit ihnen im Bunde stand und dass das nächste Opfer für ihre blutrünstige Göttin Marcus sein würde.

Sie musste ihn warnen, bevor er versuchte, sich in der folgenden Nacht durch den Wald zu ihr zu schleichen.

Die ersten Sonnenstrahlen breiteten sich über die Athi-Ebene aus und ließen die obersten Kuppen auf dem Kamm der Ngong-Berge erglühen. Die Wärme des Sonnenaufgangs schmolz die Reste des nächtlichen Nebels dahin, die noch um die Gipfel hingen, und scheuchte die Nebelbänke die Hänge hinab, bis sie verschwunden waren und das Dorf im hellen Morgenlicht dalag.

Marcus hatte nur kurz geschlafen und den Versuch, wieder einzuschlafen, eine Stunde vor dem Morgengrauen aufgegeben. Gegen die kühle Luft in eine Decke gehüllt, hatte er zugesehen, wie der Morgen anbrach und das Dorf erwachte.

Ole Gilisho erschien wie aus dem Nichts, den Klippschliefer-Umhang um die Schultern fest zusammengezogen. »Die Ältesten versammeln sich in Lenanas Hütte. Wir haben festgestellt, dass der frühe Morgen die beste Zeit für ihn ist. Vielleicht wird er uns heute anhören.«

Er wandte sich ab, und Marcus ließ seine Decke fallen und folgte ihm.

Eine Frau beugte sich in Lenanas Hütte über das qualmende Kochfeuer und rührte *posho*-Brei um. In einem Kreis trüben Lichts saßen einige Älteste. Sie musterten Marcus, als er mit Ole Gilisho eintrat.

»*Sopa*«, begrüßte er sie respektvoll.

Ein Chor murmelnder Stimmen erwiderte seinen Gruß.

»Wer ist dieser Mann, der den *laibon* zu sprechen wünscht?«, fragte ein hutzeliger Ältester.

»Das ist Momposhe Ole Matipe von der Purko-Sektion«, antwortete Ole Gilisho mit einem Hauch von Gereiztheit in der Stimme.

»Ich kenne ihn«, fuhr der andere fort. »Er gehört nicht zu den Purko, denn er hat uns verleugnet.«

Marcus spähte angestrengt ins Halbdunkel und erkannte einen der Ältesten, die ihn nach dem Tod seines Vaters aufgesucht hatten.

»Das ist richtig«, entgegnete er. »Ich habe meiner Sektion den Rücken gekehrt, wie mein Vater es zuvor getan hatte. Aber dadurch war es mir möglich, mein Studium fortzusetzen und Dinge zu lernen, von denen ich glaube, dass sie euch in eurem Kampf gegen die Briten sehr nützlich sein werden.«

»Wer behauptet, dass wir einen Kampf gegen die Briten

führen?«, fuhr der alte Mann auf. »Die meisten von uns stimmen mit Lenana überein, dass wir keine andere Wahl haben, als aus der Laikipia fortzuziehen und uns unseren Brüdern im Süden anzuschließen.«

»Aber versteht ihr denn nicht? Die Briten wollen das Tal des Großen Grabenbruchs für sich, weil das Vieh der Massai das Land dort verbessert hat. Jetzt wollen sie das Laikipia-Plateau. Wie oft können wir Massai umsiedeln? Jedes Mal erhalten wir schlechteres Land als Ersatz. Die Siedler werden nicht aufhören, uns das beste Land wegzunehmen.«

Zustimmendes Murmeln erhob sich aus dem Halbdunkel.

»Wieder sagst du ›wir Massai‹, doch da stehst du in deinen englischen Kleidern und sprichst von deiner englischen Schule. Was ist mit den Weisheiten der Massai? Ihnen hast du den Rücken gekehrt. Du hast dein Volk, deine Traditionen verleugnet. Sprich nicht von den Massai, als wärest du einer von uns.«

Ole Gilisho unterbrach ihn. »Es ist wahr, dass einige von uns es für günstiger halten, die nördlichen und südlichen Sektionen wieder zu vereinen«, sagte er zu dem Ältesten. »Andere sind nicht dieser Ansicht. Was wir brauchen, ist das letzte Wort unseres *laibon* in dieser Angelegenheit. Um diese wichtige Entscheidung treffen zu können, sollte er über alle Möglichkeiten Bescheid wissen, die uns offenstehen, und nicht nur das hören, was die Weißen uns sagen wollen.« Er wies auf Marcus. »Dieser Mann sagt, dass er die Gesetze der Briten kennt und dass die Briten uns in die Irre geführt hätten. Lenana sollte davon erfahren.«

»Dann soll er mit Lenana sprechen, wenn er kann«, sagte eine neue Stimme aus der Finsternis. »Aber sieh selbst, es ist unmöglich. Der *laibon* weilt noch immer nicht unter uns.«

Marcus hatte bemerkt, dass der alte Mann sich nicht gerührt hatte, seit sie die Hütte betreten hatten. Er zeigte denselben leeren Gesichtsausdruck wie am Tag zuvor.

Ole Gilisho seufzte. »Du hast recht; vielleicht wird der morgige Tag ihn zu uns zurückbringen.« Er wandte sich Marcus zu. »Komm, mein Freund, wir wollen gehen.«

Ole Gilisho ging voran. Als Marcus den Kopf einzog, um ihm durch die Türöffnung zu folgen, drang eine schwache, krächzende Stimme von der Lagerstatt hinter ihm an sein Ohr.

»Hüte dich, mein Sohn«, sagte sie.

Marcus drehte sich um. Lenanas Augen, strahlend und weise, reflektierten den Feuerschein. »Hüte dich vor dem Wald … vor den Männern mit dem Tod im Herzen.«

Marcus kehrte zu dem erhöhten Bett zurück und kniete sich daneben nieder. »Was meinst du damit, Vater?«, fragte er. »Wer sind diese Männer mit dem Tod im Herzen?«

»Die Bestie belauert das Liebste.«

Marcus ergriff die Hand des alten Mannes. »Meine Liebste?« Er spürte, wie ihm ein Stich der Panik durch die Magengrube fuhr.

Die anderen Ältesten murmelten in der Dunkelheit vor sich hin, aber Lenanas Hand erschlaffte in Marcus' Griff.

»Was hat er damit gemeint?«, fragte er Ole Gilisho.

»Er ist ein alter Mann. Wer weiß, was alte Männer in ihren Träumen sehen?«

Die Worte schwirrten in seinem Kopf herum. »Lenana hat gesagt, ›Die Bestie belauert das Liebste‹.« Er sah Ole Gilisho mit vor Angst weit aufgerissenen Augen an. »Atiya«, stieß er hervor und stürzte durch die Türöffnung hinaus ins grelle Morgenlicht.

Während er rasch durch den *enkang* lief, beschwor sein Geist alle möglichen Unfälle herauf, die Atiya erleiden könnte. Er dachte auch an Cholera und Pest – zwei Krankheiten, die in Nairobi recht verbreitet und fast immer tödlich waren. Oder Löwen. Davon gab es viele im Wald von Parklands.

Der Zwischenfall mit den Männern im Wald, die versucht hatten, ihn zu strangulieren, fiel ihm wieder ein. Konnten sie es sein, die eine Bedrohung für Atiya darstellten? Er beschleunigte seine Schritte. Er hatte das, was er für einen versuchten Raubüberfall gehalten hatte, schon damals merkwürdig gefunden, denn er hatte einen kurzen Blick auf seinen Angreifer erhascht und ihn als Inder erkannt. Warum sollte ein Inder einen Afrikaner ausrauben wollen? Nun ging ihm auf, dass er vielleicht in eine größere Verschwörung hineingeraten war. Vielleicht planten die Männer gar einen Angriff auf Atiyas Haus? Immerhin war Jeevanjee ein reicher Mann. Er bahnte sich eilig einen Weg zwischen den erwachten Menschen hindurch, wobei er empörte *morani* und zornige Frauen anrempelte.

Am Eingang zum *enkang* nahm er sich einen Speer, der mit vielen anderen in den Boden gerammt war, und lief los. Er wurde immer schneller, und die Leute starrten ihm verwundert nach.

Lenanas Worte hallten in seinem Geist wider, und seine Phantasie verwandelte sie in Visionen von Atiya, die von Macheten schwingenden Mördern bedroht wurde. Als er die Straße nach Nairobi erreichte, hatte er das Gefühl, dass ihm nicht mehr viel Zeit blieb, sie zu erreichen.

Jeevanjees Wangen brannten vor Zorn. Auf dem Markt wurde überall getuschelt. Obszöne Gerüchte! Er konnte sie nicht mehr ignorieren und musste sich beherrschen, um sich nicht auf diese höhnischen Gesichter zu stürzen und sie anzubrüllen. *Nein! Meine Tochter würde so etwas Abscheuliches nie-*

mals tun! Doch das würde die Tuscheleien nicht verstummen lassen. Er musste einen Beweis finden und ihn den Leuten unter die Nase halten. Dann konnte er den Spieß umdrehen und sich auf ihre Kosten amüsieren.

Das Gerücht war ihm zuerst sehr diskret zugetragen worden, doch inzwischen war es angewachsen, bis offenbar die gesamte Bohra-Gemeinde hinter vorgehaltener Hand davon sprach. Andere Inder – Außenseiter – konnten ihre Schadenfreude kaum mehr verbergen. Das waren dieselben Leute, die sich damals, als eines seiner Schiffe im Hafen von Kilindini auf Grund gelaufen war, fast zu Tode gerannt hatten in ihrer Hast, ihm die traurige Nachricht als Erste zu überbringen.

Er konnte diese Demütigung keinen Augenblick länger ertragen. Er stürmte durch die Bazaar Street nach Hause.

Atiya verließ am Vormittag das Haus, als wolle sie einkaufen gehen. Ihr Onkel Tayabali hatte sie mit Adleraugen beobachtet, und sobald sie die Forest Road erreichte und vorgeblich den Weg in die Stadt einschlug, erschienen die drei Thugs hinter ihr und folgten ihr in Sichtweite. Offenkundig hofften sie, dass Atiya sie zu Marcus führen würde, also kehrte sie nach Hause zurück; ihre Pläne, Chiromo zu erreichen und ihn vor der Verschwörung zu warnen, waren vorerst gescheitert.

Zu allem Überfluss behielt ihr Onkel sie auch den restlichen Vormittag über genau im Auge. Atiya befürchtete schon, sie würde sich vor dem Dunkelwerden nicht mehr aus dem Haus schleichen können – ehe Marcus zu ihr kam, wie er versprochen hatte. Denn dann würde es zu spät sein.

Ihre Chance kam während des Mittagessens, als die Diener einen der Thugs stellten, den sie entdeckt hatten, als er um das Haus herumstrich. Mit Küchenmessern und Gartenwerkzeug bewaffnet, umzingelten sie den Mann und riefen Tayabali herbei, damit er den vermeintlichen Verbrecher festnehmen konnte. Als ihr Onkel hinausging, um den Tumult aufzulösen, sah sich Atiya rasch im Garten um und rannte dann los. Doch ihr Vater hielt sie am Tor auf, mit zornig rotem Gesicht.

»Tochter!«, sagte er. »Wo gehst du hin?«

»Ich … ich gehe zum Markt, Papa.« Sie wusste, wie heftig sein Zorn explodieren konnte, vor allem, wenn es Ärger in der Familie gab, und einen solchen Ausdruck rasender Wut hatte sie in seinem Gesicht noch nie gesehen.

»Ohne eine Tasche, oder wenigstens einen Hut auf dem Kopf?«

»Ach, ich wollte nur rasch …«

»Komm mit ins Haus. Wir haben etwas sehr Ernstes zu besprechen.«

»Aber Vater, ich …«

»*Sofort!*«, befahl er und packte sie am Arm.

Tayabali und der Meuchler waren immer noch im Garten, umringt vom Hauspersonal.

»Was geht hier vor?«, verlangte Jeevanjee zu wissen.

»Nichts, weshalb du dir Gedanken machen müsstest, Bruder«, sagte Tayabali. »Nur ein kleines Missverständnis.«

»Dich kenne ich doch«, sagte Jeevanjee zu dem Thuggee. »Was hast du hier zu suchen?«

»Ich bitte um Verzeihung, falls ich Ihnen Unannehmlichkeiten bereitet habe, Mr. Jeevanjee Mulla.« Er warf Tayabali einen Blick zu. »Mein Herr hat nach mir geschickt.«

»Ach ja?« Jeevanjee fuhr zu seinem Bruder herum. »Wie kannst du es wagen, Männer wie den da auch nur in die Nähe meines Hauses zu lassen?«

Tayabalis Zorn flammte augenblicklich ebenso heftig auf wie der seines Bruders. »Bin ich denn ein Hund, dass ich nur herumsitzen und auf deine Befehle warten soll? Ich habe Geschäfte zu führen, genau wie du. Meine Männer begleiten mich überallhin, wo ich sie brauche.«

»Warum, um alles in der Welt, solltest du brutale Mörder brauchen? Ich bin ein achtbarer Geschäftsmann, und wir betreiben hier ein achtbares Unternehmen. Hier ist kein Platz für solches Volk.«

»Achtbar, ja?«, höhnte Tayabali.

Atiya erinnerte er an eine Kobra, die gleich zubeißen würde.

»Da du so wenig Ahnung davon hast, was unter deinem eigenen Dach vor sich geht«, fuhr Tayabali fort, »werde ich dir sagen, warum meine Männer hier sind. Ich brauche sie, um die Ehre dieser Familie zu schützen!«

Atiya graute es plötzlich.

»Was willst du damit sagen?«, erwiderte sein Vater, aber er warf dabei einen raschen Blick auf Atiya. Es war offensichtlich, dass sein Zorn zum Teil der Angst wich – der schrecklichen Angst eines Menschen, der erkennen muss, dass sein schlimmster Alptraum im Begriff ist, wahr zu werden. Ihr Herz setzte einen Schlag aus.

»Die da«, sagte Tayabali mit kaum verborgenem Abscheu, »hat sich einen Liebhaber genommen.«

In dem Augenblick, den ihr Vater brauchte, um darauf zu reagieren, kreischte ein Sturm von Gedanken durch Atiyas Kopf. Sie würde solche widerlichen Schmähungen ihrer Liebe nicht dulden. Sie würde sich jeder Forderung, die Beziehung zu beenden, widersetzen. Sie würde ihrem Vater die Stirn bieten und um ihre Liebe kämpfen, ganz so, wie sie es Marcus versprochen hatte.

Dem Wortgefecht, das sich nun entspann, konnte sie kaum folgen. Ihr Vater stand kurz davor, zu explodieren. Ihr Onkel reizte und verhöhnte ihn. Als sie glaubte, es könne nicht mehr schlimmer werden, brachte ihr Onkel das vor, was er sich offensichtlich als köstlichste und schlimmste Verdammnis bis zum Schluss aufbewahrt hatte.

»Und einen schwarzen Liebhaber obendrein!«, krähte Tayabali.

Das war der Moment, in dem ihr Vater seinen Bruder mit dem Handrücken ins Gesicht schlug – ein lautes Klatschen hing einen Augenblick lang in der Luft und brachte Tayabali kurz zum Schweigen, ehe seine giftige Zunge wieder zu zischeln begann und er in allen grellen Einzelheiten beschrieb, was er im Dschungel gesehen hatte: »... umeinander gewunden wie zwei Schlangen ... seinen schwarzen Leib über sie geschoben ... ihr Mund an seinem schwarzen Schwanz ...«

Während dieser Auseinandersetzung hatte Jeevanjee nicht gewagt, seine Tochter anzusehen, sondern seine Wut und Demütigung in sich zurückgehalten wie ein Vulkan kurz vor dem Ausbruch. Als er sich nicht mehr beherrschen konnte, fuhr er zu Atiya herum; mit wutverzerrtem Gesicht und so stark angeschwollenem Hals, dass sein Kragen ihn fast zu ersticken drohte, forderte er sie auf, diesen widerwärtigen Lügen zu widersprechen. Aber sie sah ihm an, dass er die grausame Wahrheit bereits kannte.

Atiya taumelte unter seinem wilden Blick rückwärts. Der Mann, den sie da vor sich sah, Mordlust in den Augen, war nicht ihr Vater. Sein Zorn war so überwältigend, dass Atiya einen schmählichen Augenblick daran dachte, alles abzustreiten, doch dann fand sie einen Mut in sich, von dem sie bisher nichts geahnt hatte. Sie nahm all ihre Kraft zusammen und sagte: »Ja, ich liebe ihn, und wir werden heiraten!«

»Du undankbare Schlampe!« Die Worte ihres Vaters trafen sie wie ein Peitschenhieb. Sie konnte kaum fassen, dass er fähig war, sie mit solchen Ausdrücken zu beschimpfen, doch da stand er vor ihr, die Brust vor Zorn geschwollen, mit vor Empörung und Ekel glühenden Augen. Das war schlimmer, als wenn er sie gezüchtigt hätte. Ihre Angst schlug in Wut um, und in diesem Augenblick hasste sie ihn, wie sie noch nie zuvor in ihrem Leben gehasst hatte. Sie schrie ihn in blinder Wut an und beschimpfte ihn, ohne so recht zu merken, was sie da sagte.

Er schlug sie.

Ihr dröhnte der Kopf, und sie blickte ihn entsetzt an. Statt Reue und Bedauern sah sie nur Abscheu. Das war der letzte, schrecklichste Schlag.

Sie konnte sich nirgendwo in Sicherheit bringen. Also floh sie vor ihres Vaters Angesicht.

Jeevanjee war geblendet von einer Wolke roter Wut. Er zerrte an seinem Kragen, um sich Luft zu verschaffen. In seiner Brust tobte ein brennender Schmerz.

Atiya war fort, doch der grausame, unerträgliche Schmerz blieb.

Tayabalis lächelndes, schadenfrohes Gesicht tauchte vor ihm auf. Sein Bruder sagte nichts mehr, doch seine selbstzufriedene Miene sprach Bände.

Es gab nichts mehr zu sagen. Seine Tochter – das Liebste in seinem Leben, der Mensch, für den er alles hingegeben hätte – hatte ihm einen Dolch mitten ins Herz gestoßen. Sie hatte seine Sorge um ihr Glück in eine Klinge verwandelt und gegen ihn gerichtet, um ihn zu zerfetzen. Statt seine freundlichen Ermunterungen, einen Bohra zum Mann zu nehmen, zu befolgen, hatte sie sich bewusst und willentlich gegen ihn gewandt und ihn so schwer gedemütigt, dass diese Schmach ihn für den Rest seines Lebens verfolgen würde.

Seine Tochter war eine Teufelsbrut. Sie war böse und verderbt.

»Du da!«, befahl er dem Thug. »Los! Fangt dieses Geschöpf ein, das unsere Familie in Schande stürzen will.«

Der Thuggee warf Tayabali einen Blick zu, ehe er antwortete. »Was sollen wir mit ihr tun?«, fragte er vorsichtig.

»Tut, was ihr eben tut.«

Kapitel 50

Eine Stunde nach seinem Aufbruch in Ngong hatte sich Marcus bereits seiner Krawatte und der Anzugjacke entledigt. Es schmerzte ihn, das elegante marineblaue Sakko wegzuwerfen wie einen alten Lumpen, aber die Sonne war heiß, und der Schweiß rann ihm aus allen Poren. Er hatte so lange durchgehalten, wie er konnte, denn das Jackett, ja, eigentlich der ganze Anzug – Hose, Jacke, Hemd und Krawatte – bedeutete ihm viel. Sie repräsentierten hart verdientes Geld, aber vor allem war seine Kleidung ein Symbol für sein neues Leben. Sie war seine Anwaltsuniform, wie er oft scherzhaft zu Atiya gesagt hatte.

Während des Laufens hatte er Zeit gehabt, über Lenanas Vision nachzudenken. Je länger er darüber nachdachte, desto mehr war er überzeugt davon, dass sie ein Omen für große Gefahr sein musste. Lenanas Ruf als Prophet war bisher unerreicht. Die Verbindung seiner Worte mit dem unheimlichen Gefühl, das Marcus erfasst hatte, als Lenana sie aussprach, ließen für ihn keinen Zweifel daran, dass er Atiya so schnell wie möglich erreichen musste. Es war keine Zeit, auf die Kutsche zu warten, die er für den Heimweg bestellt hatte.

Nach einer weiteren Stunde war Marcus in einen steten Trab gefallen. Mit gesenktem Kopf und hängenden Schultern hielt er den Speer in einer Hand und ließ den anderen Arm locker mitschwingen, um Kraft zu sparen. Sein Hemd hatte er auch ausgezogen, und die langen Hosenbeine hatte er mit dem Speer abgeschnitten.

Von der harten Oberfläche der Ngong Road hatte er Blasen an den Füßen, und als es zehn Uhr wurde, hatte er auch seine Schuhe weggeworfen und lief in Strümpfen weiter, bis die Wolle zerfetzt von seinen Füßen fiel.

Er taumelte in das Massai-Dorf bei Dagoretti Corner, ein paar Meilen außerhalb der Stadt, und bettelte um Wasser. Er war schwach, und sein Herz schlug wie eine Trommel in seiner Brust. Es musste gegen den Drang ankämpfen, sich einfach in den Schatten zu legen und sich seiner Erschöpfung zu ergeben.

Das kühle Wasser, das er sich über Gesicht und Körper goss, belebte ihn ein wenig, und er nahm dankbar etwas frische Milch mit Rinderblut an. Dann verließ er das Dorf ohne seine gekürzte Hose, aber in der kurzen, roten *shuka* eines *moran*. Das Wasser und die Bewegungsfreiheit in dem losen Gewand schenkten ihm neue Kraft.

Er war jetzt nur noch eine Stunde von Atiya entfernt. Und er war bereit, sich jeder Gefahr in den Weg zu stellen, die sie bedrohen mochte.

Atiya stolperte durch den Busch und hoffte, dass sie immer noch dem Pfad folgte, den Marcus als Schleichweg von Chiromo aus benutzte. Manchmal war sie nicht sicher, ob sie noch auf dem Pfad war oder nicht, und mehrmals füchtete sie, sich verlaufen zu haben. *Nur ein Massai könnte diesen Weg finden*, dachte sie verzweifelt.

Ein spitzer Zweig verfing sich in ihrem Sari, riss ein Stück heraus und ritzte dabei auch ihren Oberschenkel, so dass ein dünnes Rinnsal Blut über ihr Bein lief. Sie nahm all ihre Entschlossenheit zusammen und lief weiter.

Durch das dichte Unterholz vor sich sah sie etwas Helles schimmern, eine Lücke im Busch. Sie erhaschte einen Blick auf den Himmel. Obwohl sie das Gefühl hatte, dass sie noch weit würde laufen müssen, verlieh ihr die Vorstellung, bald aus dem beengenden Wald ins offene Grasland zu gelangen, neuen Mut. Sie eilte zum Rand der großen Lichtung und hielt inne, um tief die warme, nach Gräsern duftende Luft einzuatmen. Die Sonne traf sie mit sengender Wucht, doch das war ihr gleichgültig. Atiya empfand sie sogar als willkommene Wegweiserin am unglaublich blauen Himmel.

Sie hörte ein Grummeln – einen Laut der Überraschung – direkt vor sich. Etwa fünfzig Schritte entfernt, im Schatten eines hohen, dürren Busches auf der grasbewachsenen Lichtung, hatte ein Löwe mit schwarzer Mähne, der neben seinen drei Löwinnen ruhte, den Kopf erhoben.

Atiya hatte ihre emotionale Grenze für diesen Tag bereits erreicht. Nichts konnte sie mehr aus der Fassung bringen. Mit einer Ruhe, die sie ihrem völlig erschöpften Geist aufzwang, blieb sie in dieser grauenhaften Stille reglos stehen und starrte die vier schläfrigen Löwen an.

Jeevanjee war brüllend und tobend durch das Haus gelaufen, so dass die Dienstboten sich furchtsam irgendwo versteckt hatten, um abzuwarten, bis er sich wieder beruhigte. Als er nach draußen stürmte, noch immer schäumend vor Wut, und seinen Bruder da stehen sah – das hämische Lächeln immer noch auf dem Gesicht –, verschwand er wieder nach drinnen und kam einen Augenblick später mit seinem uralten Gewehr wieder heraus. Tayabali wich zurück und floh über die Forest Road in Richtung Stadt.

Jeevanjee hatte sich immer noch nicht beruhigt, er rannte tobend und Türen schlagend durchs Haus. Schließlich zog er sich ins Wohnzimmer zurück, als er die Tränen des Zorns nicht mehr zurückhalten konnte, die ihm in den Bart tropften.

Nach fast einer Stunde trat er an die Mahagoni-Anrichte, in der er seinen dürftigen Alkoholvorrat verwahrte. Es war kein Whisky da. Er nahm sich eine beinahe leere Flasche Rum und goss den letzten Rest in ein Glas.

Er wollte den Rum in einem Zug hinunterkippen – das wäre für ihn, einen sehr maßvollen Trinker, das erste Mal gewesen –, stellte das Glas jedoch auf den Tisch und ging im Zimmer auf und ab. Nach ein paar Minuten hatte er sich so weit beruhigt, dass er sich wieder dem Rum zuwenden konnte. Er hob das Glas an die Lippen.

In diesem Augenblick traf ihn die Erkenntnis dessen, was er getan hatte, mit voller Wucht. Die Thugs.

Er knallte das Glas so heftig auf den Tisch, dass es zerbrach, und rannte aus dem Haus.

Atiya hielt den Blick auf die Löwen gerichtet und wich langsam zurück.

Die drei Löwinnen lagen ausgestreckt im Gras. Nur hin und wieder zuckte eine Schwanzspitze oder ein Ohr, sonst gaben sie kein Lebenszeichen von sich. Aber das Männchen mit seiner schwarzen Mähne war nun erwacht, setzte sich auf und zwinkerte mit den goldenen Augen, als hätte er Mühe, den gelben Sari, der in der Mittagssonne vor ihm schimmerte, genau zu erkennen.

Atiya ertastete jeden Schritt rückwärts, ehe sie ihr Gewicht verlagerte. Instinktiv versuchte sie, ihre Silhouette schmal und ihre Bewegungen langsam zu halten. Ein Stolpern würde die halb dösenden Löwen aufschrecken, und dann würden sie sich auf sie stürzen

Langsam. Einen Schritt nach dem anderen.

Sie staunte selbst, wie gefasst sie blieb. Bald hatte sie die Schatten am Rand der Lichtung erreicht. Die Löwen waren nur noch verschwommene Schemen im Gras. Sie fühlte sich jetzt sicher genug, den Kopf abzuwenden; sie würde ein Stück zurückgehen und versuchen, einen anderen Weg nach Chiromo zu finden.

Der Blick des Thugs bohrte sich in ihren, sobald sie sich ihm zugewandt hatte. Seine beiden Kameraden standen hinter ihm, ein Dutzend Schritte voneinander entfernt. Auch ihre Augen waren starr und wild auf Atiyas Gesicht gerichtet, als könnten sie sie durch die bloße Intensität ihres Blicks reglos dort festhalten, wo sie stand. Trotz der heißen Sonne war ihr kalt. Wie Schauspieler auf einer Bühne bewegten sie sich im Einklang miteinander auf sie, um sie mit der Poesie ihrer Bewegungen zu bannen. Sie fühlte die makabre Faszination, die sie einmal als Kind erlebt hatte, während sie zugeschaut hatte, wie eine Spinne ihre arme Beute in ihr Netz fesselte.

Der Blick des Mörders war so kalt wie der des Löwen – berechnend und eisig, als schätze er seine Beute ein. Sein dunkles Gesicht zeigte keinerlei Regung. Der Akt, den er gleich vollziehen würde, war Teil eines lang geprobten Stückes. Er kam immer näher und setzte jeden Schritt wie in einem Tanz. Seine Miene war beinahe entrückt, als träumte er. Speichel zeigte sich in seinen Mundwinkeln. Er fuhr sich mit der Zunge über die Lippen.

Als er den Schal aus fließender weißer Seide aus seinem Gürtel zog, kam endlich Leben in sein Gesicht, und seine Züge erstrahlten vor Freude. Er war im Begriff, seine Göttin Kali mit dem uralten Ritual zu ehren.

Marcus hatte die Straße in die Stadt verlassen und querfeldein eine Route eingeschlagen, die sich hoffentlich als Abkürzung erweisen würde. Jetzt zerrten und rissen Lianen und Zweige an ihm. Seine Zunge war vor Trockenheit angeschwollen, und er war fast am Ende seiner Kräfte. Er taumelte durch einen Nebel aus Erschöpfung und Schmerzen. Allein seine Vision von Atiya trieb ihn voran, und er schob sich blindlings durch den Busch, der gegen seinen blutig zerschrammten Körper peitschte.

Er hatte jegliches Zeitgefühl verloren. Das dichte Blätterdach des Urwalds nahm ihm die Sicht auf die Sonne. Er schätzte, dass es gegen Mittag sein musste. Er war fast fünf Stunden lang gerannt.

Er stolperte immer öfter, rappelte sich aber nach jedem Sturz wieder auf. Ein Dämon des Zweifels schlich sich in seine Gedanken und flüsterte ihm zu, dass er es nicht mehr schaffen würde, ehe das Unglück – wie auch immer es aussehen mochte – zuschlug. Er begann, sich innerlich anzuschreien und sich fluchend anzutreiben.

Er stürzte wieder, diesmal in einen Flecken Sonnenlicht. Als er sich mühsam aus dem Schmutz erhob, bemerkte er, dass er sich auf Gras befand – auf einer weiten, offenen Fläche, bewachsen mit kurzen Gräsern. Die Sonne blendete ihn, als er sich bemühte, einen Orientierungspunkt zu finden. Die Lichtung war nur etwa drei- oder vierhundert Schritt breit und sah aus wie die kleine Savanne auf halbem Wege zwischen Chiromo und Atiyas Haus.

Eine Bewegung an der fernen Grenze zwischen Wald und Grasland zog seinen Blick auf sich. Ein großer männlicher Löwe mit einer vollen schwarzen Mähne stolzierte durch sein Territorium – ein Bild der Kraft und Arroganz. Er bewegte sich ungefähr auf einer Linie, die zu Marcus' Trampelpfad durch das letzte Waldstück führte. Marcus wog den beruhigend schweren Speer in der Hand. Ein Löwe würde ihn nicht aufhalten. Er schlich vorwärts und behielt den Löwen im Auge, während er die Lichtung überquerte.

Der Löwe hatte ihn bemerkt, setzte aber entschlossen seinen Weg fort. Drei Löwinnen fanden die Anwesenheit des Massai offenbar beunruhigender. Der Schwarzmähnige beschleunigte seinen Schritt und lief nun geduckt weiter, was bedeutete, dass er sich seiner Beute näherte.

Marcus folgte dem Blick des Löwen und sah etwas im Gras. Das Herz schlug ihm bis zum Hals, als er Atiyas gelben Sari erkannte und ihr langes schwarzes Haar, das wunderschön aussah, auch wenn es zerzaust und um ihren Kopf auf dem Boden ausgebreitet war.

»Atiya!«, schrie er. Der Versuch seiner ausgedörrten Kehle, einen Laut herauszubringen, fiel eher jämmerlich aus. Er zwang seine verfluchten, müden Beine zu einem taumelnden Galopp. »Atiya!«

Der Löwe würde sie gleich erreichen. Marcus versuchte mit aller Kraft, die Lücke zu schließen. Keuchend und schluchzend rannte er durch das Gras. Plötzlich erkannte der Löwe ihn als Bedrohung, fuhr mit einem Fauchen zu dem heranstürmenden Massai herum und setzte zum Angriff an.

Marcus stemmte sich in seinen Speer und warf sich dem Löwen entgegen, der ihn ansprang. Er traf frontal mit dem Tier zusammen und wurde von der Wucht des Aufpralls rückwärts zu Boden geschleudert. Der Löwe wurde von seinem eigenen Schwung ein Stück weitergetragen und fiel dann tot neben Marcus ins Gras. Die eiserne Speerspitze hatte sich tief in seine Brust gebohrt.

»Atiya! Atiya!«, schrie Marcus und kroch auf Händen und Knien weiter, bis er ihren reglosen Körper erreichte. Er schob die Arme unter ihren Kopf und zog sie an sich, doch ihr Körper blieb schlaff, und ihr Kopf hing in einem obszönen Winkel zur Seite. Ihre dunklen, blicklosen Augen starrten zur Sonne hinauf.

Er hielt sie in den Armen, schluchzte und beugte sich über sie, um ihr Gesicht gegen die Sonne abzuschirmen. Als er sie vorsichtig wieder auf den Boden legte, entdeckte er einen weißen Seidenschal im Gras.

Er weinte um Atiya, und er weinte um sich selbst. Er hatte alles geopfert, um Erfüllung im kultivierten Leben eines gebildeten Engländers zu finden. Manchmal hatte er das Gefühl gehabt, dass es die falsche Entscheidung gewesen war, um der Versprechungen dieses neuen Lebens willen seine eigene Kultur zu verleugnen. Aber dann hatte er Atiya gefunden – und mit ihr das Glück. Doch was nützten Bildung und Kultiviertheit, wenn ein einziger barbarischer Akt sein ganzes Leben zerstören konnte?

Er warf sich über sie und schluchzte krampfhaft und hemmungslos, während Wogen des Selbstmitleids über ihn hinwegbrandeten.

Es gab kein Entrinnen aus dieser Qual, und als er alle seine Tränen vergossen hatte, stand er auf, nahm den kühlen Körper im gelben Sari auf die Arme und machte sich auf den Weg zu Jeevanjees Haus.

Jeevanjees maßgeschneiderte weiße Hose hatte einen langen Riss unter einem Knie, und sein feiner, beigefarbener Kittel war mit Matsch bespritzt und hatte vom Saft abgerissener Lianen Flecken bekommen. Seine goldbestickte Kappe hatte er irgendwo auf diesem Pfad schon verloren, sofern das überhaupt ein Pfad war, denn manchmal schien er völlig im Busch zu verschwinden.

Die sterbende Sonne sandte ihre Strahlen in plötzlicher Helligkeit auf die kleinen Lichtungen, die er überquerte, ehe er wieder in den düsteren Wald hineinlief – ein brütender, finsterer Ort, der Jeevanjees eigene Trostlosigkeit spiegelte. Am Rande seines Gesichtsfelds war alles verschwommen, eine Art Nebel vor seinen Augen färbte den Dschungel blutrot, und sein keuchender Atem kam in schmerzhaften Stößen. Sein einziger Gedanke war, dass er seine Tochter vor den Thugs finden musste.

Er erhaschte einen Blick auf etwas Gelbes, und sein Herz jubelte. Dann konnte er es deutlich erkennen und blieb stehen, als hätte er einen mächtigen Schlag versetzt bekommen. Aus der Düsternis kam ein rotgekleideter Massai-Krieger, der eine reglose Gestalt in einem gelben Sari in den Armen trug.

Ein schlaffer Arm wippte bei jedem Schritt aus einem gelben Ärmel hervor. Ihr Kopf hing auf dem Unterarm des schwarzen Mannes und baumelte wie der einer Stoffpuppe hin und her. Jeevanjee wollte protestieren, dass das furchtbar unbequem für sie sein müsse, doch irgendetwas an dem Bild stimmte nicht: Atiya sollte nicht an der Brust eines Kriegers liegen; sie sollte nicht so still in seinen Armen ruhen; und jetzt, da der Mann sie näher herantrug, sollten ihre weichen, vollen Lippen nicht von diesem blauen Hauch überzogen sein. Hinter alldem stand der Gedanke, dass nicht alles Leben aus diesem lieblichen Gesicht gewichen sein sollte – dem Gesicht, das er angebetet hatte, seit sie ihm vor einundzwanzig Jahren zum ersten Mal in die Arme gelegt wurde.

Er riss den Blick von den starren, dunklen Augen seiner Tochter los und sah in die des schwarzen Mannes. Jeevanjee wollte ihn anschreien – ob vor Wut oder Trauer, hätte er nicht sagen können –, doch auch die Augen des Afrikaners waren leer. Der Mann war irgendwo anders, vielleicht an einem Ort, wo er tun konnte, was getan werden musste, ohne die Qualen der Bewusstheit zu erleiden.

Er blieb vor Jeevanjee stehen, der die Arme nach dem Leichnam seiner Tochter ausstreckte. Doch der Massai gab sie ihm nicht. Er blieb einfach stehen, als bekunde er stumm seinen Anspruch auf sie. Jeevanjee war empört über diese Geste, doch der junge Mann blieb eisern; weder gab er nach, noch widersetzte er sich aggressiv der Bitte, die Jeevanjees ausgestreckte Arme vermittelten.

Als der Massai sich ihm mit diesem unerbittlichen Blick zuwandte, ließ Jeevanjee die Arme sinken und gab seine Forderung auf, denn er selbst, Jeevanjee, war es gewesen, der seine Tochter getötet hatte. Mit welchem Recht forderte er nun die Ehre, sie zu ihrer Familie zurückzubringen?

Der Mann im roten Gewand ging um ihn herum.

Jeevanjee folgte ihm.

Kapitel 51

Die Antriebsräder drehten auf den Schienen durch, und die Kolben pumpten wie wild, bis der Lokführer den Druck drosselte. Die großen Räder griffen wieder, die Kupplungen der Waggons schepperten, und die Lokomotive rollte langsam vom Bahnhof Londiani aus in Richtung Mau Summit, hinter dem Kisumu und der Viktoriasee lagen.

Der kurze Aufenthalt in Londiani hatte Grogan Gelegenheit gegeben, über Jessie und über Gertrudes harsche Abschiedsworte nachzudenken.

Er hatte Jessie als fünfzehnjähriges Mädchen kennengelernt – ganz schlaksige Glieder, große Zähne und linkische Schüchternheit. Diese Person hatte nichts mehr mit der blonden Schönheit gemein, die in seinem Leben aufgetaucht war, um ihren einundzwanzigsten Geburtstag zu feiern. Sie war jetzt eine Frau, ein unwiderstehliches Juwel und ein völlig anderer Mensch als das Kind, das er gekannt hatte. Also konnte ihm niemand vorwerfen, er habe ein junges Mädchen den schützenden väterlichen Armen entrissen, wie Gertrude angedeutet hatte – lächerlich.

Er machte sich keine allzu großen Gedanken darum, sich in die Liebesaffäre seines Bruders einzumischen. Er kannte Quentin gut genug, um zu wissen, dass er des Rennens überdrüssig wurde, wenn es erst gelaufen war. Natürlich wäre es übertrieben gewesen, zu behaupten, Quentin könnte Jessie irgendwo in der Wildnis von Uganda sitzenlassen, denn sein

Bruder war kein Schuft. Aber Quentins Leben war eine Aneinanderreihung gescheiterter Affären und gebrochener Versprechen.

Ewart gab sich selbst die Schuld an Quentins Charakter. Der Junge war mit der Erwartung aufgewachsen, dass er stets alles bekommen würde, was sein Herz begehrte, und allzu oft hatte Ewart nachgegeben, weil er Mitleid mit dem jüngsten seiner Schützlinge hatte. So früh schon der Mutter beraubt und dem eher barschen Bruder überantwortet, verdiente der Kleine besondere Nachsicht und Zuwendung, hatte Ewart geglaubt. Doch seine Geduld mit Quentin war schon längst am Ende. Er war sicher, dass er vollkommen richtig handelte, indem er die beiden Ausreißer stellte.

Grogans andere Sorge war Gertrude. Er hatte nicht geahnt, dass sie von seinen gelegentlichen Affären wusste. Er hatte sich zwar nicht besonders darum bemüht, sie geheim zu halten, doch im tiefsten Herzen musste er nun zugeben, dass er vielleicht diskreter hätte sein können.

Er hatte seine Bedürfnisse – in gewissem Maße brauchte nun einmal jeder Mann den Reiz anderer Frauen in seinem Leben. Das war ganz natürlich, ein Teil des Antriebs, der die Menschheit zu einer so erfolgreichen Spezies gemacht hatte. Aber Liebe war eine ganz andere Sache. Und ihm mit dem Rauswurf aus seinem eigenen Haus zu drohen, das ging wirklich zu weit.

Der Bahnhof von Kisumu hatte so gar nichts von der Pracht, die Grogan für die Endhaltestelle einer so großartigen Bahnlinie wie der Uganda Railway als angemessen erachtete. Und aus seiner augenblicklichen Perspektive – aus einer Rikscha, die ihn zum Hafen brachte – war der Viktoriasee bei weitem nicht so beeindruckend wie andere große Seen im Großen

Afrikanischen Grabenbruch, etwa der Tanganjikasee, der Kiwusee oder sogar der Albert-Edward-See. Da er den »Victoria Nyanza« auf seinem langen Marsch um etwa zweihundert Meilen verfehlt hatte, hatte er immer geglaubt, der See würde eine starke Wirkung auf ihn haben, wenn er ihn denn endlich erblickte. Dem war aber nicht so.

Grogan war außerdem verärgert über die verspätete Ankunft des Zuges. Als er sich nach dem nächsten Schiff nach Uganda erkundigte, erfuhr er allerdings, dass ihm noch genug Zeit blieb, denn die *Kampala Princess* würde erst in einer Stunde ablegen. Er war erleichtert, dass er das Schiff nicht verpasst hatte, doch das Unbehagen, das ihn während der ganzen Reise von Nairobi bis hierher verfolgt hatte, ließ nicht nach.

Nun, da er mit großer Geste Gertrudes Ultimatum getrotzt hatte, war er ein wenig unsicher, wie es weitergehen sollte. Er musste Jessie davon überzeugen, diesen stürmischen Akt der Auflehnung vernünftig zu überdenken, und falls sie und Quentin auch mit der *Kampala Princess* fahren sollten, bliebe ihm nur sehr wenig Zeit dafür.

Die Rikscha hielt in dem gewaltigen Gedränge der wartenden Passagiere auf der Landungsbrücke, und Grogan ging erst einmal in einem Mahlstrom verschwitzter Leiber und zahlloser Gepäckstücke unter. Trotz des Getümmels entdeckte er Quentin, der eben an Bord ging, den Kapitän mit Handschlag begrüßte und von einem der Offiziere mit Schulterklopfen empfangen wurde. Er war in seinem Element – ein Mann der Marine auf einem Schiff, das sehr wohl die hohe See hätte befahren können.

Plötzlich wusste Ewart nicht mehr, was er hier eigentlich tat. Warum jagte er so verbissen dieser Obsession hinterher? In einem sehr seltenen Augenblick des Selbstzweifels erkannte er, dass er überhaupt nicht wusste, was Jessie für ihn empfand. In seinem Stolz war er einfach davon ausgegangen, dass sie sich ihm, wie alle anderen Frauen, zu Füßen werfen würde. Die bisherigen Vorkommnisse sprachen allerdings für das Gegenteil. Und zu Hause in Nairobi hatte er eine Frau, deren Loyalität, Liebe und Aufrichtigkeit wirklich Besseres verdient hatten als dies.

Grogan versuchte, Jessie in der Menge zu finden, um einen letzten Blick auf dieses wunderschöne Gesicht zu erhaschen. Dann wandte er sich ab und ging zurück zum Bahnhof von Kisumu, zurück nach Hause.

Marcus stand auf dem felsigen Hügel und blickte auf Bruce Daltons Farm hinab. Der Anblick war ihm natürlich vertraut, doch jetzt kam ihm alles hier auf seltsame und ein wenig beängstigende Art fremd vor.

Ein paar gewaltige Wacholderbäume und Zedern ragten auf dem Hügel auf und schützten die Felskuppe ein wenig vor den trockenen Winden des Hochlands, die aus dem wolkenlosen und tiefblauen nordöstlichen Himmel herabzuwehen schienen. Warum waren gerade diese Bäume von der Axt verschont geblieben? Vielleicht lag es daran, dass auf der Hügelkuppe Bäume zu fällen ein wenig schwieriger oder der Transport über eine Meile von der Anhöhe zur Bahnlinie zu mühsam gewesen wäre – ein Stück weiter an der Bahnlinie entlang gab es eine Million Bäume mehr.

Die Bäume auf diesem Hügel waren wie ein Denkmal dessen, was einst ein riesiger Wald gewesen war, ehe die Eisenbahn des weißen Mannes mit ihren unersättlichen Bedürfnissen hier angekommen war. Nach den vielen Jahren, die er als Junge auf der Farm eines weißen Mannes verbracht hatte, wo das Bäumefällen als Pflicht eines jeden Siedlers angesehen wurde, fragte er sich, warum er diese Bäume jetzt so betrachtete – als Denkmäler.

Seit Atiyas Beerdigung war eine Woche vergangen. Er hatte gewartet, bis ihre Familie das Grab verlassen hatte, um ein wenig Zeit zu haben und allein dort niederzuknien.

Er beneidete Atiyas Familie. Sie konnten einander in ihrer Trauer trösten. Marcus hatte nur seine Erinnerungen, und die waren nicht Trost genug. Er wünschte sich selbstsüchtig, er hätte mit ihrem Vater und anderen Familienmitgliedern dort stehen können, denn von allen menschlichen Emotionen war es die Trauer, die man am besten mit anderen teilte. Aber er wusste, dass er damit ihren Vater und ihre restliche Familie gezwungen hätte, sich erneut mit dem Grund für Atiyas Tod auseinanderzusetzen. Nein, ihr Grab war nicht der passende Ort, um seine Liebe zu ihr öffentlich zu verkünden. Deshalb wartete er, bis der Friedhof leer war, und ließ sich in seiner Trauer von der kühlen Nacht einhüllen.

Er stand nun schon zu lange auf dieser Anhöhe und musste sich eingestehen, dass er nur Zeit schinden wollte. Irgendetwas an der Farm machte ihm ein wenig Angst, als sei das alte Haus von Geistern bewohnt. Dort hatte er seine Träume gehegt, zum Weißen ehrenhalber zu werden. Er hatte geplant, wie er dies durch gute Bildung und einen marineblauen Anzug erreichen würde. Doch der Anzug war der traditionellen roten *shuka* gewichen, und die Ausbildung hatte sich als unzulänglich erwiesen, als sie am dringendsten gebraucht wurde.

Die Erinnerung an den neuen Vertrag und an die Umsiedelung rief ihm ins Gedächtnis, dass seine Ankunft in Londiani der Anfang, nicht das Ende seiner Reise gewesen war. Er ging von dem Hügel hinunter und lief langsam über das kurze, stoppelige Gras auf den Hof zu. Erst jetzt fiel ihm auf, wie leer das Anwesen wirkte. Es war mitten am Vormittag, doch Bruce Dalton und sein Massai-Hirte waren nirgends zu sehen.

Er klopfte an die Tür.

Stille hinter den grob bearbeiteten Bohlen.

Schließlich öffnete sich die Tür einen Spaltbreit, und Jessie lugte zu ihm heraus. Sie riss die Tür auf und stürzte sich in seine Arme. Er spürte, wie ihre warmen Tränen über seine Brust rannen.

»Jessie, was ist denn? Was ist passiert?«, fragte er und strich ihr über den Kopf.

Sie brachte kein Wort hervor, schluchzte aber, als wollte ihr das Herz brechen.

»Dein Vater?«, fragte er leise.

Sie nickte.

Dass es nun heraus war, schien ihr Kraft zu geben, denn sie kramte aus dem Ärmel ihrer Bluse ein Taschentuch hervor und putzte sich die Nase.

»Letzte Woche«, sagte sie mit belegter Stimme. »Wir haben ihn am Dienstag begraben. Du hattest recht, er war schon in Nairobi krank. Es ging ihm viel schlechter, als er sich anmerken ließ.«

»Jessie ... es tut mir leid.« Allmählich wurden ihm die Gefühle von Schmerz und Hilflosigkeit vertraut. Er hatte Bruce Dalton als einen schweigsamen, gütigen Mann in Erinnerung, der ihn und seinen Vater aufgenommen hatte, als sie sich nirgendwohin hatten wenden können. »Ich wusste nicht, dass er so schwer krank war.«

»Ich auch nicht«, sagte sie. »Er wollte niemandem eingestehen, dass es ihm schlechtging.«

»Woher wusstest du dann, dass du zu Hause gebraucht wurdest? Ich hatte nicht erwartet, dich hier anzutreffen. Wolltest du nicht noch eine Weile in Nairobi bleiben?«

»Ja, ich … ich war unterwegs nach Kisumu, habe es mir aber doch anders überlegt.«

»Nach Kisumu? Warum?«

Sie sah ihm in die Augen, als wollte sie mit einer langen Geschichte beginnen, senkte dann jedoch den Blick. »Nicht weiter wichtig«, murmelte sie und betrachtete die Knöchel der Hand, die noch das Taschentuch umklammert hielt.

Sie hob den Kopf und lächelte gezwungen. »Anscheinend sind solche Zufälle gar nicht so selten. Ich komme gerade rechtzeitig nach Hause, als Papa … und jetzt bist du hier. Was tust du in Londiani?«

Jetzt hätte er eine lange Geschichte zu erzählen gehabt, aber vielleicht fehlte ihm, genau wie Jessie, der Mut dazu. »Ich gehe nach Hause«, sagte er schlicht.

»Wo…?« Sie machte ein verwundertes Gesicht.

»Zu meinem Volk. Sie sind irgendwo da draußen auf dem Uasin Gishu.« Er deutete einen fernen Ort jenseits der bewaldeten Hügel an, die sich am Horizont erhoben. »Ich weiß, ich habe immer behauptet, die Massai seien nicht mein Volk, aber das ist eine Lüge. Ein Massai zu sein, das bedeutet nicht nur, dass man einem bestimmten Stamm angehört. Es ist auch ein Raum in deinem Geist.« Er lächelte über ihren verwirrten Gesichtsausdruck. »Was ich damit sagen will, ist, dass ich nach Hause gehe. Mein Volk wird mich sehr bald brauchen.«

»W-wann sehe ich dich wieder?«

Er dachte an die Aufgabe, die ihn erwartete, wenn er den *enkang* seiner Sektion erreichte, und an die lange Reise, die dann folgen würde. »Ich weiß es nicht.«

Jessie drückte ihn fest an sich, und als sie ihn losließ, legte sie beide Hände an seine Wangen. »Gib auf dich acht«, sagte sie.

Er lächelte. »*Kwaheri, enkiti*«, sagte er, löste eine ihrer Hände von seiner Wange und küsste sie.

»*Kwaheri,* Marcus«, entgegnete sie, als er von der Veranda auf den Weg trat.

Er wandte sich noch einmal zu ihr um. Sie hatte einen Arm um den Verandapfosten geschlungen. In ihrem Overall hätte sie fast das wilde Kind sein können, das er vor vielen Jahren so gern geneckt hatte. »Ich bin nicht mehr Marcus«, sagte er. »Ich bin jetzt wieder Momposhe.« Er warf ihr ein schwaches Lächeln zu. »Marcus ist tot.«

Nachdem Momposhe tagelang das Uasin Gishu abgesucht hatte, stieß er völlig unerwartet auf das Dorf. Er hatte fünf Tage gebraucht, es zu finden, indem er das Plateau im Zickzack immer wieder von einer Seite zur anderen überquert hatte.

Er setzte sich in das hohe Gras auf dem Abhang, der zu dem flachen Tal mit dem *enkang* hinabführte. Er war müde – müde, weil er so viel Kummer zu tragen hatte. Sein Leben war bisher, mit wenigen Ausnahmen, von traumatischen Ereignissen verschont geblieben. Jetzt hatte er das Gefühl, dass ihm die Trauer einer ganzen Lebensspanne binnen weniger Tage aufgeladen worden war.

Wenn er in seinem Kummer Gesellschaft gesucht hätte, so hatte er sie in Londiani gefunden. Doch obwohl Jessie selbst in tiefer Trauer war, hatte ihre Kraft ihn aus seinem Selbstmitleid aufgerüttelt. Er wusste, dass es bald noch mehr Leid geben würde – es würde beginnen, wenn er diesen Abhang hinunterstieg, um seinem Volk von den neuen britischen Gesetzen zu erzählen, die ihr Land betrafen.

Momposhe vermutete, dass seine Massai-Sektion das Uasin-Gishu-Plateau auf der Suche nach besserem Weideland für ihr Vieh durchstreift hatte. Das lange Gras auf den üppig grünen Hügeln um ihn herum und die offensichtlich neu errichteten Hütten sagten ihm, dass seine Leute erst vor kurzem gefunden hatten, wonach sie suchten.

Es überraschte ihn, dass das Massai-Dorf so bald nach der Ansiedelung schon so gut organisiert war. Die Frauen saßen beisammen und lachten und schwatzten, während sie nähten oder Felle bearbeiteten. Hirtenjungen bewarfen einander spielerisch mit Steinen, während sie ihre Ziegen und langschwänzigen Schafe im Auge behielten. Auf den nahen Hügeln, und sogar in Sichtweite des *enkang*, standen die älteren Jungen und Männer zwischen den grasenden Rindern. Nur in der Anfangszeit eines neuen *enkang* genoss der Stamm diesen Luxus. Im Lauf der Zeit wurde die Entfernung, die Vieh und Hirten zurücklegen mussten, um Wasser und gutes Weideland zu finden, so groß, dass irgendwann das ganze Dorf erneut umziehen musste, um den Herden näher zu sein.

Momposhe stand auf, reckte sich und ging den Abhang hinab auf den *enkang* zu. Er trug seine *shuka* und hatte nichts bei sich außer seinem Speer.

Sobald er entdeckt wurde, erscholl der Ruf, dass sich ein Fremder näherte. Er wusste, dass der Stamm sich nicht sicher fühlen würde, bis sie genau wussten, wer er war.

Als er sich dem *enkang* näherte, kamen die Ältesten von den Hügeln herab und überließen die Herden den *olaiyoni*. Die jungen *morani*, die aus ihrer *manyatta*, der Junggesellensiedlung, zu Besuch waren, schlenderten durch das Tor der *boma* auf ihn zu. Speere in den Händen, beäugten die *morani* den Neuankömmling mit kaum verhohlener Feindseligkeit. Das war ihre Art.

Momposhe war nicht sicher, wie sie ihn aufnehmen würden. Er war ein sozialer Außenseiter, ein unbeschnittener, nicht initiierter Mann, der keinen Status, kein Vieh und keine Familie hatte. Aber er kehrte heim – nicht in dieses Dorf, denn das Dorf veränderte sich mit den Jahreszeiten –, sondern zu seinem Volk.

Wenn sie ihn überhaupt aufnahmen, würde er gewiss Schwierigkeiten haben, sich der traditionellen Lebensweise anzupassen. Aber ihm stand noch mehr als eine Assimilierung bevor. Es war seine Aufgabe, seinem Volk zu sagen, dass sie diesen sehr angenehmen Ort, den sie für ihr Dorf gefunden hatten, beinahe sofort wieder würden verlassen müssen. Er musste ihnen auch sagen, dass die Briten sie nicht nur aus diesem Tal und vom gesamten Uasin Gishu forthaben wollten; nein, sie mussten alles, was sie besaßen – Rinder, Schafe, Ziegen und persönliches Eigentum – mitnehmen und ihre Heimat hier im Norden für immer verlassen, um sich irgendwo auf dem wesentlich schlechteren Land im Süden niederzulassen. Er würde ihnen erklären müssen, dass die Männer, die in den Vertrag von 1904 hineingeschrieben hatten, dieses Land gehöre den Massai, »solange sie als Volk bestehen«, es sich anders überlegt hatten. Jetzt wollten sie das Land für sich selbst.

Eine kleine Gruppe folgte ihm schweigend in den *enkang*; die Leute musterten ihn und fragten sich wahrscheinlich, warum er sie besuchte.

Ein Ältester trat ihm am Tor der Dornenhecke entgegen; er stand sehr aufrecht und hielt den Kopf wie einer, der es gewöhnt ist, dass man ihm Respekt zollt, und wartete darauf, dass der Neuankömmling sprach.

»Ich bin Momposhe Ole Matipe«, sagte er. »Ein nicht initiierter Junge, der einmal den Purko Massai angehörte.«

Teil 4

Kapitel 52

1914

Gertrude raffte ihren Rock und watete ans Ufer, die Schuhe in der Hand. Der Sand unter ihren nackten Füßen war heiß und rauh. Sie setzte sich auf einen Felsen. Das Gefühl des warmen Sandes zwischen ihren Zehen war seltsam erotisch – oder vielleicht war es dieser abgelegene Ort, der ihr das Gefühl gab, sie und Ewart könnten alles tun, was sie wollten, ohne Beobachter fürchten zu müssen.

Ihr Liebesleben hatte in den vergangenen Jahren praktisch nicht mehr stattgefunden. Ewart war immer zu beschäftigt oder tagelang abwesend. Oft vermutete sie, dass er eine andere Frau besuchte, aber er war diskreter geworden, seit ihre Wut explodiert war, weil er dem Dalton-Mädchen so schamlos nach Kisumu nachgejagt war.

Die Tage nach ihrer Drohung, dies bedeute das Ende ihrer Ehe, verbrachte sie in quälender Unentschlossenheit. Einerseits wollte sie ihren Mann dazu zwingen, sie und sein Ehegelöbnis zu respektieren, andererseits graute ihr davor, dass er sie beim Wort nehmen und niemals zurückkehren könnte.

Sobald sie die Warnung ausgesprochen hatte, war ihr bewusst gewesen, dass das eine leere Drohung war. Ewart war ein Mann, der sich emotional nicht erpressen ließ. Er schien kein Bedürfnis nach einer echten Bindung mit irgendeinem anderen menschlichen Wesen zu haben. Selbst als sie frisch verheiratet gewesen waren, hatte sie das gespürt. Er war ein leidenschaftlicher und zärtlicher Liebhaber, aber er brauchte nichts von ihr.

»Ah, das ist besser«, sagte er und trat aus dem Papyrus hervor.

»Wie wäre es, wenn wir hier eine Weile rasten?«, schlug Gertrude vor und strich mit den Zehen über den Sand.

»Wie du willst, meine Liebste«, sagte er und ließ sich neben ihr auf dem Felsen nieder. »Heute ist dein Tag.«

Gertrude brach das lange Schweigen, das darauf folgte. »Warum tun wir das nicht öfter, Ewart?«

»Was denn, Gertie? Segeln gehen?«

»Nicht unbedingt segeln, sondern Zeit miteinander verbringen. Irgendwo. Ich meine, so wie heute. Allein und ohne die Ablenkungen, die dich zu den unmöglichsten Zeiten in Anspruch nehmen.«

»Manche Dinge sind eben eilig, Gertrude, und können nicht warten, bis es einem gerade angenehm ist, sich mit ihnen zu befassen.« Er stand von dem Felsen auf und schob die Hände tief in die Hosentaschen. »Abgesehen vom Geschäft, muss ich mich auch noch mit all dem Stadtrats-Unsinn herumschlagen.«

»Du wolltest schon immer der größte Spieler auf dem Feld sein. Sogar, als wir gerade frisch verheiratet in Britisch-Ostafrika angekommen waren, hattest du diesen Ehrgeiz, aber damals hatten wir noch Zeit, miteinander zu schlafen.«

Ewart warf ihr einen Seitenblick zu und runzelte die Stirn. »Du weißt doch, wie die Dinge stehen, Gertie. Meine Situation ist bis zum Äußersten angespannt. Kapitalfluss, den brauche ich. Ich war schon drei Mal bei Lingham und habe unseren Kredit verlängern lassen. Die Südafrikaner werden bald keine Geduld mehr haben.«

»Dann verkaufst du eben ein paar deiner Anlageobjekte.«

»Und verliere meinen Vorteil? Niemals. Ich komme da schon durch, aber die Situation verlangt ständige Aufmerksamkeit. Alles in allem bin ich eben manchmal zu beschäftigt.«

»Ja, aber mit wem. Das ist eine Frage, die ich mir ständig stelle.« Sie biss sich auf die Lippe und verachtete sich dafür, dass sie sich den schönen Tag von alten Wunden verderben ließ; aber nun waren die Worte heraus, und sie konnte sie nicht zurücknehmen.

»Herrgott noch mal, Gertrude, das hört sich an, als würde ich mit jeder Frau, die mir begegnet, ins Bett steigen.«

»Ich bemühe mich sehr, nicht mehr daran zu denken, aber es ist einfach zu oft passiert. Und jedes Mal treibt uns ein Stück weiter auseinander. Siehst du das denn nicht?« Plötzlich fühlte sie sich ausgelaugt wie jedes Mal, wenn dieses Thema zur Sprache kam. Sie entließ ihre aufgestaute Anspannung mit einem langen, tiefen Atemzug und sagte: »Ich liebe dich mehr, als du dir vorstellen kannst, Ewart. Und das kann ich ganz beruhigt behaupten, weil ich weiß, dass deine Fähigkeiten in dieser Hinsicht sehr begrenzt sind.«

Er öffnete den Mund, um zu protestieren, doch sie hob die Hand, um ihn zum Schweigen zu bringen.

»Ich habe einmal gehört, wie jemand dich als *übermotorisiert* beschrieben hat. Ich habe nie ganz verstanden, was das heißen sollte. Zunächst dachte ich, es sollte bedeuten, dass du sehr leidenschaftlich bist, und ich habe diese Seite ja auch an dir kennengelernt. Aber inzwischen glaube ich, es bedeutet, dass du nur Energie besitzt und keine Seele. Kein Herz, von dem du geben könntest.«

Sie stand auf und bückte sich nach ihren Schuhen neben dem Felsen. Sie kippte den Sand erst aus dem einen, dann aus dem anderen. »Im Augenblick glaube ich, ich habe dir fast alle Liebe gegeben, die ich zur Verfügung habe. Ich glaube, der nächste Schlag wird den kleinen Rest, der noch da sein mag, vernichten. Und so sehr ich mir etwas anderes wünschen würde – ich glaube nicht, dass ich ohne diesen Rest weitermachen kann.«

Jessie brachte ihr Pferd auf der grasbewachsenen Anhöhe unterhalb der *kopje* am höchsten Punkt ihres Anwesens zum Stehen. Vor sich sah sie alles, was sie besaß – zweihundert Hektar Savanne und fünfzig magere Rinder.

Sie blickte in den mitleidslosen blauen Himmel auf. Um diese Jahreszeit sollten die Regenfälle den Boden aufweichen, doch die Dürre, die schon 1912 begonnen hatte, wollte noch immer nicht enden. Sie fragte sich, wie lange ihre Herde noch überleben würde. Tom Burridge von der Bank hatte ihr geraten, ihr Risiko zu begrenzen und so viel Vieh zu verkaufen, wie sie konnte. Aber in einer Dürre gab es keine Käufer für Vieh, ganz gleich, zu welchem Preis.

Tom war nett, aber kein Farmer. Wenn sie sich mit seinem anderen Plan einverstanden erklärte, würde sie die Farm verlassen müssen – sie verkaufen, wenn sie konnte – und nach Nakuru ziehen. Die Farm einfach aufzugeben war eine Frage, mit der sie fast täglich rang. Sie war sicher, dass ihr Vater ihr deshalb keine Vorwürfe gemacht hätte, aber irgendwie kam ihr das wie ein Verrat an seinem Andenken vor. Sie war hin- und hergerissen zwischen Tom und dem, was sie als ihre Pflicht ansah. Wenn der Regen endlich käme, könnte sie zumindest eine objektive Entscheidung treffen. Es war schwierig, über die Antwort auf einen Heiratsantrag zu entscheiden, wenn sie an nichts anderes denken konnte als an den Verlust ihrer Farm.

Die Hochzeit mit Tom würde aber auch das Ende einer anderen Art von Hunger bedeuten. Sie würde ihre hartnäckige Vernarrtheit in Ewart Grogan endlich ablegen müssen. In ihren rationalen Augenblicken glaubte sie, das könnte nicht allzu schwierig sein; dann wieder wurden solch vernünftige Vorsätze von sehnsüchtigen Erinnerungen an ihn völlig verdrängt.

Sie steckte zwischen zwei Möglichkeiten, die sich gegenseitig ausschlossen. Unter solchen Umständen waren Entscheidungen sehr schwer zu treffen. Was sie brauchte, war Regen. Die alten Leute sagten, dies sei die schlimmste Dürre, an die sich überhaupt irgendjemand erinnern konnte. Die Abergläubischen unter ihnen behaupteten, das Unglück habe angefangen, als die Massai vom Uasin Gishu vertrieben wurden.

Jessie war zum Mau Summit gegangen, als sie von der zwangsweisen Umsiedelung der Massai und ihrer Herden gehört hatte. Diejenigen, die diese Umsiedelung mitangesehen hatten, berichteten von Szenen wie am Tag des Jüngsten Gerichts. Eine Million Rinder wurden in die Wälder des Mau-Gebirges getrieben; in einem Umkreis von fünfzig Meilen war kein Grashalm zu finden. Sie hatte gehofft, dass Marcus dort beim Viehtrieb helfen würde und sie ihn finden könnte. Stattdessen hatte sie tausend Kadaver vorgefunden – Rinder, Schafe und Ziegen, aber auch die verdorrten Leichen ihrer Hirten.

Zunächst hatte sie unter den Toten nach einem Maßanzug aus der Drury Lane und eleganten Budapestern gesucht – ihre stärkste Erinnerung an ihn. Dann fiel ihr wieder ein, dass er auch seine zivilisierte Erscheinung abgelegt und zu seinen Massai-Wurzeln zurückgekehrt war. Danach sah jeder rotgekleidete Leichnam gleich aus.

Kapitel 53

Seit ihrer Ankunft in Britisch-Ostafrika hatten Grogan und Gertrude fast ihr gesamtes Kapital in dem Land investiert.

Grogans finanzielles Imperium umfasste inzwischen auch eine Werft und das umgebende Land in Mombasa; eine Getreidefarm von siebeneinhalbtausend Hektar auf den Kapiti Plains in der Nähe von Nairobi; Chiromo – ein Anwesen von fünfundvierzig Hektar, das den Grogans in der wachsenden Stadt genügend Privatsphäre garantierte; eine Sisal-Plantage in der Nähe des Athi River; die vierzehntausend Hektar große Schaffarm bei Naivasha, zu der auch sechs Meilen Seeufer gehörten; eine tausendsechshundert Hektar große Farm an der Eldama-Schlucht und weitere achttausend Hektar in der Nähe von Turi und Molo; eine Plantage mit Akazien bei Limuru und eine weitere mit Orangen und Kaffee; dazu alle möglichen Anwesen in Nairobi, darunter die Sumpfgrundstücke und ein großer Bauplatz in der Sadler Street. Und schließlich waren da noch die gewaltigen und bisher kaum erschlossenen Ressourcen der Forstkonzession auf dem Uasin-Gishu-Plateau.

Obwohl Grogan reichlich Land besaß, hatte er kaum flüssiges Kapital. Nur wenige seiner Investitionen warfen Geld ab, denn sie waren langfristig ausgelegt, und er rechnete gar nicht damit, dass sie in nächster Zeit Ertrag bringen würden. Sein finanzieller Erfolg hing von den Sägemühlen ab, für die er Aufträge im Wert von vielen tausend Pfund hatte, doch er stand vor unüberwindlichen Schwierigkeiten, was deren Erfüllung anging. Es hatte sich als unmöglich herausgestellt, genug Ochsen zu kaufen, genug Arbeiter anzuheuern und die Sägen mit genug Holz zu füttern, um sein Sägewerk wirklich effizient betreiben zu können.

Die Lösung lag, wie er schon immer gewusst hatte, in einer Bahnlinie, mit der das Holz aus dem Wald zu seinem Sägewerk gebracht werden konnte, und von dort aus weiter zu seiner Werft.

Grogan wusste, dass sein Nachbar Delamere begierig darauf war, mit einer Nebenstrecke auch die Equator Ranch, sein gewaltiges Anwesen von vierzigtausend Hektar im Tal des Großen Grabenbruchs, an den Norden der Bahnlinie anzuschließen. In gewisser Weise machte das die beiden zu Konkurrenten, denn es war unwahrscheinlich, dass die Regierung oder sonst irgendjemand zwei Nebenstrecken finanzieren würde. Die Angelegenheit blieb festgefahren, bis Grogan eine neue Idee hatte.

»Was verleitet Sie zu der Annahme, die Schwachköpfe im Kolonialministerium würden die Diskussion über das Nebengleis wieder aufnehmen?«, fragte Delamere, als er und Grogan auf der Terrasse des Norfolk Hotel saßen.

»Kein Nebengleis«, entgegnete Grogan, »eine neue Hauptlinie – von Nakuru durch das Uasin Gishu nach Uganda.«

»Was?« Delamere zog die Augenbrauen hoch, dann lachte er schallend. »Ich habe Sie immer gewarnt, dass Sie so einen tragen sollten, wenn Sie draußen in der Sonne sind«, sagte er und tätschelte seinen Tropenhelm, der auf dem Stuhl neben ihm lag. »Sie haben vollkommen den Verstand verloren, Grogan.«

»Keineswegs, Delamere. Warum, meinen Sie, ist es uns bisher nicht gelungen, unsere Nebenstrecken durchzusetzen?«

»Weil Sie nicht zugeben wollten, dass meine wichtiger ist«, antwortete er mit einem Augenzwinkern.

»Nicht ganz«, sagte Grogan lächelnd. »Der Grund dafür ist folgender: Sogar die Bürohengste vom Kolonialministerium wussten, dass wir, oder zumindest einer von uns, den größten Nutzen davon haben würden.«

»Und … was hat sich daran geändert? Ah, hier kommen unsere Drinks.«

Grogan wartete, bis der Kellner gegangen war, ehe er fortfuhr. »Das Uasin Gishu ist jetzt voller Buren, die Weizen anbauen, und der Trans-Nzoai-Distrikt weiter im Norden wird bald nachfolgen. Genau, wie ich es immer vorhergesagt habe – dieses Land ist für europäisches Vieh und für Feldfrüchte wie geschaffen. Weizen, Kartoffeln, alle möglichen Gemüsesorten.«

Delamere nickte. »Sie haben recht, was die Siedler da oben angeht. Und weiter im Westen sind diese Bananenplantagen, die Eukalyptus-Johnnie aufgebaut hat, als er da oben Distriktskommissar war.«

»Genau! Sehen Sie es denn nicht, Delamere? Eine neue Hauptlinie, die durch unser beider Land verläuft, Weizen vom Usain Gishu und Bananen aus Mumias aufnimmt und dann um den Viktoriasee herum zu den Baumwollplantagen in Uganda läuft. Davon müsste das Kolonialministerium Notiz nehmen.«

Delamere nickte und tippte sich nachdenklich mit dem Zeigefinger ans Kinn. »Ich frage mich, wie viel sie dafür brauchen würden«, sagte er.

»Eine Million Pfund«, erklärte Grogan, ohne zu zögern. Als er Delameres überraschte Miene sah, fügte er hinzu: »Ich habe mir von Lawley und Paulings eine grobe Schätzung anfertigen lassen.«

»Eine-Meile-pro-Tag-Lawley, ja? Der hat jedenfalls Referenzen. Dürfte uns bei den Verhandlungen mit dem Finanzministerium helfen.«

»Das Finanzministerium ist eine Möglichkeit, aber die Sache ist zu wichtig, um den Plan von der Laune eines Emporkömmlings von Angestellten abhängig zu machen, der neidisch auf uns Kolonisten ist.«

»Was meinen Sie damit?«

»Ich zähle darauf, dass Sie Ihre Freunde im House of Lords davon überzeugen können, uns zu unterstützen, aber falls nicht, nun ... dann müssen wir vielleicht darüber nachdenken, die Sache allein durchzuziehen.«

»Allein durchziehen? Sie meinen eine private Eisenbahnlinie? Gütiger Gott! Sie reden hier von einer Million Pfund!«

»Regen Sie sich nicht so auf, mein Bester«, sagte Grogan. »Darum kümmern wir uns, falls es dazu kommen sollte.«

In Wahrheit war eine private Eisenbahnlinie Grogans bevorzugte Strategie. Dann würde er Einfluss darauf haben, wo die Bahnhöfe angelegt wurden, und den größten Vorteil für seine Forstwirtschaft herausschlagen. Er war zuversichtlich, dass sein alter Freund aus den Tagen des Matabele-Aufstands, Alfie Lawley, der jetzt als der Experte in Sachen Eisenbahnbau in Afrika galt, ihm in dieser Hinsicht sehr nützlich sein würde.

»Und«, fügte Grogan hinzu, »es wäre vermutlich am besten, wenn wir sie glauben ließen, die private Finanzierung wäre ihre eigene Idee gewesen. Wir lassen sie murren und jammern, wie schwierig es doch sei, öffentliche Mittel dafür aufzubringen, und warten einfach ab, bis sie uns den Ball zuspielen.«

Delamere nippte an seinem Gin. »Wie ich sehe, haben Sie sich schon ausführliche Gedanken dazu gemacht, Grogan.«

»Allerdings«, entgegnete Grogan. Was er nicht erwähnte, war die nächste Herausforderung, vor der er stand: eine neue Kapitalquelle für seinen grandiosen Plan zu erschließen. Die Anwesen seiner Familie hatte er bereits bis zum Äußersten mit Hypotheken belastet und auch auf Gertrudes Erbe zugegriffen.

Große Pläne, wie diese zusätzliche Hauptlinie, waren ein Teil von Grogans Charakter. Sie kennzeichneten seinen Erfolg und stellten gleichzeitig die größte Bedrohung dafür dar. In dieser Hinsicht hatte er viel mit seinem alten Partner in Sachen Sumpf gemein, A.M. Jeevanjee, der derzeit eigene Probleme hatte.

Alibhai Mulla Jeevanjee erklomm die sechs Stufen zu seinem Haus, wobei er sich schwer auf das Treppengeländer stützte, um sein beträchtliches Gewicht auszugleichen. Er keuchte, als er sich der Tür näherte, doch sein Diener Ali öffnete sie, ehe er sie erreicht hatte. Ohne ein Wort, ja, ohne Ali eines Blickes zu würdigen, ging er langsam an ihm vorbei zum Innenhof, in dem seltsam rollenden Gang, von dem er festgestellt hatte, dass er ihm weniger Schmerzen im Rücken verursachte. Er ließ sich in seinen Lieblingssessel fallen, seufzte und tätschelte seinen gewaltigen Bauch, wie er es oft tat, wenn er mit Problemen beschäftigt war.

Der Innenhof wurde von einigen Palmen vor der Sonne geschützt, und auch vor den neugierigen Blicken seiner Verwandtschaft, die heutzutage dazu neigte, allzu viel Aufhebens um ihn zu machen. Vielleicht bemitleideten sie ihn, weil Dayambai nach Karachi zurückgekehrt war, um bei ihrer kranken Mutter zu sein. Jeevanjee konnte seiner Frau diese Entscheidung kaum übelnehmen. Sie hatte in den letzten Jahren immer mehr Zeit in Indien verbracht, und es gab nicht mehr viel, was sie in Nairobi hielt. Genau genommen war das hier für beide von ihnen kein richtiges Leben mehr gewesen, seit Atiya gestorben war.

Ob der tragische Tod seiner Tochter mit den geschäftlichen Problemen in Verbindung stand, die etwa zur selben Zeit begonnen hatten, konnte er nicht sagen. Nach der Beerdigung hatte er sich an einen grauen, qualvollen Ort zurückgezogen, und dort war er geblieben, bis er seine Trauer endlich begraben konnte, wie er Atiya begraben hatte – doch das hatte ein Jahr gedauert. Selbst jetzt noch, drei Jahre später, gab es Tage, da er ihren Verlust besonders schmerzlich empfand, und zu diesen Zeiten konnte er sich nicht mit dem schnöden Geschäft befassen und vernachlässigte erneut sein Unternehmen.

Ali brachte ihm seine übliche Tasse Tee, reichlich mit gesüßter Kondensmilch versetzt. Er nippte zufrieden daran. Er erinnerte sich an glücklichere Zeiten, als er und seine Frau zur Rennwoche die gesamte bessere Gesellschaft Nairobis zu großen Partys eingeladen hatten. Die Tage beim Pferderennen waren unterhaltsam und aufregend, und die Sieger paradierten oft in den Jeevanjee-Farben über den Platz. Andere Pferdebesitzer folgten seinem Beispiel und importierten indische Vollblutpferde; die kleineren, stämmigen Somali-Ponys, die zuvor die Rennen des East Africa Turf Club dominiert hatten, wurden schließlich vollständig verdrängt. Der Präsident des Rennclubs, Ewart Grogan, hatte ihn zu den Vorstandssitzungen eingeladen, und Jeevanjee hatte dabei geholfen, eine neue Rennbahn nördlich des Bahnhofs zu errichten, und im Lauf der Jahre viele Trophäen und Preisgelder gestiftet.

Er versuchte, sich zu erinnern, wann die Rennwoche, die nun zweimal jährlich stattfand, allmählich ihren Reiz verloren hatte. Das war etwa zu der Zeit gewesen, als dieses Nashorn im dritten Rennen die Bahn gestürmt hatte – im Juli

1911. Ungefähr zur selben Zeit hatte er begonnen, sich in der politischen Kampagne der Indian Association zu engagieren. Leute wie Grogan fingen an, ihn zu meiden, und die Renntage wurden zur Nervenprobe, weil Jeevanjee auf dem Weg zu seiner Loge auf der Tribüne einen wahren Spießrutenlauf von Beschimpfungen und Hohngelächter absolvieren musste – der Tribüne, die er selbst für den Rennclub hatte bauen lassen.

Die Art, wie Jeevanjee bei öffentlichen Versammlungen behandelt wurde, wäre leichter zu ertragen gewesen, wenn seine Familie und die Bohra-Gemeinde ihn unterstützt hätten. Aber die indische Gemeinschaft – ja, ganz Britisch-Ostafrika – hatte nach Atiyas Tod vor Gerüchten und Andeutungen nur so gebrodelt. Es gab eine offizielle Untersuchung, die sich monatelang hinzog. Dabei wurde Alibhai Jeevanjees Leben und das seiner nahen Angehörigen in aller Öffentlichkeit bloßgelegt. Die Untersuchung erstreckte sich sogar auf seine geschäftlichen Angelegenheiten und offenbarte seine zuvor streng vertraulich gehandhabten Finanzen.

Als immer mehr Einzelheiten ans Licht kamen, berichtete eine ganze Reihe von Zeugen dem Gericht, dass Atiya Jeevanjee in Begleitung eines Massai gesehen worden sei, der unmittelbar nach dem Tod des Mädchens verschwunden war. Das Gericht erfuhr auch, dass die beiden zwischen Buden auf dem Markt in intimer Umarmung beobachtet worden waren.

Jeevanjee hob seine Teetasse und genoss die letzten Schlucke des dicken, süßen Getränks, dann stellte er die Tasse auf dem kleinen runden Tischchen ab, das mit einer Schüssel Rosenblüten geschmückt war, und tätschelte seinen Bauch. Er hievte sich hoch und ging ins Haus zu seinem Büro, wo er wieder einmal den angestauten juristischen und geschäftlichen Müll in Angriff nehmen würde, der einst das Wichtigste und Spannendste in seinem Leben gewesen war. Jetzt, da sein Leben von einer familiären Intrige überschattet und mit gewaltigen finanziellen Problemen belastet war und er sich ohne die fröhliche Unterstützung seiner Tochter um all das kümmern musste, erschien es ihm als beinahe unerträgliche Last.

Er fragte sich, wie lange er noch durchhalten würde.

Wohltätigkeitsveranstaltungen waren ein fester Bestandteil des gesellschaftlichen Lebens in Nairobi. Gertrude besuchte sie eher als Beitrag zur guten Sache denn als gesellschaftlichen Anlass.

Beatrice Hopper war Vorsitzende des St. Stephen's Building Fund. Sie nahm Gertrude in Beschlag, kaum dass sie hereingekommen war. »Gertrude! Wie nett von Ihnen, dass Sie kommen konnten«, rief sie übertrieben begeistert.

»Diesen Anlass würde ich doch nicht versäumen, Bea. Sie wissen doch, dass uns St. Stephen's schon immer besonders am Herzen lag.«

»Ja, allerdings. Aber wo ist Mr. Grogan heute Abend?«

»Er besucht für ein paar Tage unser Anwesen auf den Kapiti Plains. Anscheinend gibt es irgendein Problem mit Rost auf dem Getreide.«

»Ach, welch ein Jammer. Aber – Kapiti, sagten Sie? Ich hätte schwören können, dass ich ihn in Naivasha gesehen habe. Ich habe noch zu Mr. Hopper gesagt, na, wenn das nicht Mr. Grogan ist?, habe ich gesagt. Aber ich muss mich natürlich geirrt haben. Der Mann, den ich gesehen habe, war in Begleitung einer blonden Dame. Ein bisschen sehr aufgetakelt für Naivasha, wie ich fand. Aber da sehen Sie es. Das kann gar nicht Ihr Mann gewesen sein, nicht wahr?«

Gertrude lächelte und gab ihr recht, nein, das könne er nicht gewesen sein. Danach hatten sie einander nicht mehr viel zu sagen, und Beatrice stürzte sich bald auf ihr nächstes Opfer.

Gertrude zwang sich, noch eine Stunde zu bleiben, ehe sie nach Chiromo zurückkehrte. Sie saß an ihrem Frisiertisch, starrte ihr Spiegelbild an und sah zu, wie ihr die Tränen über die Wangen liefen.

Kapitel 54

Hugh Cholmondeley, der dritte Baron Delamere, zeigte Grogan vom Sattel aus die fernen Grenzen seiner Equator-Rinderfarm. Um sie herum breitete sich das Grasland des Großen Grabenbruchs aus, so weit das Auge sehen konnte. Das dünne Gras in den sonnigen Tälern und auf den kahleren, windigen Hügeln hatte früher eine Vielzahl wilder Tiere und das Vieh der umherziehenden Massai ernährt, doch jetzt graste dort nur Delameres riesige Herde. Die wenigen verbliebenen Massai waren Delameres Angestellte, die Delameres Rinder hüteten, nicht ihre eigenen.

Grogan verstand sehr gut, warum viele Leute Delamere um die großzügigen Ländereien beneideten, die er von Charles Eliot 1903 gewährt bekommen hatte, aber er hatte keinen Grund, Delamere seinen Reichtum zu neiden. Beide Männer hatten von dem Chaos profitiert, das hier geherrscht hatte, ehe die Politik der Landvergabe sinnvoll entwickelt wurde. Die beiden gehörten einer sehr kleinen Elite an, die ein Fünftel des vom Protektorat veräußerten Landes besaß, und er und Delamere würden entschlossen darum kämpfen, es zu behalten. Der East African Indian National Congress, die politische Interessenvertretung der indischen Gemeinde, forderte für Inder und andere Gruppen die gleichen Rechte, wie die Weißen sie besaßen; das hatte die Privilegierten aufgerüttelt.

Während sie ihre Pferde hügelabwärts zu Delameres Landhaus lenkten, diskutierten sie weiter über die unerfreuliche Angelegenheit der indischen Ansprüche.

»Ich mache mir Sorgen wegen Belfield«, sagte Grogan. »Als er hier ankam, wussten wir ja alle, dass er mit den Indern sympathisiert. Aber jetzt … tja, man kann die Inder förmlich krähen hören vor Freude. Und Jeevanjee schreibt Leserbriefe an den *Standard*, in denen er Gouverneur Belfield für dieses und Gouverneur Belfield für jenes preist.«

»Wir müssen uns bei Belfield Gehör verschaffen«, stimmte Delamere zu. »Er ist schon in der Welt herumgekommen – nicht irgendeine Hofschranze, die die Regierung in die Kolonien geschickt hat. Man muss ihm klarmachen, dass landwirtschaftliche Unternehmen in einem Land wie diesem nur dann profitabel sind, wenn sie auf großen Besitztümern beruhen.«

»Und großen Kapitalreserven«, fügte Grogan hinzu. »Ich habe ihm unsere Vorschläge für den Ausbau der Eisenbahn vorgelegt. Die Zahlen hat er verstanden, aber er hat sehr verhalten reagiert.«

»Wenn Belfield die Inder und die Eingeborenen ins Hochland lässt«, sagte Delamere, »spielt es keine Rolle mehr, wie das Kolonialministerium bezüglich der Bahnlinie entscheidet. All die vielen kleinen Grundbesitzer werden recht schnell pleitegehen, und irgendjemand muss ja für die Strecke bezahlen. Dann wird es kein wirtschaftliches Argument für den Ausbau mehr geben.«

Schweigend ritten sie eine Weile weiter. Als sie absaßen und ihre Pferde den *syces* übergaben, sagte Grogan: »Das ist alles eine Frage der Wahrnehmung, nicht wahr? Ich meine, der Gouverneur hält Jeevanjee für einen fähigen Mann und glaubt, ihm und seinen Leuten ginge es um das Wohl des Landes, während wir alle wissen, dass dieser Inder nur seine eigenen Interessen verfolgt.«

»Ja … worauf wollen Sie hinaus?«, fragte Delamere.

»Was, wenn Jeevanjee nicht so kompetent wäre, wie der Gouverneur glaubt? Was, wenn etwa bekannt würde, dass er in finanziellen Schwierigkeiten steckt?«

»Was haben Sie gehört?«

»In Mombasa wird gemunkelt, es gäbe Probleme mit Jeevanjees Schifffahrtsgesellschaft. Der Jurist, der da unten meine Pachtverträge mit der Regierung betreut, hat zufällig erwähnt, dass es im Jeevanjee-Lager Ärger gibt. Familienangelegenheiten.«

»Seltsam«, sagte Delamere.

»Dass er in finanziellen Schwierigkeiten steckt?«

»Ja, das auch, aber es ist seltsam, dass überhaupt etwas über ihre Privatangelegenheiten an die Öffentlichkeit dringt. Für gewöhnlich halten die doch zusammen wie Pech und Schwefel.«

»Das stimmt, aber meine Informationen sind weiß Gott nicht öffentlich. Allerdings redet sein Bruder, ein Kerl namens Tayabali, schon eine ganze Weile schlecht über Jeevanjee. Offenbar gibt es Streit um die Eigentumsrechte an der Firma.«

»Wie könnte uns das nützen?«

»Ich weiß es nicht genau, aber ich werde das auf jeden Fall im Auge behalten. Die indischen Unternehmer genießen die Unterstützung des Gouverneurs, weil sie sich seiner Ansicht nach wie echte englische Gentlemen verhalten. Aber wenn ihr großer Held Jeevanjee sich eine hässliche Auseinandersetzung mit seiner Familie liefert und obendrein in finanzielle Not gerät, dann dürfte der Gouverneur das Gesindel, das er bisher in Schutz genommen hat, mit anderen Augen sehen.«

Amir Jeevanjee war ein leidenschaftlicher junger Mann. Er war athletisch, gebildet, steckte voller Energie und Ideale, und hatte daher nicht viel mit seinem Vater Alibhai Jeevanjee gemein, bis auf ein strenges Arbeitsethos, das ganz darauf ausgerichtet war, das Familienunternehmen zu erhalten.

Er wusste beinahe so viel über das Geschäft wie sein Vater. Jeevanjee hatte es schon vor langer Zeit aufgegeben, Lesen und Schreiben lernen zu wollen. Alles, was sein Vater lesen musste, las Amir ihm vor. Jeevanjee den Inhalt der Zeitungen zu übermitteln, war schon immer seine Aufgabe gewesen, aber seit Atiyas Tod musste er sie ganz allein bewältigen. Amir kannte die finanzielle Situation von A. M. Jeevanjee & Co. daher ganz genau. Mit diesen Gedanken im Hinterkopf nahm er all seinen Mut zusammen und ging zu seinem Vater, um ihm mitzuteilen, was er im Hafen von Mombasa gehört hatte.

Hinter dem Schreibtisch hob Jeevanjee die Hand. »Nicht vor dem Tee«, sagte er und bedeutete seiner Assistentin Asma, zwei Tassen zu bringen.

Sein Sohn wusste, dass er gar nicht erst zu widersprechen brauchte. Wenn er seinem Vater sagte, er müsse ernste Angelegenheiten mit ihm besprechen, war die Teezeremonie unausweichlich. Jeevanjee hatte im Lauf der Jahre Traditionen etabliert. Zu bedeutenden Anlässen Tee zu trinken, war eine davon. Sie unterhielten sich über Belanglosigkeiten, bis Asma die Tassen mit dem dampfenden Tee brachte.

»Nun«, sagte Jeevanjee, nickte und gab Amir höflich einen Wink, »bitte, was gibt es?«

»Vater, du hast in diesem Land einige Leute verärgert«, begann Amir.

»Manchmal haben die Leute das verdient. Das solltest du wissen, mein lieber Sohn.«

»Diesmal sind es zu viele. Und nicht immer die Richtigen. Ich spreche von finanziellem Ärger.«

»Ach, sie reden doch immerzu, immerzu. Was ist es diesmal?«

»Es heißt, unsere Investoren und Bankiers wären nervös wegen des Aufruhrs in unserer Familie. Man sagt, unser Unternehmen litte unter dem Streit mit Onkel Tayabali und dass deine Feinde diese Ablenkung nützen wollen und nur darauf warten, dir eine Falle zu stellen.«

»Das ist der liebste Zeitvertreib aller Feinde, mein Junge. Was ist daran neu?«

»Es heißt, es gebe einen Engpass bei unseren Krediten.«

»Eine temporäre Abweichung.« Jeevanjee lächelte. »Kein übles Wort für einen alten *dukawalla*, was? Temporär – ein richtiges Anwaltswort.«

Amir lächelte höflich. »Ja, sicher, ein Anwaltswort. Aber selbst wenn dieser Engpass nur ein Gerücht ist, kann uns das bereits ruinieren, nicht wahr?«

»Ach, die Leute reden gern, wenn es familiäre Streitigkeiten gibt. Das ist nichts, weshalb man sich Sorgen machen müsste.« Er beugte sich über den Schreibtisch und bedeutete seinem Sohn, näher heranzukommen. »Wir stehen kurz vor einer Einigung mit den Deutschen. Dann werden sich diese aufgeblasenen Briten aber umschauen.«

Jeevanjee hatte im East African Indian National Congress die Diskussion über den grauenhaft schlechten Service angeregt, den man indischen Passagieren auf den britischen Schifffahrtslinien zwischen Mombasa und Indien zumutete. Außerdem hatte er darauf hingewiesen, dass die Deutschen alles herstellen konnten, was die Briten produzierten – aber weil jeder Nagel und jeder Hammer über London oder Plymouth abgewickelt werden musste, bezahlten sie ein Vermögen für den Transport selbst kleiner Ladungen nach Afrika. Jeevanjee hatte mit einer großen deutschen Frachtgesellschaft verhandelt und den Deutschen angeboten, ihren gesamten Asien- und Afrikahandel über Indien abzuwickeln. Und natürlich würden A. M. Jeevanjee & Co. die Abfertigung in Karachi übernehmen.

»Ich habe jetzt einen Grundsatzvertrag mit den Deutschen«, sagte er aufgeregt. »O ja. Und unsere drei Schiffe werden bald eintreffen. Es wird nicht lange dauern, bis wir aus unseren Lagerhäusern in Karachi deutsche Waren hierher importieren können. Die Frachtkosten werden einen Bruchteil dessen betragen, was wir den Briten bezahlen.« Seine Augen strahlten vor Begeisterung. »Und unsere Leute werden den Passagierservice einer indischen Firma erhalten: A. M. Jeevanjee & Co.«

»Das sind großartige Neuigkeiten, Vater.« Amir lehnte sich mit einem erfreuten Gesichtsausdruck zurück. »Ich gratuliere dir. Wann wird denn die Verschiffung mit den Deutschen beginnen?«

»Schon sehr bald. Natürlich ist das alles aus politischen Gründen noch streng geheim, aber wir sind fast startbereit.«

»Hervorragend.« Amir stand auf und nickte seinem Vater bewundernd zu. »Darin ist dir wirklich niemand überlegen, Vater. Kümmere du dich ums Geschäft und vergiss die familiären Streitigkeiten.«

Es war ein ungewöhnlich heißer Juli in Nakuru gewesen, und der August schien nicht besser zu werden, aber alle waren sich einig, dass Jessie in ihrem spitzenbesetzten Hochzeitskleid wunderschön aussah und dass Tom in Frack und Zylinder für einen Bankdirektor viel zu fesch wirkte.

Da Jessie und Tom eine bescheidene Hochzeit feiern wollten, legten sie den Termin auf einen Donnerstag. So konnten die Gäste den Spätnachmittagszug heim zu ihren Farmen in Londiani, Fort Ternan oder noch weiter erreichen. Der Plan sah vor, dass die frisch Vermählten den nachmittäglichen Empfang verlassen und mit dem kleinen Konvoi von Kutschen zum Bahnhof fahren würden, um sich dort von ihren abreisenden Gästen zu verabschieden, ehe sie selbst zu ihren Flitterwochen in einem Hotel am See aufbrachen.

Doch der Fotograf hatte Probleme mit seinen Platten. Anscheinend hatte die Hitze einige davon beschädigt, und er flehte um ein wenig Geduld, damit er rasch in sein Studio fahren und neue holen konnte.

»Tom, Liebling, warum sagst du unseren Freunden nicht, sie sollten ruhig schon zum Bahnhof vorfahren?«, fragte Jessie. »Wenn wir hier rechtzeitig fertig werden, kommen wir nach und verabschieden uns von ihnen. Aber sonst verpassen sie womöglich noch ihren Zug.«

Er nahm ihre Hand in seine und küsste sie. »Du bist ebenso klug wie schön, meine Liebe. Ich werde es ihnen sagen, aber wir schaffen es bestimmt, ehe sie abfahren. Der Zug macht doch in Nakuru eine längere Teepause.«

Es stellte sich jedoch heraus, dass der Fotograf länger brauchte als die paar Minuten, die er ihnen versprochen hatte, und als Jessie und Tom den Bahnhof erreichten, stand der Zug schon seit zwanzig Minuten am Bahnsteig. Allerdings trank niemand Tee. Die Leute, darunter auch ihre Hochzeitsgäste, standen in Grüppchen zusammen und unterhielten sich aufgeregt.

Einige Gäste kamen ihrer Kutsche entgegengeeilt. »Habt ihr es schon gehört?«, fragte einer von ihnen.

»Was gehört?«, erwiderte Tom.

»Wir befinden uns im Krieg!«

Tom wandte sich mit erstaunter Miene Jessie zu, sprang dann aus der Kutsche und beeilte sich, eine Zeitung zu bekommen; Jessie blieb sitzen, wie betäubt von dieser Nachricht.

Sie sah zu, wie die jungen Männer einander auf die Schultern klopften und freudig grinsten bei der Aussicht, etwas Aufregendes zu erleben und einen wahrhaft noblen Vorwand dafür zu haben, das eintönige Farmerleben auf ein kurzes Tänzchen mit dem Feind verlassen zu können. Sogar die älteren Männer in Toms Alter schien diese Neuigkeit zu beleben. Tom blickte sich nach ihr um und bedeutete ihr, zu ihm zu kommen, doch Jessie blieb starr sitzen.

Sie konnte die Zukunft vor sich sehen. Sie hatte schon einen Vater an den Tod und einen Freund an dessen Stammestradition verloren. Sie war vor dem Mann geflohen, den sie geliebt hatte, und hatte auch seinem Bruder den Rücken gekehrt. Beinahe schien es, als sei es sämtlichen Männern in ihrem Leben bestimmt, auf die eine oder andere Weise daraus zu verschwinden. Würde Tom der Nächste sein?

Kapitel 55

Die *Times of East Africa* traf im Turi-Sägewerk ein, als Grogan gerade mit ein paar Lastkarren voller Zedernstämme ankam. Als er sein Büro erreichte, erwarteten ihn sein indischer Vorarbeiter und drei seiner indischen Arbeiter, die sich um die aufgeschlagene Zeitung auf seinem Schreibtisch drängten. Sein Vorarbeiter zeigte mit dem Finger darauf und brabbelte unverständliches Zeug. Grogan schickte die Männer aus seinem Büro hinaus und las die erste Seite. Die Zeitung war vom Dienstag, dem 4. August 1914 – drei Tage alt.

Britannien im Krieg!, kreischte die Schlagzeile.

Damit hatte Grogan gerechnet. Einen Monat zuvor hatte der zu Unfällen neigende Erzherzog Franz Ferdinand zwei Bombenattentate in Sarajevo überlebt, ehe sein Chauffeur falsch abbog und ihn in Schussweite eines Attentäters brachte, der die Gelegenheit nutzte. Grogan hatte schon damals vermutet, dass dies der Funke sein könnte, der Europa zur Explosion bringen würde.

Er hatte die Geschichte während der folgenden Wochen im Auge behalten. Die Deutschen hatten die Ablenkung eines österreichisch-ungarischen Angriffs auf Serbien genutzt, um rasch ihre kriegerischen Ambitionen gegen Frankreich in die Tat umzusetzen. Offenbar hatten sie dabei aus strategischen Gründen ein Manöver über Belgien eingeleitet und damit einen fast vergessenen, sechzig Jahre alten Vertrag zum Tragen gebracht, der Britannien verpflichtete, Belgien zu Hilfe zu kommen.

Plötzlich befand sich Großbritannien im Krieg mit Deutschland, und infolgedessen das gesamte britische Empire. Die *Times* sagte voraus, dass der Konflikt bald nicht nur Großbritannien und Deutschland betreffen würde, sondern auch Frankreich, Belgien, Serbien, Österreich-Ungarn und Russland.

Grogan fuhr von der Station Turi aus mit dem Zug nach Nairobi, wo er am folgenden Morgen ankam. Bis dahin hatte sich der Zug mit Männern gefüllt, die es kaum erwarten konnten, Großbritannien zu Hilfe zu eilen, ganz gleich, worum es genau gehen mochte.

In Nairobi herrschte Karnevalsstimmung. Grogan ging schnurstracks zu seinem Büro in der Sixth Avenue. Die unteren Stockwerke des Regierungsgebäudes waren von Hunderten Freiwilligen belagert, die wissen wollten, wie sie das Mutterland unterstützen konnten. Sie waren auf Pferden und Mulis angereist, trugen alle denkbaren Waffen bei sich, vom uralten Steinschlossgewehr bis hin zu Jagdgewehren und Schrotflinten, und hatten Munitionsgürtel von den Schultern hängen.

Der alte Russel Bowker mit seinem fedrig dünnen Schnurrbart und seinem absurden Hut, der aus dem Kopf eines fauchenden Leoparden bestand, hielt einer Gruppe Männer vor der Eingangstür eine flammende Rede.

Oben in seinem Büro erwartete Grogan ein gehetzt wirkender Philip. »Gott sei Dank, dass du da bist«, sagte er, als Grogan eintraf. »Der Gouverneur will wissen, was wir für den Krieg bereitstellen können. Er hat gesagt, Britannien brauche Holz, Getreide und Fleisch. Was sollen wir tun?«

»Beruhige dich, Philip. Ich weiß es noch nicht. Ich muss erst mit den anderen sprechen – Delamere und so weiter.«

»Die findest du im Muthaiga Club. Die Siedler benutzen ihn als Hauptquartier. Nach allem, was ich gehört habe, planen Delamere und einige andere offenbar, eigene Truppen aufzustellen.«

Grogan nickte. »Ich gehe direkt dorthin. Schick jemanden nach Chiromo, damit Gertrude Bescheid weiß, dass ich später komme.«

»Was soll ich den Leuten des Gouverneurs sagen?«, jammerte Philip.

»Wenn sie wiederkommen, halte sie hin«, erwiderte er.

Philip begann zu protestieren, doch sein Bruder war schon zur Tür hinaus verschwunden.

Die Kinder spielten um die Rotunde, als Grogan kurz vor Sonnenuntergang nach Hause kam. Sie stürmten auf ihn zu wie eine Herde langbeiniger Gazellen. Er fing die Mädchen – Emma war jetzt sieben, Sarah fünf Jahre alt – mit ausgebreiteten Armen auf, während die Jungen stehen blieben und warteten, bis sie an die Reihe kamen.

Edmund war vierzehn und erst kürzlich für die Dauer der Schulferien aus London angereist. Während seiner Abwesenheit war er noch unabhängiger und störrischer geworden, stellte Grogan fest. Der Tadel seines Vaters, wenn er sich in ein Buch vergrub, statt draußen etwas zu erleben, wie sein Bruder Nicholas es tat, wann immer er konnte, schien ihm nichts mehr auszumachen. Gertrude stellte sich hinter ihn und erlaubte Grogan nicht, den Jungen von seinen Interessen abzubringen, die darin bestanden, sich immer weiter zu verbessern, indem er auch in den Schulferien lernte. Edmund blieb schüchtern stehen, während sein Vater ihm das Haar zerzauste und ihm auf die Schulter klopfte.

Nicholas, zwei Jahre jünger, konnte nie stillhalten, und

nun sprang er seinem Vater auf den Rücken, während der sich bückte, um die beiden Mädchen wieder abzusetzen. Er klammerte sich fest wie ein Affe, bis Grogan ihn herunterpflückte und spielerisch mit ihm rang.

»Du bist wieder da«, sagte Gertrude, die den Gartenpfad entlangkam. Sie lächelte, doch Grogan sah ihr an, dass sie sich des Kriegsausbruchs bewusst war und sich deshalb Sorgen machte.

»Ja, bin ich«, erwiderte er freundlich und küsste sie auf die Wange.

»Ich habe dich schon erwartet, aber da du nicht auf der Stelle hier warst, sobald die Nachricht vermeldet wurde, habe ich angenommen, du hättest noch nichts davon erfahren.«

»Erst gestern. Nachrichten erreichen das Mau Escarpment eben nur langsam.«

»Was für Nachrichten, Papa?«, fragte Emma und hob das sommersprossige Gesicht ihrem Vater entgegen.

»Ach, mein kleiner Fratz«, sagte er und zupfte spielerisch an einem ihrer Zöpfe, »die Nachricht von den fliegenden Elefanten, die in Uganda leben.«

»Sind das die, die Onkel Quentin jagt?«

»Ja«, sagte Gertrude, »genau die. Jetzt lauft und spielt weiter, ich möchte mich mit eurem Vater unterhalten.«

Die drei jüngeren Kinder schossen zur Rotunde davon. Edmund folgte ihnen gemächlicheren Schrittes.

»Ich war draußen im Club, um in Erfahrung zu bringen, was Delamere über die Lage weiß«, erklärte er, während sie auf das Haus zugingen. Grogan war sich plötzlich der Tatsache bewusst, dass er und Gertrude sich nur noch selten an den Händen hielten, wie sie es früher stets getan hatten. Vielleicht war es seine bevorstehende Abreise, die ihn so lebhaft daran erinnerte.

»Und wie genau *ist* die Lage? Aus der Presse ist nichts weiter zu erfahren.«

»Wir werden dem Krieg nicht entrinnen, fürchte ich, meine Liebste.«

Sie senkte den Blick und trat im Gehen eine Nuss vor sich her, die von einem Baum gefallen war. »Ich nehme an, du wirst gleich losstürmen und dich zum Dienst verpflichten?«

Er hatte darüber nachgedacht, wie er auf den Aufruf reagieren sollte, seit er davon gehört hatte. »Ich kann nicht untätig herumsitzen, während meine Landsleute in den Krieg ziehen, Gertrude.«

»Warum nicht? Du bist vierzig Jahre alt, und du hast deinen Dienst bereits im Matabele-Krieg geleistet.«

»Das war etwas anderes. Das war Cecil Rhodes' Feldzug. Dies ist eine Bedrohung für Großbritannien. Für das ganze Empire und auch für unser Zuhause hier.«

Gertrude seufzte. »Ein paar Tage lang hatte ich noch Hoffnung. Während ich auf dich gewartet habe, dachte ich, ich könnte mich irren; ich hatte gehofft, du würdest erkennen, dass du eine Familie zu beschützen hast, und hier bei uns bleiben.«

Er wollte ihr lieber noch nicht sagen, dass er sie alle heim nach England schicken würde, um sie in Sicherheit zu bringen.

»Hast du vor, dich einer dieser albernen Einheiten anzuschließen, die sich überall bilden?«, fragte sie. »Wie nennen die sich gleich? Nach irgendwelchen Frauen und Pferden?«

»Nein. Ich glaube nicht, dass meine Fähigkeiten darin liegen, mit einem bunt zusammengewürfelten Haufen über die Savanne zu jagen. Ich habe draußen im Muthaiga Club kurz mit Meinertzhagen gesprochen.«

»Meinertzhagen. Colonel Meinertzhagen – ist das nicht

der Mann, der bekannt geworden ist, weil er einen Nandi-Häuptling erschossen hat, während er ihm unter der Waffenstillstandsflagge die Hand reichte?«

»Das ist lange her, Gertrude. Wer weiß, welche Umstände ihn dazu bewogen haben.«

»Nun, hat er ähnliche Tricks für dich im Ärmel?«

»Er möchte, dass ich mich seinem Nachrichtendienst anschließe.«

»Nachrichtendienst. Du meinst, du sollst spionieren? Ewart, wenn sie dich ertappen, erschießen sie dich.«

»Gertrude, um Himmels willen, sei nicht so melodramatisch.«

»Melodramatisch? Wie kannst du es wagen, mich so einfach abzutun? Sieh dir diese vier Kinder da unten an« – sie wies auf die Rotunde – »und sag noch einmal, es sei melodramatisch von mir, ihren Vater darum zu bitten, dass er zu Hause bleibt und sie beschützt. Wenn hier irgendjemand melodramatisch ist, dann bist du das – in deinem Alter noch den Pfadfinder spielen zu wollen!«

Sie lief ins Haus und schlug ihm die schwere Tür vor der Nase zu.

Grogan stürmte ihr nach, das Gesicht vor Wut verzerrt. »Wag es nie wieder, mir die Tür vor der Nase zuzuschlagen, Gertrude. Solange ich der Mann in diesem Haus bin, treffe ich die Entscheidungen in solchen Angelegenheiten.«

»Ich akzeptiere die Tatsache, dass du der Mann in diesem Hause bist. Aber früher haben wir Angelegenheiten, die die ganze Familie betrafen, gemeinsam besprochen. Jetzt redest du mit deinen Freunden im Club und tust einfach, was du willst.«

Er erschrak über ihren Vorwurf, denn er musste erkennen, dass sie damit recht hatte. Aber das besänftigte ihn keineswegs, sondern machte ihn auch noch zornig auf sich selbst, was seine Laune nicht besserte.

Gertrude fasste sein Schweigen als Reue auf und senkte die Stimme. »Ewart, einst hast du für mich ganz Afrika durchquert. Kannst du mich nicht wenigstens in Entscheidungen einbeziehen, die so schwerwiegend für unsere Familie sind?«

Grogan verabscheute sich selbst dafür, dass er sich so rüpelhaft und dumm benahm. Sein Zorn kochte hoch, und er explodierte. »Ha!«, rief er aus, und es klang wie eine Parodie seines sonst so herzlichen Lachens. »Für dich ganz Afrika durchquert? Ist das dein Ernst, Gertrude? Du sprichst von Reife und Vernunft und begreifst nicht einmal die einfache Tatsache, dass ich für die Königin von Kapstadt nach Kairo marschiert bin, für das Empire und um Rhodes' großartiger Pläne für die Eisenbahn willen. Mit anderen Worten, aus jedem erdenklichen Grund, außer für dich.«

Er wandte sich ab und stürmte hinaus.

Kapitel 56

Noch einmal«, sagte Jeevanjee. »Lies den Teil mit der Treulosigkeit noch einmal vor.«

Amir wandte sich mit grimmiger Miene wieder dem Leserbrief in der *Times of East Africa* zu. »*Als treuer Untertan König Georges kann ich nicht ruhigen Gewissens sch…*«

»Ruhigen Gewissens!«, fuhr Jeevanjee auf. »Was für ein Gewissen kann ein solcher Hund schon haben, da er genau weiß, dass diese Pläne gefasst wurden, lange bevor der Krieg ausbrach?«

Amir, der vor dem Schreibtisch seines Vaters stand, schwieg respektvoll.

»Weiter! Nur weiter!«, sagte Jeevanjee und wedelte mit der Hand durch die Luft.

»… kann ich nicht ruhigen Gewissens schweigen angesichts der Niedertracht, die ich in meiner eigenen Familie entdecken musste. Während wir loyalen Inder Seite an Seite mit unseren britischen Brüdern stehen, müssen wir wachsam gegen Sympathisanten aus unseren eigenen Reihen bleiben und unseren Kameraden versichern, dass wir bereit sind, mit ihnen gemeinsam das Empire vor Verrat zu schützen. Wir werden niemals so tief sinken, von Geschäften mit Feinden zu profitieren, ganz gleich, wie fern sie unseren Ufern sein mögen. Ich mache diese Angelegenheit öffentlich, in der Hoffnung, meinen Bruder überzeugen zu können, und bete

darum, er möge heimkehren in den Schoß des British Empire.
Es schmerzt mich, bekennen zu müssen, dass Mr. Alibhai Jeevanjee die Hand des Empire gebissen hat, die ihn fütterte.
Hochachtungsvoll
Mr. T. (Tayabali) S. Jeevanjee, Mombasa.«

Amir faltete die Zeitung zusammen und legte sie wieder auf den Tisch.

Jeevanjee riss sie hoch und schleuderte sie durchs Zimmer. »Eine Schlange! Eine Schlange in meinem eigenen Haus!« Er stöhnte. »Was tut er mir nur an?«

»Ich habe bereits eine Erwiderung aufgesetzt, Vater, in der wir deutlich machen werden, dass wir unsere Vereinbarungen mit dem deutschen Unternehmen sofort aufgekündigt haben, als der Krieg erklärt wurde, und dass wir unsere Repräsentanten in Karachi angewiesen haben, dasselbe zu tun.«

»Ach, was nützen diese Briefe? Niemand wird uns glauben.«

»Wir werden eine öffentliche Entschuldigung von Onkel Tayabali verlangen.«

»Entschuldigung, Entschuldigung«, sagte Jeevanjee händeringend. »Der Schaden ist bereits angerichtet. Wer wird jetzt noch mit A. M. Jeevanjee & Co. Geschäfte machen wollen, während die Kriegstrommeln schon bis hierher zu hören sind?«

»Da ist noch mehr, Vater.«

»O nein. Was ist es diesmal?«

»Ein Drohbrief.«

»Von wem denn?«

»Er ist anonym.«

»Lies ihn«, verlangte er grimmig.

»An den verräterischen Jeevanjee – erwarte nichts Gutes auf See. Ein Verräter verdient Unglück.«

»Ist das alles?«

»Ja.«

Jeevanjee schüttelte betrübt den Kopf und überschlug wieder einmal den Wert der verlorenen Fracht. »Was sollen wir jetzt auf unseren drei prächtigen Schiffen transportieren, hm? Drei prächtige Fünftausend-Tonnen-Schiffe. Kann ein Mann denn dafür bestraft werden, dass er mit einem anderen Wirtschaftsunternehmen Geschäfte abschließt? Hat Britannien denn nicht selbst bis unmittelbar vor der Kriegserklärung Handel mit dem Kaiser getrieben? Haben das etwa alle schon vergessen?«

»Was sollen wir tun, Vater?« Amir setzte sich Jeevanjee gegenüber, der nun das Gesicht in den Händen barg.

Jeevanjee hob den Kopf und richtete sich in seinem Sessel auf. »Wir werden tun, was A. M. Jeevanjee & Co. immer tun – wir werden Handel treiben. Wir werden kaufen und verkaufen. Ich will Fracht – viele Ladungen Fracht. Von irgendwo nach irgendwo. Mauritius, Südafrika, Portugiesisch-Ostafrika. Überallhin.« Angesichts der unerwarteten Herausforderung hellte sich seine Miene auf. »Der Krieg war ein Rückschlag; jetzt machen wir eine Gelegenheit daraus.«

Das Gesicht war kantiger, die Figur hagerer. Grogan entdeckte ihn von der anderen Straßenseite aus; er lehnte am Türstock des Hauptquartiers der Freiwilligen, und obwohl er sich verändert hatte, war er unverkennbar.

»Hallo, Bruder«, sagte Quentin, gelassen lächelnd, als Ewart vor ihm stehen blieb.

»Quentin, dachte ich doch, dass du es bist. Wie geht es

dir?« Er zögerte kurz, ehe er die Hand ausstreckte. Sein Bruder drückte sie kräftig.

»Mir geht es gut«, sagte er. »Und dir?«

»Nicht schlecht.« Grogan bemerkte, dass sein Bruder dunkle Schatten unter den Augen hatte und eine hässliche Narbe oberhalb des Kiefers. Dann wurde ihm bewusst, dass er sie angestarrt hatte, und er wandte sich den Männern zu, die darauf warteten, sich freiwillig zum Militär zu melden – die Schlange reichte vom Empfangstisch bis zur Tür. »Sieht aus, als würdest du eine Weile warten müssen«, sagte er.

Quentin nickte. »Hätte mich auf dem Heimweg aus der Enklave doch nicht so zu beeilen brauchen, was?«, entgegnete er mit leisem Lachen.

»Warum kommst du nicht später wieder her?«

»Gute Idee, Bruder. Du kannst mir ja einen Drink ausgeben, wenn du möchtest.«

Grogan war ehrlich erfreut, ihn zu sehen, und mehr als neugierig, wie er wohl mit dem Eheleben zurechtkam. »Komm«, sagte er, »wir gehen zu Tommy.«

Auf dem Weg von der Sixth Avenue zum Wood's Hotel erkundigte Ewart sich nach Quentins Leben, in der Erwartung, etwas über Jessie zu hören. Aber sein Bruder sprach stattdessen ausführlich über den Elfenbeinhandel, die stark zurückgegangene Anzahl von Elefanten sogar in den wildesten Tiefen Afrikas und die beinahe täglichen Zusammenstöße zwischen Jägern und den Stämmen der Eingeborenen. Er sprach über alles Mögliche, das Ewart recht trivial fand, verlor aber kein Wort über seine Frau.

Schließlich, ein Bier in der Hand, konnte Grogan sich nicht mehr zurückhalten. »Und, Quentin, wie geht es deiner Frau?«

Quentin grinste ihn an. »Wovon, zum Teufel, sprichst du, Ewart? Welche Frau?«

»Was soll das heißen, welche Frau? Das ist eine ganz einfache Frage, Mann. Jessie natürlich.«

»Ach … Jessie …« Quentin ließ sich einen Schluck Whisky schmecken, und sein Blick wirkte nostalgisch, als freue er sich über die Erinnerung. »Jessie hätte ich beinahe vergessen. Süßes Ding.«

»Ja, verdammt, Jessie. Willst du dich über mich lustig machen? Ich …«

»Reg dich nicht auf, mein Bester. Mir war nicht klar, dass du dich überhaupt noch an sie erinnerst. Jessie und ich haben nie geheiratet. Sie ist nicht einmal mit mir nach Uganda gegangen.«

»Nicht? Aber ihr seid doch … Was ist passiert? Wo ist sie?«

»Was passiert ist? Sie ist in Londiani aus dem Zug gestiegen. Hat es sich wohl anders überlegt. Das Vorrecht der Frauen, wie man so sagt.« Er nippte an seinem Whisky. »Ich habe sie nie wiedergesehen, die Gute. Und wo sie jetzt ist? Vermutlich in Londiani.«

Grogan war wie vor den Kopf geschlagen und versuchte immer noch, die Ironie der ganzen Geschichte zu begreifen. Er war nur zwei Stunden von ihr entfernt gewesen, mindestens zwanzig Mal, wenn er sein Sägewerk und seine Farm in der Gegend besucht hatte. »Londiani«, murmelte er.

»Ja, Londiani«, sagte Quentin. »Welch eine Verschwendung. Stell dir nur vor, so eine Schönheit versauert da draußen mit den ungebildeten Bauernsöhnen und melkt Kühe, oder was immer Farmerstöchter da oben so tun. Ein Jammer.« Er schüttelte den Kopf und leerte sein Whiskyglas.

»Ja«, sagte Ewart und starrte zum nahen Bahnhof hinüber. Eine Menschenmenge sammelte sich in Erwartung des nahenden Zuges. »Man stelle sich nur vor.«

Der schwarze Rumpf des Schiffes ragte über der Familie Grogan auf, die sich an der Absperrung der Gangway zusammendrängte. Um sie herum eilten Männer in blau und weiß gestreiften Hemden zwischen den Passagieren umher, sortierten Gepäck und brachten es auf Handkarren fort. Uniformierte Offiziere überprüften Papiere und Schiffsfahrkarten und baten die Passagiere der ersten Klasse an Bord.

Das Schiffshorn tutete ungeduldig. Emma begann zu weinen.

Grogan hob seine Tochter auf den Arm, und sie klammerte sich wie ein Äffchen an seinen Hals. Sarah war bisher ganz zufrieden auf Gertrudes Hüfte gesessen, doch nun steckte sie den Daumen in den Mund, und eine Träne des Mitleids mit dem Kummer ihrer Schwester lief ihr über die runde Wange.

»Psst, Emma, nicht doch«, sagte Grogan. »Ihr werdet viel Spaß auf diesem riesengroßen Schiff haben, und schau mal, da drüben – siehst du?« Er zeigte auf die beiden Korvetten der Royal Navy, die in Küstennähe vor Anker lagen. »Diese großen Schiffe fahren mit euch um die Wette, den ganzen Weg bis nach England.«

Emma bemühte sich tapfer, zu lächeln, doch es gelang ihr nicht.

»So ist es brav. Also, ich möchte, dass du dich auf dem Schiff um deine kleine Schwester kümmerst. Machst du das für Papa? Und sei schön brav zu Nanny Redwood.«

Sie nickte.

»Ich möchte mich von deinen Brüdern verabschieden, und dann gebe ich dir noch einen Kuss, ja, Emma?«

Emma nickte erneut, und Grogan stellte sie neben ihrer Mutter ab und gab auch seinen Söhnen ein paar Worte mit auf den Weg.

Er fing Gertrudes Blick auf, die ihn beobachtete. Ihre Augen waren gerötet, und sie wirkte ausgezehrt von den anstrengenden letzten Tagen. Sie hatte ihm widerstrebend zugestimmt, dass es vernünftig war, die Kinder in die Heimat zu schicken, aber sie hatte sich strikt geweigert, selbst fortzugehen. Diese Entscheidung musste ihr sehr schwergefallen sein, aber sie hielt an ihrem Argument fest, dass ihr Platz an der Seite ihres Mannes war – Krieg hin oder her.

»Ihnen kann unterwegs nichts geschehen, Gertrude. Bitte mach dir nicht solche Sorgen«, sagte er und tätschelte die Hand, mit der sie Sarah an sich drückte. »Und Nanny Redwood wird gut auf die Kinder achtgeben, wie immer.«

»Das ist es nicht, Ewart. Ich habe nur daran gedacht, dass wir in den letzten Jahren so wenig Zeit zusammen verbracht haben, als Familie. So habe ich dich früher oft gesehen – umringt von deinen Kindern. Sie haben dich sehr vermisst.«

Grogan warf ihr einen finsteren Blick zu, um sie wissen zu lassen, dass dies nicht der passende Zeitpunkt für diese abgedroschenen alten Themen war. Er zog Sarah an sich und küsste sie, drückte sie dann Nanny Redwood in die stämmigen Arme und verabschiedete sich mit einer Umarmung und einem Kuss von Emma.

Das Schiffshorn stieß ein ernstes Brüllen aus.

Gertrude küsste hastig noch einmal alle ihre Kinder, blinzelte gegen die drohenden Tränen an und sagte: »Kommt, Kinder, es wird Zeit, dass ihr an Bord geht.« Sie suchte die Menge am Zugang zur Gangway ab, wo Nanny Redwood sich bereits aufgebaut hatte. »Miss Redwood? Ist alles Gepäck schon an Bord gebracht worden?«

»Jawohl, Madam«, kam die Antwort.

»Gebt eurem Papa noch einen Kuss«, sagte sie zu den Kindern und sah zu, wie sie Grogan der Reihe nach noch einmal umarmten und küssten.

Als ein Offizier die Kinder und Nanny Redwood auf der Gangway in Empfang nahm, klammerte Gertrude sich verzweifelt an Grogans Arm.

»Sie werden keine Kinder mehr sein, wenn wir sie wiedersehen, Ewart. Ich weiß es. Nie wieder.«

Kapitel 57

Colonel Richard Meinertzhagen hatte in den zehn Jahren, seit Grogan ihn im Zug von Nairobi nach Westen kennengelernt hatte, ein paar silbergraue Haare an den Schläfen bekommen. Damals war er unterwegs gewesen, um einen weiteren Nandi-Aufstand niederzuschlagen, und Grogan unternahm seine erste Reise zu den Zedernwäldern jenseits des Mau Escarpment.

Sie saßen allein in einem Zimmer in den Räumen der Landvergabe, die Meinertzhagen mit Beschlag belegt hatte. Der Colonel erklärte Grogan zunächst die Kommandostruktur und andere bürokratische Fragen der Spionageeinheit, die er anführte. Dann gratulierte er ihm zu seiner Erhebung in den Rang des Hauptmanns und stieß mit »Captain Grogan« auf die erfolgreiche Arbeit ihrer Einheit an.

»Ich habe gehört, dass Sie Ihr Haus als Hospital zur Verfügung gestellt haben«, bemerkte Meinertzhagen, als sie es sich mit ihren Drinks bequem machten.

»Ja, Gertrude und ich haben genug Platz im Gästehaus«, sagte Grogan. »Wir brauchen die vielen Zimmer von Chiromo eigentlich nicht mehr, jetzt, da wir die Kinder nach Hause geschickt haben.«

Es überraschte ihn immer noch, wie leicht es ihm gefallen war, das Heim seiner Familie nach sieben oder acht Jahren aufzugeben. Für Gertrude war das etwas anderes gewesen, sie hatte eine Ewigkeit in ihrem Schlafzimmer verbracht. Er hatte sie gesucht und sie dort gefunden; sie hatte weinend das Bett angestarrt.

»Verdammt feiner Zug, mein Bester. Noch einen?« Meinertzhagen hielt die Whiskyflasche hoch.

Grogan nickte und streckte ihm sein Glas hin.

»Verzeihen Sie die neugierige Frage, Richard, aber was hat Sie dazu bewogen, diesen Posten beim Geheimdienst anzunehmen? Soweit ich weiß, haben Sie bisher im Feld Karriere gemacht.«

»Das stimmt.« Meinertzhagen zögerte, als überlegte er, welche Antwort er Grogan geben sollte. »Ich könnte wohl sagen, dass dem Geheimdienst eine sehr wichtige Rolle zukommt, wenn wir unsere Chancen auf einen Sieg maximieren wollen, vor allem, indem wir die Schwächen und Fehler des Feindes finden und ausnutzen. Ich könnte auch sagen, dass Spionage ein legitimer Teil der Kriegsführung ist und dass es in diesem Fall Männer wie Sie und mich dafür braucht, die Afrika gut kennen.« Er nickte und gestattete sich ein schiefes Lächeln. »Und, wissen Sie, Ewart, im Grunde geht es darum: Wenn Sie Ihr Leben lang als Soldat gedient haben und dann feststellen müssen, dass Sie unter einem Schwachkopf dienen, dann stehen Sie vor einer harten Entscheidung. Ich habe mich dafür entschieden, mich vom Feld zurückzuziehen. Hier werden die Fehler, die ich mache, wenigstens meine eigenen sein.«

Meinertzhagen hatte unter General Aitken gedient, als sich unter den Mitgliedern des Muthaiga Club im Flüsterton Aitkens peinliches Versagen herumgesprochen hatte: Sein achttausend Mann starkes 29. Punjab-Regiment war von eintausend, überwiegend schwarzen Soldaten der deutschen Truppen vernichtend geschlagen worden.

»Ich habe von Aitkens Schnitzer bei Tanga gehört«, sagte Grogan.

»Schnitzer? Das war eine verdammte Katastrophe! Die Deutschen brauchen keine Verbündeten, wenn die Arroganz britischer Generäle ihnen einen solchen Vorteil verschafft.« Der Colonel schlug mit der flachen Hand auf den Tisch. »Aitken hat damit geprahlt, dass er von Lettow-Vorbeck und seinen ›Haufen dummer Neger‹ bis Weihnachten schlagen würde. Tja, diese ›Neger‹ – *askari* der Chagga und Nyamwezi – haben noch vor dem Mittagessen dreihundert von Aitkens Punjabis niedergemacht.«

»Ich habe auch gehört, dass ihnen ein riesiges Arsenal in die Hände gefallen ist, als Aitken sich zurückzog«, fügte Grogan hinzu.

»Hunderte von Büchsen, Maschinengewehre und sechshunderttausend Stück Munition. Ist das zu fassen? Damit kann von Lettow-Vorbeck weiterkämpfen, obwohl wir seine Nachschublinien von der See aus blockiert haben.« Er winkte ab. »Ach, vergessen wir das. Jammern wir nicht über Dinge, die nun einmal geschehen sind, Captain Grogan, für Sie und mich gibt es mehr als genug zu tun. Also, machen wir uns an die Arbeit, was?«

Meinertzhagen lehnte sich auf seinem Stuhl zurück und verschränkte die Hände hinter dem Kopf. »Da von Lettow dem Oberkommando bei Tanga durch die Lappen gegangen ist, gefällt ihnen jetzt die Vorstellung nicht, ihn kreuz und quer durch Deutsch-Ostafrika jagen zu müssen. Er hat sich bereits als grandioser Stratege erwiesen und könnte uns hier in Afrika noch eine ganze Weile beschäftigen, wenn wir uns nicht etwas Schlaues einfallen lassen. Je eher wir seine kleinen Spielchen abstellen, desto schneller können wir uns der eigentlichen Aufgabe widmen.

Wir brauchen die Belgier. Sie müssen von Westen in Deutsch-Ostafrika einmarschieren und uns helfen, von Lettows Streitkräfte von Osten aus in die Zange zu nehmen. Aber nun, da die Belgier uns in diesen verfluchten Krieg mit hineingezogen haben, halten sie sich offenbar vornehm zurück, was ihr Engagement im Kongo angeht.

Das Kolonialministerium hat dem Oberkommando nahegelegt, keinen Wirbel darum zu machen. Anscheinend machen die sich Sorgen, die Belgier könnten eigene Bestrebungen haben, ihr Territorium noch weiter auszudehnen. Wir wissen, dass sie ein Auge auf einige andere deutsche Kolonien geworfen haben und Ruanda und Urundi nur zu gern ihrer Sammlung hinzufügen würden.«

Er nahm eine Karte aus einem Schirmständer und entrollte sie auf seinem Schreibtisch. »Hier ist die letzte bekannte Position des belgischen Kommandos«, sagte der Colonel und deutete auf eine Stelle auf der Karte. »Jetzt sehen Sie, warum ich Sie für diesen Auftrag haben wollte.«

Die Gegend, auf die Meinertzhagen zeigte, war das Grenzland zwischen Deutsch-Ostafrika und dem Kongo, und die Stelle unter seinem Finger, an der sich der belgische Führungsstab aufhalten sollte, war genau die Stelle, wo Archie Battesby 1899 gelagert hatte, während Grogan einen neuen Vulkan erkundete und einen Kleinkrieg mit Kannibalen ausfocht.

Delamere wartete, während der Portier die schwere Holztür der Bank aufschob; er drückte sich den Tropenhelm auf den Kopf und stürzte sich in die feuchte Hitze des Vormittags in Mombasa. Im Stillen verfluchte er den Nackenschutz des Helms, der unter seinem Flanellhemd juckte, und beschloss, sich direkt in den Club zu begeben, der keine hundert Schritt entfernt lag, um ein leichtes Mittagessen einzunehmen und bei einem kalten Whiskysoda auf den Zug zu warten.

Er hasste Mombasa. Der alte arabische Handelshafen hatte ein unmögliches Klima und war voller träger Swahili, die es zufrieden waren, unter einem Mangobaum zu sitzen und zu warten, bis ihnen eine reife Frucht in den Schoß fiel, statt aufzustehen und etwas Nützliches zu tun.

Er kam am indischen Bazar mit seinem Gewirr aufgeregt feilschender Stimmen vorüber. Wenn er das so sah, musste er sich eingestehen, dass die Inder, so wenig er sie leiden mochte, den Eingeborenen noch ein, zwei Lektionen darin hätten erteilen können, wie man aus dem Nichts etwas aufbaut.

»Lord Delamere!«, rief eine Stimme hinter ihm.

Er drehte sich um und sah einen Inder im Nadelstreifenanzug mit einem roten Turban, der ihm zuwinkte und sich zu ihm durchdrängte. Delamere ignorierte ihn, setzte seinen flotten Marsch zum Mombasa Club fort und schwang dabei zackig seinen Gehstock.

Doch nun sagte der penetrante Quälgeist direkt an seinem Ellbogen: »Lord Delamere, mein Name ist Tayabali Jeevanjee, und da ist etwas, das Sie wissen müssen.«

Der Name kam Delamere bekannt vor, doch er brauchte einen Augenblick, um ihn einzuordnen. Er warf dem Burschen einen Blick zu, setzte aber seinen Weg zum Mombasa Club fort, wo ein kalter Drink und ein Deckenventilator im gedämpften Licht der von Palmen gesäumten Lounge auf ihn warteten.

»Sie sollten über meinen Bruder Alibhai Jeevanjee Bescheid wissen, Exzellenz. Das ist sehr wichtig für Ihre Kriegsführung, *sah*.«

»Was sagst du da?«, entgegnete Delamere. »Kriegsführung? Was redest du für einen Unsinn, Mann?«

Tayabali keuchte. Schweiß rann unter seinem Turban hervor und in seinen vollen schwarzen Bart. »Bitte, *sahib*, wenn

Sie so gütig wären, mich anzuhören. In Ihrem eigenen Interesse.«

Delamere blieb vor der Tür des Clubs stehen, und obwohl er es eigentlich besser wusste, sagte er: »Na schön, dann heraus damit, Mann, es ist verdammt heiß hier draußen.«

»Danke, Exzellenz.« Tayabali neigte mehrmals den Kopf. »Euer Lordschaft ist gewiss bekannt, dass mein Bruder drei Schiffe erworben hat.«

»Allerdings«, sagte Delamere zurückhaltend. Dass Jeevanjee seine Schifffahrtsgesellschaft stark vergrößert hatte, war nicht nur ihm, sondern auch jedem anderen im Protektorat sehr wohl bewusst. Selbst der Gouverneur hatte in aller Öffentlichkeit angemerkt, wie er sich freue, ›die bedeutenden Versorgungslinien neu belebt zu sehen‹, die das Land mit der Welt verbanden – und der Einfluss des Inders war einmal mehr gewachsen.

»Nun, es ist eine furchtbare Schande, von der ich Ihnen berichten muss, aber er nutzt die Schiffe nicht zu den Zwecken, die viele für löblich halten würden, *sah*. Er benutzt sie nicht dazu, unserem wunderbaren Land zu dienen – Ihrem und meinem, denn ich bin ein treuer Untertan Seiner Majestät, *sah*.«

Delamere gab ihm mit einem warnenden Blick zu verstehen, dass er ohne das Palaver zur Sache kommen solle. Tayabali senkte die Stimme und sagte hastig: »Die Deutschen, Euer Lordschaft.«

»Was ist mit den Deutschen?«, fragte Delamere stirnrunzelnd.

»Diese niederträchtigen Deutschen, *sah*. Er unterstützt sie. Mein Bruder schmuggelt Waffen und Vorräte für diese Schufte, *sah*.«

Die ganze Kolonie hatte sich darüber gewundert, wie es

dem deutschen Kommandanten immer wieder gelang, der Gefangennahme zu entgehen und auf zahlreichen Raubzügen über die Grenze in britisches Territorium hinein großen Schaden anzurichten.

»Unsinn«, sagte Delamere, ohne sich sein Interesse anmerken zu lassen. »Woher willst du so etwas überhaupt wissen?«

»Sind wir nicht eine Familie, er und ich, Exzellenz? Aber eine solche Schande darf in einem loyalen Hause wie dem unseren nicht geduldet werden. Und haben sich Exzellenz noch nie gefragt, wo seine anderen Schiffe jetzt sind? Sie sind nicht hier, nein, hier sind sie nicht.«

Delamere kehrte Tayabali den Rücken zu und ging zur Tür.

Tayabali lief ihm nach und schwatzte weiter auf ihn ein. »Sie sollten aber hier sein, um unsere Kriegsführung zu unterstützen. Ist es nicht so, Euer Lordschaft?«

»Pack dich mitsamt deinen Geschichten«, sagte Delamere mit einer wegwerfenden Geste, »sonst lasse ich dir vom Portier ein paar hinter die Ohren geben.«

Der Portier hielt ihm die Tür auf, und Delamere betrat die angenehm ruhige Atmosphäre des Mombasa Club, ohne Tayabali eines weiteren Blickes zu würdigen; Tayabali blieb vor der Türschwelle zurück und musste dem großen, finster dreinblickenden Wächter erklären, was er dort zu suchen hatte.

Delamere konnte solche Schwätzer und ihre Gerüchte nicht ausstehen, doch die Schwere der erhobenen Vorwürfe brachte ihn zu dem Schluss, dass es klug wäre, die anderen im Mombasa Club davon wissen zu lassen. Einige Mitglieder des Clubs wussten sicher gut darüber Bescheid, was im Hafen und auf den Schifffahrtsrouten so vor sich ging. Und selbstverständlich waren sie alle Gentlemen, doch manche unter ihnen würden nicht zögern, gewisse Elemente in ihrem Bekanntenkreis einzusetzen, um für Recht und Ordnung zu sorgen, falls denn Unrecht verübt worden sein sollte.

Mit großem Pomp zerschmetterte Jeevanjee eine Flasche Gin am Bug des ersten seiner drei neuen Dampfschiffe, der *SS Nairobi*, und schickte es auf seine Jungfernfahrt. Er hätte lieber Champagner genommen, aber es herrschte Krieg, und er wagte es nicht, der Presse weiteren Anlass zu bösen Kommentaren über ihn zu geben.

Amir hatte gute Arbeit geleistet und Jeevanjees verbliebene Anhänger aus dem Indian National Congress dazu gedrängt, dem Ereignis beizuwohnen. Er wollte den Reporter von der *Times of East Africa* mit einem Menschenauflauf beeindrucken, damit er darüber berichtete. Das war ihm gelungen. Am nächsten Morgen las Amir seinem Vater die Geschichte mit der Überschrift *Der indische Handelsmogul von Mombasa* vor. Jeevanjee war hocherfreut.

Weniger erfreut war er jedoch über die Fracht, denn der Laderaum war nur zu einem Viertel gefüllt und die Reise würde sich finanziell nicht lohnen. Dennoch war er entschlossen, zu beweisen, dass A. M. Jeevanjee & Co. noch im Geschäft waren. Hoffentlich würde das seinen Kreditgebern demonstrieren, dass sie sich um ihre Investitionen in sein Unternehmen nicht zu sorgen brauchten: Das Geschäft lief wie immer, die Fracht war unterwegs.

Drei Tage später erreichte ihn ein Telegramm aus Malindi – keine sechzig Meilen von Mombasa entfernt. *SS Nairobi vor Malindi auf Grund gelaufen. Erbitte Instruktionen.*

Er charterte ein Boot, um die Lage zu inspizieren, und fand die *Nairobi* unbeschädigt auf einem sandigen Riff vor;

von der Besatzung war niemand ums Leben gekommen. Er erfuhr sogar von einem indischen Matrosen, sie hätten das Schiff in so gemächlichem Tempo verlassen können, dass der Kapitän noch mehrmals zurück an Bord gegangen war, weil er etwas vergessen hatte.

»Was ist hier geschehen?«, fragte Jeevanjee den britischen Kapitän.

Der Mann zuckte mit den Schultern. »Wirklich seltsame Sache«, sagte er ohne eine Spur von Überzeugung. »Dieses Riff muss sich verschoben haben, seit ich zuletzt hier war.«

Jeevanjee konnte zwar nicht lesen, aber von Seekarten verstand er etwas. Das Riff war haargenau da, wo es schon immer gewesen war. Er kehrte nach Mombasa zurück und verlangte die Einsetzung einer Untersuchungskomission. Der für den Hafen zuständige Kommodore, ein Gründungsmitglied des Mombasa Club, erklärte jedoch, da die *Nairobi* unter indischer Flagge fahre, sei das Angelegenheit der indischen Behörden. Dieses Urteil bedeutete zu Kriegszeiten nichts anderes, als dass Jeevanjee keine Chance hatte, den mysteriösen Ereignissen auf den Grund zu gehen.

Sein nächstes Problem bestand darin, eine Bergung in die Wege zu leiten. Wieder machten ihm die Erfordernisse des Krieges einen Strich durch die Rechnung. Es standen keine Schlepper für die Bergung zur Verfügung, und sein Schiff schien dazu verdammt zu sein, den Krieg eine halbe Meile vor dem zauberhaften Strand von Malindi auszusitzen.

Jeevanjee war außer sich und musste für die beiden anderen neuen Schiffe, die binnen weniger Wochen in Mombasa ankommen sollten, völlig neu planen. Doch noch ehe eines seiner Schiffe in Mombasa anlegte, verlangten Pandit and Pavitt, seine Bankiers, die er nie auseinanderhalten konnte, dringend eine Besprechung.

Kapitel 58

Grogan sandte seine Männer nach Kisumu voraus, wo sie ihr Lager vorbereiten sollten, stieg in Londiani aus dem Zug und lieh sich ein Pferd. Als er die Anhöhe erklomm, riss ihm der Wind den Hut vom Kopf. Unter ihm breitete sich ein sanftes Tal mit weit verstreuten Rindern, einem schiefen Farmhaus, baufälligen Nebengebäuden und einem vernachlässigten Gemüsegarten aus. Er zügelte sein Pferd, stieg ab und sammelte seinen Hut wieder auf, während der Wind an seinen Hosenbeinen zerrte und drohte, ihm den Hut erneut vom Kopf zu blasen.

In Londiani war es immer so windig gewesen, erinnerte er sich. Vor allem auf Daltons Farm, wo der trockene Wind aus dem Großen Grabenbruch auf die kühle, feuchte Luft des Lembus Forest traf. Als er die Tür des Farmhauses erreichte, war er immer noch nicht ganz sicher, was er hier wollte, aber er klopfte trotzdem an.

Die Tür ging auf, und eine wildfremde Frau stand auf der Schwelle. »Jaa?«, fragte sie.

Grogan war wie vom Donner gerührt. Er hatte sich so gründlich für seine Begegnung mit Jessie gewappnet, dass ihm nun seine Lippen nicht gehorchen wollten. Alle möglichen Erklärungen schossen ihm durch den Kopf: Bruce Dalton hatte wieder geheiratet; eine Verwandte war zu Besuch; er hatte sich irgendwie im Haus geirrt – doch eine Erklärung war so unwahrscheinlich wie die andere.

»Kann ich was für Sie tun?«, fragte die Frau und blickte etwas besorgt den schweigenden Fremden an.

»Wer ist da, Edith?« Eine Männerstimme war aus dem Haus zu hören.

»Da ist … ich weiß nich'«, antwortete sie und wandte sich mit prüfendem Blick wieder Grogan zu.

Ein graubärtiger Bär von einem Mann erschien neben der Frau. »Hmmm?«, brummte er.

Grogan fand endlich die Sprache wieder. »Die … äh … Daltons …?«, stotterte er.

»Wie war das?« Der Mann legte eine Hand an die Ohrmuschel.

»Er sagt was von *Daltons*«, wiederholte die Frau laut.

»Ja«, sagte Grogan. »Ich suche die Daltons – Bruce und seine Tochter, äh, Jessie.«

»Ach, die Daltons«, sagte der Mann und nickte. »Oh … was ein Jammer. Verstorben.« Er schüttelte den Kopf.

»Vor ein paar Jahren«, fügte seine Frau mit trauriger Miene hinzu.

»Was? Das kann doch … Bruce *und* Jessie?«, fragte Grogan ungläubig.

»Jaa, so hieß er, genau. Bruce. Wasser in der Lunge, hab ich gehört. Hab die Farm von seiner Tochter gekauft. Wie hieß die noch, Edith?«

»Jessie«, entgegnete sie ebenso laut.

»Hmmm, jaa, Jessie.«

»Jessie ist also nicht … tot?«

»Nein! Nicht, dass ich wüsste«, sagte der Mann und rieb sich den Bart.

»Hab' gehört, sie hätt' ein Baby bekommen«, bemerkte Edith.

»So, ein Baby?«, sagte ihr Mann. »Das wusste ich nicht.

Na, da soll mich doch … Hat sie nicht geheiratet, diesen, wie heißt der gleich?

»Jaa, Tom, äh … Stimmt, Tom, den Burschen von der Bank in Nakuru.«

»Tom ist Vater geworden, was? Schön, schön.« Der Mann kratzte sich wieder den Bart.

»Mister?«, sagte er zu Grogan, als dieser sich abwandte. »Hmmm, wollen Sie nicht auf einen Tee reinkommen? He, Mister?«

Grogan schwang sich aufs Pferd und galoppierte wortlos davon. Der Schock über Daltons Tod war von der Erleichterung verdrängt worden, dass Jessie noch lebte. Nun war diese Erleichterung verebbt, und er wurde zornig, wusste aber nicht, warum. Vielleicht lag es daran, dass er es hinterhältig von Jessie fand, ihn nicht einmal wissen zu lassen, dass sie – erstens – Quentin nicht geheiratet und dann, zweitens, diesen Burschen von der Bank *tatsächlich* geheiratet hatte. Das erschien ihm irgendwie undankbar von ihr, obwohl er selbst Schwierigkeiten hatte, sich seine eigene Logik zu erklären.

Normalerweise gelang es ihm, seine Gedanken zu analysieren, wenn er eisern daran festhielt, und nach einer Weile kam er zu dem Schluss, dass er zornig auf sich selbst war. Er hatte seine Chance bei Jessie vertan, weil er sich nicht die Zeit genommen hatte, die Farm eines alten Freundes aufzusuchen. Wenn er Bruce besucht hätte, dann hätte er Jessie dort allein angetroffen. Und er hatte dies nicht getan, weil Dalton zu den vielen Freunden und Bekannten gehörte, die er auf seinem Weg nach oben abgelegt und zurückgelassen hatte.

Als er den Bahnhof erreichte, wurde er erst recht wütend, denn nun fiel ihm ein, dass der nächste Zug nach Kisumu erst in drei Tagen fahren würde.

Grogans Trägerführer Ibrahim, ein Somali, und die drei Swahili-Träger, die er an der Küste rekrutiert hatte, erwarteten ihn in dem kleinen Militärposten in Kisumu.

Sie brauchten drei weitere Träger für die Reise in den Kongo, und Ibrahim hatte sechs Anwärter gewonnen. Nachdem er ihnen unter Grogans strengem Blick ein paar Fragen gestellt hatte, wählte er drei aus, so dass Grogans kleine Truppe nun zehn Mann stark war, wenn man die drei bewaffneten *askari* mitzählte. Das war eine kleine Karawane, die sich schnell und lautlos durch den Busch bewegen konnte.

Grogan stürzte sich auf die letzten Vorbereitungen, zu denen auch eine Erprobungsfahrt mit dem Motorboot gehörte, das der hiesige Kommandant für die Fahrt über den Viktoriasee beschlagnahmt hatte. Die *Fifi* war ein breites Motorboot mit stählernem Rumpf mit wenig Tiefgang – diese Eigenschaft machte es gefährlich, den See bei schwerem Wetter zu überqueren; andererseits war sie so für das schwerbewaffnete Dampfschiff, mit dem die Deutschen den See terrorisierten, schwerer zu fangen.

Der französische Kapitän des Bootes war zweifellos erleichtert, den offenen See hinter sich zu haben, als er Grogan und seine Männer in dem kleinen Fischerdorf Bukakata absetzte. Sie verschwanden im hohen Gras des Sumpflands, das den Ort umgab. Ihr erster Auftrag bestand darin, Gerüchten nachzugehen, in dem Ort Mbarara, und letztlich vielleicht sogar in ganz Britisch-Uganda, stehe eine Invasion möglicherweise kurz bevor.

Grogan fand es unendlich befriedigend, endlich etwas Nützliches unternehmen zu können. Und obwohl er einst gesagt hatte, er wolle Zentralafrika nie wiedersehen, freute er sich, wieder hier zu sein. Das Gefühl hoher Gräser an nackten

Beinen; der erdige, feuchte Geruch des Sumpfes; der Adrenalinstoß bei Geräuschen, die flüchtende Tiere verursachten. Erinnerungen kehrten zurück, einige angenehm, viele auch verstörend, denn in jenen Tagen hatten Hunger und Durst oft einen Schleier des Leidens über die ansonsten so schöne Landschaft gebreitet.

Sie kamen an den ersten beiden Tagen gut voran, dann spürte Grogan die quälenden Gelenkschmerzen und die steigende Körpertemperatur, die einen Malariaschub ankündigten. Er verfluchte die Krankheit wegen der schlimmen Erinnerungen an seinen ersten Treck, wusste aber inzwischen, dass er sie nicht ignorieren durfte. Er beschloss, sich ein wenig Ruhe zu gönnen, und beschränkte ihren Marsch auf den frühen Morgen und den späten Nachmittag. So hatte er Gelegenheit, seine Männer gründlich einzuschätzen. Sie waren gut, aber er wusste, dass er erst unter starkem Druck erkennen würde, ob sie als Gruppe zusammenhielten.

Am sechsten Tag ließ die Malaria unter den starken Chinindosen endlich nach, und Grogan freute sich, dass er wieder ansehnliche zwanzig Meilen pro Tag in schwierigem Gelände zurücklegen konnte.

Bald öffnete sich das Land zu einer hügeligen Savanne, durchsetzt mit großen, runden Felsbrocken, auf denen sich Paviane versammelten, um die Eindringlinge wüst zu beschimpfen, und in deren Schutz seine Männer abends den Überfluss an frischem Fleisch genossen, den das weite Grasland bot.

Dorfbewohner starrten sie an, wenn sie vorbeimarschierten. Hin und wieder sandte ein Häuptling einen Sprecher vor, der sich vorsichtig näherte, um sich zu erkundigen, ob es wahr sei, dass die Watussi sich im Süden zu einem Großangriff sammelten.

Grogan hatte sich Mbarara als größeren Ort vorgestellt, sah nun jedoch, dass es kaum größer war als ein Eingeborenendorf, zu dem eben auch einige europäische und indische Kaufleute gehörten.

Ein junger Engländer in kurzer Khaki-Hose und langen weißen Socken brachte Grogan durch seine Angewohnheit, sich ständig den Schweiß von den feuchten Brillengläsern zu reiben, und durch sein unerträglich herrisches Auftreten sofort gegen sich auf. Er stellte sich als der örtliche Verwaltungsbeamte vor und geleitete Grogan und seine Männer durch eine Gruppe von Dorfbewohnern, die sich versammelt hatten, um die Neuankömmlinge zu sehen. Sobald sie sein Büro betreten hatten, wollte der Verwaltungsbeamte Einzelheiten über die bevorstehende deutsche Invasion sowie über die Watussi im Süden wissen, die bereits über die Hügel auf sie zuschwärmten.

»Mr. Smith«, begann Grogan.

»Smythe«, verbesserte der Mann ihn.

Grogan ignorierte die Unterbrechung. »Die Watussi befinden sich mindestens zweihundert Meilen südlich von hier. Und der Grund dafür, dass sie dort sind und nicht hier, besteht darin, dass sich zwischen ihnen und uns ein großes Tsetsefliegen-Gebiet befindet.«

Smythes kurzsichtige Augen blinzelten verständnislos.

Grogan erkannte, dass er ausführlicher werden musste. »Sie sind aus demselben Grund heute nicht in Mbarara«, fügte er also hinzu, »aus dem sie noch nie hier waren. Wie Ihnen vermutlich bekannt ist, bedeutet ein Fliegengebiet für Vieh den sicheren Tod, und da die Watussi keinen Tag lang ohne ihr geliebtes Vieh irgendwohin ziehen würden, kann ich Ihnen versichern, dass Sie eine Watussi-Invasion hier nicht zu befürchten brauchen.«

Smythe nahm seine Brille ab und wischte hastig daran herum. »Aber …«, begann er.

»Was die Deutschen angeht«, fuhr Grogan fort, »kann ich Ihnen noch nichts Genaues sagen. Das ist einer der Gründe, weshalb ich hier bin. Ich werde das Gebiet südlich von hier erkunden. Falls es etwas zu berichten gibt, werden Sie es erfahren.« Er erhob sich, um anzudeuten, dass die Unterhaltung hiermit beendet sei. »Wenn Sie mich bitte entschuldigen würden, ich muss mich jetzt um meine Leute kümmern.«

»Captain Grogan«, rief Smythe ihm nach, als Grogan bereits die Tür erreicht hatte.

»Ja?«

»Sie wissen vermutlich nichts davon, aber das Terrain südlich von hier ist sehr rauh. Man spricht sogar von Kannibalen.«

Grogan nickte. »Danke, Mr. Smith. Ich werde daran denken.«

Der junge Soldat, der vor ihr im Bett lag, erinnerte Gertrude an Grogan, als der etwa in diesem Alter gewesen war. Sein jungenhaft gutes Aussehen ließ ihn viel jünger wirken als etwas über zwanzig. Sein Haar war blond und seitlich gescheitelt, genau wie Ewarts. Als er jedoch die Augen öffnete, verschwand jegliche Ähnlichkeit. Die Augen des Soldaten waren braun und voller Angst.

Der junge Mann gehörte zu den Fusiliers. Fuseliere, wie Ewart sie gern nannte. Er hatte ihr erzählt, sie wären berüchtigt für ihre Tapferkeit und ihre Trunkenheit, und wegen der individuellen Gestalten, aus denen sich ihre Reihen zusammensetzten, galten sie als die ungewöhnlichste Einheit in der Geschichte des britischen Militärs. Zu den Fusiliers gehörte der amerikanische Millionär Northrup MacMillan mit einem meterlangen Schwert am Gürtel und der dazu passenden Persönlichkeit, der sein Vermögen mit rumänischem Öl und malaiischem Gummi gemacht hatte; der zähe alte Grenzsiedler Frederick Selous, über sechzig Jahre alt, den Grogan beim Kampf gegen die Ndebele in Südafrika kennengelernt hatte. Texas-Ranger, arktische Robbenwilderer, Veteranen der französischen Fremdenlegion und ein ehemaliger Diener aus dem Buckingham-Palast. Sogar ein Akrobat und ein Clown gehörten dazu – von einem Wanderzirkus entlaufen.

Im Vergleich dazu sah dieser junge Mann ganz gewöhnlich aus, bis auf die Tatsache, dass er im Sterben lag.

Sein Krankenzimmer war Chiromos ehemaliger Salon. Die Gemälde, Brokatvorhänge und andere Kostbarkeiten waren entfernt worden. Nur die terracottafarbenen Wände erinnerten Gertrude noch daran, was dieser Raum einst gewesen war.

Sie saß am Bett des jungen Mannes, wie in jedem wachen Augenblick seit Tagen, und tupfte ihm den Schweiß von Gesicht und Brust. Sein Gesicht war inzwischen gelb verfärbt. Schüttelfrost ließ ihn krampfhaft zittern, und er übergab sich immer wieder, obwohl sein Magen längst leer war. Seine Lider flatterten, doch die Anstrengung, die Augen zu öffnen, war zu viel für ihn. Die Ärzte sagten, sie könnten nichts mehr für ihn tun. Sie erklärten, wenn das Schwarzwasserfieber die Nieren angegriffen hätte, wie in diesem Fall, dann sei nichts mehr zu machen.

Gertrude konnte das nicht hinnehmen. Sie hatte das Gefühl, als könnte sie ihn durch schiere Willenskraft retten. Also saß sie an seiner Seite und befahl ihm, kraft ihres Willens zu leben.

Der junge Soldat hatte den Angriff auf Bukoba überlebt,

nur, um danach der Malaria und den späteren Komplikationen zum Opfer zu fallen. Die Presse schilderte die Schlacht von Bukoba am Westufer des Viktoriasees als großen Sieg und ein Anzeichen dafür, dass das Kriegsgeschehen sich zum Vorteil der alliierten Kolonisten wandte. Ohne Bukoba, so wurde in den Artikeln erklärt, würde es den Deutschen nie gelingen, die Belgier zurückzuhalten; sofern die Belgier sich denn endlich entschließen würden, in den Krieg einzugreifen.

Im Gegensatz zu vielen anderen Frauen, deren Ehemänner, Brüder und Väter in den Krieg gezogen waren, hatte Gertrude keine Ahnung, wo Ewart sein mochte. Er durfte ihr nicht schreiben, wenn er auf einer seiner geheimen Missionen war, und dieses Nichts an Information bedeutete, dass jede blutige Auseinandersetzung an jedem beliebigen Schauplatz möglicherweise ihn betraf. Sie seufzte und versuchte, diese Gedanken aus ihrem Kopf zu vertreiben.

Sie griff zum Handtuch und wollte dem jungen Mann die Stirn abtupfen, als sie bemerkte, dass er sie anstarrte. Sie lächelte ihm zu, doch dann erkannte sie, dass sein Blick starr und leer war.

Sie wusste, dass sie das nicht tun sollte, aber sie erlaubte sich eine einzelne Träne, ehe sie das dünne Laken anhob, um sein Gesicht zu bedecken.

Kapitel 59

Grogan und seine Männer bestiegen drei solide Kanus und nahmen es mit den manchmal turbulenten Wassern eines Flusses auf, der sie hinab zum Kagera bringen würde. Als Grogan diesen Fluss überquerte und damit Deutsch-Ostafrika betrat, überschritt er die Grenze zwischen Kombattant und Spion. Wenn er jetzt ertappt wurde, würde man ihn nicht gefangennehmen, sondern erschießen.

Er führte seine Männer durch feindliches Territorium; sie marschierten vor allem bei Nacht, und tagsüber führten sie kurze Erkundungstouren durch. Sie gierten nach frischem Fleisch, verzichteten aber darauf, Wild zu schießen und Kochfeuer zu entzünden, um ihre Position nicht zu verraten.

Sie fanden nur ein kleines deutsches Kommando, das an der Grenze patrouillierte, aber die Männer waren auf dem Weg gen Osten und, so vermutete Grogan, auf dem Weg in ihr Basislager. Er beschloss, seine Erkundung des nördlich gelegenen Gebietes abzuschließen und dann nach Osten weiterzuziehen, um die Position der Deutschen festzustellen, wenn das möglich war.

Nach einer Woche befanden sie sich tief im Territorium Deutsch-Ostafrikas. Anscheinend herrschte in dem von Gebüsch geprägten Gebiet gerade eine Dürreperiode. Wild war selten, und die kleinen Bäche, an denen sie ihre Wasserkanister auffüllten, waren bald vertrocknet. Grogan mied größere Wasserlöcher, weil es wahrscheinlich war, dass die deutschen

Patrouillen diese überwachten, aber nachdem sie tagelang keine andere Wasserquelle hatten finden können, beschloss er, dass sie es riskieren mussten.

Sie fanden ein geeignetes Wasserloch und beobachteten es den ganzen Tag lang aus dem Schutz niedriger Bäume auf einem Hügel. Da sie bis zum späten Nachmittag nichts Verdächtiges entdeckt hatten, übertrug Grogan Ibrahim die Verantwortung und lief mit zwei Trägern und den Wasserkanistern zu dem Wasserloch hinunter.

Sobald er sich auf der Ebene dem Wasserloch näherte, überkam ihn dieses alte, vertraute Gefühl, das ihn vor unmittelbarer Gefahr warnte – die Härchen in seinem Nacken sträubten sich. Er bedeutete den Trägern, zu warten, und schlich vorsichtig weiter; alle seine Sinne waren darauf gerichtet, die Anwesenheit von Soldaten zu erspüren.

In der Nähe des Wasserlochs, wo der vertrocknete Schlick eine offene Fläche von etwa vierzig Schritt Breite hinterlassen hatte, hockte er sich ins hohe Gras und wartete. Niemand erschien. Er kehrte zu den Männern zurück und fragte sich, ob seine Fähigkeiten in den vielen Jahren, seit er zuletzt im Busch gewesen war, nachgelassen haben könnten.

Die Männer füllten rasch die Kanister auf, während Grogan Wache hielt und das umliegende Grasland nach der geringsten Bewegung absuchte. Als die Behälter beinahe voll waren, sagte er: »*Sowa, sowa*« – sie hatten genug Wasser und sollten jetzt gehen. Die beiden Träger verschlossen sorgfältig die Kanister und hoben sie sich auf die Schultern.

Grogan drehte sich um, um sie zu dem Versteck auf dem Hügel zu führen. Im Gras am Rand des trockenen Schlicks lauerte geduckt ein Löwe mit goldener Mähne. Seine Ohren zuckten, und seine gelb-grünen Augen, von der untergehenden Sonne zum Glühen gebracht, fixierten die drei Männer.

Grogan bedeutete den Trägern, langsam die Kanister abzusetzen, nahm das Gewehr von der Schulter und lud es.

Der Löwe verfolgte angespannt jede seiner Bewegungen. Aus seiner Zeit als Jäger wusste Grogan, dass das Tier zum Sprung bereit war und nur noch auf einen Auslöser wartete, der seinem Instinkt sagte, dies sei der perfekte Augenblick für den Angriff.

Obwohl ihm kaum vierzig Schritt blieben, um zu zielen und zu feuern, wenn der Löwe lospreschte, zweifelte Grogan nicht daran, dass er ihn mit seiner Dienstwaffe erlegen konnte. Das Problem war nur, dass der Schuss jeden Deutschen im Umkreis eines halben Tagesmarsches auf ihn aufmerksam machen würde. Er durfte nur schießen, wenn es absolut unerlässlich war.

Grogan vermutete, dass es sich um ein junges Männchen handelte, denn Fell und Ohren – die Stellen, die bei Kämpfen mit Beutetieren oder Rivalen als Erste verwundet wurden – wiesen keinerlei Spuren alter Verletzungen auf. Wenn er sich nicht verschätzt hatte, hatte das Tier vielleicht noch nicht ganz das Selbstvertrauen, das mit seiner vollen Größe einhergehen würde.

Langsam griff er nach seinem Filzhut und stülpte ihn auf den Lauf seines Gewehrs. Handbreit um Handbreit schob er das Gewehr über seinen Kopf, so weit seine Arme reichten. Wie er gehofft hatte, folgte der Blick des Löwen dem Hut über Grogans Kopf.

Nun begann er, das Gewehr hin und her zu schwenken, und versuchte gleichzeitig, das Grollen eines Löwen zu imitieren.

Das Tier am Rand des Grases blinzelte und leckte sich mit der Zunge über das Maul. Das war das Signal, um das Grogan gebetet hatte.

Er setzte nach und nutzte seinen Vorteil. Sein kehliges Knurren sagte dem Gegner, dass er ein zorniges Tier war, und der Hut und das Gewehr über seinem Kopf zeigten, dass er groß genug war, um die junge Goldmähne zu besiegen.

Die stahlhart hervortretenden Muskeln des Löwen entspannten sich, und mit einem letzten Seitenblick trollte er sich ins hohe Gras.

Grogan hörte ein Flüstern hinter sich, und als er sich umdrehte, um den Befehl zum Weitergehen zu geben, blickte er in die staunenden, weit aufgerissenen Augen seiner Träger.

Grogan und seine Truppe zogen eine weitere Woche lang ostwärts und suchten nach Hinweisen auf deutsche Präsenz, fanden aber nichts.

Inzwischen waren ihre *posho*-Vorräte fast aufgebraucht. Um das trockene Maismehl zu strecken, ergänzten sie es mit dem Protein, das sie mit bloßen Händen fangen konnten. Grashüpfer, Schlangen und allerlei anderes Getier wurden ausgeweidet, das Fleisch gedörrt und mit einer mageren Portion kaltem *posho* verzehrt.

Die tückische Malaria kehrte zurück und verschlimmerte Grogans ohnehin schon geschwächten Zustand; sie erinnerte ihn daran, wie schwierig dieses Klima und Terrain zu bewältigen waren, wenn das Fieber zuschlug. Es erinnerte ihn auch daran, dass es fünfzehn Jahre her war, seit er zuletzt eine körperlich so anstrengende Aufgabe bewältigt hatte. Er war gezwungen, drei Tage lang haltzumachen, um sich zu erholen.

Da ihre Vorräte gefährlich zur Neige gingen und von der befürchteten deutschen Invasion weit und breit nichts zu sehen war, entschied Grogan, dass es an der Zeit war, nach Westen zu ziehen, zu einem Stelldichein mit den Belgiern. Sobald sie die Grenze nach Uganda überschritten hatten, schickte er

Ibrahim und einen *askari* auf die Jagd. Sie kehrten mit einer Kuhantilope zurück, und zum ersten Mal seit einem Monat genoss der kleine Trupp eine Mahlzeit mit frischem Fleisch.

Als Grogan sechs Tage später Kigezi erreichte, schickte er einen Boten mit seinem Bericht nach Nairobi. Dann nahm er sich drei Tage Zeit, seine Vorräte aufzufüllen und seinen Männern, die ihn nun *Kapteni Simba* – Captain Löwe – nannten, eine wohlverdiente Pause zu gönnen, ehe sie in den Kongo aufbrachen.

Tom hatte ihr gesagt: »Alles zu seiner Zeit, mein Mädchen.« So war Tom eben. Er glaubte unerschütterlich daran, dass alles möglich war, wenn man der Sache genug Zeit ließ. Das lag daran, dass er so methodisch war. Ja, sogar penibel. Nichts konnte methodisch oder gut genug erledigt werden, wenn nicht genug Zeit dafür war.

»Alles kommt mit der Zeit«, hatte Tom gesagt, nachdem Jessie schluchzend in seinen Armen zusammengebrochen war und geklagt hatte, sie würde über einen so sinnlosen Verlust niemals hinwegkommen. Sie glaubte, es sei der Bankdirektor in ihm, der so sprach, doch sie nahm es ihm nicht übel. In gewisser Weise hatte er ja recht. Die Zeit war ihr Freund. Jeden Tag fühlte sie sich ein wenig besser, ein wenig stärker. Nach zwei Wochen war sie wieder so weit, Einkäufe in Kisumu erledigen zu können.

Als Tom zurück an die Front musste, erlitt sie einen Rückfall und weinte fast Tag und Nacht. Doch auch diesen Schmerz hatte die Zeit gelindert, und jetzt weinte sie nur noch selten. Die Zeit hatte die schmerzliche Trauer um ihr Baby Tom zu einer Art Taubheit abgestumpft.

Sie betrachtete das winzige blaue Strickjäckchen, das kaum ihre Hände bedeckte. Sie drückte es sich ins Gesicht und roch daran. Er hatte das Jäckchen nur ein Mal getragen – zu seiner Taufe. Es hing noch ein schwacher Hauch von Babyduft darin, doch auch den würde die Zeit bald mit fortnehmen.

Es war gut, dass sie all seine Kleider einpackte. Sie erinnerten sie ja doch nur an ihr Baby. Sie würde sie niemals wieder brauchen, selbst wenn sie irgendwann noch ein Baby bekommen sollte. Das Jäckchen war beinahe das letzte Kleidungsstück, und die große Keksdose war nicht einmal voll. Die Sachen einzupacken war die letzte Aufgabe, die sie sich gestellt hatte, ehe sie sich als Freiwillige beim Roten Kreuz melden würde. Der Dienst würde ihre Trauerzeit beenden und ihrer Seele erlauben, sich wiederherzustellen.

Sie strich das blaue Häubchen auf dem Tisch glatt, hob es dann wieder hoch und stülpte es über ihre Faust. Mit der anderen Hand zog sie die kleinen Bänder zusammen und drehte die Faust hin und her. Sie lächelte bei der Erinnerung an Toms faltiges Gesicht und seine milchigen blauen Augen, fest zusammengekniffen, während er versuchte, mit den kleinen Fäusten seinen Mund zu finden.

Zeit. Mit der Zeit würde sie sich wieder heil und ganz fühlen.

Sie zog das Häubchen von ihrer Hand und legte es auf die anderen Sachen in der Keksdose. Nach einem letzten Blick darauf schloss sie den Deckel und ließ ihre Tränen auf das Blech tropfen.

Kapitel 60

An den Weg am Rutchuru-Tal entlang erinnerte er sich sehr gut. Jenseits der schimmernden Salzflächen im Süden erhoben sich dicht bewaldete Hügel unterhalb der drei Vulkane Götzen, Battersby und Eyres. Grogan wusste, dass auf diesen grausamen Hängen einst die Baleka-Kannibalen gehaust hatten, die vielleicht sogar jetzt noch die umliegenden Stämme terrorisierten; und jenseits davon lebten die eleganten, tanzenden Watussi und die scheuen Pygmäen. Dort lag auch der wunderschöne Kiwusee, dessen kaltes, tiefblaues Wasser mit den tausend verstreuten Inseln darin Balsam für seine vom Salz brennenden Augen gewesen wäre.

Der Anstieg in die dünne Luft der Berge bremste ihr Tempo, und das scharfkantige Lavagestein zerfetzte ihre Stiefel. Alle diese Prüfungen waren vergessen, als sie einen dicht bewaldeten Hügel umrundeten und sich ihnen plötzlich der Kiwusee in seiner ganzen Pracht darbot. Ibrahim, die Träger und die *askari* – Männer, die von einem schweren Leben abgehärtet waren, in dem man verständlicherweise die Schönheit der Landschaft, durch die man sich gerade bewegte, nicht weiter beachtete – waren hingerissen.

Grogan ließ sie den Anblick genießen. Er empfand so etwas wie Besitzerstolz auf diese Aussicht und einen kaum verhohlenen Stolz, dass er es gewesen war, der die Männer hierher geführt hatte. Die Szenerie und die Freude der Männer über diesen Anblick ließen Erinnerungen an den Mann lebendig werden, der mit fünfundzwanzig Jahren hier vorbeimarschiert war, um sich der Frau, die er liebte, würdig zu erweisen. Plötzlich hatte er ein schlechtes Gewissen, als er daran dachte, welch unverzeihlichen Schmerz er Gertrude mit seiner hasserfüllten Bemerkung zugefügt haben musste, er hätte Afrika aus allen möglichen Gründen durchquert, nur nicht für sie. Er fühlte sich elend, wenn er daran zurückdachte. Er fragte sich, welcher Dämon ihn geritten haben mochte, dass er eine so abscheuliche Lüge über die Lippen gebracht hatte.

Vielleicht war es die Schönheit des Kiwusees, die dafür sorgte, dass er Einsicht in die Fehler der Vergangenheit erlangte, denn plötzlich standen sie ihm lebhaft vor Augen.

Er erkannte, dass er in den vergangenen Jahren kaum noch Zeit mit seinen Kindern verbracht hatte. Während er einst große Freude daran gehabt hatte, mit ihnen zu spielen und sie mit seinen Zaubertricks zu unterhalten, hatte er sie in letzter Zeit kaum mehr eines Blickes gewürdigt. Es gab immer etwas Dringenderes, etwa sein Wirtschaftsimperium und sein besessenes Interesse an der Welt der Politik. Er hatte nie genug Zeit, sich hinzusetzen und seinen Kindern beim Spielen zuzusehen.

Und was war mit ihm und Gertrude geschehen? Als er sich zuletzt am Anblick des Kiwusees erfreut hatte, war es ihm schmerzlich bewusst gewesen, diese Schönheit nicht mit der Frau teilen zu können, die er liebte. Quer durch Afrika hatte er nicht einen Schritt getan, ohne an Gertrude zu denken.

So weit fort in einem Dschungel, der so liebliche Erinnerungen an sie weckte, stellte er bestürzt fest, dass er sich nicht daran erinnern konnte, wann sie sich zuletzt geliebt hatten. Seine eigenen Bedürfnisse in dieser Hinsicht waren nicht unerfüllt geblieben – eine Tatsache, die ihr schmerzlich bewusst sein musste. Ihm schienen sich ständig Frauen anzubieten, und obwohl er sich vage an frühere Vorsätze erinnerte, sich zu ändern, schwor er jetzt einen feierlichen Eid auf die Vulkane, die ihn umringten, dass er von nun an seiner Gertrude treu bleiben und versuchen würde, das Glück wiederzufinden, das sie bei ihrer Ankunft in Afrika geteilt hatten.

Grogan hatte keine Schwierigkeiten, Archie Battersbys alte Lagerstätte zu finden, und ein paar Meilen weiter lag das belgische Hauptquartier unter dem Kommando von Colonel Henri, einem der belgischen Offiziere, die er auf dem Nil kennengelernt hatte.

Henri drückte Grogan an sich und küsste ihn herzlich auf beide Wangen. Nach einigem Schulterklopfen und zotigen Bemerkungen über die gute alte Zeit setzten sie sich zusammen und unterhielten sich.

Henri erzählte ihm, dass die Belgier fünfzehntausend Mann, davon zweihundertfünfzig Offiziere, im Kongo stationiert hatten, die nur auf die Erlaubnis des Kolonialministers warteten, in den Krieg einzugreifen.

Grogan pfiff anerkennend. Das war mehr als sämtliche Truppen, die derzeit in Britisch-Ostafrika zur Verfügung standen, selbst mit dem Zustrom von Männern aus Südafrika und Nordrhodesien.

»Aber sie hier herauszubringen, wo wir sie gegen die Deutschen einsetzen könnten, ist schwierig. Sehr schwierig. Meine letzte Ablösung hat von Stanleyville bis hierher sechs Monate gebraucht. Die Hälfte der Männer haben wir verloren, ehe sie hier ankamen. Ruhr, Malaria, Schwarzwasserfieber. Andere waren zum ersten Mal in Afrika und völlig unvorbereitet und sind Löwen, Nilpferden, ja sogar Hyänen zum Opfer gefallen. Die Tsetsefliegen haben binnen weniger Wochen ihre

Pferde erledigt, und die Männer mussten alles selbst tragen.« Henry rieb sich das stoppelige Kinn. »Und wenn sie hier ankommen, können sie sich nicht einmal ordentlich satt essen. Ich bin sicher, dass die Kranken noch schneller sterben, weil unsere Rationen so kläglich klein sind.«

Grogan war schon aufgefallen, wie schäbig Henri und seine Offiziere aussahen. Das Lager machte einen ärmlichen Eindruck, und Henri bestätigte ihm, dass sie völlig unterversorgt waren.

Ein afrikanischer *askari* ging an dem Zelt vorbei, in dem Grogan und Henri sich unterhielten.

»Ist der Mann ein Manjema?«, fragte Grogan.

»*Oui*, ich weiß noch, wie Sie mir von ihnen erzählt haben, als wir uns auf dem Nil begegnet sind. Ich muss gestehen, dass ich Ihnen damals nicht recht glauben wollte. Aber jetzt … nun, als ich meinen ersten Ausfall nach Ruanda gemacht habe, habe ich ein paar Grenzposten eingenommen. In einem davon habe ich Logbücher gefunden und sie mitgenommen, wissen Sie? Um mehr daraus zu erfahren. Ich verstehe ein wenig Deutsch, aber ich konnte trotzdem nicht glauben, was ich da las: Schütze Sowieso vermisst, vermutlich gegessen.« Henri lachte nervös. »Es waren so viele. Damals wollte ich es nicht wahrhaben, aber jetzt …«

»Hm«, machte Grogan. »Die Lösung für Ihre Probleme scheint mir Nahrung zu sein.«

»*Absolument*«, bestätigte Henri. »Aber unsere Nachschublinien sind, wie würden Sie sagen …? Unglaublich.«

»Was ist mit Wild?«, fragte Grogan, doch dann fiel ihm auf, dass er auf dem Weg zum Kiwusee sehr wenig Wild gesehen hatte. 1899 war die Situation ganz ähnlich gewesen.

»Pah! Ein paar kleine Affen, mehr nicht. Meine Männer sind keine Jäger, und ich wage es nicht, die Manjema auf die

Jagd zu schicken, falls sie auf die Idee kommen sollten, sich ihr Fleisch in den umliegenden Dörfern zu holen.«

»Warum gehen Sie dann nicht in eine Stadt oder ein Dorf in Uganda und kaufen Vorräte ein, während Sie auf Ihren Nachschub warten? In Mbarara beispielsweise gibt es Handelsposten.«

»Tja, die Engländer mögen ein gutes Herz haben, aber ich bin sicher, die Geschäftsleute werden trotzdem ihr Geld verlangen.«

Grogan nickte. »Ich verstehe … Sie haben keine Pfunde.«

»*Sacrebleu, mon ami.* Wir haben nicht einmal *Francs!*«

Grogan wusste, dass er Henri nicht dazu würde überreden können, Truppen in den Kampf zu schicken, ehe die Männer zu essen bekamen. Ihren Hunger zu stillen war die dringendste Aufgabe, aber wenn sie eine effektive Front bilden sollten, würden sie eine kürzere Nachschublinie brauchen als quer durch die Wildnis von Belgisch-Kongo.

»Ich habe einen Vorschlag für Sie, Colonel Henri«, sagte er und richtete sich in seinem Stuhl auf, um eine gewachste Börse aus der hinteren Hosentasche zu ziehen. »Ich gebe dem Belgischen Oberkommando die Summe von einhundert Pfund für den Erwerb von Nahrungsmitteln im britischen Protektorat Uganda.« Er legte den Hundertpfundschein auf den Tisch.

Henri zog die Augenbrauen hoch und rutschte auf die Stuhlkante vor.

»Das wird Ihre Lage vermutlich erst in einem Monat verbessern, also werde ich bis dahin mit ein paar meiner *askari* und fünfzig Ihrer Träger losziehen und Ihnen ein paar Tonnen Fleisch beschaffen, das Sie über die Runden bringen wird.«

»Und weiter, Captain? Ich bin durchaus interessiert.«

»Im Austausch für das Fleisch und die bessere Nachschublinie über Uganda werden Sie mich nach Kampala begleiten, um mit Gouverneur Frederick Jackson über die belgische Beteiligung am Krieg gegen die Deutschen zu verhandeln.«

Colonel Henri klopfte Grogan auf die Schulter und umarmte ihn obendrein nach französischer Art, als er ins Lager zurückkehrte. »*Mon ami*«, sagte er, Freudentränen in den Augen, »Sie haben die Ehre des Regiments gerettet.«

»Gern geschehen, Colonel. Die Belgier und die Briten stehen doch in diesem Krieg Seite an Seite.« Grogan hatte das primäre Ziel seiner Mission nicht vergessen. »Nilpferde waren leichter zu finden als Elefanten, ich hoffe, das macht Ihnen nichts aus.«

»Nicht doch, Ihr wunderbares Nilpferdfleisch wird uns ja schon seit drei Wochen ins Lager gebracht. Es wäre eine schreckliche Schande für Belgien gewesen, wenn unsere Soldaten auf unserem eigenen Territorium verhungert wären, nicht wahr?«

»Allerdings, Colonel.«

»Ich stehe in Ihrer Schuld, Captain«, sagte er. »Was kann ich für Sie tun?«

»Die Einzelheiten können wir später besprechen, aber kurz gesagt, wir brauchen Ihre Männer, um von Lettow-Vorbecks Truppen in die Zange zu nehmen, damit wir sie aus dem Osten vertreiben können.«

»Solange wir Ihre Nachschublinie über Mbarara nutzen können, ist das durchaus möglich, aber wie Sie sicher wissen, kann ich diese Entscheidung nicht selbst treffen. Das ist die Angelegenheit des Oberkommandos.«

»Selbstverständlich, Colonel, aber wenn Sie und Gouverneur Jackson sich auf einen Entwurf für die entsprechenden

Vereinbarungen einigen könnten, wäre das ein guter Anfang.«

»Ich kann Ihnen versprechen, dass ich mein Bestes tun werde.«

»Das ist alles, worum ich Sie bitte.«

»*Excellent*. Und jetzt feiern wir unseren gemeinsamen Erfolg. Ich habe hier etwas, das ich für, wie sagt ihr Engländer noch? Schlechte Zeiten? *Oui*, für schlechte Zeiten aufbewahrt habe.«

Henri bedeutete Grogan, ihm zu seinem Zelt zu folgen, wo er eine Viertelflasche Cognac aus seiner Truhe holte und zwei Gläser großzügig einschenkte.

Sie stießen auf den Erfolg ihrer gemeinsamen Operation an.

»Ah«, sagte Henri, nachdem er an seinem Cognac genippt hatte, »*c'est bon*. Und nun, lieber Freund, setzen Sie sich bitte.« Er bot Grogan den einzigen Klappstuhl an. »Haben Sie etwas dagegen, wenn ich mich auf Ihr Paket setze?« Er deutete auf das große, in Segeltuch geschlagene Bündel, das Grogan ihm mit der Bitte, gut darauf aufzupassen, anvertraut hatte, ehe er auf die Jagd gegangen war.

»Ganz und gar nicht«, entgegnete Grogan.

Henri versuchte, das Paket heranzuziehen. »Oh, das ist aber schwer, nicht? Was haben Sie denn da drin?«

»Ehe Sie sich setzen, möchte ich es Ihnen gern zeigen. Ich muss mich ohnehin daranmachen, es in kleinere Bündel aufzuteilen.« Grogan holte sein Taschenmesser hervor, durchtrennte die Schnüre und schlug das Segeltuch auf. Darin eingewickelt lag ein weiteres Paket, in dickes braunes Papier eingeschlagen, das Grogan ebenfalls entfernte.

Henri schnappte nach Luft. »*Sacrebleu!*«, stieß er leise hervor. »Wofür ist denn das alles?«

Grogan warf ihm ein Bündel druckfrischer Deutsch-Ostafrikanischer Scheine zu. »Zweihunderttausend Rupien, die Sie in Deutsch-Ostafrika ausgeben sollen.«

Henris Augen weiteten sich. »Was haben Sie vor, Grogan? Ist das … ich meine …?«

»Legal? Nein. Natürlich nicht. Aber wir befinden uns im Krieg, und zum Glück ist die afrikanische Rupie der Deutschen sehr leicht zu fälschen. Selbst die Münze in Nairobi kann sie haufenweise herstellen.«

»Geldfälschung.«

»So ist es. Und es ist meine Aufgabe, so viel von diesem Müll wie nur möglich in Deutsch-Ostafrika in Umlauf zu bringen. Dabei werde ich auch versuchen, ein paar geneigte, oder zumindest gierige Personen zu finden, denen echtes Geld lieber ist und die mich über die Bewegungen der feindlichen Truppen auf dem Laufenden halten werden.«

Henri lächelte und warf das Bündel Banknoten von einer Hand zur anderen.

»Dieses Bündel gehört ganz Ihnen, mein Freund«, sagte Grogan. »Machen Sie sich bei Ihrem nächsten Besuch in einem der deutsch-afrikanischen Dörfer so richtig beliebt.«

Kapitel 61

Jeevanjee hatte den Eindruck, dass alles schiefging, was nur schiefgehen konnte, und das ausgerechnet jetzt, da er wirklich ein wenig Glück hätte gebrauchen können. Die Inbetriebnahme seiner *SS Cananore* in Bombay verzögerte sich wegen der Werftprobefahrt, und die *SS Calicut* war wegen irgendwelcher geringfügigen Probleme mit den Papieren fünf Wochen lang aufgehalten worden.

Und auch in diesem Fall war es der Hafenaufseher von Mombasa, der alles erschwerte. Allein ein Telegramm nach Bombay zu schicken, dauerte Tage, weil, wie er behauptete, die Frequenz für militärische Nachrichten gebraucht werde.

Als die Angelegenheiten in Bombay endlich geregelt waren, bangte Jeevanjee eine Woche lang um sein Schiff, weil die *Calicut* aus irgendeinem nicht näher erläuterten Grund ohne militärisches Begleitschiff auskommen musste.

Um seine Bankiers Pandit und Pavitt zu beruhigen, lud Jeevanjee sie ein, der Jungfernfahrt beizuwohnen, mit der die *Calicut* endgültig in gewinnbringenden Dienst genommen wurde. Nervös lief er auf dem Kilindini-Kai auf und ab, während die *Calicut* beladen und zum Auslaufen bereitgemacht wurde. Auch sie hatte nicht allzu viel Fracht an Bord, doch er hatte den Laderaum abdecken lassen, ehe Pandit und Pavitt kamen, um das Schiff zu inspizieren. Er führte sie herum, und am Ende der Tour standen sie neben Jeevanjee und lächelten tatsächlich. Er fasste das als gutes Omen für die Fortsetzung ihrer geschäftlichen Beziehung auf. Es kam heutzutage so selten vor, dass die beiden Bankiers in seiner Gegenwart lächelten.

Die *Calicut* legte ab und dampfte gemächlich auf dem üblichen Kurs an Fort Jesus vorüber. Dies war nur ein kleiner Schritt auf das Ziel zu, sein verlorenes Vermögen zurückzugewinnen, aber immerhin ein Schritt in die richtige Richtung.

Jeevanjee erlaubte sich ein erleichtertes Aufseufzen. Er lächelte Pandit und Pavitt an. Sie lächelten zurück.

Plötzlich kam das Schiff vom Kurs ab und driftete in Richtung English Point.

Jeevanjee fühlte sich, als beobachte er einen Schlafwandler, der sich vorsichtig, einen Fuß nach dem anderen, auf den Rand einer Klippe zubewegte. Ein Schrei blieb ihm in der Kehle stecken – ein seltsam ersticktes Gurgeln, als hätte ihm jemand das Herz durchbohrt. Doch es war schlimmer als das. Die *Calicut* trieb schnurstracks auf das Levin-Riff zu, und Jeevanjee sah dem sicheren finanziellen Tod entgegen.

Grogans Rückfahrt über den Viktoriasee verlief wesentlich gelassener als die erste Reise Monate zuvor. Die Deutschen hatten ihr Schiff, die *Muansa*, und damit auch die Kontrolle über den See verloren, und das ruhige Wetter bescherte ihnen eine angenehme Überfahrt.

Das Armeelager von Kisumu war während seiner Abwesenheit ausgebaut worden, und Grogan erwartete bereits Order von Colonel Meinertzhagen: Er und seine Männer sollten in Kisumu bleiben, bis der Colonel von seiner eigenen Mission zurückkehrte.

Der leitende Offizier des Lagers erklärte Grogan, das Rote Kreuz kümmere sich in Außenposten wie Kisumu um die Post, und erklärte ihm, wo er das Lazarett fand.

Das Rote Kreuz hatte sein provisorisches Hospital in der Nähe des Hafens in einem langen, niedrigen Gebäude eingerichtet, das früher als Lagerhalle gedient hatte. Eine Handvoll Männer mit Verbänden oder Krücken saß in einer Art Aufenthaltsbereich am Eingang, als Grogan eintrat. Einer der Männer sagte ihm, dass das Büro am Ende des Besucherbereichs sei, neben der Tür mit der Aufschrift »Zutritt nur für Rotkreuz-Personal«.

Grogan stellte sich einer bebrillten, grauhaarigen Frau vor und erkundigte sich, ob das Rote Kreuz Post für ihn hätte. Sie bat ihn, sich eine Tasse Tee zu kochen, während sie nachsehen ging. Grogan blätterte in den Zeitungen, die auf einem Tisch lagen. Eine Schlagzeile sprang ihm ins Auge, und er begann, den Artikel zu lesen.

»Captain Grogan«, sagte eine sanfte Stimme vom Büro her.

Grogan konnte sich nicht von der Zeitung losreißen.

»Captain Ewart Grogan!«

Er drehte sich um und wollte um einen Augenblick Geduld bitten, da sah er Jessie in der Tür zum Büro stehen, ein unsicheres Lächeln auf den Lippen und ein Bündel Briefe in der Hand.

Die Zeitung fiel zu Boden. Hastig bückte er sich und hob die verstreuten Seiten auf. »Jessie ...«, sagte er und legte den Haufen Papier auf den Tisch. »Sie sind ... du bist es.«

Sie nickte und lächelte weiterhin ein wenig schüchtern. »Ja, ich bin es.«

Er trat zu ihr und nahm ihre Hand in beide Hände, doch er spürte, dass ihr diese vertrauliche Geste unangenehm war, und ließ sie wieder los. Er deutete auf die Briefe in ihrer anderen Hand und fragte: »Sind die alle für mich?«

»Sind sie«, sagte sie und reichte ihm das Bündel. »Vom

siebzehnten September vergangenen Jahres bis hin zum letzten Brief, der erst vor drei Tagen kam – am neunzehnten November.«

Ihr Gesicht war so strahlend und jugendlich wie damals, als er sie zuletzt gesehen hatte, doch diese lächelnden haselnussbraunen Augen hatten einen neuen Ausdruck, den er nicht sofort einordnen konnte. Vielleicht war es die Reife, die manche jungen Menschen erlangten, wenn sie älter wurden oder das Leben ihnen ein paar seiner Hässlichkeiten enthüllt hatte.

»Wie geht es dir, Jessie?«, fragte er und merkte erst jetzt, dass er sie die ganze Zeit über angestarrt hatte.

»Es geht mir sehr gut, Ewart. Und dir?«

»Nicht schlecht für einen alten Soldaten«, entgegnete er.

Sie nickte und lächelte. Das Schweigen wurde unbehaglich.

Beide begannen gleichzeitig zu reden und verstummten auch im selben Moment wieder.

»Du zuerst«, sagte sie.

»Ich habe gehört, du hast geheiratet?«

Sie senkte den Blick auf ihre linke Hand und schob sie dann in ihre Schürzentasche. »Ja«, sagte sie.

»Ich gatuliere. Wer ist der Glückliche?«

»Tom … Thomas Burridge. Captain Thomas Burridge. Er ist irgendwo bei Taveta, aber das kann man nie so genau wissen, nicht? Ich meine, er könnte irgendwo in Ostafrika sein, und … ach ja, wie dem auch sei … Wie geht es dir? Und Gertrude? Und den Kindern?«

»Gertrude hilft im Hospital. Wir haben Chiromo in ein Krankenhaus verwandelt. Wusstest du das? Nein, natürlich nicht.«

»Und die Kinder?«

»Ach, die haben wir alle nach England geschickt. Nur für alle Fälle.«

Jessie hatte noch immer eine schlanke Taille, aber ihre Figur war ein wenig üppiger, als er sie in Erinnerung hatte. Ihre Brüste pressten sich an die gestärkte weiße Schürze.

»Die Leute, die ich auf eurer Farm angetroffen habe – ich meine, im alten Haus deines Vaters –, haben mir erzählt, dass du jetzt ein Baby hast.«

Jessies Lächeln flackerte und erlosch. »Ich *hatte* ein Baby«, sagte sie. »Wir haben ihn im Juli verloren.«

»Oh, das tut mir leid.«

»Wir waren erst ein paar Monate vorher von Londiani hierher gezogen, noch ehe Tom seinen Offiziersposten bekam. Ich nehme an, es ist doch etwas Wahres an dieser Behauptung, dass die Luft im Hochland gesünder sei. Hier am See ist es viel heißer, meinst du nicht? Ich finde es hier sehr viel heißer. Jedenfalls ist er krank geworden, der arme Kleine. Er war erst sechs Wochen alt, und, na ja, ein so kleines Kind hat keine große Chance, und …« Tränen liefen ihr über die Wangen.

Grogan nahm ihre Hand, zog sie dann an sich und drückte sie an seine Brust. Es war Monate her, dass er eine Frau in den Armen gehalten hatte.

Sie widersetzte sich seiner Umarmung nicht, ließ aber die Arme schlaff herabhängen. Er gab sie wieder frei.

Sie hob das Gesicht und sah ihm in die Augen. Ihr Gesicht war tränennass, doch sie weinte nicht mehr. Ihr Gesichtsausdruck verriet ihm gar nichts.

»Ich dachte, das hätte ich hinter mir«, sagte sie und betupfte sich das Gesicht mit ihrem Taschentuch.

»Können wir uns hier hinsetzen und uns ein bisschen unterhalten?« Er deutete auf den Tisch voll Zeitungen.

Sie schüttelte den Kopf. »Das geht nicht. Ich bin im Dienst.«

»Du bist Krankenschwester?«

»Freiwillige Hilfsschwester. Ich bin nur hier herausgekommen, weil … Nun ja, ich hatte Lil gebeten, mir Bescheid zu sagen, falls jemand die Post von Captain Grogan abholt.« Sie lächelte verlegen. »Ich wollte dich nur noch ein letztes Mal wiedersehen.«

»Jessie …«

»Nein … bitte nicht.«

Sie verschwand durch die Tür des Lazaretts.

Grogan löste das Band und sortierte die Briefe. Da war ein kleiner Stapel mit Gertrudes Handschrift auf dem Umschlag, ein paar Briefe von Philip, in denen es vermutlich um alltägliche, geschäftliche Dinge ging – das entsprach eben der pedantischen Natur seines Bruders –, und ein paar braune, dienstliche Umschläge vom Militär.

Als Nächstes ordnete er sie chronologisch. Normalerweise war er nicht so pingelig, aber er rechnete damit, tagelang, wenn nicht wochenlang auf seinen nächsten Einsatzbefehl warten zu müssen, und er wollte das Vergnügen, seine Briefe zu lesen, möglichst lange auskosten.

Gertrudes erster Brief, eine Woche nach ihrem Abschied am Bahnhof von Nairobi verfasst, war recht sachlich; sie beschrieb die Situation in Nairobi und wie die Mobilmachung alle Aspekte des Alltagslebens beeinflusste. Sie schrieb, dass sich trotz der Zensur unter den Frauen herumsprach, dass ihre Männer es sehr schwer hatten. Obwohl viele noch keinen Feindkontakt gehabt hatten, gab es zahlreiche Todesfälle. Abgesehen von den üblichen Plagen wie *siafu*-Ameisen, Schlangen, Sandflöhen und Skorpionen, machte ihnen vor allem das Wetter zu schaffen – entweder war es unerträglich heiß, oder schwerer Regen verwandelte alles in Schlamm. Moskitos folgten dem Regen und brachten den Männern die Malaria. Einige wurden nach Hause geschickt, weil sie am Zecken- oder Schwarzwasserfieber litten, an Ruhr oder hässlichen Orientbeulen. Da sie losgestürmt waren, ohne sich Gedanken um ihren Proviant zu machen, waren viele dem Hungertod nahe.

Gertrude schrieb, sie habe Briefe von den Kindern und von Ewarts Schwester erhalten, bei der sie nun lebten; alles sei in Ordnung, obwohl die Mädchen oft weinten.

Ihr zweiter Brief war vom neunten Oktober, und der Tonfall klang so, als hätte sie den ersten Brief nie geschrieben. Sie erzählte von den Vorbereitungen für die Rennwoche im Dezember, der Arbeit im Hospital, den neuen Vorhängen, die sie für das Gästehaus genäht hatte, in das sie gezogen waren, als sie Chiromo geräumt hatten, und wie furchtbar schwierig es gewesen war, schlichten Baumwollstoff zu bekommen. Sie erzählte ihm, wie Bowker's Horse, eine Freiwilligen-Einheit, in ihrem Lager bei Longido von den Deutschen überrumpelt worden war; die Deutschen hatten alle ihre Pferde geraubt, weshalb die Bowker's-Horse-Einheit nun scherzhaft als Bowker's Foot bezeichnet wurde.

Sie schrieb, sie bemühe sich, nicht allzu besorgt um ihn zu sein, doch das sei in ihrem Fall besonders schwierig, weil sie im Gegensatz zu den Frauen regulärer Soldaten nie wisse, wo er sei; deshalb mache sie sich bei jedem Zwischenfall, von dem sie hörte, Sorgen um ihn. *Gib gut auf Dich acht, Liebster,* lautete das Ende.

Gertrudes Briefe folgten danach einer gewissen Routine: eine kurze Zusammenfassung des Lebens in Nairobi, Berichte von Ewarts Schwester über die Kinder und Ermahnungen, vorsichtig zu sein.

In einem ihrer Umschläge hatte sie einen Brief von Edmund mitgeschickt, der an ihn adressiert war. Gertrude hatte ihn geöffnet, zweifellos, weil sie dem Drang nicht widerstehen konnte, an dem seltenen Austausch zwischen Vater und Sohn teilzuhaben, der umso bedeutender war, da Edmund in diesem Fall die Initiative ergriffen hatte. Grogan war nicht überrascht, zu sehen, dass Edmund eine sehr ordentliche, sorgfältige Handschrift hatte. Er schrieb:

Lieber Papa,
ich hoffe, Du bist wohlauf, wenn Dich dieser Brief erreicht. Was macht der Krieg?
Die Sommerferien sind in wenigen Tagen vorbei. Emma und Sarah sagen, Tante Dorothy hätte ihnen erzählt, der Sommer würde nicht lange halten. Sie hat ihnen erzählt, bald würden die Silberhörner des Winters erschallen. Sie wussten nicht, was das bedeuten soll. Ich habe ihnen gesagt, ich wüsste es auch nicht.
Mama hat uns etwas Taschengeld geschickt, aber es gibt nicht viel zu kaufen.
Morgen gehe ich mit Nicky zum Fluss zum Angeln. Er ist sehr gut darin. Ich bin nicht so gut wie er, aber ich gebe mir Mühe.
Papa, ich weiß noch, was Du beim Abschied am Hafen von Mombasa zu mir gesagt hast – dass wir zusammen etwas unternehmen würden, wenn wir nach dem Krieg wieder nach Hause kommen. Du hast gesagt, dann könnten wir etwas tun, was ich gern tun würde. Also, ich glaube, ich würde gern mit Dir angeln gehen, wenn Du das auch möchtest.
Dein Dich liebender Sohn
Edmund Grogan

Grogan rieb sich die Nase und schniefte. Er las den letzten Absatz noch einmal durch. Er freute sich sehr, dass Edmund ihm geschrieben hatte. Das zeigte eine gewisse Reife und gehörte zu ebenjenen Dingen, die er ihm beizubringen versucht hatte. Dann wurde ihm klar, dass er seinen Sohn überhaupt nicht unter Druck gesetzt hatte, damit er sich so verhielt, wie Ewart es richtig fand. Diesen Brief hier hatte er von sich aus geschrieben. Vielleicht rührte er von diesem seltenen, kurzen Augenblick der Nähe auf dem Kai in Mombasa her.

Er stellte seine Taktik Edmund gegenüber in Frage. Er konnte sich nicht erinnern, wann er und sein ältester Sohn mehr als nur ein paar Minuten miteinander verbracht hatten, ohne dass Grogan irgendeinen Anlass fand, Edmund dazu zwingen zu wollen, sich so zu verhalten, wie er, Grogan, es für angemessen hielt. Und hier war derselbe, zurückhaltende Junge und streckte ihm die Hand entgegen.

Nun, da er so weit fort war, bereute er diese verpassten Gelegenheiten, Edmund besser kennenzulernen. Er vermisste alle seine Kinder, aber seltsamerweise war es Edmund, nach dem er sich nun am meisten sehnte.

Er seufzte und wandte sich Gertrudes letztem Brief zu. Sie begann mit der üblichen Liste von Problemen im Hospital. Zum Schluss schrieb sie:

Ich habe mir mit diesem Brief mehr Zeit gelassen, da ich wusste, dass er Dich ohnehin erst erreichen würde, wenn Du von irgendeiner hochgeheimen Mission Deines Colonel Meinertzhagen zurückkehrst, aber auch, weil ich in Ruhe über einige Dinge nachdenken wollte, die Dich und mich betreffen.

Ich sollte Dich in diesen Satz vielleicht nicht mit einschließen, denn ich bin ganz und gar nicht sicher, ob Du Dir ir-

gendwelche Gedanken machst oder meine Sorgen teilst, was unsere Ehe angeht. Du hast mir oft genug gesagt, dass Du mich liebst, und manchmal will ich es zu gerne glauben. Aber zu anderen Zeiten scheinst Du so von Deinem eigenen Leben hingerissen zu sein, dass darin gar kein Platz für mich oder sonst jemanden ist.

Ja, ich beziehe mich wieder einmal auf Deine diversen Affären, und ja, ich weiß, Du hast behauptet, so etwas werde nicht wieder vorkommen, aber der Schmerz, der geblieben ist, wird durch Dein Leugnen nicht gelindert. Dass Du einen Teil Deiner kostbaren Aufmerksamkeit einer anderen Frau widmest, während ich danach hungere, ist unvorstellbar schmerzlich.

Mit Bedauern stelle ich fest, dass die Tage unserer Leidenschaft offenbar vorüber sind. Einst haben wir uns sehr geliebt. Früher einmal habe ich Dir geglaubt, als Du gesagt hast, Du hättest für mich ganz Afrika durchquert. Wie konnte sich all das so verändern, ohne dass ich es bemerkt habe?

Deine Dich liebende Frau Gertrude

Grogan stand auf und ging die paar Schritte zwischen seinem Bett und dem Tisch hin und her, wobei er jedes Mal der verschnürten Rolle Moskitonetz am Ende seiner Pritsche ausweichen und daran denken musste, sich nicht den Kopf an der Petroleumlampe zu stoßen, die an der Zeltstange hing.

Er schob die Zeltklappe beiseite, trat hinaus in den warmen Abend und rieb sich fluchend die Stirn. Die Grillen zirpten schon, und aus der Richtung des Sees war der nächtliche Chor der Frösche zu hören. Mit bedächtigen Schritten umkreiste er sein Zelt und versuchte, sich zu fassen.

Wieder drinnen, starrte er auf den Brief hinab. Er hatte

ihn zu den anderen auf den kleinen Tisch gelegt, der ihm als Schreibtisch diente. Er sah ebenso harmlos aus wie die anderen Briefe, enthielt aber einen verborgenen Stachel, der ihn überrumpelt hatte.

Er nahm die Laterne vom Haken und stellte sie neben den Stapel Briefe. Das hellblaue Band, mit dem sie zusammengebunden worden waren, lag daneben. Hatte Jessie dieses Band in ihrer kleinen Poststelle um die Briefe geschlungen? Sofort verbannte er sie aus seinen Gedanken, wandte sich stattdessen wieder Gertrude zu und fragte sich, ob sie jetzt, Monate später, noch immer so bittere Gedanken über ihn hegte. Er hoffte, der Brief sei vielleicht Ausdruck einer dieser Anwandlungen gewesen, die Frauen manchmal überkamen und die sie recht bald wieder vergaßen. Aber nein, es gab danach keine Briefe mehr. Es schmerzte ihn, zu wissen, dass ihr letzter schriftlich festgehaltener Gedanke an ihn seine Gefühle für sie so kühl für nichtig erklärte.

Sie irrte sich! Wie konnte sie zu einer so grausamen Einschätzung gelangen? Wie konnte sie es wagen, anzudeuten, er liebe sie nicht!

Er schnappte sich einen Notizblock und begann, hastig eine Antwort zu kritzeln. Nach drei Versuchen, ihre Kritik zu widerlegen, gelang es ihm immer noch nicht richtig, seine Botschaft in Worte zu fassen. Also beschloss er, sich an alltäglichere Angelegenheiten zu halten, bis er seine Gedanken geordnet hatte. Er schrieb ihr, er freue sich sehr, ihr ohne Angst vor der Schere der Zensur mitteilen zu können, dass es ihm gutginge und er sich derzeit in Kisumu aufhalte und geradezu angenehm untergebracht sei, verglichen mit seinen Unterkünften der letzten Zeit.

Hatte sie Nachricht von den Kindern? Er schrieb, er fände den Brief von Edmund interessant, strich das Wort dann durch und ersetzte es durch wunderbar. Er beruhigte sie, dass nach allem, was er erfahren hatte, für England keine Gefahr einer Invasion bestehe, und sie solle sich in dieser Hinsicht keine Sorgen machen.

Er wollte schreiben, dass er hoffte, nach Nairobi reisen zu können, sobald Meinertzhagen zurück sei, war aber ziemlich sicher, dass die Zensur damit ein Problem haben würde, also erklärte er nur, er könne im Augenblick nicht weg, hoffe aber, sie bald zu sehen.

Dann holte er tief Luft und schrieb:

Es hat mich sehr traurig gemacht, zu lesen, wie tief ich Dich betrübt habe. Das war natürlich das Gegenteil meiner eigentlichen Absicht, nämlich, Dich glücklich zu machen. Du schreibst, ich liebte Dich nicht mehr, aber das ist nicht wahr. In den vergangenen Monaten ist mir bewusst geworden, wie viel Du und die Kinder mir bedeutet. Nichts ist so sehr dazu geeignet, einen Mann zum Nachdenken über sein Leben anzuregen, wie die Aussicht, demnächst vor seinen Schöpfer treten zu müssen. Ich bin in mich gegangen, und ich weiß, dass ich Dich liebe. Ein Jammer, dass ich erst einen Krieg gebraucht habe, um mich daran zu erinnern.

Wenn ich nach Hause komme, werden wir einen neuen Anfang machen, Du und ich. Ich will auch mit den Kindern ganz neu anfangen, wenn das nur irgend möglich ist.

Er hielt inne und überlegte, was er noch schreiben könnte, um ihren schlechten Eindruck von ihm zu bessern. Er las ihren letzten Brief noch einmal und fragte sich, ob Worte überhaupt ausreichen würden, um ihre angeschlagene Beziehung zu retten; er entschied, es vorerst gut sein zu lassen, und unterschrieb den Brief mit *In Liebe, wie immer, ESG*.

Er faltete den Brief zusammen und steckte ihn in einen Umschlag, ehe er die Lampe löschte und ins Bett schlüpfte.

Morgen früh würde er den Brief zur Poststelle des Roten Kreuzes bringen. Als er einschlief, hatte er das ferne Brüllen von Nilpferden und den Gesang der Frösche im Ohr und Gedanken an Jessie im Kopf.

Kapitel 62

Delamere nahm den *East African Standard* mit in die Lounge des Muthaiga Club. Er nickte einem Bekannten zu, ließ sich dann in einen dick gepolsterten Sessel sinken und öffnete die Zeitung mit einer forschen Bewegung aus dem Handgelenk.

Unter der Überschrift *Seltsame Vorkommnisse an der Küste – nächtliches Drama um Handelsschiff* las er: *Gegen 16:45 Uhr am Mittwochnachmittag wurde Mombasa Island vom schrillen Kreischen der Sirenen und dem tiefen Tuten des Horns der* SS Calicut *aufgeschreckt.*

Beobachter berichteten, es habe sich nichts Auffälliges ereignet, als das Schiff bei ruhiger See am Levin-Riff vor English Point vorüberfuhr.

Plötzlich drehte das Schiff nach Steuerbord ab und pflügte zum Erstaunen der Augenzeugen mit dem Bug voran in die scharfen Korallen des Riffs. Da lag es und wurde mehrmals von den Wellen an die Felsen geschmettert – ein Bild jämmerlichen Elends und hilfloser Verzweiflung.

Die Sicherheit der achtunddreißig indischen Seeleute und des englischen Kapitäns war nicht unmittelbar in Gefahr, wenngleich die einsetzende Ebbe einen Rettungsversuch vorerst unmöglich machte.

Gegen 03:30 Uhr am frühen Donnerstagmorgen bestiegen der Kapitän und seine Mannschaft die Boote und landeten sicher am Nyali Beach.

Laut Auskunft der Behörden wird man keinen Versuch unternehmen, die Calicut *aus den Korallenfelsen zu bergen, denn es sei offensichtlich, dass das Schiff sich nicht an der Wasseroberfläche werde halten können. Man befürchtet, dass die* Calicut *bei einem solchen Rettungsversuch sinken und dann eine Gefahr für die Schifffahrt im Hafen darstellen könnte.*

Der Eigentümer des Schiffes, Mr. Jeevanjee, ein starker Vertreter indischer Interessen, stand für einen Kommentar nicht zur Verfügung.

Grogan hatte seit Sonnenaufgang ungeduldig gewartet, bis Jessie seiner Vermutung nach in der Poststelle sein müsste.

Er hatte zugesehen, wie die Sonne am kühlen, blassblauen Himmel aufgestiegen war. Als er sich auf den Weg machte, war der Himmel wieder so endlos und strahlend blau wie meistens seit seiner Ankunft in Kisumu. Die Sonne schien sengend heiß auf ihn herab und verbrannte ihm beinahe zornig Schultern und Kopf. Als er den Rotkreuz-Stützpunkt erreicht hatte, war sein Khakihemd schweißnass.

Er gab seinen Brief nach Nairobi auf und nahm einen eingegangenen Brief entgegen. Der Handschrift nach wieder einmal von Philip.

»Danke«, sagte er zu der grauhaarigen Frau und war ein wenig enttäuscht, weil er Jessie doch nicht angetroffen hatte. »Äh … meinen Sie, ich könnte kurz meine Bekannte Jessie sprechen?«

»Ach, Jessie ist heute Vormittag nicht hier, Captain. Sie hat ihren freien Tag.«

Er rang mit der Versuchung, nachzufragen, wo er sie denn finden könne, schaffte es aber, zu widerstehen.

Erneut draußen in der Sonne, kehrte er wesentlich langsameren Schrittes ins Lager zurück. Als er durch die kleine Ansammlung von *dukas* und Läden kam, stach ihm ein zierlicher roter Sonnenschirm ins Auge, der seine Trägerin verbarg, aber die Figur, der Schwung der Hüften, die gebräunten Knöchel – das konnte nur sie sein.

»Jessie«, sagte er und trat zu ihr.

Sie schlug sich erschrocken die Hand vor den Mund. »Oh, Ewart«, entgegnete sie dann lächelnd. Er fand ihre Überraschung ein wenig aufgesetzt.

»Guten Morgen«, fügte er hinzu. »Es freut mich sehr, dich zu sehen. Ich war gerade beim Roten Kreuz, um nach meiner Post zu sehen, und ... nun ja ... ich war überrascht, dich nicht dort anzutreffen.«

»Ich wollte nur ein paar Einkäufe erledigen, bevor es zu heiß wird, aber ich fürchte, nun hat die Sonne mich doch eingeholt.«

»Ja, die Hitze ist höllisch. Das muss am See liegen. Weiter landeinwärts ist es gewiss nicht so heiß.«

»Ja, da hast du sicher recht.«

Nach kurzem Schweigen sagte er: »Es tut mir leid, falls ich gestern etwas gesagt haben sollte, das dich traurig gestimmt hat.«

»Traurig? Nein. Ich war nur ... verlegen.«

»Verlegen? Aber weshalb denn?«

»Wegen meines Verhaltens, du weißt schon ... damals in Nairobi.«

»Das braucht dir nicht peinlich zu sein. Auf meine ungeschickte Art habe ich versucht, dich zu beschützen. Ich kenne meinen Bruder. Ich war besorgt, weil du ein großes Risiko eingegangen bist – ich meine ... einfach so davonzulaufen.«

Sie lächelte. »Das war ein wenig übereilt von mir, nicht? Nun, das spielt jetzt keine Rolle mehr.«

Ihr roter Sonnenschirm tauchte ihre Züge in rosigen Schatten. Es hätte auch sein können, dass sie errötet war, doch so ließ sich das nicht erkennen.

»Wie geht es eigentlich deinem Bruder?«, erkundigte sie sich, als sie gemeinsam weitergingen.

»Quentin? Ich habe länger nichts mehr von ihm gehört. Er hat sich dem Nachschubcorps angeschlossen – er hasst Pferde, weißt du? –, und als ich zuletzt von ihm gehört habe, war er beim neunundzwanzigsten Punjab-Regiment. Er hatte Glück, dass er bei dem Debakel von Longido mit dem Leben davongekommen ist.«

»Ach, dieser Krieg! Letztes Jahr haben sie behauptet, bis Weihnachten würde er vorbei sein. Jetzt zieht er sich schon seit über einem Jahr hin, und es ist immer noch kein Ende in Sicht.« Sie legte die Hand auf seinen Arm und sah ihn mit flehendem Blick an. »Du wirst doch vorsichtig sein, Ewart?«

Er legte die Hand auf ihre. »Das werde ich.«

Als Gertrude Ewarts Brief erhielt, war sie überwältigt vor Erleichterung. Sie hatte ihren letzten Brief in einem Augenblick tiefster Verzweiflung verfasst, in der Hoffnung, ihre Ehe retten zu können, ehe sie endgültig zerfiel. Während der folgenden Monate hatte ihr vor dem Gedanken gegraut, sie könnte ihn damit noch weiter von sich fortgetrieben haben. Nun, da seine Antwort da war, so voller Reue und Hoffnung auf einen neuen Anfang, jubelte sie innerlich vor Glück.

Sie eilte an ihren Schreibtisch und holte den letzten Bogen ihres kostbaren, geprägten Briefpapiers hervor.

Mein Liebling,
dass Du Nairobi so nah bist, ist eine wunderbare Nachricht. Wann wirst Du denn Urlaub erhalten und hierherkommen

können? Oder kann ich zu Dir kommen? Nein, das wäre unmöglich, denn wir nehmen laufend neue Verwundete der verschiedenen Feldzüge auf.
Ich hoffe sehr, dass Du bald kommen kannst. Es wäre einfach wunderbar, Dich auch nur für ein paar Tage zu Hause zu haben.
Ich werde bald wieder schreiben und verspreche, Dir dann mehr Neuigkeiten zu erzählen. Ich wollte Dir nur rasch eine kurze Liebesbotschaft schicken, solange ich einen Augenblick Zeit habe.
Eines noch: Maggie Braithwaite kommt bald nach Kisumu. Erinnerst Du Dich an sie? Vermutlich nicht. Sie ist etwa sechzig Jahre alt und gehört unserem Freiwilligenkorps an. Sie bricht heute auf, um die Rotkreuz-Station in Kisumu zu besuchen. Vielleicht siehst Du sie ja, falls Du dorthin gehst, obwohl ich weiß, dass Du kein Vergnügen an den albernen Spielen hast, die sie gern für die Truppen organisieren. Sie macht einen offiziellen Besuch, hofft aber auch, eine alte Schulfreundin wiederzusehen, die in der Poststelle des Roten Kreuzes arbeitet. Ich habe sie gebeten, sich nach Deiner Gesundheit zu erkundigen, falls sie Gelegenheit dazu hat.
Von Dir zu hören, hat mich sehr glücklich gemacht, aber es waren Deine beruhigenden Worte der Liebe, die mir helfen werden, alles durchzustehen, bis wir uns wiedersehen.

Wie immer in Liebe, Gertrude

Grogan und Jessie hatten einen festen Ablauf gefunden. An den Tagen, an denen er nicht von militärischen Angelegenheiten in Anspruch genommen wurde, trafen sie sich zum Tee in der Kantine des Roten Kreuzes. Sie unterhielten sich und lachten über alles und nichts, bis Lil sich um ihren Tisch herum zu schaffen machte; dann musste Jessie sich entschuldigen und in die Wäscherei des Lazaretts zurückkehren, oder wo auch immer sie in dieser Woche ihren Dienst versah.

»Ehe du gehst«, sagte er und berührte ihre Hand. »Darf ich dich heute Abend nach Hause begleiten, wenn deine Schicht vorbei ist?«

Sie zögerte einen Augenblick und nickte dann.

Er sah ihr nach, ehe er den Militärumschlag öffnete, den er heute mit der Post erhalten hatte. Er kam vom Hauptquartier der Spionageeinheit. Meinertzhagen war unterwegs nach Kisumu. Grogan sollte bald wieder seinen besonderen Krieg fortsetzen.

Die Fliegen vom See kamen in der Dunkelheit herauf und umschwärmten sie in regelrechten Wolken. In Londiani hätte Jessie die drückend schwere Luft als Warnung vor bevorstehendem Regen betrachtet, aber in Kisumu schien sie immer so zu sein. Nicht, dass das Klima oder die Wetterbedingungen sie sonderlich interessiert hätten, während sie die Hauptstraße von Kisumu an der Seite von Ewart Grogan entlangflanierte.

»Du arbeitest sehr viel«, bemerkte er.

»Das macht mir nichts. Da Tom nicht da ist, wartet zu Hause nichts auf mich.«

»Ach ja, ich weiß gar nicht, wo das eigentlich ist.«

»Nicht weit. Warum? Hat der große Captain Grogan etwa Angst vor mir?«

»Schreckliche Angst.«

Sie kicherte. »Tom ist, oder war, der Direktor der hiesigen Bank. Wir haben ein Haus außerhalb der Stadt, aber solange er weg ist, wohne ich der Einfachheit halber in der kleinen Wohnung über der Bank.«

»Wie habt ihr beiden euch kennengelernt?«, fragte er.

»Nach dem Tod meines Vaters habe ich beschlossen, alles zu verkaufen. Tom hat den Verkauf für mich abgewickelt. Und dann nahmen die Dinge eben ihren Lauf. Kurz nachdem wir geheiratet hatten, wurde er nach Kisumu versetzt.«

»Liebst du ihn?«

Die Frage überraschte sie. Sie warf ihm einen Blick zu und sah das Funkeln seiner blaugrünen Augen im Mondlicht. Er wirkte viel zu ernst, und sie wollte an diesem Abend nicht ernst sein. »Du hast mir einmal gesagt, ich wüsste nicht, was Liebe ist.«

»Habe ich das? Und, weißt du es?«

»Erinnerst du dich nicht mehr daran? Ich habe dir damals vorgeworfen, du hättest Quentin weggeschickt, weil du selbst in mich verliebt wärst.«

»Vielleicht hattest du recht. Wer weiß?«

»Da sind wir«, sagte sie und wies mit einem Nicken auf den Treppenaufgang an der Seite des Bankgebäudes.

Er wandte sich ihr zu. »Du hast meine Frage noch nicht beantwortet.«

»Ach nein?«

»Nein … Ich habe dich gefragt, ob du weißt, was Liebe ist.« Er schlang einen Arm um sie und rückte näher an sie heran.

»Ja«, sagte sie.

Zärtliche Lippen liebkosten die ihren, und beinahe wäre sie in seine Arme gesunken, aber sie hielt sich zurück.

»Ich brauche dich, Jessie«, flüsterte er so leise, dass seine heisere Stimme in der schwülen Nachtluft kaum zu hören war.

»Ich weiß«, sagte sie und hörte sich an wie immer in seiner Gegenwart – albern und unreif.

»Lass mich …«

»Nein«, sagte sie und trat zurück, um die Fassung wiederzugewinnen. »Du hast mich gefragt, ob ich wüsste, was Liebe ist. Kann eine Fünfzehnjährige die Liebe kennen? Denn ich liebe dich schon, seit ich dir zum ersten Mal begegnet bin. Nach all dieser Zeit denke ich, ich müsste die Liebe inzwischen gut genug kennen.«

Sie schlug sich die Hand vor den Mund, erschrocken darüber, dass sie ihm Gedanken gestanden hatte, die sie sich seit Jahren verbot. »Ich kann nicht … nein«, sagte sie und wandte sich zur Treppe um. Doch dann drehte sie sich wieder um und küsste ihn auf den Mund, verweilte nur noch einen Augenblick länger, stellte sich vor, wie es wäre, mit ihm zu schlafen. Dann rannte sie die Treppe hinauf und verschloss die Tür gegen ihn und gegen die schreckliche Versuchung.

Gertrude meinte, Maggie Braithwaite in Dobies Schmuckgeschäft an der Government Road verschwinden zu sehen, und erinnerte sich daran, dass Maggie ihr versprochen hatte, ihr Bescheid zu sagen, ob sie Ewart während ihres Besuchs in Kisumu gesehen hatte. Das war schon drei Wochen her, deshalb hatte Gertrude angenommen, dass Maggie kein Glück gehabt hatte, aber nun wollte sie doch nachfragen, um sicherzugehen.

»Maggie«, sagte sie, als die ältere Dame zur Tür herauskam.

»Ach, du lieber Himmel!« Maggie schnappte nach Luft und griff sich an die Brust. Sie sah aus, als wolle sie vor Schreck gleich in Ohnmacht fallen.

»Verzeihen Sie, Maggie, ich wollte Sie nicht erschrecken.«

»Das haben Sie nicht! Nein. Nun ja, vielleicht ein bisschen. Ich habe nicht mit Ihnen gerechnet.«

»Dachte ich es mir doch, dass Sie das waren. Ich habe Sie zu Dobie hineingehen sehen. Ein Geschenk für einen besonderen Anlass?«

»Ich? Nein. Ich habe mich nur umgesehen.«

»Ich hatte gehofft, dass wir uns nach Ihrem Besuch in Kisumu sprechen würden.«

»Kisumu. Ja, eine fürchterliche Hetze. So viel zu tun. Ich hatte keinen Augenblick Ruhe.«

»Da sind Sie sicher froh, dass Sie wieder hier sind. Haben Sie Ihre Freundin getroffen, wie hieß sie noch?«

»Lil.«

»Ja, Lil. Haben Sie sie dort angetroffen?«

»Ja. Es geht ihr gut. Sehr gut. Alles ist gut.«

»Das freut mich zu hören. Ich nehme nicht an, dass Sie Ewart auch gesehen haben?«

»Nein, ich fürchte, das habe ich nicht, Gertrude. Aber ich bin sicher, es geht ihm gut. Das Rote Kreuz tut ja so viel für die Männer da oben.«

»Wusste Lil denn etwas von ihm?«

»Lil? Nein. Warum sollte sie? Ich meine, nein, der Name sagte ihr nichts.«

»Oh«, entgegnete Gertrude. »Nun ja … danke, dass Sie es versucht haben.«

»Gern geschehen, Gertrude. So, jetzt muss ich mich beeilen. Sehen wir uns nächste Woche bei der Versammlung? Schön. Bis dann also.«

Maggie eilte davon, ohne sie noch eines Blickes zu würdigen.

Gertrude hatte ein seltsames Gefühl nach dieser Unterhaltung. Normalerweise konnten keine zehn Pferde Maggie von einem Schwätzchen abhalten. Sie begann sofort, sich Sorgen zu machen. Beinahe hatte sie den Eindruck, dass Maggie etwas vor ihr verbergen wollte. Etwas, das Ewart betraf. Ihr Herz setzte einen Schlag aus. Was, wenn er schwer verwundet war und Maggie es nicht über sich brachte, ihr die schlimme Nachricht beizubringen?

»Maggie!«, rief sie ihr nach. »Maggie, warten Sie doch einen Augenblick!«

Maggie drehte sich um und wartete auf sie. Sie sah aus wie ein Vogel in der Schlinge.

»Maggie, irgendetwas ist nicht in Ordnung, nicht wahr? Ewart ist etwas zugestoßen.«

»Nein! Ich schwöre es Ihnen, Gertrude, es geht ihm gut.«

»Aber Sie sagten doch, Sie hätten ihn nicht gesehen. Woher wissen Sie dann, dass es ihm gutgeht?«

»Nun … ich habe ihn gesehen, oder vielmehr Lil hat ihn gesehen, und es geht ihm ganz prächtig.«

»Maggie.« Gertrude nahm Maggies Hand und sah ihr fest in die Augen. »Sagen Sie es mir.«

Maggie seufzte und blickte kläglich drein. »Ich wollte nicht diejenige sein, die Ihnen das sagt, Gertrude.«

»Bitte, Maggie, sagen Sie es mir.«

Maggie blickte auf Gertrudes Hand hinab, die noch immer die ihre festhielt. Sie hob die andere Hand und legte sie auf Gertrudes. »Ewart ist … Ewart hat etwas mit einer der Frauen aus der Stadt.«

Gertrude öffnete den Mund, brachte aber kein Wort heraus.

»Lil weiß es ganz sicher, denn es ist eine der freiwilligen Helferinnen vom Roten Kreuz. Eine junge Frau namens Jessie.«

Gertrude schlug das Herz bis zum Hals. Das Blut rauschte ihr in den Ohren und löste plötzlich stechende Kopfschmerzen aus. Sie keuchte auf, presste die Hand an die schmerzende Seite ihres Gesichts und beugte sich vor, damit der Schmerz nachließ. Es fühlte sich an, als hätte ihr jemand ein glühend heißes Schüreisen ins Ohr gerammt.

»Oh, Gertrude, Gertrude!«, rief Maggie. »Hier, kommen

Sie herein und setzen Sie sich hin.« Sie half ihr in die Kurzwarenhandlung, vor der sie gerade standen. »Schon gut, schon gut«, sagte sie und setzte sich neben sie auf die schmale Bank. »Das muss ein furchtbarer Schock für Sie gewesen sein. Es tut mir schrecklich leid. Ich wollte Ihnen das wirklich nicht sagen. Oh, was habe ich nicht alles getan, um Ihnen das nicht sagen zu müssen.«

Als der Schmerz in Gertrudes Kopf allmählich nachließ, schwoll an seiner Stelle die Pein in ihrem Herzen an.

Kapitel 63

Ein alter Brief von Philip, den er noch nicht gelesen hatte. Die früheren Briefe von seinem Bruder hatten nichts als schlechte Neuigkeiten über das Geschäft enthalten. Grogan überflog ihn rasch.

Das Kolonialministerium hatte jegliche Gespräche über die Nebenstrecke abgelehnt, obwohl Philip weiterhin damit argumentierte, dass sie militärstrategisch sehr vorteilhaft wäre. Grogan hatte damit gerechnet, dass der Vorschlag, eine Bahnlinie zu bauen, zumindest vorerst scheitern würde, und war nicht allzu besorgt, denn er würde die Forstkonzession ohnehin nicht nutzen können, bis der Krieg gewonnen war.

Philip erwähnte den Zusammenbruch von A. M. Jeevanjee & Co. und dass Konkursverwalter bestellt worden waren. Philip schrieb, er rechne nicht damit, dass es Jeevanjee gelingen würde, sich aus einem hässlichen Rechtsstreit herauszuretten. Grogan fand das ein wenig traurig. Er war ein erbitterter Gegner der Inder gewesen, die versucht hatten, sich einen immer größeren Anteil an der Wirtschaft des Landes zu sichern, aber er hegte gegenüber seinem ehemaligen Partner persönlich keinerlei Abneigung.

Es fielen die Namen einiger Geschäftspartner, die im Krieg verletzt worden oder gefallen waren.

Er wollte den Brief schon wegwerfen, als ihm ganz am Ende Gertrudes Name ins Auge fiel.

Gertrude hat es Dir gegenüber vermutlich schon erwähnt, aber wir haben uns eine Zeitlang Sorgen um sie gemacht.
Dr. Ribeiro sagt, es sei ein Glück, dass sich die Entzündung offenbar beruhigt habe, denn eine Mastoiditis kann ein äußerst besorgniserregendes Leiden sein; wie man allerdings so viel Vertrauen in die Worte eines Mannes setzen kann, der auf dem Rücken eines Zebras angeritten kommt, verstehe ich nicht.
Um Himmels willen, Ewart, ich wünschte wirklich, ihr würdet meinen Rat annehmen und einen der anderen, sehr angesehenen englischen Ärzte aufsuchen, die ja inzwischen in Nairobi zahlreich vertreten sind.

Grogan hatte noch nie von einer Mastoiditis gehört, glaubte aber, das müsse irgendwie mit dem Mittelohr zu tun haben. Es überraschte ihn, dass Gertrude ihre Erkrankung nicht erwähnt hatte. Sie gehörte nicht zu den Frauen, die ihre Leiden dramatisierten, aber Philips Brief deutete auf etwas noch Wichtigeres hin. Er schrieb ihr hastig einen Brief, in dem er sich nach ihrem Gesundheitszustand erkundigte, und eilte sofort zur Poststelle, um ihn abzuschicken.

Kein Brief von Gertrude erwartete ihn dort, was ihm seltsam und sehr besorgniserregend vorkam, nachdem sich ihr letzter Brief so positiv angehört hatte.

Entweder war Gertrude gleich danach krank geworden, oder Maggie Braithwaite, die in Kisumu angekommen und wieder abgereist war, ehe Gertrudes Brief mit der Ankündigung des Besuchs ihn erreicht hatte, war mit ihren eigenen schlechten Neuigkeiten nach Nairobi zurückgekehrt.

Als er sein Zelt erreichte, wartete ein Soldat davor, der ihm ausrichtete, Colonel Richard Meinertzhagen wolle ihn dringend sprechen. Grogan eilte durch die Nacht zu den alten Geschäftsräumen der Dampfschifffahrtsgesellschaft, die das Militär requiriert hatte.

Meinertzhagen saß hinter seinem Schreibtisch und sah braungebrannt, müde und um einige Kilo leichter aus, als Grogan ihn von ihrer letzten Begegnung vor fast einem Jahr in Erinnerung hatte. Als Grogan dem Colonel seinen formellen Bericht über seine Aktivitäten im Kongo und in Deutsch-Ostafrika überreichte, bat Meinertzhagen stattdessen um eine kurze Zusammenfassung.

Als er geendet hatte, nickte der Colonel. »Gut gemacht, Captain Grogan. Die Einzelheiten lese ich heute Abend, aber nach allem, was ich gehört habe, war das ein sehr erfolgreicher Einsatz. Und nun …« Er stand auf, streckte sich und trat dann ans Fenster, wo er stehen blieb, leicht auf den Fußballen wippte und zusah, wie die Lichter der Laternen im Hafen tanzten, während die Männer einen Frachter beluden, der am Morgen auslaufen würde. »Das Oberkommando hat uns gebeten, einen weiteren Auftrag auszuführen, der noch schwieriger, aber ebenso wichtig ist.« Er drehte sich wieder zu seinem Schreibtisch um und sank auf seinen Stuhl. »Er erfordert Raffinesse, beträchtliches diplomatisches Geschick – ja, sogar Charme.«

»Charme?«, fragte Grogan verwundert und lächelte.

»Allerdings.« Meinertzhagen reichte ihm eine Zigarrenkiste. »Versuchen Sie eine von diesen, Ewart. Wussten Sie schon, dass Kubas bester Tabak in einem Klima gedeiht, das dem Britisch-Ostafrikas sehr ähnlich ist? Reichlich Regen, relative Luftfeuchtigkeit von neunundsiebzig Prozent und eine jährliche Durchschnittstemperatur von fünfundzwanzig Grad Celsius. Passen Sie auf, eines Tages wird jemand auf die Idee kommen, hier draußen Tabak anzupflanzen, und ein Vermögen damit verdienen.« Er beobachtete, wie Grogan sich eine Zigarre anzündete. »Wer weiß, vielleicht werden das sogar Sie sein. Jedenfalls, wie gesagt, will das Oberkommando, dass wir ein paar Herzen und Köpfe für die Sache gewinnen.«

»Richard, geht es Ihnen nicht gut? Sie drücken sich völlig unverständlich aus.«

»Unser begnadeter Gouverneur scheint damit zufrieden zu sein, den verfluchten Krieg bei der Hochseefischerei vor Mombasa und Malindi auszusitzen. Wenn wir die deutschen Schiffe so leicht aufspüren könnten, wie er Marline angelt, hätten wir keine Sorgen mehr. Aber so versetzt uns von Lettow-Vorbeck mit ein paar hundert deutschen Offizieren und einem Haufen schwarzer Wilder ein ums andere Mal einen Tritt in den Hintern. Es ist eine Katastrophe nach der anderen. Erst verlieren wir einen Kreuzer, dann haben wir den Feind umzingelt und sind acht zu eins – ist das zu fassen? – acht zu eins in der Überzahl.« Er hielt inne, um an seiner Zigarre zu ziehen. »Und der Kerl gewinnt nicht nur die Schlacht, er macht sich auch noch mit einem Großteil unserer Waffen und der Munition davon. Also blockieren wir seine sämtlichen Nachschublinien, und dann schlüpfen zwei deutsche Schiffe durch unsere Blockade.«

»Tatsächlich? Davon hatte ich gar nichts gehört.«

»Erst vor etwa einer Woche. Ist noch geheim. Mit diesem Nachschub kann von Lettow-Vorbeck noch monatelang, wenn nicht ein ganzes Jahr weitermachen. Ich sage Ihnen, Ewart ... Ach, lassen wir das. Was ich sagen will, ist, dass dieses Land seinen Kampfgeist verloren hat. Das Oberkommando ist nicht zufrieden mit unseren Bemühungen. Sie wollen mehr von Britisch-Ostafrika. Wir müssen alle mit ins Boot holen – Soldaten, Beamte, Siedler. Alle.«

»Wie ich höre, hat General Tighe einiges erreicht.«

»Ja, Mickey Tighe ist ein anderes Kaliber als Aitken oder der alte Wapshare, aber er braucht das ganze Land hinter sich.« Er beugte sich vor. »Wir brauchen jemanden, der unsere Leute begeistert – Männer und Frauen, Beamte und Kulis. Wir brauchen einen Mann, der als Anführer bekannt ist – jemanden, der uns mit seinen Reden beflügelt.«

Meinertzhagen legte seine Zigarre nieder. »Ich wüsste nicht, wer dafür besser geeignet sein sollte als Kapstadt-bis-Kairo-Grogan.«

Jessie eilte kurz nach Sonnenaufgang die Stufen hinunter und sah Ewart am Fuß der Treppe stehen. Hastig blickte sie die Straße auf und ab und stellte erleichtert fest, dass so früh noch keine Nachbarn unterwegs waren.

»Ewart! Was tust du denn hier?«, flüsterte sie und sah sich erneut furchtsam nach neugierigen Zuschauern um.

»Ich gehe fort«, sagte er.

Ihr Lächeln erlosch. »Wann?«

»Mit dem morgigen Zug.«

»O nein. Was können wir nur tun?« Wieder waren ihr Worte entschlüpft, die sie nicht hätte aussprechen dürfen. »Wo schicken sie dich hin?«, fügte sie hinzu. Nun betrachtete sie die vergangene Nacht als kostbare Gelegenheit, die sie verpasst hatten.

»Nur nach Nairobi. Ich soll eine verdammte Rede halten, ausgerechnet. Jessie …« Er wirkte ebenfalls nervös wegen des Risikos, das sie eingingen, und zog sie in den Schatten der Treppe. Dann schloss er sie in die Arme und küsste sie.

Sie klammerte sich an ihm fest, spürte die Kraft seines Körpers, das Drängen seiner Lippen.

»Jessie, ich muss wissen, wie es ist, dich in meinen Armen liegen zu haben, bevor ich gehe.«

»Ach, mein Liebster. Ich habe Angst. Angst davor, was damit vielleicht seinen Anfang nimmt.«

»Das ist mir gleichgültig. Ich habe dich immer gewollt, schon seit dem Abend deiner Party bei uns im Haus.«

»Und ich will dich seit dem Tag, an dem ich dich zum ersten Mal gesehen habe.«

Er küsste sie wieder. Seine köstliche Zunge liebkoste die ihre.

»Heute Nacht«, sagte er. »Nach deiner Schicht im Lazarett.«

»Ja, oh, ja.«

»Dann gegen sechs.« Er küsste sie noch einmal flüchtig und war verschwunden.

Grogan litt den restlichen Tag über an unerträglicher, ungeduldiger Vorfreude. Jessie war ein Juwel – eine unvorstellbare Versuchung. Jeder Teil von ihm begehrte sie. Er gierte nach ihr wie ein Verhungernder nach Nahrung. Sein Körper verzehrte sich nach ihr.

Er versuchte, sich mit anderen Dingen abzulenken, und verbrachte den Tag damit, seine Ausrüstung zu verstauen und die wenigen Dinge einzupacken, die er nach Nairobi mitnehmen wollte.

Er ging zum Roten Kreuz, um seine Post abzuholen, versuchte aber gar nicht erst, Jessie zu sehen. Dann wäre ihm das Warten nur noch schwerer gefallen. Es war nur ein Brief für ihn gekommen. Die Handschrift sagte ihm, dass er von Philip war. Er stopfte ihn in die Tasche und machte einen flotten Spaziergang am See.

Der Viktoriasee war ein nervöses Gewässer, in ständiger Veränderung begriffen. Das Wasser vermittelte Grogan den Eindruck, als fühlte es sich nicht wohl, weil es hier warten musste. Vor ihm lag eine grandiose Reise den Nil entlang bis zum Meer. Und das Wasser des Sees zitterte schon vor freudiger Erwartung.

Doch an diesem Tag war der See ruhig, so ruhig, wie er ihn noch nie gesehen hatte. Er setzte sich auf einen Felsen und ließ den Frieden auf sich wirken.

Gertrude fiel ihm wieder ein, und der Brief, in dem sie ihm enthüllt hatte, wie sehr sein selbstsüchtiges Verhalten sie verletzt hatte. Es war ihm nie in den Sinn gekommen, dass das für sie so schmerzlich sein könnte. Seine Tändeleien bedeuteten ihm nichts, aber ihre Reaktion darauf ließ ihn an seiner Wahrnehmung anderer Menschen zweifeln. Wie hatte er ihren Gefühlen gegenüber so blind sein können?

War die Affäre, auf die er sich nun mit Jessie einlassen wollte, auch eine dieser bedeutungslosen Liebschaften? Wie würde er mit den Folgen fertig werden, wenn diese Affäre sich anders entwickeln sollte?

Wieder beurteilte er die Situation nur aus seiner eigenen Perspektive. Was wären die Konsequenzen dieser Affäre für Jessie? Allmählich war ihm nicht mehr ganz wohl bei dem, was sie vorhatten. Er spürte, dass sie bereit war, alles für ihn aufzugeben. Was war er denn bereit, ihr zu bieten?

In einem so kleinen Ort wie Kisumu eine Affäre zu haben, garantierte praktisch das Ende ihrer Ehe. Die beängstigende Frage lautete: War er bereit, seine Ehe für sie aufzugeben?

Er saß am Seeufer, bis die Sonne der Landzunge entgegensank, die den Golf von Kavirondo einrahmte. Er hatte seine Entscheidung gefällt. Sosehr er Jessie begehrte, er konnte sie nicht so behandeln, wie er es mit all den anderen Frauen getan hatte. Sie war zu jung, zu verletzlich. Und vielleicht war er diesmal der Liebe zu nahe, um eine Affäre zu riskieren. Das Wissen, dass sie schon so lange starke Gefühle für ihn hegte, machte es nur noch schlimmer. Sie würde mehr von ihm erwarten, als er ihr geben konnte.

Aber abgesehen von Jessie war da auch noch Gertrude, die er so oft durch sein Versagen verletzt hatte, und nun – welche Ironie – dachte er ernsthaft daran, sich selbst gegenüber zu versagen. Am Kiwusee hatte er sich aus tiefstem Herzen selbst das Versprechen gegeben, dass er sich ändern würde, und nun, da sein Entschluss zum ersten Mal auf die Probe gestellt wurde, war er im Begriff, schon wieder zu versagen.

Sein ganzes Leben hatte daraus bestanden, sich Herausforderungen zu stellen, einer nach der anderen. Dass er stets Erfolg hatte, machte ihn zu dem Menschen, der er war. Er verachtete Versagen in all seinen Formen. Er würde nicht vor sich selbst versagen. Steif stand er auf und klopfte sich den Staub von der Hose. Er würde zu Jessie gehen und ihr sagen, dass er nicht tun konnte und wollte, was sie geplant hatten.

Er berührte Philips Brief in seiner Hosentasche und zog ihn gedankenverloren hervor, um ihn zu lesen, ehe es zu dunkel wurde.

Lieber Bruder,
für gewöhnlich würde ich so beunruhigende Nachrichten nicht per Post übermitteln, aber da die Dinge hier so schlimm stehen und sich die Lage rasch weiter verschlechtert, muss ich mich damit zufriedengeben in der Hoffnung, dass Du Deine sofortige Heimkehr in die Wege leiten kannst.
Es tut mir sehr leid, Dir mitteilen zu müssen, dass die Mastoiditis, an der Gertrude vor kurzem so schwer erkrankt war, heftig wieder aufgeflammt ist. Ihre Kopfschmerzen sind beinahe unerträglich.
Dr. Ribeiro rät zu einer unverzüglichen Operation, bei der ein Teil des entzündeten Knochenfortsatzes im Ohr entfernt

wird, doch wir warten ab, bis wir eine zweite Meinung gehört haben. Wie Du Dir sicher vorstellen kannst, kann man eine so komplizierte Operation nicht auf die leichte Schulter nehmen, schon gar nicht hier in den Kolonien. Das Problem ist jedoch – möglicherweise bleibt nicht mehr genug Zeit für den Luxus, sie nach England zu bringen, wo die besten medizinischen Einrichtungen zur Verfügung stünden.
Ich hatte Dir schon längst von dieser besorgniserregenden Entwicklung berichten wollen, aber Gertrude hat es mir streng verboten. Zunächst dachte ich, sie wolle Dich nicht unnötig beunruhigen, in der Hoffnung, dass ihr Zustand sich bald bessern würde. Aber später enthüllte sie mir in einer Unterhaltung, dass sie Dich nicht in ihrer Nähe haben wollte, ganz gleich, wie es um ihre Gesundheit stehen mochte. In ihren eigenen Worten: Sie will Dich nie wiedersehen.
Ich kann nur hoffen, dass dies ein vorübergehender Ausdruck ihres Leidens ist, denn ich kann mir nicht vorstellen, was die Ärmste sonst in einen solchen Geisteszustand versetzt haben sollte.
Ich werde alles tun, um die Ärzte dazu zu bewegen, der armen Gertrude Erleichterung zu verschaffen.
Wenn es irgendwie machbar ist, so bitte ich Dich, schnellstmöglich nach Hause zu kommen.

Philip

Jessie stand vor ihrem Spiegel und strich noch einmal ihr Haar zurecht, das sie heute Abend offen trug. Es fiel ihr in schwungvollen goldenen Wellen auf die Schultern.

Die Uhr zeigte zehn nach sieben; fünf Minuten waren vergangen, seit sie zuletzt nachgesehen hatte. Ewart hatte gesagt, um sechs Uhr; nach Sonnenuntergang. Vielleicht hatte sie sich in der Uhrzeit geirrt.

Verwirrung prägte jeden ihrer Tage, seit Ewart wieder in ihr Leben geplatzt war. Sie wurde von ihm mitgerissen, wie üblich, doch sie konnte es nicht bereuen, selbst wenn es sie ihre Ehe kosten sollte, womit sie beinahe rechnete. Lil war ein lieber Mensch, aber eine furchtbare Klatschbase. Sie konnte kein Geheimnis bewahren, auch wenn ihr Leben davon abhinge. Tom würde davon erfahren. Jessie wollte es ihm lieber vorher selbst sagen.

Warum hatte sie immer das Gefühl, auf einem durchgehenden Pferd zu sitzen, wenn sie mit Ewart zusammen war? Er strahlte eine solche Energie aus, die sie einfach verschlang. Sie hatte ihm noch nie widerstehen können, und sie würde auch jetzt nicht damit anfangen. Dies mochte ihre letzte Chance sein, zu erleben, wie es war, mit diesem unbesiegbaren Mann zusammen zu sein.

Viertel nach sieben. Sie trat ans Fenster und zog leicht den Vorhang beiseite. Der Nachtzug des Militärs rollte eben aus dem Bahnhof. Er stieß ein gehauchtes Pfeifen aus, als wollte er eigentlich gar nicht fort.

Grogan blickte durch das staubige Fenster des Wachabteils auf die blinkenden Lichter der Bahnstation von Kisumu. Er versuchte immer noch, wieder zu Atem zu kommen, nachdem er gerannt war wie verrückt, um den Transportzug des Militärs zu erreichen, der in der Nacht nach Nairobi und Mombasa fuhr.

Er verließ Jessie und hatte keine Gelegenheit, ihr alles zu erklären.

Wieder einmal war die Uganda Railway in ein bedeutendes Ereignis in seinem Leben verwickelt. Frauen und diese Bahnlinie – waren sie denn auf immer miteinander verknüpft? Die Determinanten seines Lebens: das Ziel und die Reise.

Der Bahnhofsvorsteher blies in seine Pfeife, der Zug kreischte eine Antwort und ruckelte an. Er fuhr los.

Aus dem Augenwinkel sah er eine Frau unter einer Lampe auf dem Bahnsteig stehen. Er wandte den Kopf. Aber der Bahnsteig war leer. Er hatte nur so etwas wie ein schwaches Bild von Jessie gesehen – vielleicht hatte ihm das spiegelnde Fenster einen Streich gespielt.

Kapitel 64

Philip entdeckte Ewarts Kutsche, als er eben Chiromo verlassen wollte.

»Ewart! Gott sei Dank, dass du da bist«, sagte er, als ihre Kutschen sich am Tor von Chiromo begegneten. »Ich muss …«

»Wo ist sie, Philip?«

»In ihrem Bett. Aber wir müssen uns über …«

»Kutscher! Weiterfahren«, befahl Grogan. Sein Fahrer ließ die Zügel schnalzen, und Philip blieb erzürnt zurück.

Grogan sprang aus der Kutsche und rannte zur Haustür. Eine Krankenschwester im weißen Kittel fragte, wen er denn suche, und ihm fiel wieder ein, dass sein Haus jetzt ein Militärkrankenhaus war und Philip ihr Bett im Gästehaus gemeint hatte.

Er sprang die Stufen hinab, rannte den Gartenweg entlang und lief dabei wieder an Philip vorbei. Vor dem Gästehaus hielt er inne, um Atem zu holen, ehe er die Tür öffnete.

Das Schlafzimmer war von der Morgensonne hell erleuchtet. Gertrude lag im Bett – bleich und mit geschlossenen Augen. Er trat leise zu ihr und nahm ihre Hand.

Ihre Augen öffneten sich langsam, und sie starrte ihn lange an. In ihrem Blick lag nichts; kein Schmerz, keine Freude, keinerlei Wiedererkennen.

Sie entzog ihm ihre Hand. »Geh«, flüsterte sie und schloss die Augen.

»Liebling, ich bin es, Ewart.«

»Ich will dich nicht in meiner Nähe haben, Ewart. Was tust du hier?«

»Ich bin heimgekommen, sobald ich die Nachricht bekam.«

»Dann geh zurück zu ihr. Ich will dich hier nicht sehen.«

Ihre Worte trafen ihn wie ein Peitschenhieb. »Ich liebe dich, Gertie.«

Sie schlug die Augen auf, und diesmal sah er ihr Leid, das weit über körperliche Schmerzen hinausging. »Verschwinde aus diesem Haus. Verschwinde aus meinem Leben.« Ihre Stimme wurde kräftiger. »Ich kenne dich nicht mehr. Du existierst nicht. Ich liebe dich nicht mehr. Hast du verstanden, Ewart?«

Sie versuchte, sich aufzusetzen, schloss die Augen, als ein krampfhafter Schmerz sie durchzuckte, gab aber nicht nach. »Ich habe dir nichts mehr zu geben«, sagte sie. »Du hast alles genommen, was ich habe, und jetzt bin ich leer.« Sie verzog das Gesicht. »Ach! Um Himmels willen, geh weg!«

Philip erschien an seiner Seite und zupfte an seinem Ärmel. »Ewart«, sagte er leise, »das ist nicht gut ...«

Ewart funkelte ihn an und wollte seinen Zorn über diese Ungerechtigkeit am liebsten an ihm auslassen.

»Komm, Ewart«, wiederholte er. »Komm.«

Grogan schüttelte ihn ab und verließ das Zimmer.

Grogan zog seine Kreise im Garten des European Hospital, dessen anonyme Stille ihm lieber war als die vorwurfsvolle Gesellschaft von Gertrudes engsten Freundinnen, die drinnen auf das Ergebnis der Operation warteten. Er bildete sich sogar ein, den stummen Tadel seiner eigenen Brüder Philip und Quentin zu hören, obwohl sie, zumindest öffentlich, weiterhin zu ihm standen.

Er verabscheute das barackenartige Äußere des European Hospital. Er hätte darauf bestehen sollen, dass die Operation auf Chiromo durchgeführt wurde. Zumindest war das Haus einladender und für Gertrude vertrauter.

Er hatte sich ein Zimmer im Muthaiga Club genommen und die letzten drei Tage lang versucht, ein Gespräch mit seiner Frau zu arrangieren, ehe sie unters Messer kam. Doch nicht einmal Quentin konnte sie dazu bewegen.

Er hob einen Stein auf und schleuderte ihn in Richtung Straße.

»Ho, ho«, ertönte eine Stimme hinter ihm. »Sie werfen wohl mit Steinen nach den Wolken, was?« Es war Jeevanjee, der den Kiesweg entlang auf ihn zugewatschelt kam.

»Jeevanjee«, sagte er und streckte widerstrebend die Hand aus. »Wie geht es Ihnen?«

»Ich dachte mir, dass ich Sie hier finden würde. Ich bin gekommen, um Ihnen in dieser schweren Zeit mein Mitgefühl auszudrücken.« Sein feierliches Lächeln wirkte aufrichtig. »Ich hoffe, der lieben Mrs. Grogan wird es bald bessergehen.«

»Hm, danke, Jeevanjee. Das ist sehr freundlich von Ihnen. Ich nehme an, es wird noch einige Zeit dauern, bis wir erfahren, ob … ich meine, bis wir etwas hören.«

»Solche Dinge kann man nun einmal nicht beschleunigen.«

»Nein, kann man nicht.«

»Wollen wir uns setzen?« Jeevanjee wies auf eine Bank.

Grogan setzte sich, obwohl er nicht unbedingt Gesellschaft haben wollte; aber Jeevanjees Besuch war eine sehr freundliche Geste, und das war mehr, als er erwartet hatte, nachdem sie in den vergangenen Jahren erbitterte Konkurrenten gewesen waren.

»Steine nach Wolken werfen«, wiederholte Jeevanjee seine seltsame Bemerkung. »Ist das eine Redewendung, die es im Englischen gibt?«

»Nein, ich glaube nicht.«

»Eine gute Redewendung, finde ich. In meiner Familie sagen wir das, wenn jemand albern ist.«

»Tatsächlich?« Grogan war nicht sonderlich interessiert, bemühte sich aber, höflich zu sein.

»Wenn Sie es gründlich betrachten, kann sie zwei verschiedene Bedeutungen haben. Die meisten Leute glauben, es hieße, dass man das Unmögliche zu erreichen versucht. Aber es gibt noch eine andere Interpretation. Es kann auch bedeuten, dass die Aufgabe, die man sich selbst gestellt hat, das eigentliche Ziel, in Wahrheit recht trivial ist – ein Wölkchen, ein wenig Wasserdampf. Etwas, das die große Anstrengung gar nicht wert ist.«

»Aha.«

Sie saßen schweigend beisammen und beobachteten einen Honigsauger, der zwischen den Hibiskusblüten herumflatterte.

»Wissen Sie, Mr. Grogan, ich war noch nie auf Safari. Nicht ein einziges Mal. Aber wenn ich das je tun sollte, dann würde ich Vögel sehen wollen, keine anderen Tiere. Sie sind hier in Afrika so schön und so zahlreich. Nicht wie in Karachi. Nein.«

Der Honigsauger zog zu einem anderen Busch weiter.

»Ich bin noch aus einem anderen Grund gekommen. Ich möchte mich verabschieden«, fuhr Jeevanjee fort. »Ich verlasse Nairobi; ich verlasse Afrika.«

»Warum?« Trotz seines anfänglichen Desinteresses war Grogan nun doch neugierig.

»Weil ich erkannt habe, dass ich alles getan habe, was ich

tun wollte; alles, was ich tun *kann.*« Er wandte sich Grogan zu. »Ist Ihnen klar, dass wir einander sehr ähnlich sind, Sie und ich, Mr. Grogan?«

Grogan lächelte. »Auf den Gedanken bin ich noch nicht gekommen, nein.«

»Wir beide fühlen uns zu dem hingezogen, was neu und anders ist – unerreichbar, vielleicht sogar gefährlich. Ich spreche natürlich nur von unseren geschäftlichen Unternehmungen. Die wahrhaft innovative Lösung macht mehr Spaß, ist eine größere Herausforderung und bringt letztlich mehr Profit. Das ist es, was uns beide zu einem nutzlosen Stück Land hingezogen hat, das nun das Zentrum von Nairobi darstellt. Die meisten Leute haben den Sumpf als eine dieser Wolken angesehen, von denen ich Ihnen erzählt habe – unerreichbarer Nebel. Aber nicht Sie und ich.

Heutzutage ist es schwierig, etwas zu finden, dessen ungenutztes Potenzial unsere Herzen höher schlagen lässt. Vielleicht habe ich auch den Drang verloren, nach solchen Gelegenheiten zu suchen. Stattdessen verbringe ich meine Zeit damit, das zu verteidigen, was ich bereits habe. Meine Familie – ausgerechnet meine eigene Familie – will mir stehlen, was ich mir aufgebaut habe. Ist das zu fassen, Mr. Grogan?« Er schüttelte den Kopf und tätschelte seinen gewaltigen Bauch. »Ja, die Familie.«

Er zwang sich zu einer fröhlicheren Miene. »Tja, dann sollen sie es haben. Ich gehe zurück nach Karachi. Ich schlafe wieder mit meiner geliebten Frau. Ich spiele mit den Enkelkindern. Was kann ein alter Mann sich mehr wünschen?«

Grogan nickte, unsicher, wie er auf Jeevanjees offenkundige Traurigkeit reagieren sollte.

»Also … nun habe ich Sie für heute genug gestört, Mr. Grogan … Ewart.« Er lächelte, erhob sich und reichte ihm die

Hand. »Noch ein kleiner Ratschlag von einem alten Freund. Manchmal auch einem alten Gegner, nicht?« Sein Lächeln wurde breiter. »Ich habe gehört, dass Sie im Club schlafen, seit Sie nach Hause gekommen sind.« Jeevanjee hob die Hand, um Grogans Protest zu unterbinden. »Sie haben recht – das geht mich nichts an, aber in dieser Stadt wird so viel geredet. Als gäbe es in diesen Zeiten des Krieges nichts Wichtigeres zu tun, aber der Klatsch und Tratsch geht immer weiter. Sie sehen ein weiteres Opfer dieses bösen Klatsches vor sich.« Er zeigte gen Himmel. »Werfen Sie nicht mit Steinen nach den Wolken. Finden Sie das, was wichtig ist, und halten Sie es fest.«

Damit wandte Jeevanjee sich ab und watschelte den Pfad entlang, zwischen flinken Bülbüls und flatternden Honigsaugern hindurch. Grogan beobachtete, wie er sich dem Tor und einer gewaltigen Bougainvillea näherte, die den Eingang bewachte. Als er hinter dem prächtigen Turm violetter Blüten verschwand, kamen Philip und Quentin aus dem Krankenhaus auf ihn zu.

Er wusste, dass seine Brüder Neuigkeiten über Gertrude brachten, und das machte ihm entsetzliche Angst. Es war viel zu früh, als dass sie ein gutes Ergebnis vermelden könnten. Die Ärzte hatten sie gewarnt, dass der Eingriff langwierig und kompliziert sei. Grogan saß wie erstarrt auf der Bank und versuchte, in ihren Gesichtern zu lesen. Doch auch ihre Blicke sagten ihm nichts.

Als sie vor ihm standen, warf Quentin Philip einen Blick zu, der ihm mit einem Nicken bedeutete, er solle für sie sprechen. »Dr. Milne sagt, der Druck sei stark verringert worden.«

Grogan versuchte, die in diesen Worten steckende Katastrophe zu entziffern. Den Druck abzulassen war natürlich das Ziel der Operation, aber er wollte sich nicht erlauben, an eine gute Nachricht zu glauben, ehe er ganz sicher war.

Als er nichts darauf erwiderte, fügte Quentin hinzu: »Der Eingriff war ein voller Erfolg, Ewart. Gertrude wird wieder gesund.«

Grogan barg das Gesicht in den Händen und weinte.

Gertrudes Bett war leer, als Grogan ihr Zimmer betrat. Er suchte sie und fand sie im Garten, wo sie allein auf der Bank saß, auf der er und Jeevanjee sich am Tag ihrer Operation unterhalten hatten. Sie trug einen hellrosa Morgenmantel, bis unters Kinn zugeknöpft, und blaue Pantoffeln, hatte einen leichten Verband um den Kopf und über dem Ohr, und eine dicke Strähne ihres schimmernden braunen Haars war darunter hervorgerutscht. Das erinnerte ihn an einen der unmöglichen Hüte, die sie früher oft getragen hatte – in jenen Tagen, da es ihnen noch Spaß gemacht hatte, offen auf Konventionen zu pfeifen.

»Was willst du hier, Ewart?«, fragte sie, ohne auch nur einen Blick in seine Richtung zu werfen.

»Woher wusstest du, dass ich es bin?«

»Ich will dich hier nicht haben.«

»Gertie, ich muss mit dir sprechen.«

Er setzte sich an das andere Ende der Bank und widerstand dem Drang, nach ihrer Hand zu greifen.

»Es gibt nichts mehr zu besprechen«, beharrte sie und wandte sich ihm immer noch nicht zu.

»Gertie, ich wollte dir nie weh tun. Es war wirklich nicht nötig, dass du von … von irgendetwas erfährst. Keine dieser anderen Frauen hat mir etwas bedeutet. Ich weiß, dass das mein Verhalten nicht entschuldigt, aber du sollst wissen, dass du die einzige Frau in meinem Leben bist.«

Sie saß schweigend da, die Hände ruhig im Schoß gefaltet, und starrte auf die ausufernde violette Bougainvillea, die eine von Ainsworths entschlossenen jungen Akazien erklommen hatte und sie zu verschlingen drohte.

»Es ist mir noch nie leichtgefallen, meine Liebe in Worten auszudrücken. Das ist mir schon mein Leben lang bewusst. Ich habe meine Mutter sehr geliebt, aber ich kann mich nicht erinnern, dass ich ihr das je gesagt hätte. Als sie fort war, hat mich das lange verfolgt. Ich habe meine Erinnerung durchforstet und versucht, mir einzureden, dass ich es ihr irgendwann gesagt haben müsse oder dass ich ihr zumindest gezeigt hätte, wie viel sie mir bedeutete, aber ich war nie wirklich sicher.

Gertie, ich vermisse deine Liebe. Jetzt erkenne ich, dass das der wichtige Teil meines Lebens war, der mir seit Jahren so fehlt. Hast du aufgehört, mich zu lieben, oder habe ich aufgehört, deine Liebe zu bemerken?«

Gertrude behielt ihre starre Haltung bei. Sie saß halb von ihm abgewandt, und er konnte ihren Gesichtsausdruck nicht erkennen.

»Wenn ich sage, dass ich Schwierigkeiten habe, meine Liebe auszudrücken, dann meine ich damit sowohl die körperliche als auch die platonische Ebene. Für mich ist Hingabe eine Art Unterwerfung, denn dann fühle ich mich verletzlich – ein Gefühl, gegen das ich seit meiner Kindheit ankämpfe. Es fällt mir sogar schwer, brüderliche Liebe zu zeigen.«

Er wartete und hoffte auf irgendeine Reaktion, aber sie schwieg eisern.

»Gertrude?«, sagte er.

Sie gab nicht zu erkennen, ob sie auch nur ein Wort von alledem gehört hatte.

»Ich bitte dich darum, mir dein Herz zu öffnen, wie du es

früher einmal getan hast. Ich schwöre dir, ich habe mich geändert.«

»Es tut mir leid, Ewart, ich würde zu gern sagen, dass ich dich zurückhaben will, aber das kann ich nicht. Meine Liebe stirbt. Oder vielleicht braucht sie, genau wie mein alter Kopf, Zeit zum Heilen. Es wäre das Beste, wenn du mich einfach in Ruhe lässt.«

Auf eine so bestimmte Zurückweisung war er nicht vorbereitet gewesen. Er hatte Gertrude noch nie so unnachgiebig erlebt. »Schön … wenn es dein Wunsch ist, dann gehe ich. Ich wollte dir nur sagen, dass ich mich geändert habe. Ich habe mir selbst bewiesen, dass ich deiner Liebe würdig bin und du sie mir anvertrauen kannst.«

Er stand auf, wandte sich zum Gehen und drehte sich dann noch einmal zu ihr um. »Gertrude, ich bin immer noch neugierig – woher hast du denn gewusst, dass ich es war, der da gekommen ist?«

Sie wandte ihm zum ersten Mal das Gesicht zu. Ihre Augen waren grau und blickten distanziert. »Es überrascht mich nicht, dass du das nicht nachvollziehen kannst. Verstehst du, wenn ein Mensch einem anderen vollkommen zugetan ist, wenn dieser andere Mensch nur in der Nähe zu sein braucht, damit man sich umarmt und eingehüllt fühlt … Ist das die richtige Beschreibung? Vielleicht wäre *wie ein Teil von ihm* treffender. Nun, dann lernt man, seine Gegenwart zu fühlen. Es ist die Aura oder die Ausstrahlung. Man gewöhnt sich daran, von ihr umgeben zu sein. Sie fühlt sich an wie eine Decke aus Liebe. Und obwohl meine Gefühle dir gegenüber sich geändert haben, spüre ich diese Aura offenbar immer noch. Vielleicht ist das zum Instinkt geworden, den ich nicht abstellen kann. Ich nehme an, in dieser Hinsicht bin ich wohl wie diese Tiere im Busch, über die du so viel weißt. Wir haben den Instinkt, dicht beieinanderzubleiben, wenn die Löwen brüllen.«

»Wenn du das so ausdrückst, beneide ich dich förmlich. Ich wünschte, ich könnte dieses Gefühl erleben, aber ich kann nicht.«

»Dann tust du mir aufrichtig leid, Ewart.«

Er nickte. »Ich mir auch«, sagte er und ging den Gartenpfad entlang zur Straße.

Kapitel 65

Wie kommst du mit der Rede voran, großer Bruder?«, fragte Quentin, der in Grogans Büro spazierte.

»Oh … Quentin«, entgegnete Grogan. »Ich habe dich gar nicht hereinkommen hören.« Er blickte wieder auf seine Notizen hinab. »Ich komme ganz gut voran, denke ich.«

»Hast du Schwierigkeiten, die passenden Worte zu finden?«

»Ich schreibe eine Rede nie ganz nieder. Ich bereite nur ein paar Punkte vor, die ich behandeln will.«

»Du siehst besorgt aus.«

»Nur ein bisschen abgelenkt. Fällt mir schwer, richtig in Gang zu kommen.«

»Ich war gerade bei Gertrude. Es geht ihr schon viel besser.«

Grogan nickte. »Schön«, sagte er. Freunde hatten ihn über ihre Genesung auf dem Laufenden gehalten. »Wollte sie mir irgendetwas … ich meine, hast du eine Nachricht für mich?«

Quentin schüttelte den Kopf. »Um Himmels willen, Ewart, warum darf ich ihr nicht einfach die Wahrheit sagen? Oder sie zumindest davon überzeugen, dass sie dir eine Chance geben sollte, ihr alles zu erklären?«

»So einfach ist das nicht. Selbst wenn sie die Wahrheit kennen würde, weiß ich nicht, ob das etwas ändern könnte. Anscheinend hat sie endgültig genug von mir. Ich kann ihr jedenfalls nicht vorwerfen, dass sie keine Geduld mit mir gehabt hätte.« Er schob seine Notizen beiseite und bickte zu seinem Bruder auf. »Schon komisch, nicht? Zum ersten Mal in meinem Leben wurde ich ernsthaft auf die Probe gestellt und habe sie bestanden, nur um dann festzustellen, dass Gertrude bereits für sich entschieden hat, ich hätte wieder einmal versagt.« Er spielte mit seinem Stift herum. »Vermutlich hat sie mich aufgrund früherer Erfahrungen verurteilt.«

»Frauen werden uns immer als Sünder verurteilen, Ewart«, sagte Quentin und setzte sich seinem Bruder gegenüber. »Das liegt in ihrer Natur. Sogar reuigen Sündern wird auf Dauer selten vergeben. Diese Verfehlungen bleiben offenbar irgendwo tief in ihrem Gehirn eingegraben. Ich kann nicht behaupten, dass ich diese seltsamen Wesen besonders gut verstünde, aber wenn du zu Gertrude gehst und ihr die Wahrheit sagst, wird sie dir doch gewiss noch eine Chance geben?«

»Noch eine Chance? Das klingt so einfach, aber ich glaube nicht, dass es das ist.«

Er war nicht bereit, seine intimsten Gedanken mit seinem Bruder zu teilen, aber er fürchtete, Gertrude könnte so verletzt sein, dass Verzeihen gar nicht mehr möglich war. Es wäre sicher sehr schwierig für sie, die Liebe wiederzufinden, die sie ihm einst so freigebig geschenkt hatte.

»Bevor ich in den Kongo aufgebrochen bin, hat sie mir gesagt, sie müsste über einiges nachdenken. Als ich sie vor ihrer Operation besucht habe, schien sie sich ihrer Position schon ziemlich sicher zu sein. Sie muss selbst zu einer Entscheidung über unsere Zukunft gelangen, ohne dass sie von mir beeinflusst wird, oder von sonst irgendjemandem, wenn ich das sagen darf.« Er richtete den Blick auf seinen Bruder. »Hast du das verstanden, Quentin?«

»Aber selbstverständlich, Ewart. Habe ich mich dir je widersetzt? Nein, im Ernst, ich finde es dumm von dir, dich für eine Sünde verdammen zu lassen, die du gar nicht verübt hast. Sie wird doch jetzt nicht aufgeben wollen, nach so langer Zeit? Nachdem sie jahrelang dein beschämendes Verhalten ertragen hat.«

Grogan nickte düster. »Das kann ich ihr nicht verdenken.«

»O nein. Du tust es schon wieder – nimm mich doch nicht beim Wort. Verflucht, Ewart, das war ein Scherz!«

Grogan nickte und lächelte gezwungen. »Tut mir leid, aber ich fürchte, mein Sinn für Humor ist zurzeit ein bisschen schwach auf den Beinen.«

»Na, dann reiß dich zusammen.« Quentin erhob sich und nahm seinen Hut vom Garderobenständer. »Du sollst in ein paar Tagen eine mitreißende Rede an die gesamte Bevölkerung halten. Im Augenblick könntest du niemanden für ein dreifaches Hurra auf Seine Majestät begeistern.«

Als Quentin gegangen war, beugte Ewart sich vor und barg den Kopf in den Händen. Er war erschöpft. Seit seinem Gespräch mit Gertrude fand er nachts keinen Schlaf mehr. Er erinnerte sich nur zu genau daran. Sie hatte gesagt: »Meine Liebe stirbt.« Dieses Wort verfolgte ihn seitdem. *Stirbt.* Das klang, als sei sie etwas, das einst stark und gesund gewesen war, aber jetzt keine Chance mehr hatte, zu überleben. Etwas, um dessen Tod man trauerte, das man aber auch nicht wieder zum Leben erwecken konnte.

Nach all den Lügen wollte er ihr die Wahrheit sagen, aber was würde die Wahrheit ihr bedeuten? Er glaubte an das, was er eben zu Quentin gesagt hatte – dass Gertrude selbst das Fundament finden musste, auf dem sie die Liebe zu ihm wieder aufbauen konnte. Die Wahrheit, dass er Jessie als Verlockung empfunden, ihr aber tatsächlich widerstanden hatte, war von untergeordneter Bedeutung.

Er war stolz darauf, dass er sich selbst das Versprechen gegeben hatte, sich zu ändern, und dass er die sicherlich schwerste Prüfung bestanden hatte. Wenn Gertrude ihm noch eine Chance gab, würde er sie niemals wieder enttäuschen.

Das musste Momposhe sein, aber sie konnte es nicht glauben. Groß, aufrecht. Elegant. Und zu sehr mit den Kleidungsstücken im Fenster von Kisumu Drapery and Tailoring beschäftigt, um Jessie zu bemerken, die ihn von der anderen Seite der Hauptstraße her anstarrte.

Das konnte nur Momposhe sein. Die Art, wie er den Kopf hielt, wenn er nachdachte – ganz leicht zur Seite geneigt. Seine Haltung – das Gewicht auf einem Bein, den freien Fuß an den Knöchel des anderen gelegt, aber ohne diese bezeichnende Geste, ihn ans Knie des Standbeins zu drücken, wie es für die Massai so typisch war. Sein langes Haar war zu kleinen Zöpfen geflochten.

Das einzige Element, das sie vermisste, war der Anzug aus der Drury Lane. Stattdessen trug er ein kurzes Stück roten Stoffs, lässig über eine Schulter drapiert. Sein Knüppel aus Hartholz, der *orinka*, ruhte in seiner Armbeuge, und der Speer mit der langen Spitze lag locker in seiner gekrümmten Hand.

Jessie überquerte die Straße, trat auf den hölzernen Gehweg und ging direkt auf ihn zu. Als sie in sein Gesichtsfeld geriet, neigte er den Kopf in ihre Richtung, hielt den Blick aber weiterhin auf das Schaufenster gerichtet. Kaum einen Schritt von ihm entfernt blieb sie stehen und genoss den Augenblick.

Schließlich drehte er sich mit einem ärgerlichen Gesichtsausdruck zu ihr um.

Ein Augenblick verstrich. »Jessie!«, sagte er dann mit einem Ausdruck ungläubigen Staunens auf dem Gesicht.

Sie fiel ihm um den Hals, ohne auch nur darüber nachzudenken. »Momposhe! Was tust du hier?«

Er wehrte sich ein wenig gegen ihre Umarmung und stotterte: »Um Himmels willen, Jessie. Was sollen denn die Leute denken?« Er blickte sich um. »Man kann nie wissen, wer einen gerade beobachtet.« Trotz seines Protests freute er sich unverkennbar, sie zu sehen.

»Wen kümmert es, wer uns sieht?«, entgegnete sie, denn sie hatte sich damit abgefunden, dass ihr guter Ruf nach der Zeit mit Ewart vermutlich unrettbar verloren war. »Ich freue mich so, dich zu sehen. Wo hast du denn gesteckt? Und was machst du jetzt?«

Sie redeten wild durcheinander. Fragen und Antworten überschlugen sich, bis beide Luft holen mussten. Jessie nutzte die Pause, um Momposhe zu der Bank vor dem Stoffgeschäft zu ziehen, wo sie ohne Pause weiterplauderten.

»Du hast also deinen Stamm auf dem Uasin Gishu gefunden?«

»Ja. Und ich habe mein Volk nach Süden geführt, wie es die Verwaltung angeordnet hat.«

Sie sah die Traurigkeit in seinen Augen. »War es schlimm?«

Er starrte sie einen Moment lang an, als überlegte er, wie viel er ihr erzählen durfte. »Es war sehr schlimm, Jessie. Viele sind gestorben. Fast unser gesamtes Vieh. Wir haben zwei Jahre für den weiten Weg gebraucht, und …« Er schüttelte den Kopf. »Selbst jetzt leiden wir noch darunter.« Er zuckte mit den Schultern. Es war offensichtlich, dass er noch immer oft mit diesem Dämon rang und wusste, dass er ihn niemals besiegen konnte.

»Aber deine Sektion hat dich wieder aufgenommen?«

Seine Miene hellte sich auf. »Ja. Ich bin jetzt ein *moran*.

Vollständig initiiert.« Sein Lächeln verriet mehr als nur ein wenig Stolz. »Ich habe Vieh und schon eine Ehefrau.«

»Eine? Du meine Güte.« Sie war versucht, ihn damit aufzuziehen, spürte aber, dass er nicht derselbe junge Mann war, der ihren endlosen, kindischen Tadel stoisch ertragen hatte. Er war anders. Sie hätte sagen können, er war älter geworden, aber er sah immer noch auf jungenhafte Weise gut aus. Was auch immer auf dem zweijährigen Marsch über das Mau Escarpment bis in die Serengeti mit ihm geschehen sein mochte, Momposhe hatte sich verändert.

»Warum bist du hier?«, fragte sie.

»Ich will ein paar Kinderbücher abholen.«

»Du hast ein Kind?«

»Noch nicht. Aber ich bringe den Kindern in meinem *enkang* Englisch bei. Die Schule hier im Ort hat mir ein paar Bücher besorgt.«

»Du lebst also ganz in der Nähe? Wunderbar. Dann können wir uns ab und zu sehen.«

Er schüttelte lächelnd den Kopf. »Nein. Der Weg ist weit. Aber die Lehrerin hier ist die Einzige, die bereit war, mir zu helfen. Ich habe fünf Tage gebraucht, um von der Serengeti hierherzukommen.«

»Würdest du denn nicht gern wieder in einer Stadt wohnen?«, fragte sie hoffnungsvoll.

»Nein.« Er musterte die Fassaden der staubigen Straße in Kisumu, als suchte er nach irgendetwas, das ihn willkommen hieß. »Ich brauche das Leben in der Stadt nicht. In den Städten sehen die Leute einen Massai und halten ihn für einen unwissenden Wilden. Hier in Kisumu sprechen die Leute über mich, als sei ich gar nicht da.«

Jessie tätschelte seine Hand, die auf seinem nackten Bein ruhte. »Bist du glücklich, Momposhe?«

Er wirkte verblüfft über ihre Frage. »Ja«, antwortete er gleich darauf. »Das bin ich. Und du?«

»Tom ist im Krieg, und ich … na ja, ich warte nur.«

Sie bemerkte, dass sie die Frage nicht beantwortet hatte. Momposhe schien das nicht aufzufallen. Er erklärte, er müsse jetzt zur Schule, die Lehrerin erwarte ihn. Sie standen auf und verabschiedeten sich. Diesmal gingen sie reservierter miteinander um.

Jessie küsste ihn auf die Wange. »Werde ich dich wiedersehen?«

Er nickte und lächelte. »Möglich.«

»Geh gut, Momposhe.«

»Geh gut, *enkiti*«, erwiderte er und hob seinen Speer auf. Am Straßenrand drehte er sich noch einmal zu ihr um. »Seltsam, wie ein so gut geplantes Leben sich auf eine Art und Weise verändern kann, die wir uns nie hätten träumen lassen. Ist es nicht so, *enkiti?*«

Sie sah ihm in die Augen und wusste nicht, ob er sich auf ihre Frage über das Glück bezog oder nicht. Sie beschloss, ebenso zweideutig zu antworten. »Ja, mein Bruder, das ist sehr seltsam.«

Lil reichte Jessie mit missbilligend gerümpfter Nase ihren Brief. Jessie starrte lange darauf hinab. Er war von Ewart.

Er brannte in ihrer Tasche, bis ihre Schicht zu Ende war, und sie widerstand ihm noch lange genug, um ihre Wohnung und ihr Schlafzimmer zu erreichen.

Sie setzte sich aufs Bett und hielt den Brief auf der flachen Hand. Es war nur ein kurzes Schreiben. Das spürte sie am Gewicht und der Dicke des Umschlags. Was könnte in einem solch kurzen Brief stehen? Er war zu dünn, als dass es eine Erklärung der militärischen Angelegenheiten sein könnte, die ihn gezwungen hatten, ohne ein Wort des Abschieds abzureisen. Militärische Angelegenheiten waren schwierig und verlangten viele Seiten. Es konnte auch nicht um dringende Geschäfte gehen. Auch geschäftliche Angelegenheiten waren kompliziert und schwerwiegend.

Sie schlitzte den Umschlag auf.

Darin steckte ein einzelnes Blatt Briefpapier des Norfolk Hotels.

Meine liebe Jessie,
es gibt keinen anderen Weg, Dir dies zu sagen. Ich habe es mir anders überlegt. Meine Gefühle für Dich sind zu stark, als dass ich nur eine Nacht mit Dir verbringen könnte. Ich muss Dich ganz und gar besitzen, wenn ich Dich denn haben soll. Und das ist unmöglich. In unser beider Leben gibt es noch andere wichtige Menschen.
Ich muss gestehen, dass ich in gewisser Weise endlich erwacht bin. Mir ist klar geworden, dass ich nicht so selbstsüchtig weiterleben kann wie bisher. Ja, ich würde Dich sehr gerne lieben, aber das kann ich meiner Frau und meiner Familie nicht antun. Und Dir ebenso wenig.
Verzeih mir.

Jessie las das Briefchen noch einmal durch und verließ dann damit das Schlafzimmer.

Sie trat an den Küchenherd, riss die Nachricht in kleine Fetzen und ließ diese einen nach dem anderen ins Feuer fallen.

Kapitel 66

»Ah, da sind Sie ja, Grogan.« Meinertzhagens Stimme dröhnte durch den leeren Saal. »Kommen Sie hierherauf. Kommen Sie, mein Bester – spüren Sie die Atmosphäre.«

Grogan schritt den Gang zwischen den Bänken des Theatre Royal entlang und ließ den Blick an den griechischen Säulen bis zu den geschnörkelten Kapitellen emporwandern. Engel und Drachen bekämpften sich an der aufwendigen Stuckdecke. Rote, weiße und blaue Stoffbahnen hingen wie riesige Girlanden zu beiden Seiten der Bühne herab, auf der Meinertzhagen strahlend auf ihn wartete.

»Was sagen Sie dazu, hm? Ist das nicht genau das Richtige?«

Grogan trat zu ihm auf die Bühne und nickte; er war nicht ganz sicher, was das Richtige sein sollte, würde aber bereitwillig zugeben, dass das Theater – das größte in ganz Ostafrika – beeindruckend herausgeputzt war. »Meinen Sie, wir können all dem gerecht werden?«, fragte er, als er im hinteren Teil des Saals Arbeiter auf Leitern bemerkte, die Girlanden an den griechischen Säulen befestigten.

»Gerecht werden?« Meinertzhagen schnaubte. »Das sollten wir wohl lieber. Wenn wir unser Engagement für diesen Krieg nicht gewaltig steigern können, werden wir noch aus dem verdammten Empire rausgeworfen! Haben Sie den Kommentar des Staatssekretärs in der Wochenendzeitung gelesen? Er hat geschrieben, Britisch-Ostafrika sei das einzige Protektorat im gesamten Empire, das Hilfe von außen anfordern musste.«

»Dafür gebe ich immer noch Belfield die Schuld«, entgegnete Grogan. »Den Farmern zu raten, sie sollten sich nicht die Mühe machen, in den Krieg zu ziehen, sondern ihr Land bestellen und das Kämpfen dem Militär überlassen.«

»So ist es. Kein Wunder, dass die Leute sich wieder in ihr ruhiges Leben zurückgezogen haben. Wir müssen sie aufrütteln, sie dazu bringen, uns zu Hilfe zu eilen. Ernsthaft, Ewart, das hier ist keine Wohltätigkeitsgala, bei der wir um ein bisschen Geld bitten. Wenn es uns nicht gelingt, die Leute hinter uns zu sammeln – das heißt, wenn es *Ihnen* nicht gelingt –, dann können wir ebenso gut gleich aufgeben.« Er senkte die Stimme. »Ich will Ihnen weiß Gott nicht schmeicheln, aber Sie sind der einzige Mann, den ich kenne, der in der Lage ist, diese Leute aufzuscheuchen.«

»Ich werde tun, was ich kann.«

Meinertzhagen nickte. »Northrup MacMillan steht voll hinter uns. Wie Sie sehen«, sagte er und wies mit ausholender Geste auf das geschmückte Theater, »herrscht bei ihm jedenfalls schon mal die richtige Stimmung. Dabei ist er nicht einmal Brite!«

»Die Amerikaner werden sich uns irgendwann auch noch anschließen.«

»Das hoffe ich. Jedenfalls lassen wir den Zeitungen vorab ein paar Informationen über Ihre Rede zukommen – um ihnen Appetit darauf zu machen, und dem Publikum auch. Wir haben angekündigt, dass Sie die Drückeberger zur Rechenschaft ziehen und Namen nennen und allen ganz genau erklären werden, wie wir diesen Krieg gewinnen können. Wenn das nicht an ihren patriotischen Geist rührt, weiß ich auch nicht.«

»Hm, ich denke, wenn hier alle so patriotisch wären, bräuchten wir dieses ganze Trara nicht.« Er ließ den Blick noch einmal durch den Zuschauerraum schweifen. »Glauben Sie wirklich, dass wir diesen Saal voll kriegen?«

Eine halbe Stunde vor Beginn der Veranstaltung war das Theatre Royal bis auf den hintersten Winkel voller Leute.

An diesem Morgen, dem 15. September 1915, hatte die Zeitung von Nairobi eine einseitige Ankündigung veröffentlicht und in mehreren Artikeln darauf hingewiesen, dass die Veranstaltung im Theatre Royal an diesem Abend den wichtigsten Wendepunkt in der Geschichte des Protektorats darstellen würde.

Die Leute strömten schon am späten Nachmittag zum Theater und begrüßten einander so friedvoll wie sonst nur zur Weihnachtszeit. Die Banner, die an der Government Road und der Sixth Avenue aufgehängt waren, unterstrichen die festliche Atmosphäre.

Grogan war seit jeher als entschiedener Gegner geistloser Bürokratie bekannt, der mit seiner Kritik auch vor der Regierung nicht haltmachte. Die tausendfünfhundert Bürger, die den Saal füllten, erwarteten von Captain Ewart Grogan, dass er kein Blatt vor den Mund nehmen würde, wenn es darum ging, was in Britisch-Ostafrika nicht zum Besten stand und was getan werden musste, um die Deutschen zu schlagen.

Der Abend draußen war kühl, doch im Saal hielt sich noch die Wärme des Tages, der ein typischer Septembertag gewesen war – strahlend hell mit einer gnadenlosen Sonne am tiefblauen Himmel. Um acht Uhr abends hatte die Hitze der vielen Menschen die Temperatur im Saal geradezu unangenehm heiß werden lassen.

Grogan gesellte sich zu General Tighe und all den anderen hohen Tieren des Militärs in der ersten Reihe. Stadträte und hohe Verwaltungsbeamte ordneten sich streng nach Hierarchie auf den reservierten Sitzen hinter ihnen an. Der Platz neben Grogan war leer, denn er hatte ihn für Gertrude reservieren lassen. Sie war bei jeder wichtigen Rede dabei gewesen, die er vor dem Legislativrat gehalten hatte, und nun fühlte er sich in dem riesigen Saal ohne sie verloren. Bis zu diesem Augenblick war ihm nicht bewusst gewesen, wie sehr er ihre Anwesenheit bei solchen Gelegenheiten schätzte. Nicht, dass er moralische Unterstützung gebraucht hätte – er war ein sehr selbstsicherer Redner –, nein, er freute sich immer sehr über ihre stolze Miene, wenn er eine öffentliche Ansprache hielt.

Als die Musik einsetzte, musste er sich das Offensichtliche eingestehen: Gertrude würde nicht dabei sein.

Das Orchester – ein Ensemble, das aus der Militärkapelle und ein paar ortsansässigen Musikliebhabern bestand – begann mit einigen Militärmärschen und aufpeitschenden patriotischen Stücken. Während der Dirigent mit seinem Taktstock um sich schlug, griff die Begeisterung auf den Saal über, und die Leute begannen, die Lieder mitzusingen.

Das Orchester marschierte hinaus, und im Saal herrschte aufgeregte Erwartung, aber die Menschen wurden unruhig, da mehrere Minuten lang nichts geschah. Als schließlich der gigantische Northrup MacMillan auf die Bühne kletterte – mit vollen hundertsiebzig Kilo –, klatschte die Versammlung begeistert Beifall.

MacMillan bat mit erhobenen Armen um Ruhe; wie ein Zirkusdirektor, der den Höhepunkt seiner Darbietungen ankündigen will, wartete er, bis vollkommene Stille eingetreten war.

»General Tigha und Offiziere«, bellte er mit seinem leichten amerikanischen Akzent. »Verehrte Regierungsvertreter, Stadträte von Nairobi, meine Damen und Herren. Heute Abend haben wir die Ehre, eine große Persönlichkeit dieser Stadt und einen Mann unserer Streitkräfte hören zu dürfen. Er wird uns seine Ansicht zum Krieg mitteilen und über dessen Auswirkungen auf uns alle hier in Nairobi und auf das Protektorat im Ganzen sprechen.« Sein strahlendes Lächeln erfasste jeden einzelnen Zuhörer. »Sie alle kennen diesen Gentleman recht gut, nehme ich an. Unten in Mombasa werden an seinem Hafen Güter ausgeladen, die schließlich auf Ihrem Teller landen; wahrscheinlich hat er das Holz herbeigeschafft, aus dem Ihre Häuser erbaut wurden. Wer weiß? Vielleicht *gehört* ihm sogar Ihr verdammtes Haus!«

Schallendes Gelächter erfüllte den Saal.

»Ich halte hier einen ganzen Stapel Telegramme mit guten Wünschen in der Hand.« Er hielt das Bündel hoch. »Ich werde Ihnen nur ein paar davon vorlesen.« Er blätterte in dem Stapel. »Ah, hier, vom Ehrenwerten Mr. Bonar Law, dem Kolonialminister: *Ich spreche Ihnen mein höchstes Lob für Ihren Einsatz am fünfzehnten aus. Es gibt keine wichtigere Verpflichtung als die, dafür zu sorgen, dass jeder Mann, jede Frau und jedes Kind in unserem Empire sich mit Leib und Seele unseren Kriegsanstrengungen verschreibt. Viel Glück bei Ihrer Mission.*

Von Winston Churchill. Vielleicht erinnern sich einige von Ihnen an seinen Besuch in Nairobi, als er noch Unterstaatssekretär war. Er schreibt: *Mein lieber Ewart, ich erinnere mich lebhaft an unsere Begegnung vor einigen Jahren und habe den Erfolg Ihrer zahlreichen Unternehmungen seither stets verfolgt, ebenso wie das Wachstum unserer jüngsten Kolonie Britisch-Ostafrika. In diesen schwierigen Zeiten sind Männer mit echten Überzeugungen gefragt. Einen starken Arm in Ihrer Rede am fünfzehnten. Ich kann mir keinen besseren Mann für diesen bedeutenden Aufruf denken als Sie. Hochachtungsvoll, Winston.*

Hier sind noch mehr, viel mehr. Zum Beispiel ein Telegramm von Teddy Roosevelt, der vor einigen Jahren zur Jagd hier war: *Viel Glück, Ewart. Hau sie vom Hocker.* Und Lord Elgin, Lord Alfred Milner und natürlich unsere eigenen Lords Delamere, Hindlip, Cranworth und Cardross.

Doch ich denke, das war nun genug der Vorstellung. Kommen wir zum Kern der Sache, dem Grund, weshalb wir alle heute Abend hier sind, zu unserem besonderen Redner. Meine Damen und Herren, hier ist ein Mann, der im zarten Alter von zweiundzwanzig Jahren auszog, um für Cecil Rhodes gegen die wilden Matabele zu kämpfen. Er hat sich in diesem Krieg durch große Tapferkeit ausgezeichnet und beinahe sein Leben für die Sache hingegeben. Ein wenig später wurde er uns allen bekannt als Kapstadt-bis-Kairo-Grogan – ein Mann, der zahllosen Meilen wilden Landes getrotzt hat, einzig zu dem Zweck, seinem Empire zu dienen, seinem König und seinem Vaterland. Ein Mann, der im Alter von vierundzwanzig Jahren für diese Ideale den afrikanischen Kontinent eroberte; Ideale, die ihm noch heute sehr kostbar sind.« Er hielt inne, um Atem zu schöpfen, ließ die Spannung noch ein wenig ansteigen, deutete dann auf die erste Reihe und rief: »Ein herzliches Willkommen für Captain Ewart Scott Grogan!«

Ein ohrenbetäubender Lärm brach los, als tausendfünfhundert Kehlen jubelten und Grogan die Bühne betrat; im vollen Ornat seiner Offiziersuniform sah er prachtvoll aus. Er überquerte die große Bühne, der feuerfeste Vorhang wurde hochgezogen, so dass die bunten Banner flatterten und der riesige Union Jack sichtbar wurde, der hoch über seinem Kopf angebracht war.

Die Leute sprangen von den Sitzen, jubelten und klatschten. Die Damen trugen modische Kleider und schicke Hüte, die Herren ihre besten gestärkten Kragen; viele waren auch in Uniform erschienen. Manche trugen Ehrenabzeichen aus früheren Kriegen, mit Federn am Tropenhut oder Orden an der Brust.

Major Ringer vom Norfolk Hotel befand sich unter den Zuhörern und auch der indische Bahnhofsvorsteher aus Londiani. Grogan sah ein paar vertraute Gesichter aus dem Hinterland – Farmer und ihre Frauen. Er entdeckte Leute, die er schon seit Jahren nicht mehr gesehen hatte; Leute, die ihm auf dem Weg nach oben geholfen hatten, die er jedoch aus den Augen verloren hatte, je weiter er nach oben kam. Ronald Preston stand in einem der Gänge und schwenkte seinen Hut.

Er hatte es nicht eilig, die Menge zum Schweigen zu bringen, sondern ließ den Tumult sich austoben. Als im Theater wieder völlige Stille herrschte, wartete er noch einen Augenblick ab und erspürte die Spannung in der Luft. Hier und da war gedämpftes Husten zu hören und das leise Knarren, mit dem Leute sich auf ihren Plätzen zurechtsetzten.

Er begann. »Meine Damen und Herren. Meine Landsleute. Liebe Freunde. Ich bin heute hier, um über die Ehre zu sprechen. Über die Pflicht und … das Empire.

Lasst mich vorausschicken, dass wir uns in einer Periode der Geschichte befinden, in der die Grundsätze unserer Lebensart auf Messers Schneide stehen. Jenseits der Grenze« – er deutete nach Süden –, »nicht weiter als hundertfünfzig Meilen von hier, steht der Feind. Er ist mächtig. Er ist verschlagen. Er hat es darauf abgesehen, euer Leben und meines zu zerstören. Warum? Weil er weiß: Wenn es ihm gelingt, das Protektorat zu vernichten – ein kleines Element unseres großen Empire –, dann wird das gesamte Reich Seiner Majestät erzittern. Wenn ein Pfeiler, ein Balken unseres mächtigen britischen Empire fällt, dann ist die Stabilität des gesamten Bauwerks gefährdet.

Wir stehen geschlossen mit den anderen Kolonisten in einer Reihe. Den Südafrikanern …« Ein Chor von Jubelrufen erhob sich, der sich wiederholte, als er Neuseeländer, Kanadier und Australier erwähnte. »Alle leisten Großartiges. Und es ist gut, dass sie das tun, denn der Feind ist wagemutig und auch sehr einfallsreich. Ich habe in jüngster Zeit einen Spaziergang durch sein Territorium unternommen und es mit eigenen Augen gesehen. Jeder deutsche Farmer bildet seine eingeborenen Arbeiter zu Soldaten aus. Sie sind bereit. Sie warten nur darauf, dass von Lettow-Vorbeck sie zu den Waffen ruft. Und sie werden kämpfen. Täuscht euch nicht, auch ein Eingeborener kann zu einem hervorragenden Soldaten werden. Man gebe ihm einen entschlossenen Anführer und bilde ihn gut aus, und er wird sich geradezu bewundernswert schlagen. Ihr braucht nicht weiter zu schauen als bis zu unseren königlichen African Rifles, in deren Reihen viele vertrauenswürdige und tapfere Eingeborene zu finden sind. Noch viel mehr von ihnen unterstützen unsere Frontversorgung durch das Trägercorps.

Aber ich bin nicht hier, um die Eingeborenen oder sonst irgendjemanden zu loben. Ich bin heute Abend hierhergekommen, um mit euch zu sprechen, meine Freunde. Ja, ich rede mit Ihnen, Herr Verwalter, Herr Kaufmann, und mit Ihnen, werter Siedler.« Er hielt die konzentrierte Aufmerksamkeit des Publikums am ausgestreckten Zeigefinger des rechten Arms. Seine glühenden Augen allein hätten das Publikum noch lange bannen können, doch er fuhr fort: »Viele von euch haben getan, was von ihnen erwartet wurde. Dazu zähle ich unsere

Männer in Uniform, ob schwarz oder weiß, die bereit sind, das allergrößte Opfer für das Empire zu bringen. Aber es gibt andere, die nicht genug tun. Ja, ich gehe sogar so weit, zu behaupten, dass jeder Mann und jede Frau in diesem Protektorat noch mehr tun könnte.«

Er machte eine Pause, als forderte er das Publikum heraus, ihm zu widersprechen.

»Lasst mich euch meine Vision dessen schildern, was wir erreichen können.« Er trug seine Ideen dazu vor, wie das Protektorat besser für den Krieg aufgestellt und die vielen Ressourcen der Kriegsanstrengung besser koordiniert werden konnten. »Ich schlage vor, wir setzen einen Kriegsrat ein, durch den wir unsere Kräfte bündeln. Wir können es uns nicht leisten, unsere Ressourcen auf doppelten Amtswegen zu vergeuden.« Er erklärte in allen Einzelheiten, was dieser Kriegsrat tun würde.

Grogan spürte, dass er die Menge mitzog, und beschloss, sich auf seine Intuition zu verlassen und einen großen Sprung zu wagen. Niemand im Oberkommando oder der zivilen Verwaltung hatte sich bisher an dieses Thema herangetraut. Nicht einmal die britische Regierung hatte es angesprochen.

»Die vorgeschlagenen Maßnahmen können nicht allein den Sieg herbeiführen. In der langen Geschichte unseres ruhmreichen Empire ist nichts entstanden ohne den Schweiß und die Kraft von Menschen wie euch.« Er wies mit ausgestrecktem Arm auf den Saal. »Und wieder seid ihr es – der solide Grundstock unseres Empire –, an den wir uns wenden müssen, wenn wir den Sieg erringen wollen. Wir müssen jeden wehrfähigen Mann für die gute Sache mobilisieren.«

Der Applaus wurde lauter.

»Wir müssen die Kraft in unseren Reihen entfesseln. Es

kann keine Ausnahmen geben. Jeder hat seine Rolle zu spielen. Die Antwort lautet: Generalmobilmachung.«

Als die Menge brüllend ihre Unterstützung bekundete, wusste er, dass er jeden einzelnen seiner Zuhörer in seinen Bann gezogen hatte. Als der Lärm verebbte, fuhr er fort: »Ich sage, wir müssen alle unsere Rolle in diesem Krieg übernehmen. Damit meine ich, jeder seinen vollen Anteil. Jeder von euch kann einen Club oder eine Bar in dieser Stadt oder auch in jeder anderen Stadt des Protektorats betreten und ein halbes Dutzend junger Burschen dasitzen sehen, mit einem Bier neben sich und einer illustrierten Zeitung auf dem Schoß. Ach, wie hat man es als Gentleman doch so bequem, was?«

Die Leute lachten.

»Oder ihr könnt den Hügel hinaufspazieren« – er deutete in Richtung Nairobi Hill – »zu den Reichen und Gebildeten und dort eine Landschaft aus hübschen Gärten und Tennisplätzen vorfinden. Dann werdet ihr euch zweifellos fragen: Was soll dieser Unsinn von wegen Krieg? Denn da oben werdet ihr nichts davon bemerken. O nein.«

Er lobte und schalt. Er strich wie ein Leopard im Käfig auf seiner Bühne hin und her, schlug sich manchmal mit der Faust in die andere Hand oder schüttelte sie drohend, um dann wieder zu flehen und zu schmeicheln. Er benutzte Wörter wie ein Florett, scharf und schneidend, oder er liebkoste und streichelte damit. Er fügte eine Prise Humor dazu, um die Leute zu unterhalten und die Stimmung zu lockern, und oft benutzte er eine Allegorie, um einen bestimmten Punkt zu verdeutlichen. Er beschwor die schlichten Tugenden wie gute, altmodische, harte Arbeit.

»In den Büros der Regierung tummeln sich Männer mit guten Gehältern, die nichts zu unseren Kriegsanstrengungen beitragen. Ich meine – und ich denke, da werdet ihr mir zustimmen –, dass dies nicht die passende Zeit ist, um zu faulenzen, sich jedem einzelnen Penny seines Geschäfts zu widmen oder im Garten herumzuwerkeln. Dies ist nicht die Zeit für Teepartys und alberne Spielchen. *Wir sind im Krieg!*«

Die Leute sprangen von den Sitzen, pfiffen, trampelten mit den Füßen und johlten.

Er nickte und hob die Hände, um die Menge zu ermuntern, ihren Gefühlen Luft zu machen. Seine Augen glitzerten in der Bühnenbeleuchtung.

»Ich habe auf der Straße einen jungen Mann getroffen, der sagte, er müsse sich um die Farm kümmern. Er meinte, es sei Sache der Regierung, sich um den Krieg zu kümmern. Ich habe ihm gesagt, so denke nur ein Kaninchen, aber nicht einmal ein wildes Kaninchen, das sich im Busch jeden Tag Gefahren stellt und ums Überleben kämpft, sondern ein weißes Kaninchen, das in seinem Käfig sitzt und darauf wartet, dass ihm jemand ein Salatblatt bringt.«

»Wer hat denn Schuld an diesem ganzen Unsinn, Captain Grogan?«, rief eine Stimme aus dem Zuschauerraum.

»Wessen Schuld das ist, fragst du? Nun, es ist unsere Schuld, mein Freund. Viele Männer tun ihr Bestes, aber wir dürfen nicht vergessen, dass dies kein Krieg wie jeder andere ist. Es gibt hier keine Klasse von Soldaten und keine Klasse von Kriegern. Wir alle sind Untertanen Britanniens. Wir stehen oder fallen gemeinsam.«

Lauter Applaus brandete auf.

»Wir können uns die Unterscheidung zwischen Soldaten und Siedlern, zwischen Farmern und Beamten nicht leisten. Wir müssen die Last dieses Krieges alle gemeinsam schultern.«

Es wurde laut »Hört, hört!« gerufen.

Er sprach nun schon fast eine Stunde lang. Die Luft im

Theater war rauchgeschwängert, und man hatte die Fenster geöffnet, um etwas frische, kühle Luft hereinzulassen. Leute, die nicht mehr in den Saal gekommen waren, beugten sich durch die offenen Fenster, um Grogans Worte zu hören.

Über die Scheinwerfer am Fuß der Bühne hinweg auf die ersten Reihen zu blicken, das war, als versuchte man durch ein loderndes Lagerfeuer zu spähen. Gesichter zerschmolzen, verzerrten sich in der Hitze. Schweiß rann Grogan über das Gesicht und unter den Kragen.

»Wir werden diesen Krieg gewinnen, durch die gemeinsame Anstrengung aller Menschen in diesem Protektorat. Wir dürfen nicht zulassen, dass auch nur ein einziger Mann zu Hause bleibt, um Geld zu verdienen, während die Männer an der Front für einen Shilling pro Tag kämpfen.«

Ein weiteres ohrenbetäubendes Brüllen.

»Der Kriegsrat wird uns bei der Stange halten. Unsere allererste Verpflichtung gilt unserer Selbstachtung. Wir gehören einem Volk stolzer Kämpfer an – dem britischen Volk. Wir werden nicht dulden, dass jemand unsere Lebensart zu zerstören sucht. Wir werden die Invasoren aus diesem Land jagen!«

Seine letzten Worte waren im aufbrandenden Applaus kaum noch zu verstehen. Er legte nach.

»Wenn die Zeit gekommen ist, da die Geschichte ihre Entscheidung trifft … wenn die Menschen dieser Generation und der nächsten uns fragen, wie wir ihr Erbe verwaltet haben … oder wenn ihr vor eurem Schöpfer steht, lange nachdem sich der Staub auf dem Schlachtfeld gelegt hat … oder wenn eure Kinder fragen: Papa, was hast du im Krieg getan? – dann soll kein Mann es wagen, eine andere Antwort zu geben als diese: *Ich habe für das britische Empire gekämpft. Und wir haben gesiegt!*«

Während Grogan einen tiefen Zug aus seinem Wasserglas nahm, kam MacMillan auf die Bühne wie ein Schlachtschiff in voller Fahrt und rief eine weitere Runde Applaus hervor.

Durch die Wolken von Tabakrauch erhaschte Grogan einen Blick auf eine große Frau in einem langen, figurbetonten Empirekleid. Ein Rock mit übereinander angeordneten, geschlitzten Bahnen schwang sich elegant unter dem Mieder hervor und endete in einem Satinsaum. Ihm stockte der Atem. Die Frau stand im Gang, ein paar Reihen von der Bühne entfernt, als habe sie den Saal erst spät betreten. Der Hut, der zuerst seinen Blick auf sich gezogen hatte, war mit Rüschen besetzt und typisch für die neueste Mode. Das war ein Hut, wie ihn Gertrude tragen würde, aber eher, um zu schockieren, denn um Eindruck zu machen. Einen Augenblick lang konnte er sich sogar einreden, dass sie es sei. Doch dann erkannte er, dass sie es nicht war, und er fühlte sich, als hätte ihm jemand einen Sack Weizen gegen den Bauch geschleudert. In diesem Augenblick war ihm klar, wie sehr er sie vermissen würde, falls sie tatsächlich nicht zu ihm zurückkehren sollte.

Da Grogan glaubte, sie in der Menge gesehen zu haben, gelangte er zu der Überzeugung, dass sie hier war – irgendwo. Wenn sie hier war, dann wäre das der Beweis dafür, dass er noch eine Chance hatte. Er trat an den Rand der Bühne, wo er das grellste Scheinwerferlicht meiden konnte, und spähte durch den Nebel aus Rauch und Bühnenbeleuchtung auf die vielen Gesichter hinab.

Er würde sie anhand ihrer Augen finden – sie hatte so ausdrucksvolle Augen –, und dann würde er ihr irgendwie ein Versprechen übermitteln, quer durch diesen Raum. Er würde ihr erzählen, wie dumm er gewesen war, weil er sie beinahe verloren hatte, und wie sehr er es bereute, ihr weh getan zu haben. Er würde sie um Verzeihung bitten. Und wenn sie ihn wieder so lieben konnte, wie sie es immer getan hatte, dann würde er sie niemals wieder enttäuschen.

Grogan hörte kein Wort der kurzen Rede, mit der der Conférencier die Ansprache des Abends zusammenfasste. Er empfand eine beinahe schmerzhafte Sehnsucht nach Gertrude. Er brauchte sie; er brauchte die beruhigende Wärme ihres Körpers an seinem. Zu erkennen, dass er jetzt ohne sie war, gab ihm das Gefühl, vollkommen allein zu sein. Er war auf der Bühne gefangen, im grellen, unnachsichtigen Licht der Scheinwerfer, und wartete nur auf die Gelegenheit, zu entkommen. Aber der Conférencier redete und redete.

Er entdeckte Quentin, der an der hinteren Wand lehnte, die Arme in seiner typischen Haltung vor der Brust verschränkt. Wenn sie mit irgendjemandem hierhergekommen wäre, dann gewiss mit seinem Bruder, aber auch dort war Gertrude nicht.

MacMillan nannte seinen Namen und holte seine Gedanken damit auf die Bühne zurück. »… der, wie ich bereits sagte, Erstaunliches für sein Vaterland geleistet hat. Ehe er uns verlässt, frage ich mich, ob er noch ein paar letzte Worte für uns hat.« Er wandte sich Grogan zu. »Captain Grogan … wenn Sie so freundlich wären.«

Grogan kehrte widerstrebend in die Mitte der Bühne zurück. Er stand vor seinem Publikum wie der Verurteilte vor dem Exekutionskommando. Nach einer guten Minute öffnete er den Mund, aber es gab nichts mehr zu sagen. Es war, als wäre sein Leben einfach verpufft – jeder Gedanke und jedes Gefühl ausgelöscht. Er starrte auf die tausendfünfhundert Menschen hinab, die einen letzten, mitreißenden Höhepunkt erwarteten, mit dem er sie motiviert und entschlossen nach Hause entlassen würde, aber sein Geist war ein Vakuum, das weder Worte noch Gefühle hergab.

Flüsternde Stimmen und scharrende Füße störten die vollkommene Stille im Saal.

»Captain Grogan?«, fragte MacMillan mit einem ängstlichen Unterton in der Stimme.

»Ja … ja. Um die Wahrheit zu sagen, Mr. MacMillan, ich … Ich weiß nicht recht, was …« Die Stille wurde peinlich.

Grogan tastete seine Taschen nach den Notizen ab. Sie waren nicht da. Er hatte stets voller Stolz damit geprahlt, dass er keine Notizen brauchte, ganz gleich, wie lang seine Rede auch sein mochte. Jetzt weigerten sich seine zersplitterten Gedanken, sich zu einem einzigen zusammenhängenden Satz zu ordnen.

Irgendein Selbsterhaltungstrieb zwang seine Stimmbänder, zu reagieren. Mit einer Stimme, die er kaum wiedererkannte, sagte er: »Wisst ihr, als kleiner Junge habe ich von großartigen Expeditionen in Afrika geträumt, davon, Leistungen zu vollbringen, auf die meine Familie stolz sein würde. Ich habe alles über Afrika gelesen, was ich in die Hände bekam. Ich habe seine Geologie und Geographie studiert. Seine Flora und Fauna. Ich habe Afrika geliebt, lange bevor ich seine Schönheit mit eigenen Augen sah.«

Er hustete und versuchte, die Stimme zu heben, nun, da er wieder einen Faden hatte, auf den er sich konzentrieren konnte, auch wenn er selbst noch nicht recht wusste, worauf er hinauswollte.

»Ich war kein gesundheitlich robustes Kind, aber meine Helden waren Livingstone, Stanley, Burton und Speke. Und Grant und Baker. Männer, die ihre Ära dominierten.

Ich begann meinen Weg, indem ich in Europa Berge bestieg. Große, angsteinflößende Berge, um mich selbst auf die Probe zu stellen. Dann galt es, mich im Krieg zu versuchen.

Ich entwickelte einen glühenden Nationalstolz. Ich würde die Feinde meines Landes bis zum Tode bekämpfen, wenn es sein müsste. Ich bin dem Tod auch nur knapp entronnen. Der Feind hat mich ein paar Mal nur knapp verfehlt, doch es waren Erkrankungen, unter denen ich seit meiner Kindheit gelitten hatte, und neue Krankheiten, die ich mir auf dem Matabele-Feldzug mit Rhodes zuzog und die mich beinahe das Leben gekostet hätten.

Ich war, und bin es immer noch, ein großer Bewunderer von Mr. Cecil Rhodes und seiner Vision des Empire – einer Kette britischer Kolonien, die sich am Rückgrat Afrikas entlangzieht. Kolonien, die wie Perlen am silbernen Band einer Eisenbahnlinie aufgereiht sind.« Seine Stimme erstarb, und er verfiel erneut in Schweigen.

»Ich könnte wohl sagen, dass ich ein stürmischer junger Mann war, getrieben von vier ehrgeizigen Zielen. Ich wollte einen Löwen, ein Nashorn und einen Elefanten erlegen. Heutzutage frage ich mich, wie ich auf diese sinnlosen Ideen gekommen sein mag, aber ich war eben jung und genoss wohl noch den Reiz der Gefahr. Mein viertes Ziel war, mit eigenen Augen dieses exotischste aller Gewässer zu sehen – den Tanganjikasee. Dieser Anblick, und viele andere unvergessliche Eindrücke, sind in meiner Erinnerung immer noch lebendig.

Aber nun, da ihr mich zu jenen Zeiten zurückgeführt habt, sollte ich wohl der Genauigkeit halber ganz aufrichtig bekennen, dass mich etwas noch viel Wichtigeres als mein Vaterland zu alldem beflügelt hat.

Ein kluger Mann – der außerdem ein lieber alter Freund von mir ist – hat mir kürzlich einen Rat gegeben. Er hat mir gesagt, ich solle nicht mit Steinen nach den Wolken werfen. Ich hatte keine Ahnung, was er damit meinte, aber er erklärte mir, es bedeute, dass ich das Unmögliche versuche; und selbst wenn es mir gelänge, würde der Preis niemals die Anstrengung rechtfertigen. Ich würde damit nichts erreichen, als mich zum Narren zu machen.«

Er hielt inne und erkannte, dass er den bewegenden Bildern der jüngsten Zeit erlaubt hatte, sich in seine Gedanken zu drängen.

»Meine Damen und Herren, ich muss mich für diese Abschweifung entschuldigen … Nun wird mir klar, worin die Verbindung zwischen dem Rat meines Freundes und den jüngsten Ereignissen in meinem Leben besteht. Ich glaube, es hat auch große Bedeutung für das, worüber ich heute Abend zu Ihnen gesprochen habe.

Ich muss diesen Eindruck von Steinen und Wolken schon im Kopf gehabt haben, als ich zu meinem Marsch durch Afrika aufbrach, denn ich behielt mein großes Ziel für mich, für den Fall, dass ich versagen sollte. Niemand wird gern für einen Narren gehalten, und selbst der eingebildete junge Kerl, der ich damals war, musste sich eingestehen, dass ein Marsch durch ganz Afrika mit nicht viel mehr als einem hohen Ideal und ein paar Trägern wahrscheinlich ein wenig albern war. Wie sich herausstellte, gelang es mir trotzdem. Aber weil ich mein Vorhaben so erfolgreich geheim gehalten hatte, erfuhr niemand davon, bis es geschafft war.«

Ein paar Leute im Publikum lachten höflich.

»Und als es geschafft war, wusste niemand, warum ich es in Wahrheit getan hatte.«

Lauteres Lachen.

»Nun ist mir klar, dass ich nicht den Eindruck erwecken wollte, als werfe ich mit Steinen nach den Wolken. Also dachte ich mir ein paar bedeutende Gründe aus, weshalb ich den Versuch wagen wollte. Das waren, wie so oft zitiert, Ruhm und Ehre für Königin und Vaterland und die Erkundung einer möglichen Route für Mr. Rhodes' Eisenbahn.

Ich glaube, in meiner Rede heute Abend habe ich deutlich gemacht, dass unser glorreicher Herrscher meinen bescheidenen Beitrag an Glorie gar nicht brauchte, ebenso wenig das Empire. Und was Cecil Rhodes' Eisenbahn angeht, nun, die will ich seinen Ingenieuren überlassen.

Die Wahrheit ist, dass ich damals in eine wunderschöne junge Dame verliebt war, deren Stiefvater jedoch an dem jungen Mann zweifelte, den er wohl für unzulänglich hielt. Ich brauchte einen derart verwegenen Plan, dass selbst dieser reizbare alte Herr Notiz von mir nehmen würde. Ich glaubte damals, und glaube das auch noch heute, dass einem gesunden Körper und einem entschlossenen Geist nichts unmöglich ist. Also behauptete ich kühn, ich würde ein Mal durch ganz Afrika marschieren, um zu beweisen, dass ich einen würdigen Ehemann für seine Stieftochter abgeben würde.

Weshalb sollte ich so etwas behaupten? Warum fühlen wir uns manchmal dazu getrieben, uns an den schwierigsten Dingen zu versuchen? Die Antwort, meine Freunde, lautet, dass irgendwann eine Zeit kommt, da wir sogar das Unmögliche versuchen müssen, wenn wir derjenige sein wollen, der wir sein könnten.

Nun, die Geschichte hat festgehalten, dass ich mit meinem kleinen Spaziergang erfolgreich war. Ich konnte meinem Schwiegervater beweisen, aus welchem Holz ich geschnitzt bin. Allerdings kann ich mir vorstellen, dass es Zeiten gegeben hat, da meine geliebte Frau sich fragte, ob ich tatsächlich den Charakter besaß, der einen guten Ehemann ausmacht.

Ich habe euch heute Abend gesagt, dass wir immer eine Ausrede finden können, um uns um unsere Verantwortung zu drücken. Es gibt immer scheinbar wichtigere Dinge, um die man sich kümmern muss; noch mehr, was unsere Zeit in Anspruch nimmt. Meine Damen und Herren, ich glaube, dass wir heute Abend alle ein Versprechen abgegeben haben, mehr für unser Land zu tun. Ich möchte noch ein weiteres Versprechen hinzufügen. Ich verspreche, mich zu erneuern, mich der Achtung einer Frau würdig zu erweisen, die mir selbstlos und aus vollem Herzen ihre Liebe geschenkt hat, seit dem Tag, an dem wir uns begegnet sind.

Wenn man einen Stein nach einer Wolke wirft, dann muss man sich voll und ganz engagieren. Mir bleibt gar keine andere Wahl, als eine weitere lange Reise anzutreten, um die Liebe wiederzugewinnen, die ich womöglich verloren habe.«

Als er unter großem Applaus von der grell erleuchteten Bühne stieg, hielt er an der Treppe zum Saal noch einmal inne, um sich mit einem letzten Winken von der jubelnden Menge zu verabschieden.

Er ließ den Blick über das Meer von Gesichtern schweifen und entdeckte weitere Freunde und Bekannte.

Quentin lehnte noch immer an der hinteren Wand.

Neben ihm, eine kecke Straußenfeder an der breiten Krempe eines verwegenen Hutes, stand Gertrude.

Anmerkung des Autors

Der Ruf der Löwen ist eine erfundene Geschichte, die auf dem Leben von Ewart Scott Grogan basiert. Viele andere Menschen – einige, die seine Erlebnisse teilten, und andere, die sie aus der Ferne beeinflussten – kommen in dieser Erzählung ebenfalls vor.

Zur Rekonstruktion von Grogans Leben in der Zeit von ca. 1898 bis 1920 habe ich zwei wichtige Quellen herangezogen, nämlich: *Lost Lion of the Empire: The Life of Cape-to-Cairo Grogan* von Edward Paice (Harper Collins Publishers, London 2001) und *From the Cape to Cairo: The First Traverse of Africa from North to South* von Ewart Scott Grogan und Hartur H. Sharp (Thomas Nelson & Sons Ltd, London 1908).

Zusätzlich möchte ich Zarina Patels Buch *Challenge to Colonialism: The Struggle of Alibhai Mulla Jeevanjee for Equal Rights in Kenya* nennen (veröffentlicht von Zarina Patel, Postfach 80430, Mombasa 1997).

Ich habe mir bei der Darstellung Grogans und anderer Personen um der erzählerischen Wirkung willen viele Freiheiten genommen. Deshalb sollte dieser Roman nicht als historische Abbildung der darin vorkommenden Menschen oder ihres tatsächlichen Lebenswegs verstanden werden.